U0112437

八闽文库

要籍選刊

124

射鷹樓詩話

[清] 林昌彝 著

王鎮遠 林虞生 點校

圖書在版編目（CIP）數據

射鷹樓詩話 / （清）林昌彝著；王鎮遠，林虞生點校. -- 福州：福建人民出版社，2023.7
（八閩文庫．要籍選刊）
ISBN 978-7-211-09099-0

Ⅰ. ①射… Ⅱ. ①林… ②王… ③林… Ⅲ. ①詩話—中國—清代 Ⅳ. ① I207.22

中國國家版本館 CIP 數據核字 (2023) 第 085196 號

射鷹樓詩話

作　　者：〔清〕林昌彝 著　王鎮遠 林虞生 點校
責任編輯：林　頂
責任校對：李雪瑩
裝幀設計：張志偉
美術編輯：陳培亮
出版發行：福建人民出版社
電　　話：0591-87533169（發行部）
網　　址：http://www.fjpph.com
電子郵箱：fjpph7221@126.com
地　　址：福建省福州市東水路 76 號
經　　銷：福建新華發行（集團）有限責任公司
印刷裝訂：雅昌文化（集團）有限公司
地　　址：深圳市南山區深雲路 19 號
電　　話：0755-86083235
開　　本：890 毫米 ×1240 毫米　1/32
印　　張：19.25
字　　數：348 千字
版　　次：2023 年 7 月第 1 版第 1 次印刷
書　　號：ISBN 978-7-211-09099-0
定　　價：88.00 元

二〇一九年八閩文庫出版工程領導小組

組　長　梁建勇

副組長　楊賢金

成　員　施宇輝　馮潮華　賴碧濤　陳熙滿　王建南　黄　誌　卓兆水　葉飛文　陳　强　林守欽　王秀麗　蔣達德

二〇二〇年八閩文庫出版工程領導小組

組　長　邢善萍

副組長　郭寧寧

成　員　施宇輝　馮潮華　賴碧濤　陳熙滿　肖貴新　王建南　黄　誌　卓兆水　葉飛文　陳　强　林守欽　王秀麗　林義良

二〇二二年八閩文庫出版工程領導小組

組　長　張　彦

副組長　鄭建閩

成　員

林端宇　鄭家紅　顏志煌　黄國劍

許守堯　肖貴新　林　生　黄　誌

卓兆水　吴宏武　陳　强　張立峰

鄭東育　林義良　林　彬

二〇二三年八閩文庫出版工程領導小組

組　長　張　彦

副組長　王金福

成　員

林端宇　鄭家紅　顏志煌　黄國劍

許守堯　肖貴新　黄　誌　陳熙滿

吴宏武　林　生　李　潔　張立峰

鄭東育　黄葦洲　林　彬

八閩文庫編纂委員會

八閩文庫總序

葛兆光　張　帆

一

在傳統中國的文化史上，福建算是後來居上的區域。經歷了東晉、中唐、南宋幾次大移民潮，浙、閩之間的仙霞嶺，早已不是分隔内外的屏障，而成了溝通南北的通道。歷史使得福建越來越融入華夏文明之中，唐宋兩代，特別是在「背海立國」的宋代，東南的經濟發達，海洋的地位凸顯，福建逐漸從被文明中心影響的邊緣地帶，成爲反向影響全國文明的重要區域。在七世紀的初唐，詩人駱賓王曾説「龍章徒表越，閩俗本殊華」（駱臨海集箋注卷二晚憩田家，陳熙晉箋注，上海古籍出版社一九八五年，第三六頁），前一句説的是華夏的衣冠對斷髮文身的越人没有用，後一句説的是閩地的風俗本來就與華夏不同，意思都是瞧不起東南。但是，到了十五世紀的明代中期，黄仲昭在弘治八閩通志序裏卻説，八閩雖爲東南僻壤，但自唐以來文化漸盛，「至宋，大儒君子接踵而出」，實際上它的文明程度，已經「可以不愧於鄒魯」（四庫全書存目叢書史部一七七册，齊魯書社一九九六年，第三六四頁）。的確，自從福建在唐代出了第一個進士薛令之，而且晉江有歐陽詹，福清有王棨，莆田有徐夤、黄滔這些傑出人物之後，到了更加倚重南方的宋代，福建出現了蔡襄（一〇一二—一〇六七）、陳襄（一〇一七—一〇八〇）、游酢（一〇五三—一一二三）、楊時（一〇五三—一一三五）、鄭樵（一一〇四—一一六二）、林光朝（一一一四—一一七八）、朱熹（一一三〇—一二〇〇）、蔡元定（一一三五—一一九八）、陳淳（一一五九—一二二三）、真德秀（一一七八—一二三五）等一大批著名文人士大夫。這些出身福建或流寓福建的士人學者，大大繁榮和提升了這裏的文化，甚至使得整個中國的文化重心逐漸南移，也許，就像程頤説的那樣「吾道南矣」（宋史卷四二八道學楊時傳，中華書局一九七七年，第一二七三八頁）。也就是説宋代之後，原本偏在東南的福建，逐漸成了中國重要的文化區域。

不過，習慣於中原中心的學者，當時也許還有偏見。以來自中心的偏見視東南一隅的福建，那時福建似乎還是「邊緣」。雖然人們早已承認福建「歷宋逮今，風氣日開」

（黄虞稷閩小紀序，撰於康熙五年，續修四庫全書史部七三四册，上海古籍出版社二〇〇二年，第一二七頁），但有的中原士人還覺得福建「僻在邊地」。像北宋樂史的太平寰宇記，一面承認「此州（福州）之才子登科者甚衆」，一面仍沿襲秦漢舊説，稱閩地之人「皆蛇種」，並引十道志説福建「嗜欲、衣服，别是一方」（樂史太平寰宇記卷一〇〇江南東道一二，中華書局二〇〇七年，第一九九一頁）。所以，歷史上某些關於福建歷史、文化和風俗的著作，似乎還在以中原或者江南的眼光，特别留心福建地區與核心區域不同的特異之處，筆下一面凸顯異域風情，一面鄙夷南蠻鴃舌。但是從大的方面説，我們看到宋代以降，實際上福建與中原的精英文化越來越趨向同一，正如宋人祝穆方輿勝覽所説，「海濱幾及洙泗，百里三狀元」，前一句裏所謂「洙泗」即孔子故鄉，這是説福建沿海文風鼎盛，幾乎趕得上孔子故里；後一句裏「三狀元」是指南宋乾道年間福建登第的三個狀元，即乾道二年（一一六六）的蕭國梁、乾道五年的鄭僑和乾道八年的黄定，他們都是福建永福（今永泰）這個地方的人（祝穆新編方輿勝覽卷一〇，施和金點校，中華書局二〇〇三年，第一六三頁）。

文化漸漸發達，書籍或者文獻也就越來越多，福建文獻的撰寫者中不僅有本地人，也有流寓或任職於閩中的外地人。日積月累，這些文獻記録了這個多山臨海區域千年的文化變遷史，而八閩文庫的編纂，正是把這些文獻精選並彙集起來，爲現代人留下唐宋以來有關福建的歷史記憶。

二

福建鄉邦文獻數量龐大，用一個常見的成語説，就是「汗牛充棟」。那麽多的文獻，任何歸類或叙述都不免挂一漏萬。不過，我們這裏試圖從區域文化史的角度，談一談福建文獻或書籍史的某些特徵。

毫無疑問，中國各個區域都有文獻與書籍，秦漢之後也都大體上呈現出華夏同一思想文化的底色，但各區域畢竟有其地方特色。如果我們回溯思想文化的歷史，那麽，唐宋之後福建似乎也有一些特點。恰恰因爲是後來居上的文化區域，所以福建積累的傳統包袱不重，常常會出現一些越出常軌的新思想、新精神和新知識。這使得不少代表新思想、新精神和新知識的人物與文獻，往往先誕生在福建。衆所周知的方面之一，就是宋代儒家思想的變遷。應當説，宋代的理學或者道學，最初乃是一種批判性的新思潮，一些儒家士大夫試圖以屬於文化的「道理」鉗制屬於政治的「權力」，所以，極力强調

「天理」的絶對崇高，人們往往稱之爲道學或理學，也根據學者的出身地叫作「濂洛關閩之學」。其中，「閩」雖然排在最後，卻應當説是宋代新儒學的高峰所在，以至於後人乾脆省去濂溪和關中，直接以「洛閩」稱之（如清代張夏雒閩源流録），以凸顯道學正宗，恰在洛陽的二程與福建的朱熹，而道學最終水到渠成，也正是在福建。因爲宋代道學集大成的代表人物朱熹，雖然祖籍婺源，卻出生在福建，而且相當長時間在福建生活。他的學術前輩或精神源頭，號稱「南劍三先生」的楊時、羅從彦（一〇七二—一一三五）、李侗（一〇九三—一一六三），也都是南劍州即今福建南平一帶人，他的提攜者之一陳俊卿（一一一三—一一八六），則是興化軍即今莆田人，而他的最重要的弟子黄榦（一一五二—一二二一）是閩縣（今福州）人，陳淳是龍溪（今龍海）人。

正是在這批大學者推動下，福建逐漸成爲圖書文獻之邦。慶元元年（一一九五），朱熹在福州州學經史閣記中曾經説，一個叫常濬孫的儒家學者，在福州地方軍政長官詹體仁、趙像之、許知新等資助下，修建了福州府學用來藏書的經史閣，即「開之以古人敦學之意，而後爲之儲書，以博其問辨之趣」（朱文公文集卷八〇，朱子全書第二四册，上海古籍出版社、安徽教育出版社二〇一〇年，第三八一四頁）。宋代之後，經由近千年的日積月累，我們看到福建歷史上出現了相當多的儒家論著，也陸續出現了有關儒家思想的普及讀物。大家可以從八閩文庫中看到，這裏收録的不僅有朱熹、真德秀、陳淳的著述，也有明清學者詮釋理學思想之作，像明人李廷機性理要選、清人雷鋐雷翠庭先生自恥録等等，應當説，這些論著構成了一個歷經宋元明清近千年的福建儒家文化史。

三

説到福建地區率先出現的新思想、新精神和新知識，當然不應僅限於儒家或理學一系。更應當記住的是，從宋代以來，中國政治、經濟和文化的重心，逐漸從西北轉向東南，一方面由於中原文化南下，被本地文化激蕩出此地異端的思想，另一方面海洋文明東來，同樣刺激出東南濱海的一些更新的知識。

我們注意到，在福建文獻或書籍史上，呈現了不少過去未曾有的新思想、新精神和新知識。比如唐宋之間，福建不僅出現過譚峭（生卒年不詳）化書這樣的道教著作，也出現過像百丈懷海（約七二〇—八一四）、溈山靈佑（七七一—八五三）、雪峰義存（八二二—九〇八）那樣充滿批判性的禪僧，還出現過禪宗史上撰於泉州的最重要禪史著作祖堂集。又如明代中後期，那個驚世駭俗而特立獨行的李贄（一五二七—一六〇二），有人説他的獨特思想，就是因爲他生在各種宗教交匯融合的泉州，傳説他曾受到伊斯蘭教之影響，當然更因爲有佛教與心學的刺激，使他成了晚明傳統思想世界的反叛者。而另一個莆田人林兆恩（一五一七—一五九八），則是乾脆開創了三一教，提倡「三教合一」，也同樣成爲正統的政治意識形態的挑戰者。再如明清時期，歐洲天主教傳教士「梯航九萬里」，也把天主教傳入福建，特别是明末著名傳教士艾儒略（一五八二—一六四九）應葉向高（一五五九—一六二七）之邀來閩傳教二十五年，從而福建才會有「三山論學」這樣的思想史事件，也產生了三山論學記這樣的文獻，無論是葉向高，還是謝肇淛，這些思想開明的福建士大夫，多多少少都受到外來思想的刺激。最後需要特别提及的是，由於宋元以來，福建成爲向東海與南海交通的起點，所以，各種有關海外的新知識，似乎都與福建相關，宋代趙汝适撰寫諸蕃志的機緣，是他在泉州市舶司任職；元代汪大淵撰寫島夷志略的原因，也是他從泉州兩度出海。由於此後福州成爲面向琉球的接待之地，泉州成爲南下西洋的航線起點，因而福建更出現了像張燮東西洋考、吴朴渡海方程、葉向高四夷考、王大海海島逸志等有關海外新知的文獻，這一有關海外新知的知識史，一直延續到著名的林則徐四洲志。老話説「草蛇灰線，伏脈千里」，歷史總有其連續處，由於近世福建成爲中國的海外貿易和海上交通的中心，所以，這裏會成爲有關海外新知識最重要的生産地，這才能讓我們深切理解，何以到了晚清，福建會率先出現沈葆楨開辦面向現代的船政學堂，出現嚴復通過翻譯引入的西方新思潮。

甚至還可以一提的是，近年來福建霞浦發現了轟動一時的摩尼教文書，這些深藏在道教科儀抄本中的摩尼教資料，説明唐宋元明清以來，福建思想、文化和宗教在構成與傳播方面的複雜性和多元性。所以，在八閩文庫中，不僅收録了譚峭化書，李贄焚書續焚書、藏書續藏書，林兆恩林子會編等富有挑戰性的文獻，也收録了張燮東西洋考、趙新續琉球國志略等關係海外知識的著作，讓我們看到唐宋以來，福建歷史上新思想、新精神和新知識的潮起潮落。

四

在八閩文庫收録的大量文獻中，除了福建的思想文化與宗教之外，也留存了有關福建政治、文學和藝術的歷史。如果我們看明人鄧原岳編閩中正聲、清人鄭杰編全閩詩録收録的福建歷代詩歌，看清人馮登府編閩中金石志、葉大莊編閩中石刻記、陳棨仁編閩中金石略中收録的福建各地石刻，看清人黄錫蕃編閩中書畫録中收録的唐宋以來福建書畫，那麼，我們完全可以同意歷史上福建的後來居上。這正如陳衍（一八五六—一九三七）在閩詩録的序文中所説「余維文教之開，吾閩最晚，至唐始有詩人，至唐末五代中土詩人時有流寓入閩者，詩教乃漸昌，至宋而日益盛」（續修四庫全書集部一六八七册，第四一一頁）。可見，宋史地理志五所説福建人「多向學，喜講誦，好爲文辭，登科第者尤多」，「今雖閭閻賤品處力役之際，吟詠不輟」（杜佑通典州郡十二），真是一點兒不假。

清代學者朱彝尊（一六二九—一七〇九）曾説「閩中多藏書家」（曝書亭集卷四四淳熙三山志跋，四部叢刊初編集部二七九册，上海書店一九八九年，第六〇一頁）。千年以來的人文日盛，使得現存的福建傳統鄉邦文獻，經史子集四部之書都很豐富，翻檢八閩文庫，就可以感覺到這一點，這裏不必一一叙説。需要特别指出的是，福建歷史上不僅有衆多的文獻留存，也是各種書籍刊刻與發售的中心之一。福建多山，林木蔥蘢，具備造紙與刻書的有利條件，從宋元時代起，福建就成爲中國書籍出版的中心之一。宋元時代福建的所謂「建本」或「麻沙本」曾經「幾遍天下」（葉夢得石林燕語卷八，侯忠義點校，中華書局一九八四年，第一一六頁），更有所謂「麻沙、崇安兩坊産書，號稱『圖書之府』」的説法（新編方輿勝覽卷一一，第一八一頁）。版本學家也許將它與蜀本、浙本對比，覺得它並不精緻，但是，從書籍流通與文化貿易的角度看，正是這些廉價圖書，使得很多文化知識迅速傳向中國四方，也深入了社會下層。淳熙六年（一一七九），朱熹在建寧府建陽縣學藏書記中曾説到，「建陽版本書籍行四方，無遠不至」，可當時嘉禾縣學居然藏書很少，「學於縣之學者，乃以無書可讀爲恨」，於是一個叫姚耆寅的知縣，就「鬻書於市，上自六經，下及訓傳、史記、子、集，凡若干卷以充入之」。當地刊刻的書籍，豐富了當地學者的知識，也增加了當地文獻的積累，甚至扭轉了當地僅僅重視「世儒所誦科舉之業」的風氣（朱文公文集卷七八，朱子全書第二四册，第三七四五頁），這就是一例。到了清代，汀州府成爲又一個書籍刊刻基地，近年特别受到中外學者注意的四堡，就是一個圖書出版和發行中心，文獻記載這裏「以書版爲産業，刷就發販，幾半天下」（咸豐長汀縣志卷三一物産）。所以，美國學者包筠雅（Cynthia J. Brokaw）文化貿易：清代至民國時期四堡的書籍交易（劉永華、饒佳榮等譯，北京大學出版社二〇一五年）就深入研究了這個位於汀州府長汀、清流、寧化、連城四縣交界地區的客家聚集區的書籍事業，繼承宋元時代建陽地區（如麻沙）刻書業，這裏再一次出現中國書籍出版史上佔據重要位置的福建書商群體。

可以順便提及的是，福建刻書業也傳至海外。福建莆田人俞良甫，元末到日本，由九州的博多上岸，寓居在京都附近的嵯峨，由他刻印的書籍被稱爲「博多版」。據説，俞氏一面協助京都五山之天龍寺雕印典籍，一面自己刻印各種圖書，由於所刊雕書籍在日本多爲精品，所以被日本學者稱爲「俞良甫版」。

從建陽到汀州，福建不僅刊刻了精英文化中的儒家九經三傳、諸子百家以及文選、文獻通考、賈誼新書、唐律疏議之類的典籍，也刊刻了很多大衆文化讀本，諸如西廂記、花鳥争奇和話本小説。特别在明清兩代書籍流行的趨勢和作爲商品的書籍市場的影響下，蒙學、文範、詩選等教育讀物，風水、星相、類書等實用讀物，小説、戲曲等文藝讀物，在福建大量刊刻。如果我們不是從版本學家的角度，而是從區域文化史的角度去看，這種「易成而速售」（石林燕語卷八，第一一六頁）的書籍生産方式，使得各種文獻從福建走向全國甚至海外，特别是這些既有精英的、經典的，也有普及的、實用的各種知識的傳播，是否正是使得華夏文明逐漸趨向各地同一，同時也日益滲透到上下日常生活世界的一個重要因素呢？

爲了留住歷史記憶。

五

八閩文庫的編纂，當然是爲福建保存鄉邦文獻，前面我們説到，保存鄉邦文獻，就是爲了留住歷史記憶。

這次編纂的八閩文庫，擬分爲三個部分。第一部分是「文獻集成」，計劃選擇與收録唐宋以來直到晚清民初的閩人各種著述，以及有關福建的文獻，共一千餘種，這部分採取影印方式，以保存文獻原貌。這是八閩文庫的基礎部分，按傳統的經史子集四部分類，這是爲了便於呈現傳統時代福建書籍面貌，因而數量最多；第二部分是「要籍選刊」，精選一百三十餘種最具代表性的閩人著述及相關文獻，以深度整理的方式點校出版，不僅爲了呈現歷代福建文獻中的精華，也爲了便於一般讀者閲讀；第三部分則爲「專題彙編」，初步擬定若干類，除了文獻總目之外，還將包括書目提要、碑傳集、宗教碑銘、官員奏折、契約文書、科舉文獻、名人尺牘、古地圖等，我們認爲，這是以現代觀念重新彙集與整理歷史資料的一個新方式，它將無法納入傳統的四部分類，卻是對理解福建文化與歷史至關重要的文獻，進行整理彙集，必將爲研究與理解福建，提供更多更系統的資料。

經歷幾年討論與幾年籌備，八閩文庫即將從二〇二〇年起陸續出版，力爭用十年時間，經過一番努力，打下一個比較完備的福建文獻的基礎。

當然，不能説八閩文庫編纂過後，對於福建文獻的發掘與整理就已完成。八閩文庫僅僅是我們這一兩代人的工作，還有更多或更深入的工作，在等待著未來的幾代人去努力。無論從舊材料中發現新問題，還是以新眼光發現新材料，都是建立在前人的基礎上，而又對前人的工作不斷修正完善的過程。還是朱熹寫給陸九齡的那句廣爲流傳的老話：「舊學商量加邃密，新知培養轉深沉。」用舊的傳統融會新的觀念，整理這些縱貫千年的歷史文獻，也就無論「人間有古今」了。

目録

前言

射鷹樓詩話二十四卷，作者林昌彝，字蕙常，又字薌谿，别號有碌砢山人、茶叟、五虎山人等，福建侯官（今福州市）人，生於嘉慶八年（一八〇三）。早年受業於陳壽祺之門，就讀其小瑯環館，曾參預編寫福建通志。道光十九年（一八三九）中舉，其座師爲當時著名的詩人何紹基，後雖八上公車，終未能成進士。咸豐三年（一八五三）由進呈所著三禮通釋而獲教授之職，遂掌建寧、邵武等地教席，旋即回鄉。同治元年（一八六二）至廣州游歷，郭嵩燾曾延請他爲家庭教師，又受戴肇辰之請，掌教海門書院。晚年大致往來於粵閩兩地，同治十二年嘗爲王韜甕牖餘談作序。據其四子林慶銓楹聯述録載，他卒於光緒二年（一八七六）。

林昌彝生當鴉片戰爭前後、民族危機日深、社會激劇動盪的時期，他對帝國主義的侵略行逕切齒憤恨，作詩云：「但使蒼天生有眼，終教白鬼死無皮。」（杞憂）鴉片戰爭爆發後，他曾作平夷十六策與破逆志，詳細地闡述了驅除英國侵略者的計劃與措施，深得時人歎賞，林則徐稱此爲「真救世之書，爲有用之作」，可見他不僅是一個學者和詩人，而且是一個關心國是、頗有經世之心的愛國者。他的一生可謂著作等身，治經的著述最多，有三禮通釋、詩玉尺、讀易寡過、今文尚書二十九篇定本、左傳杜注刊譌、禮記簡明經注、説文二徐本互校辨譌、温經日記、小石渠閣經説等，另有小石渠閣文集、衣讔山房詩集，然而他的著述中最爲人稱道和流傳最廣的是他的三部詩話：射鷹樓詩話、海天琴思録及海天琴思續録，其中射鷹樓詩話尤以其特殊的性質成爲紀録鴉片戰爭時期詩歌創作的重要文獻。

所謂「射鷹樓」，實即「射英樓」。林昌彝在海天琴思録中説：

余建射鷹樓，樓懸長幀射鷹驅狼圖，友人題詠甚夥。樓對烏石山，山爲英逆之窟穴。余於樓頭懸楹帖云：「樓對烏石，半獸蹄鳥跡；圖披虎旅，操毒矢强弓。」見者皆以爲真切。

他家鄉的烏石山在鴉片戰爭後，成爲英軍盤踞之地，因而他「目擊心傷，思操强弓毒矢以射之」。（射鷹樓詩話卷一，下稱詩話）這部詩話正是他「射鷹」思想的體現。書的前二卷保存了不少有關鴉片輸入及禁煙的資料，如：

英夷不靖以來，洋煙流毒中國，甚於洪水猛獸。海口五處通商，實非久計。即以福州海口言之，洋煙之入，每日三大箱，每箱值洋番八百員；又六十餘小箱，每箱值洋番六十員，每日共輸洋番六千餘員，不足以銀代之，又不足以好銅錢代之，每歲計輸錢三百萬。福州之地，即以金爲山，以銀爲海，亦不足供逆夷所欲，況地瘠而民貧者乎？數年以後，民其塗炭矣！余意欲革洋煙，須先禁内地吸食洋煙之士民，然後驅五海口之英逆。驅之之法，則不主和而主戰。（卷一）

這真可作當時歷史的實録來讀。其他如叙述林則徐的粤東禁煙；記載英軍在沿海擄掠婦女；引梁紹壬兩般秋雨盦隨筆及魏源海國圖志説明鴉片貿易的情形等，都是不可多得的史料。

此外，詩話中收録了許多反映鴉片戰爭、歌頌中國人民奮起抗英的詩篇，如張維屏的三元里、三將軍歌；魏源的史感、秋興；朱琦的感事、王剛節公家傳書後、書林把總事、定海知縣殉難歌、關將軍輓歌、吴淞陳老將歌；張鴻基的有感、讀史；張際亮的浴日亭等，這些詩都表現了不甘屈辱、憂心時事及表彰正氣、伸張國威的愛國熱忱，反映了時代與民族的精神，堪稱詩史，同時也體現了詩話編纂者的用心所在，因而沈葆楨在例言中説：「夫子詩話之作，意在射鷹，非同世之泛泛詩話也。」

詩話的另一個重要價值，在於它廣泛地收録了當時詩人的作品。據統計，全書述及清代詩人約四百名，其中尤以同時的師友親知爲多，共收詩二千餘首，遂使此書成爲一部研究清詩、特别是鴉片戰爭時期詩歌創作的重要文獻。因詩話鈔録同時作者的詩大部分得自手稿和較早的刊本，故其中引詩有一定的校勘和輯佚價值。如録魏源詩達數十首之多，即可據此校勘和補充傳世之古微堂詩集；又如末卷收録朱琦的新鐃歌四十九章，也與今怡志堂詩集中所載文字多有異同，可資比勘。至於詩話中存録了一些不經見的人物與篇什，其詩、其人賴此書而得傳，則更爲不容忽視的材料。

詩話中的詩論詩評，體現了林昌彝的文學思想。他是一個學者，從他的著述來看，以治經爲平生之事業，因而表現於論詩之中，便更爲注重詩歌創作中學養的地位。他對嚴羽滄浪詩話中「詩有别材，非關學也」的説法深致不滿：

嚴叟謂詩有别才，是矣，而謂詩非關學，則非也；謂詩有别趣，是矣，而謂非關理，亦非也。果如滄浪所論，則少陵何以讀書破萬卷邪？（卷五）

又引袁樸村的話説：

「黄魯直曰：『凡病可醫，惟俗不可醫。』」予謂醫俗有良藥，人特不肯服耳。良藥者何？書是也。苟能多讀書，則身心間皆古氣盤結，一切塵氛俗念那有位置處。杜老云：

『讀書破萬卷，下筆如有神。』此千古作詩之秘，即千古論詩之秘。」然則據樸村之論，是嚴滄浪「詩有別才，非關學」之説不足信矣。（卷二十一）

可見他以爲作詩不可缺少學問。他在清代詩人中最推崇顧炎武和朱彝尊，正因爲顧、朱兩人都是以學問家而兼擅吟咏，甚契合林昌彝的論詩標準。

作者論詩並不單純强調學殖，也還主張不廢性情，要求表現真實的情感，所謂「作詩貴情摯，情摯則可以感人」。（卷十八）他對閩縣龔景瀚的觀點甚爲欣賞：「先生論詩以性情、意味爲本，有體而無性情，有韻致而無意味者，先生所不取也。」（卷十九）可見他强調性情在詩中的重要，因而他在評述惠棟的詩論時，表明了自己的論詩祈嚮：

先生（惠棟）序吴企晉詩，謂詩之道有根柢，有興會。根柢原於學問，興會發於性情，二者兼之，始足稱一大家。先生不多作詩，而此論極精當。（卷十二）

惠棟爲一代經學大師，論詩既重學問又主性情，自然先得林昌彝之心。這種學問性情并重的主張，可以説是林昌彝詩論的核心，體現了他要以詩人與學人相結合的好尚。他菲薄袁枚，因其標榜性靈，失之空疏；他不滿翁方綱，則因其專以學問爲詩而欠性情。這種見解可以説上承其師何紹基之説，下開清末閩派詩人如陳衍諸人之論。何紹基論詩也强調學問性情并重，而陳石遺標榜的「同光體」，就直以學人之詩與詩人之詩結合爲其標幟。林昌彝對清代詩論中爭論不休的宗唐、宗宋問題采取持平兼取的態度，也本於上述論詩宗旨。歷來認爲唐詩重性情而宋詩重學問，他也以爲「宋詩不及唐者，以其少沉鬱頓挫耳，然亦自爲一代之詩，不可偏廢也」。（卷十一）所謂沉鬱頓挫，一直用來指杜甫詩的感情沉摯，故可知林昌彝以爲宋詩不如唐詩正在情韻不足，然宋詩能別具一格，則在能融學問理致於詩。這説明他一方面繼承了自明代以來閩派詩人重唐調的傳統，同時也受到當時已崛起於詩壇的宋詩派的主張，如他的座師何紹基就是清季宋詩派的開山之一。而他這種兼取唐、宋的主張，對清末閩派詩人之不拘唐調而崇尚宋詩恐也有先導的作用。故就清代詩歌理論發展的角度而言，詩話也不失爲一部值得重視的文學批評著作。

詩話的刊刻在咸豐元年（一八五一），然據沈葆楨的凡例説，其纂輯編寫工作則持續了十餘年之久，「庚子（一八四〇）至庚戌（一八五〇），六上公車，皆攜帶行篋」，可見林昌彝對此書的重視與寶愛。直至同治元年（一八六二）他作渡海詩還説：「樓檻排山鬼島開，白頭今詣粵王臺。射鷹詩話平夷志，載汝輪船渡海來。」（衣讔山房詩集卷八）正説明他以此書爲平生得意之作。此書刊後確也引起了相當强烈的反響，甚至「初印本詩話，英夷以重價向坊間購之」。（見陳慶鏞爲衣讔山房詩集題詞小注）

目前能見到的詩話版本，僅咸豐元年（一八五一）之家刻本，這次整理即以此爲底本。然原書誤刊及漏衍顛倒之字甚多，故我們對書中一些明顯的、常識性的錯誤做了改正，如誤龔定盦爲龔定盒、誤楊西禾爲楊四禾、誤陳友諒爲陳友亮、誤唐代詩人耿湋爲耿諱、魚玄機爲魚言機、李咸用爲李用咸，又如誤景祐爲京祐、陳言爲除言、邊邑爲邊色等，均一一改正，然終因缺乏别本互勘，又不宜妄改舊本，故對某些疑問之處只能一仍其舊，以期保持原來面目，祈讀者鑒諒。詩話中個别段落完全重複，則將後出者删去。限於我們的水平，標點整理中的不當之處，在所難免，敬請讀者不吝指正。

王鎮遠　林虞生

序

閩中林薌谿孝廉以沈博絶麗之才，爲經天緯地之學，庚戌夏，余從都下識孝廉於葉潤臣内翰座中，内翰謂余曰：「林君學博詞雄，今之顧亭林、朱竹垞也。」嗣讀孝廉所著三禮通釋二百餘卷，及小石渠經説、温經日記，説文二徐本辨譌諸書，精深博奥，殫見洽聞，近世罕有其匹。道州何子貞先生，孝廉座主也。嘗謂孝廉書「從三禮辨途知奥，乃以貫通諸經，近日説經之士，治禮者無孝廉之精且博也」。真知言哉！

及仲夏南歸，余與孝廉同行，孝廉出其詩稿授余。讀之，覺風骨沈雄，氣韻逸秀，足以繼響開、寶諸公。孝廉立品端方，留心時務，而胸懷爽朗，每談海氛事，即激昂慷慨，幾欲拔劍起舞，著有平逆志四卷及平夷十六策，切於時務，誠經國之大業，不朽之盛事也。英逆爲人神所共憤，則孝廉之書，必有以紓其藴抱矣。又以餘事著射鷹樓詩話。

孝廉家福州省垣，與烏石山相密邇，山爲厲鷹所穴。孝廉蒿目時艱，故繪射鷹圖以見志。其詩話前數卷多詳時務。嗚呼！此張九齡之金鑑録，鄭俠之流民圖，可以見諸施行，不得僅以世之詩話目之。末卷附録朱侍御新鐃歌四十九章，此江漢、常武之詩，蒸蒸乎治平之象焉。按詩話之例，大旨有四：一則志在射鷹，故前數卷記海口事，不憚再四言之。次則借詩以正風俗，意在維持風化，其用心亦良苦矣。又次則主於論詩，一歸正始，懼騷、雅之不作，恐風月之銷沈。孝廉於近代詩話，極推朱竹坨、潘四農二家，謂竹坨搜羅極博，四農論斷極精。余謂竹坨詩話專記有明一代掌故，不如孝廉詩話上下古今，所論甚大；四農詩話論詩專取質實二字，且於古今詩人，僅推子建、淵明、少陵三人而已，此尚宥於見解。孝廉所見極博，所解極精，淹洽同於竹坨，而特識高於四農，故可貴也。又次則專重師友淵源。孝廉交遊遍海内，凡平日論交所及，其於生平師友之片詞隻字，皆悉録之，此孝廉所著詩話之大略也。

余與孝廉同行五十餘日，計程四千餘里，孝廉舟車之中，手不釋卷，至四鼓就寢，枕上猶暢談經史或詩古文詞，亹亹不倦。孝廉解經及史，博及萬卷，多聞所未聞，余悉記之於楮，名曰同舟異聞録。孝廉愛余詩及文，既采余文入近代十二家文鈔矣，又采余詩入詩話，且使余爲之序。訓不敏，感深知己，其奚敢以不文辭，因舉其犖犖大者，以告併世學者讀孝廉之書者。

咸豐元年正月試燈節，粤東長樂伊初愚弟温訓頓首拜序於嶺南梧谿石屋。

例言

夫子詩話之作，意在射鷹，非同世之泛泛詩話也。故集中前二卷專言時務，末卷以鐃歌結之，其用意深哉！

凡詩話中諸家有逸事可傳者，則爲詩傳以表之，非好爲煩重也，寓詩鈔、小傳之意云爾。

朱竹垞靜志居詩話多載勝國遺事，不厭煩言，可備掌故。集中長篇備載逸事，多暢所欲言，用竹垞詩話之例耳，不得拘於文之繁簡也。

他人詩話多論詩而已，夫子詩話所包甚廣，凡有關於風化者，無不痛切言之，此扶世翼教之書，不得僅以詩話目之。

夫子别採海内詩人及師友交遊之詩，名敦舊集。嘉慶、道光二朝，搜羅頗稱詳備，以書至八十卷，一時難於付板，故詩話於諸家集中佳篇多者，必重疊採之，恐其湮没不彰也。

詩話中多維持世教，有關人心世道之言，如蕭山毛西河攻擊朱晦翁不遺餘力，而西河立品未端，鄞全紹衣先生發之，今詳採鮚埼亭外集西河別傳以覘西河平日行止，證其言之不足據，非好爲鈔胥也。不如此，不足以徵西河之妄。或疑採取太煩，此卑識淺見，井蛙窺天，蚍蜉撼樹耳，不足責也。曲端事採全紹衣文集，亦此例。

吾閩通志，關一省文獻，豈容敗於垂成。詩話於通志一條，凡福建舊續通志之例，及新纂志之例，駁辨詳明，博而且精，言之有物，非胸羅萬卷者，不能道其隻字。其有關於全閩掌故者，非淺鮮也。於吾道亦大有功焉。

先母舅林文忠公與夫子相知最深，其平日禦夷之法，與夫子論之亦最詳盡。文忠公嘗謂人曰：「吾宗薌谿孝廉，留心時務，平夷之策，可以見諸施行。」

夫子深於經學，著書滿家，其所爲詩古文詞，雄厚㮣深，入古賢之室。詩話中自時務以及論詩，無所不有，其所載有關風化之言，非等於頭巾腐氣也。

集中所載諸大家詩，皆足雄視一代，或祇長一體，或兼長各體，必重疊採之。或惟登某題，或僅採名句，視其人本集刻與未刻，傳與不傳耳。

夫子論詩極精，詩話中多補前人所未及。其於嚴滄浪「詩有別才非關學」一語，必力辨之，恐不讀書者以滄浪詩話爲藉口也。

詩話詳於射鷹，而有關風化者次及之，論詩又次及之，採師友詩又次及之，非如全閩詩話之例，一人不遺。故集中於閩省諸家詩，不能遍採，惟舉其所知而已。

集中所論射鷹而外，如邪教及花會之貽害人心，必痛切言之。守土者能於花會治法，依説行之，真救世之良法也。

集中論老蘇辨奸論，非由賦詩起釁；論大蘇傷暑，誤服黄芪粥：皆眼高於頂，非見地獨明者不能道。

夫子通乎陰陽五行之理，博聞廣識，集中凡豪猪之辟毒，鳳蕉之辟火，方書之辟怪鵰，皆詳載其法，其有益於人者不少也。

所採之詩，多合三百、騷、選之旨，漢、魏、盛唐之遺，凡五七古、五七律、五七絶有佳篇未刊者，多全載之，以爲敦舊集之嚆矢焉耳。

夫子竭十餘年搜輯之功，編詩話既成，庚子至庚戌，六上公車，皆攜帶行篋。庚戌會試，嘗命葆楨爲立凡例，葆楨駑駘下質，焉敢參論次之末。惟受教有年，不敢固辭。今春復録副墨郵札京師。時葆楨備員史局，公餘下直，謹就著書大旨，詳其本末。至於集中名言莊論，妙語解頤，讀者自悉之，不能細述也。時咸豐元年春仲，受業沈葆楨謹識。

參閱姓氏爵里

儀徵阮文達公芸臺先生元　侯官林文忠公少穆先生則徐　吳縣吳崧甫侍郎師鍾駿
道州何子貞太史師紹基　宜黃陳少香大令師偕燦　河間苗仙簏明經夔
粵東長樂温伊初孝廉訓　溆浦嚴仙舫觀察正基　邵陽魏默深司馬源
番禺陳蘭浦廣文澧　平定張石洲明經穆　益陽湯海秋正郎鵬
合肥徐易甫孝廉子陵　晉江陳頌南侍御慶鏞　臨桂朱伯韓侍御琦
旌德呂鶴田鴻臚賢基　文昌葉鏡洲孝廉棲鸞　漢陽葉潤臣侍讀名澧
侯官林梅心布衣萬春　武進趙伯厚贊善振祚　武陵楊性農太史彝珍
江都汪孟慈太守喜孫　上元梅伯言正郎曾亮　四明姚梅伯孝廉燮
道州何子愚司馬紹京　監利王子壽比部柏心　曲阜孔繡山舍人憲彝
善化孫芝房太史鼎臣　寧德左覲唐孝廉元炯　建寧吳厚園茂才淳

錢塘龔昌匏國子生太息

侯官林鏡颿太史汝舟

漢陽劉茉雲學正傳瑩

高安朱芷汀孝廉舲

嘉興錢蔚如孝廉炳森

順德羅椒生通政惇衍

閩縣林自求布衣景福

長沙李梅生太史杭

閩縣曾亦廬大令元澄

閩縣何肫藹孝廉廣憙

光澤何願船比部秋濤

山陽魯通甫孝廉一同

南平曾雨蒼孝廉世霖

家文忠公少穆宮傅書

薌谿八兄大人閣下，啓者：前煩閣下代閲李蘭屏比部遺詩，去留甚當，兹更有三卷呈覽，並大著詩集及詩話五本送上，察收。大著氣魄沈雄，風格逸秀，溯源浣花、太白、輞川、昌黎、東坡、渭南，不失三百之旨；近代則合顧亭林、吴梅村、朱竹垞、宋荔裳爲一手。閣下湛深經術，精究三禮，而詩筆如此雄厚俊逸，誠當世之所稀也。詩話採擇極博，論斷極精，時出至言，閲者感悟，直如清夜鐘聲，使人夢覺，真足以主持風化，不勝佩服之至。近代詩話，閣下極推竹垞、四農二家，謂竹垞搜羅極博，足以考獻徵文；四農論斷極精，足以存真別僞。鄙意謂閣下之詩話，既博既精，可以合二家而一之。顧諄諄欲以鄙作廁其間，恐碔砆不足以雜球璞也。録便當即呈覽。光題飼鶴圖七言古，氣格渾成，意在言外，可稱高手，謝謝。前送上命題尊太孺人一燈課讀圖，未知有當大雅之意否？賢母賢子，令人起敬。閣下學成行修，可謂無負先志矣。射鷹驅狼圖，命意甚高，所謂古之傷心人别有懷抱也。拙作俟撰好呈上。大著平夷十六策及破逆志四卷，真救世之書，爲有用之作，其間規畫周詳，可稱盡善，此百戰百勝之長策，與弟意極合。弟在粤東時，五圍夷鬼，三奪夷船，其兩次夷船退出外港，不敢對陣，皆此法也。閣下以命世之才，終當大用於世，待時焉可耳。弟老矣，望閣下他日爲范文正、王文成，則吾宗之光，亦吾閩之福也。昨晤鹿春如觀察，已將書院指薦矣。謹肅寸楮，即頌著安不次。

庚戌仲秋，竢邨退叟宗弟則徐頓首。

卷一

余家有書屋，東北其户，屋有樓，樓對烏石山積翠寺，寺爲饑鷹所穴。余目擊心傷，思操强弓毒矢以射之。又恐鏃鍭虛發，惟有張我弓而挾我矢而已。因繪射鷹驅狼圖以見志，故名所居之樓曰「射鷹樓」。題者甚衆，惟宜黄陳少香先生偕燦七言古一篇，沈鬱頓挫，壁壘森嚴，不愧萬人之敵。狼能助鷹爲虐，不可不驅，故並圖之，閱者勿笑書生之荒於田獵也。詩云：「林生四十負奇氣，讀書萬卷才沈雄。請纓早藴終軍志，投筆常慕班超功。縱横挾策不得試，蒿目隱隱憂飛蓬。男兒七尺好身手，安忍得失隨雞蟲。竭來海上一馳馬，獅花騰踏横雕弓。黄雲壓陣渤澥北，赤手射日扶桑東。秋氣成陰出鷹翮，封狼跋扈尤頑兇。鴟鸇鶚鷂鵰鶚隼，犬羊虎豹豺貙豵。呼朋引類恣噉食，弱肉易盡窮檐窮。一發再發英風起，連天殺氣消長虹。雷鳴伏鏑撼山岳，電掣鎩羽羅豻豵。天狼墮地鬼狐没，一掃厲氣秋宇空。寢皮食肉行且快，揮戈反日將毋同。上方信有斬馬劍，壯夫莫笑雕蟲工。似聞塞上新開幕，軍門伐鼓聲鼙鼙。羊羔飽醉銷金暖，琵琶迭奏氍毹紅。書生好事豈越俎，毋乃猿臂希從戎。嗟我身世羈羅網，髀肉坐嘆消磨中。少陵野老悲歲暮，短衣看獵殘年終。爲君作歌署幀尾，海天莽莽生長風。」

儒者雖窮而在下，不可無先憂後樂之意。范文正公爲秀才時，便以天下爲己任；即少陵之廣厦，白傅之長裘，是不可不有其志也。古來名臣皆能副此語。程子所言一命之士，苟存心於愛物，於人必有所濟；若身居高位，而無益於民物，則當引身而退，毋致貽譏戀棧。常熟蔣伯生大令因培詠木棉絶句，末聯云：「堪笑燭天光萬丈，何曾衣被到蒼生。」按木棉花爲粵産，其絮不能織布，大令詩，深得規諷之旨。

余繪射鷹驅狼圖横幅小照，題咏極多，後又繪射鷹圖手卷，粵東長樂温伊初孝廉訓題云：「射隼高墉絶技聞，汝鷹何事劇翻翂。黄間白羽乘空發，雨血風毛墜地紛。爪嘴莫矜同勁鐵，乾坤從此淨妖氛。層樓海上雕弧影，已懾愁胡抉暮雲。」可謂深得杜骨。

英夷不靖以來，洋煙流毒中國，甚於洪水猛獸。海口五處通商，實非久計。即以福州海口言之五虎門内閩安鎮營。洋煙之入，每日三大箱，每箱值洋番八百員；又六十餘小箱，每箱值洋番六十員，每日共輸洋番六千餘員，不足以銀代之，又不足以好銅錢代之，每歲計輸錢三百萬。若合五海口所輸計之，每歲奚止二千萬乎？福州之地，即以金爲山，以銀爲海，亦不足供逆夷所欲，況地瘠而民貧者乎？數年以後，民其塗炭矣！余意欲革洋煙，須先禁内地吸食洋煙之士民，然後驅五海口之英逆。驅之之法，則不主和而主戰。余前有上某大府平夷十六策，邵陽魏默深司馬源見之，決爲可行。默深負命世才，書生孤憤，與余有同志焉。其著海國圖志六十卷，爲以夷攻夷而作，爲以夷款夷而作，爲師夷長技以制夷而作。其書一據前任兩廣總督家文忠公少穆先生所譯西夷之四洲志，再據歷代史志及明以來島志及近日夷圖、夷語，鈎稽貫串，創榛闢莽，前驅先路。大都東南洋、西南洋增於原書者十之八，大小西洋、北洋、外大西洋增於原書者十之六，又圖以經之，表以緯之，博稽羣議以發揮之。或以爲此何以異於昔人海圖之書？曰：彼皆以中土人譚西洋，此則以西洋人譚西洋也。其自序云：「易曰：『愛惡相攻而吉凶生，遠近相取而悔吝生，情僞相感而利害生。』故同一禦敵，而知其形與不知其形，利害相百焉；同一款敵，而知其情與不知其情，利害相百焉。古之馭外夷者，諏以敵形，形同几席；諏以敵情，情同寢饋。然則執此書即可馭外夷乎？曰：唯唯，否否。此兵機也，非兵本也。有形之兵也，非無形之兵也。明臣有言：『欲平海上之倭患，先平人心之積患。』人心之積患如之何？非水、非火、非刃、非金，非沿海之奸民，非吸煙販煙之莠民。故君子讀雲漢、車攻，先於常武、江漢，而知二雅詩人之所發憤；玩卦爻内外消息，而知大易作者之所憂患。憤與憂，天道所以傾否而之泰也，人心所以違寐而之覺也，人才所以革虚而之實也。昔準噶爾跳踉於康熙、雍正之兩朝，而電掃於乾隆之中葉；夷煙流毒，罪萬準夷。吾皇仁勤，上符列祖，天時人事，倚伏相乘，何患攘剔之無期，何患奮武之無會。此凡有血氣者所宜憤悱，凡有耳目心思者所宜講畫也。去僞，去飾，去畏難，去養癰，去營窟，則人心之寐患祛其一。以實事程實功，以實功程實事，艾三年而蓄之，網臨淵而結之，毋馮河，毋畫餅，則人材之虚患祛其二。寐患去而天日昌，虚患去而風雷行。傳曰：『孰荒於門，孰治於田？四海既均，越裳是臣。』」默深俯仰世變，深抱隱憂，著有寓公小草，其前史感云：「誰奏中宵秘密章，不成榮號不汪黃。已聞狐鼠憑城社，安望鯨鯢戮埸疆。功罪三朝雲變幻，戰和兩議國冰湯。安劉自是諸劉事，絳灌何能贊塞防！」「揖盜開門撤守軍，力翻邊案熾邊氛。但師賣塞牛僧孺，新換登壇馬服君。壯士憤捐猿鶴骨，嚴關甘送虎狼羣。尚聞授敵攻心策，惜不夷書達九雯。」「草木兵聲報粵陬，海潮怒汩尉佗秋。豈聞火戰乘風逆，安有山臺代敵修。黄蓋荻舟供賊炬，王匡貙卒但民仇。從來禦寇須門外，誰潰藩籬錯六州？」「同仇敵愾士心齊，呼市俄聞十萬師。幾獲雄狐來慶鄭，誰開柙兇禍周遺。前時但説民通寇，此日翻看吏縱夷。早用秦風修甲戟，條支海上哭鯨鯆。」後史感云：「爭戰爭和各黨魁，忽盟忽叛若棋枚。浪攻浪款何如守，籌餉籌兵貴用才。李牧清芻堅壁壘，孫吳斬退肅風雷。浪言孤注成功易，誰向澶淵借寇萊？」「小挫兵家勝負常，重聞整旅補亡羊。鏖軍周處羆當道，倡走荀林馬亂行。不斬偏裨申號令，更抛旌節效蹌踉。頻頹士氣驕夷氣，翻使江防亟海防。」「陣陣雷霆夾鼓鼙，礮聲已偪石頭湄。海風逆上皆爰鳥，江水連天欲佛貍。城下拒盟無宋華，壇前割地仗張儀。幾回白土山頭望，曾記元戎退島師。」「已壞長城不念檀，孟明縱用補牢難。欲横鐵索愁天塹，思掣鯨魚乏釣竿。杼柚大東民力竭，轍旗屢北士心寒。似聞臨别由余語，亦代中朝未雨歎。」

中國以大黄、茶葉救夷人之命，夷人反以鴉片流毒之物，賺去中國財寶，此天怒人怨，爲天理所不容，人情所共憤。余嘗有詩云：「但望蒼天生有眼，終教白鬼死無皮。」家太傅少穆先生見之，爲之贊賞累日。

來鶴山房詩草八卷，臨桂朱伯韓侍御琦著。伯韓，道光辛卯省元，乙未進士，翰林院編修，今官福建道御史。侍御留心經濟，尤深於詩，樂府及五七言古詩，氣韻沈雄，風骨俊逸，有如千巖競秀，萬壑爭流，源出浣花，旁及昌黎，而能獨成一子。遒勁似劉誠意而魄力勝之；忠愛似鄭少谷而真摯過之。桐城姚石甫謂侍御詩「天賦本高，兼以學古之鋭，斂才嗇氣，淵味邈音，乃神與古會」，可謂知言。余於甲辰春三應禮部試，往謁道州何子貞師，論海内能詩之士，師曰：「近海内能詩者，以伯韓爲最。」及讀其詩，信侍御所詣爲不朽矣。甲辰仲夏，余留京師，疾殆，侍御親視湯藥月餘，疾爲之減，他人不能也。侍御能文章，篤氣誼，爲明體達用之學。乙巳，余寓侍御宅近數月，論文談道，留連朝夕，真足以爲朋友之樂。建寧張亨甫孝廉嘗謂人曰：「伯韓，今之少陵也。」其所爲詩，悉屬侍御手定。亨甫嘗贈句云：「巨手開西粤，洪波漲北溟。力雄出激宕，思遠入沈冥。」則傾倒至矣。至於立朝風節，與陳、蘇二君稱三御史，天下知之，則侍御之不朽者，不獨詩已也。其感事詩云：「鴉菸入中國，爾來百餘歲。粤人競啖吸，流毒被遠邇。通參軫民害，讜言進封匭。吏議爲條目，罪以大辟擬。殺人亦生道，重典豈得已。粤東地瀕海，番商萃奸宄。天使布威德，陳兵肅幢棨。宣言我大邦，此物永禁止。獻者給茶幣，一炬付烈燬。積蠹快頓革，狡謀竟潛啓。飛帆擾閩越，百口騰謗毁。致釁誠有由，功罪要足抵。直督時入覲，便嬖伺微指。奏云㰦咭唎，厥患亦易弭。竄寃至鹽峽，恭順無觸抵。節鉞遽更代，蠻疆重責委。豈料堅主和，無復識國體。擅割香港地，要盟受欺紿。況聞浙以西，醜虜陷定海。焚掠爲一空，腥臊未湔洗。虎鹿復逼近，鎖鑰失堅壘。總戎關天培，隻身捍賊死。開門盜誰揖，一誤那可悔。五管嗟繹騷，征調無暇晷。至尊勞旰食，軍書壓黼扆。機幄時咨對，震懾但諾唯。天討終必伸，整旅奮尺箠。冠軍伊何人，軀幹頗傑偉。驍鋭五千騎，索倫十萬矢。庶往麾天戈，一舉盪溟澥。義律何能爲？勾結餌羣匪。所恃惟巨礮，以外無長技。常侯昔決戰，摧鋒氣披靡。艅艎坐饑困，如魚游釜底。阻隘斷其歸，彼虜無完理。惜哉失此機，奔突縱犬豕。大帥殊畏懦，高牙擁嶔嶬。兵驕或食人，傳聞日詼詭。哀哀老尚書，遺奏何嘘唏。上言海氛惡，下言抱積痞。箴砭輒乖謬，蟄戾入肌髓。艱虞正須才，孤憤亦徒爾。猶憶二月初，番舶據沙觜。黑夜突憑城，舉火縱葭葦。矢礮横相攻，孤城危卵累。萬衆方瞠目，禁呵疑神鬼。樓堞幸少完，室廬剩荆杞。附郭尤慘淒，蹂躪其餘幾。荒莊空無人，頹垣半傾圮。可憐寶玉鄉，瓦礫積硊磥。迴思承平時，海南誇麗侈。巨舶通重洋，珍貨聚賨賄。珊瑚鬬七尺，明珠炫百琲。宴客紫駝羹，金盤膾雙鯉。妖姬促膝坐，僕妾厭紈綺。笙歌徹夜喧，紅燈照江水。豈知罹烽燹，園宅倏遷徙。竄身榛莽叢，流離迫凍餒。盛衰有循環，天道詎終否。比聞夷務輯，櫜弓竚旋凱。微勞獲甄叙，廝卒溷青紫。虜驕愁反覆，私憂切桑梓。昨覽檄夷書，疾聲恣醜詆。忠義乃在民，苟禄亦可恥。古人重召募，鄉團良足倚。剿撫協機宜，猖獗胡至此。我朝況全盛，幅員二萬里。島夷至么麽，滄海眇稊米。廟堂肯用兵，終當掃穅秕。微臣憤所切，陳義愧青史。蒼茫望嶺嶠，撫劍獨流涕。」王剛節公家傳書後云：「皇帝廿一載，逆夷寇邊陲。定海城再陷，三總兵死之。其一鄭國鴻，其一葛雲飛。公死尤慘烈，寸磔無完尸。親軍數十騎，鏖戰同燼灰。先是裕制軍，仗鉞往誓師。余督爲犄角，三鎮受指撝。要害議分守，險艱安敢辭。甬東僻海陬，烽燹苦新罹。流亡招未復，怪鴟啼蒿藜。荒郭背厓呰，曉峯何嶔崎。竹山障其南，仄徑窮煙霏。兵法忌阻隘，技擊無所施。峩峩也安門，獨力誰能支？公率壽州兵，帳下多健兒。列栅據峯坳，彼虜潛來窺。我兵壁壘堅，無從抵其巇。賊退攻竹山，巨礮轟崩雷。相繼破曉峯，旗靡車輪摧。公迺急赴援，事已不可爲。鄭帥斷右臂，裹創强撑搘。張目猶呼公，陽陽如平時。葛陷賊陣間，血肉膏塗泥。或云没入海，振臂登危巖。舉火發礮車，反攻欲設奇。一酋自後至，剸刃裂腹臍。惟時海色昏，頹雲壓荒陂。公棄所乘馬，短兵奮突圍。前隊既淪亡，後隊勢漸危。相持已七日，援兵無一來。公死復何憾，公名日星垂。昔年戰渾河，厥功銘鼎彝。平瑶盪蠻疆，奪蝥居前麾。鯨鯢坐可屠，何論鼠與貍。命將惜非人，措置乖機宜。傳聞祭纛日，公潛語所私：吾已辦一死，此行必不歸。後竟如公言，失策那可追。大帥奔寧波，招寶旋傾頽。同一委溝瀆，可憐損國威。颶風吹怒濤，羣鬼紛笑嬉。鈔略浙以東，比户驚鼓鼙。挈家競竄逐，遠望氣慘凄。老弱僵道旁，婦孺走且啼。稍喜鄭方伯，鎮定安遺黎。東南困征輸，淮揚半瘡痍。奈何縱夷舟，順流逼南畿。用兵今兩年，我皇日嗟咨。既苦經費絀，又虞民力疲。專閫成空名，文吏習罔欺。寇至軍已逃，兵多餉空糜。頗聞陳將軍，戰歿江之湄。歸元面如生，大名與公齊。世論泥成敗，事後多詆諆。若公等數輩，使建大將旗。進可殲凶鋒，退必堅藩籬。何至貽隱憂，歲幣爲羈縻。戎心戒潛啓，邊備毋遽隳。國家重武略，忠義懷前徽。死事例議恤，優典極寵綏。謚公以剛節，祀公有專祠。公名曰錫朋，傳者宣城梅。我爲補所遺，長歌告予悲。」侍御感事詩及王剛節公家傳書後，爲集中大篇。退之書張中丞傳後、子厚書段太尉逸事，爲馬、班以還僅見之奇，宋、元以後治古文詞者，無此鉅製，不意於韻語中復覩雄筆。

錢塘梁應來紹壬秋雨盦隨筆云：「鴉片名合甫融，見徐伯齡蟫精雋。向止行于閩廣，今則各省並皆漸染。其類有三，一曰公班，出明雅喇；一曰白皮，出孟買；一曰紅皮，出曼達喇薩。烏土爲上，即公班。白皮次之，紅皮又次之。紅皮又有三種，花紅爲上，油紅次之，別出嗎喇及盎叽哩者名鴨屎紅，見楊秋衡海録。又名阿芙蓉，見李時珍本草綱目。」魏默深海國圖志卷五十一載澳門月報論禁煙云：鴉片製造，一在八達拏，一在默拏，皆孟阿拉地方。而孟阿拉各官，設法加工，總要引中國人嗜好此物。在加爾吉達孟阿拉首部落。稅簿上，即可查出每年鴉片到中國多少，到別處多少，無不列明。近來六年間，孟阿拉出産七萬九千四百四十六箱，内有六萬七千零三十三箱到中國，故鴉片乃是中國最銷流之物。今將其數目開列於下：一千八百三十三年，道光十三年。中國七千五百九十八箱，各處一千八百一十箱；三十四年，道光十四年。中國一萬二百零六箱，各處一千七百九十箱；三十五年，道光十五年。中國九千四百八十五箱，各處一千五百一十箱；三十六年，道光十六年。中國一萬三千零九十四箱，各處一千七百五十七箱；三十七年，道光十七年。中國一萬零三百九十三箱。各處二千二百十三箱；三十八年，道光十八年。中國一萬六千二百九十七箱，各處三千三百零三箱。此但係孟阿臘一處鴉片數目。除孟邁等處所發賣在外，每年印度所收鴉片税餉，自五百萬至一千萬員不等，故巴鼇滿遂以印度爲屬國中之第一。以近來論之，鴉片運到中國者，從古以來，實無多過於今日。總因孟阿臘官府貪心所致，故孟阿臘港口貿易，較之孟買尤大，計所納税餉多於地租，每年解至英國之銀約六十三萬九千棒，合三百一十五萬員。連存留在印度以及各官所用之銀，大約有二百餘萬棒，合一千萬員。故英國受鴉片之利益不少，亦以此招中國人之忌。同里何乾生孝廉春元咏洋煙七律八首，摹寫無遺，其詩云：「海門一舸渡紅夷，賺出黄金竟不知。未死總難除此累，他生最易惹相思。頻年暗炙膏將竭，定候微違淚即垂。錯指秘方醫病用，者番呼吸轉無醫。」「一辭覺岸又迷津，廢物先輪到此身。領略本無真趣味，支持偏有假精神。連宵小住能留客，幾日初嘗尚避人。熏遍佛香申戒誓，剛纔相懺又相因。」「越思斷絶越牽纏，敢費何曾日萬錢。歲月蹉跎佳子弟，煙雲吐納野神仙。坐聞命酒惟垂首，行學尋詩盡聳肩。世路已經多少險，況添苦海渺無邊。」「錦衿亂疊繡帷遮，脊恤神膠祕漢家。煅煉已成傷性藥，彌縫猶當助情花。借他倚玉談私曲，添箇銷金與狹斜。夜半文園生渴疾，一鈎明月索煎茶。」「冶遊勾引五陵豪，里巷參陪月幾遭。萬事都如冰解釋，一身竟付火煎熬。腰肢屈曲時橫臥，指爪纖長每亂搔。聽説寒天雪雲重，范雎又典到綈袍。」「任他市價米難齊，强項而今首亦低。繞榻賓朋方醉語，隔窗兒女正饑啼。常防失足偏爲誤，極勸回頭忽自迷。一事莫教人識破，養成懶癖可攀嵇。」「腸肥腦滿漸摧殘，顑頷相逢詫改觀。直使鬼裝青面目，能令人變黑心肝。孤燈照處留宵伴，冷枕醒時報午餐。銀盒分來煤數點，淮南雞犬舐餘丹。」「别開利藪恣狼貪，法令空勞禁再三。誰解詰姦從左右，獨憐流毒遍東南。紙窗癡立蠅俱醉，粉壁潛窺鼠亦酣。牽得絲來身自縛，半牀僵臥冷春蠶。」

英逆之變，主和議者是誠何心？余嘗見和約一册，不覺髮爲之指。陸渭南書志詩云：「肝心獨不化，凝結變金鐵。鑄爲上方劍，釁以佞臣血。」讀此詩，真使我肝心變成金鐵也！

英逆之變，各海口死節及殉難諸君，可稱忠勇。余友桂林朱伯韓侍御，皆有詩以記之，表揚忠節，感泣鬼神。關將軍輓歌云：「颶風晝捲陰雲昏，巨船如山驅火輪。番兒船頭擂大鼓，碧眼鬼奴出殺人。粵關守吏走相告，防海夜遣關將軍。將軍料敵有膽略，樓櫓萬艘屯虎門。虎門粵咽喉，險要無比倫。峭壁束兩峽，下臨不測淵。濤瀧阻絶八萬里，彼虜深入孤無援。鹿角相犄斷歸路，漏網欲脱愁鯨鯤。惜哉大府畏懦坐失策，犬羊自古終難馴。海波沸湧黯落日，羣鬼叫嘯氣益振。我軍雖衆無鬬志，荷戈却立不敢前。贛兵昔時號驍勇，今胡望風同潰奔？將軍徒手猶搏戰，自言力竭孤國恩。可憐裹尸無馬革，巨礮一震成煙塵。臣有老母年九十，眼下一孫未成立。詔書哀痛爲雨泣。吾聞父子死賊更有陳連陞，炳炳大節同崚嶒。猿鶴幻化那忍論，我爲翦紙招忠魂。」書林把總志事云：「金門已逼厦門失，我兵痛哭爲我説。借問老兵汝何來？道路飛書連兩月。公家程期不得緩，兩脚瘇瘃皮肉裂。老兵患苦何足陳，我家主帥孤大恩。厦門屯戍兵有萬，況又鎖鑰連金門。當時烽堠眼親見，主帥逃歸竟不戰。獨有把總人姓林，廣額大顙又多髯。自稱漳州好男子，當關一呼百馬瘖。可惜衆寡太不敵，一矢洞胸腸穿出。轉戰轉厲刀盡折，寸臠至死駡不絶。安得防邊將帥盡如此，與爾同生復同死。」定海知縣殉難詩以哀之云：「定海縣濱海，地瘠民甚苦。縣小無兵不可守，縣中居民無千户。吏民勸官去，官曰死此土。虜來益衆勢倉黄，官投之水成仁塘。如此好官我慘傷！問知侯官人，頗云能文章。一子予蔭襲，我爲紀其詳，大書定海知縣姚懷祥。」朱副將歌云：「將軍名桂其姓朱，膽大如斗腰圍麤。願縛降王笞鮫奴，臨陣愛騎生馬駒。傳聞寧波新失利，大帥倉皇欲走避。公横一矛踞帳前，此輩跳踉那足畏！我有勁兵人五百，自當一隊往屠賊。大兒善射身七尺，小兒英英頭虎額。鋒合頗能搴其旗，蛇鳥指畫天爲低，紅毛叫嘯番鬼啼。總戎胡爲先遁走？岌岌舟山棄不守。鎗急弓折萬人呼，裹瘡再戰血模糊。公拔鞾刀自刺死，大兒相繼斃一矢。小者創甚卧草中，賊斫不死留孤忠。是時我兵鳥獸散，月黑漫漫天不旦。中丞下令斷江臯，亂兵隔江不敢逃，敢有渡者膉吾刀。」吳淞陳老將化成歌云：「吳淞江口環列屯，吳淞老將勇絶倫。連日鏖戰幾大捷，沙背忽走水上軍。援軍隔江僅尺咫，眼見陳侯新戰死。大府擁兵救不得，金繒日夜輸鬼國。」

洋煙流毒中國，元氣已傷。救之之法有二：一則絶通商，一則開海禁。絶通商，非主戰不可，主和則苟安於目前，過此伊於胡底矣！開海禁，是彼國之人，可商於我國；則我國之人，亦可商於彼國。蓋海禁一開，則天下之財分於百姓，不能獨歸外地矣！宜黄陳少香先生詩云：「已拚海國成孤注，肯捨金湯塞漏巵。」又云：「重洋地豈能沈鐵，百粤山宜盡變銅。」讀此詩，不禁作杞人憂天之感。

侯官家文忠公少穆宮傅遣戍伊犂，出嘉峪關詩，風格高壯，音調淒清，讀之令人唾壺擊碎。然怨而不怒，得詩人温柔敦厚之旨。詩云：「嚴關百尺界天西，萬里征人駐馬蹄。飛閣遥連秦樹直，繚垣斜壓隴雲低。天山巉削摩肩立，瀚海蒼茫入望迷。誰道殽函千古險，回看祗見一丸泥。」「東西尉候往來通，博望星槎笑鑿空。塞下傳笳歌勅勒，樓頭倚劍接崆峒。長城飲馬寒宵月，古戍盤雕大幕風。除是盧龍山海險，東南誰比此關雄！」「燉煌舊塞委荒煙，今日陽關古酒泉。古玉門關在今燉煌縣。不比鴻溝分漢地，全收雁磧入堯天。威宣貳負陳尸後，疆拓匈奴斷臂前。西域若非神武定，何時此地罷防邊？」「一騎纔過即閉關，中原回首淚痕潸。棄繻人去誰能識？投筆功成老亦還。奪得胭脂顔色淡，唱殘楊柳鬢毛斑。我來别有征途感，不爲衰齡盼賜環。」戲爲塞外絶句云：「禪海環成大九州，平生欲策六鼇遊。短衣攜得西涼笛，吹澈龍沙萬里秋。」「雄關樓閣倚雲開，駐馬邊牆首重回。風雨滿城人出塞，重陽前一日出關。黄花真笑逐臣來。『黄花笑逐臣』，太白流夜郎句也。」「路出郵亭驛鐸鳴，健兒三五道旁迎。誰知不是高軒過，阮籍如今亦步兵。」「攜將兩個阿孩兒，走馬穿林似哀師。彝、樞兩兒俱好馳馬。不及青蓮夜郎去，拙妻龍劍許俱隨。」「砂礫當途太不平，勞薪頑鐵力交爭。車箱簸似箕中粟，愁聽隆隆亂石聲。」「天山萬笏聳瓊瑤，導我西行伴寂寥。我與山靈相對笑，滿頭晴雪共難消。」

「古戍空屯不見人，停車但與馬牛親。車旁一飯甘藜藿，半咽西風衮衮塵。」「經丈圓輪引軸長，車如高屋大昂藏。晚晴風定褰帷坐，似倚樓頭看夕陽。」「僕御摇鞭正指揮，忽聞狂吼懾風威。前山松徑低迷處，無翅牛羊欲亂飛。」「百里荒程僅一家，頹垣半没亂坡斜。無端萬斛黄塵裏，偏著一枝含笑花。塞外土妓，近年始多。」先生出關攜兩少君同行，載書數千卷。先生别長嗣君詩云：「三男兩從行，家事獨賴汝。汝亦欲我從，奈爲例所阻。詞臣例不許請假出關。從來已數程，再遠亦何補？忍淚臨交衢，執手爲汝語：汝父雖衰齡，餘勇或可賈。平生一念愚，艱危輒身許。」云云。又載書出關詩云：「縱許三年生馬角，也須千卷束牛腰。」皆紀實也。

道光十九年，家文忠公奉旨辦理粤東夷務，陛見時，即懇陳五海口要害，須得精兵嚴守，庶夷人不得竄入。甫出京，途次又連陳數摺。至粤東，責夷人繳煙若干萬箱，並令其永無闌入，已有成議。嗣夷人中變，先生屢焚其舟，夷人竄入浙西，及定海失守，部議咎及先生，乃遣戍伊犁。其在戍所，所爲詩不作牢騷之概。途中大雪云：「積素迷天路渺漫，蹣跚敗履獨禁寒。埋餘馬耳尖仍在，灑到烏頭白恐難。空望奇軍來李愬，有誰窮巷訪袁安。松篁挫抑何從問？縞帶銀杯滿眼看。」秋夜不寐起而獨酌云：「瓦盆半傾餘濁醪，我正内熱思冷淘。欲眠不眠夜漏永，得過且過寒蟲號。肝腸賴爾出芒角，俯仰笑人隨桔槔。空瓶醉後作枕卧，明日糟牀仍漉糟。」伊江除夕書懷云：「臘雪頻添鬢影皤，春醪暫借病顔酡。三年飄泊居無定，庚子在嶺南度歲，辛丑在中州河干，今又在伊江。百歲光陰去已多。漫祭詩篇思賈島，畏撾更鼓似東坡。用坡公守歲時語。邊氓也唱迎年曲，到耳都成勞者歌。」「新韶明日逐人來，遷客何時結伴回？空有燈光照虚耗，竟無神訣賣癡獃。荒陬幸少爭春館，遠道翻爲避債臺。骨肉天涯三對影，時挈兩兒在戍。思家奚益且銜杯。」「謫居本與世緣暌，青鳥東飛客向西。宦味直隨殘臘盡，病株敢望及春荑。朝元舊憶趨丹闕，賜福頻叨濕紫泥。新歲儻聞寬大詔，玉關走馬報金雞。」先生在伊犁，嘗墾田數千畝，又奉使墾回疆田數千畝，共墾田萬畝，次第升科納糧充餉，以抵部撥新疆經費，前此所未有也。先生柬全小汀詩云：「蓬山儔侶賦西征，累月邊庭並轡行。荒磧長驅回鶻馬，驚砂亂撲曼胡纓。但期繡隴成千頃，敢憚鋒車歷八城。丈室維摩雖示疾，御風仍喜往來輕。時使回疆，議墾田事。」「頻年遷客戍輪臺，何意輶軒使節陪。歸夢未逢生馬角，遊蹤翻得遍龍堆。頭銜笑被旁人問，齒讓慚叨首座推。縱許生還吾老矣，看君勳業耀三台。」二十五年十一月於伊吾旅次被命回京紀恩述懷四首云：「飄泊天涯未死身，君恩曲貸荷戈人。放歸已是餘生幸，起廢難酬再造仁。一唱刀環悲白髮，重來輦轂戀紅塵。枯根也遇陽回候，會見金門浩蕩春。」「浹歲鋒車遍十城，舊冬奉命履勘回疆八城，開墾地畝；近復續勘吐魯番、哈密兩城，甫經畢事。花門麫面馬前迎。羈臣幾見膺星使，清秩頻慚附月卿。道光六年，則徐居憂在籍，蒙恩以三品卿視鹺兩淮，懇辭未赴。二十一年，罷粵督任，復蒙以四品卿赴浙東。茲復以四五品京堂用，至是凡畀京堂者三，益滋感悚。雨露雷霆皆聖澤，關山冰雪此歸程。銜恩止對輪臺月，照見征袍老淚傾。」「大樹營門禮數寬，將軍揖客有南冠。非徒范叔綈袍贈，不待馮驩劍鋏彈。夙世因緣成締合，一心推挽愧衰殘。格登山色伊江水，回首依依勒馬看。」「寓公家室問蒼茫，笑指新豐似故鄉。賤累寓西安三年餘矣。頻附音書煩北海，李石梧中丞。曾同憂患憶南陽。鄧嶰筠前輩。門牆沆瀣雲情重，眷屬在陝西，多承及門方仲鴻、劉鑑泉兩觀察解推之誼。兒女糟糠絮語長。準備椒盤謀餞歲，屠蘇偏合老先嘗。」

當逆夷之竄吳淞，吾閩同安陳忠愍公化成勇猛敢戰，自卯至巳，一可當百。發十餘礮，擊沈夷船二隻。惜以援兵不至，遂失犄角之勢，乃死於難。其部將藏其尸於蘆葦中，及殯殮時，有異香繞室。余友晉江陳頌南慶鏞給諫題其遺像，中段云：「君不見陳老佛，手執紅旗呼戰士。以一當十皆奮起，礮聲人聲震百里。夷人當之皆披靡，火輪辟易不敢駛。自卯接戰巳不止，衆軍環視失角犄，況復潰散無律紀。敗軍之將公所恥，整飭孤軍氣倍蓰。目眥盡裂髮上指，力殉疆陲報天子。」陳少香先生五律詩云：「昨夜將星落，吳淞水不流。忠魂蘆港月，鬼火戰場秋。鄉國同殘刼，朝廷念故侯，海邊展遺像，怒氣壓兜鍪。」

傳硯堂詩録四卷，吴縣張儀祖茂才鴻基著。茂才遊幕吾閩，獲交陳少香先生及張辛田大令，大令出其遺藁示余。集中有感及讀史、咏史諸作，憤時感事，悲天憫人，惻然心傷，深抱當世憂患，所謂古之傷心人也。詩境如悲笳吹月，哀雁呼霜；又如百戰健兒，所向無敵。茂才故酒狂，目擊瘡痍，慷慨悲歌，幾於一字一淚。有感五首云：「路隔中原萬里遥，是誰開館納鴟鴞。蠻奴有餅皆稱佛，商舶無煙不吐妖。尺土豈容輕假借，多金祇買禍根苗。重臣幾輩閒持節，未上籌邊議一條。自某督聽英夷設立夷館，借與粤東馬頭，内地鳥煙遂充斥矣。」「抗疏拚將積弊除，漏巵欲塞竟何如？夷吾死後誰籌海，賈誼生平此上書。天以人多開殺運，民緣業少失安居。閉關就使交能絶，已是殘棋被刼初。」「斗大孤城倚夕陽，舶來猶是認通商。早知横海兵能渡，可惜嚴關備未張。頡利處心非旦夕，卞侯埋骨竟沙場。紙鳶信斷重圍急，大帥巡秋正出洋。」「望斷經年報捷旂，舟山依舊陣雲飛。一城烈火轟銅礮，萬帳寒風擁鐵衣。見説用兵機貴密，敢云扼險計全非。怪他幕府偏無事，閒寫劉娘玉貌肥。」「消息傳來總未真，眉梢憂喜雜頻頻。挺身赴國今何日？藉口和戎古有人。風鶴警猶傳粤海，水犀軍合復天津。竇刀不飲樓蘭血，多少英雄願未伸！」讀史有感云：「血洗舟山浪作堆，羽書又報海南來。英雄效死偏無地，上相籌邊別有才。竟爾和戎曾地割，是誰揖盜又門開。從今敢笑陳濤敗，房琯猶曾戰一回。」「虞機斗發地雷鳴，竟有潛師夜斫營。挺戟行間來孝子，拔刀嶺上出殘兵。白衣殺賊聞尤罕，青簡論功忌尚生。議戰議和紛不定，岳韓忠勇竟何成？」「海風橫捲礮臺腥，鼓角荒涼不可聽。狂寇稱兵猶跋扈，平章謀國是調停。戎韜誰解鴛鴦陣，相業難憑蟋蟀經。不信籌機諸大老，金人還守廟中銘。」「一春聞雨又聞風，蠶麥鶯花半已空。競見奇兵談紙上，也應枯瘠念溝中。民窮可但能爲盜，俗裕由來易教忠。記得林霆嘗撫部，焚香深夜祝蒼穹。」咏史云：「傳車百道走雷霆，上將威儀古衛青。萬帳已看屯虎豹，一碑何不仆蜻蛉。白虹氣亘南天雨，赤雁光騰北府星。咫尺海濱誰可問？牙旗閒捲浪花腥。」「了了機心在一枰，爛柯人奈眼雙盲。枕邊美妾呼松壽，閫外殘軍亂角聲。當世有誰嫻將略？諸公自合享承平。只愁慾海填難滿，未必黃金勢可行。」「紙上葫蘆豈足憑，相公覆轍急須懲。一編傳合裁關索，滇南有關索嶺，碑誌爲前將軍之子。五道兵偏誤李陵。玉壘荒涼留斷鏃，瓊筵歌舞又春鐙。那堪更話西征烈，望裏殘楊眼倦凝。」「斷無邊釁啓崇朝，二十年來養有苗。萬姓脂膏由土化，百官氣骨爲金銷。閉關未易逢朱鷺，開府相傳是李貓。從此日南流禍水，紅棉花拂陣雲飄。」「漆城何待寇來攻，囊括先愁百貨空。差喜齊桓猶不譎，可憐楊業竟無終。萬言建策惟輸幣，一笑扶桑待挂弓。此日從軍殊不惡，桃花開徧戰場紅。」「冰山六月槖駝僵，入夢先驚道路長。一輩貪夫懷有璧，十年藩鎮出無糧。江東設醮酬蘇軾，海上投兵哭李綱。竿下金雞原不遠，只愁憂國鬢先蒼。」「玉帳香籠翠袖温，胡姬淺笑奉金樽。趙佗久已窺南粤，杞子偏教管北門。一笛梅花春信漏，四山刁斗哭聲吞。可憐余闕常祠廟，末代何因有此孫？」「突聞袒臂市中呼，竟有人才在狗屠。一劍自磨生血性，萬金不换死頭顱。勁弓已分摧殘羽，契箭偏聞貸醜奴。似此兵機吾不解，挑燈重與讀陰符。」「議和議戰究誰差？聒耳官私兩部蛙。閉户豈能摧寇燄，揭竿尤恐起羣譁。衣冠皆盜斯奇變，科目無人況世家。見説張皇須坐鎮，未妨宰相似棉花。」「玉石終須一炬焚，瓊州露布幾時聞？快心共讀陳琳檄，盡甲俄驚秀實軍。白馬清流嗤此輩，黄龍痛飲待諸君。普天自切同仇義，羞説麒麟閣上勛。」「詔旨重聞撻伐申，萬方觀聽一時新。古來將相原無種，天下英雄自有真。反正急須從海甸，歸邪昨已驗星辰。沈兵願及呼嵩節，齊傍紅雲祝聖人。」

嘆國禁食鴉片煙，獨能流毒其物於内地；嘆國禁奉天主教，獨能廣傳其教於中華，此存心慘毒，真堪切齒。延平曾雨蒼孝廉世霖詩云：「黠哉嘆咭唎，變幻似狐鼠。洋煙毒中國，生靈付一炬！」此詩可謂沈痛。

海口不靖以來，定海、寧波婦女被毒最慘，有帶至鬼國者，有鬻與他人者，有肆淫後投之於水者，有送與漢奸者，陳少香先生詩所以有「紅粉千行航海去，白旛一片上城來」之句。然各海口官兵之害，猶之逆夷。余友孫芝房太史官兵行云：「北風蕭蕭腥滿衢，廣州城中人迹無。家家閉户如避逋，官兵橫行來叫呼。官兵殺人食人肉，挺刃莫敢相枝梧。短領窄袖大布繻，三三五五徧里閭。宰割雞犬牛羊豬，突入酒肆懸雙弧。搜索盆盎及罌盂，飲食醉飽惟所須。八十老翁泣路隅：去年夷人到番禺，十家五家被賊俘；今年官兵望討賊，賊未及討民被屠。彼賊殺人兵得誅，官兵殺人胡爲乎？黄昏吹角聲嗚嗚，轅門半掩人吏疎。雙雙銀燭紅氍毹，大將夜坐治軍書。老翁欲歸無室廬，夜半却立長欷歟。」

建寧張亨甫孝廉際亮天才俊逸，騰驤變化，雄視一代。其於詩刻意爲之，而性情氣格，兩兩俱勝。已刊詩有松寥山人集、婁光堂集、南來草、翠微亭藁諸集。陳恭甫先生謂其「七言古詩，高青丘後，罕有其匹」，誠確論也。同里謝退谷先生贈詩有「素心幸猶在，千秋以爲期」之句。辛丑夏，亨甫招飲道山江城如畫樓，與余多所唱和，嘗問余曰：「吾詩視陸渭南何如，可與並傳否？」余曰：「君詩五七律勝於渭南，但渭南五七古所以絶勝者，固由忠義之氣盤鬱於心耳。以足下之才，充其所學，亦渭南一勁敵也。」亨甫嘆服。亨甫留心世務，蒿目瘡痍。其浴日亭詩云：「青山到滄海，高下皆煙痕。極天積水霧，浩浩暗虎門。東南地勢盡，平見扶桑根。夜來魚龍背，三匝金烏翻。道人自高卧，紅光滿江邨。客游但嘆息，西顧斜景奔。驚波盪返照，奇氣若可吞。悵然萬古士，擾攘同朝昏。誰能九州外，更討百谷源。飄風滿樓櫓，遠近夷船繁。蒼銅與黑鐵，夷船皆以銅包其底，兩傍列鐵礮八十餘尊，皆重千餘觔。驕奪天吳魂。側聞濠鏡澳，盤踞如塞垣。毒土換黄金，千萬去中原。夷人以鴉片土易中國銀，歲至三千萬。歲税復幾何，容此醜類尊。海關歲征税不過百六十萬。近日夷人尤桀黠，督海關者轉多方庇護之，謂非如是，則恐夷人不來。不知中國何需於彼，而必欲其來耶？狡狼鬼國恣，内地稱夷人曰「鬼子」。陷溺生民寃。海若何不靈，惡浪失簸掀。鯨鯢有齒牙，不囓羣鬼跟。嶺蠻昔反背，請看銅鼓存。海神廟有銅鼓，言係漢馬伏波征蠻所遺。如何任煽誘，不思固籬藩。蚩蚩岸居氓，慎汝長子孫。嗟余好長劍，利截蛟鼉黿。留之無所用，欲擲洪濤渾。馳暉去不返，身世空憂煩。摩挲韓蘇碑，難起逝者論。」按此詩作於道光十二年以前，時英逆尚未中變，亨甫可謂深謀遠慮，識在機先者矣。

天主教開禁而後，各海口設立教堂，每七日一膜拜，誘掖愚民。福州南城外，去城不及一里，設立天主教堂，男女蝟集八千餘人。其所祀之天主曰耶穌，按澳門紀略曰：「澳中凡廟所奉天主，有誕生圖、被難圖、飛昇圖，其説以耶穌行教至一國，國人裸而縛之於十字架，釘其首及四肢，三日甦，還本國，越四十日而上昇，年三十有三。故奉教者，必奉十字架，每七日一禮拜。」其教頭多西洋人爲之，亦有中國人爲之。行其教者，爲花旗國。即彌唎堅。其書荒唐紕謬，近刻十條誡注，妄詆孔、孟，直爲狂吠。其堂峻宇雕牆，窮奢極侈，男女溷雜，至不可問。癡民多爲所惑，爲救貧計耳。不知稍有人心者，豈肯斬其宗祀，淫及妻子乎！道光二十五年，英逆和議，而後廣東總督耆英奏請佛蘭西國夷呈請天主教勸人爲善，非邪教，請弛漢人習天主教之禁。奏交部議，准海口立天主堂，華人入教者聽之。惟不許奸誘婦女，誆騙病人眼睛，違者仍治罪。查西洋之天主教不可知，若中國之天主教，則方其入教也，有吞受藥丸領銀三次之事；有掃除祖先之事；其同教有男女共宿一堂之事；其病終有本師來取目睛之事。其銀每次給百二十兩，爲貿易貲本，虧折則復領，凡領三次，則不復給，贍之終身，此見於奏摺之大略也。近今之入教者，給銀已減少十之七八，惟毁絶祖宗、姦淫妻女則如故耳。澳門紀略曰：「日本國禁天主教嚴，其海口葛羅巴馬頭，石鑿十字架於路口，武士露刃夾路立，商其國者，必踐十字路入；如回避者，立斬之。又揑耶穌石像於城闕，以踏踐之，故西洋夷船不敢往商其國。」據此，日本國尚能嚴禁邪教，豈堂堂中華，恬不爲怪乎？聖人在上，誅其目，散其黨，火其書，燬其居，驅之海外，勿使穢汚中國之土可也。閩縣周生瀛暹，余内弟也，嘗從余習舉子業，有感詩云：「太息耶穌妄説天，毁儒訕佛謗神仙。闢教耶穌書名。世無原道昌黎子，誰挽狂瀾障百川！」「誣民邪説甚烏煙，流毒閩疆亦有年。可怪吾鄉林教授，謬將闢妄序長編。吾閩林其英學博刊耶穌闢教、闢妄等書，而爲之序，真妄人也。」「臺江七日教堂前，白鬼紅毛禮拜虔。蠢蠢小民紛聽講，祇緣賺得杖頭錢。夷人設教堂，每七日一説耶穌教，村民來聽受者，以百文與之。」

逆夷不靖以來，竄入五海口，遂窺臺灣。適桐城姚石甫觀察瑩兵備臺灣，獲夷舟一隻及夷鬼二百餘人，置之法，天下快之。及和議既成，夷人詭稱久服威德，請公一會於夷舟中。觀察無懼色，慨然單舸往，語氣雄直，責以大義，夷人辭屈，乃暢飲歸。余友臨桂朱伯韓侍御九月朔日集萬柳堂宴姚石甫丈云：「癸卯月在酉，姚侯自獄出。天斷信明聖，忠憤得少泄。湯子亟置酒，時主人乃湯海秋先生。簪紱萃賢傑。潭潭萬柳堂，益都峙屹兀。荒寒餘古意，驚飈蕩白日。酒半競問公：守臺何施設？夷舟作何狀？攻戰復何術？公笑謂衆賓，兹役那忍説。獨有巡臺時，一事差快絶：夷船大創去，四戰皆告捷。虜首翻獻誠，通事來請謁。聲言讋天威，願一仰麾鉞。公獨往撫之，單舸覘窟穴。杪秋蜃氣肅，海面如鏡澈。清風送歌嘯，杉板坐長筏。番童摇雙槳，容色白勝雪。約略十數輩，歛手挓起訖。使君請出看，我舟殊詭譎。蛟龍製大纛，五色下雌蜺。青紅揺海市，幻出金銀闕。鷁首盡東向，鼉鼓有行列。六爆轟雷車，怒潮中吼裂。公問此何爲？番目語訖訖。謂此小夷禮，微誠幸得達。國主千萬壽，或有大慶悦，每船張百旗，金碧爛磨戛。下此禮稍殺，幢旛未可撏。君侯威德盛，義當備儀節。行行已逼近，歡聲沸蛟窟。登船皆聳觀，兩邊列刀戟。鬼奴以次上，免冠掠毛髮。鋪牀紫氍毹，貼錦紅靺鞨。咬噌羅珍異，華筵促密室。龍鮓味肥美，亦有鵝與鰈。老將頭虎毛，巨口恣啖啜。一酋捧頳盤，乾腊馝以馞。云是本國味，鸞刀親縷切。酒酣縱鞠䩭，銅鞮助嗚咽。落日送歸帆，笳鼓轉蕭瑟。海若格誠信，柔遠奠溟渤。豈獨憚國威，道力何勇決。在昔郭汾陽，免胄示回紇。古今事則殊，忠義迺一轍。去冬公被逮，朝議紛鼎沸。袖中萬言書，誓欲奮喉舌。既思天聽卑，公論不久屈。果然脱羅網，覆盆照湮鬱。陳湯寃不訟，周勃口終訥。將才出老儒，吾輩見管葛。異時任鈞軸，醜虜豈足滅！惜哉罹讒搆，恐遂老耕垡。平子方卧病，謂亨甫。説尹痛至骨。我亦江海人，一腔積熱血。昨朝喜見公，爲我話端末：汝翁吾舊識，意度藴恢闊。黎陽捍孤城，殺賊事最烈。汝今世其家，規矩就前哲。錚錚勵言職，尤當慎所發。座中數君子，神采焕庨豁。聞有東槎集，兵事頗囊括。文章亦公器，瑕垢同盪抉。霜高風色厲，簷鋒戛金鐵。驅車徑歸去，疎檽上寒月。展卷誦公詩，歎息復屢輟。夜深不能卧，肝膽蟠崒硉。洶濤疑在耳，奇境恐暫失。他日告史官，兹事載直筆。」按此詩與感事及王剛節公家傳書後諸篇，如長江大河，魚龍百變，足以雄視古今。少陵北征及自京赴奉先縣詠懷而外，少與比肩。其規矩法度，雖以杜家長鑱，不能攻其一字也！

「苟利國家生死以，豈因禍福避趨之。」此家文忠公少穆宫傅壬寅赴戍登程，口占示家人句也。蓋文忠公矢志公忠，乃心王室，故二句詩常不去口。聞其督師粤西，易簀前數日，猶將原稿手自訂定，其仲嗣隨行，綴入赴告中。文忠公臨行時，嘗持出戍詩一卷付余，因得録其全首云：「出門一笑莫心哀，浩蕩襟懷到處開。時事難從無過立，達官亦自有生來。風濤回首空三島，塵壤從頭數九垓。休信兒童輕薄語，嗤他趙老送燈臺。」「力微任重久神疲，再竭衰庸定不支。苟利國家生死以，豈因禍福避趨之。謫居正是君恩厚，養拙剛於戍卒宜。戲與山妻談故事，試吟斷送老頭皮。」宋真宗聞隱者楊朴能詩，召對，問：「此來有人作詩送卿否？」對曰：「臣妻有一首云：『更休落魄躭杯酒，且莫猖狂愛詠詩。今日捉將官裏去，此回斷送老頭皮。』」上大笑，放還山。東坡赴詔獄，妻子送出門，皆哭。坡顧謂曰：「子獨不能如楊處士妻，作一首詩送我乎？」妻子失笑，坡乃出。二詩婉而多風，怨而不怒，可稱風雅。

道光十九年，家文忠公以欽差大臣辦理粵東夷務，焚洋煙二萬零八百八十三箱，此十九年三月事也。至次年四月，夷人中變，以部議絶其海口通商也，與焚煙事實不相侔，讀文忠公奏摺便知。至議和既定，海口通商，夷人闖入福州省垣重地，盤據烏石山，此則守土者之責也。余家住省垣，去烏石山不過里許，所憾手無斧柯，惟有痛哭流涕長太息而已。余友魏默深秋興詩云：「瓠子秋風又屢驚，從來水旱繼刀爭。功成賈魯偏歸罪，違説銀潢洗甲兵。」「谷改陵頽逆若潮，懷襄以後未今朝。五行水氣乘金氣，四瀆南條變北條。縱緩汴金穴寧防蟻穴傾。亢角氣纏河鼓壯，欃槍光伴大梁明。」「厝薪誰暇楗薪計，城魚鼈禍，誰回洚洞鱷黿驕。下游彌鬨隄彌長，十載前聞曲突焦。」「大漏巵兼小漏巵，宣防市舶兩傾脂。每逢籌運憂邊日，正是攘琛胠篋時。海若蛟宮奔貝族，河宗寶藏積馮夷。莫言象數精華匱，卦氣爻神屬朶頤。」「小草豈希橫草侯，買山爭作出山謀。春風卜式輸羊稅，秋雨文園典鸘裘。弓玉不懲陽虎竊，車金空等茂陵求。當年文景捐租日，府海官山尚不收。」「海外天驕闖塞垌，本殊内盜起門庭。那寬節鉞輿尸罰，翻重花封小吏刑。禦虜狄山乘一障，守邊馬邑責孤亭。法行近貴前朝事，賞墨烹阿仰赫霆。」「節用勤民三代符，如何士氣卻凋蕪。浪言武備承平弛，試問文才振鑠無？山澤雲雷徵蝪蠖，關河霜雪辨駑駒。不經盤錯誰知器，休待臨淵始覓壺。」

番禺張南山太守維屏著松聲詩略，道光壬午進士。其詩從聽松廬集中摘十之二三，分爲十集。番禺劉藻林彬華嶺南羣雅稱太守詩出入漢、魏、唐、宋諸大家，取材富而醖釀深，氣體則伉爽高華，味致則沈鬱頓挫。余謂太守詩清新婉麗，體物瀏亮，如海底木難，斑駁眩目。粵東有人從海舶歸，言米利堅國人有識中國字者，見扇頭有太守所書詩，欣然誦之，且與扇示其友曰：「此張南山也。」米利堅爲海外極遠之國，而其國人聞太守之名，誦太守之詩，此與唐時雞林國人誦白香山詩，同爲藝林佳話。太守粵人，目擊英逆之變，愍然有憂。故三元里及三將軍歌、越臺、江海、書憤諸詩，有據鞍顧盼之概。三元里云：「三元里前聲若雷，千衆萬衆同時來。因義生憤憤生勇，鄉民合力强徒摧。家室田廬須保衛，不待鼓聲羣作氣。婦女齊心亦健兒，犂鋤在手皆兵器。鄉分遠近旗斑斕，什隊百隊沿溪山。衆夷相視忽變色，黑旗死仗難生還。夷打死仗，則用黑旗。適有執神廟七星旗者，夷驚曰：『打死仗者至矣。』夷兵所恃惟鎗礮，人心合處天心到。晴空驟雨忽傾盆，兇夷無所施其暴。豈特火器無所施，夷足不慣行滑泥。下者田塍苦蹣躅，高者岡阜愁顛擠。中有夷酋貌尤醜，象皮作甲裹身厚。一戈已揕長狄喉，十日猶懸郅支首。紛然欲遁無雙翅，殲厥渠魁真易事。不解何由巨網開，枯魚竟得攸然逝。魏絳和戎且解憂，風人慷慨賦同仇。如何全盛金甌日，却類金繒歲幣謀。」三將軍歌云：三將軍者，陳公聯陞、陳公化成、葛公雲飛也。道光庚子、辛丑、壬寅，三公皆以禦夷寇，力戰，歿於陣。余聞人述三公事，作三將軍歌。「三將軍，一姓葛，兩姓陳，捐軀報國皆忠臣。英夷犯粵寇氛惡，將軍奉檄守沙角。奮前擊賊賊稍卻，公奮無如兵力弱。兇徒蠭擁向公撲，短兵相接亂刀落。亂刀斫公肢體分，公體雖分神則完。公子救父死陣前，父子兩世忠孝全。陳將軍，有賢子；葛將軍，有賢母。子隨父死不顧身，母聞子死數點首。夷犯定海公守城，手轟巨礮燒夷兵。夷兵入城公步戰，鎗洞公胸刀劈面。一目劈去鬬愈健，面血淋漓賊驚歎。夜深雨止殘月明，見公一目猶怒瞪。尸如鐵立僵不倒，負公尸歸有徐保。陳將軍，福建人，自少追隨李忠毅，長庚。身經百戰忘辛勤。英夷犯上海，公守西礮臺，以礮擊夷兵，夷兵多傷摧。公方血戰至日旰，東礮臺兵忽奔散。公勢既孤賊愈悍，公口噴血身殉難。十日得尸色不變，千秋祠廟吳人建。我聞人言爲此詩，言非一人同一辭。死夷事者不止此，闕所不知詩亦史。承平武備皆具文，勇怯真僞臨陣分。天生忠勇超人羣，將才孰謂今無人！嗚呼，將才孰謂今無人！君不見二陳一葛三將軍。」越臺云：「往者蠻夷長，依然中國人。背秦聊號帝，朝漢自稱臣。詎意重洋水，能生内地塵。越臺烽火息，回首一酸辛。」「茗荈千甌水，芙蓉萬管煙。利都緣口腹，害遂徹中邊。烹瀹泉兼品，吹嘘火自煎。兩般閒草木，生殺竟操權。」

昔王若虚評白樂天詩：情致曲盡，隨物賦形，所在充滿，殆與元氣相侔。至長韻大篇及樂府，動數百千言，語語順適，中含諷勸，是古詩人和平中正之響。余友善化孫芝舫鼎臣太史乙巳翰林。詩，逸秀雄深，宏亮高雋，不必與香山同調；要其和平之旨，沁人肝脾，又多諷勸之辭，可謂異曲同工者矣。乙巳，余寓京師宣武坊朱伯韓侍御宅，與太史寓宅密邇。太史來訪余，數數過從，或暢談竟夕。太史氣度嫻雅，望之如晉、魏間人，尤工駢四儷六文。其送張蔗泉游金陵序一篇，囊括金陵歷朝掌故，傷今弔古，視庾子山哀江南賦不是過也。是秋，余將南旋，瀕行，太史成長篇並開元占經相贈，依依話別，情懷懇摯。太史藴抱宏深，有身世之感。其君不見四首云：「寧波城中夜叫烏，紹興城中晝見狐。家家逃兵挈妻孥，紛紛涕泣滿路隅。病者委棄無人扶，十隊五隊來姑蘇。姑蘇今年復大水，田中高低長蘆葦。君不見蘇州民，一斗米值錢千文。」「大營前後兵八千，屹立不動堅如山。軍中無事相往還，蛇矛左右一百盤。引弓卻射雙鳴鳥，歸來夜傍刁斗眠。夷人麾兵出復没，東莊西莊日流血。君不見定海城，日夜涕泣望官兵。」「大船峩峩泊津口，小船營營匝前後。船中健兒好身手，白布裹腰紅帓首。船人登岸時八九，居民滿城走如狗。開府危坐論堂皇，犒以酒食分兩旁。君不見天津市，連日官人買羊豕。」「北風蕭蕭殺氣横，番禺城頭日演兵。戈矛銛利鎧甲明，沿海百里舟爲營。壯士踴躍誓不生，意欲殺賊爭先鳴。樓船夜月滄海曲，夷人歌舞粤人哭。君不見制府林，單騎北走行駸駸。」太史己酉典試黔中，讀其路中所爲詩，直入浣花翁之室。其自玉屏至龍里雜詩云：「路出烏蠻外，人來鳥道邊。疎林藏邑小，高屋倚崖懸。石點秋花碎，溪垂野橋圓。炎方今問俗，匹馬過秋天。」「潕水東南折，牂牁路曲通。灘高千嶂雨，樹斷兩崖風。水宿漁舟静，朝光戍火空。臨江牽百丈，長嘯滿雲中。」「磴仄循山轉，波寒下瀨沈。高崖秋自響，空谷晝多陰。猿挂溪藤古，虺蟠伏莽深。南來逢驛使，愁説路嶇嶔。」「自置奢香驛，全開濟火疆。銀花蠻女豔，銅鼓仲家藏。入市多青箬，從戎號紫薑。侏㒧今漸改，横舍有冠裳。」「積阻滇雲接，僑居邕管兼。開山九溪險，出地萬峯尖。鼓角懸碉峻，風煙入箐嚴。清時作邊吏，未可忘韜鈐。」「白露過秋節，殊鄉信未憑。嵐雲含樹漲，谷口抱川蒸。測晷移寒暑，迷方倦寢興。行縢隨藥裹，益覺旅愁增。」「人物志耆舊，風流今尚新。黔中秦地古，徼外蜀山春。奉使來莊蹻，談經憶尹珍。龍場仍俎豆，此道有傳薪。」

螺洲詩草八卷，余友監利王子壽比部柏心著。道光二十四年進士，今官刑部主事。比部詩音節高壯，格律渾雄，平揖荔裳，可無愧色。詩境如岱華雲開，天地秋色，不知胸中吞幾許雲夢也。集中諸體皆工，余尤愛其五七言律，其高者直摩杜壘，次亦不落錢、劉而下，可以獨出冠時。昔劉公㦸論七言律詩如開强弓勁弩，古今開到十分滿者，代無數人。若比部七律，能開到十分滿矣。余生平論詩，不意於葉潤臣、朱伯韓、魏默深而外，復逢畏友。比部自題其詩集云：「少時喜觀獻吉、仲默詩，常以氣格聲韻爲主，高才之士，咸笑其拘，才分所限，終不敢離而去之。」余謂比部詩，其出於何、李者，其詩之氣格也；其勝於何、李者，則其詩之性情也。朱伯韓謂其詩「藹然忠孝之旨，爲詩人之傑，不獨與李、何並驅」。信哉！甲辰春仲，余始識比部於湯海秋農部席間，乙巳，遂定交焉。比部篤内行，重風節，與朋友處，久而彌摯。今冬將歸螺洲，作螺洲曲以見志，林下養親讀書，真足樂也。比部具命世之才，留心經濟，著有樞言一書及三江水道考；所爲詩，多懷抱當世憂患。聞侯官林公謫伊犂云：「萬里伊吾北，孤臣鬢已霜。奏書無耿育，持節少馮唐。曲突謀猶在，高墉射易傷。鼓鼙思將帥，終望埽欃槍。」竝海云：「竝海瞻妖孛，當秋落將星。頻干天震怒，不念國威靈。秦望烽煙斷，句章戰血腥。投醪多壯士，慷慨靖鯤溟。」巨海云：「漢遺樓船日，殷歌捷伐辰。旌旗連巨海，斧鉞授宗臣。多壘猶相望，奇兵自若神。豈無謝安石，談笑靖煙塵。」聞金陵戒嚴云：「潤州無一戰，建業有長圍。寇敢輕深入，謀宜擊惰歸。金陵龍虎氣，玉帳鳥蛇威。急起江淮卒，憑城早決機。」「敗衂干軍紀，芻糧梗賊衝。議輕中執法，計絀大司農。扞網多狂兒，探丸若聚蠭。徐邳聞更決，何策撫流庸？」「白徒敺市儈，同惡起相求。飛炬燔京口，揚帆指石頭。山川非不壯，將帥太無謀。即墨區區地，猶能縱火牛。」「乍報逃單騎，旋聞餽百牢。虛聲甘恫喝，重賂罄脂膏。候火鍾山斷，華筵幕府高。蒼皇惟餌敵，無乃媿戎韜。」函谷關云：「雄關高倚萬峯開，百二東臨實壯哉！耕戰勢吞冠帶國，河山天助霸王才。星隨傳舍雞聲落，雲逐真人龍氣來。千載秦亡誰更惜？逡巡六國有餘哀。」春興六首和蕉泉云：「郢門芳序太蹉跎，不見鈿車陌上過。風雪三春花樹少，海天萬里戰雲多。經生推驗明災異，詞客憂時罷嘯歌。南望越臺兵未解，誰持一劍靖鯨波！」「重鎮徒聞節鉞懸，如何鼙鼓動經年。窮溟亦是天王地，橫海非無漢將船。遂使蜮沙驕小醜，可能犀炬徹重淵。島夷來往仍鳴鏑，猶道飛書用魯連。」「潮頭翻動戴山鼇，倏見天吳跋浪豪。露布何曾三捷至，宵衣無乃九重勞。樓臺蜃氣當春暗，燧火羊城入夜高。太息國殤終不返，鬼雄魂魄葬波濤。」「文昌上將出天關，銅虎新從殿上頒。盡發千帆浮鷁首，先憑一戰慰龍顔。藁街應戮蠻夷邸，京觀高封島嶼間。南國轉輸連歲月，滄江日望凱歌還。」「番禺城上有嗚笳，壯士從征不憶家。旗幟青摇營外柳，烽煙紅入海邊花。餘皇鬭舸連雲盛，組練軍容照水華。赤子瘡痍今不少，早銷金甲事桑麻。」「颯颯寒風動地來，楚天雲氣壓章臺。非時雨雹何爲至？積潦田園更可哀。殄寇自宜方召略，貴農深望管蕭才。妖氛即睹欃槍掃，黄道晴光六合開。」海市曲云：「漢家表餌有奇勛，談笑真看靖戰氛。島嶼千帆張海市，樓船五道罷將軍。」「紛紛鞮鞻慕華風，礬地窮天九譯通。番婦縱酣鈴閣下，豪酋飛蓋節樓中。」「牛羊餽饌盛山丘，終日錢刀地上流。胡賈攜家成子姓，萬年中國是神州。」「百寶龍宫駭不如，番奴列貨邸中居。高臺大築祆神寺，奇籍先求上國書。」「犒贈金繒歲歲殫，居民垂毛，駱驛占風海上艘。閒殺防邊諸將士，日中猶看蜃樓高。」「市樓椎結遍紅涕遠夷歡。上書卜式真男子，緩急持錢佐縣官。」「中宵泉客自吞聲，戎莽誰虞肘腋生。結贊曾聞欺馬燧，平涼猶受吐蕃盟。」

家文忠公歷官兩江、兩湖、兩廣、兩淮、河東、陝甘、雲貴，皆有善政，所在民悦，所去民思。道光三十年，自雲貴總督引疾旋閩，同人贈言惜别，途中賦詩答之云：「恩叨再造愧兼圻，敢道抽簪學息機。壯志不隨華髮改，孱軀偏與素心違。霜侵病樹憐秋葉，風勁邊城澹夕暉。重鎮豈宜容卧理，乞身淚滿老臣衣。」「五華山接點蒼秋，卅載鴻泥兩度留。昔喜龍門騰士氣，謂己卯典試事。今勞虎旅破邊愁。謂迤西督師事。濟艱幸仗同舟力，定遠還資曲突謀。莫恃征西烽火息，從來未雨合綢繆。」「此邦父老共忘形，高會曾誇六百齡。今春與晴峯同年邀滇中耆舊修禊，會者八人，合六百有二歲。贈句韻聯新舊雨，臨歧踵接短長亭。鑄金敢聽爐香奉，省垣爲余設香火，已力阻之。勒石休磨盾墨銘。迤西鐫碑，亟令除去。但祝彩雲常現處，文昌星映老人星。」「黄花時節别且蘭，爲感輿情忍涕難。程緩不勞催馬足，裝輕未肯累豬肝。膏肓或起生猶幸，寵辱皆忘卧亦安。獨有恫瘝仍在抱，憂時長結寸心丹。」宜黄陳少香師書少穆先生留别滇中同人詩後云：「公忠身許濟時艱，引疾歸來忍置閒。天下安危韓魏國，蒼生霖雨謝東山。籌邊策合馳重譯，諭蜀文曾定八蠻。前年定滇匪。最是碧雞坊外路，臨歧猶軫念恫瘝。」「召棠郇黍衆情欽，小范文章蔚翰林。謂長嗣君。調鼎功宜虚左待，匡時才豈異人任。入山猿鶴煙蘿古，跋浪鯨鯢瘴海深。莫便草堂開緑野，徵車早慰九重心。時被召再起。」

家文忠公絶句，神韻獨秀。其在戍所題畫山水爲布子謙將軍作云：「淡煙籠水緑楊灣，雨後青浮隔岸山。樹底誰家結茅屋，得魚沽酒掉船還。」「疎林黄葉露山村，曲磴蒼苔印屐痕。欲訪種松高士宅，碧雲深處不知門。」「松風謖謖溜泠泠，細草微黄老樹青。

尋到斷崖泉落處，有人石上倚雲聽。」「薄海遮山石徑荒，園林昨夜半凝霜。憑闌愛看丹楓豔，小閣捲簾留夕陽。」

古微堂詩鈔五卷，湖南邵陽魏默深司馬源著。默深字墨生，兩中副榜，壬午科以南元舉於鄉，官内閣中書。甲辰成進士，今官海州知州。今上登極，大府及近臣連章薦舉，旋以直隸州用。默深經術湛深，讀書淵博，精於國朝掌故，海内利病，瞭如指掌。著有書古微、詩古微、春秋公羊古微，專闡西漢今文之學，博而能精。聖武記及海國圖志，尤爲有用之書，誠經國之大業，不朽之盛事也。所編經世文編，已家有其書。又有元史新編、古微堂文集，阜然鉅册。默深所爲詩文，皆有裨益經濟，關繫運會，視世之章繪句藻者，相去遠矣！詩筆雄浩奔軼，而復堅蒼遒勁，直入唐賢之室，近代與顧亭林爲近；雖粗服亂頭，不加修飾，而氣韻天然，非時髦所能躡步也。道州何子貞師謂：「默深詩如雷電倏忽，金石爭鳴，包孕時感，揮灑萬有。少作已奇，壯更蹠實。」誠爲切論。默深尚友誼，重氣節，醰粹淵懿，古道照人，與余爲摯友，瀝膽披肝，今之鮑叔也。兼精内典，嘗與余論金液大還火符之秘，五芽三一之文，參同道德之旨，無不宛合。余公車北上，每過揚州相訪，必留連信宿，厚惠道里費。默深論詩，喜吾閩漳浦黄石齋及昆山顧亭林。余謂默深詩，奇處似石齋，厚處又似亭林也。今採其詩之尤者若干首：齋居雜興云：「風高林影定，夜氣生空涼。燈滅月在牖，虛白明洞房。披衣坐復行，仰視天宇翔。蛩急樹根響，螢流荷露香。羣動何有始？列宿何有芒？每念生滅由，精微莫能詳。窮年事糟粕，誰極無偶鄉。樂哉空山空，愁哉長夜長。」「縹緲雲中君，天際無處所。人寰去萬仞，安敢壓塵土。今我顧何爲，獨立向天宇。潔身人海中，不與萬物伍。夜聞河漢聲，迴環斗杓數。感此大化奔，懼爲造物腐。罡風裂大地，刼火炎崑圃。不見古人今，但見今人古。誰能友箕尾，出入鴻濛户？」「林鳥同我起，初日生蒼涼。空濛山氣中，羣動興不遑。隣農念東疇，桔槔已在場。斷橋隔流水，時見人褰裳。萬物各汲汲，吾主亦皇皇。心空妙萬微，室虛止衆祥。載詠宵雅三，明發懷就將。」「日盡四野白，餘暉在山頂。流水如有情，徘徊上襟領。野服欺松風，幽尋自人境。是時月未上，萬象互光景。危雲天際峯，斜霓天南影。天高人獨立，溪急野逾靜。泳鱗空水明，歸翼涼煙引。詠歸謝童冠，意行無遠近。」「金風老黃雲，萬頃香靡瀰。下有穲稏聲，上有雁來儀。生成共枯槁，元化塞天涯。明農賦豳風，斧斯不得歸。尼山鄙稼圃，又逢耰耦譏。一旨頗難辨，趨舍一何歧。行詢荷蓧翁，遙指邨煙微。植杖不我語，月上扶桑西。」嘉陵江中云：「遙岑斷煙去，近岸風榛寂。人行孤光內，魚鳥盡深碧。天留清曠暉，娛此漂蕩客。棹隨雲溯回，夢與波崩積。空明引悟深，羣動涵幽賾。絶碧入高雲，何人鑿崖石？毋乃遁世上，遺此太古壁。欲往從之遊，石徑絶行迹。」「夜半夜船鐘，響從蒼崖來。嘹亮清似水，蕭條去何遲。疑墮碧澗底，復挂寒松枝。一隨流水去，到海何時歸？猿啼空峽哀，雁度長天悲。歲晚滄洲裏，空驚清夜馳。」「夕與夕煙宿，晨共晨風發。艭聲搖斷夢，榜人語殘月。棲禽淺崖起，宿霧前山合。遂令一葦水，淼若彭蠡闊。方從中流轉，忽與孤嶼絶。稍稍辨岸樹，離離出江日。思歸曷忘歸，江霞殢幽客。」出峽詞二首，其一云：「西行入劍門，有石無天地。山川至巴蜀，天地皆壁厲。東行下巫峽，有霆無日月。巴蜀非山川，天地原仄偪。去路即來路，前舟遲後舟。千曲各寸直，萬剛逃一柔。每逢呀闔際，惟恐兩崖閉。更緬開闢初，斧鑿傷元氣。巨靈劃劈處，慘澹神斧痕。其下雷回回，其上雲魂魂。峽猿且勿啼，峽樹且勿伐。君詢巴峽天，但聽巴歈闋。」其二云：「峽内險在山，峽外險在灘。上灘如上山，下灘如下山。贔屭萬蛟鼉，來游吕梁瀑。何故乾坤内，造此塊壘物。日夜千萬年，雷與石爭觸。出石入石水，入水出水舟。雨聲許許間，天地怒相求。回顧嶮岈内，始脱鯨吞憂。江行恒患風，峽行恒患石。上水惟苦遲，下水惟苦疾。人生萬事内，如意安可必？如意不可必，得意其可恃？上水君勿愁，下水君勿喜。」下第過阿縣題壁云：「出都一旬不見山，今朝山色何孱顔。岱宗支隴所盡處，車馬如度井陘關。霸王虞姬在此間，虎豹不敢號空山。杜默江東來痛哭，魯戈不挽斜陽還。當壚酒雛解挾瑟，日厭泰山壓門側。聞客江南山最青，載儂往看吳山色。」江舟聽雨吟云：「夢中一夜樵樓鼓，盡是醒時打篷雨。鼓中如報金合圍，號令森嚴刁斗齊。小鬟濃睡叫不醒，花院落子聞爭棋。不知舟入水鳥夢又認何聲互相鬩。起坐寒燈白無語，惟有岸蘆涼響起。前聲前境盡茫然，天冥地寂江帆重。莫言醒境即皆同，世間耳畔馬牛風。田翁聞雨起飯犢，畫樓聞雨怨操桐。隣叟灌花風雨惡，又愁一夕園花落。何處老禪無夢醒，有聲無聲一例聽。疾霆翻江濤立海，寂寞聞根長自在。」冬夜云：「嗒然無一物，惟有暮天横。微月不生夜，衆星相向明。沉沉移遠籟，冉冉偪寒清。鴛瓦萬霜立，深知有夢成。」過洞庭云：「積水何年始？茫然萬極侵。縱浮吳楚没，難盡屈原心。鴻雁去復去，江湖深更深。倘能軒樂契，不在水龍吟。」「秋風吹木蘭，秋色老霜柑。瞥眼君山失，吞胸夢澤涵。風濤酣視聽，天地缺東南。自契蒙莊後，全休屈賈談。」潼關云：「曉日潼關啓，雲胸詄蕩開。千秋河嶽色，如挾漢唐來。馬帶中原雨，車驅萬壑雷。何須論德險，興廢一莓苔。」絜園云：「幽院月當心，花深燈影深。月斜水邊檻，照見花間禽。此際無言客，眠桐不鼓琴。宵分微雨落，滴翠尚成陰。」江行雜詩云：「試登大別觀荆鄂，何似君山俯洞庭。如東估帆三楚至，無窮征雁六朝聽。大江東去風月白，春色南來天地青。何事悲歌更懷古，乾坤浩氣是吾形。」「彭蠡湖濱十日風，石尤逆浪擁孤篷。雲開廬嶽横天出，日落孤山元氣中。留滯每思千嶂陟，地形回憶六朝雄。九江禹貢譚經訟，試向潯陽訪異同。」秦中雜感云：「宅京隴首俯山東，軍食經營今昔同。漕運汴渠通渭上，高兵天下半關中。白渠畚插千犂雨，青海葡萄萬馬風。誰使富强歸霸佐，蕭何詎讓叔孫通？」「關西出將倍關東，趙岳張王世典戎。草木盡含邊色勁，詩書猶帶夏聲雄。雲生太華從龍氣，冰合黃河鐵騎風。要剗六朝金粉習，莫將江左易崤潼。國初趙良棟、岳鍾琪、王進寶、張勇皆秦人。」「一片渭濱周漢遺，鷹揚虎視使人悲。興王時雨三軍律，上將妖星半夜旗。天地有時龍變化，英雄無運鹿奔馳。文章更在經綸後，落日柯亭弔所思。」「已驚函谷壓成皋，又見褒斜軼虎牢。南下星辰當夜大，西來地勢逐山高。霜深鉅壑龍蛇蟄，秋老長林虎豹豪。誰道窮年邊塞地，儒冠劍佩似征袍。」

近得粤東温伊初孝廉傳斷洋煙方，百試百驗，費省而效速，真神方也。用羊血半碗，蜜糖四兩，同調蒸熟，每早服之，至半月後，見煙即畏，則革矣。侯官吳壽仙布衣鍾嶽著荔紅館詩稿，中有戒洋煙詩，語極沈痛。詩云：「斷癮多方亦切求，聞香其奈口涎流。一燈不悟焚身禍，煎盡精神死便休。」此詩爲返魂香，此藥爲不死草也。

家文忠公論戍伊犂，蒲城相國文恪公以死諫，殯殮時，懷中有遺摺數千言，力保文忠公，具論主和議大非至計。其嗣君匿其摺不敢上，天下憾之。文忠公哭故相國王文恪公詩云：「纔錫玄圭告禹功，公歸遵渚詠飛鴻。休休豈屑爭他技，蹇蹇俄驚失匪躬。下馬有墳悲董相，隻雞無路奠橋公。傷心知己千行淚，灑向平沙大幕風。」「廿載樞機贊畫深，獨悲時事涕難禁。艱屯誰是舟同濟？獻替其如突不黔！衛史遺言成永憾，晉卿祈死豈初心。黄扉聞道猶虚席，一鑑云亡未易任。」邵陽魏默深司馬寓公小草後輓詩云：「萬言遺疏氣嶙峋，尸諫寧徒古藎臣。薦瑗誅彌周直史，排雲叫闔楚靈均。風雷何日金縢發，葵藿難通黼座陳。身後被誰焚諫草，觚棱月照漢宫闉。」「甘毁楹書已莫論，黨秦誣岳又誰昆。盛唐李嶠真無子，南宋韓琦漫有孫。地下相逢堂構痛，關西並相斗山尊。盡乘氣數玄黄事，休問瑯琊與太原。」

外夷奇器，其始皆出中華；久之中華失其傳，而外夷襲之。王伯厚小學紺珠載薛季宣云：「晷漏有四，曰銅壺、曰香篆、曰圭表、曰輥彈。」按：輥彈即自鳴鐘，宋以前本有之，失其傳耳。粵東温伊初先生詩云：「西夷製器雖奇巧，半是中華舊製來。」此論得之。余謂渾天儀、自鳴鐘，中國人皆能爲之，何必用於外地乎？他日洋煙絕其進口，並西夷所製器物，勿使入内地焉可也。

吾閩之五虎門，天險者也。天險則其勢可據。險者何？非兩岸之高山，亦非海底之碕礁石。所謂天險者，蓋以潮信一日一汐，潮退時則船擱閡不得行。今以閩中省垣之地勢論之，梅花、五虎、壺江、金牌、熨斗、烏猪，猶唇也；閩安，猶齒也；亭頭、濂浦，猶舌也。脣亡齒寒之候，其舌尚能伸縮自如乎？以兵家九地、形、勢論之，亭頭、濂浦則爲散地、圍地也；梅花、五虎、壺江、金牌、熨斗、烏猪則爲重地、利地也。至琅琦十三鄉，南連長樂，北界連江，西接閩安，北控大海，其地皆有險可據。自道光二十一年，逆夷寇厦門，省垣官弁，恐其自虎門竄入，乃不屯重兵於壺江、金牌、熨斗、烏猪，祇填船於濂浦，此之謂棄重地、利地而保散地、圍地矣；猶之人家防賊，大門而不牢固，徒以椅棹等物阻於房内，欲賊之不擅入，得乎？故用兵者，當先辨九地之形，而後扼其要，否則以地與敵耳。家文忠公少穆宫傅五虎門觀海詩云：「天險設虎門，大礮森相向。海口雖通商，當關資上將。脣亡恐齒寒，閩安孰保障。」此詩可謂深曉形勝。

宜黄陳少香先生近刻春雨樓近詩，即鷗汀漁隱三集。其詩境老而益壯。集中聞粵西警八首，極爲沈痛，讀者心骨生悲。詩云：「無端殺氣動蠻天，十萬沙蟲事可憐。西粵山高隣象郡，南荒秋老黯狼煙。居閒運甓思陶侃，歲晚登樓感仲宣。猶是聖朝全盛日，么麿應見靖窮邊。」「羽書飛騎越關津，小醜跳梁豈易馴。桂海可無驅鱷術？柳州空有捕蛇人。諸公袞袞猶臺閣，大地茫茫遍棘榛。擊筑悲歌無限感，蕭疎霜鬢滯風塵。」「淚灑琴堂日影昏，那堪妖鳥啄城門。幾人自信封侯骨，一死先酬養士恩。碧血青燐虚郡邑，赤眉黄霧滿鄉村。書生報國無餘憾，七品官階且勿論。謂殉難諸大令。」「崑崙遺蹟溯元宵，宣撫奇勳説往朝。八桂山川仍掌握，一軍草木易魂銷。桄榔壓洞妖狐肆，箐筱緣谿士馬驕。誰與至尊紓積慮，漢家新選霍嫖姚。謂新簡兩提帥。」「胡牀坐嘯倚南樓，風雅平生藻鑑收。一自帆頭朱雀潰，空令海上白龍愁。將軍早已傳三箭，時甫平楚匪。都督依然領八州。目極塞雲開府地，滿庭榕葉暮鴉秋。謂鄭夢白中丞。」「海内聲名仰斗山，詔書珍重紫泥頒。晉公節鉞臨淮蔡，漢相旌旗掃洞蠻。許國忠貞心共白，憂時憔悴鬢先斑。功成未必容身退，何日林泉再款關。謂林少穆宫保。宫保在籍，屢辱枉過。」「英雄髀肉氣難平，老馬嘶風聽鼓聲。赤手可容支大厦，白頭何望請長纓。哀笳斷角山邊戍，仡鳥蠻花塞上征。慷慨渡江還擊楫，更思拔劍斫鯢鯨。」「羣公努力報清時，地角天涯事可知。厝火豈能謀社稷，量沙猶可固城池。樓頭昨夜聞吹笛，局外何人看弈棋。我是山林逃遁叟，秋懷空擬杜陵詩。」

余家住福州省垣南後街，「後街」二字，鄉先輩詩皆未見。近讀陳少香先生春雨樓集試燈日柬雪樵頜聯云：「隔巷簾櫳横笛夜，後街風月買燈天。」自注云：「時寓後街，燈市甚近。」今按「後街」二字，一經詩家拈出，此後可爲典故。

緑荷爲文文山丞相婢名，見帝京景物略。余友王偉甫孝廉咏文信國琴云：「如意敲殘喚奈何？西臺晞髮一悲歌。故人魂化爲朱鳥，舊婢心傷話緑荷。古調蒼涼愁戰伐，哀絲激烈壯山河。細將玉軫摩挲遍，淒絶孤臣碧血多。」詩亦悲壯。

余嘗輯宋人句爲家中楹帖云：「願留餘巧還天地，學積陰功遺子孫。」嘉興錢文端公視學畿輔時，爲行廨劄記，中有一條云：「大凡人家興旺，每一二世必衰；或遲一二世又興者亦有之，總未有赫奕不衰者。譬諸花木果實，連年燦爛稠繁，間一二年必稀，俗名歇枝，蓋亦盛衰循環之道也。孟子云：『君子之澤，五世而斬。』人家子弟，常須自思身當斬澤之時，何可無培養之功。如臨深淵，如履薄冰，念念積累，事事積累，一世培養，世世培養，自然連綿不斷，續箕裘而振家聲，亦所謂君子存之者也。」

福州陳恭甫先生絳跗草堂詩，馳騁才華，驅役典籍，音調迫近盛唐，而不必依傍摹擬，獨能拔出林派之外。詠史諸篇，源出記室，則又吐納六朝，才人能事，蓋無所不有者也。七古、七律已録別卷。其書李密傳後云：「逐鹿中原感廢興，騎牛狂客竟憑陵。三秦已遺歸劉季，十策何曾納魏徵。天下英雄空虎視，山東部將沮龍騰。如何北面稱降虜，比似田橫恨不勝。」聲調激越，氣魄雄厚，平揖空同，可無愧色。

作詩隸事而有神韻最難。陳臥子對吳梅村自誦其近作得意之句云：「禁苑起山名萬歲，複宮新戲號千秋。」力則有之，巧則未也。王阮亭襄陽懷古云：「豈有酖人羊叔子，更無悔過竇連波。」巧則有之，趣則未也。不如恭甫先生「日邊名士多於鯽，江上歸心不爲鱸。」其風韻綿遠不可及。

古文人里居皆可傳，如周密之癸辛巷，許渾之丁卯橋，此類不可枚舉。趙嘏憶山陽詩云「家在枚臯舊宅邊」，每一吟諷，令人意遠。唐黄滔，福州人，遷興安，其故居今名黄巷。恭甫先生寄俞太守詩云：「使君坐嘯壺樓晚，可憶山人巷姓黄。」蓋先生所居，即滔之故里也，見詩自註。予記唐胡宿詩云：「粉壁已沈題鳳字，酒壚猶記姓黄人。」「姓黄」二字亦不苟。先生讀書多，無一字無來歷，皆類此。

恭甫先生橘枝辭七首，劉夢得之遺音。記其一云：「洪江江水平如油，洪江女兒不解愁。一夜溪船載春去，無端明月夢蘇州。」不着一字，儘得風流，與汪鈍翁之「郎行時節橘花零，南風吹來香滿庭。今年橘實大如斗，勸郎莫羨楚江萍」，風趣神韻，可相伯仲。

嘉興麗紉芳蕙孃，諸生吳聞瑋鏘室也，著有唾香閣集。其瑣窗絶句，骨秀神清，如花中蘭蕙，迥殊凡豔。沈歸愚先生兒時嘗喜誦之。其詩云：「冷落郊原拜掃遲，東風細雨禁煙時。深閨也解傳風土，不戴花枝戴柳枝。」「九十春光半已過，氣清天朗惠風多。來朝恰遇湔裙節，摹幅蘭亭記永和。」「夫婿長貧老歲華，生憎名字滿天涯。席門却有閒車馬，自拔金釵付酒家。」「嫩涼梧竹傍簷低，花徑香沾雨後泥。斜印篔痕驚午夢，碧窗深緑乳鴉啼。」「春雨春寒過落梅，連宵不禁晚風催。閒園收拾殘花片，供得兒曹靧面來。」

湫帚齋詩集七卷，續集三卷，光澤何金門茂才長詔著。茂才慧擅髫齡，詞工綺歲。平日論詩，瓣香竹垞，兼采心餘，其詩五七古出入朱、蔣二家，七律學唐，温麗而幾於醇焉。其七言長短古驅愁魔一篇學劉青田二鬼篇，以篇長未録。五言古文章云：「文章貴生氣，變化不可測。奈何羣兒愚，迂拘守成格。腔調日以多，性情日以塞。我讀古人詩，大都少依傍。脱穎鋒彌銛，破空神愈王。莊周夢蝴蝶，栩栩而蘧蘧。列子御風行，其妙當何如？」七言古春日遊熙春山云：「鞭絲帽影城西路，雙柑斗酒聽鸝處。聞道熙春春可憐，酒人從此尋春去。郭外青山山外樓，春溪水暖碧油油。憑欄欲縱登臨目，如雪楊花惹暮愁。」五言律買婢示内云：「侍兒新買得，舊是益州民。舉目無親戚，相憐望主人。事繁聊復懶，身賤只緣貧。彼亦猶人子，誰堪夏楚頻。」回龍閣晚望云：「入寺日沈閣，出門雲滿衣。數峯臨水見，孤雁背人飛。客已自厓返，僧從何處歸？殷勤謝明月，相送到柴扉。」七言律鄴都懷古云：「三年轉戰棘奴摧，趙國山河手挈回。歷數荒唐誇玉璽，葫蘆依樣築銅臺。先幾已見羣羊至，妖夢偏逢石虎來。太息佳兒無遠略，吴王白首不勝哀。」「乃兄如虎父如龍，羖䍦登天魏祚終。跋扈竟摧青雀子，荒淫又到白鳧翁。文襄家法羞帷薄，高末歌聲滿鄴中。剩有六渾遺跡在，韓陵山下夕陽紅。」漫興云：「前山後山雲滿村，幽人獨吟楓樹根。豆棚瓜架雨初歇，蟹舍漁莊秋到門。靜有雞蟲分得失，閒聽燕蝠辨晨昏。詩篇漫興無佳句，斟酌田家老瓦盆。」自題詩稿云：「結習三生未易忘，自從舞象癖辭章。批風抹月精神費，暈碧裁紅對屬忙。別調羞隨名士派，悲歌頗類楚人狂。性靈書卷難兼兩，私爇長蘆一瓣香。朱竹垞先生。」七絶嘗學唐人閨體製竹枝詞以爲儂郎曲每首有儂郎字名曰儂郎曲效其體七首云：「一處相思兩處同，憑欄無語怨東風。郎心似水留難住，儂貌如花空自紅。」「記得清明笑語譁，郎將儂貌比桐花。阿郎却似桐花鳳，飛去飛來不戀家。」「阿儂生小緑楊橋，山妬蛾眉柳妬腰。郎意不如前日好，妾顔猶似去時嬌。」「十五盈盈恰破瓜，可憐虚度好年華。儂身空佩宜男草，郎處原多解語花。」「宵分寂寞蹙雙蛾，背倚蘭釭喚奈何。郎似春風輕薄甚，儂如新月缺時多。」「青天碧海淚闌干，芳信通郎也自難。儂貌真如殘菊瘦，儂心恰似落梅酸。」「妾意原期白首同，郎心只愛野花濃。縱教花貌還如妾，未必郎心也似儂。」春閨怨寄吳徵君云：「偏是閒愁不易删，愁城曲曲鎖情關。蕭郎若問愁多少？忙得人無半刻閒。」竹枝詞五首云：「南壠北壠春水生，東山西山鳩婦鳴。不妨連日風和雨，雨散風收還有晴。」「瓜皮艇子載嬋娟，花面丫頭唱采蓮。莫爲采蓮忘却藕，須知藕斷有絲連。」「良人作客向姑蘇，贈妾香囊繫繡襦。新買都梁兼艾蒳，此時還憶故香無？」「雕梁燕子年年歸，藁砧一去歸何時？小姑喚儂賭雙陸，袖手尋思無有棋。」「蝴蜨雙雙花下飛，鵁鶄兩兩水邊嬉。簷端蟢子朝朝網，箔下春蠶日日絲。」金門詩藁，刊板已不戒於火，此從舊存本録出。

余極喜李義山詩，非愛其用事繁縟，蓋其詩外有詩，寓意深而託興遠，其隱奥幽豔，於詩家别開一洞天，非時賢所能摸索也。雲間姚平山培謙箋註，頗稱善本，蓋能知作者之意於言外，可謂義山功臣。

作詩最忌詩名太甚，每見詩家名甚之後，多率意爲之。朱竹垞、袁簡齋應鴻詞科後，詩格一變，而簡齋尤甚，學者當深戒之。

天上人間，知音難遇，故昔人謂座客三千，要求半個有心人絶少。李義山鈞天詩云：「上帝鈞天會衆靈，昔人因夢到青冥。伶倫吹裂孤生竹，却爲知音不得聽。」即此意也。又初食筍呈座中云：「嫩籜香苞初出林，於陵論價重如金。皇都陸海應無數，漢書：秦地有樗杜竹林，南山植柘，號『陸海』。忍翦淩雲一寸心。」讀二詩，令我作玄酒太羹之想。

天下多愛才慕色之人，而真能愛才慕色者，實無其人。譬之於花，愛花者多，而可稱花之知己者則少焉。義山花下醉詩云：「尋芳不覺醉流霞，倚樹沉眠日已斜。客散酒醒深夜後，更持紅燭賞殘花。」此方是愛花極致，能從寂寞中識之也。天下愛才慕色者，果能如是耶？

國初萊陽宋荔裳安雅堂詩，風骨渾雄，氣韻深厚。其七言古尤爲沈鬱，直接少陵，爲同時諸老之冠。甌北詩話謂「荔裳全學晚唐，無深厚之力」，蜉蝣撼樹，真讛説也。光澤何金門茂才論詩云：「荔裳聲調匹崆峒，真是泱泱大國風。不似晚唐家數小，雌黄休信趙雲崧。」按金門以荔裳比李崆峒，尚非其匹。余謂荔裳與崆峒詩，有骨肉之分，上下牀之别耳。

七言古學長慶體，而出以博麗，本朝首推梅邨。高密單芥舟明經可惠亦爲此體，乃以少陵之骨，運元、白之詞，遂獨步千古。道光辛卯，亡友張亨甫孝廉手録芥舟白羊山人詩一卷，以爲帳秘，余讀之而未鈔也。甲辰應禮部試，從都下得讀芥舟初刻全稿，其詩風骨峻深，蹊徑獨闢，一意孤行，不假雕飾。今録其長篇數作於此。思公子爲右民作云：聞右民喪，作五言以哭之；重題七絶句八章，閲數日復作思公子一篇，詩人「長言之不足」之意云爾。詩近白氏長慶體，蓋右民之所好者。又以右民素能受余盡言，篇中哀而怨，絶少忌諱，不敢以曲筆對吾亡友於地下，諒不謂謗也。非爲生者，用寫余思焉，援楚辭以名之。「百無一能餘白頭，恥向侯門彈蒯緱。昔者吾友傅公子，常伏歌行第一流。公子姓名冷人齒，今年遠客貴陽死。寫詩和淚作哀辭，六千里外呼不起。公子公子落魄人，家世清白吏子孫。最少年多不羈行，名花過眼傾金尊。公子巷南吾巷北，十年相顧不相識。偶然一語磁引針，吐出心肝矢不惜。此時公子囊屢空，飯後檳榔懊惱儂。丈夫不死蓬蒿下，拔劍出門西復東。小冠子無珠履趿，葛衣斷碎吟秋葉。和得陶令乞食詩，臨餘顔公乞米帖。鶴再南飛與往還，遍遊柳子未遊山。紫髯公孫修世講，緑水紅蓮十四年。千金一擲十日飲，中年絲竹風流甚。珠娘拜乞竹枝歌，吳娃抛贉纏頭錦。夢裏閨人背面啼，盎無斗儲桁無衣。阮家子弟多才雋，阿咸客死兄苦飢。歸來料理頗草草，開年重上嶺南道。不把薦章謁外臺，自謂萬里遊自好。我謂公子聽一言，言所難言最苦艱。公子掉頭不肯往，三年爲期歸田園。却憶南朝徐孝穆，垂老送客多棖觸。吾衰已甚惜分襟，爲誦白馬君來哭。昭昭白日西南馳，爲公子悲亦自悲。人生難得惟知己，詩篇有作當告誰？太白初升北斗落，樂府三章感飄泊。廿年前爲公子吟，謂青丘似爲我作。思公子爲吟三章，悲公子爲下數行。掬將無限傷心淚，憑仗風吹到夜郎。竹王祠下叩銅鼓，風車雲馬神靈雨。哀豔神絃續續彈，公子公子奈何許。」張燈曲云：此事聞之最早，此詩作之已後。蓋由十餘年前雅不欲作，二十餘年前蓋不能作，小雨無聊，用以陶寫窮愁，故卒作之也。香山格調，出以少陵風骨，河朔之詞義貞剛，江左之宫商發越兼之，清綺有餘，氣質仍在也。讀之而矖然喜、愕然驚、悄然悲、泠然悟者，吾許其可與言詩。若綺語誨淫，抑吾之過夫！雖然，長恨歌、琵琶行即不敢比，視司空表聖之馮燕歌，吳梅村之圓圓曲、聽女道士卞玉京彈琴，何多讓焉。錢唐袁簡齋詩貴緣情，綺靡已甚，縱其才情所如，不復求之古人風骨，遠祖香山，近宗梅村，七古長篇，尤用其體，學者化之，乃爲詩厄。然則此詩終於不作，亦無不可者。嘉慶庚午夏六月十有三日，可惠自題張燈曲後。「上元張燈奪月彩，古時姮娥應好在。手攀桂樹看人間，春燈萬點春如海。衣香人影何紛紛，車如流水馬游龍。百戲魚龍爭變幻，千家樓閣高玲瓏。高樓有女桂爲字，碧玉芳年嬌春思。身是仙人萼緑華，誰爲漢代金吾婿？平原公子果盈箱，樓頭車中遥相望。美人手擲金橘子，天外飛來赤鳳凰。笑乞風月作盟主，世世生生吾與汝。爲郎膝上宛轉歌，爲郎掌上驚鴻舞。定情香火金博爐，銀缸錦帳垂流蘇。卻笑秘辛疎領略，不信周昉能畫圖。並蒂芙蓉春睡足，枕痕一線暈紅玉。玉鏡臺照雙影來，瞳人點漆眉山緑。暮爲行雨朝行雲，朝朝暮暮態更新。誰謂名香疑賈午，忍教恨血同阿甄。嫁衣焚罷饒激烈，孰知生離輸死別。從容再拜無愧辭，士死爲知女爲悦。南山可移志不移，重重密誓兩心知。不得跨鳳隨蕭史，肯再將身逐子皮。阿郎題贈香羅帕，送我悠悠即長夜。可惜風流放誕名，留與千秋作談話。玉貌如生喚奈何，生生死死爲情多。太息玉京仍絶豔，難邀崔護活青娥。返魂無術闔棺後，泰山鴻毛復何有？柩出尚有神君風，珠碎頓白阿爺首。深深埋玉青楓林，漆燈黯黯月沉沉。獨有阿郎呼負負，澆酒墳頭夜夜心。墳頭春草秋聲起，猶似喁喁緑窗裏。生時手刺百花衣，化出愁紅與怨紫。留香無夢哭吞聲，點點青燐作送迎。六州有鐵鑄不得，一錯真教誤一生。自來尤物傾家國，男有奇才女奇色。不有福德何以堪，福倚禍伏安可測？無復豪華舊卓家，壞道陰房啼鬼車。至今花市燈如晝，共惜當年第一花。有客省識春風面，持杯相勸寫哀怨。與譜上元張燈詩，碧落黃泉君不見。上元張燈自年年，依舊姮娥到曉眠。爲問情癡兒女子，紫玉韓童總化煙。」

玉筍堂詩藁四卷，晉安樂府一卷，閩縣蔣少陶司馬鎔著。戊寅鄉榜。司馬幼時讀書穎悟，留心政治，及官安徽，雅有善政，凡有關於民瘼者，無不力爭於大府前，同寮咸以强項目之，友人江子衡贈詩有「折腰未肯迎鄉里，强項多難事上游」之句。司馬視民如子，愛惜士類，所至有聲，徽人士欲以生祠祀之。庚戌秋，家文忠公少穆宫傅，招余拜西湖李忠定公祠，司馬在焉；余始獲交司馬，蓋由文忠識之也。邇者省垣烏石山爲英夷所穴，洋煙遍地，司馬關心桑梓，怫然隱憂，每與余談及時務，幾於唾壺擊碎。詩出性真，不假雕琢，自然入古。其宰潁上柬孫曉園大令詩云：「無米難炊巧婦廚，頻年塵甑笑萊蕪。官窮益信民生絀，歲歉還慙吏治粗。野市罷虛尤責税，時牙帖税積欠甚多。低田在水尚徵租。要知剜肉醫瘡苦，好爲流民細繪圖。」「平平告語本無奇，此地人情我盡知。户解急公猶古處，官能不擾便時宜。舊宰王君歷任三十載，前志稱其居官不擾。竊鈎莫信民皆盜，穿屋須防訟有師。邑有誣良惡習。但得雨風慰箕畢，坐聽萬井口成碑。」讀二詩，可以知遺愛在民矣。司馬樂府極似白樂天，五言古逸秀有王、孟風味。其銅陵十六詠云：「吾道有淵源，觀海難爲水。千秋兩異人，滄波共終始。安得乘長風，水擊三千里。南溟書院。」「造化割神腴，製此欲落石。試之震撼間，屹然萬夫敵。獨有三忠臣，丹心交激射。東壁文星。」「靈區蓄精髓，空翠凝不流。精氣難久閟，噴薄蒼巖幽。一酌醒心骨，浩然天地秋。虎崆滴玉。」「千舟入咽喉，延頸吸大地。幻此詭譎形，天公亦兒戲。不有鵞籠生，誰能捆載至？鵝頸藏舟。」「粒米浮太倉，九州爲虛器。蒼茫雙眼中，萬慮皆撥置。尺幅擁奇觀，此中有文字。天池勝景。」「神工施巨斧，萬竅刳玲瓏。華館一以闢，千秋破鴻濛。願言借片席，坐閱扶桑東。石室仙岩。」「神仙何渺茫，乃作此狡獪。巨蹠落人寰，真身出天外。有跡無跡間，此意憑誰會？蓬萊仙跡。」「海國大宮商，一洗箏笛耳。萬籟清若秋，囂囂嘆朝市。我欲駕扁舟，滄波趁漁子。沙浦漁歌。」「洪濤湧大江，砰訇響萬鼓。紅潮相吞吐，震耀無終古。惜哉魯陽戈，不返趙家土。雷峯旭日。」「削成根虛無，一柱亘天半。萬古凜孤標，及巔無畔岸。再拜石齋公，卿雲麗霄漢。蘇柱擎天。」「九十九芙蓉，浮空擁遥翠。間氣之所鍾，神仙亦富貴。君看蔡相家，近在浴丹地。梁嶽擁翠。」「威鳳高其翔，何年浮滄海？展翅向丹霄，散作空青采。羨爾嶼中人，終朝飲翠靄。列嶼高翻。」「有欲觀其竅，無欲觀其妙。入此室中來，不知妙與竅。清泉洗我心，風雷恍相召。龍潭石室。」「插漢架瑶屠，砥此東流柱。遥看獅子超，萬派洪濤注。懸知五虎門，瑟縮神色懼。獅嶼瑶屠。」更有閩安十景，風骨逸秀，落落入古，與銅陵十六詠相伯仲云。

明洪武中，閬中守某妻宋氏，謫戍永昌，賦詩題郵亭壁。嘉靖十六年，御史陰汝登祠而祀之，御史黄中刻詩於石。今讀其詩，詞意率直，音節悲涼，有古樂府之風。惜石遠在邊徼，流傳絶少，故朱竹垞明詩綜遺之。曲阜桂未谷大令録於札樸，乃賴以傳。詩云：「郵亭咫尺堪投宿，手握親姑憩茅屋。抱薪就地旋鋪攤，支頤相向吞聲哭。旁人問我是何方？俛首哀哀訴衷曲：妾家祖居金華府，祖父曾爲上千户。舉艘運粟大都回，金牌勑賜雙飛虎。弟兄晦迹隱山林，甘學崇文不崇武。方今玉堂宋學士，亦與妾家同一譜。笄年嫁向衢州城，夫婿好學明詩經。離騷子集遍搜覽，意欲出仕蘇蒼生。前年郡邑忽交辟，辭親笑傲趨神京。萬言長笑獻閶闔，馳書歸報泥金名。承恩拜除閬州守，飄然畫舫西南行。到官搜賢訪遺老，要把姦頑盡除掃。日則升堂剖公務，夜則挑燈理文藁。守廉不使纖塵污，執法應教僚佐怒。府推獲罪苦相攀，察院來提誰與訴？臨行囊橐無錙銖，惟有舊日將去書。牽衣父老泣相送，遮留赤子爭號呼。彼時徵贓動盈萬，妾夫自料無從辦。竟晨拷打不成招，暗囑家人莫送飯。嗟乎餓死囹圄中，旗軍原籍來鈔封。當時指望耀門户，豈期一旦翻成空。親隣憐妾貧如洗，歛錢殷勤餽行李。伶仃三日到京師，奉旨邊方戍金齒。阿弟遠餞龍江邊，臨歧抱頭哭向天。姊南弟北兩相慟，别來再會知何年？開船未幾子病倒，求醫問卜皆難保。武昌城外野坡前，白骨誰憐葬青草。初然有子相依傍，身安且不憂家蕩；而今子死姑年高，縱到雲南有誰望？八月官船渡常德，促裝登程戒行色。空林日暮鷓鴣啼，聲聲叫道行不得！上山險如登天梯，百户發放來取齊。雨晴泥滑把姑手，一步一仆身沾泥。晚山走向營中宿，情思昏昏倦無力。五更睡重起身遲，飯還未熟旗頭逼。翻思昔日深閨内，遠行不出中門外。融融日影上欄杆，花落庭前鳥聲碎。寶髻斜簪金鳳翹，翠雲蟬鬢蛾眉嬌。繡牀新刺雙蝴蝶，久坐尚覺春風饒。誰知今日夫亡後，天末遐荒要親走。半途日午始云飢，欲丐奉姑羞舉口。同來一婦天台人，情懷薄似秋空雲。喪夫未經二十日，畫眉重嫁鹽商君。血色紅裙繡羅襖，騎驢遠涉長安道。穩坐不知行路難，揚鞭笑指青山小。取歡但感新人心，那管舊夫恩愛深。吁嗟風俗日頹敗，綱常廢盡趨黄金。妾心汪汪淡如水，寧受飢寒不受耻。幾回欲葬江魚腹，姑存未敢先求死。前途姑身少康健，辛苦奉姑終不怨。妾亡妾亦隨姑亡，地下何慙見夫面。説到傷心淚如雨，咽咽低頭不能語。道旁聞者總悽酸，隔岸啼啼叫何許。」唐初四傑及長慶諸家好爲此體，試問有此音節否？

建寧吴厚園茂才淳閲福建通志詩云：「方志志一邦，其例異國史。記載宜周詳，與史相表裏。繁簡貴得中，網羅入編紀。福建通續志，遺漏失厥指。所藉廣搜羅，參酌古今耳。要領尚該括，詳明在條理。」按方志與國史相爲表裏，義例不可不嚴，紀述不可不備。蓋國史總天下之圖書，紀載宜約而賅；方志録一邦之故實，紀載宜周而要。道光己丑重修新志，閩縣陳恭甫先生總其事，至甲午書成，先生已歸道山。未幾，鄉先生某某共十人，有以重纂通志稿之不善者五條，見於公牘。一曰儒林混入；二曰孝義濫收；三曰藝文無志；四曰道學無傳；五曰山川太繁。由是删改付之雜家，而刊貲尚在巨室，良可嘆也。志稿爲草創之書，盡善與否，未敢信也。今惟就其所駁諸條辨之：按宋史刱立道學列傳，别於儒林，其意欲以尊崇周、張、程、朱諸子。不知周禮言儒以道得民；禮記儒行、道德、問學，無不并包。楊子言「通天地人曰儒」，荀子言「有雅儒，有大儒」，且以周公、仲尼爲大儒，後賢又何加焉。道外無儒，儒外無道，欲示尊崇，轉生歧異，徒貽學者口實矣。謹案國朝欽定續通志列傳，以宋史道學併入儒林，今敬遵其例，而以朱子生平著述類叙篇目於傳後，此用三國志傳諸葛忠武侯之法。儒林傳中仍歷叙紫陽師弟，洄溯淵源，使知一脈師承，不墜宗旨，則所以推尊者甚至，别異於諸儒者亦甚明矣。孝義一門，皆由請旌採入。近今之世，鄉賢名宦，已多濫廁，詎獨孝義？公伯寮曾配廟庭，杜征南嘗坐兩廡，吾道未衰，自有定論。按舊志藝文，多登詩賦，殊乖史體，今新纂志用建康志、三山志之例，題咏間附山川，其文擇有關政俗者，散附各門。而以諸家所撰四部書入經籍志，用漢書藝文志例，每書各標大題，而綴注其人之姓氏爵里及著述大旨，以存梗概，此爲較善。舊志山川僅載名勝，今新纂志改曰形勝，重其要害，詳其扼險，考其支流，略其吟眺，非好繁也。福建雍正、乾隆通續兩志，不尚體要，考訂太疏，舛謁遺漏，非止一端。以建置沿革言之：唐書開元二十二年置福建經略使，而舊志云大曆六年罷節度使，置都團練觀察處置使，於是始名福州曰福建。不知福建之名，本合福州、建州二者而稱，非改福州爲福建，且亦不始於大曆。元史本紀、百官志、地理志，言置福建行中書省，於時事前後互歧，與元致和志不同，見八閩通志。而舊志皆不能辨。是何異李賢志一統，誤臨洵於漢名；張欽志大同，昧新興於魏建：郡縣混淆，廢興莫考，其失一也。以山川言之：興化既列天馬山，又列塔山，不知天馬之名，易自明朱損巖御史天馬山房遺稿，有塔山志、天馬山賦可考也。福州新港僅載給事謝蕡六害疏，不知新港之説，駮於明董見龍侍郎崇相集，有開新港議、辨新港實録議可考也。而舊志狃於目前，不揣本而齊末。是何異柏人俗呼，莫諳巏嵍之讀；仲默作注，誤引砱礫之谿：貽笑具敖，難尋簡絜，其失二也。以關隘言之：崇安八關，分水、温林、岑陽、桐木最衝，而楓嶺則浙、閩戍守之界也。松溪之新窰、竹口、石門諸隘，爲控禦要地，而梓亭砦則四縣之交也。尤溪之牢城關、石而長汀九隘，黄蜂、古城尤險；歸化東鐵嶺、寧化南平砦，長汀木馬、竹篙二隘，上杭九十九段河頭隘，皆戍守要地也。西北之西五通、南天嶺、北下坊，縣之襟要，而東南之紫雲臺，東北之長平，西南之半隔，水口，皆扃鑰之險也。永定之隘二十有六，岐嶺、博皮、竹箭尤險，而三層嶺則盗賊出没之區也。邵武光澤杉嶺關而外，有鐵牛、雲際、火燒三關，而建寧之西安鎮羅漢砦、永平砦，亦其要也。永春之砦二十有七，蝴蝶、金雞等砦爲險，隘二十有二，任田高平爲衝，而安溪之打鼓、桃舟，德化之湯嶺、焦嶺，亦前明盗賊之鄉也。龍溪數十堡以西山爲險，龍巖之倒嶺、三峯，皆戍守之防，而漳平之高礤以下六隘，亦其要也。元、明以來，設兵屯戍，不一而足，故址可稽，而舊志不立關隘一門，僅於兵制附見二三。是則成都望陰平之道，誰信左擔；峻阪詢邛崍之山，孰諳九折：形勢失考，阨塞奚明，其失三也。以海防言之：福州則五虎、壺江、广石、梅花、閩安爲會城門户，小埕爲連江門户，北茭與定海爲唇齒，海壇與南日爲藩籬，而連江之竹扈、六澳、鏡港、七澳，皆並海之奥區也。興化則吉蓼、平海、三江最衝。文甲、嵌頭、青山次衝，而莆禧、湄洲，皆軍屯之游汛也。泉州則金門、厦門，鎖鑰險要；深滬、福全，哨守最切；圍頭應援梧嶼爲扼要，而南平之石井、洳潯、運河、二澳，資守禦也。惠安之獺窟、崇武、小岝、黄崎、峰尾，沿海五城，倚屏障也。

漳州鎮門港爲郡城之門户，福河堡爲諸港之要害，懸鐘與南澳對峙，銅山以西門控扼，而海澄之月港，漳浦之鳧尾，南靖之九龍，皆防禦所重也。福寧則三沙、沙埕首衝，嶼次之，而流江爲烽火之犄角，松山、下滸爲水陸之分防，官井爲盜賊之宿泊，金城爲備禦之要區，此其大概也。而舊志不載海防，續志始附兵制，卷首雖有圖説，未能賅備。是則籌海圖編，徒爲東閣之具；方輿紀要，何取載筆之勞：島嶼茫如，奸宄安輯？其失四也。以水利言之：蔡忠惠開河記，南北岸泥面底深，加城丈尺，一一臚列。趙忠定濬湖碑，閘之幾重，板之幾片，堰之高長，湖之深廣，皆有丈尺之數；某寺看管巡舖屋幾所，官地簿幾本，其引水灌田之處，各有禁約；浦港闊深丈尺亦如之。懷安之東湖，五塘、十三橋，蔡端明、樊紀有遺跡焉。連江之東塘湖，溉田四萬畝，劉逵、鞠仲謀有廟祀焉。閩縣之河浦百有七十六，康山、石浦、石步頭諸浦，象郚、翁崎、大盂、上灣諸官塘爲大；長樂湖塘陂堰百有四所，嚴湖爲大；晉江九十四埭，煙浦爲大；四十一塘，七首爲大；八十一陂，清洋爲大；而留公陂、僕射塘故址猶可訪也。興化木蘭陂以南洋水利爲大；南洋水利以東山水則爲均；外海石隄以林墩、斗門爲固。而涵竇多則涸水輕，埭困多則害公巨，明朱損巖與吴太守書，論之甚詳也。而舊志不能揭其要領，析其規程。是則劉天和之治河道，無述於七十二泉；單季隱之論水利，可廢乎七十二漊：灌溉所資，奚由稽討？其失五也。以人物言之：陳祥道傳以「用之」之字爲「佑之」；林磻傳以「豈歔」之字爲「豈獻」；楊億傳失叙與寇準協定大策及仁宗賜謚事。文苑不載南靖張燮、侯官孫學稼；忠義不載孫士遴、連邦琪、黄翰伯、林全春。是則樂史之記卓異，誤仲寶爲王儉之子；皇甫之傳逸民，闕庾易與僧紹之名：傳聞失實，文獻無徵，其失六也。盧一誠，萬曆八年進士，而謂王陽明招之入社講學；周之夔，復社反戈之賊，而謂其忤時棄官，入人物傳。是則象山昆弟，强附考亭之淵源；邢恕叛徒，乃躋伊洛之弟子：是非顛倒，誣罔爲羞，其失七也。元至元七年始行鄉試，六年無科舉，而續志乃有六年之狀元林濟孫；至正二年陳祖仁及第，十五年牛繼志及第，三年、十四年無試進士，而續志乃有三年之進士林亭，十四年之進士茅元。八閩通志閩書科目無蔡開、蔡闢，而續志乃一列於淳熙八年，一列於慶元五年。是則微斯文學，可入龍門之傳；梁四公記，應增姚氏之編：烏有憑虚，皆成故實，其失八也。續志又以方略爲「方屬」，張汝明之姓爲「謝」，林概之字端甫爲「端文」；惠安之鄭褒爲莆田，興化之薛巒、陳昭度爲仙遊；以元之鄭曦爲宋，邵武之何兑爲何充。其於舊志人物，强加區别，取盈卷帙，實則出入移掇，徒滋糾紛。至如陳塏、陳如晦等傳，一字不易，何事更張？一鄭所南也，與鄭思肖再出；一李宏也，福州與興化並列；一蘇欽也，永春與仙遊雙見；一鄭公敏、陳總龜也，理學與文苑重出。是則熊方漢表，複載伏完之封；劉昫唐書，兩存朝晟之傳。宋史之晁迥、謝絳，世系混淆；南北史之劉昶、蕭寶寅，姓名重沓：移張代李，架屋叠牀，其失九也。總之，吾閩方志，爲一省掌故所關，諸先生生長桑梓之邦，如有創解，不妨出以共證，何必形之公牘，以致六載撰輯之功，廢於一旦，此何異操同室之戈，而躪我軍之壘哉？

卷四

雲左山房詩鈔，家文忠公少穆宮傅著。嘉慶辛未進士。公詩氣體高壯，風格清華，家丞庶子兼而有之。塞外之作，如寒月霜鴻，聞聲淚下。其鄒鐘泉以開封守城先後記略見示因題其後云：「狂瀾横決趍汴城，城中萬户皆哭聲。孤城障水城垂傾，危哉公以赤手擎。是時在官同震驚，民謂非公吾不生。撫部牛公洞輿情，授公郡符安編氓。公所自信惟一誠，死守誓與陽侯爭。肝膽披瀝通幽明，億兆命重身家輕。禦水難於禦暴兵，四圍激齧鋒莫攖。城頭白日遊赤鯨，麗譙夜聽蛟鼉鳴。公親鼛鼓喧軍鉦，衣不解帶巡嚴更。始焉搴茭刈榛荆，繼下塼石聲訇訇。連旬苦雨不肯晴，上淋下潦溝澮盈。萬難之際彌專精，焚香告天心自盟。峭陂斜堰高崢嶸，逼走急溜開中泓。歷伏秋汛及霜清，寢食於城城可嬰。渡民避水舟筏迎，濟饑餺飥兼粥餳。全活老穉蘇鰥惸。帝命塞決頒水衡，負薪我亦辭西征。徐謫塞外，未行，改命河上効力。到時奇險亦稍平，見此巨浸猶怦怦。是冬鳩工依定程，河由地中順軌行。奈何羣議紛縱横，欲遷洛邑重經營。咄哉此論乘輿評，三誥奚必同盤庚。疏議六條余恢閎，讜言傾倒諸公卿。舊德先疇居永貞，斯城仍恃衆志成。汴民困久兹乃亨，躋彼公堂稱兕觥。繡衣遷秩豈足爲公榮？重是循良千載垂令名。」室人賦述懷紀事七古二章以手稿寄余喜成四律云：「廿年鳧雁鎮相依，萬里鶖鶬悵獨飛。生别勝如歸馬革，壯遊奚肯泣牛衣。祇憐瘦骨支床久，想對殘脂覽鏡稀。忽得詩筒狂失喜，珠璣認是手親揮。」「憶昨薑芽曲未伸，每拈筠管苦吟顰。玉鈎出匣能重展，鈎弋夫人卧病六年，右手拳曲，忽於掌中搜出玉鈎，手乃復展。金薤宣毫似有神。蘇蕙迴文常觸緒，采鸞寫韻不愁貧。述懷紀事無雕飾，肺腑傾來字字真。」「聞向帷堂課女徒，一庭絃誦足清娱。但傾舊釀尊頻注，便許行吟杖不扶。聞有藥酒，服之遂可試步，宜勿斷也。索和婦能諧競病，弄嬌孫亦識之無。有時對弈楸枰展，瓜葛休嫌一着輸。常與兒婦女兒對弈，故戲及之。」「白頭豈復望還童，却病仍資攝衛功。老我難辭身集蓼，憶卿如見首飛蓬。近聞詞伯多遷秩，且與兒郎作寓公。時京中方大考翰詹，舟兒未與。農圃耦耕他日願，來詩有『他日歸來事農圃』之句。不妨廡下賃梁鴻。時眷屬賃居青門。」

國家之所賴乎臣者有三：曰將臣，曰相臣，曰督撫臣。余友邵陽魏默深司馬，嘗讀國史館列傳，君不見十六章，將臣六章，相臣五章，督撫臣五章。可謂善於比例，詩亦雄浩流轉，爲古樂府之遺。詩云：「君不見海關一戰奔蚩尤，睿親王。荆湖一戰陳豨愁，安親王。烏闌布通走虜酋，裕親王。執戣執鉞冕執劉。孰匪榮散畢召周，從龍從虎風雲秋。英颷颯颯長城下，禮烈墓前嘶戰馬。國初將兵諸王。」「君不見朔風高，天馬號，追兵夜至天驕逃。杭愛山，坤河道，狹途殺賊如殺草。沙漠間氣人中龍，北斗回望哥舒弓。額駙超勇親王。」「君不見王家父子闞虓虎，王進寶。趙家父子如周處。趙良棟。深入百戰不回頭，手挈川滇歸聖主。整頓乾坤要英武，那見蔓蒿作干櫓。岳家父子最後雄，雪夜走禽青海戎。岳鍾琪之父岳昇龍，亦名將。」「君不見長鯨鏖戰海水立，夜颶震天轟霹靂。彭湖蕩潏蛟宮岌，劇賊飛將兩勍敵。那數昆陽與赤壁，溟嶠天吳日横吸，安得六丁重下擊！靖海侯施琅。」「君不見伊犂河，巴里坤，轉戰萬里回孤軍。黑水營，葉城畔，四百騎破賊三萬。風聲雪聲甲馬聲，援兵夜半渾河營。飲馬昆侖銘月窟，漢家天兵信雷電。萬夫特，萬鈞重，未年惟有海超勇。武毅謀勇公兆惠也，兼及超勇公海蘭察。」「君不見猰貐楚蜀妖氛惡，節制如山額經略。血戰西川斬京觀，望旗爭避德參贊。百戰天生戡難材，賊平身死屯雲雷。東海長鯨作人立，神弩射潮安在哉？廟堂此日思鼙鼓，時危慘淡天風來。威勇侯額勒登保，繼勇侯德倫泰。」右將臣六章。「君不見萇弘碧血東周涴，解謝諸侯彌尾大。家令朝衣赴東市，馳詔何曾濞兵止。萇鼂寧必命世才，漢周須要尊風雷。直壯曲老星昭回，名其爲賊氣乃摧。康熙不翻撤藩案，莫洛明珠米思翰，肯爲武庚罪姬旦。從來濟國猶濟川，中流風颶楫須專，令人慷慨康熙年。」「君不見鄂公鋭闢西南氐，欲令夜郎邛筰游皞熙，欲令幽谷赤子蒙赫曦。非常之事驚羣兒，英顔毅色無難囏。左張右哈供頤麾，渡瀘五月觸瘴痱。穴擣木刊山谷崎，功成入相書常旂。一朝銅鼓五溪西，諸軍觀望稽合圍。中山篋滿揚南箕，跋前疐後功幾墮。任度惟斷平淮夷，魚水之朝猶險巇。創始圖成自古唏，何怪模棱甘伏雌。擇地而蹈戒隴坻，姁步不敢行山檏。」「君不見傅公誓軍金川震，屢詔班師不奉命。議功議能議貴親，訥張竟殉三軍令。伊犁議起憂西顧，舉朝贊決惟一度。力排羣疑擴漢疆，廟堂戰勝憑疏附。商必應宮桴應鼓，從古風雲扈龍虎。姚崇若在賊早平，幾時間氣嵩嶽生。」「君不見金川一夕猿鶴驚，一軍獨整阿文成。百戰歸來相明主，寧知相業超常武。黄河改道竟東趨，名糧百萬籌天府。王商正色匈奴憚，欽若不敢侮王旦。天生方召佐宣王，百世猶興微管歎。」「君不見天亶天縱乾隆聖，漢相獨重劉文正。邊才不足相才足，汲黯宋璟嵩華峻。進退百吏無私門，造次陳謀必堯舜。申公亦是瑚璉器，尚少温公剛大氣。何況衣鉢傳中庸，并讓禹光經術貴。」右相臣五章。「君不見黄河決汴自勝朝，國初卅載黿鼉驕。百川手障回狂濤，賴有伯益逢唐堯。入疏前後如沃焦，中河創闢通千艘。當其未就羣詠謡，尾翹羽翛音曉曉。賈魯被議印川投，自古駿烈無逍遥。再蹟再奮被衆撓，戰謗戰勝東海潮。魚龍歲游汴泗郊，黄流幾作鍋金銷。河底日隆隄日高，黄河果是上天濤。靳文襄督兩河也。」「君不見八閩發難浙東靡，提督頓足將軍痿。長城賴有書生李，疾扼常山衢，突壓蚩尤壘。左提印，右提劍，賊兵⿰目咢眙滿兵歎。斷餉填壕夜擣堅，竟走猰㺄完浙岸。擇帥先擇節度使，從古長城恃屏翰。天吳跋浪鯨崔嵬，浙民再望長城來。李文襄督浙江也。」「君不見燕薊建都仰東南，提封千里惟潦乾。虞徐汪左徒咨歎，奏功惟有朱高安。撫晉督冀疏導殫，四河分釃四局完。天津雄霸禾芃芃，歲收百萬裨民官，翻疑冀北成江南。畿民不頌朱高安。若非聖主賢，藩翰端，南漕嫁禍北人寒，早見鹽鐵攻桓寬。朱文端佐怡賢親王治直隸水利也。」「君不見八旗圈田徧三輔，生聚承平百萬户。又不見邊外上都千里沃，插漢故疆供坰牧。人滿土滿兩堪患，何不移人墾土兩得算。賈生籌漢旋乾坤，奏疏我欽文定孫。開平興和萬頃屯，徙實八旗兼漢軍。三冬射獵三時勤，三邊拱衛皇畿尊。有客撫掌笑脱幘，此是漢唐徙民術，今日鷓鴣行不得。孫文定督直隸，籌八旗生計也。」「君不見南漕歲歲三百萬，漕費倍之至無算。銀價歲高費增半，民除抗租抗賦無飽啗。吏雖横徵猶啜羹，丁雖横索橐不盈，惟肥倉胥與鬧兵。衣垢必澣絃必徹，天運有旋道有捷，何必内河受要挾。英公海運陶公節，萬艘溟渤如褰涉。官民歌舞海商悦，只少未飽倉胥篋。海運不舉海防多，水犀樓船方荷戈，小東大東當若何？陶文毅撫江蘇，行海運也，相國英公主其議。」右督撫臣五章。

黄海山人詩鈔，桐城張辛田大令用糈著。大令髫齡即能詩，爲其同里姚姬傳先生所知，及貢成均，嘉慶癸酉副榜。名噪都下。儀親王慕其詩名，延訂宜園全集；爲梓辛田試帖。會以銓選來閩，補詔安鹺尹，大府重其才，兩派通志局監修，爲家文忠公及陳恭甫、高雨農諸先生所激賞。嗣升同安。同安治苦難，大令勞於鞅掌，以泉州府紳士與知府互訐，因人被累罷官。而大令天懷灑落，日以詩詞自娱，其爲詩高華典贍，不作牢愁鬱抑之音。其辛丑夏從軍泉厦六閲月月夜對菊感時書事云：「巖疆十萬擁貔貅，戎馬書生學運籌。時事艱難花濺淚，光陰迅速月當頭。淮南正繞思親夢，海上誰紓報國憂？陶令欲歸歸不得，年來深負故園秋。」題柯易堂同年鷺門啖蕉圖云：「風火輪船鷺島蟠，欃槍星繞客星寒。蕉花未信能延命，竹葉何辜使去官。易堂爲蜚語所中，以嗜酒被劾。入險身同豺虎近，易堂在厦門被英夷執去，十日始還。放顛指作犬羊看。吞氊齧雪尋常事，爭及先生處萬難。」「蠟丸密計遞軍門，妙合機宜孰與論。兵果銜枚來問道，賊方設樂宴中元。樓船一炬鯨波沸，鐵騎千重兔窟掀。可惜深宵書未達，空將往事羨崑崙。」「罵賊能將大義伸，檄文飛舞字精神。地危自恨無官守，母老天留不死身。失劍賸攜衰病僕，失去打虎槍一，蘭厓軍門贈也。義僕金城相從不去，賊義之。收琴如撫孑遺民。出險後，詣舊寓收一琴，尚無恙。從兹領略三蕉趣，用東坡語。繪出紅蓮幕裏人。魯輿制軍延之幕中。」「吟壇十載共遊翺，防海從君問六韜。東粵創深纔退舍，西甌圍急又徵牢。喜聞臺北擒封豕，余表兄姚石甫觀察奏臺灣獲逆夷甚多，上大嘉悦。盍遣安南截巨鼇。見海國聞見録。饑溺胥教登袵席，會看籌筆荷榮褒。」大令目擊時事，隱然心傷，嘗作醬詩一首，傳誦士林。其詩云：「雷聲未動早怦量，急作真同急就章。作豆醬惡聞雷。此欲使人急作，見論衡。休許佞人呈鹿尾，唐玄宗時，曾有進鹿尾醬者。定從夷地貢魚腸。漢武帝逐夷至海中，聞土中香，得魚腸醬法，名爲鮧鮧。和羹漫道糊塗好，覆瓿休嗤著作忙。恥效市廛營貨殖，賣醬喻侈，見貨殖傳。酸鹹世味已深嘗。」數詩可當詩史讀。

江都焦里堂孝廉循論詩云：「詩之難同於文，而其體則異。眼前之景，意中之情，以聲韻形容之，遂若人人所不能道，而實人人所共知。吾不計其爲三百篇，爲漢、魏，爲初、盛、中、晚，爲西崑，爲江西，爲四靈，爲七子，惟本其志以爲詩，不剿襲，不堆垛，皆可以陳風而論世；若無性情，無景物，以交遊聲氣供其諂諛，爲攀附之緣，吾無取乎爾也。」北湖小志。

人心風俗之壞，由於賭博；賭博之害，莫甚於花會。花會之設，率衆蝟集，聚嘯山場，不下千人。壓會之人，不用親至其所，惟着人走信通風，往返奔命，直達人家閨闥，士農工商，悉棄其業，而甘受其愚。迨至虧輸累次，往往輕生自盡；或有爲勢所迫，男則爲盜，女則爲娼，深可浩歎。守土者知其流弊，屢經嚴禁，而奸徒尚不斂迹，此奚以故？大抵開設花會，罔利既多，不惜使費。上下衙門兵役人等，爲之耳目，官有舉動，彼已週知，故率虛拏而不能實捕，串通勾結，日滋日盛，不知伊於胡底。今欲禁之，則惟先行出示，即著每鄉鄉耆地保，率衆擒拏，一村有匪徒聚衆掛巴，則一村共舉械鳴鑼逐之。各村皆然，使無容身之處，則其局不散而自散矣。匪徒掛巴之處，雖在高山水面，未有不屬鄉村；如有任其聚衆，此即與其勾通，擒其鄉長，燬其牆屋。有心民瘼者，依此法行之，去稗莠以安善良，誠保民之善政也。晉江黄濟川茂才貽楫花會嘆云：「賭博害人心，花會爲尤毒。三十六門中，儼是銷金局。士農及工賈，顛癡紛逐欲。賭爲姦邪媒，此尤敗風俗。可憐閨閣中，貪心多被辱。誰學朱文公，治閩如治蜀。」此詩實有關風化。

新會鍾鳳石孝廉啓韶著有讀書樓詩鈔、笛航遊草，詩多明練，切於時務。如「幹濟實資才，糟粕直須棄。乃知紙上談，不了天下事」；句如「事到大難惟有達，家能粗可不如耕」。番禺張南山聽松廬文鈔云：「澳門古名壕鏡，在香山縣南虎跳門外。先是暹羅、占城、爪哇、琉球、浡泥諸國互市，俱在廣州，明正德時移於高州之電白縣；嘉靖十四年，指揮黄慶納賄，請於上官，移之壕鏡，歲輸課二萬金，佛郎機遂得混入，又潛匿倭賊。萬曆四十二年，總督張鳴岡檄番人驅倭出海。因上言：『壕鏡在香山内地，官軍環海而守，彼日食所需，咸仰於我，一懷異志，我即制其死命；若移之外洋貿易，則巨海茫茫，奸宄安詰？制禦安施？似不如申明約束，無啓釁，無弛防，相安無患之爲愈也。』部議從之。其時大西洋人來中國，亦居此澳，此前明番人來居澳門之大略也。我朝德威遠播，懷柔諸夷，重譯梯航，嚮風慕義。今居澳者多西洋人，日久亦甚馴順。惟暎咭唎貪頑而狡獷，彼見西洋人安居澳門，頗有歆羨妒忌之意也；包藏禍心，殆不可測。是則慎固海防，嚴察奸宄，有守土之責者，豈可忽哉！」聽松廬詩話云：「鳳石有澳門詩十二首，句如『兵鬼黔於墨，艓漿凍欲冰。蠻姬裙疊摺，番衲髮鬅鬙』，又『不風潮刮岸，當午瘴沈山。大舶微如點，頹沙曲似環』，語皆警健。又『羈縻原勿絶，他族爾勿滋』，十字尤有深意。」

「空拳赤手初生世，富貴何人是帶來？既不帶來難帶去，銅山鐵券總塵埃。」此南昌漆雲窩諸生修綸詩也。粤東張南山謂此詩可爲世間沈迷貪戀者作醒夢鐘聲，誠爲確論。諸生著有雲窩賸稿，詩多警世之語。

「人非忠孝無文字，天與艱難有性情。」此番禺李秋浦布衣鱗讀正氣歌句也。語含諷勸，不易多得。布衣五言古示兒姪詩、七言古崑崙關懷古，皆卓然名作，今未録。句如「葦葉潮乾浮海月，楝花風起上鰣魚」，亦清婉可詠。

侯官閨秀高芸馨孺人素芳，永福國子生王應箕福疇室也。孺人爲高瓶城先生名允焕女，王荔村先生名有爲之子婦。著有榆塞聯吟詩草，壯色沈聲，出於閨中，尤不易得。其土木堡詩云：「土木傳音誤，唐名『統漠』，後誤爲『土木』。千秋古堡留。空屯邊馬躍，落日塞狐愁。諸將論功候，元戎苦戰秋。行人關外望，赤霧滿城樓。徐堅初學記。土木堡上有青霧、赤霧、白霧、黄霧之異。」其居庸關二十八字，則太白、龍標之亞也。詩云：「居庸關外草萋萋，居庸關上子規啼。寒風吹雪鼓鼙死，大河落日牛羊低。」孺人更有虞姬七絶，用意新穎，未經人道。詩云：「楚聲四壁泣青娥，一曲虞兮奈若何。猶有美人能殉國，勝他韋吕負恩多。」水仙花云：「仙姿仙骨水中仙，環佩聞香薄暮天。最愛凌波寒不語，隔簾窺處月如煙。」菊影云：「兩三瘦骨影迷離，風峭霜濃月一籬。繪出柴桑秋景好，香痕印砌上燈時。」二詩渾脱，無詠物痕跡。孺人有婦德，應箕國子生早卒，孺人以節孝聞。

永福王筠卿孺人瑞蘭，侯官何藻亭孝廉同文室也。孺人爲荔村先生之四女，左卿觀察名大經之子婦。著有榆塞聯吟草，情詞激越，如哀角秋笳，聞聲悽惻。其與高芸馨孺人土木堡聯吟詩云：「舊蹟留雲堡，形排亞字斜。柳屯雙隻堠，茅屋兩三家。折戟猶埋草，頹垣正落鴉。顯忠祠宇在，遺恨説蟲沙。」又長城懷古一律，氣格沈響，雅有唐音。詩云：「版築勞勞執扑催，當年力役雁鴻哀。金湯本爲千秋計，鼙鼓翻從二世來。戍塞壓雲盤遠勢，女牆漬雨墜殘灰。夕陽終古留遺蹟，荒堞頹垣半掩苔。」孺人不永其年，豈天忌其才而奪其算耶？

全椒吴抑菴字山尊。侍講鼐，嘉慶四年進士。著有夕葵書屋詩集。湖海詩傳云：「山尊胸藏二酉，力富五丁，所作駢體，沈博絶麗，少爲石君司農激賞。詩以韓、孟、皮、陸爲宗，鬬險盤空，句奇語重，五言長古，尤足以推倒一世。」按侍講詩五古東坡生日禮像，七古題桓伊吹笛圖，可稱名作。其趙忠毅公鐵如意詩，有「入手七星寒，剖心一寸赤」之句，可謂精警。句如「竹陰先客到，山色與詩來」「去雁遠從潮際定，歸鴉爭向雪前喧」。

歙縣鮑覺生侍郎桂星，著有覺生初稿。嘉慶四年進士。秋雁詩「千點月涵汾水白，一行天斷楚峯青」，落葉詩「梧桐南内唐天寶，枯樹西風庾子山」，句如「江湖淚滿窮途後，雨雪魂銷欲别時」，皆渾脱可誦。

湘陰彭玉吾解元珴嶽麓雜詠詩，意境清爽，灑然出塵。其詩云：「棲鸞嘉樹倚雲栽，一徑春清翠作堆。聽得空林人語響，山僧遥踏落花來。」「琅玕萬个影珊珊，繞院青煙撲曲欄。留伴孤松殘雪裏，月明風靜耐餘寒。」玉吾，嘉慶戊午第一，是科揭曉，第一爲傅晉賢，闈墨出則玉吾文也，榜出嘩然。時典試爲寧化伊墨卿秉綬，監臨則姜度香中丞晟也，究出晉賢賂書役某甲割卷弊竇，於是置某三人於法，晉賢亦罹重典，而彭仍爲第一。

邵康節先生詩云：「冬至子之半，天心無改移。一陽初動後，萬物未生時。玄酒味方淡，太音聲正希。君今如不信，請更問庖犧。」此修仙詩之得其三昧者。曾惟闇先生詩云：「所以愛禪棲，境幽不可倦。燈將光俱微，心與道相見。孤磬坐三時，斷山月一片。火飛原上燐，僧入定中偏。」此修禪詩得其三昧者。

善弓者，師弓不師羿；善舟者，師舟不師奡；善心者，師心不師聖：關尹子語。善詩者，師詩不師古。然不師古者，不襲古耳，不摹古耳，不泥古耳，非戾古也。所謂學之太似，轉與古人遠矣。作詩者，須前無古人，後無來者，方可爲大家。若篇法、句法、字法必求肖古人，徒爲古人執箕帚耳。前明何、李詩好摹擬前人，往往有此病。

「落花風裏爇旃檀，靜誦金經擁髻看。我道生天猶易事，世間第一作人難。」此吳縣張儀祖贈内詩也，温柔敦厚，得三百之遺。

明季闖賊攻京師，城陷，城中婦女被賊兵姦淫殆盡。惟凡死節諸臣之家，賊不得入，其婦女得免，似有神明護門也，事見計六奇明季北略。可知忠孝節烈，鬼神所護，此其明驗。亡友林松門詩云：「正氣塞天地，神明嘗護門。」正謂此也。

儀祖絕句，儀祖字研孫。情韻纏綿，風格清婉，本朝阮亭而後，可與東薌吳蘭雪並傳。其雞鳴埭云：「碌碌香車碾玉塵，鐘聲纔動景陽春。君王不待雞鳴起，誰是深宮戒旦人？」「瓜果宮中乞巧陳，香羅紅白簇鮮新。長干榻上燈千點，衹照盂蘭會裏人。」「檀槽金屑恨長埋，鸚鵡三生願竟乖。留得玉環空約臂，提鞋人已上香階。」「別開錦洞自藏春，高髻纖裳穩稱身。新樣又傳天水碧，露華沾遍六宮人。」遊仙云：「深淺蓬萊總不波，瑶池阿母鬢雙皤。桃花本是人間種，莫怪春來結子多。」「雲階月殿笑相迎，鳳背簫聲鶴背笙。別有頑仙便野性，一畦瑶草喚龍耕。」「相邀月姊更星娥，天際雲軿鹿鹿過。一曲研光花亂舞，神仙偏是少年多。」「羅裙百幅翠霞圍，紫府朝來跨鶴飛。不是仙人能割愛，桃花肯放阮郎歸？」「羅衣貼玉一重單，仙骨從來不怕寒。洞府春深三月雪，碧桃花下飼青鸞。」「白雲一徑吠仙尨，玉洞春深駐繡幢。約略花神微嘆息，芙蓉不合謫秋江。」「鳳蜡龍肝宴正張，隔窗饞眼溜東方。瓊妃衹在珠簾内，掠鬢風來碧柰香。」「唐韻書成筆欲投，人間夫婿總無愁。眼前衣食譚何易，衹合三山跨虎遊。」秦淮對酒作云：「一區碧血葬忠良，燕子高飛入建康。多少巨家紅袖女，琵琶斜抱怨先皇。」「天道茫茫卻有憑，春燈燕子阻中興。管絃自奏薰風殿，山鬼蒼涼哭孝陵。」「狎客妖妃氣自驕，無情山色送南朝。金盤日啖深宮狗，鹿血憑他賊酒澆。」「宗社徒憑尺土爭，中朝棋局尚相傾。長江未報韓擒渡，風鶴先譁四鎮兵。」「秦淮簫管遏行雲，一盞華燈照夜分。殘局東林還未了，秀才復社又論文。」「桃花扇底送侯生，空費蛾眉淚滿巾。一紙畫梅詩得婿，鏡奩七首是何人？」「舊院荒涼夢水天，畫簾丁字故依然。胭脂不洗前朝孽，日落秦淮尚管絃。」逍遥湖上半載於兹偶檢武林雜事所感涼夕薄醉雜題屏端援今證古風俗懸殊盛衰之際可以觀矣：「半弓粉印漬香蕪，花妥羅裙蛺蝶扶。祇覺承平梳裹好，憐他上馬快春趺。」「更無庵酒説風流，十五當罏斂抑羞。楸葉攔街誰喚買，玉人雲鬢不知秋。」「竹外横枝春已深，茆檐斜日凍醪斟。相公不設梅花禁，容我江湖自在吟。」「冰紋槅子隱迴廊，半臂蟬紗出浴裝。一樣雲鬟堆茉莉，市中花價不曾昂。」「摘句旗亭可愛才，去非七字趁心裁。杏花自寫春風意，舘閣憑他選墨梅。」「一角叢祠倚夕陽，神仙風月麗人粧。臨安花禁當年重，卻許陳思譜海棠。」二月廿二日作云：「雪花如掌打窗粗，悄撥深灰擁地罏。萬事尚留明日在，肯將詩興敗催租。時有索逋者在門。」

履堂遺藁一卷，侯官姚履堂懷祥大令著。嘉慶戊寅鄉榜。大令舊曾手訂詩草二十卷，僅存一卷。大令少家貧，苦讀遂能文，屢上公車不售。以大挑一等，捧檄浙西。道光辛酉，英逆竄入定海縣，縣在海之中央，居民不及千户，援兵未至，大令倉皇投北門外之成仁塘，遂死於難，事聞，詔恤襲蔭。近其少君以大令遺藁一卷示余，爲録若干首。庾開府之集，亡而復存；蘇子瞻之詩，焚而再易。讀大令詩，可謂文豹之一斑，吉光之片羽也。集中諸體典贍，而出以性情，絶句有北宋人風味。其題家秋圃小照云：「形骸於天地，俯仰若爲寄。苟得容其身，不妨任游戲。達者又何人？吾宗知此意。是色亦是空，化指復化臂。隨在皆我相，無不可位置。兀坐對伉儷，一僮及一婢。小憩忘其形，藐居渺無事。此即安樂窩，非守雲泥義。」五言律舟中望月和古樵韻云：「萬古此明月，一輪圓到今。影空大地水，秋掛行人心。極漢遠如許，高章誰獨吟。聞聲爲起舞，蒼氣滿溪深。」雨後過張溪口云：「直遣寒如此，空江湧畫圖。幾家浮島出，萬壑入天無。人語聞蒼靄，溪痕帶緑蕪。去舟何處是？前港起飛鳧。」七言律樵溪道中云：「暝色沈沈溪路昏，山迴路轉出雲根。尖峰缺處立孤樹，絶港通時逢小村。滿載晴煙入花竹，一簑春雪下田園。波光澹蕩放舟去，不問漁郎前度源。」讌邱古漁宅分詠紅豆云：「艷服華幨照眼紅，記歌宛轉綺筵中。憑君莫唱相思曲，有客江南盼遠鴻。」舟行云：「箐篁密影翠交加，彌望陰濃徑盡遮。欸乃一聲扶棹出，不知煙裏是漁家。」「沈沈夜氣羃寒陂，滿眼迷濛繫艇時。溪浪打灘風四面，篝燈篷底讀唐詩。」晚泊謝坑云：「溪痕漲緑轉山坳，春色横舟亂靄交。坐聽隔江雞唱晚，炊煙數簇上林梢。」和漁梁壁間韻云：「行隨海燕去雕梁，驛路風光取次嘗。筍乘兩肩山萬桁，擁裘坐看野雲忙。」過漂母墓云：墓旁有祠。「晨炊曾阨南昌婦，韓侯始依下鄉南昌亭長，其妻苦之，晨炊不具。鐘室還遭呂后擒。前後遇人不如母，感恩何止報千金。」釣臺懷古云：「風雨昆陽盛將才，先生何事富春來？早知東井星沈後，不覲雲臺覲釣臺。」竹兜云：「山勢隨肩起伏行，迢迢疑重又疑輕。安閒一路啼鴂裏，風雨瀟湘午夢清。」偕奐爲小西湖夜泛云：「蒲尖棲露蓼拖煙，泛過蔬園又稻田。萬籟無聲湖月出，飛虹橋外水如天。」「泠泠清調入艙幽，蘋末涼風送野謳。微火數星扶櫂出，三汊煙港下漁篝。」

余友臨桂朱伯韓侍御持浣蓮隱士趙旦先布衣詩見示，諸體多沈鬱蒼涼，深於杜法。壺山蹋雷酒人墓七言律一首，則高唱入雲，獨開生面。其詩云：「長星勸爾酒千鍾，行樂人間歲月窮。白日醉來天地小，青山死去酒壚空。似愁長夜無春色，故倚夭桃作小紅。埋骨陶家獨未達，何如身葬此壺中。」

與竹齋詩草四卷，李古陶孝廉賡堯著。道光甲辰，余應禮部試，舟次江南，與古陶同行。古陶出其稿示余，詩多豪放，吟詩一首，尤有意理，出於天籟。詩云：「我不樂吟詩，佳句忽然至。我方樂吟詩，凝思無一字。當其已吟時，亦與未吟異。顛倒詩人心，造化真游戲。」

婺源董小查太史桂敷詩，追步昔賢。太史篤行醇儒，中年引退，家居不仕。詩宗昌黎，五言古寄感八十首，體大思精，横絶一代。今録存數首，詩云：「萬物萬種色，一雲一情狀。造化真文章，本自無定相。渾灝四代書，巍巍九霄上。羲經更四手，各各見德量。風雅正變音，分途成絶唱。代有作者出，皆言絶依傍。胡爲後世文，愛畫葫蘆樣。更於拜獻資，一轍範趣向。天駒縱超羣，何由顯雄壯。」「鱷讋潮州檄，龍求瀧岡碑。感物有真精，豈在空文辭？如何薄識子，爭誇華藻摛。耳目愚一世，心胸積萬欺。兒童甫弄筆，粉飾遞相師。焉能當大事，開懷釋羣疑。陋哉揚子雲，篆刻後賢嗤。偉矣陸宣公，一詔天下悲。」「樂哉吾此遊，客問來何自？爲啓牀頭書，周官卷第二。津塗乍指道，耳目頓開異。其中皆井田，桑麻偏樹藝。原禾映溝塍，牧饁雜婦稚。牛羊墟里間，雞豚籬落際。静聞織績聲，動見和親意。工商各循法，庠序敦孝弟。酺禜醉仁風，蒐苗申義氣。客曰樂哉國，真勝桃源地。如何世更秦，絶境無由至。」「約國有樂地，嬴界無恬機。多財石季倫，死愧榮啓期。倫通天地人，或昧心肝脾。讀書僅貪多，入世羞爲雌。不必大聖賢，有識嘲其癡。未覩秦漢庸，焉識唐虞奇。五服極五千，外薄從羈縻。悲哉輪臺悔，莫救喪亡師。」「轉轉腸中輪，織得頭如雪。盈千新慮生，溢萬去景滅。諒無神鼇負，詎有仙鶴骨。浮雲太虚幻，愁每天邊結。天公憫其愚，霽之以日月。日月我並明，晝夜約代出。

天公善其慧，籌之以不絶。妙運更消息，得不常圓徹。念此心目間，超然頓軒豁。」「狂風拔大木，岳立初不覺。以兹溪澗清，欲敵黄流濁。河伯撫掌笑，魚蝦抱石哭。堪嗟禰正平，獢獢以遭戮。中散亦人龍，迕嫚危機觸。步兵眼雖白，臧否妙藏腹。偉矣孫公和，鸞嘯天邊獨。喉脣自霜鋒，斬絶塵俗目。愛憎莫得加，何由挂榮辱。」

厚園遺集一卷、文集八卷，邵武建寧吴厚園茂才淳著。茂才早歲澹於進取，砥言礪行，動必師古，當世之隱君子也。文學昌黎，得其神髓。其同里張亨甫，詩才雄視一代，交遊遍天下，其自訂詩文全集，則惟求厚園一序之，蓋心服久矣。厚園文高者入昌黎之室，次亦不失爲李習之，高於其鄉朱梅崖、高雨農二家。詩不多作，然作者往往入格。與其同里黄伯喬茂才士遷友善，其贈伯喬福州讀書詩云：「薌谿舊是松寥友，聞説風期最可人。君到榕城試相訪，定逢相馬九方歅。」厚園今墓有宿草矣，讀此詩，不勝有人琴之感。

效顰集二卷，侯官閨秀洪秋崖蘭士著。秋崖名龍珍，字蘭士，爲許梅生孝廉宗元室。夙躭風韻，詩筆清婉，如春花初開，明艷照眼；又如碧桃滿樹，流鶯比鄰。與梅生琴瑟調和，今之梁鴻、孟光也。五言律别後有懷蕙田云：「十載盤桓好，依依惜遠行。人隨流水去，愁逐晚潮生。岸闊雲山寂，江空夜月明。更深不成寐，應念故人情。」七言律雪花云：「誰向瑶臺處處栽，漫勞天女散花來。臨風非樹能生玉，照水無枝欲作梅。未把菱根親粉面，先從珠蕊護仙胎。空中自有奇香在，不污人間一點埃。」七絶秋夜哭母云：「繞膝承歡事總虚，重泉消息果何如？夜來嘹唳南飛雁，不帶幽冥一紙書。」送蕙田姊于歸後即赴淮陰官署云：「一曲嬴簫唱和新，奩間彩筆畫眉顰。春風從此添佳句，記否深閨有故人。」「碧窗同汝繡羅裙，錦字文章五色雲。若把婦功論優劣，拈針合拜薛靈芸。」「記自連牀對影初，石榴花下閉門居。雞聲催落西樓月，夜夜挑燈共讀書。」咏明妃云：「馬上琵琶塞外秋，漢宫花草自悠悠。於今只有長沙月，照見邊關萬里愁。」夜闌感賦云：「夜闌獨坐自支頤，四壁蛩聲若助悲。滴盡淚波雙袖濕，回頭惟有侍鬟知。」讀媚蘭仙子詩集感題云：「玉骨曾經九轉丹，天風吹降步姍姍。邇來新得秋江譜，不寫芙蓉寫媚蘭。」「惆悵當年風月闌，玉鈎斜處粉妝殘。如花春殿知多少，不朽香魂一媚蘭。」哭虞妹心香云：「飄飄仙馭逐飛雲，天上修文忽召君。莫是玉樓才子少，竟將此事屬釵裙。」寒夜懷舅母葉夫人云：「凛凛霜風夜色寒，翦刀聲歇漏聲殘。欲呵凍管書愁緒，兩袖啼痕不忍看。」漫興云：「漏鼓通宵傾耳聽，燭花頻翦淚熒熒。東窗月又西窗落，起看明河數點星。」述懷云：「深閨搦管本非宜，不待人言我自知。但問風詩三百首，如何偏冠婦人詩？」「斷腸人説斷腸情，掇草拈花句易成。畢竟尚拘兒女見，詩書未快讀生平。」贈表妹蔣淑釵云：「盈盈丰格復輕柔，眉黛含顰不解愁。移向沈香亭畔倚，牡丹無語也低頭。」「瑶草拈來笑共裁，我憐風趣汝憐才。此生得幻黄崇嘏，也下温家玉鏡臺。」寄蕙田姊云：「淚痕和墨寫生綃，閩海淮江寄恨遥。緘就尺書香已燼，半簾風燭雨瀟瀟。」夏日即事云：「石榴影映茜窗紗，晝倦吟成日未斜。行遍長廊無一事，午街喚賣素馨花。」覽鏡云：「春花秋月幾魂銷，相對無言總寂寥。一病誤卿今至此，懶將和淚更誰描。」漫興云：「撥開愁霧展雙眉，悲月憂雲本不宜。欲換毛錐重洗硯，從今不賦斷腸詩。」

陸務觀云：「詩欲工，而工亦非詩之極也。鍛鍊之久，乃失本指；斲削之甚，反傷正義。纖麗足以移人，誇大足以蓋衆，故論久而後公，名久而後定。」十駕齋養新録引何君墓表。

乾隆癸未歲，杭州杭大宗世駿以翰林保舉御史，例試保和殿，大宗下筆爲五千言，其一條云：「我朝一統久矣，朝廷用人，宜泯滿漢之見。」是日，旨交刑部部議，擬死。上博詢廷臣，侍郎觀保奏曰：「是狂生，當其爲生員時，放言高論久矣。」上意解，赦歸里。乙酉歲，純皇帝南巡，大宗迎駕，召見，問：「汝何以爲活？」對曰：「臣世駿開舊貨攤。」上問：「何謂開舊貨攤？」對曰：「買破銅爛鐵，陳於地賣之。」上大笑，手書「買賣破銅爛鐵」以賜之。事見龔定菴文鈔。杭州龔昌匏國子生論詩，論大宗詩云：「大宗狂比青蓮甚，買賣破銅爛鐵人。」所以志其狂而紀其實也。

福州陳梅修先生壽祺絳跗草堂詩鈔，題唐子畏自書詩後云：「夢墨亭何在？飄零短札寒。才華狂易損，身世醉難寬。白首悲張祜，青山葬伯鸞。莫題秋士感，更泣落花殘。子畏有落花詩三十首。」按「才華」十字，括盡子畏一生，神味黯然，不忍多讀，「身世」句尤未經人道。

秀水朱錫鬯先生爲畢大生題扇云：「今年十月尚暄和，雨後流泉響玉河。竹扇未應收畫篋，絮衣猶可著香羅。籬根細菊冬逾媚，砌下吟蟲夜轉多。那得滄洲載新酒，亭前捉臥甕人過。」先生又有春暮何少卿招同故鄉諸子集古藤花下送譚士之舒州詩，有「捉臥甕人選詩格」之句。新城王貽上見之，未知所出，搜討羣集，將十年未得其解。論者少之。今按賓退録，李廷中撰「捉臥甕人格酒令」，以畢卓、劉伶、嵇康、阮孚、山簡、阮籍、儀狄、顏回、屈原、陶潛、孔融、陶侃、張翰、李白、白樂天數人爲目，「捉臥甕人格」本此。貽上讀書亦博，雖非錫鬯之比，以視世之經史子集束之高閣者，相去遠矣。一二典記之不知，烏足爲貽上少哉。

韓冬郎「已涼天氣未寒時」七字，最耐人尋繹。福山鹿木公先生林松立秋夜同星所有。

船先生云：「露坐入深夜，不知秋已生。感人先以氣，到樹尚無聲。」「感人」十字，微妙處正與冬郎同，非真得秋氣者，見不到、説不出耳。若立秋夜聞秋聲，便是衆人筆下所有。

吴漢槎古體長篇，如白頭宫女行、秋雁篇、將赴遼左留别吴中故人、同陳子長飲即席作歌、同陳子長話吴門舊遊、贈吴稺恭散騎、贈孔叟諸篇，久膾炙人口。北風云：「馬上北風哀，黄雲慘不開。寒催龍磧斷，聲捲雁沙來。驛騎衣空寄，嫖姚戰未回。何人吹葦葉？淚盡落雕臺。」寄懷陳君子長云：「氈帳風連曙，長河雪過春。一年頻卧疾，萬里獨懷人。世事文章賤，交情患難真。茫茫窮塞外，愁寄别離辰。」卞生過飲云：「相見添新鬢，相悲話故鄉。那堪逢晏歲，俱是客殊方。蜩酒荒臺月，征夫大漠霜。風波滿眼淚，對爾益增傷。」與舊史云：「衡門蕭寂掩蒿萊，念爾行藏未易才。更始舊臣馮衍在，朔方遷客蔡邕來。望中鄉國空三户，亂後文章有七哀。摇落深秋邊色裏，援笳愁上北風臺。」感懷詩呈家大人云：「棘寺陰濃樹色長，故園何處淚沾裳。獨憐積毁能銷骨，無那含寃易斷腸。授簡闌扉思夏勝，上書梁獄泣鄒陽。金門咫尺招賢地，不得雄文達建章。」「寂坐匡牀飲濁醪，臨風愁聽角聲高。謗書何事騰三篋，壯士由來泣二桃。目斷鄉關空涕泗，心傷烏鳥自悲號。可憐一片江南月，永夜蒼蒼客夢勞。」讀漢槎詩，如聽霜天哀角，音調淒清，真不啻「一聲何滿子」也。

道光庚戌秋，家文忠公少穆宮傅出其封翁暘谷先生飼鶴第三圖横卷命題，圖中題者，率皆名輩。歙縣程春海少司農恩澤詩，可謂真切。詩云：「眸子澂明骨相清，綺年文字早知名。六經貫串尤躭易，先生尤邃易理。繪取中孚子和聲。」「海山清各自生肥，養得車輪玉雪衣。天下共知鴻鵠舉，謂少穆中丞。夢中親見鳳凰飛。用孝穆鳳集事。」「仙糧分寵劇蕭閒，看竹尋梅偶啟關。但道南飛不西笑，九重拈出六朝山。中丞陳臬陝西時，先生不就養，後蒙聖恩曲體，升任江寧方伯，以便板輿之奉，先生欣然就之。」「八十臞翁尚苦吟，雲車霓旆印仙心。人間欲識林君復，合向江郎石畔尋。先生望江郎石詩云：『霓旆兮雲車，仙之人兮招余。』竟絶筆於此。」「菽水長留勝鼎鐘，先生句也。枯魚銜索感何窮。十年一樣孤兒淚，付與蘇耽叫朔風。澤與中丞先後銜恤，今皆鮮民矣，傷哉！」建寧張亨甫二絶句云：「手種梅花滿故山，蕭然對影掩柴關。即今華表秋風裏，百歲胎禽亦不還。」「雛鳳清聲欲滿天，江淮雞犬已皆仙。家家飽却芝田粒，始信當時翼子賢。」可謂渾脱切題，意在言外。余撰七古一篇，太傅比之虞文靖云。

仙遊王穀貽太守紹燕，余己亥同年也，著有不忘初齋詩草。句如秋夜云「高樓一聲笛，明月萬家砧」，舟行即事云「樵漁隨處有，天地此身閒」，高朗可誦。建寧丁樸夫廣文汝恭，刊二樂堂詩集，其秋夜書感云：「兩三點雨作秋意，四五更風變曉陰。」舟過葫蘆山云：「近水空青溪轉處，遠山通白雨來時。」置之薛君采、楊夢山集中，幾無以辨矣。

掩胔埋骼，厥功不淺，況多葬停棺，亦爲禦旱之一策乎！南方人富者惑於風水，厝棺不葬，迨家落，而子孫亦飄零不顧；其貧者無力營葬，或一室停數世之喪，又其甚者，以木桶瓦礶篋貯之。並有客死，無人過而問之，以至日久暴露荒郊，游魂無歸，往往助旱魃爲虐。皖江汪稼門先生志伊撫浙督閩，爲籌葬資，飭委各州郡賢員，協同地方官，逐處查明，將無主及有主無力者，妥葬官山，因舊爲之標記，爲勒小碑；其有主有力者，張諭曉勸，依限速葬，前後報竣者以萬千計。先生述懷詩云：「欲酬大旱雲霓望，遍瘞荒郊暴露棺。」此舉實爲善政，亦有陰功。

擬人必於其倫，太過溢詞，便自失身分，學者不可不慎。余閲皖江稼門詩鈔，其自題吳清夫壽予七十文册七言古云：「儒者氣象禮樂兵，三代以下孰與京？謬矣清夫欲許可，妄援忠武來況我。」稼門先生詩本自謙之詞，而吳清夫以岳忠武比之，無乃不倫。昔人以楊伯起爲孔子，黃憲爲顏子，已贊揚失實，無益於人，語歸虚妄而已。

仁和王見大文誥所撰蘇文忠公編注集成，極博而精，以其餘論成蘇海識餘，其有可採者。如謂柳真齡字安期，閩人也，與陳季常善，亦從蘇公遊，三人多託禪説爲戲，公書牘中所稱柳簿是也。柳寶一鐵拄杖，如榔栗木，牙節天成，中空有簧，舉以遺公。公賦七古一篇，首云：「柳公手中鐵蛇滑，千年老根生乳節。忽聞鏗然爪甲聲，四座驚顧知是鐵。」蓋紀實也。明年張樂全生日，公餉鐵拄杖並寄詩云：「先生真是地行仙，住世因循五百年。每向銅人話疇昔，故教鐵杖鬭清堅。入懷冰雪生秋思，倚壁蛟龍護晝眠。遥想人天會方丈，衆中驚倒野狐禪。」又二年，作東坡詩云：「雨洗東坡月色清，市人行盡野人行。莫嫌犖确坡頭路，自愛鏗然曳杖聲。」時鐵拄杖久在南都，無復鏗然爪甲之聲，公但託以寄意而已。又二年，公自南都放還，宜興道中寄吳德仁兼簡陳季常詩云：「龍丘居士亦可憐，談空説有夜不眠。忽聞河東獅子吼，拄杖落手心茫然。」據獅子吼經，佛氏但取其聲宏亮，能警大衆，無他旨也。河東即柳真齡，謂柳嘗以説經戲季常，並以鐵拄杖爲棒喝耳，此皆追述嬉笑之詞也。其後至常州法華院，又有詩云：「六花薝蔔林間佛，九節菖蒲石上仙。何似東坡鐵拄杖，一時驚起野狐禪。」其詩意前後一轍，公與柳不復更有此杖，而屢見於詩，皆寓言也。詩家割截獅吼句，謂妬，拄杖擊壁，妄甚。

余公車入都，行近丹徒，便有思鄉之念。以丹徒地似北方風景，與南方異也。秀水朱西畯昆田，號文盎，竹垞先生冢嗣也。著有笛漁小藁。其丹徒詩，能言余之所欲言，詩云：「望裏雲帆曲曲遮，縈紆一綫走修蛇。晚潮入浦舟難上，高岸如山日易斜。軋軋小車裝酒母，紛紛鄉客買魚花。丹徒不似江南景，到此令人便憶家。」文盎詩，風骨峻深，本於性情，足以繼響乃翁。高菰村層雲謂其詩上窺韓、杜，下汲蘇、黄，推陳出新，瑰奇光怪，非虚語也。文盎藁已附曝書亭行世，其長篇古風多佳篇。競渡歌一首尤奇越，以篇長未録。五言古京口阻風二首云：「輕裝附楚艄，遠役逼歲暮。此行有底急？直以饑寒故。同舟客未來，半月泊江步。局促短篷中，有若雞在笯。掀掀鼉鼉驕，洶洶波濤怒。遥想家中人，謂我已前路。豈知蒜山下，日夕神魂怖。傷哉游子心，有口向誰訴？」「陶有乞食詩，顔有乞米帖，古來賢達人，亦爲饑所脅。低心向親朋，未免日嚅囁。我徒拙治生，終歲行劫劫。天寒風雪緊，波浪乃輕涉。朝餐箸或停，夜枕夢屢魘。冷披舊征衫，悶理破書篋。何時足山資，不與人世接。」七言古采桑女云：「采桑女，清且妍。盈盈纔十五，鬓髮初覆肩。生長村舍中，不識黛與鉛。新春買得流年圖，把蠶最好惟小姑。吴蠶三眠復三起，紮山看火屋角呼。采桑女，采桑宜及時。采多畏葉乾，采少憂蠶饑。蠶不饑，齊上簇，三日山頭繭如犢。小繭作絲光比銀，大繭作綿軟勝茵。城中美人學歌舞，羅綺成堆視如土。霜風獵獵十月寒，采桑女兒衣仍單。」閶門云：「每到閶門便小留，鴛鴦多在百花洲。緑窗呢呢聞私語，翠被厭厭恨早秋。疊鼓催人辭好夢，亂蟲爲客訴離愁。燕吴南北三千里，第一難忘是此樓。」金山口云：「四圍山色翠相連，積潦成湖遠浸天。

千尺敗堤眠斷虹，去聲。一丸寒日落荒煙。水夫拄杖爭馱客，舟子拏篙橫索錢。道路杠梁盡王政，由來迂闊獨前賢。」上九江郡守叔云：「九派煙江接蠡湖，潯陽風物盡堪娱。蓮花擬結東西社，贏髻遥看大小姑。謝客近多池草句，阮咸許入竹林圖。官廚脱網鮒魚美，到此令人懶問途。」七絶索禹尚基畫月波吹笛圖三首云：「朱三十五住吾州，也戀蓴鱸買釣舟。我亦還家作漁父，夜涼吹笛月波樓。」「吳儂種水是生涯，朝對荷花暮芡花。蟹舍郎當漁屋小，垂楊影裏占鷗沙。」「禹郎畫筆近來無，邀寫鴛鴦一片湖。不見當年黄子久，由拳曾作讀書圖。」題查田蘆塘放鴨圖二首云：「漾水投波各一羣，半湖淨緑皺圓紋。誰知煙雨冥濛裏，絶勝塵沙漲帽裙。」「朝把竹竿驅鴨去，暮把竹竿闌鴨歸。柳陰日午了無事，翦得緑簑編雨衣。」題寫山樓主人墨梅二首云：「墨梅舊數楊補之，今看尺幅横一枝。盡删海粟百絶句，寫山樓有無聲詩。」「冷蕊疎枝色斬新，鮑夫人合管夫人。問君嫵媚何能爾？莫是羅浮夢後身。」題楓江漁父圖云：「馬蹄也怕踏黄埃，裓衸魚衫稱意裁。倘欲尋人摔細槳，不妨遠喚阿咸來。」

漢陽劉茮雲同年贈余詩，有「著書博過草木子，論事達於大小蘇」之句。按草木子爲葉世傑名子奇著。世傑龍泉人，洪武時，用薦授巴陵主簿，嘗作太玄本旨，究通衍皇極之説，儒者稱之。洪武十一年春，有司祭城隍神，羣吏竊飲豬腦酒，縣學生發其事。子奇適至，以株連就逮，獄中用瓦磨墨，有得輒書；事釋，家居續成之，號草木子。其書稽上下之儀，星躔之軌，律曆推步之驗，陰陽五行生尅之運，海嶽浸瀆戎貊希有之物，神鬼伸屈之理，土石之變，魚龍之怪，旁及釋老之書，而歸於六籍，兼記時事失得，兵荒菑異。曰草木子者，以草計時，以木計歲，以自況其生也。見曝書亭集卷六十三。

紅葉詩以張亨甫前後七律爲最，其詩不離不即，脱去咏物窠臼，前詩二首之一云：「放眼秋光正可悲，數株紅葉復離離。蒼涼天地還春色，摇落江山感歲時。徑畔白雲飛欲盡，宫中流水去何遲？依稀一碧煙巒在，錦障誰家擁黛眉。」後詩四首云：「高霜昨夜已生花，散在山涯更水涯。千里楓林成返照，一天寒色燒晴霞。斑斑遠映帆如馬，點點歸棲浦露鴉。摇落不須悲楚客，洞庭西望黯清華。」「高高石磴遠山盤，雲白峰蒼葉盡丹。欲暮歲華猶著色，不風木末轉生寒。珊瑚斑駁誰家寶？錦繡依稀故苑看。惆悵阿麽金粉地，花旛綵樹久飄殘。」「江北江南萬樹遥，馬嘶落日正蕭蕭。秋光有信悲千古，春色無多换六朝。艇子經時波未下，桃花前度影難消。一鞭看到青溪曲，慘澹江楓亞板橋。」「蒼然平楚帶寒城，粧閣多應望眼明。錦字似分林際影，宫愁怕聽水流聲。孤煙映晚山如黛，幾處當空雨亦晴。借問相思紅豆子，凋零南國不勝情。」

閩縣何太恭人名玉瑛，字梅隣，鄭松谷太守之母。少隨兄番禺縣丞官舍，縣丞捧檄解餉滇南，道卒，恭人恐母驚慟，秘之，託所親歸其兄喪，而詭詞以安母。少明慧，女紅之暇，躭書史，好吟咏，論史多創解；旁通繪事、弈棋，精音律，間得好竹，手截爲小洞簫，吹之合律，至今猶存於家。教子嚴，松谷太守五歲時，從外傅，歸率挑燈，爲講經史；出入行坐，不許一毫佻達，衣褶辮髮，不如式即詰問譙訶。有疎影軒詩稿。詠史李文姬云：「父仇固耿耿，深慮不忘危。」范滂母云：「鄙哉張元節，逃死累九州。」孔融女云：「裂眥數阿瞞，慘僇一何悲？」此女皆荼毒，空贖蔡文姬。」王霸妻云：「當其偃卧時，理欲交戰久。」室謫倘有詞，北門恐失守。」陳葦仁先生謂其詩善於論古。五言如「秋聲生緑竹，露氣滿蒼苔」「竹筍掀泥出，梨花帶雨肥。」遊小蓬萊云：「滿徑白雲冷，數株風樹斜。」此中有僊女，願與乞胡麻。」七言如感懷云：「家餘健婦無黄口，我媿連枝哭紫荆。」寄遠云：「春到貧家忘別離。」又云：「儒者治生原急務，古人隨地有師資。」掃梅云：「未忍和苔黏履迹，月明攜帚掃瑤華。」暮秋云：「春去春來如一夢，菊花無語殿涼秋。」平明云：「禮罷佛香簾乍捲，窺人燕子語梨花。」呈迪亭兄云：「求得安心慈母樂，白華潔養不憂貧。」詞意清婉，可謂閨秀中之風雅。

前人詩「花名十姊妹，鳥號八哥兒」。案字書，鸜鵒謂之「哵哵鳥」。戴侗説鸜鵒云：「南人以白者爲鸜鵒，緑者爲鸜哥。」然則八哥者，哵哥也。

落葉詩與落花詩不同，東鄉吳蘭雪刺史落葉詩，渾然無迹，可謂咏物神品。詩云：「葉聲如雨下空籬，腸斷攀條爲阿誰？滿地夕陽人去後，一林霜信雁來時。曾禁旅病眠孤館，親見飛花别故枝。今日西風蕭瑟甚，紙窗燈暗坐吟詩。」

卷五

昔人謂詩話作而詩亡，此論未免太過。近臨川太學李君宗瀛柬粤西王少鶴詩，有「論詩口訣傳都贇」之句，亦以詩話爲不必作，蓋以唐人無詩話而詩存，宋人有詩話而詩亡。不知唐人無詩話，至晚唐風格卑弱，已幾於亡；宋人始有詩話，而宋詩至東坡、山谷、渭南，雄視一代，而蒼然入古，是詩至宋而未嘗亡。詩之存亡，關一代之運會，不關於詩話之作與不作也。近代竹垞、西河、愚山、漁洋、秋谷、確士、甌北、簡齋、雨村、四農，皆有詩話。竹垞之婷雅，四農之精確，則詩話必不可不作，是有詩話而古詩存。確士之專取風格，簡齋之一味濫收，則詩話不必作可也。簡齋詩話尤滋學者之惑，爲詩話之蠹。余謂詩話之作，其弊有五：一則無識，二則偏見，三則濫收，四則徇情，五則好異。去此五者，其於詩話之作，思過半矣。

凡涉論詩，即詩話體也。詩必愈論則愈精，昔人謂詩話作而詩亡，豈通論乎？東坡集與其子蘇過論詩人寫物云：「詩人有寫物之功，『桑之未落，其葉沃若』，他木殆不可以當此。林逋梅花詩云『疎影横斜水清淺，暗香浮動月黄昏』，決非桃李詩。皮日休白蓮花詩云『無情有恨何人見，月曉風清欲墮時』，決非紅蓮。此乃寫物之功。若石曼卿紅梅詩云『認桃無緑葉，辨杏有青枝』，此至陋語，蓋村學中體也。」東坡此書，蓋即詩話之例耳。

宋嚴羽滄浪詩話云：「近人以才學爲詩，詩非不工，終非若古人之詩。詩有别材，非關學也；詩有别趣，非關理也，然非多讀書，多窮理，則不能極其至。」近山陽潘四農孝廉德輿養一齋詩話謂：「滄浪能於蘇、黄大名之餘，破除宋詩局面，亦一時傑出之士，思挽回風氣者。第溯入門工夫，不自三百篇始，而始於離騷，恐非頂𩕳上作來也。然訾滄浪者，謂其專以妙悟言詩，非温柔敦厚之本，是又不知宋人率以議論爲詩，故滄浪拈此救之，非得已也。且滄浪謂漢、魏不假妙悟。夫不假妙悟，性情之中聲也；漢、魏尚不假妙悟，況三百篇乎？知詩之本者，非滄浪其誰？」按：嚴叟謂詩有别材，是矣；而謂詩非關學，則非也。謂詩有别趣，是矣；而謂非關理，亦非也。果如滄浪所論，則少陵何以讀書破萬卷耶？四農有取嚴叟之言，非確論也。朱竹垞齋中讀書詩云：「詩篇雖小伎，其源本經史。必也萬卷儲，始足供驅使。別材非關學，嚴叟不曉事。顧令空疎人，著録多弟子。開口效楊陸，唐音總不齒。吾觀趙宋來，諸家匪一體。東都導其源，南渡逸其軌。紛紛流派別，往往近粗鄙。羣公皆賢豪，豈盡昧厥旨。良由陳言衆，蹈襲乃深恥。云何今也愚，唯踐形迹似。譬諸芀蔗甘，舍漿噉渣滓。斯言勿用笑，庶無乖義始。」垞翁詩，得作者之旨，真知言哉。

道光乙巳，余計偕北上，於山東道中遇嘉興孝廉錢君炳森，因與之同行，錢君工詩文詞，與余意氣頗款洽，因出其嚴尊輔宜先生泰吉所著曝書雜記相贈。中有論詩一節云：「姜白石詩存者寥寥，而擇翁少宗伯謂爲南宋一大宗，以其皆和平中正之音也。讀昔游詩，可見其大概。白石放浪江湖，與陸魯望同，而無魯望憤時嫉俗之談。友人有喜效魯望以怒駡爲文章者，余不謂然也。亦思魯望所處之時，何時耶？白石道人詩説謂三百篇美刺箴怨皆無迹，當以心會心。」又曰：「大凡詩，自有氣象、體面、血脈、韻度，氣象欲其渾厚，其失也俗；體面欲其宏大，其失也狂；血脈欲其貫穿，其失也露；韻度欲其飄逸，其失也輕。」余謂論詩固然，論文亦何獨不然？又曰：「思有窒礙，涵養未至也，當益以學。」讀此知詩有別材非關學之説，不足爲論定矣。

山陽潘四農解元德輿養一齋詩集，深微窅突，興趣邈然，能以古厚寓雄宕，思深力沈，無蹶張狡憤之氣，蓋才人而有道氣者也。尤精於論詩，嘗謂：「詩宜痛删，必浮靡之音去而真慤之氣來，語語有用，方謂之言立。」又云：「先删詩，次删句，次改句，真處萬不可不留，率處萬不可不去，真率之間不容髮，殊不易辨也。然真則厚，率則不厚，亦不難辨耳。」又云：「詩只一字訣，曰『厚』。厚必由於性情。然師法不高，烏得厚也？清贍方可學詩，遒鍊方可學詩，超雅方爲名家，渾化方爲大家。」又云：「詩必澹雅渾大，乃可以示天下。」所論極確。四農嘗選唐人萬首絶句，題卷端云：「古琴不爲市人聽，别有弦徽寄杳冥。試到雲山最高處，霜鴻過盡海天青。」「不辨離騷與國風，短章脱口便求工。崑崙汶阜如天下，萬事江河日夜東。」又仿遺山論詩絶句論遺山詩二首云：「評論正體齊梁上，慷慨歌謡字字遒。新態無端學坡谷，未須滄海説横流。」「氣挾幽并格老蒼，中原旗鼓孰相當？如何兩曲芳華怨，塗抹嫣紅學晚唐。」

曲阜桂未谷進士馥著詩話同席録，體例極博，可資學識。未谷博涉羣書，凡前人説詩，與意相會，鴻綱細目，一皆鈔撮，區處部分，裒然成帙。爲之叙曰：「詩在六經，自爲一體，途收千軌，綱舉一綱，故開卷第一，命曰『總括』。大雅不作，興比漸淪，故次之以『六義』。濬發天清，原本聖籍，故次之以『根柢』。扶植名教，裨益史官，故次之以『關係』。言者無罪，聞者足戒，故次之以『諷諭』。建安、齊、梁，風趨各異，古律雜歌，唐製益繁，故次之以『體格』。家樹一幟，人張一軍，故次之以『宗派』。五聲六律，與政相通，故次之以『聲律』。禪學拈花，畫家舞劍，故次之以『妙悟』。百里九十，鮮榛既極，故次之以『造詣』。鍾述三品，劉撰雕龍，直過董狐，覈同平輿，音豫。故次之以『品陟』。孟棨徵實，功同小敘，故次之以『本事』。匡鼎解頤，抉幽剔隱，故次之以『疏義』。事物本原，稽求出典，故次之以『考證』。外道野狐，權門豪僕，故次之以『匡正』。耳貴多聞，毋指細碎，故次之以『博議』。泛愛莫如守約，三百蔽於無邪，故終之以『要言』。騷賦，詩之流也，取以附焉。都五十卷，題曰同席録。」未谷詩多質實堅峻，以懶不收拾，大半多酒後唱和之作。仁和馬秋藥謂：「其詩之散佚，其病有四：懶，一也；醉，二也；工書，三也；論詩多拘忌，四也。其病根有一，蓋自有可以不朽，無意於詩而已。」余謂未谷雖不以詩名，然其詩無時下叫囂之習。其途中曉發云：「一鳥破寒緑，秋意閒如客。朝日明林端，霜葉自修飾。嶺下亂水分，山根孤煙直。默默遠遊子，摇摇去何極。」曉出肥城北郭云：「白霧亘山根，山如水上出。朝日照古原，荒城抱秋色。僻地奇未探，孤村遠不識。薄寒上客衣，立馬風瑟瑟。」長門對鏡圖云：「寂寞長門歲已深，文園一賦值千金。照人明鏡長如故，不似君王夜夜心。」董思翁摹鵲華秋色云：「鵲華山色正當樓，可似王孫畫裏不？剩有幽光留粉本，幾行疎樹不禁秋。」「摹本傳來二百年，圖中老樹老於前。兩山泠翠還依舊，祇在寒鴉夕照邊。」苦雀云：「豈不知君苦，何勞强告人。告人寧取信，不信苦尤真。毛羽憐孤影，樊籠困此身。深慙鸜鵒巧，相望更相親。」古意云：「羽檄有郎名，那敢留郎住。莫信鷓鴣啼，哥哥行得去。」佳句如「天横江勢斷，山靜客星高」「心空遺世早，學困得天遲」「舟横沙嶼晚，鷺立板橋明」「水聲初在樹，霜月靜延秋」「孤懷違世好，靜力定羣疑」「山爭隤岸聚，船載曉雲多」「大河流水腐，曠野怪蟲啼」。未谷學問淵博而極精覈，尤潛心小學，通曉聲義，其說文義證五十卷，薈萃羣書，力窮根柢，爲一生精力所在。札樸十卷，博而且精。繆篆分韻五卷，晚學集三册，詩集四册，皆精確可傳。工八法，爲當代第一云。

潘四農養一齋詩話云：「三百篇之體製音節，不必學，不能學；三百篇之神理意境，不可不學也。神理意境者何？有關係寄託，一也；直抒己見，二也；純任天機，三也；言有盡而意無窮，四也。不學三百篇，則雖赫然成家，要之纖瑣摹擬，餖飣淺盡而已。今人之所喜，古人之所笑也。漢、唐人不盡學三百篇，然其至高之作，必與三百篇之神理意境闇合，而後可以感人，而傳誦至今。夫才高者尚可闇合，而何不可學之有哉！東坡先生教人作詩曰：『熟讀毛詩國風與離騷，曲折盡在是矣。』王伯厚曰：『新安吏「僕射如父兄」，「雖則如燬，父母孔邇」，此詩近之。山谷所謂「論詩未覺國風遠」也。』王濟之曰：『讀詩至綠衣、燕燕、碩人、黍離等篇，有言外無窮之感。唐人詩尚有此意，如「君向瀟湘我向秦」，不言悵別，而悵別之意溢於言外；「潮打空城寂寞回」，不言興亡，而興亡之感溢於言外，最得風人之旨。』此類甚多，皆三百篇可學之證也。」

朱子五言古詩，意境、門户、風骨、氣味，純從漢、魏鎔化而出，真處妙在能以古樸勝耳。而於論詩源流，亦見精切，蓋其浸淫於古者深也。

朱子論詩，謂虞、夏以來，下及漢、魏，自爲一等。自晉、宋間，顔、謝以後，下及唐初，自爲一等。自沈、宋以後，定著律詩，下及文選、漢、魏古詞，以盡乎郭景純、陶淵明之所作，自爲一編，而附於三百篇、楚詞之後，以爲詩之根本準則。又於其下二等之中，擇其近於古者，各爲一編，以爲之羽翼輿衛。其不合者，則悉去之，不使其接於吾之耳目，而入於吾之胸次，要使方寸之中，無一字世俗言語意思，則其詩不期於高遠而自高遠矣。四農謂詩之源流得失，實盡此數十言之中。學者誠知詩無可學，而日治其性情學問，則詩不學而亦能之。必不得已，遵朱子所論，而採摘精審，專一沈潛，庶乎其不悖於聖人之詩教，而足爲能詩之士矣。

惜道味齋詩鈔四卷、使黔草二卷，道州何子貞師紹基著。道光乙未湖南省元，丙申進士,翰林院編修。師内行出於天性,處家庭間,恂恂孝友。其於學無所不窺,博涉羣書,於六經子史,皆有著述;尤精小學,旁及金石碑版文字,凡歷朝掌故,無不了然於心。嘗論詩,以厚人倫、理性情、扶風化爲主。其爲詩,天才俊逸,奇趣横生,一歸於温柔敦厚之旨。長篇歌行,鞭笞雷電,震蕩乾坤,蹴崑崙使東走,排滄海使西流,騰驤變化,得詩家舉重若輕之妙,是能合太白、昌黎爲一手,蓋二百年獨見斯作也。臨桂朱伯韓侍御謂其詩隨境觸發,鬱勃横恣,適如其意之所欲出,得吾師作詩之旨矣。書法具體平原,上溯周、秦、兩漢古篆籀,下至六朝南北帖,搜輯至千餘種,皆心摹手追,卓然自成一子,海内求書者門如市,京師爲之紙貴。善化賀耦耕中丞題其使黔詩草云:「忠孝鬱至性,一卷三綱繆。行身式曾閔,餘事兼韓歐。」可謂確論。

何子貞師讀書數萬卷,下筆如潮如海,胸次高曠渾穆,遊其門者,如坐春風之中。近刊使黔詩草,中有飛雲洞七言古一篇,倏忽變幻,魚龍出没。其詩云:「垂天之雲向空布,來爲人間沛甘澍。功成氣猛不自收,太古陰風莽吹沍。雲欲上天天謂頑,太虚縹緲無由還。雲欲迴山斷根絡,壑祕岩扃無住著。忙雲失勢化閒雲,雲自無心不悔錯。幻爲百千萬億雲,雲雲一氣相合分。一雲乍起一雲落,一雲向前一雲卻。一雲奮舞一雲懶,一雲歡喜一雲愕。大雲睢盱母覆子,小雲脅戢魚吹水。醜雲恧縮妍雲笑,癡雲疑立靈雲詭。睡雲頹散欲著牀，淡雲散涣偏成綺。三雲四雲相頡頏，十雲百雲不亂行。如神如鬼如將相，如屋如塔如橋梁。如龜蛇蟄虎兕吼，鸞鳳𤝙猤虯龍糾。世間人我與衆生，雲無不無無不有。雲來東北乾坎門，性不耐寒思就温。軒軒欲向東南奔，乘巽煦離翕以坤。一雲來翔衆雲萃，上不就天下無地。若離若狎若覶覼，不疾不徐偏不墜。百千萬億空中懸，飢飽病健相牽連。健雲扶攜病雲走，飽雲汗出飢流涎。涎垂汗注霏珠玉，人來雲下人雲觸。横奔疾走雲尚在，仰自摩頭俛捫足。人共雲行兩不知，千百人載雲半復。叢叢萬松插雲巔，如鼇贔屭負戴堅。天風時來松亂颭，雲凝不動松影圓。白龍同雲自天下，雲不飛回龍亦罷。瀑泉真飛龍所化，電激虹伸越雲跨。龍則有智雲無情，雲自寂然龍怒鳴。雲雖大拙乃勝巧，龍亦無術升天行。雲罅孤亭嵌齾齾，危葉在樹風可脱。亭中呼酒人看雲，酒動人亭雲並活。老僧逢人説慈悲，謂千萬億雲即佛。雲不見佛佛愛雲，雲佛佛雲有伸屈。我躡雲趾坐立眠，登顛看松脅聽泉。泉下灌田松照天，雲閑無事幾千年。不嫌礙笠又妨屐，試與摩娑生潤澤。扣之有聲出自魄，非木非金色蒼白。我行十里方出雲，且蘭早秋天正碧。寄語看詩讀記人，我所道雲都是石。」

王阮亭池北偶談採施愚山五律入摘句圖，琅琅可誦。余極喜屈翁山道援堂五言詩，其佳句如「松門開積翠，潭水入空明」「風助羣鷹擊，雲隨萬馬來」「山雪爭初日，河冰亂白雲」「人煙不出谷，古木自成村」「夢隨林葉亂，心與海雲遲」「一水穿雲直，孤花吐日明」「海暗鴻聲疾，山寒日影遲」「明月白成水，梅花香在天」「古戍三秋雁，高臺萬木風」「白鳥一溪影，人家幾處煙」「山晴雲始白，林暮月初黄」「林寂鳥多語，山深人亦田」「催客蟲聲亂，依人鳥影齊」「戍鼓傳雙峽，漁燈繞一村」「水螢當晝亂，山鳥及秋寒」「帆隨南嶽轉，雁背碧湘飛」「煙霧含漁火，星河挂戍樓」「人聲喧野水，鳥影下寒鐘」「寺與飛巖落，城隨疊嶂斜」「水驛連三峽，人家各一溪」。愚山詩以渾古勝，翁山詩以高超勝，可稱一時瑜亮。若御琴歌，則一字一血；燕京述哀四律，直擣杜壘，雖以杜家長鑱，不能攻其一字，則非愚山之所能及矣。其詩云：「先帝宵衣久，憂勤爲萬方。捐軀酬赤子，披髪見高皇。風雨迷神馭，山河盡國殤。御袍留血詔，哀痛幾時忘！」「萬歲山前樹，無春到海棠。宫雲空漠漠，溝水自泱泱。天地餘蒿里，龍蛇有白楊。隴西鸚鵡在，何處問君王？」「陰雨煤山樹，君臣各一枝。内城吹角急，前殿擊鐘遲。玉輦遷無路，珠丘築幾時？可憐燕父老，弓劍至今悲。」「歲歲逢寒食，西山哭聖明。股肱無稷契，涕淚有皇英。涿鹿何曾戰？髯龍不下迎。淒涼閶闔外，落日動邊聲。」

詩三百篇，言男女之情者極多，采蘭贈芍，私以相謔，聖人亦存之以爲鑒戒。魏晉以來，子夜、折楊柳諸作，賡唱者累時不絶。沈歸愚選列朝詩，凡緣情綺靡之言，皆所不録，錢塘袁簡齋非之矣。桐城戴存莊鈞衡秦淮曲云：「郎自蓮花橋，乘舟來尋妾。妾貌似桃花，郎休説桃葉。」「人説秦淮水，曾經六代流。妾無亡國恨，只有别離愁。」讀曲歌云：「歡爲簷上蛛，儂作蜻蜓尾。但得絲相牽，不惜爲君死。」「問歡來何遲？道逢巫山女。儂不信歡言，衣上無雲雨。」此詩頗有含蓄之意。

王蘭泉先生所選湖海詩傳至五百餘家，不爲不多，皆平平無奇，凡諸家集中佳篇可採，概不選入，豈見地有未到，眼界有未明耶？烏足以示天下！集中所選諸家，惟滿洲夢文子麟及粵東黎二樵簡二家詩，如天風浪浪，銀鐄屈曲，在諸家中，可稱壓卷矣。

武進黄仲則綺懷詩十六首，人多傳爲中表之私。但觀詩中如「妙諳諧謔擅心靈，不用千呼出畫屏」等語，似非閨秀身分，想不過婢子略有慧心者。又云「試歌團扇難終曲，但脱青衣便上昇。曾作龍華宫内侍，人間䭾儈恐難勝」，則爲青衣小婢無疑矣。又「夤緣湯餅筵前見」，若果中表之親，縱已適人，亦不必夤緣始得見也。宜黄陳少香先生曩客毘陵，聞彼處士夫言之甚悉，皆指爲仲則姑母某姓之婢，似可無疑。總之，義山錦瑟，諸説不一，皆可爲寄情之什，作香草美人觀可也。

潘四農字彦輔，所著養一齋詩鈔，往往詩中有畫，蓋詩家而有道氣者也。舟曉云：「雞鳴潮欲來，月落風初起。行人在湖頭，家山在湖尾。風潮日夜生，長淮三百里。」野意云：「觀古發長歎，養心以八表。登丘來遠天，白雲送歸鳥。暝煙一色中，萬態烟如曉。即目既有會，古人豈縹緲。歸來還步檐，不識户庭小。」雨中看山云：「遠山霽後近，近山雨中遠。厓隒迭回薄，朝雲鬱不散。谷雲藏日華，蒼茫忽疑晚。但覺青濛濛，一氣抱徐兗。葱蘢萬草木，佳境掩何限。詎識晻靄中，天地合蒼渾。峰巒愛削露，所保毋乃淺。」南郵云：「遠樹日欲落，前郵煙漸生。行人傍谿歸，送以沙鳥聲。獨立碧潭上，雲影知我情。悠悠無去留，天地何空明。」又春眺云：「東風吹細雨，春意在桃花。一一漁舟小，翻翻酒旆斜。垂楊閒傍水，亭子是誰家？幽鳥叫煙樹，聲聲惜歲華。」宮橋夜坐云：「土室小於斗，夢回窗葉鳴。風霜此客枕，天地又雞聲。積雨有餘氣，大星能獨明。披衣郵柝靜，堅坐歎勞生。」湖上暮雨云：「霞意不成雲氣湧，濕虹下飲湖水動。東湖作雨西湖晴，滿帆葉葉西南行。煙中不辨老漁語，白鷗拍拍翻水聲。人家破屋依斷岸，今夜只愁湖水漫。」佳句五言如「燕馬迎芳草，吳航送暮鴉」「耕犂侵草路，樵擔拾溪花」「水淺魚藏穴，風高雁起沙」「垂楊漁網露，新水鴨闌潮」「樓端孤塔近，城表萬山來」「殘雨入煙樹，輕風生柳塘」「春愁隨草長，人迹變苔多」「詩似水無岸，夢先帆到家」「大地容高枕，蒼天遺著書」「愁人催入老，世態結成今」「雪點樓臺白，沙飛天地黄」「澗水白雲氣，人家芳樹陰」「耕犂傍眠犢，漁艇立歸禽」「城郭夕陽合，人家雲氣多」

「地含九秋氣，天與半窗山」「長江抱城郭，初日上樓臺」「漁火照鄉夢，葦風催櫂聲」「開軒臨極浦，看雨過前山」「葉落巢禽下，雲深野犢眠」「叢葦藏漁火，高樓落雁聲」「樹擁孤城暗，天圍大澤低」「羣黎紛夜枕，百歲一朝炊」「夜風衫上淚，曉月鬢邊絲」「虹氣敢侵日，極星長蓋天」；七言如「五更客夢隨檣轉，一夜灘聲到枕流」「江聲怒挾隔嶺雨，秋色陰如欲暮天」「飛鳥出城掠平楚，孤雲帶帆行遠天」「峭壁入天猶石氣，深山無寺不松聲」「蟲語風生亂草渡，鴉啼月挂垂楊枝」「風來班馬悲嘶遠，沙起行人面目殊」「斜陽黯黯人將別，垂柳蕭蕭水急流」「行客自歌窮鳥賦，居人惟識養魚經」「半城草樹夕陽合，萬古幽燕秋色來」「野艇移來秋草岸，邨人歸去夕陽山」「薄暮人聲全在水，遥空雨氣欲無山」「寒生小市疎簾外，秋盡澂潭落葉間」「亂石雄關羣雁落，遠天衰草大荒秋」「千山雲氣朝燕薊，一角人煙擁代州」「驛雨夢摇鷗外艇，林風愁颭馬前鐙」，皆無俗響。

粵東長樂温伊初孝廉訓，雄於詩古文詞，其登雲山房文稿，高者直入周、秦、兩漢之室，海内論文者，罕有其匹。所著梧溪石室詩鈔，原本漢魏，五言古及五言律，尤渾樸可誦。汀州伊墨卿太守謂其詩「得力尤在明遠，誠古之傷心人也；雖澹泊擬陶，瘦削摹杜，要非山林中人」，可謂切論。余庚戌應禮部試，始識翁於葉潤臣内翰席間。及南歸，與翁同舟，篷窗風雨，促膝談詩，甚相得也。五言古詩如擬陶及雜詩、蕭河磜、月夜下大姑諸灘、萬石瀨夜遊、老砦潭、秋夜感懷、磊石戍阻風得家書、聞鳩鳴作、下峯市諸作；七言古詩如和昌黎感春、靈春洞觀瀑布、許昌露坐、獅橋即事、瓜步早發、濟寧登太白酒樓諸作，實能鬱勃風雲，雕鎸日月，沈著豪邁，不爲輕浮囂張之習，真作手也。五言近體之可誦者，如「秋山馨晚桂，寒水浸疎星」「寒潮隨月滿，海氣入秋涼」「灘光吞渴日，石勢割乖龍」「幽谷炊煙白，茅簷落日黄」「松風涼鶴夢，草露濕蛩聲」「崖窪吞佛閣，雲亂攫炊煙」「晚樹含涼色，風潭亂夕陽」「樓臺丹碧活，波浪古今愁」「山川歸我眼，霜雪到人頭」「江魚時入釜，野菜亦登盤」「風弱帆難飽，流回岸卻移」；七言如「懷人情共滄江遠，覽古心爭夜月明」「百種芳心歸碧草，五更殘夢墮春流」「流水迢迢隨夢遠，春雲莽莽逐愁低」「偃水虹横靈鱷渚，極天霞建木棉城」「樹圍緑野陰成幄，風捲黄沙色變虹」「一水迢迢含晚露，羣峰歷歷淡斜陽」「秋蟬斷續疎林外，斜照荒涼古渡頭」。其尚有未刊逸句者，如「雲開半村月，蛙亂一池星」「樵人看虎跡，野犬逐猩兒」「怪藤纏怪石，驚獸逐驚禽」，咸可誦。翁愛才若渴，於漢、宋學亦能知其源，詩特其餘事耳。

凡詩有得諸天籟者，非人力所能到。如伊初先生蟬譯詩云：「修乎修乎，修乎修乎！古之修，古之修，孤孤棲棲如彼何？」翁譯之云：「修乎者，告人自修其身也；古之修者，言以古之自修者爲法也；孤孤棲棲者，獨行而無徒也；如彼何者，如彼之不修何也。其聲有可以勖人者，故譯而解之如此。」

順德黎二樵明經簡，著有五百四峰堂詩藁。五古如羚羊峽、寄閨人、羅浮諸篇，粵西各灘諸作，七古如徐天池怪石松樹歌、苦熱行、刀歌等作，筆力巉絶，雄視萬古。吾鄉陳恭甫先生以爲昌谷、山谷之後，自成一家，信然。五言律直逼少陵，西征草云：「草長蕩春愁，春江水急流。桃花兩岸雨，天末一歸舟。同日遠爲客，當筵難重酬。崑崙池夜月，相望各回頭。」北郭云：「北郭風花遠，野香空處飛。偶然入小雨，不覺入春衣。久客足遥望，古臺横落暉。樓高一峰頂，人立四山圍。」客樓云：「天地兹樓迥，風波客子心。瘴江千里黑，邊角五更深。身穩幾無夢，年荒欲廢吟。家山與窮塞，遼絶少傳音。」邕州城樓云：「歸心東與急流爭，又見飛帆西去程。知有年華在前路，可堪人事但長征。雲移日影流山色，風挾江濤入雨聲。此是吾鄉好時節，水村茅屋罷春耕。」又名句如「獨花如有怨，止水不增寒」「水影動深樹，山光窺短牆」「短長道路供離别，少壯交遊半死生」「細雨人歸芳草晚，東風牛藉落花眠」，皆傳作也。袁簡齋遊嶺南，欲求一見。二樵不喜其人，謂立品未純，詩文亦無足取，卻不見。長樂温伊初先生謂二樵詩如三神山草木，總與他方不同。所論甚確。余謂嶺南三家，當祧梁葯亭，配以二樵，較叶公論。

倪雲林絶句：「十月江南未隕霜，青楓欲赤碧梧黄。停橈坐對西山晚，新雁題詩小著行。」雲林此詩，見妮古録，而香祖筆記引之。而世傳雲林集已載入，然易「十月」爲「八月」，語意舛矣。古人妙斵，後人切不可臆爲考訂也。

少陵江月詩：「玉露團清影，銀河没半輪。」二語已開粤東詩法。舊聞番禺許楊雲孝廉遂詩得少陵家法，而未見也。近梧溪翁誦其山月五言云：「不知誰抱鏡，挂在白雲岑。萬壑照成雪，梅花寒一林。美人此遥夜，千里結愁心。解帶松風下，霜華流素琴。」此詩以之入道援堂集中，幾無以辨矣。

唐子西最愛浣花翁石櫃閣詩「暝色帶遠客」句，謂能寫出神髓。余謂此句佳處如畫，畫亦難到。浣花天分，别有所得，非鮑、謝所能及。近代惟黎二樵「獨花如有怨」句，足以追步，他詩少能有此神妙也。

亡友漢陽劉茮雲同年傳瑩，己亥鄉榜，國子監學正。精於天文輿地之學及羣經，皆有發明。詩不多作，嘗書毛西河傳後云：「西河本畸士，詞場空睥睨。説經好縱横，才大心未細。文在歐曾下，詩近元白際。落筆喜鬭爭，不可乎一世。醇厚全友義，竹垞爲真契。」按茮雲之論西河，先得我心。鄞全紹衣祖望結埼亭集外編卷十二蕭山毛檢討别傳云：「歸安姚慧田茂才謂予曰：『西河目無今古，其謂自漢以來，足稱大儒者祇七人：孔安國、劉向、鄭康成、王肅、杜預、賈公彦、孔穎達也。夫以二千餘年之久，而僅得七人，可謂難矣！吾姑不敢問此七人者，果足掩蓋二千餘年以來之人物與否，但即以此七人之難，而何以毛氏同時其所極口推崇者，則有張杉、徐思咸、蔡仲光、徐緘與其二兄所謂仲氏及先教諭者，每述其緒論，幾如蓍蔡，是合西河而七，已自敵二千餘年之人物矣。抑西河論文，其自歐、蘇而下俱不屑，而其同時所推崇，自張、蔡、二徐外，尚有所謂包二先生與沈七者，不知其何許人也，竭二千餘年天下之人物，而不若越中一時所出之多，抑亦異哉！』予笑而答之曰：『是未聞吾先贈公之所以論西河也。西河少善詞賦，兼工度曲，放浪人外。陳公大樽爲推官，嘗拔之冠童子，遂補諸生。顧其時，蕺山先生方講學，西河亦嘗思往聽之，輒卻步不敢前。祁氏多藏書，西河求觀之，亦弗得入。已而國難，畫江而守，保定伯毛有倫方貴，西河兄弟以鼓琴進託末族，保定將官之。而江上事去，遂亡匿。乃妄自謂曾預義師，辭監軍之命，又得罪方、馬二將，幾至殺身，又將應漳浦黄公召者，皆烏有也。已而江上之人有怨於保定者，其事連及西河，而西河平日亦素不持士節，多仇家，乃相與共發其殺人事於官，當抵死，益亡命。良久，其事不解，始爲僧，渡江而西，乃妄自謂選詩得罪王自超，撰連箱詞得罪張縉彦以致禍，皆事後强爲之詞者也。乃其遊淮上，得交閻徵士百詩，始聞考索經史之説，多手記之；已而入施公愚山幕，得聞講學之説。西河才素高，稍有所聞，即能穿穴其異同至數萬言。於是由愚山以得通於鄉之先達，姜公定菴，爲之言於學使者，復其衣巾；顧以不善爲科舉文，試下等者再。時蕭山司教者，吾鄉盧君函赤，名宜，憐其才，保護之，然懼其復陷下等，卒令定菴爲之捐金入監，未幾得豫詞科。顧西河既爲史官，益自尊大無忌憚，其初年所蹈襲，本不過空同、滄溟之餘，謂唐以後書不必讀，而二李不談經，西河則談經，於是并漢以後人俱不得免。而其所最切齒者爲宋人，宋人之中所最切齒者爲朱子，其實朱子亦未嘗無可議，而西河則狂號怒罵，惟恐不竭其力，如市井無賴之叫囂者，一時駭之。於是自言得學統於關東之浮屠所謂高笠先生者，而平日請教於愚山者，不復及焉。其於百詩則力攻之，嘗與之爭，不勝，至奮拳欲毆之。西河雅好毆人，其與人語，稍不合即罵，罵甚繼以毆。一日，與富平李檢討天生會於合肥閣學座，論韻學，天生主顧氏亭林韻説，西河斥以邪妄，天生秦人，故負氣，起而爭，西河罵之，天生奮拳毆西河重傷；合肥素以兄事天生，西河遂不敢校，聞者快之。若其文則根柢六朝，而泛濫於明季華亭一派，遂亦高自夸詡，以爲無上；雖説部、院本，拉雜兼收以示博。顧西河前亡命時，其婦因於杭者三年，其子瘐死。及西河貴，無以慰藉其婦，時時與歌童輩爲長夜之樂，於是其婦恨之如仇。及歸，不敢家居，僑寓杭之湖上。浙中學使者張希良，故西河門下也，行部過蕭山，其婦逆之西陵渡口，發其夫平生之醜，詈之至不可道，聞者掩耳疾趨而去。先贈公之言如此。』顧先贈公在時，西河之集未盡出，及其出也，先君始舉遺言以教予，於是發其集，細爲審正，各舉一條以爲例，則其中有造爲典故以欺人者；如謂大學、中庸，在唐時已與論、孟並列於小經。有造爲師承以示人有本者；如所引釋文舊本，考之宋槧釋文，亦並無有，蓋揑造也。有前人之誤已經辨正，而尚襲其誤而不知者；如邯鄲淳寫魏石經，洪盤洲、胡梅磵已辨之，而反造爲陳壽魏志原有邯鄲寫經之文。有信口臆説者；如謂後唐曾立石經之類。有不考古而妄言者；如熹平石經春秋并無左傳，而以爲有左傳。有前人之言有出，而妄斥爲無稽者；如「伯牛有疾」章集註出於晉欒肇論語駁，而謂朱子自造，則并或問語類亦似未見者，此等甚多。有因一言之誤，而誣其終身者；如胡文定公曾稱秦檜，而遂謂其父子俱附和議，則籍溪、致堂、五峰之大節，俱遭含沙之射矣。有貿然引證，而不知其非者；如引周公朝讀書百篇，以爲書百篇之證，周公及見冏命甫刑耶？有改古書以就己者。如漢地理志回浦縣乃今台州以東，而謂在蕭山之江口，且本非縣名，其謬如此。先君皆口授之，予因推而盡之，葺爲蕭山毛氏糾謬十卷。乃其集中最後有辨忠臣不死節文，則其有關名義，尤可驚愕。其謂夷齊亦不得爲忠臣，但可爲義士，乖張已極。夫忠臣固不必皆死節，亦幾曾見忠臣之不應死節者；況西河自溯道統得之高笠先生，而高笠之師淩臺賀氏以布衣死明季，則是其師傳即已乖謬。西河之師之何也？及溯其本意，則專爲續表忠記而作，謂其以長平之卒，妄列國殤，而冒託其名以作叙，故辨之。續表忠記者，即吾鄉盧函赤所作，前曾保護西河者也。其所作記本不工，其所序事亦間有譌者，然謂以長平之卒妄列，則其記中所立傳，俱屬有名之人，而況是記俱經西河校定，而後出以問世，其序文則直用西河手書雕入册中，其字畫皆可驗。且西河前在盧門，感其卵翼之恩，執弟子禮，不僅如世俗之稱門生者。雖既貴寓杭，猶時時遣人東渡問訊，而忽毁之於身後，并其序亦不肯認；且因此序而發爲背道傷義之論。及叩之函赤之子遠，則流涕曰：『是殆爲畏禍故也。』前者西河固嘗有札來，謂京師方有文字之禍，先師所著，勿以示人。則是辨必其時所作無疑也。』予乃歎曰：『有是哉！畏禍而不難背師與賣友，則臨危而亦誠不難背君與賣國矣。忠臣不死節之言，宜其揚揚發之而不知自愧也。』抑聞西河晚年雕四書改錯，摹印未百部，聞朱子升祀殿上，遂斧其板，然則禦侮之功亦餒矣，其明哲保身亦甚矣。乃因述贈公之言而附入之，即以爲西河别傳。雖然，西河之才，要非流輩所易幾，使其平心易氣以立言，其足以附翼儒苑無疑也；乃以狡獪行其暴横，雖未嘗無發明可采者，而敗闕繁多，得罪聖教，惜夫！」

余乙巳應禮部試，寓宣武坊朱伯韓侍御宅，漢陽劉茮雲同年來訪，余與之論學，自天文、輿地及羣經沿革源流無不瞭如指掌，眼光於炬，而聽言如流，真畏友也。嘗從茮雲案上見其題紅字唐類函詩，前四語云：「博哉唐類函，輯成俞安期。目録作紅字，斯旨無人知。」問余曰：「君讀書多，其知之乎？」余曰：「知之，此周苍兮語也。吴兔牀桃谿客話述周苍兮大令語云：宜興故多盜，俞安期輯唐類函初成，嘗載百十部以出，中道被掠，安期乃更印數百部，以紅字目録印書側鬻之。未幾，盜書亦出，以無紅字詰之，遂首伏，人多其智。好事者爭買紅字唐類函，因此大售。今世猶貴紅字唐類函，其實與黑字無異也。按唐類函禮制門載六朝人禮説，多爲他書所遺。余撰六朝禮説萃編，多引之。自近代淵鑒類函出，而俞氏之書束置矣。惜哉！」茉雲大喜，次日作詩惠余云。

唐人詩：「晉陽已陷休回顧，更請君王獵一圍。」通鑑：周克晉州，齊主方與馮淑妃獵，告急者驛馬三至，高阿那肱曰：「大家正爲樂，邊鄙小小交兵，乃是常事，何急奏聞。」使更至，云「平陽已陷」，乃奏之。齊主將還，淑妃請更殺一圍，從之。桂未谷云：「通鑑據高阿那肱、馮淑妃二傳，詩但述其事，不溢一詞，而諷諭蘊藉，格律極高，此唐人擅長處。」通鑑：齊攻平陽，城陷十餘步，將士乘勢欲入，齊主勅且止，召馮淑妃觀之。淑妃裝點，不時至，周人以木拒塞之。齊主以淑妃北走，至洪洞，淑妃方以粉鏡自玩，後聲亂唱賊至，於是復走。未谷詩云：「莫怪君王愛小憐，軍中粉鏡自翩翩。平陽城陷干何事？裝點應教巧若仙。」

四明姚梅伯孝廉燮，於湯海秋座上見之；山陽魯通甫孝廉一同，於葉潤臣座上見之：皆雄於詩也。梅伯兼善倚聲，精書畫，嘗以畫箑題詩惠余，遂與之定交焉。

仁和宋茗香大樽，著茗香詩論，頗質而精。如謂：「漱六藝之芳潤，非本也，約六經之旨，乃爲本。」若不本之六經，雖復精熟文選理，有是非頗謬者矣。雖然，楊子雲非聖哲之書不好，何爲乎劇秦美新？蓋本之中，又有本焉。」「詩以寄興也，有意爲詩，復有意爲他人之詩，修辭不立其誠，蓋競利而非詩賦之正也。」「嚴君平依蓍龜爲言，與人子言依於孝，與人臣言依於忠。然則詩之益人，何間於窮達哉？知此，庶乎其道尊。」「近體有止境，古體無止境，君子之於學也，爲其難者。」「游山水無本，雖模山範水，道不存焉。」「謝康樂襲晉封爵，宋代復仕，不免見法，與陶並稱，幸矣。」「雅之變，有憫時疾俗者，然既出於是非之公，又其忠厚惻怛，雖蒙其訕譏者，猶感激焉；不則失所養，亦喪詩品，其嬰累悔生抑後矣。」「齊、梁、陳、隋，詩格之降而愈下也，於時詩人多仕二姓者，廉恥道喪久矣！若簡文宮體，後主男女唱和，煬帝江都宮掖諸作，好色而淫，則無廉恥；無廉恥，安得有氣節哉！誦其詩不知其人，斤斤焉斥其詩格之卑，何異向名倡而責之曰：曷不綴道論以自娛乎？」以上數則，一掃近日詩人爭名好奇之習，有關世道人心，若鄙之爲頭巾氣，則非深於詩教者也。

潘彦輔詩話云：「茗香謂孔氏之門如用詩，則漢之古歌辭升堂，十九首入室，廊廡之間坐陶、杜。此説較之公幹升堂，思王入室，景陽、潘、陸可坐於廊廡之間自勝矣，然亦未允也。三代以後詩，或一代，或一集，無全入三百篇之室者。以聖賢相傳『詩言志』『思無邪』之旨，或不得之，或得之而未醇也。然其中可擇而取焉。漢之樂府、古歌辭及十九首，氣體古質淡泊，皆與三百篇爲近，則皆升堂者，不能謂十九首獨入室也。陶之高逸，杜之沈厚，氣體雖不深與漢同，亦皆升堂者也；使陶、杜猶坐廊廡，則王、孟、韓、白等，將安置乎？然漢之樂府、古歌辭、十九首與陶、杜集，其中有精而又精者，實足以動天地而感鬼神，是又時入三百篇之室者也。茗香高視十九首而卑樂府，高視漢而卑陶、杜，此第以氣體論詩，非知詩之本教者也。」

朱錫鬯先生靜志居詩話論閩縣徐興公𤊹詩云：「嚴儀卿論詩，謂詩有别才，非關學也。其言似是而實非，不學面牆，焉能作詩？自公安、竟陵派行，空疎者得以藉口，果爾，則少陵何苦『讀書破萬卷』乎？興公藏書甚富，近已散佚，予嘗見其遺籍，大半點墨施鉛，或題其端，或跋其尾，好學若是，故其詩典雅清穩，屏去粗浮淺俚之習，與惟和足稱二難，以此知興觀羣怨，必學者而後工。今稱詩者，問以七略、四部，茫然如墮雲霧，顧好坐壇坫説詩，其亦不自量矣。」昌彝按：興公詩風骨入古，得漢、魏樂府之遺，可謂讀破萬卷，不著一字。余最喜其送黄伯寵之秣陵云：「我從白門歸，君從白門去。去轍與歸輪，相逢不相聚。窮冬百卉腓，遊子遵長路。黯黯鍾山雲，蕭蕭秣陵樹。峨峨石頭城，渺渺秦淮渡。千里涉風波，孤身犯霜露。送子感昔游，勝事今成故。離情不可諼，慎毋乖尺素。」

「誤人管樂伊周譜，猶抱遺經願一償」，此同里陳良皋茂才茂堅言志句也。「科名何術酬恩遇，文字無憑覓賞音」，此同里李蘭屏見赴試禮部有感句也。讀之字字次骨。

余友監利王子壽比部詩，雄偉高壯，然氣韻入古，居然三百之遺，有極似浣花翁者。如度大峪云：「陟嶺三十里，馬力未得息。蕩蕩捫漆城，縈紆上無極。不知前峯來，轉訝飛雲立。憑虛造其巔，徐乃悟所歷。顛墜時復虞，眩轉良非一。巨壑砉然開，窈冥太陰黑。蛟蚪蟠深沈，雲霧恣滅没。須臾朝陽升，皎皎照巖雪。刻鏤如龍鱗，飛光射林末。大哉元化功，靈幻安可測？逶迤復下阪，若華淹已夕。躭奇遂忘疲，忡惕忽如失。」七月十四夜偕亨甫飲月下云：「明月亦有意，似與飲者期。灩灩瀉玉醴，流影交參差。臨觴忽不御，君子有所思。所思在何許？但少雙蛾眉。蛾眉自絶世，山川中間之。粲粲攬珠珮，道長誰與貽？不惜羅袂冷，所苦同心稀。寄聲秦臺鳳，因風緘微辭：善保窈窕質，無忘三五時。」十五夜復飲云：「逝節不恒處，髮髮馳孅阿。今夕異昨夕，圓景已婆娑。含輝麗廣座，勸盡金叵羅。既醉坐石上，絺衣挂薜蘿。流飈撼墜葉，洞庭生微波。芙蓉不可寄，水闊魚龍多。我家洞庭北，不歸將如何？七值兔華滿，盈盈在關河。照見君子淚，無端雙滂沱。亦有流黄歎，悵然起停梭。還寢不成寐，述我勞者歌。」溪上云：「溪光似若耶，溪水發桃華。豔冠羅敷里，春深碧玉家。青鸞沉鏡影，朱鳥閉窗紗。惆悵垂楊路，東風日又斜。」湖樓歌席云：「湖上最宜歌，奉君金叵羅。若無長夜飲，奈此百年何？北里新翻曲，東隣巧畫蛾。良宵如不醉，爲子惜蹉跎。」「我有清商調，泠泠世未知，因君淥水曲，寄與回風吹。涓子未云妙，韓娥詎是悲。願逢賞音者，綵鳳鳴相隨。」大風登潼關東樓望黄河云：「蹴地飛沙涌，浮天濁浪奔。三門摇砥柱，一氣下崑崙。北折秦關壯，東流禹甸尊。乘槎如可遇，此路問星源。」對月云：「薄霽雲猶濕，中宵月漸明。庭深遲照地，天遠故依城。不寢閒鴛被，誰家煖鳳笙？春潮珠有淚，莫照海邊營。」佳句可採者，五言如「地分三晉險，天入二陵低」「高雲懸隴阪，亂石束涇河」「馬頭邊月近，鵰背塞雲高」「邊霜侵地早，塞雨入秋繁」「落日明駝下，高天鷙隼還」「山田秋縱牧，戍堞暮多笳」「飛泉摇石月，晴雪挂崖松」「路通秦上郡，塞指漢河源」「城高淩紫氣，日出照黄河」「地勢臨湖盡，天形入浪圓」「簾光動江漢，杯影瀉星河」「蘿磴懸秋澗，林鐘散曉霞」「角聲江上急，戰骨海邊多」「關連三郡險，山接五臺雄」「長風生夢澤，孤艇別江陵」「一尊坐遥夜，孤月下汀洲」「樓臺開宿霧，城郭麗朝雲」「鶯花虛令節，楊柳怨征人」「曉雲低渭水，春色赴咸陽」「春浮千嶂黛，暝積一城陰」「二室洛下横雲峻，三川劃地雄」「帆懸三楚月，纓濯兩京塵」「月華引輕素，天影落虛光」「地兼林壑勝，天與水雲宜」「楚天雲總濕，澤氣晝多寒」「政平除莠易，事急束薪難」「心從初地遠，秋在夕陽多」「晴光涵北極，佳氣滿西山」「天當雙鏡合，秋擁五雲高」；七言如「威邊銅柱三湘定，下瀨戈船萬里迴」「洗兵風雨從天下，破陣雷霆動地來」「雲氣西來浮華嶽，河聲北下撼蒲州」「驪山地接阿房起，營室天連閣道迴」「隴山風急蒼鷹嘯，渭水秋高白雁來」「雲隱内方横野闊，波浮廣漢接天迴」「野渡夕陽來峴首，楚天秋色入隆中」「千里行吟雙涕淚，十年知舊半存亡」「京國川原雄陸海，太行風雨下并州」「月華高擁羣峰出，雲氣遥浮七澤來」「嚴風朔氣千林動，白日滄江萬里寒」「蠻雲春擁千盤道，瘴雨秋低六詔天」「三極風雲環御宿，五朝霜露肅山陵」「渭渠環碧連馮翊，嶽色浮青過華州」「一天風雨邊聲合，萬里關山隴道寒」「天上六龍方駐景，人間二鳥各悲吟」「山寒雪壓秦城白，日落天連渭水黄」「飛沙捲地三秋白，濁浪浮天九曲黄」「欲障百川空有志，深愁羣盜尚如毛」。

漁洋山人論咏雪詩，極推羊孚「傾耳無希聲，在物皓已潔」。曲阜桂未谷謂謝惠連賦「素因遇立，汙隨染成」，更有言外之旨。潘四農謂王摩詰「隔牖風驚竹，開門雪滿山」，咏雪之妙，全在上句「隔牖」五字，不言雪，全是雪聲之神，不至「開門」句矣。

湖南溆浦嚴仙舫觀察正基，嘉慶癸酉以優貢生雋副貢，充八旗教習，以知縣用，尋補知州，薦升知府。道光三十年，今上登極，擢淮海道，留心政治，所至有聲。乙巳，交觀察於京邸，觀察出所著仙舫詩稿示余，集中長篇如過饒風嶺、洛陽道中、苦雨、漢臺、辰龍關紀事、鶴鳴山紀事、朱子手植樟歌、端陽舟中咏懷、三閭大夫、辛女巖諸篇，筆力蒼莽，卓然鉅製，以篇長未録。春雪用東坡韻云：「雪糝紅塵不染纖，玉堂詩律劇清嚴。春宵錯認溶溶月，名士爭歌昔昔鹽。皭共梅花臨閬苑，輝分瓊樹徧茅檐。郢中刻羽騷人曲，幾輩銜寒落筆尖。」「檐角紛飛瑟縮鴉，漫空攪雪走雲車。一番急陣風兼雨，三日嚴寒絮又花。剡水灞橋尋舊約，玉龍鹽虎詠誰家？騷壇白戰渾閒事，呵凍吟成手八叉。」湘江詞云：「風吹湘江樹，花落湘南渡。儂欲渡湘來，濛濛隔烟霧。」冶春詞云：「看花春滿院，花底未聞燕。春信尚迢迢，明日重相見。」觀察爲廉訪炳文先生如煜嗣君，廉訪留心吏治，著有防苗紀略近百卷，觀察真不愧爲名父之子焉。

錢塘厲樊榭先生鶚以詩古文雄大江南北。少孤貧，僦居杭城東園，蔬畦麥隴，敝屋數椽，讀書不輟。以名諸生領鄉薦，兩上春官不售，旋應博學宏詞科，放歸；乃於南湖結文酒之社，與諸名輩唱和。所至爭設壇坫，皆以先生爲主盟，一時往來，通縞紵而聯車笠，韓江之雅集，沽上之題襟，而總持風雅，實先生爲之倡率也。時宗中晚，以清和爲聲響，以恬淡爲神味，徵典之作，規矩謹嚴，則竹垞老人之亞也。集中絶句，可以繼響漁洋。名句五言如「寒田吹穲稏，清渚亂鷗鳧」「背窗棲鳥影，滅燭聽松風」「藤花當户落，荷葉並橋齊」「沙碧鳥雙下，樹涼蟬獨嘶」「野水中開閣，交蘆外倚舟」「木落殘僧定，山寒歸鳥稀」「一燈羣動息，孤磬四天空」「犬吠驚風葉，鴉歸識水邨」「春烟沉大嶺，密雪響疎林」「簾卷橋南樹，花飛水上樓」「水光知月出，花落見風行」「野橋迎月直，斷岸見煙生」「微雨宜幽鳥，初涼倦酒人」「水碧全涵日，林紅半帶霜」「天淨山容出，堂空樹影浮」「草枯羣溆出，煙起亂峰黄」「駕風波忽大，到海地無多」「山趨野寺斷，煙入戍樓深」「風煙秋半淨，江水晚來波」「樹陰連別逕，草色入隣家」「殘暑過江少，涼螢逐暝流」「紅飛松葉火，白壓豆藷灰」「小檻抛書坐，幽窗背月眠」「僕夫通馬語，行客抱山心」「陂暖初青麥，沙明上信潮」「踏水女初嫁，搦魚童尚髫」「勸影燈前酒，摇情江上舟」「湖淥淺深際，花催寒煖間」「燈明念佛卷，葉下擣衣橋」「野艇容茶具，長橋響釣輪」「夜色一村雨，秋聲兩岸蟲」「身世浮杯似，年華過鳥齊」「石帶殘雲潤，潭臨雜樹青」「魚聲不知處，荷氣偶然來」「背燈三峽水，欹枕九江船」「曉缾劉帝井，午磬戴公山」「畫角高城動，梨花薄暮飛」「越客寫鞍罷，魯人炊黍閑」「遥山著秋瘦，小沼得風漣」「看雲穿徑遠，緣水到城迴」「晴雪一溪影，白雲千嶂幽」「徑草全侵屐，林花亂入雲」「桑影過橋密，蟲聲傍水低」「波冷鴨羣語，風高鷺獨拳」「吳帆如鳥白，楚樹入雲紅」「鳥驚千樹雪，人語數峰烟」「紅雨尋歸路，青山著小齋」「施食游魚出，吟詩野鳥聞」「磬在香中度，山從枝上寒」「風輕摇燕尾，雨細濕鵝兒」「燈影横橋柵，人聲出樹陰」「日落收漁市，宵分過櫓聲」「烟樹摇書碧，溪風入酒清」「層波圍酒地，疎樹入漁鄉」「詩從謀野獲，人是出門交」「松風灑翠壁，鳥影渡湖天」「天清隋苑樹，秋蕩海門煙」「晴景開帆色，微霜落水痕」「湖色浮空曲，雲陰過別峯」「竹暗深藏磴，江春緑抱城」「風光動清樾，山翠滴虚檐」「天形倚蓋遠，水勢築垣高」「灌田聲挾雨，入牐勢分谼」「斷虹遥飲酒，返照倒明沙」「牛懶仍眠壟，鴉寒後出林」「花深隨水曲，舟緩得春多」「斜陽隱春樹，梵唱出幽雲」「梅萼分湖緑，茶烟出竹青」「犬能憎俗客，燕肯戀貧家」陋巷。「濤聲俄上下，山勢若浮沉」「潮水侵籬滿，江雲入竹疎」；七言如「水減舊痕魚上後，霜傳新信雁來初」「山遮壞塔可十里，樹裊孤烟自一村」「荷邊魚在幽中戲，橋上人從畫裏行」「嫋嫋涼風帆影轉，層層僧舍竹光斜」「小艇浮分山影去，生衣涼約樹聲來」「秋來南國宜高卧，月傍東城得早看」「隣燈明處先穿樹，山雨來時自打扉」「淮南書内題春女，揚子經中説夜人」「淡日青門菘葉圃，涼風白屋槿花籬」「烟外有山渾入夢，月中著句未曾書」「横塘秋水明菰葉，老屋殘陽上薜花」「將暖湖煙多晚景，未花桃樹有春紅」「竹陰入寺緑無暑，荷葉繞門香勝花」「斑斑霜樹多棲鵲，裊裊風藤欲挂猿」「烟中春月大可愛，窗外梅花似故人」「繅絲花外藷初重，戴勝聲中莢已登」「香留皀莢看燈夜，餅卧黄花小雪天」「平臨列岫人煙少，細讀殘碑日影斜」「茫茫古道聞蛬語，寂寂荒村上蟹胥」「雨久蠙衣生壁早，夜涼螢火入簾遲」「佛從劫火燒時見，秋到遥天盡際無」「長短橋通新雨後，兩三客坐夕陽時」「詩從青箬笠前得，秋在白荷花上來」「香飛花片來杯面，寒送東風入櫓腰」「聽雨簾櫳燈影颭，衝泥巷陌屐聲多」「當簾山月鈎簾見，傍枕春潮轉枕聽」「十日晴光連樹醉，數峯寒影上樓青」「柳邊夜笛清逾迥，山際秋燈淡欲無」「小舫得爲聯被宿，深村大好閉門居」「繞徑殘花閑步屧，點波細雨獨凭欄」「禪燈照影詩皆瘦，客枕和雲夢亦閑」「一湖春水窺山影，十里初陽上柳梢」「雨能消暑濛濛至，山不知名淡淡過」「緣隄槐柳清風外，比屋魚鹽落日中」「萬里征帆勞似鵲，一宵情話碎於蛬」七夕。「孤城風雨秋更斷，千里關河旅夢稀」「葉落紛如汴隄雨，鴉棲瘦似灞橋人」寒柳。「雲間雁迴何人弋，冰下蛟寒未罾」「殘梅亭角燈初上，飛絮橋腰月自明」「夕陽紅送僧歸寺，山色青隨客渡橋」「入門初見佛燈上，高枕不知林月低」。

宜興陳其年太史維崧所著駢體文，流傳殆遍，然體格庸弱，陳陳相因，未得作者門户，余無取焉。若其詩，勝於駢體文遠矣。余尤愛其七言律詩，視國初陳元孝、顧亭林、宋荔裳、吳梅邨、朱竹垞，無多讓也。其招林茂之劉公敝小飲奉酬云：「遲日和風汎緑蘋，飛花落絮罥紅巾。此間簾影空於水，何處琴絲細若塵？波上管絃三月飲，座中裙屐六朝人。獨憐長坂橋頭客，白髮淮南又暮春。」七律到此境界，幾於羚羊掛角，無跡可尋矣。

嘉興沈虹舟大令祖惠，乾隆壬申進士。著有三秦遊草，其詩格律深細，詞氣雄厚，枕藉少陵，頗得其家法。五言如峽口、雨過烏稍嶺、過天生橋等篇，七言古如巨魚行、榆林等篇，真能以沉著爲三昧，渾雄爲樞機。句如「邊沙磨朗月，山雪駐殘陽」，「檻前翻鷺白，雨外接山青」「風生多在竹，客到自開扉」「計拙田園薄，家貧故舊疏」「獨鳥空山白，驚狐積雪邊」「千巖藏户細，獨月照天高」「闕門深閉雨，江海迴含秋」「天高河影斷，夢覺曉霜飛」「危輿雲棧曲，細馬亂峯高」「姑臧山雪秋容老，涇水桃花春雨明」「壯心客裏雙蓬鬢，歸計天涯一釣絲」「晚雲初起忽成嶺，夏雨欲來先作聲」。

貞一齋集四卷，嘉興李玉洲太史重華著。雍正甲辰進士。太史詩學蕭選，堅蒼凝鍊，與馳騁才華者迥别。沈歸愚先生云：「玉洲天賦俊才，得匠門指授。生平遊歷，入巴蜀，客山左，留秦關，經三楚，登臨憑弔，發而爲詩，嶔崎歷落，俱得江山之助。詩話二卷，引而不發，善讀而善悟之，可當金鍼度人。」袁君質中謂其「入蜀諸篇，骨格開張，詞氣雄傑，從老杜得來，在集中爲上乘」。余尤喜其劍閣、驪山、湯泉五七言古諸篇，頗稱雄杰。其益門鎮云：「鏟峽開秦塞，憑山鎮益門。青霞遲出納，白日乍朝昏。怪木飛空立，靈泉逆石奔。奇遊忘天險，可便懾心魂。」

蔡忠烈公遺集五卷，明晉江元白先生道憲著。先生號江門，崇禎十年進士，爲長沙推官。張獻忠陷武昌，直犯長沙，總兵尹先民戰敗歸，賊乘勝奪門入，先民乞降。江門先生北面頓首泣曰：「臣不職，以死謝天子。」旋被執，罵不絶口，賊解其縛，延之上坐，罵如故。賊曰：「汝不降，將盡殺百姓。」先生大哭曰：「願速殺我，毋害我民。」賊知終不可奪，磔之，其心血直濺賊面。靖難時年二十九。磔將死，作恨聲曰：「恨不殺尹先民，濫殺我百姓。」健卒凌國俊、李師孔、陳賢等九人，俱從死。明史凌國俊誤作林國俊，福建通志同誤。事聞，詔贈太僕卿，謚忠烈，春秋祠祀。時照磨莫可及亦殉節死。先生舊有悔後集，刊於崇禎壬午；及郡國搶攘，而鏤板寢失。後劉君子正得其遺集於梅齋中，劉君婿彭君廷梅自攸江載詩板至長沙，藏之祠中，遂賴以傳。先生詩骨力削勁，無凡近氣，然先生大節凛然，照耀千古，何必以詩傳哉！其詩諸體俱備，卓然可傳。白菊云：「風霜首此花，經時意云屬。皎皎雲輕陰，日暮闌干曲。明月殊未來，高枝相對矚。願子惜素軀，天寒最輭玉。」梅花相逢行云：「道傍梅花開，馬上梅花笑。相逢無一言，默然憐同調。孤韻在深山，暗香隨年少。年少有詩題，深山唯月照。去去且相隨，何須鬭窈窕。」湘山走馬迎人云：「匹馬上高原，秋山滿千里。涼風散江樹，孤雲不敢起。彭澤未辭官，奔走應如此。黄菊如可餐，不宜大官米。悠悠暮遠村，花對夕陽紫。」雪堂在黄州府廨之東雨夜不屐而遊求雪堂匾纔失囑亭長幸存云：「東坡爲雪堂，不攜雪堂去。今我來黄州，尚識東坡處。風雨滑莓苔，秋燈不肯曙。四壁何蕭蕭，獨尋亭長語。雪堂二大書，東坡手自署。勿爲貪者得，遊人不得與。」赤壁云：「當年虎豹客愁攀，今在人烟秋色間。勢壓江流欲到水，身行壁上更無山。已開樓閣爭題詠，未翦荆榛誰往還？且向亭西竹下去，東坡居士一生閒。」失題二首云：「明月中天雲霧消，酒醒涼思正飄飄。星河不動秋空闊，城漏無聲夜寂寥。露下遠山皆落木，風來滄海欲生潮。神仙勝事無緣到，虛負瓊樓聆玉簫。」「誰向都門學種瓜？炎年長是惜年華。西堂蟋蟀還依草，南浦芙蓉已著花。蓬鬢故應裁白幘，塵容何處覓丹砂？秦淮東望秋波淨，醉後思乘漢上槎。」齋中即事云：「著想偶然想，多愁何事愁？讀書未半卷，落葉滿西樓。」句如九月遊湖云：「秋色總來明月照，人衣併作碧荷香。」辛巳北上補銓汶上謁閔子廟云：「蘆花十里飛寒雪，汶水千家没曉烟。」别元哲元謨昆季之長沙云：「好夢一天孤李白，明珠爲爾寄湘妃。」入鳳山見兵曹朱伯宰話近事爲之憤懣流涕云：「身世於今渾似醉，乾坤從此勿多言。」

烏，孝鳥也。孝子思親，哀傷之至，則感而集，然則人其可不如烏乎？北齊蕭放字希逸，居喪，廬室前有二慈烏來集，各據一樹爲巢，自午以前，馴庭飲啄，午後更不下樹，每臨時，舒翅悲鳴，全似哀泣。近代寶應喬孝廉崇烈居其父子靜先生喪，每泣則庭烏盡下。禹鴻臚爲畫餇烏圖，朱竹翁詩云：「烏烏啞啞東西樹，子得食兮哺其父，于思于思淚如注。惜烏尚有反哺時，塊獨煢煢守丘墓。」「烏烏啞啞樹東西，迴翔上下不得棲，飢來肯啄庭中泥。日食孝子一溢米，堊廬共爾長悲啼。」「烏烏啞啞尾畢逋，誰其傳寫禹鴻臚，張徐王趙世所無。天哀孝子降黄玉，留此配作雌雄圖。」昌彝既冠，即失怙恃，每讀三詩，不勝有蓼莪之感。

漢陽葉潤臣内翰名澧詩，溯源三百篇及屈子離騷，以及陶、韋、王、柳、李、杜、岑、高，無不併筆而出，妙在下筆時，都有作詩之人在，至性充周，潛心内轉，又能善狀奇境，森然動魄。監利王君柏心謂潤臣詩「篤意真古，把臂陶韋」，可謂知言。吉林寶君鋆謂潤臣詩「綽有心得，非皮毛於聲律者比」。蓋其性情敦厚，天分卓越，加以洗伐之功，於其鄉先生中，鬅鬅跨懷麓堂而上。潤臣之交余也，聞諸亡友張亨甫。潤臣深於經學，尚書禹貢用力最深，辨胡朏明錐旨之誤者十之三四。著有敦夙好詩鈔、雁門詩集、沂瀞詩集。五言古詩如言懷云：「車馬盛通衢，吾廬如山林。久知人生樂，何必榮組簪。舉首展遐矚，白雲舒高岑。旭日照嘉樹，和風送鳥音。壁琴不解彈，我意與之深。此物何由貴？可以平人心。歲月日以駛，尤悔日以侵。内省嗟已晚，黽勉誓自今。」旭日云：「旭日上東園，空烟散徐徐。呼童起汲井，灌我園中蔬。灌蔬當灌根，根沃味乃腴。及時不沾溉，歲寒其無儲。萬事盡職守，四體遑勤劬。束手待天工，惰農誠可吁。」送單廉泉歸高密云：「斜光落翠微，靄然燕郊夕。遥遥去馬遲，黯黯離思積。暝色落長途，飛鳥帶歸客。白雲林屋深，歸來憩幽石。」夏夜云：「漏盡夜氣澄，默坐息羣想。靈臺空復空，湛然樂其養。娟娟窗外竹，清風送幽響。何必山澤棲，然後絶塵鞅。太陰起層雲，倏忽變殊狀。萬象靡定遷，我懷自昭曠。無競安足矜，願足貞所尚。」歲晏云：「歲晏寡塵鞅，可以息吾廬。偶出無他適，解囊覓異書。歸來輒秉燭，佐以酒盈壺。歌呼忘達旦，喜與伯氏俱。稱心道所得，放懷天地初。親愛篤根本，文字特其餘。願持今夕酒，皓首同歡娱。」小園晨起云：「園林雖不廣，即此爲吾廬。東風告將至，晨興鋤荒蕪。角星既西匿，曜靈在須臾。仰首視天宇，羣動兹權輿。幽鳥託蒿萊，珍木交檐除。元化不私力，苞萼將紛敷。

清氣亭其際，想見鴻濛初。端坐冥萬慮，懷抱獲所娱。」二月十二日孔宥函刑部招飲寓齋分韻得之字云：「閉門抱桂籍，寤寐通諏咨。出門交同人，師友籍輔台。歲年孰滿百？倏若飈輪馳。俯察江海流，仰觀象緯垂。我生藐中處，踽踽將安之？不登泰華巔，焉知土壤卑？居處異鄉縣，歡樂方在兹。願言愛景光，勉策昌明時。」炎風行云：「炎風扇浮陰，不得彌八方。雷聲殷我耳，仰見赤日光。樹木就焦灼，百鳥莫飛翔。四野何寥寥，枯笛隨風颺。路逢一老農，抱鋤卧道旁。唇舌不得呼，日夕仰彼蒼。一餐我猶飽，惻惻中情傷。」黄花嶺云：「孤嶺當日午，來往稀馬牛。亭堠何慘淡？盛夏懔霜秋。穹廬周四野，洪濛如此不？當時血流海，直到天盡頭。戰場百萬魂，翱翔依兹丘。我來履殘沙，不見戈與矛。狂飈幾千里，白日懸悠悠。鳥獸不敢生，土囊鳴颼飅。乃知乾坤外，陰翳無時休。回瞻千山阜，緜亘恒與幽。峩峩古長城，萬里爲誰謀？」望句注山云：「七峰連斗牛，山水相鉤帶。失勢走飛狐，乃達盧龍塞。往代論邊防，九塞兹爲最。可憐西陘關，高高限中外。征雁從南來，銜蘆止其内。積石何崚嶒，萬古青不壞。地脈根鴻濛，盤旋氣成噫。白雲一線生，蒼然滿并代。歷歷古戰場，慨想征途邁。」雨後渡江云：「泝江得新霽，縱目何滔滔。輕舟浮一葉，不畏鼋鼉驕。中央失所向，但覺白日高。大氣鬱成噫，丹碧動金焦。混茫孰終始，消長自暮朝。西望岷與峨，千里浮煙銷。覽兹悟生理，進退隨所遭。川流何日息？敢怨吾生勞。」曉入西湖云：「四山含烟霧，城郭相縈紆。飛鳥辨層霄，片艇如與俱。湖光自亭毒，山氣交卷舒。草木蘊靈秀，樓閣動晴虛。中流曉色分，日出萬象舒。寸心一蟠際，沖漠思太初。宣防勞唐宋，風懷雅白蘇。瀹茗話陳迹，僧房宵雨餘。」望象山陸文安公讀書處云：「文安昔講學，交與紫陽敦。衛道何其切，阿附慚非倫。鵝湖擁皋比，相見互主賓。一言義利界，感泣傾士民。後儒立同異，戈矛日紛紜。讀書貴用世，章句皆空言。惜哉五論在，靖康讐莫伸。峩峩應天山，石室埋荒雲。寸心一仰止，淚落谿水濱。」舟中書感云：「我徂沅江棹，百里驚濤奔。居人適何所，千里餘空村。今年夏雨多，禾稼苦不蕃。洞庭挾五谿，地軸日夜翻。蕭條墟里中，幾見炊烟存。絶流競網罟，薄暮漁舟喧。殺機萌口腹，慘毒傷天仁。枯魚不忍食，恐爲亡者魂。長風飽帆勢，感嘆愁黄昏。」甕子洞云：「重灘接九谿，涉險自兹始。篷窗方掩卧，大聲忽驚耳。冥冥日光寒，鬅鬅石狀詭。雷霆轉八埏，冰雪薄萬矢。窄徑闢崄巇，扁舟鬭犀兕。不知千載下，坌涌何時止？十夫牽一梔，號呼無停趾。鐵絙攀半厓，跬步異生死。灘外幾人家，衆木相叢倚。寒蟬時一聞，蕭蕭山風起。」雷洄灘云：「雷聲何填填，填填來萬灘。大風轉地底，亂石何盤盤。亘古蓄風雨，百靈翔濤瀾。澎湃半空際，慘澹陰氣寒。舵師輕風浪，簸揚人如丸。入坎復出坎，始知宇宙寬。灘盡泊我舟，殷耳猶未殫。」青浪灘遇雨云：「噎噎山上雲，磊磊溪中石。迴風吹我來，飄渺將焉適？上有滄浪天，高飛無寸翮。下有千仞淵，蛟龍之所宅。乾坤失鴻濛，崖壑肆洞闢。萬竅中怒號，一身若踽蹐。嗟予凛垂堂，及兹爲遠客。霧雨瞻靈旗，默禱籲英魄。」北斗灘怪石七，若斗杓。云：「靈憲炳蒼昊，璣衡司中央。雌雄貫左右，坤絡呈其光。恍惚乘靈槎，游戲漢津旁。日月出其裏，宙合爲低昂。倉浪萬古天，一氣浩茫茫。千巖爲喉舌，萬壑爲酒漿。紫霞我爲佩，翠雲我爲裳。仙人倘可遇，乘風共翱翔。」打卦灘云：「我聞蒼梧野，有山名六爻。兹灘何爲者？畫若兩儀交。玄黄既剖判，陰陽不可淆。因思太極初，萬象方渾包。朕兆伊何人？造物毋乃勞。末流競神鬼，繁言一何譊。吾生信前定，窮達隨所遭。」十月十五夜四鼓自團山放舟至君山下云：「輕舟泛嘉月，愛此夜色幽。回望團山巔，孤萍漾中流。千聲助我靜，冥坐神與游。開篷睇四野，竹柏鳴颼飀。滅燭待明發，旅思空夷猶。」秋夜泊市汊云：「扁舟泝章江，向夕未停榜。首途漸已秋，涼飆動林莽。岸迴孤火明，露下寒流廣。行役亦已疲，浩歌復何往？」豐城縣云：「際曉發市汊，午過豐城縣。邑小人煙稀，地靜鳧鷗偏。連峯宛覆盆，清流亘長練。山川閲人事，俛仰淚成霰。當年識氣者，有目明如電。雙龍逝何鄉？時來終汝見。」臨江府懷施公閏章云：「施公守湖西，餘事惟講學。清江白鷺閒，往返歲云數。豫章多名材，一時中斤斵。東南兵火後，持節坐征榷。瘠土少人耕，未忍事朘剥。宅心六義中，訏謨何其卓。悠悠閣早雲，流風歎緜邈。載誦賣船篇，執鞭慕先覺。」晚泊甘泉灣云：「隔嶺見孤村，衝流下飛瀨。夕陽散餘輝，扁舟入蒼靄。鐘鳴古寺遥，犬吠荒烟外。夜火識漁家，涼風葭菼會。」鍾山洪云：「舟行入鍾山，如經七里瀨。榜人輕利涉，飛流遄擊汰。連峯俯絶壑，盤旋自縈帶。波濤息無時，雲物蓊層靄。崑谷幾人家，逍遥蔭松檜。數蟬何處鳴，蕭蕭動風籟。眷念林居者，日與物象會。何必桃花源？放情謝塵壒。」姊妹山云：「二女此棲真，不知何年代。山空晝無人，天風響環佩。溪水流灣環，寺門静相對。幽禽叫深林，雨氣深如晦。」中秋日艤舟明月山下登最高頂過明月庵日暮而歸云：「灘行不知艱，風水互相逐。孤峰屹招提，維舟傍曲洑。窄徑盤縈紆，橋横俯巖麓。宿霧曖層霄，夕暉蔽叢木。清猿啼滿林，哀禽囀深谷。真賞溢素襟，清光娱遠目。嫋嫋微波涼，娟娟秋月獨。佳人渺何方？中夜勞思服。」夜泊北溶驛云：「北溶谿上驛，萬石相縈旋。太古此嶕嶢，鳥道晴空懸。藤蘿覆絶壁，秋氣高蒼然。蕭條幾板屋，時復見炊煙。山空百蟲響，微風淒鳴泉。危坐擁孤燭，夜久音逾宣。層陰翳前瀨，明發盡洄沿。」辰州府云：「沅陵故阨塞，巖徑多官郵。置郡自何代？屯守羣山陬。朝曦隱窌窱，寒霧亘天浮。岸欹楓杉茂，谿清鷗鷺遊。嚴城控南徼，飛甍連層丘。闤闠古雄鎮，鼓角風颼飀。吁嗟盤瓠種，出没谿峒幽。往年鎮筸患，玆地爲咽喉。傅公鼐實傑出，談笑靖戈矛。防邊無異術，未雨先綢繆。英魂尚祠宇，典型不可求。書生輕道路，慷慨横吳鉤。」瀘谿縣夜泊云：「客行瀘谿縣，蒼蒼白日暮。雞犬不聞聲，繫纜岸旁樹。邑小若無人，地寒惟有霧。暝色際危峰，烏啼滿荒戍。悄然夢未安，空闊如有悟。晨光漾前灘，驚流更洄泝。」雨霽泊黔陽縣城外登芙蓉樓送客亭而返云：「雨歇翠微深，歸雲送餘滴。短篷上晴曦，欸乃寒城夕。煙淨數村明，葉下空波積。嵐光擁麗譙，荒景出丹碧。石泉吐涓涓，灘風吹激激。目因奇觀豁，心與澄流滌。衰柳倚嶕嶢，虛亭得岑寂。不見送客人，解纜去孤驛。」自晃州驛至龍谿口云：「倚櫂問黔程，秋風感陳迹。市聲喧谿頭，已過晃州驛。山光低短篷，日色蕩高壁。裊裊芙蓉花，影落巒天碧。」自焦谿陸行至鎮遠府途中作云：「七夕厭水宿，遵陸舍輕舟。艱哉黔中山，古道阻且修。上有萬仞岡，下爲百丈湫。側身一失足，將爲魚鼈求。危棧蔽荆棘，亂石横戈矛。荒風作瘴霧，怪鳥紛啁啾。勞勞行役者，去來何時休？立馬舒遠眺，惄焉心多憂。」鎮遠府云：「西南高極天，何年施大斧？劈爲萬千峰，乃有巒荒土。設險黔之東，雄郡表江滸。巀嶪屏山雲，澎濞㵒陽雨。寨穴習耕氓，風煙接樓櫓。承平數百載，文物已可覩。東隣烹羊牛，北里鳴簫鼓。飛棟鬱逶迤，奇珍獻商賈。昔年新息侯，曾歎南征苦。」雨後登青龍巖閣上小憩云：「黔山表新霽，秋氣杳以高。陟巘盡嶇嶔，披霧淩嶕嶢。飛甍切霄霓，層閣憑山椒。下視蠻煙外，萬象開泬寥。晴光動巖壑，萬木風蕭蕭。清泉不盈掬，去作沅江濤。」

潤臣七言古，沈雄處直迫盛唐。如送郭羽可舍人儀霄歸永豐云：「燕南八月西風涼，白露欲下鴻南翔。眼中之人忽將別，欲語不語神徬徨。君今還山一何速，我爲君歌還山曲。還山之曲不可聞，山有木兮縈夢魂。黃金臺空塵浩浩，青眼相逢恨不早。文章有道恥阿諛，意氣相傾結懷抱。天風吹空浮雲馳，人生離合難逆知。橫腰空有千金劍，吐氣不得騰青霓。鳳池回首辭雞樹，馬首青蒼莽迴互。捧芝上壽親顔歡，身外浮榮吾何慕。君家層巒石砦東，繞廬謖謖圍青松。撫琴憶我長安道，明月正出匡廬峯。」天寧寺塔鈴歌明司禮監馮保造。云：「天風無聲銅仙泣，浮圖高聳十三級。塵沙飄墮斷鈴孤，厰臣馮保名可識。雙林松檜參天長，遺窟久付狐魅藏。雙林寺，馮保營葬地，雙林蓋其字也。風雲魚水信難恃，『風雲際會』『魚水相逢』，皆明神宗賜馮保牙章。得毋鑄此諛空王。三千寶琅雲中舞，塞耳不聞鐘與鼓。燈火高懸燕薊郊，膏脂力竭東南土。威權早竊薦紳危，象教有靈神鬼怒。青玉崢嶸飛鳥絶，此塔歷遍興亡劫。九鼎潛移十廟荒，異代傷心有殘鐵。噫吁嘻！奄人倒柄持太阿，鐵牌豫誡法非苛，煌煌祖訓將如何？」錢玉潭畫馬融絳帳圖樹齋先生所藏。云：「漢朝家法扶風盛，升堂五十高才競。咨嗟吾道將欲東，集其成者推後鄭。帳前經義何紛綸，帳後絲管聲遏雲。皐比坐擁神肅穆，指授樂律兼典墳。廣成抗諫憂時痛，權門再拜西第頌。早辭辟舉晚節鬯，平生學術知可用。殘編賸説散如煙，後儒掇拾猶珍重。融於易、書、詩、三禮、三傳、孝經、論語，皆有著録，久佚不傳。其見引於羣書者，近人日有輯本，亦未能復舊觀也。錢君腕底妙有神，鑒藏莫辨贋與真。三年執業未親炙，中有黄巾羅拜人。」登代州城樓放歌云：「我持一劍幽州來，少年意氣何雄哉！北度居庸達鴈塞，眼中戰跡紛塵埃。長城突兀陵谷改，西極玉門東遼海。萬里空憐舉築勞，秦皇漢帝今誰在？北平久無飛將才，英雄豎子悲千載。蒼茫日落代州城，滹沱浩浩洪流橫。東望紫荆關，趙王遺塚何崢嶸？北登廣武道，楊家片石餘威名。四郊寥落居人少，沙礫無邊蔽村堡。黄羊逐隊走荒原，白鴈哀鳴銜枯草。朔風六月敝裘寒，邊城入夜飛霜早。邊城岌嶪高入雲，燉煌臥戟忘冬春。征夫休唱從軍樂，暮角先驚遠道人。」夢湘長城飲馬圖時將之江西。云：「長城何連連？連連倚青天。邊人苦説秦皇帝，詔築縣城四十四。藩籬可却千匈奴，揭竿起矣嗟無計。陰山東走雲中城，趙王霸業猶威靈。高闕坐攬三關勢，白道泉流天上聲。穹廬匝地人烟絶，惡風突起土囊裂。戰場日落烏鳶號，草根白骨纏霜雪。邊兒終歲青兕裘，飢來生飲黄羊血。懸厓積石自何年？日見輪摧馬蹄折。與君嘯傲華陽臺，與君蹀躞邊庭隈。風塵可憐三尺劍，匣中夜夜聲如雷。修坂造日不盈尺，玄黃欲進爭虺隤。曷不鏟去太行十里之崔巍，填盡滄海如淨杯。西來水利將誰待，東南民事嗟已摧。男兒三十未卿相，白日朱顏胡再來。居庸昨度心已壯，亂山風雨森相向。大同宣府枳嶺分，黃沙蔽天起屏嶂。北征誰弔明武宗，賢守猶思漢魏尚。綏曫逶迤入雁門，西望寧朔天難量。君去章江我入燕，秋風一別何悽愴？吁嗟乎！長城之怨乃自秦，隋家更敝中原民。君行試過廣陵郡，江上垂楊愁殺人。」曉渡桑乾河歌云：「天星寥落晨光起，披裘去渡桑乾水。桑乾河外夜雨霜，極目蕭條幾營壘？耳邊浩浩風濤來，疾如巨鼖聲奔雷。中流徜徉不用檝，馬毛如蝟鳴何哀？承平今已百年久，邊亭蒼莽多楊柳。遊客能爲企喻歌，羌兒解飲烏程酒。河流嗚咽下盧溝，金臺甲第如雲浮。啼烏驚起千家夢，急管繁絃何處樓？」汶上弔王彥章云：「楊劉城頭陣雲黑，晉兵日夜窺河北。鬬雞小兒捧矢回，遞坊駑馬鳴徘徊。當時梁將嗟何人？軍中獨有王將軍。將軍有力猛如虎，一槍可辟千萬郡。論功不許三日捷，以笏畫地悲聲吞。段凝既畔趙張進，朝廷復棄敬子振。羸兵數百不救究，中都無援難圖存。鴟軍連連鄆城走，三軍奏凱行觴酒。大蛇中斷事渺茫，見北夢瑣言。留皮留名夫何有？漳水悠悠故道非，鳥飛擇木劇堪悲。三垂不泯英雄恨，殘穴徽陵問夕暉。」

同里翁玉甫祖勳，余同年次竹太守祖烈弟也，爲家文忠公之甥。氣度和婉，與余友善。生平得句，不輕示人。庚戌秋，嘗招余及少穆先生遊西湖，拜李忠定公祠，玉甫有即景句云「秋水碧連岸，野花紅到舟」及「蒹葭湖上水，稻菜寺邊畦」，皆清婉可誦。又詩有「涼月蒼蒼人獨立，十三橋外聽菱歌」，爲深於詩者所賞。

「筆海迴瀾數退之，往來莫恨少新詩。君看春水多情緑，翻在平江煙雨時。」此陳恭甫先生題許畫山讀白香山詩作也；「鷹遊門外水雲寬，海運才通刧已殘。誰説桃源無路入？求仙容易救時難。」此吴蘭雪先生題倪文正小桃源真跡後作也。二詩極見渾成，爲七絶之高唱。

吴縣顧南雅通副蒓，清名直節，彪炳海内，由學士以言事降編修。詩書畫，羣推三絶。詩筆超然拔俗。張亨甫追輓通副詩，有「文章照寰區，大節好忠鯁」，又有「三絶亦偶然，百世倘彪炳」。憶昨側末坐，高韻使人静」。讀者可以知通副之品概矣。

外舅閩縣周蒼士先生嘉璧，嘉慶丁卯舉人，官詔安廣文。著有亨帚編詩草二卷，其詩出於性情，蓋賈長江、白香山之流亞也。少質鈍，宵分焠掌，苦讀不倦，竟以魯得之。熟精左氏傳，著有評左卮言及爾雅比類、禘祫説、經義雜説諸書。生平尚氣誼，急人之急，待人以誠；處家庭間，恂恂孝友，事叔父如所生，與其弟介農先生友愛；遇世人有不平事，怒髮衝冠，肝膽併露。家文忠公稱先生爲古之君子，可謂篤論。丁亥、戊子、己丑之歲，昌彝遭家不造，先生爲之慷慨激昂，義形於色，至今思之，不勝有「哲人其萎」之嘆。工制義，詩不多作，然作者每見天真，迥無時下鐫繪之習。其咏錢詩，言人所欲言，亦言人所不能言，可補隨園所未備。詩云：「天道盈虧理不誣，善權輕重好飛蚨。編成金埒空豪舉，賜與銅山竟餓夫。不拔一毫真守虜，浪投萬貫亦狂奴。却疑河鼓驅營室，修到神仙尚負逋。」「令人戚戚令人欣，入闠排門藉解紛。稽古有時來訪我，買書無力最思君。一錢不值緣何事？萬選彌精是妙文。光院不能光學可，先生數典證前聞。」

侯官張欽臣廣文肇修，道光乙酉舉人。詩筆爽朗，偶見一斑，可窺全豹，詠史云：「極目黄沙古戰場，欃槍下掃陣雲黄。元戎持重誰充國？別將英雄少定方。錯處五胡終亂晉，連兵六詔竟亡唐。至今故鬼陰山哭，猶把勞師怨漢皇。」紅葉云：「如許霜光曉不收，涼風迸作四山秋。蕭蕭去馬疎烟散，點點歸鴉暮色愁。山影有無行客路，夕陽明滅酒家樓。數枝劃破秋空翠，指點羣峰最上頭。」無題云：「丹楓湛湛遍江干，芳草天涯結古歡。欲托蹇修通款愫，夫容摇落暮江寒。」「早拚團扇棄難留，謡諑何須尚未休。欲畫蛾眉羞攬鏡，美人顔色不禁秋。」

卷七

唐人才調集題云「古律雜歌詩」，案：文選王仲宣、劉公幹、魏文帝、陳思王、嵇叔夜、傅休奕、張茂先、棗道彥、左太沖、張季鷹、張景陽、陶淵明、王景玄皆有雜詩，李善云：「雜者，不拘流例，遇物即言，故云雜也。」

白傅阿崔詩「未能知壽夭，何暇慮賢愚」，夭字讀於兆切；又酬李十二郎詩「落絮無風凝不飛」，凝字讀牛餧切；又琵琶行「血色羅裙翻酒污」，污字讀烏故切。唐人辨四聲，皆本於切韻，白傅尤精密。

公論在人，自不可没。明嘉靖時，卜者袁孟逸稱能詩，長洲劉子威侍御名鳳，著有澹思、太霞詩集，袁攻擊無遺，劉愬之有司，乃責卜者，人共笑劉之淺。靜志居詩話云：「子威局守于鱗『唐無古詩』一語，歎爲知言，其詩襞積纂組，節節俱斷，人之讀者，茫然如墮雲霧中，吳趨土風清嘉，不意出此鈍漢。所著澹思、太霞二集，類一時顯名者序之，盛相揚詡；而吳市賣卜人袁孟逸每向人抉擿其字句鈎棘、文義紕繆者以爲姍笑。子威聞而大怒，愬之有司，有司既撻之，而數之曰：『若敢復姍笑劉侍御詩文耶？』伏地對曰：『民寧更受笞數十，不能妄諛劉侍御也。』蓋草野之公論尚存，勝於士大夫曲徇多矣！」

杜詩七言拗律題下自注云：「戲效吳體。」案梁書吳均傳：「均文體清拔有古風，好事者或斅之，謂爲吳均體。」杜所稱吳體，蓋謂均也；清拔，言不拘聲病。

高安朱芷汀孝廉舲，文端公六世從孫也。博雅好古，常私淑顧亭林，藏書三萬餘卷，顏其齋曰「古懽齋」，日寢饋其中。著有夏小正正義，極爲精覈，嘗問序於余。又注其師袁穀廉先生翼邃懷堂駢體文集。其於明代遺事，搜羅極博，多補橫雲山人史稿及張文和公明史所未及。嘗題邃懷堂集王義士柳枝詞後云：「才人末路腸偏熱，倩女歡場酒最腥。博得金珠冠一頂，佃夫座上醉初醒。」按才人者，謂錢虞山謙益也；倩女者，謂虞山妾柳如是也；佃夫者，謂阮大鋮也。大鋮據要津，虞山末路失節，以聲色自娛，既投阮大鋮，而以其妾柳氏出爲奉酒，阮贈以珠冠一頂，價值千金，錢命柳謝阮，且移席近阮，其醜狀令人欲嘔，事見計六奇明季北略。又按王義士，名澐，字勝時，陳卧子先生高足弟子，卧子死，澐收葬之，故稱義士，見江南通志。芷汀詩諷刺虞山蒙叟，直而不迂，可稱詩史。

武陵楊性農庶常彝珍道光庚戌進士。工古文詞。讀瑞芝室存藁，悲其遇而又高其志，其於兄弟之際，言之尤沈痛，真令我泗涕交横也。紫霞山館詩，五言古多生撰清辣，北歸一首，神似昌黎縣齋讀書之作。五律名句如曉征云「繁星沉水白，曉月傍煙昏」；孝感道中云「孤烟浮市遠，落照傍山明」；寄鄧小皐云「病因防過減，詩爲養閒深」。性農性恬澹，好讀書，七言此生云：「苦心妄事千秋業，食力猶虚五畝耕。」可以知其志矣。

諸體詩以七律爲最難，如開强弓勁弩。劉吏部公戫謂古今開到十分滿者無幾人，所論極是。余於國初得六人焉：顧亭林也，吳梅邨也，吳漢槎也，朱竹垞也，陳元孝也，陳其年也；於吾閩得五人焉：許鐵堂也，謝甸男也，薩檀河也，陳恭甫先生也，林暢園也。

粤東嶺南三家以後，其詩之卓然大家者，順德黎二樵簡也，欽州馮魚山敏昌也，嘉應宋芷灣湘也，李秋田光昭也，番禺張南山維屏也，嘉應温伊初訓也。二樵以幽峭勝，魚山以雄浩勝，芷灣以豪邁勝，秋田以雄奇勝，南山以清麗勝，伊初以渾樸勝。

近代江右詩家，蔣藏園士銓、吳蘭雪嵩梁而外，則爲艾至堂暢及陳少香先生偕燦、湯茗孫舍人儲璠。藏園古體高於近體，蘭雪近體高於古體，然蘭雪廬山五七古，則如入桃源，境界獨闢。至堂詩多超悟，茗孫詩多俊逸。陳少香先生初學劍南，次學東坡，近刻焚餘集及春雨樓詩，則老而益壯矣。

道光庚戌孟夏，今上登極已逾兩月，府丞張君錫庚奏開鴻博科，爲當事者所駁，事遂中止。國朝康熙、乾隆兩次奏舉鴻博人材，可稱極盛。乾隆至今百餘年矣，當張君奏請時，士林喁喁仰望，以爲事在必行，而惜其寢閣也。粵東溫伊初孝廉，舊有求真士策，欲兼用漢、唐辟舉之法，末引本朝兩次鴻博爲證，語甚切當。秋懷詩云：「不難破格求真士，豈向庸工定鑒衡。」國家雲漢作人，讀書嗜古，有體有用之儒，伏而不出者甚多，當必有再襄盛舉者。

是年，御史戴君炯孫奏：「殿試策以條對剴切爲主，宜删去繁聯，不宜拘定字數，且勿專尚楷法。」奉旨允行。余友楊性農庶常有寄蕭史樓殿撰詩云：「時好日以頗，科法因之弊。下品置晁董，上第擢鍾衛。繆種滋流傳，波點競妍媚。不知筆吏徒，奚贊庥明治」云云，此詩可謂切中時弊。

蔚州魏環谿先生云：「只因八股文章，擔閣了多少學問，王安石爲秀才之功臣，聖門之罪人也。」楊性農庶常示蘇生詩云：「制科創經義，禍首荆舒公。賢豪困桎梏，倚壁如吟蛩。得失競蒙昧，若弋飛天蟲。闐闔高巍巍，殊徑渾難通。許身干霸王，破産求屠龍。千金易絶技，出手當推鋒。少壯須致身，百歲如狂風。富貴非汝期，得不匡黄農。丈夫有事業，待子明光宫。」此詩與環谿先生所論宛合。

五言長排，非才力雄大者不能作。元微之最服膺少陵長篇排律，元遺山論詩譏之云：「排比鋪張特一途，藩籬如此亦區區。少陵自有連城璧，怎奈微之識碔砆。」余謂少陵長排，獨步古今，盛唐以後，幾成逸響。前明薛君采亦喜爲之，雅鍊有餘，而雄浩不足。宋、元、明而後，惟本朝顧亭林、朱竹垞二家，可以直接少陵，他人不足多也。

寶應王予中廣文懋竑白田草堂存稿，窮經論史，皆有卓識。生平服膺朱子，考究研析，源委瞭然。其書實有關於身心性命與當世之務，表章人善，微賤不遺。其於學，可謂潛心用力，俛然日有孜孜者矣。予中以廣文受世廟之知，授以史職，旋以病卒。其生平事業，未及展布，惜哉！詩多質實，近體有佳句可採，五言如「清心懸凍月，逸韻澹流風」「蹙浪翻孤月，崩崖舞急沙」「深谷漁樵侶，空林猿鶴羣」「秋聲來樹響，月色上簾遲」「虛室絶塵想，空庭無鳥聲」「流年逝水去，同輩曉星殘」；七言如「萬里風煙雲似蓋，滿天星斗月如鈎」「入門曲折風無力，當牖周遮月小明」「遶寺閒看四面水，倚欄細數一枰棋」「蒼蒼暮景千峰合，渺渺長空一水浮」「開卷恰於心有得，閉門都與世相忘」「熠燿小星穿樹出，空明積水接天流」「斷岸荒煙留古樹，夕陽流水認寒鴉」「波流碧瓦翻無定，光射銀河斷不流」「平田漠漠孤煙直，荒草離離晚景斜」「敢云天下無高士，只想中州出偉人」「四望塵沙迷轍迹，幾番奔走誤平生」「寒花吹落迴無處，羈鳥驚飛不定棲」「千里關河逢驛使，一朝風雨送歸人」「屋傍自樹籠雞柵，窗下閒鈔相鶴經」「自不見來多後輩，再相逢處似前生」「空囊不恨無錢使，小户偏能以酒名」「癡雲常在明河没，驟雨初來野鵲歸」七夕雨。「老樹當門新翠合，平臺一望晚烟鋪」「詩從大曆多分派，文到元和有别傳」「小山莫問曾成賦，大雅于今自不羣」「摶風直上高秋鶚，擊水偏迴横海鯨」「底定九州歸禹貢，整齊六典冠周官」「衡岳峰尖一柱立，黄河水曲兩崖開」「空山雨雪都無迹，古木號風别有權」「平泉樹好無今古，緑野人空半在亡」「下士于今聞道晚，名山何日著書傳」「閉門未足安心竟，著力方知克己難」「九折應憐從學誤，三生猶悔讀書遲」「韓門弟子窮張籍，蜀國諸生老杜微」「縱觀一世都云爾，悵望千秋自古然」「數椽敢承先業，某水某山憶舊遊」「老妻稚子爲詩料，茅屋柴門是畫圖」「那堪春夜如秋夜，可得今年比去年」「即事便爲安樂法，相逢都是喜歡時」。

嘉應李秋田茂才光昭，著有鐵樹堂詩鈔，雄奇清秀，别築一境，詩筆逼肖黎二樵。羅浮酥醪觀五古起筆云：「山雲積復化，大抵爲流水。無懷葛天民，宛在流水裏。」可稱奇闢。五律客舍云：「客舍無林木，秋聲在草蟲。私情語遥夜，不斷是西風。月地新霜白，窗紗畫燭紅。願將騷屑意，一爲譜絲桐。」石湖洞云：「維舟石湖洞，竟日雨漫漫。兩岸水松暝，半山城影寒。牛浮扶牧渡，鷺立儘漁看。市冷疑無酒，蓬窗謀夜闌。」梧溪翁謂其詩「如英德石兼皺透瘦，無一處平直」云。

遂寧張船山詩，天才縱放，然多率意揮灑，氣骨大減。七律雖具性情，亦多不入格。集中五言律，佳者爲晚唐派，餘無取焉。

世謂説經之士多不能詩，以考據之學與詞章相妨。余謂不然。近代經學極盛，而奄有經學詞章之長者，國初則顧亭林炎武也，朱竹垞彝尊也，毛西河大可也；繼之者朱竹君筠也，邵二雲晉涵也，孫淵如星衍也，洪稚存亮吉也，阮芸臺元也，羅臺山有高也，王白田懋竑也，桂未谷馥也，焦里堂循也，葉潤臣名灃也，魏默深源也，何子貞師紹基也；吾鄉則龔海峯景瀚也，林暢園茂春也，謝甸男震也，陳恭甫壽祺先生也。諸君經術湛深，其於詩，或追蹤漢、魏，或抗衡唐、宋。誰謂説經之士，必不以詩見乎？

袁簡齋論詩云：「一代正宗才力薄，望谿文集阮亭詩。」此詩一出，少年才俊多以爲然，余謂簡齋之論，似是而實非者。簡齋論詩及文，於體已雜；簡齋爲文，喜縱橫馳驟。方文周規折矩，格近純正，故簡齋以爲薄，其實好爲縱橫者，亦不得謂之厚，厚者厚其氣，非厚其詞也。望谿文之不足者，在氣之不厚，非在詞之不厚，此論非簡齋所能夢見也。阮亭詩用力最深，諸體多入漢、魏、唐、宋、金、元人之室，七絕情韻深婉，在劉賓客、李庶子之間，其丰神之蘊藉，神味之淵永，不得謂之薄，所病者微多粧飾耳。若謂阮亭詩不喜縱橫馳驟者謂之薄，阮亭豈不能縱橫馳驟乎？簡齋之論，阮亭有所不受。

蔣、袁、趙三家詩，論者皆以蔣爲最，袁次之，趙又次之。余謂蔣詩，五七古蒼蒼莽莽，獨往獨來，爲其擅場，然豪放有餘，雄厚不足，其氣味尚嫌近薄耳。袁詩早歲丰姿駘宕，有晚唐人風格，及召試鴻博以後，猖狂恣肆，詩格日卑，其才子歌及贈其門人劉霞裳詩，有礙風俗，頗失詩旨，無足取也。趙詩品格淺俗，如打油釘鉸，此調斷不可學也。

世皆以陶、謝並稱，謝豈陶比耶？又以王、孟並稱，孟豈王比耶？人但知王阮亭之能詩，而不知古文詞之純正有體，高於時流，非汪鈍翁、姜西溟、毛西河輩所能及，總爲詩名太盛，故文爲之掩耳。

蘇文忠公自海外歸，當徽宗建中靖國元年辛巳，公年六十六歲，渡江至儀真，艤舟東海亭下，登金山妙高臺，時公決議歸毘陵，復同米黻遊西山，逭暑南窗松竹下。他日，黻挽公詩云「曾借南窗逃蘊暑，西山松竹不堪過」是也。時方酷暑，公葺房綿未歸，久在海上，覺舟中熱不可堪，夜輒露坐，復飲冷過度，中夜暴下，至旦憊甚，食黄耆粥，覺稍適。會米黻約明日爲筵，俄瘴毒大作，暴下不止，過曉夜扶持之，自是胸膈作脹，却食飲，夜不能寐。午睡方起，米黻冒熱到東園，送麥門冬飲子。十一日發儀真，十二日渡江過潤州，時大江南北，咸以司馬光望公，所至聚觀如堵。十五日舟赴毘陵，公體氣稍復，著小冠，披半臂坐艙中，運河兩岸，千萬人圍隨而行。公曰：「莫看殺軾否？」至奔牛埭，十四日疾稍增，十五日熱毒轉甚，諸藥盡却，以參苓瀹湯，而氣寖上逆，不安枕席。公與錢濟明書云：「某一夜發熱不可言，齒間出血如蚯蚓者無數，殆曉乃止，困憊之甚。細察疾狀，專是熱毒，根源不淺，當用清涼藥，已令用人參、茯苓、麥門冬三味煮濃汁，渴即少啜之，餘藥皆罷也。莊生聞在宥天下，未聞治天下也，三物可謂在宥矣，此而不愈，則天也，非吾過也。」二十一日，覺有生意；二十五日疾革，手書與維琳别；二十七日，上燥下寒，氣不能支；二十八日將屬纊，聞觀已離，邁問後事，不答。是日公薨。按公平日頗言醫理，嘗與沈括集經驗方，名曰蘇沈良方；又嘗憂其親黨之疾，委曲詳盡，曰「勿使常醫弄疾」，此公平日臨疾之謹慎也。乃公此時病暑，飲冷暴下，誤服黄蓍粥，致暑邪内鬱。按公當暴下之時，細察病症，乃陽氣爲陰所抑，譬之炎夏之日，掘卑濕之地數尺，以湯一壺埋其下，以土掩之，次日湯凝爲冰，此陽氣爲陰所包，陽伏於陰之驗，即公受病之義也，宜以大順散主之，而公乃服黄蓍粥，致邪氣内鬱，豈不誤哉！大順散者，肉桂也，北薑也，杏仁也，甘草也。北薑以白沙炒，白沙即銀沙，切片炒至裂；杏仁亦以白沙炒，無聲爲度；甘草亦以白沙炒，黄色爲度；共研細末。否則或清暑益氣湯，或五苓散，或清香飲清香飲者，草果也，陳皮也，附子也，北薑也。及二陳湯合用，或治中湯，皆可選擇用之。至既服黄蓍粥，邪已内陷，胸膈作脹，以爲瘴毒大作，誤之甚矣。瘴毒亦非黄蓍粥所可解，後乃牙齦出血，係前失調達之劑，暑邪内干胃腑，法宜甘露飲、犀角地黄湯主之，乃又服麥門冬飲子及人參、茯苓、麥冬三味，藥不對病，以致傷生，竊爲坡公惜之。亡友葉蘭墅語年詩云：「須學淳于活世術，莫嘗徐毅殺人方。」即此旨也。

大興朱笥河先生筠詩，古鬱盤奥，詰屈聱牙，使人讀之，難於索解，不如其古文詞，真氣渾厚，神似龍門也。余嘗選本朝十二家文鈔，笥河與焉。十二家者：顧亭林炎武也，朱竹垞彝尊也，全謝山祖望也，龔海峯景瀚也，段茂堂玉裁也，汪容甫中也，阮芸臺元也，陳恭甫先生壽祺也，龔定菴自珍也，李申耆兆洛也，温伊初訓也，及笥河而十二也。國初侯、魏、汪、姜及方望溪、姚姬傳暨吾鄉朱梅崖，皆不與焉，以諸家文有襲取氣也。

會稽布衣潘少白先生諮詩，閒淡超曠，絶去世俗筆墨畦徑，如素娥鼓瑟，遊魚爲之出聽，諸體詩惟七言古稍遜耳。先生少卓犖，讀古人書，不以舉子業。好獨遊天下奇山水，足跡踰數萬里，入峽舟敗，身僅免，守令使人饋遺，不受也。少穎悟，下筆輒千言，簡齋袁大令思羅致，不可，則約諸子游詠，人給數紙，欲困之；得題紙輒盡，衆方含毫，皆廢，大令乃驚起，不敢言。先生自是亦常與俗流自遠，讀書姑射山中，大吏欲識其面不能致，則以計遇之，留數日去。與長民者言，言愛人；與里老言，言耕鑿樹畜；與士人言，言孝弟忠信。尤兢兢於義利之辨，欲使天下之人，咸務本節用，治禮義，以稱國家教養之意，無負天地所以生斯人之心，此其志之所存也。著有少白文集八卷，詩集四卷，詞一卷，少白常語二卷。先生遣懷詩云：「清明桃李花，風吹筵前往。少年今白髮，天涯看春去。遐心浮春雲，芳草催遠步。樓臺立中天，車馬盈廣路。人生亦已勞，春風更不喻。百情漫長日，悠揚入飛絮。歲事春復秋，人事朝還暮。誰能一日中，靜似無風樹。」春夜云：「雲生春欲雨，入夜月轉明。娟然一尊酒，海色浮天青。百年當花時，世界如壺瀛。樂心一脈香，萬物無與爭。花晴夜更永，風暖素影橫。婆娑上春衣，醉羨羣花生。芳菲塞天地，千載多令名。誰挽北斗杓，不復西南傾。當春得美酒，好夢兩腋輕。胡蝶長悠揚，何用狃青冥。」觀穫云：「暮林村墟合，稻穫寒色遠。竭作日易入，分儔各在阪。微月霜跡聚，蒼烟人聲漶。巷頭燈火出，知是勞人返。勞人日有役，歲暮笑語緩。里門來秋風，寒草香竟晚。獨吟蒼茫句，悠悠加餐飯。」秋懷云：「采菊霜草中，秋晨百草馥。芬菲自令節，何用擇巖谷。閒居多佳懷，讀書飢亦足。空庭日陰午，午餐摘葵蓿。蕭然天無雲，高風動林木。日靜山氣清，聊以騁遐矚。」讀太白鸚鵡洲詩云：「太虛影下鸚鵡賦，昔人淚濕鸚鵡洲。後人花前呼鸚鵡，愁滿楚江春水流。詩成天上白玉闕，酒醒人間黃鶴樓。匡山片月留不得，雲安杜鵑回白頭。」句如「天涯酤酒市，花事餞春杯」「鷺鷥窺影立，荷芰戴萍生」「小村垂暮雨，江樹擁春舟」「風起天根白，雲陰江氣黃」「年華隨鳥跡，詩句補牛毛」「殘春山郭路，微雨酒家樓」「波濤魚復浦，風雪雁門關」「溪橋出秋樹，山寺坐晴雲」「篠鳴猿落石，月動獺窺魚」「過橋松翠斷，臨水寺檐斜」「花香入窗牖，雲影過晴天」「風寒猶到地，春淺不妨花」「水雲閒到處，魚鳥自親人」「月生揚子渡，天近海門帆」「葉聲疑小雨，霜意入秋燈」「人家楊柳色，晴嶺鷓鴣聲」「渚烟沉釣艇，溪雨掩柴門」「階閒風聚葉，沼淺鳥書沙」「吟隨春意漫，步爲水聲留」「野暖生虛靄，天青見遠樓」「神祠衫笠聚，緑樹桔槔閒」「夜風兩岸葉，秋思一窗燈」「春隨黃犢盡，花傍白鷗生」「曠阜人烟迥，蓬檐燈火螢」「村徑牽驢入，林花壓帽低」「雨氣每停鍾阜屐，江聲初聽廣陵濤」「春泥燕足濕羅幙，小雨屐聲過畫橋」「大杯映樹緑無底，小鳥入花紅有聲」「人經江海鬢毛白，書到關山草木秋」「牛背笛聲浮澗去，潭心雲影過橋來」「今古原無閒歲月，東西各有遠塗程」「潼關曉月悲笳動，汾水秋風旅雁來」「黃花原是幽人節，白日閒於栗里身」「往事偶談能醒睡，好詩自唱可醫聾」「風月最關無事客，乾坤豈有後彫樗」「采菊詩因無酒得，愛山心自讀書來」「暮烟一簇近亭路，寒葉萬家秋雨聲」「三萬觴醪隨荷鍤，數千秋事入支頤」「晝長睡久還思客，老去情忘尚愛書」「風雨夜來猶妒屐，乾坤春盡好關門」「小池魚樂水新漲，橫宇鶴飛天自清」「車馬共填千載轍，乾坤留得幾人名」「山鐘乍動佛燈上，初月向人江鳥飛」「遠柝因風知市遠，棹聲隔浦識漁歸」「魯連才亦縱橫術，顔觸言如長短經」「杯邊一曲前人調，天外數峯何處山」。先生名篇絡繹，佳句琳瑯，集中萬里遊五言長古一篇，萬有餘言，世以大才許之，吾無取焉。

寧化伊墨卿太守秉綬留春草堂詩，七古蒼健無枝葉，可稱名手。其雷州寇司户祠七律云：「海氣南州接大荒，樓臺何處廟蒼涼。注孤要識心無負，夜水長悲足有創。空苑落花疑淚蠟，野人薦飯感蒸羊。漢書未讀天書進，坐惜奇才早擅場。」尤爲絶作。他名句如「月華洞庭水，蘭氣瀟湘烟」「籠山烟淡漠，穿竹月玲瓏」，皆清新可誦。閩縣陳葦仁先生贈詩云：「字法奇於碧落石，詩情麗作赤城霞。」非溢語也。

怪鴟鳴聲，大是可厭，余每聞其聲，便用周禮哲蔟氏方書之法制之，果奇驗。余嘗教人，凡居家聞其聲者，此爲不祥，急以此法治之。周公大聖人，通乎天地陰陽之理，其作周官載此法者，亦有害盡除之義也。秀水朱竹垞怪鴟行後半篇云：「聞之周官建有庭氏翨氏哲蔟氏，射以救日之弓救月矢，必覆其巢攻其翅。先王有害務盡除，豈若今人昧茲理。吾將斷竹續竹彈以丸，毋俾惡鳥來林端。月辰二六星四七，方書去汝夫何難。」按：周禮：「庭氏掌射國中之夭鳥，若不見其鳥獸，則以救日之弓與救月之矢射之。」

「翟氏掌攻猛鳥。」「哲蔟氏掌覆夭鳥之巢。方書十日之號，十有二辰之號，十有二月之號，十有二歲之號，即爾雅所載者。二十八星之號，懸其巢上則去之。」又按後漢書陳蕃傳：「夫諸侯上象四七，垂耀在天。」注：「上象四七，謂二十八宿。」竹垞詩所謂月辰四七者，即指二十八宿也。方望溪解周禮，謂哲蔟氏爲周公周官所有，其方書以下云云，乃王莽、劉歆所加，論殊紕繆。

凡膾炙人口之詩，高青丘有拜岳忠武王墓詩，而閩縣薩檀河先生過岳王墓詩勝之；周櫟園有仙霞嶺詩，而閩縣陳恭甫先生過仙霞嶺詩勝之；王阮亭有秋柳詩，而侯官謝甸男先生和阮亭秋柳韻勝之，此前賢所以畏後生也。

咏物詩妙在離貌取神，真取弗奪。閩縣薩檀河先生春燕詩云：「草長鶯啼客路遥，故鄉何處獨飄蕭。江村細雨吟三楚，門巷斜陽話六朝。桑樜人家迎社鼓，杏花時節賣餳簫。天涯牢落誰知己？形影相依總寂寥。」此詩不即不離，可稱超脱矣。

咏鶴詩最難切題，少陵通泉縣署屋壁後薛少保畫鶴詩，實能寫出雋逸之態，可稱高手。嶺南陳元孝咏鶴七言云：「朱門香稻長如客，明月滄江總爲君。」句亦清婉。連平練笠人廷璜太守咏鶴詩云：「非君清不極，於水淡相宜。萬物日如此，逍遥道在兹。江深飛更遠，石好立移時。舟次一相見，秋風何處思？」可謂淡遠有神。太守博通史籍，近補五代史宰相、方鎮二表，尚未梓行於世。

庚戌仲秋，宫傅少穆先生持同里李蘭屏比部彦彬榕亭詩鈔命昌彝訂存，昌彝爲去其酬應之作十之一二，録存詩若干首。比部詩隸事遣詞，紆徐詳盡，緣情體物，婉約清新，是能兼古人之長而自爲機杼者。至其睠懷明發，繫念蒸黎，實本風雅之旨，纏綿真摯，足以感人。其齊家堰曉發云：「人家盡殘夢，艛艓猶繫榜。稍聞挽舟聲，數舫始鳴槳。人語出深林，幽鳥方引吭。曉烟翠冥濛，長河波滉瀁。垂楊作寒色，平楚望莽蒼。我時擁衾坐，寸念息塵想。支窗玩曉霽，萬象在俯仰。寂寥門巷閉，瀲灎露華朗。天寒聞雁聲，秋老見蟲網。坐觀時物變，襟次恒悵惘。勞生感征途，何日息塵鞅。容顔惜遲暮，壯慮激豪蕩。許國堅丹心，寸衷自孤往。」過南旺云：「龍祠瓣香罷，一棹微風行。涼月照清汶，新霜聞雁聲。渺渺岳雲翠，星星燈火明。津涂不可極，客子若爲情。」步荔水莊登西城遂遊小西湖云：「憑眺高樓上，川原四望平。殘陽倚孤塔，遠水帶秋城。晴後千峯翠，烟中一雁明。落霞無限好，丹碧入詩情。」「澄瀾高閣古，舊近郡西園。崇搆知誰徙？危樓僅此存。亭臺花外寺，稻蟹水邊村。吾憶趙忠定，無因酬一尊。」「興廢千秋感，荷亭换桂齋。琴尊前代迹，花竹此湖西。水榭看新築，祠門話舊題。芙蓉零落盡，秋碧弄鳧鷖。」「惆悵西湖社，詩人近亦稀。獨來玩烟水，行復愛松扉。笛語漁罾晚，衣香畫舫歸。

秋山多紫翠，中有片雲飛。」「湖塍連北郭，畎澮繞平臯。隴畝黃千頃，陂塘緑一篙。何人憶樊紀？無廟薦嚴高。吾欲修房祀，香蘋侑濁醪。」春時有感云：「身似楊朱感路岐，一官憔悴鬢成絲。尚遲元亮歸田日，又近龐公上冢時。先壟松楸空有夢，芳辰風雨獨尋詩。半生忠孝知何補？僕僕緇塵衹自悲。」石畫園感懷云：「漫向園林賞物華，六塘只可當浮家。濕烟城郭憑欄出，罨畫江山照眼斜。滿鏡新霜生白髮，一簾秋雨對黃花。歸來已愧荒三徑，小築休將水石誇。」遊烏石山積翠寺云：「滿林黃葉踏殘陽，攬勝還來訪上方。秋染峯巒成紫翠，雲浮江海共青蒼。行探梅信春猶早，卧聽松聲夢亦涼。試證畫禪三昧理，經窗怪石亞迴廊。」張亭甫長至日過石畫園話別云：「對酒悲歌意更親，西園重展別筵新。高臺雲物逢長至，繞郭湖山送故人。榕樹移舟千嶂夕，梅花催雪一樽春。關河去後誰知己，珍重篇家著述身。」「城西烟樹俯郊坰，蘿磴來登秀野亭。百越川原當檻出，三山氣色向人青。晉安風雅誰同調，楚澤騷懷是獨醒。宛羽石倉盡寥落，不如杯酒且忘形。」宿遷云：「又入淮南第幾村？秋陰濃處萬鴉翻。青山渺渺連平楚，紅樹離離傍古原。故國鍾吾寒水岸，空城下相夕烟痕。憤王舊里梧桐巷，蕭瑟難將古意論。文獻通考：『宿遷縣，春秋鍾吾子國。』漢書志『臨淮郡下相縣』，應劭曰：『相水出沛國，故加下。』」「泗口交流漫石堤，人烟半在落霞西。鯉魚風起孤帆去，駱馬湖平遠樹齊。細雨騎驢官道晚，長空送雁暮雲低。五華一片殘秋色，羈緒憑誰寫赫蹏。水經注：『泗水流注於淮，謂之泗口。』通典：『泗口在今臨淮縣，即宿遷縣。』又：『駱馬湖在宿遷縣西北四十里，陳瑶溝入於河。峒峿山在縣北七十里，上有石洞，鑿爲螭口，噴水不絶，南爲五華山。』」常州云：「秋柳臨風亦自垂，蘭陵江郭棹聲遲。故城莫問淹君國，良政誰增孟簡祠。玉笛樓臺歌白苧，畫橋燈火見青旗。清霜落木荆溪館，一枕詩情過雁時。淹君城見越絶書。古毘陵驛一名荆溪館。」金山寺僧云：「廿年不到江天寺，曾記憑欄俯大荒。吳楚川原歸指顧，金焦樓閣接蒼茫。日嘗茗椀新泉味，猶夢齋廚法豉香。自愧帆風催赴闕，何時更訪贊公房？」丹陽云：「雲陽橋下水連空，隱約疎林塔寺紅。殘照詩情驢背外，新霜涼意雁聲中。曲阿湖點千帆影，陵口人歸一笛風。六代可憐如夢過，長江廢壘夕烟籠。」游陶然亭歸題黄樹齋江亭消夏圖後云：「七載追懽我再經，招涼僧閣拓疏櫺。勝遊日下歸吾輩，風景宣南數此亭。俯檻人看高樹碧，隔城天送遠山青。二豪吟興真聯璧，勸客頻教倒玉瓶。樹齋曾偕廉峯前輩兩度觴余於此。」「登臨倦眼俯平蕪，一片秋光不可摹。積水雨餘喧雁鶩，秋風霜後響菰蒲。詩懷我自牽塵事，高致君能作畫圖。韋曲昔遊無此韻，樽前渺渺夢江湖。」送則翼南歸云：「歸途莫便嘆蹉跎，詞賦終收片玉科。逆旅風塵生意氣，壯遊文字屬關河。還家慈母占烏鵲，繞舍清風動芰荷。歸卧林栖應亦樂，年年吾已夢泉蘿。」「窗風蕉石夜清幽，陸廨經時共唱酬。仕宦方知文酒樂，中年長爲別離愁。一春杜曲孤花事，四月漁陽過麥秋。送子南行吾亦羨，蜀岡重午得清遊。」過翰林花園云：「亭臺依舊緑陰圍，十載重來事已非。丞相沙堤悲故閣，清卿門館感斜暉。故座主太傅汪文端公、光禄程松亭先生，昔居園中，重過舊邸，爲之泫然。欒欒高樹新鶯囀，冉冉芳池落絮飛。聚散存亡一彈指，東風吹淚濕春衣。」都門九日述懷云：「放眼河中不忍歸，桑乾如帶繞神畿。百川秋蟄催犍竹，萬户寒深感授衣。鴻雁方嗷何日集？菊花相對此心違。書生牢落知無用，自惜登臨眺落暉。」偕蘭卿登石塔云：「憑欄歷歷話仙蹤，看盡東南八十峯。落木陰中出蕭寺，暮雲天末墮疎鐘。城闉晚色通千里，樓閣輕烟隔幾重？歸遇山僧成一笑，此游何日再相逢？」晚與蘭卿登九仙山僧閣云：「莽莽川原霽色開，登高凝眺暫徘徊。寺門日落楓林暗，江樹風高雁影來。禪榻斷香聞暮鼓，摩崖古翠滿平臺。未能拋却僧樓去，不奈嚴城畫角催。」「西風蘭菊點秋光，舊夢吴舡又一霜。千里歸來偏小別，五年客裏幾重陽。蘭卿以去年九月歸來，未幾而公車入都，別半年而歸，歸來二月，蘭卿又將以補官赴闕，五年來萸菊登高，多在客中消受，異日誦『遍插茱萸』之句，能無憮然？雲山佳日思呼酒，風雨中宵感對床。他日高岡勞悵望，九仙山色鬱蒼蒼。」蘭卿將還闕下作此送之云：「涼風九月墜清霜，蕭瑟秋林槲葉黃。指點海西西去雁，碧天寥落不成行。」「曾攀新緑刺舡開，忽憶江亭拂馬來。恨殺天涯千樹柳，一年三度照離杯。」「園林紅醉葉聲乾，秋蒂飄零夢易殘。此後西軒篠角月，夜深風雪紙窗寒。」「浮雲西北鳥南枝，張角年年感別離。重話團圞橙橘夢，丹青誰解寫相思。」游豐臺云：「淺色平蕪緑一鞭，草橋新漲碧于烟。人家不斷生香界，處處花花照水田。」「籬邊路轉酒旗來，檻外青浮野色開。一片禽聲花韻裏，六街無此好亭臺。」「狂花疎雨晝冥冥，放眼川原酒夢醒。倚樹沉吟詩裏畫，微雲一抹太行青。」「栗侯亭館賸孤村，韓氏南莊付斷垣。萬柳微茫松石盡，無人攜酒問廉園。」「井水當年照緑珠，百環髻勝十眉圖。春風幾樹娉婷酒，傾國丰姿似曼殊。」「嬌香狼籍惜花枝，老大旗亭感鬢絲。終古詩家惆悵事，豐臺風雨送春時。」贈吴生彈琵琶云：「珠娘船上露華流，苦竹叢邊暮笛秋。多少曹綱新弟子，三更明月按伊州。」「舊夢依依到酒邊，曾聽花底十三絃。姑蘇此夜瀟瀟雨，記別江城又一年。」「舊譜楓香細品題，滑如泉瀉脆鶯啼。紫羅衫子胡床上，絶代風情謝鎮西。」

「寒林烟重暝棲鴉，遠寺疎鐘送落霞。無限嶺雲遮不住，數聲和月到山家。」此宋賊劉豫詩，清光鑑人，詩竟不可以定人品耶？元遺山云：「心畫心聲總失真，文章寧復見爲人？高情千古閒居賦，爭信安仁拜路塵。」山陽潘四農謂是説殊可警世，信然。

李太白詩境超逸空闊，作太白酒樓詩，須肖其人，並須肖其詩，方爲不負題事。閩縣薩檀河先生初到溧陽登太白酒樓云：「萬里風雲拂劍來，江湖秋水雁聲哀。登樓多病懷吾土，嗜酒佯狂惜霸才。更有何人解澹蕩，果然君輩不蒿萊。長庚入夜金天朗，照我飄零一舉杯。」「柳絮春風作雪顛，椎牛撾鼓此樓前。愁緣白髮三千丈，句壓黄花五百年。吾意愛尋巴子國，君今豈在夜郎天？只疑日逐金貂去，不獨稽山掉酒船。」李蘭屏比部重過濟寧太白樓詩云：「不見仙人紫綺裘，任城懽笑倚高樓。夕烟碧處城陰滿，殘照紅邊濟水流。宫錦偶然成過夢，玉壺正好話清秋。重來又是三年别，獨對孤樽破客愁。」數詩有吸露餐霞、逸情雲上之概。

「萬里馳書問白鷳：近來毛羽却如何？尋常莫遣隨流去，恐著紅塵變態多。」此同里陳蘭清孝廉震亨絶句也，命意甚高，語有寄託，陳少逸孝廉爲予誦之。

錢塘閨秀袁瑶華壽，簡齋先生孫女也。著有簪筠閣詩稿，其詩風雅中時出妙語。其于歸後三日對鏡詩云：「曉起窗前整鬢鬟，畫眉深淺試螺丸。鏡中似我疑非我，幾度低徊不忍看。」浙中閨秀詩佳者不少，求如此之超脱切題，語妙天下者無之。簪筠閣更有養蠶曲及夜讀示兩兒五七言長篇，可觀婦德，可維風化，以篇長不具録。

卷八

余己亥鄉榜，庚子、辛丑、甲辰、乙巳、丁未、庚戌六上公車未售，友人或爲余不平，余誦楊性農庶常句云：「尚有舌本存，無害足脛刖。」性農壬辰鄉榜，八上公車，庚戌方通籍，詩乃其前落第南歸作也。昔人詩云：「隄邊楊柳籬邊菊，春色秋香各有時。」此語可爲解頤。近讀陸渭南西郊尋梅詩云：「朱欄玉砌渠有命，斷橋流水君何欠。」二語勸人安命，讀之，爲之氣平。

杜少陵貧交行云：「翻手作雲覆手雨，紛紛輕薄何須數。君不見管鮑貧時交，此道今人棄如土。」前明平湖陸伯承錫恩副郎過鮑叔牙故里云：「落景滿齊郊，雲横暮山紫。緩轡問遺封，云是鮑叔里。三北識奇才，一匡酬夙恥。古人在信心，今人多貴耳。士苟未遇時，畢生行蓬累。長風不我借，羽翼安得起。所以管大夫，没齒感知己。」近代錢塘馮山公不平詩云：「半世空論漆與膠，樂新棄故任紛呶。古人自昔悲陰雨，天下於今盡勢交。伐木山中聞蟪蛄，張羅門外結蠨蛸。不平鳴共秋蟲發，未許昌黎解孟郊。」「可惜清流溷濁涇，芝蘭香染鮑魚腥。絶交有論傷朱穆，割席何心效管寧。白黑易迷三里霧，參辰難合兩隅星。掉頭不顧從餘子，獨對長松眼倍青。」數詩可謂切中古今交道之弊。今人動以換帖稱兄弟，或數十年之交，及臨大難，竟漠然不顧，真可浩歎！粤東温伊初云：「友之道，有善相勸，有過相規，其上也；有無相通，緩急相濟，其次也；相與以誠，不爲苟言，又次也。」而今之友皆反是。證據辨難，此多聞之友也，踐履錯繆，褎如不聞，是孔子所謂益友，有多聞而可無直、諒也，此其可怪一也；日談學問，自謂漆膠，臨小利害，互相訾謷，或擁厚貲，不肯推分毫，此其可怪者二也；記曰「口惠而實不至」，凡友有託，可則應之，否則辭之，不爲虚言，而今之友者，今日應人，明日而茫然，此其可怪三也。嗟吁！友道之弊如此，吾終浩嘆於兹矣！

文選謝玄暉和徐都曹詩「日華川上動，風光草際浮」，五臣注：「風本無光，草上有光色，風吹動之，如風之有光也。」李善注：「楚辭曰『光風移蕙汎崇蘭』，王逸注曰：『光風，謂日出而風，草木有光色也。』」是李善本作「光風」，今本爲人所改；俗以

「日華」「風光」爲對，不知古人之詩不如是板滯也。上文「結軫青郊路，迴瞰蒼江流」，「迴瞰」「結軫」何以不對？

梨嶺俗名五顯嶺，祠祀李建州。按建州爲唐詩人，名頻，著有梨嶽詩集。舊傳國初王師下閩，神有護衛功，今譌爲五顯廟。按池北偶談卷二十一：李頻，名列唐書文藝傳，懿宗時爲建州刺史，卒見神梨嶽，郡人祠祀之。宋紹興中封靈顯忠惠公，後加靈佑善應王，再加廣濟王，又加福佑威濟信順王，明洪武初改建州刺史之神，載在祀典。閩縣謝甸男孝廉震梨嶺謁李建州祠云：「重岡雲樹鬱蒼蒼，刺史遺阡鎮上方。卷裏詩篇媒少婦，殿頭箋奏乞君王。江山幾見遺民老，膢臘猶勤異代將。却憶豐碑三百六，昭陵石馬幾滄桑。」公本唐宗室，故云。閩縣陳恭甫先生梨嶺謁李建州祠云：「翠竹青巒上石稜，建州遺廟此崚嶒。流連故老祠朱邑，慘淡陰風戰李冰。詞客才名誰繼踵？鬼雄魂魄敢虚憑。何當下馬尋墟墓，一琖寒泉酹野籐。」

茭白船即江山船，總名曰「江山船」，其實載貨者曰「江山船」，載客者曰「茭白船」也。船户凡九姓，如孫、何、錢、趙等九姓也。不齒編氓，老婦曰同年嫂，少婦曰同年妹，同年者，「桐嚴」音之譌也。九姓皆桐廬、嚴州人，故曰「桐嚴」。世傳陳友諒既敗，其將九人，逃之睦、杭間，其裔今爲九姓船也。常山至杭州，山水明秀，客載其船者，江山、絲竹、畫舫、笙歌，而魂銷江上，往往墜其術中，彼賣笑憑欄者，實不知己身之賤辱也。向來作江山船曲，多賦艷情及兒女癡態，未克維持風化，余無取焉。亡友建寧張亨甫孝廉三里灘詩云：三里灘即常山。「積水僅浮舟，畫船高過屋。粉黛映江山，風雨雜絲竹。朱欄小垂手，二八顏如玉。往往三五夜，華月照眉緑。目成通一顧，買笑千金逐。雞鳴歌未闌，曉日移銀燭。東行到錢塘，或泊蘭谿曲。可憐少年子，銷魂在水宿。借問此誰氏？九姓自媚族。匹夫爲厲階，百世猶鴆毒。自注：陳友諒將九人逃睦、杭間，九姓其裔也。驕蚩小兒女，未解淫賤辱。凝粧揀珠翠，衣被厭羅縠。朝懽匿貴游，夕狎任廝僕。零落秋扇捐，春心付骨肉。造物汝何意？苦待斯人酷。老死異編氓，偷生寄洄洑。請看茲灘頭，終古波斷續。流脂變芳草，斷腸不盈掬。羈孤觸臨眺，慷慨憫衰俗。沙邊雙鴛鴦，哀鳴羨黄鵠。」此詩温柔敦厚，有關風化，可謂深得三百篇之旨。

王見大蘇海識餘，謂坡翁赴鳳翔與子由別於鄭州西門之外馬上賦寄子由一詩，自「不飲何爲醉兀兀」起至「獨騎瘦馬踏殘月」止，雖寓意高妙，只是「馬上兀殘夢」一句景象耳。其下突云「路人行歌居人樂」，忽然拓開，不可思議。又接云「童僕怪我苦悽惻」，意謂路人當歌，居人當樂，故童僕以爲怪耳。上句縱放甚遠，下句自爲注解，却將上句注入童僕意中，故能立地收轉也。以下「亦知人生」四句，皆承明所以「苦悽惻」

之意，有非童僕所知，而惟子由知之，此意透則寄詩之意不必更道，故結二句反以誡勉子由，於通透之中，即又透過一層也。

蘇海識餘謂坡翁風水洞詩「過客詩難好，居僧語不繁」，凡名人至奇處，輒以題咏難工爲慮，而居僧以浮夸相炫，皆刺刺不休，豈公以是爲苦耶？上句人所能道，下句人所不能道，其詩信無所不有矣。

長沙李梅生太史杭，登道光二十四年進士，翰林院編修。有小芋香館詩鈔。太史以終、賈之年，讀書東觀，詞華騰懋，冠絶一時。集中樂府，託體最尊，植義最正，猶登山而仰岱宗，涉水而窺溟渤，足以感蕩三靈，暉麗萬有。五七古才氣縱横，稍露圭角。太史留心經世之學，散館後以大母年高，就養閭里，惜乎天不與年，今墓有宿草矣，悲哉！其長篇歌行，洋洋灑灑，不能備録。近體如信陽道中和陳葦農舅祖元韻云：「歧路且爲别，驅車出信陽。孤雲不知倦，離夢與之長。雪散千巖雨，天清萬壑霜。相逢良未遠，一棹下江湘。」遊焦園云：「地僻還藏路，林深别有天。門虚疑石闕，岡斷與雲連。老屋圍疎竹，清波鏡晚煙。忽忽歷奇境，羈旅亦堪憐。」和友人武昌滄浪亭云：「朝歌滄浪清，暮歌滄浪深。清以照客顔，深以鑒素心。」和友人金陵莫愁湖云：「莫愁何處住？莫愁湖上頭。年年湖水緑，流不盡春愁。」

婺源董小槤太史桂敷，詩筆蒼勁，寄託遥深，著有自知堂吟草。余從魏默深舍人處得其詩藁，其寄感七十八篇，詩外有詩，幾於上擬十九首。其寒夜自友寓步月歸句云「盡吞寒碧入肺腑，吹氣結作空中星」，恐李賀錦囊中無此警句也。太史留心政治，思上有聽言之君，下多保身之臣，致民隱不能上達，作寒雀思云：「繞簷寒雀鳴啁啾，鳴聲不平中有讐。飛從高枝語乾鵲，鵲聞不聞樂自樂。便欲穿雲訴鸞凰，寸腹氣可吞鴟張。翩逢烏鳶下雲際，殷勤爲説天關事。鸞凰高居珠樹林，秋月爲目春風心。鳴嶅下軫澤雁集，響切時聆霜鶚音。當關虎豹曾無阻，多少微禽入言苦。非無蒼鷹報白蛇，亦有饑鴞爭腐鼠。今爾銜寃寃幾何？不過飲啄危機多。全軀慮患且爲福，尚氣無乃傷天和。木雁不鳴免矰繳，鸚鵡饒舌遭虞羅。寒雀聞言惻飛去，屋角讐聲化烟霧。」長歌行云：「琴樽月泛千回圓，書屋花圍數頃田。入室妻孥盡自得，望衡鄰里皆歡然。人生得此樂莫樂，何用身跨揚州鶴。書生無福作宦遊，萬枰一子從天著。尖奴禿盡無由神，漆髮鍊得光如銀。太倉盜禄飽一腹，十日挂向天邊雲。南風吹來書一紙，千峰劍鋩生眼底。意中情狀不足言，望外憂虞還遞起。山雲作雨非無心，種樹亦欲看成陰。却將思慮同蠶繭，無計繅絲與織紝。含情坐對寥天暮，無數宮鴉栖苑樹。斜陽西没復東升，令照愁心最深處。」

放生之説，不必出於釋氏，昔人謂釋氏好生，吾儒豈獨好殺乎？此爲妙語。吾儒不能仁覆天下，放生者充類至義之盡也。余極喜放生，隨時隨地及遇著便放，不論囊中之充澀也。每歲放生命數百萬，大至耕牛，小至魚鳥，甚以此事爲最樂。長樂陳元甫孝廉力駁放生之説乃煦煦爲仁者，余曰：「古之人暨鳥獸魚鼈咸若者，大舜之放生也；下車泣罪者，大禹之放生也；網開三面者，成湯之放生也；『王在靈沼，於牣魚躍』者，文王之放生也；使校人畜魚於池者，子産之放生也；不網不弋宿者，孔子之放生也；見其生不忍見其死者，孟子之放生也。東坡先生放魚詩云：『濊濊發發須臾間，圉圉洋洋尋丈外。安知中無蛟龍種，或恐尚有風雲會。』所見極大。」余友葉潤臣内翰舟中書感云：「絶流競網罟，薄暮漁舟喧。殺機萌口腹，慘毒傷天仁。沽魚不忍食，恐爲亡者魂。」此詩極爲沈痛，讀之有「天地位焉，萬物育焉」之象，殘忍不仁之念，可以消矣。

侯官家星航大令錫庚，甲辰進士。官江右萍鄉，有善政，淡於宦情，以不善事上官，將改校官。余庚戌六月既望至南浦，聞星航從江右歸，寓祝家別墅，往訪之，留連信宿，各叙別懷。星航出其近作詩稿見示，其萍川話別詩有「養痾無計恥尸餐，去住關情乞退難。松菊猶存惟栗里，涓埃何補是校官」之句，讀此詩，可以知其志之所在。其鄱江曉雪一詩，極吹雲唾霧之妙，詩云：「天寒湖煙夕不捲，暝色横空雲如繭。誰家斷絮紛紛來？畫簷凍没苔紋淺。城上晨光曉漏稀，五更詩夢迴雲飛。玉樹瓊樓出塵裏，仙風飄飄吹我衣。我衣徘徊拂風起，俯視衆山培塿耳。笑看空中玉女花，散作白蓮墜煙水。」鄱江曉寒絶句，亦超峭拔俗，其詩云：「曉鳥一聲澹湖亭，城内亭也。白雲飛落西山青。半空欲雪還未雪，夢抱梅花冷不醒。」此詩酷似姚少監、鄭都官。

合肥徐易甫孝廉子陵，詩筆縱横，排奡不可一世，著有易甫詩稿。余讀之，沈聲壯色，邈然寡儔。庚戌夏，與余同應禮部試，余出先母吴太孺人一燈課讀圖屬題，易甫題跋一篇，讀之字字沈著。永北黄肖農觟尹見之，嘆爲天地間有數之文。

「燒燈過了客思家，獨立衡門數暝鴉。燕子未歸梅落盡，小窗明月屬梨花。」「灘聲嘈嘈雜雨聲，舍北舍南春水平。拄杖穿花出門去，五湖風浪白鷗輕。」此僧圓復二絶句也。洪容齋隨筆録之，神味淵永，最足耐人咀嚼。

益陽湯海秋正郎鵬於甲辰七月，卒於都下。是年四月底，余病亟，死而復生，海秋嘗作詩以志喜。海秋卒之前三日，思爲余作更生會，延都下諸知交飲陶然亭，寄詩云：「爲君斟此更生酒，留作人間命世才。」至次日，海秋以病辭，第三日，海秋竟長逝矣，悲哉！更有異者，當余病時爲四月之底，何子貞師、朱伯韓侍御、魏默深司馬、李梅生太史、何子愚世叔，咸攸錢以爲醫藥之資。海秋寄詩云：「債客門前如雁立，端陽過後便登仙。」自注云：「頃爲孔方所困，過蒲節，即上青天耳，當盡朋友之誼。」昔人所謂詩讖，余於海秋見之矣。

杜詩「遥憐小兒女，未解憶長安」，又云「卻看妻子愁何在？漫卷詩書喜欲狂」，此法唐人多有之。如王昌齡送別魏二「憶君遥在瀟湘月，愁聽清猿夢裏長」，不述己之離緒，反念魏二別懷，與杜意正同。

歙吴蘇泉紹溹論詩蠡説二十餘則，其有可采者，如謂：「『詩不必人人皆作』，此語極妙。宇宙中好境新意，千餘年來，古人搜抉殆盡，乃欲別開一境，恐不易言。必也綜覽古今，融貫入化，有感於中，不得已而發於言；或流連光景，即目會心，偶然寄諸篇什：如此之作，定見語近情遥，言之短長與聲之高下皆宜矣。」

潘四農云：「人以『杏花城郭青旗雨，燕子樓臺玉笛風』『翡翠飛來春雨歇，麝香眠處落花多』『萬點愁心飛絮影，五更殘夢賣花聲』，爲元詩之佳者，而元詩信不足重矣。不知『霜氣隔篷纔數尺，斗杓插地已三更』『天連閣道晨留輦，星散周廬夜屬櫜』『松杉繞屋清宵響，雷雨懸厓白晝陰』，亦元詩也，可以晚唐概之乎？」昌彝按元人詩佳者，尚不止此，四農所舉，似猶未盡，如「星從河漢淡中落，秋在梧桐疎處多」「櫓聲摇月歸巫峽，燈影隨潮過漢陽」「風塵萬里與君別，江海一舟何處歸」「遠樹擁雲春雨外，疎星映月晚涼初」「帆衝細雨空江白，鳥没長淮遠樹青」「春草緑時猶作客，雲山多處忽登臺」「日落太行孤鳥没，天高燕闕五雲低」「溪樹積陰疑雨過，水花流影似雲移」「乾坤清氣隨時卷，關塞征塵上客衣」「鄉書到手兼悲喜，世事關心有是非」「荆吴雨漲河流白，齊魯春歸岱嶽青」「流水陂塘春事減，落花門巷晚愁多」「何處砧聲連野哭，舊時月色照邊愁」「落日樵聲經木末，青天鳥道挂簷端」「秋草自隨人去遠，夕陽長共雁飛來。」

光澤何景源比部秋濤，號願船，道光甲辰進士。著有一燈書舍詩草。願船學問淹洽，讀書過目成誦，十三經疏及皇清經解，皆能默記；尤精輿地之學，旁搜博采，卓然成帙。官部曹，刑部例案，爛熟於胸，同寮驚以爲神。讀書之暇，偶事吟咏，詩亦風雅無俗響。山居雜興云：「扶笻青嶂頭，設榻白雲裏。有花自開落，無事著悲喜。雨闌鳥聲悦，風定溪水止。隔舍聞鄰呼，相須啜清酏。」夜泊云：「夕暝櫓聲歇，江橋舟自停。魚罾藏釣艇，蟹火雜寒星。夜月鴉猶噪，秋風客獨醒。遥看溪盡處，天擁海城青。」平水舟中云：「江險亦有盡，撾鼓凌清漪。有月棹仍發，無風帆自遲。星河曙欲没，溪山秋更奇。夢魂尚驚悸，轉憶過灘時。」

吴地志：「太伯築城於梅里平墟。」皇覽謂：「吴縣梅里聚去城十里。」劉昭後漢郡國志注云：「無錫縣東皇山，太伯舊宅，井猶存。臣昭以爲即宅爲置廟，不如皇覽所說。」江南通志乃據漢書「吳縣本國，吳太伯所邑」，以駁劉昭。不知秦始皇二十六年置吳縣，爲會稽郡治。後漢志乃有「無錫侯國」，是無錫先本吳縣地也，安見必非太伯故城？張守節正義采系本之說云：「太伯居梅里，在無錫，諸樊徙吳，今蘇州也。」辨晰甚明，奚庸聚訟乎？東皇山亦曰鴻山，太伯之所葬也。侯官李蘭屏比部彥彬無錫舟中雜詩十六首之五云：「梅里傳聞太伯城，鴻山況復有遺塋。東皇宅井分明在，方志何勞兩地爭。」此詩可證方志之譌。

嶺南陳元孝七言律詩，久膾炙人口，其最著者，蜀中懷古、鄴中懷古、隋宮懷古、虎丘題壁、新塘早春懷蔡艮若何不偕及厓門謁三忠祠、發舟寄湛用喈鍾裴天湛天石、仲冬十三日贛兒受室率成一律示之、九日登鎮海樓諸作，氣格音調，迫入盛、中。明季詩家長於七律者，顧亭林而外，罕有其匹。蜀中懷古云：「子規啼罷客天涯，蜀道如天古所嗟。諸葛威靈存八陣，漢朝終始在三巴。通牛峽路連雲棧，如馬瞿塘走浪花。擬埒昔賢魚水地，海棠開徧酒人家。」鄴中懷古云：「山河百戰鼎終分，歎息漳南日暮雲。亂世奸雄空復爾，一家詞賦最憐君。銅臺未散吹笙伎，石馬先傳出水文。七十二墳秋草徧，更無人表漢將軍。」隋宮懷古云：「穀洛通淮日夜流，渚荷宮樹不曾秋。十年士女河邊骨，一笑君王鏡裏頭。月下虹蜺生水殿，天中絲管在迷樓。繁華往事邗溝外，風起楊花無那愁。」虎丘題壁云：「虎跡蒼茫霸業沈，古時山色尚陰陰。半樓月影千家笛，萬里天涯一夜砧。南國干戈征士淚，西風刀翦美人心。市中亦有吹篪客，乞食吳門秋又深。」新塘早春懷蔡艮若何不偕云：「春雲漠漠虎頭東，幾日移居杏再紅。三徑草生殘雨後，數家門掩落花中。鄉山久別吟兼夢，水驛多情浪與風。有約扁舟未能去，幽期空負釣魚翁。」厓門謁三忠祠云：「山木蕭蕭風更吹，兩厓波浪至今悲。一聲望帝啼荒殿，十載愁人拜古祠。海水有門分上下，江山無地限華夷。停舟我亦艱難日，畏向蒼苔讀舊碑。」發舟寄湛用喈鍾裴天湛天石云：「扶胥古渡水淒淒，雨後移舟望轉迷。數日寄居秋草外，一身爲客楚雲西。家無兄弟依良友，地夾河山畏鼓鼙。知己片言應不負，亂離妻女藉提攜。」仲冬十三日贛兒受室率成一律示之云：「燈紅月皎兩相宜，且放中懷入酒巵。萬種未完爲子事，百年過半作翁時。山寒漸入青春色，柳老偏高白雪枝。莫道傳家無素業，先公曾有一經遺。」九日登鎮海樓云：「清尊須醉曲欄前，高閣臨流一浩然。五嶺北來峰在地，九州南盡水浮天。將開菊蕊黃如酒，欲到松風響似泉。白首重陽惟有笑，未堪懷古問山川。」

世皆以屈翁山詩五言勝於七言，陳元孝詩七言勝於五言，以爲定論。然道援堂七言律高處，視獨漉堂亦無多讓也。今録數詩於此：望雲州云：「四望雲州但夕陽，漢家何處有金湯？三年馬首迷春草，八月龍沙怨早霜。夢逐黄河穿塞盡，愁隨鴻雁入關長。平生壯志成蕭瑟，空復悲歌弔戰場。」岔道云：「軍都下視居庸險，北口高懸太乙軍。一自中官迎白馬，至今新鬼哭黄雲。山連陰嶽當關合，冰抱榆河入塞分。城外風沙横二路，雲州西去恨無羣。」夏口云：「郤月城臨夏口高，維舟日夕苦風濤。青天表裏惟秋水，緑樹依微是漢皋。南國山名愁大别，楚人天性愛離騷。瀟湘戰後黄雲滿，鴻鵠無心下羽毛。」居庸云：「軍都關向兩山開，不斷鳴駝塞外來。往日遼金頻失險，只今龍虎枉登臺。城從夏口穿河去，水落黄花繞塞迴。幕府不須懸萬户，異時華夏自生才。」采石題太白祠云：「牛渚西河月色新，清光長見謫仙人。詩多諷諫因天寶，道在佯狂得季真。金鉉已銷飛燕口，錦袍空映鳳凰身。垂輝不用多删述，天與英雄只老春。」按：太白捉月事不實，李陽冰草堂集序「公疾亟，枕上授簡」，及李華太白墓誌「賦臨終歌而卒」，可考也。和人岳王墓云：「鄂王墳上哭南朝，聲落錢塘作暮潮。鴟革有膏成碧玉，屬鏤無氣上丹霄。松楸亦向黄龍指，風雨難將白馬招。今日郤思和議好，沙場不恨失嫖姚。」

人但知陳元孝獨漉堂七律風格之高，而不知其五律亦多名句，如歸舟云「風燈無定照，峽月不終明」；雨後懷翁山云「流螢分夜色，疎竹聚秋聲」；秋夕云「秋水鷺鷥外，江村禾黍間」；秋晚雜興云「夜蟲爭客語，螢火共星流」；又「池花向影落，河雁帶聲飛」；閒居云「霜葉不親樹，寒花多苦枝」；出門云「白鷺飛閒世，青天入曠懷」；彈琴云「月摇寒島樹，風落夜山泉」；寒樹云「空巢懸宿葉，新月下疎陰」；夜漏云「年流今夜裏，天定此聲中」；獄中雜記云「天遥惟見雁，地苦已飛霜」；秋園云「遠心秋外炯，孤燭夢邊長」。

象州鄭小谷比部存紵，乙未進士，今官刑部主政。著有小谷訂草，詩筆嫻雅，幽豔如馬守真畫蘭，秀氣靈襟，紛披楮墨之外；又如倩女臨池，疎花獨笑。別宜甫弟云：「籬中藝荆樹，籬外栽棠花。蕩以微和風，其枝常交加。荆樹日以茂，棠花日以華。上有兩飛鳥，對之生咨嗟。」山居遣興云：「青畦列我前，丹厓枕我後。瀑布飛我左，罏烟生我右。當中著草堂，四旁啓甕牖。竹籬三徑排，木柱一椽搆。久種樹如翁，初開花如婦。蛩聲水無心，答響山有口。行吟畫在胸，坐嘯筆拈手。可以養天和，可以洗塵垢。」春日騁望其一云：「杏紅雨欲飛，梨白雲如沐。荒城何蕭條，雞聲出茅屋。雨鳩怒勃谿，一雀凍瑟縮。幽人坐徘徊，生意滿寒谷。閒庭無人行，小草萋萋緑。」其二云：「餘寒百蟲噤，新暖一花落。遥遥賣酒家，初日明旗脚。玉壺未買春，金谷難行樂。寂寂春事閒，輕雷度高閣。東臯聞叱牛，此聲亦不惡。」即目云：「尞尞孤城寒，莽莽遥青暮。空堂坐讀書，落葉不知數。庭院寂無人，微聞老鶴步。」梅花嶺弔史閣部云：「衣冠高塚半青蕪，控扼全淮想要圖。東閣鞅鞦牽大老，北門鎖鑰啓諸奴。壇場半是桓元子，波浪空悲陸秀夫。今日梅花山下過，赤虹碧血尚模糊。」衡陽雜感云：「寒香頻探異鄉梅，小酌羌逢餞歲盃。湘水緑時雙棹去，嶽雲青送數峰來。山中䳺鴂愁遷客，湖上蛟螭感霸才。衆醉那堪吾獨醒，高歌欲上仰天臺。」比部絶句，俊逸超曠，可謂不著一字，儘得風流。其題桃花扇傳奇二首，傳誦遍都下，詩云：「白門秋雨散宫鴉，青瑣春風憶館娃。種盡溫柔鄉裏樹，桃根桃葉又桃花。」「風流遺事盛江東，歌舞樓臺滿故宫。一事不如陳後主，瓊枝玉樹太匆匆。」

道州何子愚先生紹京，子貞師同胞弟也。一門孝友，兄弟間有怡怡之樂，可謂家庭快事。先生志趣高尚，己亥舉於鄉，久寓京師，不與會試，或詰之，笑而不答。讀書過目成誦，多才藝，尤精音律及天官七政之學，書法具體米顛。胸次曠達，視世途窮通得喪，不以累其心。重氣誼，嘗急人之急，平定張石州卒於京邸，爲之經紀其喪，其平日非與至交也，士論重之。詩亦灑然拔俗，無時下塵氛氣。

光澤高雨農舍人以亨甫詩與其同里張怡亭紳並稱，怡亭非亨甫比也；山陽潘彦輔孝廉以亨甫詩與蘇州張淵甫履並稱，淵甫亦非亨甫匹也。

「長安一片月，萬户擣衣聲」，此太白砧聲高唱也，宋、金、元、明以後作砧聲詩，佳者寥寥。建寧張亨甫砧聲七言律八首，沈雄高壯，音調淒清，其於正面、旁面、高處、低處，寫得字字落紙有聲，可稱絶唱。其詩云：「驚飆一夕起秋空，怨入清砧幾處同。萬里塞垣霜重候，千家樓閣月明中。淒涼欲絶傳寒杵，嘹唳初聞和朔鴻。長别可憐心已斷，吴綿半搗淚花紅。」「金堂涼入繡襦清，料理輕袍寄遠征。腕弱正憐防露怯，音高還覺與風爭。轆轤軋軋停眢井，鼓角蕭蕭雜暮城。回首龍沙諸將在，聞笳應慘故鄉情。」「草木天涯已盡黄，一時哀響促衣涼。秋風刀尺驚寒久，戍火關河感夜長。征士夢回孤絶漠，美人力盡咽繁霜。琵琶莫愴潯陽妓，何處尋聲不異鄉。」「亭障蒼蒼欲暝煙，拭砧怨似理哀絃。饑寒遲暮懷同命，歌舞光陰悔少年。空外音愁天亦遠，閨中心與石俱傳。玉階更聽聲如雨，落葉寒蛩總颯然。」「垂手翻辭十二闌，恰同玉兔搗霜寒。一聲客怨無家别，半夜風傳出塞難。何許刀頭還問訊，有人竹肉尚爲歡。冰天鐵甲琮琤意，併在終宵帛兩端。」「萬馬回頭仰月嘶，陰山蘆管北風吹。那知竟夕金閨恨，盡作長城鐵笛悲。宫角蕭騷爭變響，干戈辛苦累長眉。玉壺銅箭沈沈斷，宛轉驚心落杵時。」「銀漢微瀾界玉繩，敲殘卷石聽誰憑。清商處處秋無夢，白露家家夜有燈。街鼓簷鈴遥不辨，村舂戍柝隱如膺。蕭條毳幕愁寒苦，移帳交河正打冰。」「謝家幽思杜陵愁，羈旅聞聲盡倚樓。磧裏離人歌怨月，江南少婦手鳴秋。蒼茫天地蟲相答，慘澹冰霜指不柔。今日昇平征戍少，無衣莫切玉門憂。」

晉江黄濟川茂才貽楫，余同年壽臣廉訪宗漢冢嗣也。年未弱冠，即欲讀有用之書，留心民生國計，以天下爲己任。嘗輯古今可爲心身之益者曰衾影編，又輯古今善事之可濟人者曰三善合編，嘗問序於余。舞象之年，而勤勤濟人，好善不倦，誠當世所希有也。詩不多作，嘗有句云：「千間廣厦歸懷抱，萬里長裘繫夢思。」但望他日爲范文正公者，勿忘今日爲秀才詩語。

上元梅伯言正郎曾亮，道光壬午進士。以古文詞名大江南北者數十年，著有栢梘詩文集。正郎爲桐城姚姬傳鼐入室弟子，其爲文傳其師法，文詞古雅。余尤喜其詩堅緻古勁，神鋒内歛，非時輩所能及，特以文名太盛，詩爲之掩耳。其自都中赴欒城省視家弟仲卿云：「後車燈在河，前車燈度嶺。輣輣馬無聲，默默人自警。我今從親串，僕從幸嚴整。憶汝隻身來，寒威迫朝景。亂水競所趨，知有村居稠。雖無魚蝦市，芰荷媚餘秋。惜哉車塵多，溝洫無良謀。紛然作泥潦，使我登高丘。」薛家渡夜泊云：「一東一西雨後雲，半黑半白雲中星，炯如秋燈隔疎欞。推篷四顧風泠泠，老魚潑刺無人聽。」夏日雜咏云：「畏暑真成癖，林塘事事幽。小書從我嬾，長策看人謀。枕簟隨時具，簪裾盡日抽。

翻愁煩暑歇，菡萏欲經秋。」「公達輕先輩，平原託後生。人情隨老壯，吾意豈衰榮。陶謝詩常把，羲皇夢欲成。更須樓拂子，白鳥去營營。」

余極喜漢陽葉潤臣詩，以不事雕繪，旨趣天成，居然把臂陶、韋。五七古詩已録於前，更有五七律及絶句可誦者，如樟樹鎮明王文成公誓師處。云：「往日陽明叟，英姿敵萬夫。義旗下章貢，大勇出真儒。雄鎮存枯木，荒祠叫夜烏。聖言期致用，未覺象山孤。」萍實橋相傳楚昭王得萍實處。云：「放櫂荒城下，沿緣晚景幽。日斜看鳥度，雨止聽谿流。樹色分吳楚，風痕散鷺鷗。南征不可復，萍實更奚求？」灘行感興云：「五日萍鄉道，羈懷未可删。沿灘忘路險，蓄水念民艱。獨酌秋光晚，登艫物態閒。勞勞頻道路，慙負舊柴關。」湘東驛云：「日夕湘江櫂，征帆殊未休。江風吹地轉，嶽雨極天浮。萬族迎涼序，孤蹤誤壯遊。荒村少醽醁，古調憶三洲。晉三洲歌云：『湘東醽醁酒。』」出淥口云：「縹渺楚峰青，乘風揚短舲。漁歌聞幾曲，夕色蔽前汀。雲氣開衡嶽，江聲走洞庭。憑舷發幽思，鼓瑟問湘靈。」舟中對月云：「明月照征篷，寥寥萬象空。秋涼微有霧，江遠靜多風。宿鶩依迴渚，歸鴉集晚楓。天涯當此夕，旅思幾人同？」喬口云：「鼓櫂入喬口，灣環衆水通。暝連迴岸屋，寒亞遠林楓。湖氣沅江外，人煙暮雨中。那堪洲渚望，嘹唳偏哀鴻。」暮泊常德府城下懷楊性農云：「未涉千灘險，停舟朗水涯。秋光滿山翠，何處故人家？枉渚多冥雨，風門山名帶落霞。天涯歲云晏，愁聽暮城鴉。」雨中過桃源縣云：「邑小稀村市，江聲盡日聞。孤帆低密雨，隔嶺蔽寒雲。米賤山田熟，波明水鳥欣。沅南城不見，想像伏波軍。」雨中過大敷谿云：「沅流北來注，南望苦攀躋。巖雨連江暗，蠻煙帶樹低。魚梁鳴亂石，鳥道接層梯。征路忘昏曉，家雞衹亂啼。」界首塘云：「川路何時已，行行入百蠻。雲荒摇壁暗，雨急泝灘艱。跋涉勞歸夢，煙霜益苦顔。天涯游已倦，但羨老漁閒。」雨泊印家橋下云：「瀟瀟江上雨，未夕纜孤舟。去鳥紛寒色，流雲攪客愁。橋欹衰柳暮，泉響萬崖秋。不寐勞棖觸，年華付倦游。」木洲云：「灘路乍陰霽，蕭騷景自幽。清泉通絶壑，叢木識孤洲。耕稼當平世，漁樵習釣游。雞鳴村舍静，萬緑不知秋。」舟夜聞雨夢姚梅伯云：「欲覺聞殘雨，傷心夜夢非。波濤吾不死，烽火汝誰依？患難憐歧路，悲歌仗布衣。風塵何日息，相見有漁磯。」暮至便水驛云：「村市多寥落，谿流古驛亭。雨蒸山葉暗，瘴下藥苗腥。宿鳥依寒石，閒雲媚遠汀。流泉響何處？琴筑奏泠泠。」鎮遠衛云：「九曲岡名懸危磴，孤城面巨濤。僮傜安洞穴，羽衛肅弓刀。放牧青蕪遠，吹笳白日高。滇黔此門户，諸將莫辭勞。」施秉縣云：「山泉會僲水，盤折入江流。荒裔通亭障，偏橋扼上游。風煙臨舊衛，谿谷少行舟。鼓角行人恐，牂牁萬里秋。」悼昭昭爲嫂氏李安人所生，生數日，嫂卒，余育以爲己女。二年丁酉十月殤，殤後二十餘日，復來入夢，詩以悼之。云：「汝已兼旬死，回思淚落頻。纏綿來入夢，嬉笑尚爲人。癥果膏肓結，醫難藥性真。淒涼蕭寺路，題碣杏殤新。」懷四農丈云：「寄書何日達，我夢在淮陰。聽到征鴻唳，方知獨夜心。秋風響寒杵，霜月落幽林。極望滄流遠，思君孰淺深？」吾廬云：「吾廬正秋霽，野意上簷楹。歸鳥雨中急，斜陽峰外晴。繞籬生暝色，多竹起寒聲。欲續陶公句，閒居願未成。」征馬云：「征馬臨關塞，黃沙動地來。難尋蘇武廟，何處李陵臺？日落牛羊下，風高鴻雁哀。前朝亭堠在，迢遞白龍堆。」雨夜寄內云：「征客輕波浪，蕭寥百慮空。長江連日雨，孤棹萬山中。夜氣沈寒瀑，詩心感落楓。遠游君莫笑，筋力耐秋風。」上九磯灘云：「風勢晚來厲，吹人上九磯。孤帆不可渡，舟子慘相依。亂壑蛟龍鬬，蠻天雨雪飛。敢云仗忠信，履險豈知幾。」吉祥寺弔甘忠果公諱文焜，遼東人，殉吳三桂之難，嘗殺妾饗士，事見貴州通志。云：「古寺瞻遺像，孤忠弔國殤。張巡能饗士，莊蹻敢稱王！血灑滇西暗，魂依闕北長。英風吹不散，鐘磬莽淒涼。」入長沙境云：「扁舟日日逐西風，倦客空嗟似轉蓬。漢渚鄉心飛鳥外，楚天秋色亂流中。道鄉臺冷寒雲暮，賈傅居荒夕照空。惆悵江山易陳迹，不堪搖落對青楓。」常德府云：「沅渚蒼茫入望疑，江城八月客帆遲。青楓瑟瑟經秋老，白雁聲聲向夜悲。百代高名懷善卷，九谿風雨下羅施。由來形勢誇黔楚，鼓角徒興弔古思。」風篷巖云：「山色送行人，不憂風力猛。長江爲巨舟，青天挂帆影。」招屈亭云：「逐臣千古怨懷沙，猶有孤亭沅水涯。短笛數聲蘆葦外，秋風何處問漁家？」緑蘿江云：「沅水悠悠接緑蘿，西風日暮奈愁何？洞天寂寞無人問，獨倚篷窗聽櫂歌。」緑蘿山，道書以爲第四十二福地。鎮遠雜詩云：「兩岸青山映畫樓，長天寫出漵陽秋。西風垂柳蕭蕭色，不是蠻鄉客亦愁。」「橙黃橘緑憶鄉關，江上霜飛客未還。但採黃花對樽酒，不知身在五谿間。」詠長城月云：「白骨誰能問漢唐？長城入夜恨茫茫。如何三五城頭月，不待秋風已似霜。」望草地即瀚海。云：「戈壁蒼茫鳥不還，西行千里是天山。人煙斷處沙如海，唯見長空白日間。」揚州柳云：「揚州何處無楊柳，曾否隋家舊日栽？江上春殘飛絮盡，鯽魚風裏暮潮來。」渡惡灘云：「瘴雨蠻煙去棹涼，孤灘如馬起中央。不須更話瞿塘險，兩岸猿聲已斷腸。」舟夜聞角云：「寒霧連江客夢迷，數聲臨水戍樓低。秋風何處吹哀角？一夜秋霜下五溪。」沅江雜詩云：「青溪縣前千尺深，雞鳴關上雞初鳴。君今欲下沅江去，月黑灘長不可行。雞鳴山巖險歧，下瞰青江，關在青溪縣城西五里。」句如「天寒微有雨，江靜不驚鷗」「人家緣畫堞，帆影落危橋」「峯轉分晴翠，秋深見晚霓」「灘流隨碓轉，山翠翼雲齊」「雞聲聞驛館，雉堞抱山村」「游雲依片艇，秋色送孤杯」「潦涸秋花靜，沙清宿鷺喧」「樹深時見犢，谿靜足垂綸」「浦樹含煙重，灘流帶雨渾」「殘霧灘邊戍，悲風角外樓」「檣鐙明夜霧，戍火傍山椒」「荒驛延初日，秋林羃宿煙」「風饕牽纜重，灘迴櫂舟遲」「灘勢緣山折，猿啼向夕幽」「戍荒兵播穀，烽靜月銜山」「邑僻稀聞犬，灘荒不受魚」。潤臣近體詩，置之盛唐中，幾無以辨矣。

吳興俞夢池照墉，著有採芝集，詩氣韻入古。聞雁云：「中宵愁不寐，寒背燈影立。孤雁一聲聲，累我青衫濕。强爲側耳聽，如訴又如泣。霎聞已杳然，瑟瑟秋風急。移鐙起開門，明月先人入。」真樸有味，逼真浣花。古意云：「芝草發巖阿，蘭蕙生空谷。靈瑞與幽香，因材非不篤。一朝入風塵，天真日不足。譬彼滎澤金，抱樸藍田玉。琢礪費經營，失身難自贖。勖哉名利心，千古有顏歜。」有憶云：「浮生茫碌碌，襆被走天涯。貧賤風塵福，功名頃刻花。有心常待月，無夢偶拋家。料得鄉園雪，寒梅正發芽。」慧心語皆眼前語，未經人道者。弔平和烈女劉七姑云：「海上捲腥波，三軍孰枕戈。深閨拚一死，正氣壯山河。慷慨捐軀志，從容授命歌。三從知不朽，大節繼曹娥。」七姑，平和諸生劉某女，僑寓乍浦，逆夷犯順，七姑投水死。」集中名作如林，皆有唐人風韻，不及多採爲憾。夢池豪傑等倫，有濟世志，近見海疆多事，嘗繪「樓觀滄海日，門對浙江潮」以寫志，其自題詩有昂頭天外之概，讀者可以想其志矣。

俞耘花茂才照堃，夢池之同胞弟也。幼穎異，讀書過目成誦，九歲能默記五經，幼時常於夢中喃喃背誦學、庸章句，不錯一字。稍長，即嗜史學，爲古文，寒暑不倦。年十七，受知於羅蘿村學使，補博士弟子員。其文筆精嚴，深入史奧，爲學使所激賞。抒議似名臣奏疏，乃屢困棘闈，嘗下第後寄兄閩中云「熱心知己先難慰，冷眼旁人退有言」之句，温厚和平，不失風人之旨。道光己酉，浙中大水，漫溢山林，墳墓漂流甚多，耘花慨念先人廬墓半在水鄉，鳩工紮筏，冒雨往來，親自督工插水攔護。蒸受濕熱，次年時疫大行，耘花以病疫卒，時年三十。耘花有才而篤行，不永其年，彼蒼之報施，其盡可憑耶？歿後，殘稿零落，半爲知交攜去。夢池於舊篋中，檢得耘花冬夜寄夢池詩云：「憶昔分襟去，於今歲幾更？雲山時極目，手足倍關情。此夜坐孤館，寒風吹短檠。相思不相見，愁聽雪鴻鳴。」可謂風格沈雄，性情婉摯。

道光乙未秋，余偕家石甫遊城西諸勝。石甫途中誦其志恨詩，語多悲痛，詩云：「我亦尋春去較遲，愁心字字淚絲絲。豈無杜牧湖州約，賸有陳思洛水悲。窮到女兒天已刻，夢爲雲雨古猶癡。昨宵獨對寒江雪，彈斷鵾絃君不知。」

閩縣陳少逸孝廉際昇，戊子鄉榜。著有秋室詩存，詩多擺脱凡響，爲盛、中之遺。湖口阻風云：「秋愁千疊壓江關，柁主篙師對客閒。一夜風聲彭澤樹，終朝雨意大孤山。蒓鱸幾處嘗應厭，琴劍經年久未還。聞道江神能送客，南昌遥指碧雲間。」西風云：「颯颯西風吹野塘，蘆花楓葉染秋光。」「孤山小青如黛，八月江寒夜有霜。客子衣裳荷芰薄，吳孃曲調水雲涼。獨愁買棹東來者，日日孤篷滯一方。」二詩置之近代宋荔裳、陳宜年集中，幾無以辨矣。

錢塘吳聖徵司成錫麒，乾隆四十年進士。著有有正味齋集。浙中詩派，司成繼朱、查、杭、厲之後，雲蒸霞蔚，藝苑蜚聲。詩寫景多超越，句如「十日故人酒，萬端游子心」「蟲聲千葉雨，月氣一湖煙」「但覺無船無月載，不知是水是風行」「樹自老蒼花自韻，竹能疎瘦筍能肥」「蘆三尺裏通蛙語，桑萬葉中聞蔔聲」「名畫要如詩句讀，古琴兼作水聲聽」「葉纔脱樹月流地，秋欲浸人河在天」。

仁和杭堇浦太史大宗，雍正元年鄉榜，乾隆元年召試博學鴻詞，列一等第五，授翰林院編修。著有道古堂集。太史博聞强記，口如懸河，詩亦豪爽。名句如「客久長疑夢，愁多不當春」「歸程約飛鳥，鄉信問來船」「沙明鷗曬翅，月曉虎留蹤」「玉澗萍開飛急雨，石牀花動下幽禽」「松濤怒抉將崩石，海氣遥封未泄雲」「白雲山中白雲寺，僧與白雲互主賓。有時山僧踏雲出，白雲與僧作主人」。

江南興化任幼植侍御大椿，乾隆三十四年進士。有芝田遺藁一卷。侍御深於經學，著有弁服釋例、深衣釋例、小學鉤沈、吕忱字林考逸、吳越備史注，又别繪九經三傳沿革例諸書。詩宗唐人，不輕下筆，其名句可採者，如「放船歸思減，久客別人難」「盡日吟情連雁鶩，一秋風色在蒹葭」。

滿洲託誠愨瞻園先生庸，有瞻園詩鈔。誠愨詩舒愉自得，句如「鍾山餘夜燒，鐵甕走江聲」「方寸一時得，平生萬事非」「寒山歷歷路不盡，班馬蕭蕭君獨行」。

漢軍甘道淵巡檢運源，著有嘯崖詩存。番禺張南山云：「道淵隱於下僚，詩多警句。」其夔州雜詩有云「永鎮蜀門户，全分楚上游」二語，確是今之夔州。蓋所謂三峽之險，古屬於蜀，今屬於楚。歸州、巴東皆湖北宜昌府所屬也。句如「蠶叢千里國，鳥道百盤山」「火畬燒白草，鹽井上青煙」「破硯寒暄共，殘書師友存」，皆宏亮可讀。

道光辛丑，暎逆窺廈門，膠州柯易堂大令培元陷於圍者九日，作九日陷夷記，其口號詩有「吾無官守責，何以死疆場？吾爲名義重，焉得辱犬羊」之句，讀者壯之。其送劉莊年觀察東歸云：「與君同罷官，同栖燕子國。廈門爲古燕子國。君竟先我歸，我仍歸未得。我家海之東，君家海之北。隔海百餘里，將書高堂側。驚喜遠道書，問訊始歸客：幾時有歸期？倚門情悽惻。」少溪驛題壁云：「入室看題壁，傷心我又生。只今論往事，畢竟是虛名。輕死吾何敢，全身志未明。滄桑經大劫，老淚灑縱橫。」「舉世悠悠者，書空咄咄哉。捉將官裏去，愧自賊中來。海國方多事，風塵却愛才。他時收駿骨，何處築金臺？」

高要莫曜山廣文元伯，乾隆四十四年鄉榜。著有柏香齋詩鈔。廣文胸無畦畛，和易近人，負笈其門者，歲嘗百餘人。廉俸所入，營甘旨以奉九旬老母，餘悉以周貧乏。人品已高，詩亦質而不癯，澹而彌永。嶺南羣雅。詩有真慤之意，其石灣月夜，可以上擬謝客。詩云：「夜半水氣寒，流光射篷背。推篷一仰視，月色淨如溉。天遠羣嶂出，碧極雲不礙。山明塔影瘦，灘急水光碎。人家隔沙渚，白屋竹林内。荒雞一聲來，寒燈靜相對。」登燕子磯云「江天浩無極，吳楚但一氣」，可謂寫景真切。詠萍云「似供花鴨坐，不礙畫船行」，亦精於詠物。讀李義山集云「國事關心重有感，此生多恨半無題」，亦語意該括。句如「山明塔影瘦，灘急水光碎」「石奇爭作筍，松小亦成濤」「樹老易秋色，江空多夕陽」「寒塘聚白水，平野散烏犍」「孤村四面水，疎雨一船秋」「老知讀書趣，貧切教兒心」「相逢無雜語，竟夕只論詩」「兼程敢惜鶩眠早，一飯方知作客難」「詩成得意忘爲客，天與閒身豈必官」，皆瀟灑出塵，毫無俗韻。

吾儒身處衡茅，不可無少陵廣厦、白傅長裘之志，晉江黄濟川茂才貽楫詩所云「濟世大快事，莫計囊中錢」是也。余嘗與同志立廣生榭，每歲初冬，買寒衣百領或數十領，以分寒者；又配藥以救時疫。苟可以活人，其何憚而不爲耶？

居官者如傀儡登場，位顯則門庭蠅集，勢衰則賓客煙銷，白樂天詩所謂「親戚歡娛童僕飽，始知官職爲他人」是也。劉文成公基長安道詩云：「長安道，送盡芳菲到枯槁。人生盛衰苦不嘗，何異長安道旁草！漢家將軍初拜官，門前上客車班班。一朝勢衰煙焰歇，車輪無聲馬蹄絶。明年有詔封冠軍，依舊車馬來如雲。」讀之可勝浩嘆！吳江顧帆川布衣我錡，著有浣松軒詩集，其莫去草行詩，言之尤覺沈痛，詩云：「莫去草，草無惡，世俗紛紛情更薄。君不見竇嬰門下客如林，一朝解散同葉落；又不見翟公紅騎接朱輪，俄然大署傷離索。乃知富貴皆炙手，呼吸便覺春華灼。乃知權位一日非，不減秋風破殘籜。玳簪珠履客三千，覆雨翻雲如膈膜。莫去草，草無惡，世俗紛紜情更薄。」

崑山顧亭林先生，昔僑寓京師城西偏，即今之慈仁寺也。道州何子貞師就舊址爲營顧祠，俾同志知所仰止。每值顧先生誕辰，余從道州師及諸同輩，拜瞻祠下。師嘗有詩記之云：「亭林先生祠，小子始營繕。繄惟城西偏，慈仁森佛殿。當時寺宇宏，市集萃圖卷。國初諸老儒，買書乘暇宴。先生結契廣，僑寓置鑪扇。至今雙松下，彷彿見遺跰。承平二百載，光陰若流箭。古碣餘斷龜，空櫟墮饑燕。我卜隙地寬，謂可靈爽奠。諸公聞此議，合作相呼忭。畚鍤猥見屬，木甓自遴揀。删蕪出古樹，明月夜來罥。崇崇屋三楹，爛爛秋一片。落成奉遺像，覽揆潔盥薦。肅然道義容，警我塵土賤。車徐譜歲月，張子重論譔。江南大河北，餘韻搜討徧。張石州據車秋舲、徐星翁所撰亭林年譜，合爲定本，增益辨證，甚博且精。攜稿至山東、江南，搜得遺事詩文頗多。」師詩全首真樸渾厚，今採其大略以覘梗概云。

錢塘袁簡齋杭州西湖詩「蘇小墳鄰岳王墓，英雄兒女各千秋」，簡齋以蘇小與岳王並詠，毋乃不倫？況蘇小墓在嘉興，並不在西湖乎？按嘉興鄒志，蘇小墓在郡治東百步。張文潛集及宋百家詩載司馬槱事云「墓在錢塘」，寰宇記云「墓在嘉興」，寰宇記爲是。今正在嘉興縣西南。墳高三丈，有井在側，舊生雙桃於其上。宋紹興初，衣白以出入，人多畏之，因鎮以塔；後宋路分行天心法以驅除之，遂不見。有片石在通判廳云「蘇小墓」，豈非家在錢塘而墓在嘉興乎？檇李詩繫唐徐凝嘉興寒食詩曰：「嘉興郭裏逢寒食，落日家家拜掃回。只有縣前蘇小墓，無人送與紙錢灰。」又王禹偁詩「縣前蘇小舊荒墳，應作行雲入夢頻。猶勝白公尉盩厔，庭花剛喚作夫人。」秀水朱竹垞鴛鴦湖櫂歌云：「蘇小墓前秋草平，蘇小墓上秋瓜生。同心綰結不知處，日暮野塘空水聲。」自注：「今縣南有賢倡巷。」據此，是蘇小墓明在嘉興，不在錢塘矣。錢塘梁公紹壬秋雨盦隨筆謂竹垞欲奪錢塘蘇小墓爲在嘉興，語屬無謂。而梁君徒爲一死妓爭朽骨，其志亦昏矣。

潘彥輔云：「明之七子，前後遥相賡續。王、李命意，原以李、何自居，然弇州宏富有餘，精渾不足，豈如獻吉？滄溟修整自喜，風神那及信陽？況獻吉之病，已在摹擬太過，歷下效之而又甚焉。漁洋云：『滄溟弇州皆萬人敵，惟蹊徑稍多，古調寖失，故不逮弘、正作者。』是仍以弇州之不甚摹擬，滄溟雖摹擬，而不似李、何之專篤爲病也。誤人不亦甚歟？」彦輔又謂：「青田旅興、感懷，青丘擬古、寓感諸五古，氣格逼似唐人，然皆非如李、何等刻意摹畫之也。王敬美謂季廸生弘正李、何之間，未知鹿死誰手？似以青田爲不逮李、何，而季廸第可與李、何匹也。不知李、何痕跡未融，劉、高天機自轉，高之秀偉，劉之深重，豈惟開國之巨擘，實一代之宗工。陳黃門謂文成終傷腕弱，季廸不中和鸞，而推李爲籠罩羣俊，各體見長；推何爲徽音芳訊，瑶臺嬋娟。於二子悉無貶詞，其亦疏於持論矣。」

桐城姚姬傳鼐先生，自記其惜抱軒填詞後云：「詞學以浙中爲盛，余少時嘗傚焉。一日，嘉定王鳳喈語休寧戴東原曰：『吾昔畏姬傳，今不畏之矣。』東原曰：『何耶？』鳳喈曰：『彼好多能，見人一長，輒思並之。夫專力則精，雜學則粗，故不足畏也。』東原以見告，余悚其言，多所捨棄，詞其一也。既輟不爲，舊稿人多持去，至無一闋。虬御甥今以此册相觀，其詞則丙戌、丁亥間多也，今已四十年，聊題歸之，並記太常所見譏者，真後生龜鑑也。」延平曾雨蒼同年世霖詩云：「學問尚精專，研摩貴純一。經學與詞章，華實本異室。許鄭徐庚儔，各具千秋筆。專力則必精，分途恐兩失。」此詩識解，與東原同。

鎮洋彭甘亭字湘涵。布衣兆蓀，著有小謨觴館詩文集。張南山云：「昔人有沈博絶麗之語，求諸近代，罕覯其人。蓋多讀書者，博不待言，惟沈麗難兼。沈未必麗，麗未必沈，麗在肉采，沈在神骨，骨重神寒，是之謂沈；然非博不能麗，更不能沈，徒恃博不能沈，並不能麗，此中有天事焉，有人事焉。吳梅村詩麗多於沈，陳獨漉詩沈多於麗，胡稚威詩沈多於麗，彭甘亭詩文麗多於沈，偶舉數家，未遑更僕，要皆合天分學力，乃克成一代鴻駿之才也。」南山詩話云：「甘亭詩多沈鬱之作，偶舉一二首，如史閣部祠云：『鐵礮摧城弔國殤，衣冠留墓拜堂堂。夷吾自灑新亭淚，江總仍飛曲院觴。半壁河山撐赤手，九霄箕尾落寒芒。燐光都在梅花嶺，被髮依稀下大荒。』又歲暮雜感云：『潺州烽火接梁州，蟻子都屯楚上游。僞讖荒唐三屈律，將星摇動五諸侯。檻車劇報收盧植，巴國休輕縱李流。正好奇功成雪夜，鴨鵝聲裏落旄頭。』」又云：「甘亭論詩，實獲我心，有絶句云：『厭談風格分唐宋，亦薄空疎語性靈。我似流鶯隨意囀，花前不管有人聽。』甘亭才奇境困，牢騷感慨，寓於詩而以藴藉出之，絶句云：『玉真夫婿等閒留，只爲胡麻飯一甌。知否有人雲外立，桃花如火不回頭。』」布衣更有名篇可誦者：「人讀等身書，如將兵十萬。兵多行慮譁，書多語愁蔓。何以節宣之？一心制衆亂。不見陸士衡，才富轉爲患。亦有淮陰侯，多多乃益辨。要以我用書，勿爲書所絆。」句如「老堅求道志，病鍊著書才」「百戰終輸姚弋仲，一心難得呂婆樓」「誰於月滿花芳候，想到鐘殘漏盡時」。歲寒堂詩話論張文昌律詩不如劉夢得、杜牧之、李義山。文昌七律或嫌平易，五律清妙處不亞王、孟，乃愧夢得、牧之、義山哉！其夜到漁家、宿臨江驛二律，與劉文房餘干旅舍一作用韻同，風韻亦同，皆絶唱也。

文昌「洛陽城裏見秋風」一絶，七絶之絶境，盛唐諸鉅手到此者亦罕，不獨樂府古澹足與盛唐爭衡也。王新城、沈長洲數唐人七絶擅長者各四章，獨遺此作。沈於鄭谷之「揚子江頭」亦盛稱之，而不及此，此猶以聲調論詩也。

科名晚達，近代如寶應王樓村殿撰式丹，年六十，方得鄉榜；長洲沈歸愚尚書德潛，年六十六，方得鄉榜。曲阜桂冬卉大令馥，五十五登第，作詩云：「蛾眉十五嫁王孫，老女粧成也倚門。莫誦樂遊原上句，夕陽空自怨黄昏。」自注云：「陳大士五十登第，有句云『夕陽無限好，只是近黄昏。』」此皆晚年登科之一掌故也。

臨川湯茗孫舍人儲璠，著有布帆無恙草三卷、忍冬小草二卷。舍人夙具天才，髫年名噪海内，嘉慶庚午解元，辛未進士。官中翰，極爲臺閣諸鉅公所賞，凡進御文字，多出其手。以偶失權貴歡，十餘年不得薦擢，鬱鬱成痼疾，道光己丑移疾歸，尋没於家，年四十餘。詩筆跌宕酣嬉，不可一世，其哀音壯節，感人自深，又時出天籟，可泣鬼神。宜黄陳少香先生出其遺藁見示，其舟泊禦黄壩與客談南河事五言古一篇，可謂天心國體，至理至情，悉於詩見之，真不朽之作也。其詩云：「我朝創大業，前聖難同揆。新疆與南河，歲輸千萬累。庸儒皆咋舌，謂不可長恃。是殆知其一，而未知其二。我今住河干，請言治河意：古來無河患，患自治河始。況與漕兼營，顧此則失彼。聖人豈不知，此中存郅理。非獨治漕河，有三善可紀：一曰散大利，惡其聚於己。宋有花石綱，唐有花鳥使，皆因大盈充，遂教宫市起。國家增幅員，富强古莫比。南河三百萬，太倉一稃秠。靳此水衡錢，若不擲河涘，恐後世子孫，奢淫由此起。閭閻藏富厚，宸衷屏汰侈。内以清君心，外以昭國體。誰知利民心，即在勞民裏。不言其所利，吾道斯爲美。二曰贍閒民，使轉移執事。淮徐古瘠區，饑饉每薦至。谷蓷歎仳㒓，野萑嗟遷徙。鴻雁中澤飛，哀嗸聲不已。佩犢而帶牛，都是少年子。盜賊沿河衢，日暮愁姦宄。自有河工來，人得歸鄉里。寸土換金錢，尺茭薄麻枲。草木與泥沙，凶年可救死。雖無田得耕，荷鍤即耒耜。匪獨固隄防，并可安邊鄙。三曰勤小吏，人才無廢棄。養士數百年，棫樸以萬計。流官祗數千，安能盡位置。河漕幕府開，多士登濟濟。赳赳衆武夫，沿堤効臂指。或躬操畚築，或親略基趾。邊圉今乂安，久不挾弓矢。藉此習勤勞，免教肉生髀。倘無漕與河，斯人皆擯退。勇士急功名，保無有他志？惟兹三善該，詎以一愆改。累朝由舊章，董勸期無怠。

豈無瓠子歌，聖神心不悔。頗聞河決時，庶衆多私喜。此喜胡爲然，民情可見矣。敢憚轉輸勞，千錢市斗米。海運即萬安，權宜誤國是。慎莫議紛更，天命勤顧諟。今更際昌期，百神胥受祉。馮蠵久切和，河流皆順軌。或慮洪湖乾，或愁高堰圮。或欲疏海門，或恐淤河底。不知經國謨，所求在根柢。君子强爲善，成功安可企。唯此恤民心，彼蒼常監視。江河或改移，天地無成毁。南河求治安，所恃者唯此。此語雖迂疎，頗能究原委。雖乏治河策，差殊測海蠡。舉首望京華，迢迢隔煙水。客再詢新疆，請更裁寸紙。」

侯官黄小石比部紹芳，道光丙申進士，官刑部主事。著有蘭陔山館詩鈔。比部幼穎異絶人，目光如電，數武外能辨小楷。其詩幽秀古豔，如老樹已花，空翠欲滴；又如朝霞點水，芙蕖試風。七言律風格高騫，蔚然深秀。其五古山行詩云：「春山如佳人，終日對不厭。清溪開鏡函，靚妝照瀲灩。脩眉鬖髿髾，欲妒顔色豔。纖穠皆可圖，但恨畫手欠。溪邊三五家，佳處茆庵占。誰歟此躬耕，時復角巾墊。遇勝輒留連，譬若食求饜。帘影遠招人，郫酒味頗釅。夕照上桃花，春風滿山店。」仙霞關云：「竹光團緑雲，日色冷孤嶂。山落百蠻中，路出青天上。關門迴孤峰，飛鳥未敢傍。一綫走中原，石角皆北向。閩藩昔芽蘖，豕突逞狂妄。堂堂李文襄，提兵扼其吭。賊騎阻長驅，當關氣特壯。旌旗太末城，俯視覺神王。半壁東南天，一洗黄茅瘴。清晏三百年，雞犬保無恙。時有採樵人，落日聞歸唱。」暮抵坊口云：「墟落生晚煙，暝色帶諸嶺。宿鳥投林喧，水田亂蛙黽。嗟予事行役，踪跡逐蓬梗。邇復爲饑驅，薄暮馬猶騁。星火出遥郵，初月吐微影。未厭征途紆，愛兹山路靜。」七里瀧云：「春山處處啼畫眉，扁舟正下嚴灘時。子陵已往不可作，猶有凛凛清風吹。莫管沈淵與洗耳，富春山水由來美。無風卻愛出瀧遲，柔櫓咿啞七十里。」書懷寄薩荔農廣文云：「海内紛多故，艱危定可支。野雲元自懶，流水欲何之？滄海論殘劫，屏風對折枝。尚堪謝猿鶴，未決出山期。」緜亭嶺即心寺云：「急溜穿巖穴，歸雲護石根。溪風涼到磬，海氣白當門。鳥啄垂枝果，僧鋤傍寺園。往來慙負米，芋火未須論。」丙申正月四日北行示諸弟云：「分手勞勞送客亭，春風春水好揚舲。關河迢遞逾千里，家世清貧守五經。身上北堂慈母線，天邊南極老人星。鵲聲望我泥金信，更仗池塘夢筆靈。」延平云：「巖疆門户古名區，斥堠森嚴扼一隅。灘石亂如撑劍弩，峰形圓肖挂葫蘆。將至郡城，有山曰葫蘆山。東西水繞雙虹亘，高下山圍萬雉孤。見說化龍神物在，至今還射斗間無？」于役建溪妹婿陳子葆千翊人餞予江上次日解維舟中得詩寄之云：「琵琶底事感湓城，且作檀槽出塞行。戎馬關山多戰壘，乾坤日夜送江聲。中年絲竹陶哀樂，異地風霜戀弟兄。酒半不須嗟拊髀，與君抵足到雞鳴。」「鵠首西行水向東，江干别袂太匆匆。春波碧草銷魂易，遠志當歸入感同。世事總輸牛背笛，浮名不借馬當風。龍媒努力期年少，落拓休輕號長翁。」「楊花飛去作浮萍，天下傷心送客亭。容易重圓秦代月，本難常聚潁川星。多情檣燕喃喃語，無恙鄉山故故青。獨惜篷窗連夜雨，不曾來此對牀聽。」九日遊承天寺鸜哥山寺在泉州東門内。云：「來作茱萸醉一場，角聲吹晚海風涼。霞明極浦帆千葉，秋冷晴天雁數行。人代滄桑銷霸業，江山麗藻入詞章。永嘉南渡衣冠地，景物猶傳似洛陽。」吳暘谷員外招同陳秋厓大令遊萬户巖云：「海波無際接天流，巖石青蒼擁上頭。東去祖生當擊楫，南來王粲此登樓。洗翎天地鳴雙鳥，回首丘山重萬牛。蕃舶賈檣相次泊，暮潮風起笛聲愁。」石鎮許騁千明經江樓話舊云：「樓外溪山玉畫叉，酒杯詩卷對横斜。櫓枝何處來秋雁，和我吟聲出蓼花。」「丹楓揺落思何堪，話到天涯酒易酣。一片風帆數聲笛，青山處處似江南。」漁谿道中云：「昨宵風雨颯淒淒，酒醒時聞野店雞。今日水聲山翠裏，一鞭晴色下漁谿。」「經雨禾苗著色青，谿童放犢向前汀。年來斥堠無烽火，十里人煙冷戍瓶。」

茗生内翰天資高妙，襟懷爽朗，故各體詩一空俗響。西江詩家蔣藏園太史、吳蘭雪刺史、陳少香先生、朱芷汀孝廉、艾至堂大令外，當以内翰爲最。其揚州歌寄王霞九侍御云：「蒼鷹盤大野，百鳥聲啾啾。君坐烏臺上，聽我歌揚州。揚州能媚人，莫如鹽商巧。揚州能殺人，莫如鹽商狡。媚人醉顔酡，鮑家金卷荷。錦幃四十里，珊瑚七尺柯。峩峩大官府，紅旆當衢路。鹽能令公喜，亦能令公怒。公喜猶可過，公怒當奈何？前門進賄賂，後堂聽笙歌。歌聲猶未歇，炮臺飛霹靂。火促點弓兵，將軍夜擒賊。擒賊來何方？某水某山莊。但見負鹽人，哭聲震道傍。道旁私哽咽，我行堪歎息。口渴不得漿，腹饑不得食。健兒好身手，耕作值年荒。來時別父母，餅無三日糧。有鹽全家笑，無鹽全家泣。八口望炊煙，一肩歸壓雪。惡溪流水鳴，如聞鉦鼓聲。深林燈火出，疑有鳥槍兵。槍聲忽轟起，紛紛赴江水。白骨已天涯，紅閨猶夢裏。生者盡傷殘，匍匐泣河干。幸免入官府，莫嗟行路難。同是江南民，貧富皆赤子。富兒以鹽生，貧兒以鹽死。死者恨茫茫，寃魂思故鄉。官兵不敢怨，只是恨鹽商。鹽商不賣私，私鹽無買處。賣私以功褒，買私以罪捕。鹽商爾何人？賊民今若此。誰知殺人刀，藏在媚人裏。君坐烏臺上，風采天下聞。可憐南鄉子，望歲還望君。我作揚州歌，思君心獨苦。鳴鳳在朝陽，北風煩寄語。」舟中見月云：「我與明月同出門，燕山官閣共黃昏。今夕艤舟江上住，月亦隨人掛江樹。天涯回首望長安，瓊臺玉宇最高寒。紫薇花下無人伴，青鳳城頭獨自看。昨宵落魄秋江裏，一片清光留幾許？星辰爛爛去朝天，不爲嬋娟訴離苦。蕭蕭白荻荒荒煙，且爲離人照不眠。梅花望爾還山去，疎影暗香禁十年。」送秋三首云：「送春猶可過，送秋將奈何？我於春風苦無分，唯秋與我同轗軻。而今并此舍之去，吁嗟吾意其蹉跎。即今眼前論離别，我是主人秋是客。我生況無百年身，秋還作主我作賓，非人送秋秋送人。」「花天狂豔不可當，秋風一掃生清光。涼月娟娟出海嶠，不照繁華照枯槁。古來惟有楚大夫，不識此時風月好。登山臨水發悲歌，先生感慨何其多？遂令金天少顏色，吁嗟秋兮奈爾何？」「我今飄泊何所成？扣弦但欲爲商聲。唯有秋風不世情，昨來江上相和鳴。落葉哀蟬亦歎息，逋臣嫠婦皆涕零。此時月白霜露清，我心所感猶和平。但愁過此多冰雪，其聲凜栗難爲聽。」過天妃閘云：「一牐插天懸瀑布，此間豈是行舟處？我如有翼能奮飛，安肯擲身作孤注！收帆捩柁船倒行，大鉤巨纜相支撐。快如千里下坡馬，迅如九月脱鞲鷹。榜人善泅水，鬼門望生還。同輩皆走避，爭從壁上觀。我時卧病莫能興，但從枕上聞水聲。須臾一溜從天下，擲枕大呼吾得生。我聞古人重死所，親在不許友以死。賦命窮薄輕江潭，東坡句。先生此言兒戲耳。我生雖薄受恩多，報稱未能嗟坎軻。七尺相思有用處，嗟爾蛟龍勿輕訶。」黄天蕩云：「黄天蕩，無風三尺浪。諺語。云是蘄王鏖戰處，江天蕭瑟難爲狀。南渡四京皆没賊，金人凱唱還江北。將軍僅有八千人，用之乃以一當百。初向金山設伏兵，戒令江中聞鼓聲。廟兵忽先岸兵後，紅袍卻放烏珠走。此時天肯喪烏珠，六飛不向靈安都。我知黄天改顏色，縱有風來浪亦無。江中夫人執枹鼓，江上健兒縛龍虎。龍虎大王，烏珠婿也。嗚呼擒賊不擒王，將軍視之如腐鼠。

鸛河已報鐵騎逃，龍灣復與水師遭。南人使人如使馬，海艦進泊金山下。每縋一綆沈一舟，鐵索大鉤真健者。還我江山復兩宮，將軍指日告成功。功敗垂成真可惜，何人獻破海舟策？滿江煙燄蔽天來，頓使我軍氣成墨。嗚呼閩人何足誅，八千人向蒼天呼！至今黄天蕩，無風亦有三尺浪。」月夜旅思時阻泊廿餘日。云：「昨宵一雨天空蒼，天門新掃蛾眉妝。江山雖好不相識，唯有明月來故鄉。幾時春酒變江水，醉魄沈沈呼不起。可惜天涯三五時，不堪客路四千里。荒雞喔喔霜滿天，隻堠雙亭飛白煙。長夜漫漫人不眠，月亦如人瘦可憐。抛卻梅花三百樹，來照黄蘆苦竹處。月乎爾豈不能乘風歸？何苦與我同别離。」文昌橋三首橋圮於庚戌，建於癸亥，費金十九萬兩，閲十年始成。吾邑自丁卯後，科名遂盛，文昌之應，即此可徵。云：「一河夾城市，以橋爲鎖鑰。萬家煙火齊，九霄虹霓落。春水直流皇華亭，行人都上放生閣。請公到此無渡河，車斑斑兮馬卓卓，一時都唱估客樂。」「自庚戌至丁卯歲，吾郡科名有興替。皆視一橋爲轉移，始知六邑相維繫。一星烱烱文章台，照見京華冠蓋來。高車駟馬何壯哉，問君誰是題柱才？」「嗚呼十九萬緡成一橋，官師程督民憂勞，男婦輸將竭秋毫。願爾蛟龍早遯逃，毋俾遺種興波濤。戴筐之曜永眠此，千秋萬歲無動摇。」天津晚泊用韻答陳謙齋太守云：「落日滿沙渚，北風吹暮濤。人隨津樹遠，秋入海天高。詩酒供多病，星霜感二毛。使君憐舊好，存問到江皐。」

滄州云：「聞説滄州酒，曾傾太白巵。今朝買春色，風味似公詩。水月無愁夜，江山欲醉時。何人投綵筆，高詠起蟠螭。」晚泊云：「烟波不知處，一櫂寄江濱。夜火明紅葉，秋風長白蘋。蟲聲都在水，鷗夢慣依人。日暮多歧路，何勞更問津。」夜宿黃河中云：「人與魚龍睡，野無雞犬聲。波濤相震撼，星月不分明。此處難高卧，何時罷遠征。聽風兼聽水，我亦夢魂驚。」初入淮河云：「淮水暮迢迢，人烟滿畫橈。月明三草壩，霜冷四花橋。美酒沽今夕，驚濤憶昨宵。黃河聲已遠，風葉誤蕭蕭。」渡江寄王參戎云：「萬里光明日，千帆滿受風。江聲來枕上，山色落杯中。南北天雖限，車書今已同。將軍猶肆武，時見戰船紅。」題徐丈小照云：「蒼松何處樹，太古此空山。萬壑向人靜，一琴終日閒。濤聲銷壯志，雲氣養衰顏。況復蒲團坐，年來早閉關。」中秋旅泊與家人夜話云：「昨宵風雨響菰蒲，今日秋光滿釣艫。劇喜良宵兼水月，偏憐小泊共妻孥。燈前分食同心餅，天末難爲返哺烏。料得倚閭人不寐，豫藏春酒話屠蘇。計程可於臘盡到家。」過西沽有感戊辰召試，在此迎鑾。云：「當年風景説西沽，沽上人家畫不如。楊柳枝添臨幸後，草茅身記受恩初。清波曉月思瓊樹，紅葉斜陽覓綺疏。寂寂文園今卧病，他年誰問茂陵書？」答述齋九日見示諸作云：「君從何處得高臺？我卧空江只自哀。槲葉亂隨楓葉下，蘆花閒映菊花開。經年烏帽空箱擲，永夜丹爐細火煨。卻喜催租人不到，停橈剪燭答清裁。」

霜降後河水猶漲禦黃壩不能開阻泊二十餘日感賦四首云：「臨水登山歲月流，彭城風雨餞殘秋。黃河奔浪公無渡，白酒高歌我欲愁。西楚有才難定霸，南河無土可埋憂。鄉關日暮知何處？南斗闌干百尺樓。」「漢使頻煩八月槎，烟波何處望京華？銀河已被紅牆隔，星渚徒將白石詩。敢以書生歌瓠子，祇憑鄉信問梅花。將軍水令如軍令，黃鵠高飛聽暮笳。」彭城懷古二首，西楚故都云：「十月彭城木葉黃，漁樵閒話小滄桑。美人花謝隨流水，山中多虞美人花。戲馬臺空自夕陽。睢泗湍聲猶叱咤，芒碭雲氣已淒涼。江東子弟今猶昔，不聽悲歌亦斷腸。」東坡黃樓云：「三百年來無此樂，江南江北兩高樓。太白樓在江南采石岡。錦袍畫舫成陳迹，羽服金杯又俊遊。詩與黃河爭氣象，酒傾名士更風流。坡仙去後扁舟到，漂泊彭城我亦愁。坡公詩曰：『我時羽服黃樓上，明月正照金叵羅。』李太白死，世間無此樂三百餘年矣。坐客三十餘人，多知名之士。」黃河云：「一川浩浩悲長逝，四野茫茫亘大荒。何苦與淮較强弱，但能到海即歸藏。將雪未雪日猶白，無風有風天亦黃。縱爾奔流猶欲怒，古來多事議宣防。」次韻述齋浦上見贈云：「汎宅浮家歲月彌，煙波雖好放船遲。名花零落空山裏，駿馬悲嘶伏櫪時。殘菊傲霜如我病，早梅臨水似君詩。十年不作揚州夢，孤負冬郎絕妙辭。」夜過淮安云：「寒雲慘淡月黃昏，近水人家早閉門。輕薄兩淮餘子弟，艱難一飯到王孫。英雄未遇庸非福，恩怨無多不要論。且向山陽沽美酒，明朝風雪滿江村。」揚州憶舊云：「江都舊夢悵如何？錦瑟年華一擲梭。十里煙花渾不似，二分明月更無多。蕪城有樹皆黃葉，瓜步非春已緑波。聞説公私凋敝甚，扁舟細雨載愁過。」將至金陵憶舊云：「京口挂帆纔百里，江山無處不銷魂。鼓鼙南渡黄天蕩，楊柳西風白下門。桃葉新歌迎畫槳，梅花舊夢憶清樽。俊遊十載難回首，濁酒哀箏子細論。」采石岡懷古云：「采石嶙峋翠接天，江流到此欲迴旋。六朝戈艦爭姑熟，萬古觥船醉謫仙。此去金陵纔百里，語見南史。我懷明月已千年。英雄馬槊詩人筆，一樣湮淪付暮煙。」虞忠肅祠云：「倉皇采石犒師來，三五零星亦可哀。士氣一呼同涕淚，江聲九派挾風雷。大功乃出儒生手，再造居然宿將才。即看荒祠留戰處，神燈夜半照蒿萊。」牛渚磯云：「巉磯業業水滔滔，此地曾經百戰鏖。一矢至今開絶壁，三山終古鬱奔濤。然犀人去腥風起，詠史船來凍月高。知是謫仙懷古處，敢將硬筆鬬詩豪。」江上對月寄懷許萊山學士祝蘅畦侍講蔣笙陔宮贊云：「五雲飛處望蓬萊，誰念横塘獨客哀。雪夜扁舟孤鶴過，江天一笛大魚來。烏棲白下多楊柳，翠羽黄昏見早梅。遥想故人天上住，宮壺御燭醉春醅。」潯陽舟中除夕云：「蠟燕絲雞滿柁樓，榜人沽客共賡酬。燈前紅橘思親淚，江上黄蘆送客愁。幾日冬心温薄酒，今宵春夢到扁舟。年來詩思清於雪，祭汝潯陽水一甌。」

漳浦藍玉霖太守鼎元，著有鹿洲集。雍正癸卯優貢，官廣州知府。太守明韜鈐，習吏治，童時即自厦泛海，泝全閩岛嶼，歷浙洋舟山而歸，南至南澳、澄海、海門，往返波濤，熟悉形勢。及長，佐族兄南澳總兵廷珍幕。康熙六年，臺灣朱一貴倡亂，全部俱陷，廷珍提萬人往，七日平之，旋授臺鎮，安民弭盜，朝廷無南顧之憂，皆太守經畫也。四庫提要云：「平臺紀略，藍鼎元撰。是編紀康熙辛丑平定臺灣逆寇朱一貴始末。鼎元之兄廷珍，時爲南澳總兵官，與福建水師提督施世驃合兵進討，七日而恢復臺灣，旋擒一貴。鼎元在軍中一一親見，故記載最悉，所論半線一路，地險兵寡，難於鎮壓，後分立漳化一縣，竟從其説，至今資控制之力，亦可謂有用之書矣。」全閩詩録謂太守於雍正六年冬，以相國朱高安薦，授普寧令，兼攝潮陽，擊斷如神，吏民畏服。以窮治官運船户盜賣事，忤觀察某，誣揭削職。後制府鄂西林知其寃，延入幕中年餘，具摺雪，引見，授廣州守，抵任踰月而歿。所著鹿洲初集二十卷，女學六卷，東征集六卷，平臺紀略一卷，綿陽學準五卷，鹿洲公案一卷，修史試筆六卷，已付刻。凡講學談經，均未免拘迂之見，惟指陳時務，動合機宜，其經濟誠有大過人者。如論海洋捕盜之法，謂商船患在不能禦賊，宜給炮械，使之有恃；哨船患在不能遇賊，出哨官兵，宜密坐商船，勿張聲勢；賊船在近不在遠，沿邊澳口可停泊之區，忽往搜捕，百不失一；賊船嚮邇，可追即追，否則佯爲退避，以堅其來；挽舵爭據上風，賊已在我掌握，既獲賊船，即以所得盡賞士卒，首功兵丁，拔補把總，將弁以次陞遷，如此則將士之功名財利，俱在賊船，將不遑寢食以思出哨矣。又謂洋匪接濟，多由哨船，火藥軍器犯禁之物，惟哨船可以攜之，轉貨賊船，利愈十倍，故兵士謂坐港之利，甚於通番，民船作弊，官兵可緝，官船作弊，孰敢攖鋒，是在提鎮留心稽察：皆今日吾閩之急務也。國朝詩人徵略云：鹿洲公案二卷，藍任庵先生自述其領縣時所讞之獄也。許青士觀察重爲校刻，昨貽余一帙，讀之歎其精敏之心，果斷之識，誠足爲牧令之標準矣。讀至仙村樓一則，令人歎縣令之難也。夫以巨盜馬仕鎮負嵎悍鷙，爲患鄉閭，先生既以計獲之，而上官文移駁詰，往返經年，竟未獲按法懲治，萬一漏網，則愈肆毒矣。嗟乎！縣令中有心爲民除惡者，難得其人；有其心矣，又患無其才；有其才矣，又以文移駁詰累年經月，而卒未能置盜於法，如是則惡人何以畏哉？惡人畏而善人乃可安也，吾乃今而益歎鄭大夫以猛之所以爲惠人也。太守詩有臺灣近詠十首，其於番俗夷情，洞若觀火，今擇其尤者數首云：「臺俗敝豪奢，亂後風猶昨。宴會中人產，衣裘貴戚愕。農惰士弗勤，逐末趨驕惡。嚚陵多健訟，空際見樓閣。無賤復無貴，相將事樗博。所當禁制嚴，威信同鋒鍔。爲火莫爲水，救時之良藥。」「臺地一年耕，可餘七年食。今歲大有秋，倉儲補云急。穀貴慮民饑，穀賤農亦惻。厲禁久不弛，乃利於奸壟。徒有遏糴名，其實竟何益。」「諸羅千里縣，內地一省同。萬山倚天險，諸港大海通。廣野渾無際，民番合喁喁。上呼下即應，往返彌月終。不爲分縣理，其患將無窮。」「南劃虎尾溪，北距大雞籠。設令居半線，更添遊守戎。健卒足一千，分汛扼要衝。臺北不空虛，全郡勢自雄。」

詩有搜羅極博，可補方志所未備者，如朱竹垞鴛鴦湖櫂歌一百首，邵二雲大明湖櫂歌一百首，嚴仙舫沅江櫂歌一百首，李蘭屏揚州雜詩八十首，頗稱賅備。余友黃小石比部，出示莆陽雜詠二十四首，搜羅既博，詩亦情韻獨絕，近代可合翁山、阮亭、樊榭、蘭雪而五。蓋其詩天資既優，而參以典麗，遂一空俗響。其詩云：「門前溝水自西東，艓子搖波曲曲通。六月勾人船上坐，夕陽城郭荔支風。」「柳陰夾岸碧迢迢，半里陂塘八九橋。見說三江風浪惡，木蘭陂水不通潮。」「山川雄鬱古名都，沃壤平疇繡錯鋪。比户絃歌似鄒魯，莆中學始鄭南湖。」「刺史真無愧比干，清風凜凜逼人寒。軍門吾戴吾頭走，借作頑奴砥石難。」「落花舊宅句重吟，黃卷黃樓近可尋。誰續閩川名士傳，居人猶指讀書林。」「溪西著述郤徵車，修史堂邊夾漈居。我愛白湖陳直閣，高山仰止紫陽書。」「萬卷樓儲煙海寬，蠹魚三食付凋殘。鹿山曠達無人繼，一笑龍威借讀難。」「報劉令伯切陳情，侍御辭官出懇誠。貪祿忘親知幾輩？慈烏夜夜有哀聲。」「雷州不見一尺葛，廉州不見一粒珠。瓊州惟有文莊集，倘守端州硯也無。」「凋傷民氣近如何？十歎無人繼作歌。風喜徐來月莫去，當時何獨好官多。」「報功長者有專祠，投盒灘鄰智大師。郎罷摩挲阿囝讀，至今淚墮李侯碑。」「錢娘遺廟野棠開，迎送神絃奏曲哀。猶有巡陂燈隱見，靈旗風雨夜深來。」「風煙喬木舊朱門，歎息如聞句尚存。歲歲銜泥雙燕子，可憐辛苦爲兒孫。」「高塚豐碑葬達官，寒鴉啼處夕陽殘。端明壟近楓亭驛，多少行人下馬看。」「粉牆低映樹扶疎，兩岸人家曉鏡鋪。紅篋遮門窗映水，樓臺多處小西湖。」「女郎十五耀銀璫，解誦周南第幾章？生長梅妃舊鄉里，猶梳高髻學宫妝。」「竹籠筠筐滿市頭，賣花斜日過譙樓。紅裳窄袖誰家女？愛畫雙眉不畫愁。」「迎仙橋下水拖藍，沙港衝潮種蛤蚶。三印子魚風味最，網師多集小姑潭。」「漁郎來往仙源熟，撈得春風滿載紅。狼籍酒邊花片片，色香注入食單中。」「小鳥羣飛上刺桐，和鳴律呂應雌雄。不知閏月能增否？但聽人呼十二紅。」「荔子紅時郎欲行，摘來雙荔乞郎名。同心結就丁香核，泥試郎呼是側生。」「寶溪寺畔玉琤瑽，山色晴飛面面窗。倚遍橋闌觀瀑布，蜿蜒十丈下西淙。」「西湖鷗鷺久忘形，隱几西山列畫屏。比似雁台落吾手，亟從地主借圖經。」「棹謳漁唱滿烟潯，南北荻蘆水淺深。唱作竹枝聲縹緲，先生詩境此中尋。」

嘉應宋芷灣太史湘，嘉慶己未進士。著有不易居齋集及豐湖漫草、續草。太史襟懷豪邁，具權奇倜儻之才，詩境沈鬱頓挫，得少陵家法，不必規橅前賢，實從性真湴涌而出。嶺南羣雅謂其詩沈健得之杜，豪快得之蘇，而忽如騰天，忽如入淵，忽而清清泠泠，忽而熊熊煥煥，則出於性靈而自成面目者也。余尤愛其五七律，氣體渾雄，爲嶺南之秀。雜詩云：「汲井下銀瓶，瓶起月上手。瀉水入銀桮，舉桮月亦有。納之心與腸，足可轉八九。八九轉無端，捫之清且寒。誰謂心腸中，不能如井寬。」「閱世四十年，忽忽歎無成。人苦不自知，百感戕其生。陶潛猶乞食，杜甫尚依人。吟詩豈在好，得酒還獨傾。公卿聞羨人，我何羨公卿。」別湖水云：「我出具一艇，我入奉一瓢。我衣無宿垢，我硯有良苗。猗嗟湖之中，於我乎逍遥。懷哉清漣漪，臣心以久要。」桃花云：「宜笑自成憐，如言轉不妍。無人有人處，一水一橋前。暮雨條條暗，春風面面圓。滿山何遽俗，莫倚海棠眠。」聞雁云：「只道霜應落，寧知雁已飛。寒空千響咽，獨夜一燈微。到我門前水，逢人月下機。莫因無字去，須得有書歸。」湖居云：「藤菜家家足，山茶户户儲。門生時致酒，鄰父或投魚。詩半聞鐘後，行多過雨初。江湖真滿地，風月自吾廬。」「竹外月光來，湖天洗更開。六橋千點樹，獨夜一層臺。海隔人間世，身留掌上桮。不知蘇玉局，可似我徘徊。」「屋後新亭子，能來醉幾回。江流斜日去，月照大蘇來。太守先能賦，諸生亦異才。都須留幾字，鐫上緑莓苔。」「家好年常住，詩須日一篇。盤盤青草地，曲曲白鷗天。便擬求湖疏，多留賣賦錢。買山兼買水，二頃稻花田。」秋晚準提閣二首云：「湖到山前大，天從海外微。城眠江暗轉，郭出樹明圍。半閣新楓葉，三秋老客衣。頻來無一事，捫蝨送斜暉。」「葉帶疎鐘下，人先一鳥高。眼前身是粟，天際鶴無條。兩塔捧雲定，一燈蹲佛牢。風旙無限理，江月自江濤。」清溪舟中云：「翠竹來醒目，清溪此寫心。月沙寒自靜，石水淺能吟。永夜聽舟語，初歸喜土音。誰知惠州客，破涕始從今。」登晾鷹臺云：「元室君臣夜獵回，國門留此晾鷹臺。寒沙立馬荒荒没，落日盤鵰故故來。飛放泊前空水闊，醫無閭外陣雲開。書生不解腰弓矢，懷古登臨暮角哀。」查大理淳家藏謝文節橋亭卜卦硯屬爲詩云：「摩挲賸墨玉庚庚，想見夷齊萬古情。國既無人焉問卜？臣猶有母久埋名。從容豈愧文丞相，流落應陪玉帶生。同是山頭一方石，人歌人哭至今并。」夏口懷古云：「仰視浮雲逐鳥飛，大江開處一樽罍。稀星明月悲秋夜，對酒當歌弔古來。此水豈宜規戰地，用兵終遜賦詩才。江魚尚帶東風血，一笑東坡客網回。」紀騰越之捷上梅坪制府云：「不向窮荒耀戰功，原知天地有昆蟲。負嵎竟敢將人噬，狡窟真須用火攻。野人巢穴據險，皆焚之。纔見雷霆拉枯朽，猶云瘴癘頓英雄。連年手決平蠻策，誰有綸巾羽扇風。」

陽春譚康侯孝廉敬昭聽雲樓詩草，風格清超，飄飄有淩雲之氣。論詩諸作，高挹羣言，瓣香當不在太白下，嶺南羣雅謂其詩吐屬温雅，可謂知言。其論詩云：「按圖無天馬，善陣非神兵。所以古真人，飄然凌紫清。被髮騎騏驎，赤手縛長鯨。超超萬象旁，無形役羣形。迴風一長嘯，絶迹飛天聲。世人欲從之，雲烟渺冥冥。惜哉益地圖，不見白玉京。黄河三千年，疆域移分星。天地方圓規，巧立無定程。元氣兹渾淪，上下相合并。巨手摩鴻濛，文章得天成。蒼蒼覺空闊，一一歸研精。日月蕩天門，容隙俱光晶。望之杳難即，取之隨已盈。團團捫渾儀，瑣瑣窺山經。人間竭人力，不作升天行。仙才謫塵寰，猶以謝鮑驚。悠悠我所思，十二樓五城。」「緬懷工倕初，亦以規矩耳。及夫人巧極，天工乃尺咫。元精貫當心，萬物在我指。人誰可傳言，我自長不死。有如山水音，自然中宫徵。使其按節歌，陽阿亦巴里。可憐列子肘，仰見伯昏趾。至人不射射，揮斥盡弓矢。機動任吾天，道存進乎技。苟非神明存，敢以成器訾。奇肱製飛車，寧復視塵軌。離婁公輸般，要是人間子。」四月十三夕黄香石過談白雲山之遊席間，聽香石自雲口記僕以耳遊，用呈一律。云：「把酒對明月，聽君歌白雲。君身有仙骨，自是雲中君。勝具由天授，壯遊自我聞。坐令虛白室，空翠落紛紛。」春草云：「尋春春渺茫，隨爾至何方？一碧自千里，四山多夕陽。離亭侵馬足，古道斷人腸。處處生愁思，天涯夢亦長。」寄西峰草堂李季子云：「秋氣入天輕，空山落照明，白雲低樹影，黄葉絶人聲。之子事巖隱，幽居無世情。松花墮潭水，流不到江城。」

自鳴詩鈔，番禺田西疇諸生上珍著。劉藻林彬華玉壺詩話云：「西疇人品高雅，不慕榮利，其詩瓣香白、陸，脱手如彈丸，僻澀詼詭之習，一掃而空之。」諸生寓懷諸詩，爲時所傳誦。余尤愛其詠淚二詩，字精句切，詩云：「事去英雄輒自傷，分攜終古怨河梁。江南賦後頭全白，夔府秋深菊又黄。垂老班超留絶域，多情司馬謫潯陽。獨憐晉室諸名士，枉向新亭灑數行。」「湘江竹上恨離離，幾樹梨花帶雨飛。古戍月明笳亂響，長門燈暗指頻揮。客從易水驅車去，人自西州策馬歸。今古飄零知不少，傷心何獨漢臣衣。」

閩縣家少佶孝廉方藹，余己亥同年也，著有敬輿堂詩草。詩筆灑然拔俗，詠史諸作，尤具特識。其題御服碑後，得言外諷刺之神，詩云：「杜宇聲聲啼曉枝，六陵劍佩杳何之？趙家龍種憑誰在，手勒皇元御服碑。」可與史明古題趙子昂畫蘭「國香零落佩纕空，芳草青青合故宫。誰道有人和淚寫，托根無地怨東風」同一諷刺，皆有忠厚之意。孝廉更有息夫人詩，出於天籟，詩云：「一語蔡侯囚，再語子元死。人恨花無言，花言乃如此！」孝廉工書法，得顔、褚之訣云。

向余謂露筋祠詩，王阮亭後，絶少名作，蓋以未能超脱故也。及讀黄小石比部紹芳高郵露筋祠詩，不着一字，儘得風流，起二句尤極渾成，阮亭見之，定當把臂入林也。其詩云：「三十六湖水，門前流最清。神鴉迎客櫂，社鼓疊春聲。表潔羞蘋藻，搴香采女貞。竹枝哀怨調，船笛若爲情。」

「諸將漢家騫日月，故人天上動星辰」，此吾閩徐幔亭先生熥過釣臺詩也。下語渾成，不可多得，以視「一著羊裘便有心」及「雲臺怎比釣臺高」「羞見先生面，黄昏過釣臺」等句，相去遠矣！

福州女士朱芳徽孺人懿卿，山人姜蘭雨承雯室也。著有緑天吟社詩草，詩筆嫻雅，出於性情。其呈蘭雨句有「留心經濟須傳世，有志功名始讀書」，可以觀婦道矣。其冬夜聞機聲有作云：「欹枕朦朧夢又驚，忽聽鄰院送機聲。穿梭暗度疎風急，轉杼時隨滴漏輕。十指俱寒憐夜靜，一燈相伴到天明。可憐紈袴豪華客，豈識貧窗尺寸成。」新正病中有感云：「容顔消瘦疾時侵，黄土無情感慨深。諱病不教夫婿識，恐妨分却讀書心。」「人心叵測語難當，底事紛爭只自戕。欲問華佗醫國手，可能醫俗有奇方。」五言句如「風定秋無語，月明影不孤」；七言句如病況云「曉妝未竟還支枕，午睡頻驚怕叩關」；洪山塘即景云「黄雲百頃無餘地，古木雙枝欲際天」；又「雲樹烟濃迷島影，蔗林風過作濤聲」；晚景云「老槐負月妨花影，亂鳥投林作雨聲」；夜坐云「晚風入樹鳥先覺，涼月到窗人未眠」；述懷云「世態不關心自靜，風塵無累性還和」，數詩不愧閨中風雅。

卷十

定盦詩集四卷，仁和龔璱人儀部自珍著。道光九年進士，禮部主事。儀部爲金壇段茂堂先生外孫，學問淵源，蓋有所自，古文詞奇崛淵雅，不可一世，余嘗選其文入近代十二家文鈔。其爲學，凡經學、六書、子史，下至金石、鐘鼎、古文，皆悉心精究。詩亦奇境獨闢，如千金駿馬，不受絓紲，美人香草之詞，傳遍萬口，善倚聲。道州何子貞師謂其詩爲近代別開生面，則又賞識於絃外絃、味外味者矣。中年以後，博弈好飲酒，諸事俱廢，是亦學人之一病也。其紀遊詩云：「春小蘭氣淳，湖空月華出。未可通微波，相將踏幽石。一亭復一亭，亭中乍曛黑。千春幾輩來，何況嬋媛客。離離梅綻蕊，皎皎鶴梳翮。鶴性忽然馴，梅枝未忍折。並坐戀湖光，雙行避蘚跡。低睞有誰窺？小語略閒息。須臾四無人，顏弱未工熱。安知此須臾，非隸仙靈籍？侍兒各尋芳，自薦到扶掖。光景不少留，羣山媚瞑色。城闉催上燈，香輿竚烟陌。温温懷肯忘，曖曖眴靡及。祇愁洞房中，餘寒在鴛屧。」秋夜花遊云：「海棠與江蘺，同豔異今古。我折江蘺花，問以海棠嫵。狂呼紅燭來，照見花雙開。恨不稱花意，踟蹰清酒盃。酒盃清復深，秋士多春心。且遣秋花妬，毋令秋魄沉。云何學年少，四座花齊笑。躑躅取鳴琴，彈琴置當抱。靈雨忽滂沱，仙真窗外過。雲中君至否？不敢問星娥。」過菩薩墳菩薩墳者，亦曰公主墳，遼聖宗第十女墓也。小字菩薩，未嫁而死，遼史無傳。北方海棠少，此地始生之，自是海棠之盛，逾於江國，土人因以海棠謚主云。墳在西南無相寺。云：「菩薩葬龍沙，魂歸玉帝家。餘春照天地，私謚亦高華。大脚鸞文勒，明妝豹尾車。南朝人未識，拜殺斷腸花。」世上光陰好云：「世上光陰好，無如繡閣中。靜原生智慧，愁亦破鴻濛。萬緒含淳待，三生設想工。高情塵不滓，小別淚能紅。玉茁心苗嫩，珠穿耳性聰。芳香箋藝譜，曲盝數窗櫳。遠樹當山看，行雲入抱空。枕停如願月，扇避不情風。晝漏辰千刻，宵缸夢幾通。德容師窈窕，字體記玲瓏。朱户春暉別，蓬門淑景同。百年辛苦始，何用嫁英雄。」秋心云：「秋心如海復如潮，但有秋魂不可招。漠漠鬱金香在臂，亭亭古玉佩當腰。氣寒西北何人劍？聲滿東南幾處簫。斗大明星爛無數，長天一月墜林梢。」「我所思兮在何處？胸中靈氣欲成雲。槎通碧漢無多路，土蝕寒花又此墳。某水某山迷姓氏，一釵一佩斷知聞。起看歷歷樓臺外，窈窕秋星或是君。」小遊仙詞云：「歷刼丹砂恨未成，天風鸞鶴怨三生。是誰指與遊仙路？抄過蓬萊隔岸行。」「玉女窗中梳洗成，隔紗偷眼太分明。侍兒不敢頻頻報，露下瑶階濕姓名。」「珠簾揭處佩環摇，親荷天人語碧霄。別有上清諸女伴，隔窗了了見文簫。」「寒暄上界本來希，不怨仙官識面遲。僥倖梁清通一語，回頭還恐歲星疑。」「丹房不是漫相容，百刼修成忍辱功。幾輩凡胎無覓處，仙姨初拳可憐蟲。」「露重風多不敢停，五銖衫子出雲屏。朝真袖履都依例，第一難箋纓絡經。」「不見蘭旌與桂旄，九歌吹入鳳凰簫。雲中揮手誰相送？依約湘君舊姓姚。」「仙家雞犬近來肥，不向淮王舊宅飛。却踞金牀作人語，背人高坐著天衣。」「諦觀真語久徘徊，仙楮同功一繭裁。姊妹勸書塵世字，莫瞋倉頡不仙才。」「金屋能容十種仙，春嬌簇簇互疑年。我來敢恨初桃窄，曾有人居大梵天。」「吐火吞刀訣果真，雲中不見幻師身。上方倘有東黄祝，先乞靈符制雹神。雹神姓李，見神仙鑑。」「衆女蛾眉自尹邢，風鬟露鬢覺伶俜。捫心半夜清無寐，愧負銀河織女星。」夢中述願作云：「湖西一曲墜明璫，獵獵紗裙荷葉香。乞貌風鬟陪我坐，他身來作水仙王。」儀部舊名自珍，今改名鞏祚。

高密單芥舟明經詩，風骨谿徑，迥異凡俗。其青緗道詩云：「青緗大道中，石坂亦層裂。左有古馬蹄，右有古車轍。自有此道通，車馬無時歇。所載名利客，並隨風塵滅。去者日已多，來者日不絶。我來何所求，時哉方觸熱。」老客詩云：「客老難爲强，馬老難爲驕。老客跨老馬，早出東門橋。是時天陰重，雲寒風蕭蕭。僕夫指前路，原野春寂寥。仰視孤鴻飛，哀鳴求其曹。所急非利名，胡此心獨勞。」讀二作，知明經詩律之精，胸次之曠矣。

作詩之旨，如玄酒太羹，不必求人人皆知，正惟知我者希則我貴。亡友張亨甫，詩才俊逸，雄視一代，所惜者，每下筆時，欲求人人皆知，是爲一病。金元遺山感興詩云：「好句端如緑綺琴，靜中窺見古人心。陽春不比華黄曲，未要千人作賞音。」

養一齋詩話云：「常建『松際露明月，清光猶爲君』；劉眘虚『松色空照水，經聲時有人』；陶翰『夜來猿鳥靜，鐘梵寒雲中』；李頎『行客暮帆遠，主人庭樹秋』；岑參『不見林中僧，微雨潭上來』；綦毋潛『晚風吹行舟，花路入溪口』；王昌齡『遠山落日在，空波微烟收』；崔曙『空色下低水，秋聲多在山』；李嶷『月色徧秋露，竹聲兼夜泉』；萬楚『野聞犬時吠，日暮牛自歸』：皆曲盡幽閒之趣。每一誦咏，煩襟頓滌，乃知盛唐諸公古詩深遠如此，不必儲、王、孟、韋而後盡物外之妙也。」

小芙蓉舫詩鈔四卷，閩縣林子萊孝廉仰東著。子萊幼穎異絶人，年十一，輯唐人詩爲古近體，傳觀殆遍。余識子萊於劉炯甫座上，隨與之定交。子萊甫冠，負不世才，所至魁其儕偶。子萊詩初學隨園及十硯翁，余力勸其取法乎上，子萊自焚其稿，遂肆力於漢、魏、三唐、宋、元、明諸大家。三十後，詩境日益進，上自漢、魏，下至唐人高、岑、王、李諸家，莫不登其堂而嚌其胾。壬辰春，余應龔君壽齋聘，校其祖海峰先生遺集，時子萊方設帳其家，聯牀夜話，相得益歡。子萊喜吟詩，同學中獨愛余，視余若手足不可離。每爲詩，必授余讀之。余年二十，遭家不造，久傷屯厄，所如輒不偶，而子萊獨賞識於風塵之外。當夫更闌燈炧，月落參橫，未嘗不促膝談心，互相砥礪也。道光壬辰，以上舍生舉於鄉，計偕北上，凡所過勝地名區，必吟諷不自置，郵筒所寄，嘆其詩筆愈蒼，世所謂得江山助者，余於子萊益信哉。試禮部，屢黜，路出大江南北，當軸震其名，爭欲延置幕府，子萊夷然不屑。歸，結茅屏山之麓，日嘯歌其中，客至，終日清言，娓娓不倦，而酒酣耳熱，與余上下千古，抵掌欷戲，幾欲唾壺擊碎也。戊戌，丁外艱，哀毁備至。未逾月，鄰人被火，幾及其屋，家故無健僕，子萊抱棺號咷，聲震遠近，閲數刻火息，屋得無恙；因是患肺痿疾，猶力疾課徒不倦。己亥，余領鄉薦，將北上，來别子萊，子萊執手泫然曰：「予疾亟矣，恐與君無相見期也。」余曰：「君以千秋自命，慎自愛。」子萊曰：「生死寄耳，惟文章之一脈而無窮期，百年後知有詩人林子萊，於願足矣。」庚子夏，余從京師歸，於南浦旅次聞子萊訃，驚疑交集。及抵家，始知於五月逝矣，時年三十有八，悲哉！夫人少小相知，當其握手締交，綢繆恩紀，或偶一睽違，歧途邂逅，猶且下車躑躅，徬徨不忍去，況於生平道義之交，生死之際，能不爲之怛焉悼，愴焉悲也夫！子萊嘗繪翠袖倚修竹圖，題詩贈余云：「涼翠障天天欲濕，鏡檻參差拂雲立。美人生小怨華年，袖長已覺西風入。問渠何事太瘦生？雙黛無言慘羞澀。蒼梧水碧思君王，日暮翠華遠莫及。杜鵑愁絶不可聽，紅淚零星空飲泣。改柯易葉心愈堅，湘水千年見衣摺。香骨珊珊林下風，披圖我欲從長揖。結鄰小住烟霞中，俯瞰洞庭夕波急。淩霄百尺仙人姿，莫似幽蘭怨原隰。不然魂逐九疑飛，使我江皋氣嗚咽。嬋娟微笑若爲情，贈我明珠紅錦襲。遶庭相與種新篁，直待春來籜龍蟄。我擊鼉鼓君吹簫，舉手招得鳳凰集。」讀此詩，令我作山陽聞笛之感。

今世士夫，病在視己太重，視人太輕，妻子而外，兄弟皆路人也，何論朋友。朱竹垞先生有慨世道之衰，其雜詩云：「衡必錙銖爭，錢必子母權。佳李鑽及核，曲防遏其泉。不屑一毛拔，而況千金捐？舉世皆楊朱，方思墨翟賢。」然此詩却不必令楊朱輩讀之，彼固不解一句，不識一字也。

自來作七夕詩者，多賦歲時綺節，兒女離情，吟長恨之歌，感新婚之别，雖善言懷，未能免俗。同里李蘭屏比部七夕雜感詩五首，可稱超脱，迥異故常。其一云：「雲漢昭回萬象垂，無端鍼閣豔星期。書生獨有豐年祝，瓜果田蠶七月詩。」其二云：「功名壽考亦尋常，牢落英雄祇自傷。空有繡軿天上眼，衆中先識郭汾陽。」其三云：「花樣分明錦七襄，金鍼欲度更無方。君看萬古韓文在，獨有天孫爲織裳。」其四云：「平生不學柳州辭，守拙存真是我師。一笑人間小兒女，紛紛機巧萬蛛絲。」其五云：「仙家鈿合見無期，遠夢雲鬟又別離。天際銀河終到海，悲歡應笑萬緣癡。」五詩可謂翻新易奇。然比部又有乞巧圖二絶云：「碧落銀河夢有無，紅閨韻事更新摹。都將玉臂雲鬟感，添入張萱乞巧圖。」「望斷紅橋萬里秋，況留離緒到鍼樓。人間天上相思夢，對此丹青我亦愁。」二詩又不無兒女離情之感矣。

竹垞老人諸體詩，風格雄秀，追步盛唐，而法度亦縝密。其五言名句可合翁山、愚山二家爲鼎足。如曉入郡城云：「古道横邊馬，孤城閉水門。」過吳大村居云：「一徑野煙夕，孤村返照寒。」暝云：「獨樹歸禽少，平川隱霧深。」雨後即事云：「日氣晴虹斷，霞光白鳥飛。」又：「蛙聲浮岸草，鳥影度江天。」夏日閒居云：「歸鳥檐前樹，斜陽嶺上村。」語谿道中云：「陂塘湖水緩，桑柘石門多。」治平寺云：「陰崖深樹緑，斜日亂峰黄。」送屠爌入閩云：「江猿啼遠近，天水入空虛。」登觀山頂云：「細雨春歸雁，深山日暮鐘。」鶯脰湖寄周四云：「桑麻深杜曲，雞犬擾秦餘。」歸次西水江行舟被捉云：「斷續深江樹，冥濛細雨天。」又：「江村寒抱被，茅屋夜張燈。」望湖亭對月云：「遠樹霧中失，浮雲川上來。」元日陰云：「故鄉應雨雪，絶域尚烽煙。」金山登妙高臺云：「衆水金陵下，孤城鐵甕深。」過光孝寺云：「寒煙萬井外，春樹六朝餘。」贈張五家珍云：「身孤百戰後，門掩萬山前。」夜泊西南驛云：「獵火寒歸騎，津亭暗落帆。」三水道中云：「夕陽明斷岸，風色上征衣。」送曹方伯還里云：「秋風空日夜，歧路渺關河。」阻風珠江云：「空倉寒聚雀，深樹晝聞鴞。」送嚴煒之惠陽云：「晴川疎樹遠，落日亂山多。」梅市飲祁四居士駿佳宅云：「窗中交浦樹，檻外落風帆。」題祁六班孫東書草堂云：「江花平岸發，山鳥過庭飛。」送汪進士游嶺南云：「榕葉山城暗，梅花驛路長。」同王處士施學使陸處士汎舟西湖遇雨云：「迴船沙岸火，驟雨石門松。」夜過曹侍郎倦圃云：「昏鐘藏古寺，修竹亂明星。」湖上逢楊二給事云：「碧草湖邊寺，青驄渡口橋。」夏日西湖同曹學士余山人汎舟云：「山雷焚斷塔，雷峰塔也。沙柳拂晴雲。」九日云：「遠山初過雁，淺渚舊平沙。」吳興客夜云：「江清楓葉下，天闊雁行齊。」由碧浪湖汎舟至仁王寺飯句公房云：「到門千樹合，登閣一峰孤。」白雀寺云：「野雲平石磴，江日冷楓杉。」谿丹楓驛曉行大雪度青雲嶺桃花隘諸山暮投麗水舟中云：「饑寒催日暮，風雪逼窮途。」秋日對酒江心寺云：「寒潮天外落，秋草渡頭生。」雨云：「轉添秋草緑，更洗暮山青。」九月十四日夜月云：「關山仍遠道，西北有高樓。」返照云：「明霞飛不落，獨鳥去還歸。」七夕雨云：「戍樓連樹黑，漁火隔河明。」曉發東光縣云：「落日金樞動，疎烟土銼高。」晚次崞縣云：「雪飛寒食後，城閉夕陽中。」飲歷下亭泛舟蓮子湖云：「柳岸鳴蟬急，荷風浴鳥輕。」又：「竹深池館靜，山轉柁樓斜。」慈仁寺夜歸同李十九對雪云：「數錢燈下酒，入饌雪前魚。」臥佛寺云：「夜續林中磬，春流枕外泉。」題退谷云：「閒中春酒榼，靜裏山泉音。」譚孝廉歸自楚粵訪予維揚喜成云：「寒梅探庾嶺，秋草下涔陽。」雨度仙霞嶺云：「古苔緣樹上，密竹聚峰圓。」題湯上舍潛籟軒云：「萬籟入門寂，羣花繞屋開。」夜起云：「木落南樓早，山連北口寒。」同郭麟徵訪崙公云：「小雨乍潑火，輕風無聚沙。」鹿鳴山晚眺云：「江光寒轉白，峰色遠逾青。」安仁云：「水迴沙市曲，山到郭門平。」顧明府載酒邀觀三江閘云：「蕭疎何限樹，平遠不多山。」李高士建昰墓下云：「擔花嘗郭外，賣藥遍人間。」飲方覲園亭云：「平山窺户入，遠水出郊澄。」石湖云：「過橋湖水闊，隔岸野雲生。」南垞晚步云：「高樹不歸鳥，小窗明夕陽。」

鷗汀漁隱詩鈔十卷，江西宜黃陳少香先生偕燦著。先生天才敏捷，好吟詩，下筆千言，執紙立就。以名諸生舉於鄉，道光辛巳鄉榜。就試禮部，不捷，遊吳越，東南諸大府爭相招致，相國阮芸臺、宫保陶雲汀、中丞陳笠颿、曾賓谷、陳芝楣、學使汪巽泉、都轉蔡海城諸先生，咸以文章氣誼相契洽，刺史吳蘭雪先生尤服其詩，決其必傳。顧九上公車，五薦並以額溢見遺。道光戊戌，以教習宰閩中，撫字催科，臨民之餘，不廢吟咏。後宰惠安，爲言者中傷，遭嚴譴棄官。先生天性醇厚，孝友聞於鄉黨，結交遍天下士。少時，好六朝沈博絶麗之文，尤喜庾開府，既而服習兩漢，下逮韓、柳、歐、蘇諸家，每下筆，馳驟縱横，不可一世，絶類老蘇。詩初學劍南，次學香山，又學東坡，四十後詩格出入三唐，尤與大曆十子爲近。所刊鷗汀漁隱詩集，爲昌彝所校定。近又刻焚餘集及春雨樓近詩，詩筆愈蒼，真不愧西江風雅。書法古秀，髣髴坡翁；畫亦極有逸趣。先生愛才出至性，尤極賞昌彝詩，謂足嗣響開、寶諸家，必傳無疑，所謂誘之以至於是也。先生論詩極精，嘗謂昌彝曰：「詩欲其真，不欲其僞；最初爲真，後起非真；信於己者爲真，徇於人者非真；足於己者爲真，襲於人者非真。是故讀書有真種子，作文有真血脈，而作詩有真氣骨。得其真，則一花一木、一水一石、一謳一詠，皆有天趣，足以移人。失其真，則雖鏤金錯采，纍牘連篇，吾不知其中何所有也。古今論詩有二：曰性情，曰格調。性情真也，襲格調而喪其面目，僞矣。格調亦真也，離性情而飾其衣冠，僞矣。此杜少陵所以有『别裁僞體』之説也。」又云：「詩至漢、魏，古矣；而僞漢、魏，何如真齊、梁；三唐美矣，而僞三唐，何如真兩宋；初、盛唐高矣，而僞初、盛，何如真中、晚。推之，僞李、杜不若真元、白，僞王、孟不若真温、李。此其得失較然，不待智者而後知也。」

南宋曲端之死，史書皆比之岳忠武，然非定論。陶允嘉符離懷古云：「張都護殺曲端，關中將士皆心寒。秦丞相殺岳飛，萬里長城一旦墮。婁宿歡顏兀朮喜，小朝廷復何恃？長脚太師吾何尤，魏公九原知悔否？」朱竹垞文集書張浚傳後云：「宋之南渡，將帥有人，可以戰，可以守；自寄閫外之權於浚，喪師動十數萬，元氣重傷，譬諸孱夫，不能復起矣。浚於李綱、趙鼎則劾之，於汪伯彥、秦檜則薦之，尚得云好惡之公乎？至曲端之死，與檜殺岳飛何異？讀史者務曲筆以文致端有可至之罪，不過因浚有子講學，後死，徽國公爲之作狀，天下後世遂信而不疑耳。」袁中郎宿朱仙鎮詩云：『祠前簫鼓鬧如雲，立石爭鑱弔古文。一等英雄含恨死，幾時論定曲將軍？』江進之讀魏公傳詩云：『子聖焉能蓋父凶，曲端寃與岳飛同。何人爲立將軍廟，也把烏金鑄魏公？』可謂助我張目者也。」鄞全紹衣曲端論云：「史臣之爲曲端立傳也，求其一二卓犖可紀之功，寂寥無有；其纍纍者，跋扈遁逃之狀而已。而猶以張魏公之殺之爲非辜，且謂南宋不振之故，自殺端始，斯誠不解其見。子全子曰：吾諦觀端之爲人，亦小有知兵料敵之長，而剛愎，而不仁，忮刻而自用；尤不樂同列之有功名，並不顧國家之有急難，此其所以再起再蹶，而卒之以殺其軀。方宗留守之用爲經略也，其時關隴六路，雖已隣於强寇，而所在義兵徧野，民心未負宋也。端從任事以來，聲稱蔑如，而志在并軍，性復怯戰，婁宿自龍門渡河，曲方遁矣，鄭驤死矣，王瓊潰矣，唐重死矣，同州再破，再敗矣，端無一旅之赴，而誤張嚴於鳳翔，使之輿尸，罪一；擅斬劉延亮，罪二；聞鳳翔、長安議恢復，欲撓其功，擅斬鳳翔將劉彥希，罪三；又殺長安將張宗，罪四；王庶制置六路，端不受命，八公原之戰，飛書止諸帥會兵，而逍遙淳化，罪五；以金人過河，散南義兵，罪六；席貢以師會王庶，端又阻之，罪七；延安之急不救，王庶來奔，反奪其符印，而謀殺之，罪八。使部將其間，祇有清泥嶺之一捷，而又出自吳玠之功，然則誤關隴之事，至於四裂而不支者，端爲禍首，而當時莫之能問也。迨魏公以中樞開府，倚其宿將，而朝中頗以前事爲疑，於是以百口保之，遂有都統制之命，其所以湔洗之者至矣。然而李彥仙困陝州則不救，吳玠戰彭原則不救，皆以幕府之檄促之，端之遷延而不至，聽其或死或敗者如昨也，臣節至此，可謂無復人心者。使以司馬穰苴之法論之，專殺固誅，失律亦誅；慢令固誅，負恩亦誅；端之所堪平反者，果安在也？吾又聞築壇拜端之日，魏公咨詢方略，端言見兵八十萬，須斬其半，方得其半之用，見周氏陟筆。信斯言也，則雖杜郵之戮，不足以蔽其辜也。然世之所以論端寃者，則以富平之師，端言之而中也。當魏公將出師，端謂驟合諸路大舉，不若以偏師迭出擾之；是固兵法，但魏公此役，別有苦心，不得以成敗論之。是時行在失守，乘輿飄泊，鎮江之勝，雖足使兀朮膽落，而淮上之軍，留連未去，魏公懼其復有渡江之舉，遂大出師，由同、華、鄜、延以擣其虛，而兀朮果由六合西行，以援陝西。劉子羽、王彥之諫也，魏公以爲東南事急，不得不出於此。斯言也，執干戈以衛社稷之心如將見之，川陝雖挫，而東南遂高枕而無事矣。中興聖政記以爲魏公非不知五路兵將之情未通，非不知三年養力之期未滿，而心憂屬車之清塵，然則諸將之言，特論事勢者之常，豈知夫元老大臣蒿目犯手而爲之者，固别自有爲哉！至史家言魏公嘗詐曲端旗以懼敵，是尤誣妄之甚者。婁宿以孤軍恣行三輔，未嘗一挫於端，則其旗固不足以張吾軍而寒敵人之心。使果懼之，富平之役，端本以轉運在軍，婁宿不畏也。自是而後，三戰於和尚原，一戰於箭筈關，一戰於仙人關，皆吳玠也；再戰於金州，皆王彥也；一戰於饒風關，則吳、王之合軍也，二將皆萬人敵也，誰肯冒端名哉？是特野史附會之談，而續通鑑者無識，竟采入之。晉鄙之客，造謗信陵，固不足致詰也。且夫李光弼之涖朔方也，誅張用濟，余玠之涖蜀也，誅王夔，古來丈人之嚴軍律，未有不懲悍帥而可以期成事者。吾謂魏公下車，即當暴端之罪，尸之三軍，以示不用命之罰，顧乃計不出此，而猶欲收其桑榆之效，吾知其無能爲也。及其誅也，以幕府治一部將，不能著其應有之讞，而於區區文字之間誣其指斥，又坐以謀反之名，責其部下張中孚、趙彬之叛，是則端所不受也。求其罪而不當，反令死者得以有辭，是則魏公之失，而王庶、吴玠亦與有過焉。聖政記曰：端死，頗爲時所惜；然議者謂端不死，一日得志，逞其宿憾積怨，而秦、蜀非朝廷所有，雖殺之可也。是以有誅端之心矣。嗟乎！魏公之精忠足以貫日，而短於才，故累舉而累蹶，其蒙謗於陝中也以曲端，其蒙謗於淮上也以劉光世。不知不殺曲端，陝中之軍令不肅；不罷劉光世，淮上之軍氣不揚，雖有才十倍於魏公者，無以成功。陝中之敗以輕敵，淮上之敗以失人，是才之短也。有明之人，疎放考古，襲宋史之唾餘，而極詆魏公，甚至比曲端於岳飛，則真愚而妄者也。」

「幽香生自性根來，並蒂偏從冷處開。不識人間塵土味，萬花須讓此仙才。」此東鄉吴蘭雪嵩梁咏水仙花詩也，可謂賦物親切。

唐人詩「可憐無定河邊骨，猶是青閨夢裏人」，按無定河在今直隸固安縣西北十里，本朝改爲永定河。王阮亭池北偶談嘗辨之，非陝西之無定河也。河之水東奔，潮汐無定，故名。閩縣薩檀河大令玉衡有詩云：「圊水東奔助汫河，流沙濁浪此經過。三春少婦青閨夢，一夕詩人白髮皤。古戍連城寒落雁，黄雲壓塞晚鳴駝。只今雪作堤邊絮，笛裏關山客思多。」

丹陽縣新豐塘爲張闓所鑿，陸放翁云：李白詩「南國新豐酒，東山小妓歌」，又唐人詩「再入新豐市，惟餘舊酒香」，皆指丹陽之新豐，非長安之新豐也。厲樊榭鶚有詩云「水落塘猶在，天寒酒可酤」，名句也。侯官李蘭屏新豐詩云：「縹緲殘霞畫遠天，江村晚樹碧於煙。詩人夢憶新豐酒，估客帆歸建業船。張閶塘空殘照澹，吕蒙城近暮山連。栖鴉流水新愁地，蕭瑟秋光總可憐。」此詩説地理確鑿，亦清婉可誦。

辛丑夏，建寧張亨甫孝廉觴余於烏石山，席間誦其友山陽潘彦輔孝廉五律云：「海内論詩者，餘生汝最宜。欲求騷雅合，惟許鬼神知。風雨蟄龍奮，關山老馬遲。虚堂此明燭，千載愬風期。」按此詩風骨老蒼，養一齋詩鈔遺之何耶？

張亨甫詩才敏捷，辛丑夏，猶子喬峰出畫石榴團扇求詩，時值海氛不靖，亨甫感慨時事，頃刻成三絶句，各自切題。詩云：「南海明珠貢未聞，房中百琲許誰分？榴花紅抵烽烟色，五月無人割陣雲。」自注：時粵東逆夷不靖。「一代論才見步兵，自注：謂又崧叔父薌谿孝廉。阿咸超絶倘齊名。竹林實似琅玕長，雛鳳飛來萬里情。」「老去張衡詠四愁，奉揚難遇好風留。元規塵滿應休問，願爾揮軍障石頭。」

博陵登眺圖爲張亨甫所繪，題者甚衆，惟李蘭屏詩極爲真切。詩云：「蠡吾形勝接瀛洲，才子幽燕話壯遊。半面孤城臨朔漠，九邊衰柳曳清秋。關河暮色渾宜畫，詞賦風懷盡寫愁。綵筆青衫正年少，可堪惆悵仲宣樓。」「百戰山川没草萊，登高呼酒壯懷開。

燕雲自抱盧龍塞，薊野遙連市駿臺。流水棲鴉寫秋思，殘陽立馬話邊才。亭甫將有塞外之行。千秋潞涿英雄地，古木寒蘆照眼來。」「清樽此日惜離羣，直北愁看萬里雲。留滯周南空感舊，飛騰幕府願論勳。尚懷上谷良家子，能草天山露布文。太息才人困羈旅，坐令投筆欲從軍。」

西湖宛在堂祀明林子羽、王孟敭、鄭少谷、高宗昌、傅木虛、葉文忠、曹節愍、徐幔亭、徐興公、謝在杭十人，乾隆初黃莘田所立也。莘田書葉文忠句爲楹帖云：「桑柘幾家湖上社，芙蓉十里水邊城。」道光四年，同里紳士益以謝雙湖、陳叔度、趙十五及莘田，凡十四人。陳恭甫先生詩云：「文獻百年煩月旦，蒹葭一水自風煙。」注云：「文忠相業光顯，不必與詞人爭一席也，當去之。」

余六上公車，十二過露筋祠，未嘗得句，以王阮亭作如崔顥題詩也。露筋事已屬渺茫，作者豈容着相，故向來作露筋祠詩，總以阮亭爲最。其詩云：「翠羽明璫尚儼然，湖雲湖樹碧於烟。行人繫纜月初墜，門外野風開白蓮。」可謂不着一字，儘得風流。祠左偏有方池，池中蓮花，夏日盛開。庚子辛丑，余過其地猶見之，至甲辰，尋其池，已填爲平地，居民築屋其上，而詩人遊眺之所，已爲陳迹矣。侯官王尗蘭上舍避暑録謂蓮花爲露筋娘娘小字，雖引書以證之，殊屬非是。

庚戌仲夏，舟抵杭州，聞道州何子貞師住西湖淨慈寺，遂往謁。時師扶太夫人櫬歸湖南，暫避熱於西湖淨慈寺。清談數刻，胸次灑然，師乃出元和顧澗薲茂才思適齋詩文集相贈。澗薲名廣圻，字千里，精於校讎之學，同時如盧抱經學士、段茂堂大令、王懷祖巡河、錢竹汀詹事、孫淵如觀察、張古愚太守、黄蕘圃孝廉、胡果泉中丞、秦敦夫太史、吴山尊學士，無不兼擅其長，而澗薲尤魁傑者也。以與段茂堂先生爭四郊小學成聚訟，士論薄之。詩非所長，今録其爲侯青甫畫竹及秋海棠二絶，云：「無端妙手掃檀欒，黛色參差玉幾竿。恍似平山堂下去，有人翠袖倚天寒。」「浥露含風無限情，淺紅深暈太盈盈。秋花自較春風豔，不爲相思淚染成。」

庚戌余自從京師回，過西湖，訪龔昌匏國子生太息於錢塘門外，國子生爲定菴先生冢嗣。昌匏家傍西湖，湖水湖山，宛然在目。昌匏持酒一壺，呼舟子同載，歷覽湖山勝景，遥望六橋烟柳，濯濯依人，不覺身行畫裏，日夕方歸。元人沈自誠西湖竹枝詞云：「儂住西湖日日愁，郎船只在東江頭。憑誰移得湖山去，湖水江波一處流。」又釋道元詩云：「湖西日脚欲没山，湖東月出牙梳彎。南峰北峰船上看，恰似阿儂雙髻鬟。」二詩絶佳，余爲昌匏誦之。

作西楚霸王詩，難於擺脱凡俗，前明濟南進士王季木象春書項王廟壁詩，季木，明萬曆時進士。爲潁川劉考功公戭所賞，朱錫鬯謂季木詩比於謝參軍鴻門作更覺遒鍊。其詩云：「三章既沛秦川雨，入關又縱阿房炬，漢王真龍項王虎。玉玦三提王不語，鼎上杯羹棄翁姥，項王真龍漢王鼠。垓下美人泣楚歌，定陶美人泣楚舞，真龍亦鼠虎亦鼠。」此詩出於天籟，非人力所能至也。

甄后塘上行，風骨未蒼，不足入古，王阮亭古詩箋録之，何耶？甄后爲袁熙之妻，袁氏爲魏所滅，甄氏既不能死節，乃失身於曹丕，後爲郭后所讒，寵愛漸衰，乃作塘上行以見志。於節已壞，怨之何益？況並其詩亦不足存乎！

養拙齋未是草，閩縣曾亦廬大令元澄著。辛卯鄉榜。大令詩縱横跌宕，豪邁騰驤，七言古尤獨樹一幟。昔陳卧子謂李獻吉詩「崢嶸清壯，原出秦風」，余於大令亦云。集中名篇如讀陸宣公奏議、南康望廬山、幔亭峰下作、度居庸、濟州太白酒樓放歌、過清流關、謁岳墳、孤山訪林處士故居、王彦章鐵槍歌、秦良玉戰袍歌等篇，皆能蹂躪高、岑之室，騰踔何、李之堂。其度居庸云：「居庸要險天下絶，一關南北炎涼别。四山疊翠入寥泬，猩猱怒嘷蒼石裂。不知何年六丁掣？黄雲匝地蟠拳鐵。我車輪敝石欲齧，我馬力疲蹄屢跌。太行羊腸同一轍，懸組莫上攀籐碣。雄關自昔天險設，一夫當之萬夫折。天門虎豹守扃鐍，石鼓雲雷森布列。壯遊天外雄心熱，關山放眼高歌泄。戰場前事輕胡羯，土木沙蟲幽恨結。折戟殘戈繡花襭，斑斑猶認將軍血。我朝坤軸歸提挈，夜柝無聲關吏撤。丸泥不事崤函閉，遊鞭直許崆峒揭。駱駝背穩雁飛瞥，吟聲席出長城窟。」秦良玉戰袍歌云：「大星夜隕峨眉巔，錦袍終古留蠻天。上有將軍百戰血，刀瘢箭垢餘腥羶。將軍本是秦家女，夫婿威名官石砫。首帕弓鞾蠻樣妝，銀鞍繡韀軍容武。請纓首策播州勳，廿年南北提孤軍。骨肉重傷新馬革，烽烟忍檢舊鴛裙。旌功詩錫平臺召，四川營奉思陵詔。兩字勤王銘背新，一團宮錦從天耀。承恩馬上促戎裝，萬里封疆仗女郎。督帥攘功誇蟒玉，監軍索賄侈貂璫。吁嗟三百年天下，驅賊縱賊成解瓦。白梃來時勢一空，錦袍識處誰當者。半生報國障夔巫，愧死鬚眉六尺軀。奮袂勇搴渠帥纛，解衣分給一軍襦。竹箇坪前鼓聲死，張令不還事去矣。十三要隘圖成虛，二萬峒蠻議旋止。西川老去拂衣歸，此袍此日無光輝。風沙襟上黦蠻血，金繡燈前痛賜緋。君不見，左家寧南一男子，冠裳掃地九江恥。通侯劍履委塵灰，孱婦釵鈿芳頰齒。又不見，梅花嶺上袍笏寒，騎箕人去埋衣冠。何似夫人城健在，獨遺巾幗後來看。」

詩有煙火氣則塵，有脂粉氣則纖，有蔬荀氣則儉，無是三者而或矯同立異，或外强中乾，則亦爲餒而爲敗。故詩不可以無氣，而氣尤不可以襲而取，不可以僞爲。其氣逸而雄、清而壯者，漢、魏以來，少陵一人而已。蘇子瞻云：「天下幾人學杜甫，誰得其皮與其骨？」皮且不可得，而況得其神髓乎哉？此無他，骨不靈而氣以頹，心不俠而氣以懾，雖日取杜詩而讀之，而去杜益遠矣。

東鄉吳蘭雪刺史嵩梁香蘇山館詩鈔，其入廬山諸詩，模山範水，可稱作手。余尤喜其九峰閣諸詩，有繪影繪聲之妙。其由東城阪入九峰云：「久晴西風雨，久雨西風晴。我信野人語，遂作看山行。行行渡溪橋，步步皆雲水。我愛流水聲，人行白雲裏。雲裏有人家，柴門臨水斜。門前怪松樹，屋後高梨花。梨花高入雲，一白迷行路。迴風送香來，始悟花開處。」九峯閣詩云：「九峯有高閣，嵯峨與雲平。峯峯殊向背，日日兼陰晴。一峯雲漸吐，裊若炊烟輕。會合爲大雲，積氣巖壑輕。長風天上來，驅雲山亦行。一雲相往來，九峯爭送迎。雲氣釀爲雨，咫尺銀河傾。見雲不見水，震蕩風雷聲。雨收雲緩歸，徘徊若有情。萬松隱斜照，紫翠不可名。我爲看山來，山下雲又生。詩亦如白雲，隨意爲縱橫。」此詩置之坡翁集中，未知鹿死誰手。

辛丑夏，兒子慶焞持箑子索張亨甫孝廉書，亨甫口占絶句贈之云：「東坡早見斜川慧，洗馬真如樂廣清。世兄爲劉焵甫上舍婿。願爾著書如汝父，不妨談笑薄公卿。」四兒慶銓亦持箑子求書，孝廉復成長律書箑上，末聯云：「子皮家事如吾聽，一與傳經一授詩。」授筆詩成，不假點綴。

卷十一

絶句二十八字耳，貴在神味淵永，情韻不匱。國初翁山、漁洋而後，惟厲樊榭及吴蘭雪二家爲勝。今録樊榭絶句尤佳者，如花塢二首云：「法華山西山翠深，松篁蒙密自成陰。團瓢更在雲深處，惟有樵風引磬音。」「白練鳥從深竹飛，春泉淨緑上人衣。分明孟尉投金瀨，吟到日斜猶未歸。」冬日雜詩二首云：「霜酣槲葉一村明，茅屋高低烟火生。多事牆頭烏臼鳥，夜闌相答紡車聲。」「水邊僧屋刹竿雙，饑烏窺人上石幢。解向西風吟落葉，黄金合鑄賈長江。」人日游南湖慧雲寺七首之三云：「禪房鴨脚脱層陰，定破關門芋火深。至竟繁華歸夢幻，最無人處叫春禽。」題對山開卷樓壁云：「僧樓恰對惠峯開，寒玉泠泠步屧回。待與山靈話疇昔，杜鵑紅處我曾來。」寶應舟中月夜云：「蘆根渺渺望無涯，雁落圓沙幾點排。明月墮烟霜著水，行人今夜宿清淮。」懷徐丈紫山客金陵二首之二云：「春分彈指又秋分，記寫新詞篤耨熏。今日秦淮歌板絶，僧樓應夢馬湘君。」今年春分，同紫山賦綺羅香一闋。春寒云：「漫説春衣浣酒紅，江南三月最多風。梨花雪後酴醿雪，人在重簾淺夢中。」雨後寫望云：「風敲病葉入疎櫺，雲破寒山數筆青。十日鼓琴晴始出，夕陽依舊滿迴汀。」嚴朗屋寫小像爲杜子春事索題四首之四云：「君如夷甫不言錢，卻采虞初入簡編。歸去但尋梅尉女，挑燈細話小游仙。」東扶送水仙花五本時臘月七日雨中云：「春思於花亦太廉，一花一葉一愁添。肉人不合尋常見，燈影娟娟雨半簾。」梅雨經旬得遣懷絶句六首之三、五云：「龍公一匊破慳多，即漸空原展緑波。十角吳牛三尺筆，楝花點點響烟簑。」「舊種垂楊緑掃磯，北風將雨上漁扉。前村半入空濛裹，雲帶炊烟溼不飛。」西湖春雨四首之一、三、四云：「冥冥苦霧溼堤沙，店舍無人酒幟斜。已是祠山生日過，小梅猶滯雨中花。杭俗以二月八日爲祠山張真君生日，必有風雨。」「無賴東風轉柳條，雨從月額到花朝。少年記得嬉春事，斜日衣香第四橋。」「遥峯隱見黛眉攢，怪底春來無此寒。朋比熏爐風味淺，有人樓上倚闌干。」獨游滄浪亭五首之五云：「回首疎籬帶緑莎，歸來猶唱濯纓歌。城南一路供惆悵，老木平田古意多。」聖幾送漳蘭二枝二首之一云：「垣侵薜荔徑蓬蒿，零落幽叢夢想勞。忽見微波小翹楚，勝歌二十五離騷。孔行素至正直記明雪窗畫蘭法，有大翹楚、小翹楚諸形。」題周兼南唐小周后寫真四首云：「未合雙鬟最小身，秦淮明月白門春。溪宮莫話昭陽事，更有人間返卧人。」「已識君王尚待年，新詞側豔外邊傳。銷魂貌出提鞋樣，壓倒南朝步步蓮。」「羣花偃亞小亭孤，卯酒朝酣倦欲扶。可記畫堂南畔見，背人無語問流珠。」「命婦隨朝掩淚光，虛聞龍袞紀興亡。畫師自有春風筆，不寫傷心入汴梁。龍袞江南野史，今所傳不全，載小周后事，見王銍默記。」南湖初夏四首之二、三、四云：「委巷人歸路屈盤，苧衣初試尚嫌單。斜陽半落湖光裏，一陣蘋風助麥寒。」「壞垣桃李自無蹊，記得輕船對罨泥。看到濃陰春又夏，人家斜倚采桑梯。」「疎放都無客過存，五經籬外曲通村。紅薔十丈開還落，卧讀農書不出門。」吳興月河雜題五首之二云：「溪閣誰家有笛聲？釣游無處不關情。水雲寥落暮天出，青翠數峯城上明。」西湖柳枝詞六首之四、五、六云：「芳草春來斷客魂，楊枝只合伴桃根。滿湖碧水游船散，西月東風在寺門。」「鬬盡纖腰一兩枝，水仙王廟日斜時。青青不許游人折，細葉如顰更泥誰？」「路旁烟態罥朱樓，長送行人千里游。願作湧金門外樹，生來渾不識離愁。」二月十四夜同周少穆胡又乾施竹田吳敦復汪旭瞻施北亭西湖汎月共賦四絕句之四云：「月下看花不肯紅，沿隄花影壓孤篷。春烟夜半生波面，髣髴青山似夢中。」汎舟鑑湖四首云：「秋波渺渺碧無泥，雲樹參差望不齊。喚得烏篷新艇子，好山都在鑑湖西。」「放翁宅外賀家莊，時有游船繫柳樁。莫學三山但成隻，阿儂最愛住湖雙。湖桑埭一名湖雙，以有東南兩鑑湖也。」「柳姑廟俯蓼花洲，獨處無郎俗誤愁。烟縷乍消漁市散，一峯臨鏡學梳頭。柳姑廟向只女像，今俗誤偶以男。」「露冷紅衣已卸香，鏡心何處出新妝？菱歌未斷西風起，八月涼於五月涼。」初夏汎舟至孤山云：「弄晴小雨落餘飛，水外西峯未夕暉。滿地緑陰春去後，幽禽猶道不如歸。」雨泊桐扣二首之二云：「三更雨歇冷于秋，翦燭題詩劇未休。四面亂蛙聲裏坐，不知身在古杭州。」西湖競渡曲四首之二云：「竹風葵日共鮮新，向午湖亭扇障塵。試爲樓家參轉語，八分烟水二分人。『二分烟水八分人』，樓攻媿西湖競渡句也。」午月淮陰城北觀競渡四首之四云：「吟朋應是憶天涯，舊曲樽前小字斜。丙寅午日，與甌亭、敬身諸君湖上賦競渡曲。猶有浴蘭遺俗在，晚來閑過賣漿家。」寒食湖上冶春絶句七首之二、三云：「清繞橋迴澗壑長，春淙亭下踏春陽。越溪一尺西家髻，壓倒吳中時世妝。」「猛雨豪風不奈何，誰教龍忌得晴多。桃花薄命成僥倖，腸斷佳人愛愛歌。」題穆門老丘中秋夜汎詩畫卷三首之二云：畫爲華秋岳筆。「老我吳船易感秋，秋燈秋月幾曾游？夜來多少行雲影，不夢閶丘夢虎丘。」趙氏西池看海棠同施自勗作三絶句之一、二云：「花中戚里此稱奇，淑態穠姿想見之。莫笑杜陵窮相眼，麗人行即海棠詩。丘濬牡丹榮辱志以海棠爲花戚里。」「亦復奇顛擬放翁，名園可惜鎖東風。與君臨水偷看處，定愛深紅愛淺紅？」

閩縣薩檀河先生玉衡著有白華詩鈔四卷，瑰瑋喬皇，沈博絶麗，如鸞翔鳳舞，樂奏鈞天，幾欲跨其遠祖雁門集而上之。陳恭甫先生評檀河詩云：「駿偉廣博，譬諸快劍長戟之撞挄，黄鐘大吕之鏘洋。大瀛吹波，魚龍出没，沃日蒸霞，萬象瀜滉，建章神明，嶕嶢瑰麗，銅鳳金爵，照爛天表。」昌彝謂先生之詩，學人之詩也；才足以副之，亦梅邨、竹垞之流亞也。九仙山云：「勢分烏越鼎三山，騎鯉真人何日還？樓閣春風明海島，旌旆夜月擁仙班。巖頭馬去雲千縷，池畔鴉飛水一灣。上界鐘聲下界度，遊人指點暮煙間。」將入都别家兄敬如云：「萬里風霜一劍單，高堂白髮遠遊難。明知布被原奇暖，且説綈袍可救寒。貧子正當行色晚，衰親怕有淚痕看。銷魂況是江頭路，莫向茫茫感百端。」東阿懷曹子建詩云：「客子由來最畏人，曹子桓詩『客子常畏人』，説者謂畏子建奪嫡也。風吹更作轉蓬身。子建詩『轉蓬離本根，飄飄隨長風』。一家父子思袁紹，當日君臣怨灌均。西館無媒躬自責，東藩有路分難親。魚山清梵尋來杳，詞賦千秋望洛神。離騷求虙妃之所在，子建亦屈子之志也。」柴市云：「黯澹塵沙晝不開，崖山風雨至今哀。白鷴有恨臣南拜，朱鳥何心寇北來。十義風高留石塔，三台星折暗金臺。祥雲早入生前夢，無愧臚傳第一才。」登北固山云：「蕭公北顧此名樓，坐攬江南二百州。暝暝黑帆瓜步出，沉沉白日蒜山浮。大兒古有孔文舉，生子今無孫仲謀。不盡登臨孤鳥迴，廣陵城下暮潮愁。」聞蟬云：「煩君相警見天真，黃葉西風幾愴神。壯志誰甘銷日暮？清吟我亦在山貧。」離騷以降無秋士，小雅當時有舊人。卧病空堂情易感，斜陽半樹帶關津。」舟中望金陵懷古云：「牛女輸潮水府開，茫茫天塹拍天回。銅街五馬人南渡，鐵鎖千尋師北來。叔寶言愁何日遣，豫州擊檝至今哀。斜帆影落秋江冷，建業西風一雁催。」金川門感懷云：「當年一炬照江關，禾黍秋風客淚潸。虎踞從來圖霸地，烏朝淒斷侍臣班。尚書第宅牛羊散，博士祠堂草蘚斑。七國不平果誰咎？至今遺恨滿鍾山。」鍾山下弔福清林那子先生云：「藺窩終荷故人恩，先生自作生壙曰『藺窩』，歿後，周櫟園爲營葬。風雨傷心白下門。苧帳老愁孤鶴影，施愚山嘗貽苧帳，詳見其詩序中。麻鞋生拜杜鵑魂。乳山客去書應散，先生亂後居金陵乳山，袁漢推挽詩有『娱生書未賣』之句。雲洞仙歸道更尊。紫雲洞在福清石竺山下，真人林元光煉丹于此。一代才名垂後死，松杉長傍孝陵園。」秦淮客舍對菊云：「九月秦淮水閣樓，離離霜影使人愁。世無東晉陶徵士，客本南朝沈隱侯。病骨難禁今日酒，好花不是故園秋。從來節物吾多感，風葉蕭蕭更滿樓。」彭衙書院對菊徐少府炯所贈。云：「澹到無言瘦亦宜，每當秋至每相思。酒盃在世無彭澤，詩骨如君到義熙。一擲田園逢笑罕，十年心事此花知。殷勤難忘徐君美，爲政風流見在兹。」七夕漫興云：「玉露金風冷畫屏，南來愁見五秋螢。才非服軛名何益？織不成章涕獨零。世路艱難寧一水？人生離合悟雙星。今宵仙會能多少？漏箭休催轉翠軿。」「銀漢無塵靜不波，鸞笙鳳管喜相過。人間大有新婚別，世上爭如長恨歌。水挽西流誰洗甲，眼枯南望淚成河。榆林人每逢佳節，婦子聚哭郊外，蓋遣戍者多，而南山之陣亡亦衆也。須知桂殿高寒甚，獨宿姮娥日月多。」弔禰衡墓云：「非關懷刺渡江來，歷歷晴川楚樹開。堰近鸕鷀誰得句？洲荒鸚鵡恨無盃。孔融不薦真知己，黃祖能容豈俊才。猶想岑牟撾鼓壯，誰憐七十二墳灰。」泊舟湓浦口云：「楚天漠漠水迢迢，人事音書兩寂寥。彭蠡祇今無過雁，潯陽自古不通潮。渡頭鴉起明霜葉，山腹人歸辨雪樵。今夜月明絃語絕，孤舟何處訴漂搖？」

家文忠公少穆先生於道光三十年二月旋里，余於七月從京師歸，先生時相過從，兩招遊西湖，拜李忠定公祠，欲立湖上詩社。未幾粵西匪徒滋事，奉旨爲欽差大臣，十月初二日起行，至漳州，得下利疾，十九日薨於潮州普寧縣，閩中人士，下至傭夫婦孺輩，無論知與不知，莫不爲之泣下。宜黃陳少香先生哭先生詩云：「八桂干戈日，三朝社稷臣。登車猶力疾，拜表已忘身。出處關天下，安危繫此人。何當悲薤露，遺憾滿征塵。」「天地黯無色，原頭夜落星。一生完大節，九死出邊庭。公曾戍西域。古驛燈微碧，芳郊草自青。故鄉遥隔處，風笛咽郵亭。」余友王偉甫孝廉廷俊輓先生詩云：「蠻烟寒壓嶺頭梅，一鶴沖天去不回。先生嘗爲其太公暘谷封翁繪飼鶴圖，屬薌谿孝廉題。萬衆愛同慈母德，三朝望重老臣才。星沉大海蛟鼉伏，月黑邊營鼓角哀。未掃欃槍心未死，英魂猶繞陣雲來。」

前明李空同泰山詩，雄偉稱題，其詩云：「俯首無齊魯，東瞻海似盃。斗然一峯上，不信萬山開。日抱扶桑躍，天横碣石來。君看秦始後，仍有漢皇臺。」此詩明詩綜何以不選耶？近又讀福山鹿木公望岱詩，愈覺清超高渾，五言長城，于今再見。其詩云：「山亦有天縱，極天天讓青。渾然得元氣，何自識真形。高鳥莫能過，片雲都欲靈。未知凌絶頂，可得摘秋星。」

五世祖德榮公，同里宗後學萬忠填諱。世居長樂沙堤邨，父又章公工詩，著有種德堂詩集。公通武略，登崇禎庚辰進士，授職累功陞總戎。會成功據漳州，公將往投之，妣鄭宜人牽衣泣諫，公曰：「吾誓以死報國，不願生還也。」拔刀斷裾而去。公膂力絶人，所持長矛六十觔，馬上飛舞，當者皆披靡，軍中號爲林家矛。某年，某帥兵二千餘攻漳州紅花埠七寶砦，砦每屯萬人，勢甚張，公奮勇直前，日奪六砦。至第七砦，攻圍益亟，天色近暝，不之防，猝爲佛郎機所中，人馬灰燼，長子端弢從死。成功聞警，哭之慟曰：「天乎！喪吾一臂矣！」死之日，魄見於家，戎裝危坐，指麾家事，家人咸泣拜不能起，移時始没。後兒輩有病魔者，恍惚見公自外歸，捽髮寸磔之，闔族驚以爲神。至先祖時，猶歸來三次遺怪，其英爽歷久不衰若此。家景福布衣林家矛歌七古中段云：「此矛臨陣久無敵，所向披靡人莫當。紅花埠外雷電震，七寶砦上軍聲揚。王家鐵槍薛家箭，以矛相較誰爲强？」讀此詩，可想公之神勇。

秀水朱竹垞鴛鴦湖櫂歌一百首，搜羅極博，其詩旨趣幽深，神韻獨絶，七絶中高品也。余嘗精選若干首，時爲諷咏。云：「春城處處起吴歌，夾岸疎簾影翠娥。一葉舟穿妝閣底，傾脂河畔落花多。傾脂河在楞巖寺東，人家多跨水爲閣。」「西埏里接韭谿流，一篔鉼山古木秋。慣是爭枝烏未宿，夜深啼上月波樓。西埏里載干寶搜神記，在嘉興縣治西，韭谿之水經其下。鉼山，宋時酒務。月波，秀州酒名，載張能臣天下名酒記。樓係令狐挺所建，宋人集題詠詩詞甚多。」「檇李亭荒蔓草存，金陀坊冷寺鐘昏。湖天夜上高樓望，月出東南白苧村。檇李亭址在金銘寺北。宋岳珂爲勸農使，居金陀坊，著金陀粹編。寺南有樓，名湖天海月。」「女牆官柳遍啼鴉，小閣臨風卷幔斜。笑指孩兒橋下水，雨晴漂出滿城花。孩兒橋在天寧寺東，石闌盡刻作孩兒，載魯應龍括異志。」「桃花新水湧吴艚，十五魚娃櫓自操。網得錢塘一雙鯉，不知魚腹有瓜刀。錢塘杜子恭借人瓜刀，其主求之，曰：『當即相還耳。』既而刀主行嘉興，有魚躍入船中，破魚腹，得瓜刀。見搜神後記。」「金衣楚雀白鵯雞，不住裴公島上啼。白馬未嘶雲屋外，紅船先度板橋西。裴島即放鶴洲，相傳裴休別業。」「村中桑斧響初停，溪上叢麻色漸青。郡閣南風纔幾日，荷花開滿鏡香亭。府城西北有麻溪。鏡香亭在慈恩寺南，今廢。」「天寧佛閣早春開，鳥語風鈴次第催。怪道回船濕羅襪，嚴將軍墓踏青來。天寧寺在秀水縣治東北，後有嚴助墓。」「秋燈無燄翦刀停，冷露濃濃桂樹青。怕解羅衣種鷺粟，月明如水浸中庭。禾中產鷺粟，相傳八月十五夜，俾女郎解衣播種，則花倍繁。」「繡線圖存陸晃遥，唐家花鳥棘鍼描。只愁玉面無人畫，須是傳神盛子昭。陸晃，禾人，有繡線圖，載宣和畫譜。唐希雅及孫宿皆善畫花鳥，墨作棘鍼。子昭，魏塘人，嘗畫崔鶯鶯像。」「比翼鴛鴦舉櫂迴，雙飛蝴蝶遇風開。生憎湖上鸊鵜鳥，百遍魚梁曬翅來。鸊鵜湖在海鹽縣西南。」「龍香小柄琵琶彎，切玉玲瓏約指環。試按花深深一曲，海棠開後望郎還。南宋太學服膺齋上舍鄭文，秀州人，妻孫氏，寄秦樓月詞，一時傳播，酒樓伎館皆歌之。載古杭雜記。『花深深』『海棠開後』，詞中語也。琵字皆作仈音讀。」「魚梁水淺鷺爭淘，處處村田響桔槔。一夜城西苕水下，酒船直並小樓高。」「馬場漁溆幾沙汀？宿雨初消樹更青。最好南園叢桂發，畫橈長泊煮茶亭。彪湖，一名場湖，宋潘師旦以南塢漁溆水十一處會於春波門外，建會景亭。南園，余叔宜春令别業，有桂樹四本，高俱五丈。蘇子瞻煮茶亭在水北。」「鸚鵡湖流碧幾灣？白龍湫水落陳山。游人秦小孃祠過，社鼓聲邊醉酒還。鸚鵡湖即柘湖。陳山上有白龍湫，見括異志。秦小孃，晉時人，祠在平湖縣東南二十里。」「輕船三板過南亭，蠶女提籠兩岸經。曲罷殘陽人不見，陰陰桑柘石門青。崇德古南亭。石門，春秋時吳壘石以拒越。」「移家只合甓川居，釀就新漿雪不如。留客最憐鄉味好，屠墳秋鳥馬嘷魚。閩人卓成大，元末僑居甓川馬嘷城，殆即水經注所云馬睾城也。魚可爲腊。」「稗花楓葉宋坡湖，路轉潮鳴山翠無。百里鹽田相望白，至今人説小長蘆。宋坡湖即貢湖。吳郡記：『海濱廣斥，鹽田相望。』檇李舊名小長蘆，見周必大吳郡諸山録。」「懷蘇亭子草成蹊，六鶴空堂舊蹟迷。惟有清香樓上月，夜深長照子城西。懷蘇亭在府治。六鶴堂，宋知州鄧根建。府廨有清香樓，見異聞總録。子城載閒牕括異志，今目爲子牆脚。」

詩有家常語，愈質而愈妙者，如福山鹿木公先生林松歸家喜友人見訪云：「煙火閒空竈，妻兒住外家。」蓋客初到家，而眷屬在外家尚未歸也。可與洪稺存太史亮吉詩「春江有佳句，我醉墮渺莽」，則又加於少作一等。近世詩人，老而益嚴，蓋未有如東坡者也。學者或以易心讀之，何哉？

陸放翁云：東坡詩「清吟雜夢寐，得句旋已忘」，固已奇矣；晚謫惠州，復出一聯云「妻常歸寧兒罷讀」，同一入妙。

宋詩之不及唐者，以其少沈鬱頓挫耳，然亦自成爲一代之詩，不可偏廢也。昔人謂詩盛於唐，壞於宋，及劉後邨謂宋詩突過唐人，皆非確論。方正學詩：「前宋文章配兩周，盛時詩律亦無儔。今人未識崑崙派，却笑黄河似濁流。」所論亦未的。

翰墨香，黃忠端公圃中荔枝也。忠端既誕，圃中石旁茁荔一株，十年生實三百六十五枚，味甘色潤，其香如墨，故名。每歲如前數，及忠端鄉薦，捷南宮，入翰林，俱倍之。先生卒，樹亦枯。見省志及陳鼎荔支譜。陳恭甫先生有翰墨香詩，節録之：「翰墨名香天下寶，花實周天通易道。華采曾同忠獻榕，禎祥孰數科名草？」所以紀其異也。

古人偶爾賦物，而人品心術，更自流露於翰墨之間。王介甫烘蝨詩云：「猶殘衆蟣恨未除，自許寧能久安卧。」蓋其生平忌刻剛愎，亦略可見矣。司馬公和章便白不同，所云「初雖快意終自咎，致爾殲夷非爾過」，竟是忠厚自反之意。又云：「醯酸聚蚋理固然，爾輩披猖我當坐。但以努力自潔清，羣蝨皆當遠逋播。」正本清源，自是賢相含容化導手段，所謂「君子遠小人，不惡而嚴」也。二公學術相業不同，詩亦判如冰炭，言爲心聲，可不慎歟！李蘭屏苦蚤詩，摹寫情狀，不欲存殘刻恚怒之念，中段云：「么麽聚羣蚤，衿衽方跳踉。喋膚巧擇肉，啖齧生背芒。解襦苦搜邏，感嘆依匡床。汝生一蟻化，瑣屑如秕穅。安能千金軀，充爾蟻蝨腸。愧乏蛾眉姬，敷英席芸芳。又無鳥爪仙，爬背客清狂。使爾便垢洟，呼儔遂披猖。」又云：「痛癢固自切，堅忍知無妨。豈當芥吾胸，終夕爲爾忙。心泰物不擾，俯仰方兩忘。」此則不悖温公作詩之旨。

閩中近代詩家，足以雄視海内者，閩縣則龔海峯景瀚、薩檀河玉衡、謝甸男震、陳恭甫先生壽祺也。侯官則許鐵堂友、林暢園茂春、李蘭屏彦彬也。建寧則張亨甫際亮也。光澤則何金門長詔也。福鼎則林紉秋滋秀也。皆從已殁者言之。

鄭少谷詩似杜，亦須分别觀之，讀者不可隨聲附和。少谷詩學杜者，五七言近體也；若古體則出入漢、魏、初、盛、中、晚、宋、元諸家。遍讀全集，五七古似杜者頗少，説者以少谷無病呻吟，並題目亦多摹杜，殆非持平之論。

雪樵集四卷，福山鹿木公先生林松著。先生詩戛戛獨造，大有妙悟，迥異尋常境界。南海張南山謂木公先生詩，可以質諸張水部、賈長江，以入主客圖，當是入室弟子。余謂先生詩字字從心坎中説出，與持身涉世之理都有關係，是能以香山之性情，運少陵之氣骨者也。其五字苦心得詩，則「真宰上訴天應泣」也。五字苦心得云：「五字苦心得，原非衆有聲。海枯尋欲出，天遠聽還驚。夜茗泉根煑，秋參雁背横。閬仙猶少日，鬢雪已莖莖。」五字無心得云：「五字無心得，得時心轉猜。忙邊捉難住，閒裏忘偏來。鳥聽百千囀，酒傾三兩盃。長吟忽不覺，花落滿蒼苔。」贈步武云：「先生性寡歡，半世苦吟寒。力却千金易，輕抛一字難。雁邊秋葉滿，鐘外曙星殘。誰見無人處，凝思獨倚欄。」苦熱寄孟柳谷云：「高鳥遁無迹，火雲燒徹天。何人能作雨？所觸欲生烟。睡起北窗榻，汲枯鄰井泉。誰能脱塵鞅？銷夏却如仙。」過友人山居云：「石磴懸泉響，草堂深樹平。性孤與僧近，吟苦較猿清。隔嶺歸樵影，敲簷墜果聲。漫疑久無語，語出恐人驚。」秋夜云：「醜女嫌明鏡，佳人愛素琴。若非真悦己，未可與談心。瞑坐月沉海，寒蹤鶴步林。移燈照孤影，秋夜一何深。」龍山驛晚行有懷云：「千古龍山驛，我來秋氣清。隔林無犬吠，落葉覺人行。石磴霜初滑，酒家鐙尚明。感懷蘇玉局，馬足此偏輕。」冬夜懷李喬雲云：「老屋正枯坐，遠鐘聞夜撞。梅花不滿樹，參影忽横窗。萁火煨山芋，松醪凍瓦缸。長思閬仙句，吟共李才江。」寒夜贈店主人云：「遠柝凍無響，獨眠中夜興。馬餐空櫪雪，人語小廚鐙。別憶家鄰海，寒凝骨换冰。一尊能醉客，何必是蘭陵。」鏡中見白髮漸多云：「幾日忽如此，將來知若何？豈余爲客早，獨爾得秋多。野寺疏鐘斷，荒城遠雁過。秋根拔不易，掩鏡且高歌。」讀李五星詩呈宋步武云：「得自海僧手，藏之懷袖深。有時邀鶴聽，竟夜倚松吟。峭骨無多肉，閒情亦苦心。逢人莫輕説，未易覓知音。」立秋夜同星船先生云：「露坐入深夜，不知秋已生。感人先以氣，到樹尚無聲。冰水調初懶，荷衣著漸輕。却緣爲客久，忽起故園情。」秋夜書懷云：「士貧如醜婦，不敢乞人憐。本自羞明鏡，況兼非少年。一砧入遥夜，片月下蒼烟。誰憶停琴坐，古牆蟲語邊。」過友人有贈云：「天意愛名士，故教餐菊花。病妻守空竈，飢鼠去鄰家。未老頭先白，長吟手自叉。無人知古性，門掩有誰撾？」螢云：「耿耿何爲者？星星出晚晴。鐘疏烟際寺，樹暗水邊城。感爾有餘照，恐人嫌獨明。蒼茫月初墮，前路慎孤征。」同周二南夜酌云：「若使竟無用，不應生此才。斗間騰劍氣，爨下失琴材。古屋懷人坐，秋燈聞雁來。吟深天向曙，且復盡餘盃。」單平仲明湖分韻得分字云：「湖上待明月，月來無片雲。舟移逢柳住，酒滿借盃分。露滴吟邊覺，荷香靜裏聞。不知曙鐘動，驚起白鷗羣。」病中客思云：「酒薄難成醉，衾寒强就眠。夢迴蕉葉雨，病過菊花天。喜事真爲累，無求即是仙。明晨歸計決，斸藥翠微邊。」雪夜同內子云：「門閒客不過，烟火在鄰家。大雪欲埋屋，有人方績麻。一鐘來莽蒼，幾樹凍查牙。時復教兒讀，頻挑燈上花。」過山村云：「數里細泉響，幾層迴磴斜。草香半疑藥，樹老故遲花。聚族始何代？衆鄰如一家。老翁抱孫至，留客飯胡麻。」過高密訪五星丹柱云：「並世有郊島，雲山獨往尋。寒燈春夜迥，靜語草堂深。酒罷惟枯坐，鐘餘更苦吟。千秋容與共，不負此生心。」高密道中感王熙甫侍御云：「憶在京華日，直聲天下聞。謂余獨殊衆，此士可論文。身後詩名出，生前諫草焚。擬尋舊吟迹，隔嶺斷歸雲。」九日同友人登堂邑城云：「曠無登眺處，城即當高峯。擬此酧佳節，因之倚短筇。蓼花微雨渡，黄葉夕陽鐘。莫動家園思，雲山隔幾重。」堂邑答步武見寄云：「五字寄初到，焚香拆遠封。吟深何處夜，來度幾城鐘？凍雪明枯樹，停雲隔晚峯。憶從去年別，兀兀又殘冬。」載酒過友人莊云：「送春猶剩酒，乘興過山家。

村暖鳩啼樹，溪晴鶴步沙。坐看穿徑筭，吟對隔籬花。歸去鐘聲送，長林晚照斜。」秋夜云：「未覺秋來早，懷人枯坐時。夜長偏少睡，貧極轉多詩。難貰一盃酒，新添雙鬢絲。隔窗忽啾唧，此意草蟲知。」呈孫淵如觀察云：「萬古著胸次，春風生齒牙。細流成大海，幽賞到寒花。教和舊吟句，約嘗新焙茶。藏書讀無盡，真似鄴侯家。」感事寄懷袁明府云：「爭說公無渡，揚帆自不疑。誰知破舟處，即此得風時。叫月荒雞早，度雲老雁遲。教人憶陶令，松菊卧東籬。」客夜云：「槭槭客庭樹，未秋先變聲。疎風到孤枕，涼月滿荒城。漂泊懷鄉井，平安賴友生。亂峯烟正合，何寺曙鐘鳴？」歸家喜友人見訪云：「落落遠歸客，柴門誰肯過？感君渡秋水，邀我步晴沙。烟火閒空竈，妻兒住外家。不嫌終日坐，鄰酒幾回賒。」過海上友人居云：「海上全家住，開雲種藥田。潮聲飄屋瓦，蜃氣雜廚烟。閒數島邊鶴，吟看天際船。抱琴轉無語，知是憶成連。」別內子云：「念我在家日，一年能幾時？暫歸轉如客，難住又臨歧。老樹秋先覺，寒門汝獨持。紡聲入深夜，止有月明知。」大雪次德州云：「大雪平連海，層冰凍徹天。懷人趙州北，落日衛河邊。小酌酧孤影，殘燈照冷眠。未明驅馬去，野色散蒼烟。」雲中送客歸河南云：「遠道暗風雪，南歸衝曉寒。典琴別燕市，攜枕過邯鄲。世味老方覺，閒居貧亦安。河聲與嶽色，再出料應難。」舊山云：「蓑笠滿烟雨，跛驢還舊山。亂泉下巖磴，深樹掩柴關。

蔬筍有真味，妻孥無愧顔。漫嗟爲客久，猶可半生閒。」有感云：「舟車誰始造，不怕阻河山。直欲天無夜，何時世暫閒。風濤常破膽，塵土屢汗顔。幾輩英雄骨，銷磨向此間。」寄懷牟默人云：「所得非今有，合無人處居。博徵新識字，細補舊亡書。苔上支床石，松生缺瓦廬。早知貧與病，近日復何如？」將赴閩中留别家兄南溪先生云：「縱使長歡聚，一生能幾時？況無多骨肉，又此遠分離。臘盡知應到，書回恐故遲。那堪向歧路，未發問歸期。」金山云：「金山一拳石，雖好未崢嶸。幸據長江勢，遂邀千古名。岷峨來暮色，淮海接潮聲。遊客知何恨，狂歌應盡驚。」過仙霞嶺有懷云：「三百六十級，撥雲雲不開。近天人未覺，隔嶺雁初回。吴越江聲盡，閩甌海氣來。獨憐無驛使，誰寄一枝梅？」澤兒初宰政和云：「爲令年猶少，家傳祇守貧。官田秫方稔，縣市筍長新。喜事無循吏，好名非愛民。昌彝按：二語至言。雲根有遺蹟，千古倍嶙峋。朱韋齋先生爲政和尉，建雲根書院於黄熊山上，遺蹟猶存。」贈朱曉帆云：「冷性難爲熱，棄官如棄瓢。年來此孤嶼，門外幾春潮。倚杖看巖鶴，長吟答野樵。自言無磊塊，有酒亦須澆。」由臺灣内渡抵厦門有訪不遇云：「鹿耳連宵别，鷺門初日開。潮疑浮世轉，人覺到天回。舊雨尋無迹，秋風颯欲來。袖攜郊島句，吟罷自傾盃。」澤兒之官嘉義云：「棒檄之官日，羣生待命時。況經新戰伐，恐有舊瘡痍。謂林爽文之變。海雨潮通港，村烟筍過籬。鷓鴣聽格磔，啼遍隔林枝。」答客問臺灣之遊二首云：「前古人稀到，重洋我獨經。頓忘幾潮汐，所見一空青。海外有餘地，天東無盡星。直疑是員嶠，何處訪仙靈？」「燠多寒少處，天氣覺長晴。瓜自杪冬熟，其地西瓜十二月熟。日從中夜生。烟深烏鬼井，紅毛命烏鬼所鑿。潮逼赤嵌城。荷蘭所築，今爲安平鎮。誰見攜吟杖，珊瑚籬外行？緑珊瑚有枝無葉，槎枒如珊瑚，人家多植之籬落間。」張南山云：「緑珊瑚三字，聞所未聞。」贈李明府云：「一官如處士，名姓少人稱。縣僻村連郭，齋寒硯有冰。藥分散衙吏，書答隔江僧。止此心常足，飢來飯一升。」贈蔡老人云：「八十桃花色，葛天餘此民。千家有忙事，一杖獨閒身。丹訣不傳子，靈符時與人。麻姑幾相見，懶問海東塵。」贈友人云：「久病書難讀，長貧心轉閒。全家都愛鶴，一杖不離山。拾果猿隨往，訪碑僧送還。幾回琴弄罷，泉響夜潺湲。」得謝星階書云：「家與君鄰住，臨溪並竹扉。有時一觴醉，盡日衆峰圍。別後各爲客，年來同未歸。園紅正堪憶，柿葉滿秋輝。」澤兒燕中信來喜得孫寄之云：「鬢雪罷晨梳，長安信到餘。老當抱孫日，喜勝得兒初。湯餅聚嘉客，雲山懷舊廬。數年我猶健，聽讀祖傳書。」「憶爾在京邑，我爲中嶽遊。每聽千里雁，想見九門秋。賴有書堪讀，原無貧可憂。片言此封寄，明月正當樓。」寄西園舍弟云：「破榻與穿硯，抗懷風雨廬。病猶撐傲骨，老不讀閒書。終古誰知己，片言時起予。翦菘秋欲晚，此意復何如？」句如苦吟云「草堂終日坐，白髮少年生」；明湖有約云「昨夜鵲華雨，滿城楊柳烟」；游五龍潭贈柳研廬云：「水心乍明晦，龍氣雜陰晴」；觀鄭柳田作畫云「定知胸有竹，難免鬢成絲」；有感寄孟柳谷云「林影秋烟積，岩聲夜雨過」；雨夜聞笛云「鐙邊烟羃羃，蟲外雨瀟瀟」；同宋步武夜坐云「落落相對影，惺惺無着心」；同步武讀詩云「鶴眠魂不昧，石立骨無溫」；臘盡歸家云「兒嬌書恐廢，歲歉酒難賖」；爲張鈍夫刺史作云「穿林歸晚犢，隔水聽鄰舂」；贈五龍潭研廬上人云「衲濕春凝蘚，龕高夜擁星」；雪中得友人書云「枝鳥凍欲墮，渚雲寒未開」；除日村外云「遠樵峰頂下，殘雪屋根明」；春日村居即事云「野寺烟微動，溪橋春暗催」；許道人山居云「逕深多礙竹，院淺不連村」；同李靄溪諸君明湖泛月訪醉琴道人云「漁燈出蘆小，人語隔荷深」；早秋夜坐寄懷盧坡云「影孤清露濕，吟苦近鄰知」；此鄰亦復不俗。別步武云「亦知返家好，祇覺別君難」；懷李五星云「集刪今有句，老守古無貧」；爲高士寫生。憶友人村居云「田荒耕曉月，井淺汲秋星」；宿聊城云「隔樹辨孤驛，踏冰沽凍醅」；雪中寄二三吟友云「筆鋒寒易挫，酒價貴難沽」；小村書事云「無畝不爲沼，有山仍出雲」；秋日有懷云「吟苦葉辭樹，眠輕蛩近欄」；訪李道士云「鶴引穿林徑，泉漂出洞花」；舟過平望云「鐘邊吳寺遠，雲外越峰多」；贈老漁云「自言生便拙，獨此老猶能」；客夜書懷云「衣薄霜欺客，鐙孤蟲近人」；舟次聞岸上書聲云「江城寒欲雪，鄰舫聚疑村」；春日政和城外云「鷓鴣烟滿樹，薑樜雨連村」；題政和山堂云「山靈無蠹石，樹古不多枝」；安平鎮晚渡云「潮衝橫港斷，天帶遠帆晴」，又「蜃氣擁高樹，夕陽開戍城」；題法華寺云：「樹棲天外鶴，門掩月中潮」；秋日寄懷范鏡秋明府云「西風偏渡海，白髮不饒人」；贈臺灣邵菘疇司馬云「官閒兼隔海，吟苦獨成家」「飯熟鳥窺竈，酒空人枕壺」；鄭公死願爲酒壺，可云奇想，使見木公此五字，定當把臂入林，是酒壺又多一絕妙典故。雲根書院即事云「掃地安書几，羣峯倚縣門」；送朱菊人明府臺灣內渡云「潮落日生處，島懸天盡頭」；贈彰化吳樸菴明府云「僧留春夜茗，衙散海天鐘」；村居云「嶺雲拖雨重，溪柳受風疎」；閒居戲贈友云「事到拙邊少，山從閒後青」；雪夜有待云「茶烟在茅屋，晴雪滿溪山」；漢江客思云「楚江新有雁，孤客遠投人」，又「暮色青楓浦，秋聲白葦津」；舟次岳陽樓云「漁浦誰家笛？巴陵獨夜舟」；瀘溪舟中云「繂高帶雲影，灘急掩雷聲」，又「夾岸雜花滿，立煙雙鷺明」；客中晚眺云「尋磬到僧舍，渡海逢酒家」；蘭陽有和云「沙氣連城白，河聲帶雨高」；懷李喬雲長安云「傲骨貧仍在，名心老漸疎」；爲族姪雨峯作云「身侵古苔色，面作老松鱗」；贈王芸村歸里云「抱孫看松月，聽鶴唳秋烟」；晚歸西村云「樹鴉驚杖影，鄰犬識吟聲」；六十九歲生日作云「寡交省酬應，隨分得平安」；贈郭西江云「曙色海天近，雁聲林屋秋」；贈謝稼亭云「樹隱隔溪寺，雲平當户峯」；冬日杜君輔云「竹高晴雪墜，廚靜午烟遲」，又「坐久鄰翁怪，談深爐火知」；過蕓村里居云「傍溪開藥徑，緣壁掛詩瓢」；七十生日云「得醉心知足，好游身厭肥」，又「力衰新覺懶，吟苦未知非」。先生嗣君春如觀察澤長官吾閩，與陳少香先生友善，余從少香先生處得其未刊詩藁云。

閩縣龔海峯先生景瀚題涂曉村强恕圖云：「君安須念世多故，出險莫忘人向隅。」二語可以深長思矣。圖繪兩舟遇風，一順一逆，大旨謂失意之時當泯怨尤，得意之時勿忘患難，所謂「强恕」也。我輩處世之方，不當如是耶？

寶山毛生甫明經嶽生，所著休復居詩集，五言古頗似王介甫、黄魯直一派。其入閩諸古詩，堅質峻整，尤據集中之勝。近體多語病。五言之純者，如「暑雲千嶂合，怪石一舟行」「陰潭閟靈雨，斷峽走悲風」「城荒多敗堞，灘險別分門」「梅寒三畝宅，波動五湖天」；七言如「斜照城荒飛鳥絶，秋風江冷遠山高」「戰爭事息來漁唱，豪傑途窮感暮濤」「牆缺圃堆鄰樹葉，樓高簷礙入城霞」「萬竹參差雲似海，亂山高下雪如潮」「文章淡處忘才大，毁譽空時與道親」「萬嶺雲隨潮入海，一天瘴逐雨圍城」「遠郭江寒烟自淨，巉巖木落徑斜通」「林影乍疎山影補，月光未上水光明」。生甫未見其人，聞其議論多怪誕者。

卷十二

山陰胡雲持副貢天游，榜姓方，浙江、北直兩中副榜。見越風。著有石笥山房集。天游有異才，於書無所不窺，乾隆初，舉博學鴻儒，天游以副貢應詔。四方文士雲集，每稠人廣座，天游輒數千言，落紙如飛，文成奧博，見者嗟服。天游於文工四六，得唐燕、許二公之遺，詩亦雄健有氣。朱梅崖文集：一統志成，當進御，鄂張相國屬表於齊檢討召南，檢討因推天游，鄂相國驚歎其文，欲招之。檢討曰：「天游奇士，豈可招耶？」卒不至。居京師十餘年，名日以盛，忌日以深。歲辛未，舉經明行修，卒爲忌者中傷而罷。嘗與山西田侍御懋有舊，因往依之，卒於蒲州，年六十三。詞科掌録：稚威己酉副榜貢生，禮部尚書溧陽任公所薦，其座主也。藻耀高翔，才名爲詞科中第一。所作若文種廟銘、靈濟廟碑、安熙先生碑、任御史、趙總兵兩墓志、遜國名臣贊序、柯西石宕記，皆天下奇作，雖李文饒、權載之執筆，不能過也。以持服不與試，丁巳補考，鼻血大作，納卷而出。小倉山房文集：稚威修志太原，病，太守周西京來視，稚威拱手曰：「公來甚佳，別矣！」即瞑，氣縷縷若騰烟，須臾張目曰：「不能不再生人間，爲南人乎？爲北人乎？公爲籌之。」周泣下曰：「南人歸南。」曰：「然。」遂氣絶。按：天游五古如女李三行，七古如唐浯溪中興頌、石鼓文、畫桃源行、漢杜陵五銅鳳行、燈檠歌，長篇鉅作，爲時所誦。五言如「天隨秋在野，風與日爭明」「人將秋共瘦，詩更瘦於人」；七言如「無數行人無數柳，一分秋色一分波」灞橋；「蛙爲官鳴時傍路，蝶忘春謝尚尋花」，皆渾脱可誦。

本朝工駢體文者凡十一家：胡稚威天游也；洪稚存亮吉也；孫淵如星衍也；孔顨軒廣森也；阮文達元也；張介侯樹也；張皐文惠言也；陳恭甫先生壽祺也；湯茗孫儲璠也；吳山尊鼒也；方彥聞履籛也。諸家駢體文，古懋奇奥，沈博絶麗，大有復古之功，可接黄石齋先生。若陳宜年之陳舊，袁簡齋之粗豪，吳園茨、章豈績、曾冰谷、吳穀人、楊荔裳、彭甘亭之未具大力，皆不足以行遠者也。

閩縣亡友家子萊孝廉仰東，詩初學温、李，後用力漢、魏、盛唐，一洗鉛華之習，諸體中尤長七言古，名篇鉅製，同輩爲之退舍。其讀昌黎集夢得四語遂續成之云：「君不見名將之馬高八尺，馳驅戰坂生長風。又不見鉅君之筆長三寸，縱横藝苑淩飛虹。神來直鞭太華走，信到一吸滄溟空。盤古開天破鴻濛，大地突起文筆峰。誰其得者乃在韓文公。文公英挺具道力，下筆渾灝生天工。等閒讀破五千卷，銀濤赴腕紛奔洪。唐音中葉漸凋瘵，獨樹一幟稱詞宗。上視李與杜，古劍映射光熊熊；下視歐與蘇，河源歸宿聲淙淙。同時郊島真兒童。俗儒論詩界唐宋，區别門户欺盲聾。鏤肝鉥腎困規矩，往往真氣苦不充。豈知君獨握神契，自變初盛開熙豐。國朝茂製建安盛，此筆無始亦無終。我將求之遥相從，仰招明月淩蒼穹。俯駕白雲敂龍宫，横乘鳥道入蠶叢。涉險不愁百怪出，步虛期與羣仙同。回翔元氣九萬里，躡公蒼莽大溟中。」李元妃妝臺歌云：「瓊華瑶島仙風微，完顔舊業今全非。獨有妝臺賸遺址，後人盛説章宗妃。妃家隴上門楣李，少矜穎秀通書史。傾鬟緝藻辨蟲魚，敷衽論心極名理。昔年十六顏如花，清歌妙舞俱名家。俯仰當筵曜華燭，天風落唾翻紅牙。承歡從此事游讌，不知何物陰麗華。東風斜捲芙蓉幕，臺上臺前盡金錯。珊瑚作枕瑇瑁牀，雲母爲屏水晶箔。盤龍明鏡懸中央，彩雲環佩鳴丁當。内子傳頒螺子黛，侍兒捧進七寶香。春嬌滿眼君恩重，千回萬轉方梳妝。妝罷微聞天語喚，君王露坐昭明觀。森沈靈璅漏聲微，席地談心及晚半。妃與章宗露坐，上曰：『二人土上坐。』妃應曰：『一月日邊明。』但知有月妝臺歡，豈知無月妝臺寒？泰和以後春歸去，流水殘花亦怕看。」

嘉應李閶如一字秋田。諸生光昭詩，真意沈鬱，健筆崚嶒，卓然獨標一幟。嶺南羣雅云：嚴滄浪以禪喻詩，有詩不關學之説，前人嘗闢其非。諸生詩禪吟一篇，持論尤痛快。其詩云：「喻詩以禪始嚴氏，作詩能令佛天喜。但云水月鏡花似，滄浪且未知禪理。浮光掠影下乘禪，積健爲雄真種子。或疑象教主空寂，大雄何以標宗旨。佛生已具不凡骨，勵行焚頂還燒指。九年面壁絶見聞，大千雲遊豁目耳。尋師渡海立枯槎，毒龍饑蛟迎角齒。祇憑佛力千臂健，得破禪關百重峙。亦如詞客攻詩城，嘔出心肝渠乃已。此後乾坤頓軒豁，大光明鏡開塵裏。一莖草化丈六身，火目珠眉纓絡體。摩睺百拜獅王迎，金剛攔門夜叉跪。琉璃宮殿七寶塔，富貴奚啻王侯擬。羽葆幢幢天女招，雨花四散紛紅紫。旃檀初爇震鐃鼓，白虎蒼龍作人起。廣施法雨潤人間，四海蒼生迴槁死。誰云佛法太縹緲，我見其才絶雄偉。俱由苦海浮航來，盆火栽蓮蓮結蕋。世人爭取詩喻禪，曰非關學言非是。片時妙悟生風旛，露電流光寧久恃。天聲風雷人嘯歌，天色雲霞詩藻采。波瀾壯闊氣崢嶸，化爲崇山兼大海。觀其下筆如有神，豈識鐵研遍圖史。即詩即佛妙從心，爲苦爲甘難告爾。十年孤立擢胃腸，一日長歌泣神鬼。」諸生更有賣蔗童子歌一詩，沈痛之語，亦沁人骨髓。小引云：「天啓瑺禍，李侍御應昇就逮，緹騎洶洶，士民憤擊，一賣蔗童子提削蔗刀，從一肥尉後臠其肉飼狗，惜史書不傳其事，李子爲作是歌。」云：「童子昂藏無七尺，蔗刀氣忽干霄白。甘蔗失時變黃蘖，虎喉遍地求人食。李家侍御江南傑，陷入囚車驅道側。萬人聯雲呼殺賊，諸尉褫魂竄荆棘。童子尾隨一尉行，砉然奏刀驚霹靂。片肉擲地含羶腥，狗尚遲疑不欲吃。此童此事足千秋，國史無傳野史得。五人墓道薦馨香，誰配童祠供血食。」

順德黎二樵山人簡詩，峻拔清峭，刻意新穎，劌目怵心，戛戛獨造。聽松廬文鈔謂山人生平擅詩書畫三絶，其詩由山谷入杜，而取鍊於大謝，取勁於昌黎，取幽於長吉，取豔於玉溪，取瘦於東野，取僻於閬仙，錘焉鑿焉，雕焉琢焉，於是以成其爲二樵之詩。聽松廬詩話云：「二樵先生詩，甘苦得失自知之，自言之，其答同學云：『簡也於爲詩，刻意軏新響。當其跨步時，語亦頗倜儻。』又與人論詩云：『士生古人後，詎有不踐迹。始則傍門户，終自豎棨戟。裨校轉渠帥，揮叱赴巨敵。一身數生死，百戰資學識。絶頂無坦步，高唱有裂笛。彎弓石爲肉，磨刀水先赤。要於其發端，真氣貫虹霓。』誦此數言，可以知先生之詩矣。」又云：「『詩人望我，我方閉門；薜蘿幽深，外有白雲。』此二樵山人詩也。而余每於塵勞中誦此，如一服清涼散。又有句云：『清宵悠悠，撫我鳴琴；孰聽其曲，自惜其心。』『自惜其心』四字，道盡千古文人心事。」又云：「二樵詩好奇，以七古論之，有清奇者，如『湖上秋光闊無著，約束結成明月團』；有雄奇者，如『刀色抱人不見人，人乃聲出刀中央』；有瑰奇者，如『黄昏碧火行木客，陰洞雄狐拜金馬』；有幽奇者，如『長狐嘯血成碧苔，一絲冷夢尋不回』。語皆匪夷所思。」又云：「二樵詩多單句可味者，五言如『情真使人醉』，又『積愛成至愚』，又『孤心入萬象』，又『天氣夜中分』；七言如『秋氣誰先先與雲』，又『吟咏氣平心有悔』，又『一官纔罷百骸尊』，又『漸減聰明願息機』，又『賣文隨力飯饑人』，若此者皆耐尋繹。」又云：「粵東黄梅天氣，牆壁多出水，二樵句云『南風古牆汗』，又云『南霧萬物濕』，語樸而鍊。」又云：「二樵七律，多幽新僻雋之作，然亦有沈著者，如牂牁一首云：『天上牂牁屬要津，縠絲唇齒互相因。猶聞重譯輸華夏，何至堅關閉晉秦。白虎壇臺勞大吏，白燐風雨待耆民。雲頭幾夜巉巖黑，可洗西南赤地塵。』」此憂旱詩也，聽松廬詩話録之矣。其尚有鉅篇可誦者，如：「萬户閉秋月，家家有魂夢。虚無生笑啼，衆幻作一閧。我知寒巖僧，身倚枯木涷。潛處諸妄界，抱靜不敢動。學道轉述悶，求悟亦冥洞；孤心自迴薄，千古入收縱。」又云：「海潮入村水三折，水深花深地深極。故人村口隨香風，小艇衣裳濕春碧。」又云：「風長雲亦厭，江闊月無依。」「露靜叢葦白，雨多空地青。」「眼看逝者水，吾亦古之人。」又：「生如草木真爲死，士有詩書亦可貧。」「詩句隨時成掌故，饑寒行處即殊方。」

吾閩十硯翁詩，流傳海内。國朝名家小傳謂其豔體尤擅場，細膩温柔，感均頑豔。余謂翁春思一詩，絶似南宋人風味，今録於此：「橘花和露落青苔，鏡檻無風暗自開。涼月不知人已散，殷勤猶下畫簾來。」

學圃詩存，侯官家醇叔先生崑瓊著。乾隆乙酉鄉榜。先生幼而歧嶷，讀書過目成誦。踰冠博學工文，與葉穀菴觀國、孟瓶菴超然、梁九山上國、龔海峯景瀚諸先生共二十八人，結讀書榭。與從兄開瓊、春瓊同游京師，先後主大興朱文正、河間紀文達二公家，名噪都下，時稱爲閩中大小林云。令湖南，有善政。尤精篆隸，善别書畫，所著有石林畫系二十四卷，初編一卷，續編一卷。詩多雅健，其題蘇武牧羝圖七言長篇，稱雄宕；湘江詩尤爲雅澹，今録於此：「十里雲烟薄似羅，涼侵白紵客初過。趁潮晚市魚蝦賤，近水人家雁鶩多。詩思半生楓葉酒，塵心已淡藕花波。卜居倘或從漁父，擬向湘江著釣簑。」

無實用而好談經濟者，臨事恐不能濟事。黄梅喻石農明經文鏊，著有紅蕉山館詩鈔，有句云「高談遺世務，必無經濟功」，真閲歷有得之言。明經詩多入情之作，如「屋角爨煙青，兒童喧晚食」「但期在官日，無忘住家時」「論古應須識時務，讀書原不爲科名」；題范文正祠「秀才天下爲憂樂，老子胸中有甲兵」，皆言中有物，非僅詩人已也。

其名句可誦者，如「塢雲藏鳥語，春色到田家」「大江流霽月，一雁點星霜」「楚水未沈征士恨，秋山還伴酒人行」「泉當咽處墮殘雪，山忽斷時沈碧鐘」「一夜西風驚客夢，滿林黄葉别詩人」「客喜坐來今舊雨，詩如梅瘦兩三花」，皆卓然名句。

福鼎家紉秋孝廉滋秀，著有快軒詩集。孝廉幼穎敏，記誦諧博，詩多雅健，七言古、七言律尤氣勢雄闊。題趙松雪泥金小楷手卷反面，諷刺得詩人忠厚之旨，其詩云：「吁嗟趙吳興，在宋天潢選。厓山慟已傾，文海薦何戀。吸吸館閣職，乃荷仁宗眷。想當延祐時，承直集賢院。乘暇摹黄庭，裁牋當白練。回首念家山，宗室漂如霰。留此一握筆，忍淚閒消遣。自知鐘鼎非，轉覺林泉善。淮南招隱心，一一卷中見。」晚泊京口云：「開府名區據上游，暮雲天際片帆收。潮音近繞南徐鎮，嶂色遥沈北固樓。澤壑魚龍腥午夜，江城木葉動高秋。蘭成無限傷心賦，極浦寒砧起暮愁。」登廣惠寺塔云：「衆山如障水如襟，河朔稱雄閲古今。百刼墟烟連遠漠，九秋詞客獨登臨。上方鈴語諸天近，絶塞鴻飛木葉深。回首漢唐征戰地，陘關無際夕嵐沈。」趙陵云：「山水吟哀思故鄉，玉凫飛盡路茫茫。可堪頗牧爲猿鶴，誰使邯鄲入虎狼！火徧沙宫巢雀墮，樓空神女晚風凉。年年隴上車聲咽，　與行人弔國殤。」顔常山示衣坂云：「河北征鼙沸地塵，孤城倡義仗誰人？欃槍未掃羞吾輩，金紫何爲著此身。九郡蛇吞殘烈骨，一門草燼化寒燐。祠前莫更談天寶，松櫝西風易愴神。」渡揚子江二首云：「淮海西來拓大觀，江流千古淼茫間。氣蒸鼇島潮高下，天淨龍堂客往還。樓櫓舊通三楚國，髻鬟新染六朝山。我懷宗愨長風志，涉盡波濤亦等閒。」「組練平驅譟萬軍，雪波層送鸖鵝羣。石簰翻影江心合，風鐸搖空塔頂聞。終古金焦懸兩眼，當年吳魏定三分。霸圖久歇烽煙靖，鐵甕城高起暮雲。」題秋夜云：「鼓子城昏戍角催，明河如練挂牆隈。茂陵病客思鄉甚，卧聽秋鴻塞外來。」題秋林茅舍圖云：「楓林茅屋傍晴溪，縹緲煙雲入望迷。夢到吳山正秋色，半村黃葉秣陵西。」皆雅健可讀。

仁和徐薌圃諸生本義，著有申椒詩草。集中佳篇，如擬幽州馬客吟三首，若幽燕老將，氣韻沈雄。今録於此：「驅車黯黄沙，揮鞭淡白日。古戍何蒼蒼，大半幽州客。朝行居庸關，暮過盧龍下。枯桑挂吾鞭，清泉飲吾馬。雕鞍盛年客，身騎五花驄。腰間金僕姑，手底緑沈弓。鳴鏑荒山隅，解鞍古城口。槃泛紫駝羹，杯酌黄粱酒。大醉酒爐旁，虬鬚猛如虎。十三胡姬歌，十五渾脱舞。」

友漁齋詩集，嘉善黄南薰國子生凱鈞著。先生續集中有農器詩十四首，今録其題，并節其注，不耕而食者觀之，可以知稼穡艱難，農功辛苦焉。松軒随筆。如曰銛、曰罱、曰犂、曰耙、曰蕩、曰鐮、曰擔、曰礱、曰鐵鎝、曰翻車、曰臂籠、曰喬扦、曰稻牀、曰杵臼。銛即古之鍬也，鍤地以起土也。罱者用以罱泥，編竹爲箕，兩箕對合，用長竹竿附柄，附以細竹，相爲啓閉。犂者利也，冶金以爲之者曰犂鑱；斲木而爲之者曰犂底。耙柄長四尺，首闊一尺五寸，列鑿方竅，以齒爲節，蓋犂以起土，惟深爲功；耙以破塊，惟細爲度。蕩者用材板長二尺，闊八寸，以釘排列，長竹爲柄，田方蒔秧，尚未勻熟，須用此器蕩之，使水土相和，凹凸各平。鐮似刀而彎，長尺許，刈禾麥，斫柴篠，農家便之。擔，負禾具也。礱，礱穀器，所以去穀皮也。鐵鎝，頭廣一尺，或四齒，或六齒，發土之具也。翻車，其制如槽，長可二丈，槽中架犀水板一道，隨槽闊狹，以鶴膝木聯之，循環不斷，岸上横設大軸，人憑架上，軸轉動則水引而上矣。臂籠，篾竹編之，農夫耘苗，穿臂於内以代衣袖。喬扦，挂禾具也。稻牀，方約四尺，櫛栗條十數莖横其中，持稻把摜其上，穀粒漏於下。杵臼，舂也，古掘地爲臼，我鄉臼多置平地，列牀其後，人立踏之。先生寫景言情，時寓至理。句如「八口無饑真樂事，一家少病即神仙」「閒情每向忙中得，樂事能於澹處尋」「花發先呼嬌女看，詩成念與老妻聽」「故人詩好久能記，自種花開倍可憐」「欲了事如急性子，嬾于謀似信天翁」「藥非自製終難信，書却貪看奈健忘」「試看紅紙都成白，安得烏鬚不變蒼」「老境漸來先齒髮，此心自問尚兒童」。

「豬簪箸可除酖毒，鳳尾蕉能禦火災」，此漢陽亡友劉茮雲學正傳瑩句也。作者未注明所出，今按：吾閩叢山中多毫豬，一身盡毫，能刺人。曲阜桂未谷札樸云：「永昌、順寧多毫豬，能發矢射人，或取其毫代箸，遇毒輒作聲。滇俗慣下毒，惟此物能距之。」又按桓臺王大司馬輯火經，言隨時改火，人不病火症，鳳尾蕉可壓火災。二事足以廣見聞。

閩縣謝杏根布衣淞，著有杏夢樓詩鈔。布衣夙具慧業，少孤而貧，常負笈遊學吳、越、荆、楚間，煙雨孤篷，詩歌弗輟，詩多纏綿悲惻之音。今觀其年壽不永，豈非悲哀太盛耶？粵江云：「粵江連夜夢慈幃，秋老黃花客未歸。曉上江樓獨回望，關山滿眼白雲飛。」三月洪江曉發云：「昔日歸舟古渡頭，桃花三月下春流。眼前依舊桃花水，不渡歸舟渡去舟。」布衣客吳門卒，世以洪江詩爲詩讖云。

同安李忠毅公長庚勦海匪蔡牽，功垂成而歿於王事。儀徵阮文達公哭忠毅公云：「戊辰五月辦賊至寧波，爲前提督壯烈伯李忠毅公建昭忠祠，哭祭之。」詩云：「粵海閩天接燧烽，大星如斗墜殘冬。一生精氣乘箕尾，百戰功名稱鼎鐘。死後人知真盡命，生前帝許得崇封。至尊震悼廷臣哭，早有孤忠動九重。」「誰遺孫恩賸一船，非公追不到南天。公擊蔡牽於粵海睽間，被炮薨。後蔡牽惟賸單舸逃入安南海中。遠探蛟穴五千里，苦歷鯨波二十年。隔歲過門皆不入，公連年在海不歸，即歸，亦但在鎮海修船備糧，未嘗一返家署。乘潮徹夜每無眠。雅之若與牢之合，早見澎臺縛水仙。」「六載相依作弟兄，節樓風雨共籌兵。元乙丑以憂去浙後，總督每掣公肘，致有粵東之變。手中曾擊千舟盜，公與元所共擊滅攻散如水澳、鳳尾、補網、賣油、七都等幫，前後不下千艘。海上如連萬里城。絶吭原知關氣數，寄牙早已斷歸情。公在洋，封所落齒寄夫人，以身許國，恐無歸櫬也。誰憐伯道終無子，好與恩勤待館甥。公無親子，襲爵者族子也。其女壻同知陳大琮從公久，知盜情，余奏留浙江補寧波同知。」

「甬上重來特建祠，舊時部曲竟依誰？鈴轅月冷將軍樹，余來甬上，寓提督虛署中。泮水苔深叔子碑。公建修府學，曾自撰碑文記之。如此置身真不恨，何爲齎志也休疑。麥城久合關家讖，彷彿英風滿廟旗。公出師時，禱於寧波關帝廟，占得讖詩，有云『到頭不利吾家事，留得聲名萬古傳』。」

「人間有事皆前定，偶向羣生夢裏徵」，此閩縣家自求布衣景福句也。江蘇焦理堂孝廉循，近代通儒也，乾隆戊申鄉試，二場夢一卒持刺來，視之，字徑半寸許，曰「年愚弟章世純」。是時孝廉年二十六，鋭於進取，或曰刺字稱年，今科必中式矣。乃越十有四年辛酉科始獲鄉舉，孝廉年三十九，始悟章柳州亦辛酉舉人，夢之奇驗，無過於此。然柳州終不成進士，以縣令終，孝廉仕進之心，亦從此澹矣。

侯官黄卓人明經漢章，著有紫雲樓詩鈔，詩計萬餘首。陳秋坪先生稱其五律爲五言長城，殆非虚譽。余嘗愛其春暮墨香亭書事云：「山花壓徑知春深，黄鳥飛來啼碧林。

主人日得一壺酒，醉不成眠臥柳陰。」此詩雅有唐人逸響。

曲阜顔修來考功光敏，康熙丁未進士。著有樂圃詩集。余友曲阜孔繡山舍人憲彝以曲阜詩鈔相贈，中載考功詩頗多，其詩探源漢、魏，古厚雄深，抗行於韞退、荔裳、西樵、阮亭諸公之間。漁洋山人嘗謂施愚山曰：「吾鄉英絶，當讓此人。」桂未谷晚學集載顔考功遺事於孫乳母傳云：「孫乳母者，顔修來考功之乳母，脱考功於兵者也。考功既貴，割田宅奉乳母，及殁，爲之服焉。」考功詩，五言古雄秀浩宕，幾於突過國初朱、王、施、宋，其邯鄲行一詩，述其祖令邯鄲時戢太監高起潛事，語甚悲惻。其長夏道中云：「山行頓忘疲，曲棧穿蘿蔦。下臨千丈巖，沙嶼何娟妙？桃李緣青谿，疎花自相照。日落蒼煙深，餘香上寒嶠。谷鳥將雛飛，游魚濺波跳。石梯絶攀援，終古無弋釣。武陵爭問津，翻令達者誚。車馬常班班，幾人展清眺。」登太華山千尺峽云：「青柯圍翠屏，四合無罅漏。東北窮石林，劈空懸巨霤。巉巖穴噴薄，造化爭一候。夭矯轉蛇龍，窅冥穿鼯鼬。側聞天籟發，曠野雷霆鬬。仰井窺秋旻，浮雲裊清晝。白帝觴百神，衆峰爲籩豆。瓊臺阻且長，翠林紛何就。」擦耳崖云：「振衣更南登，詭狀乃非一。蟻行緣危棧，逡巡皆股慄。側身常甎耳，茹趾妨齧膝。吹徑乾松花，滴空熟崖蜜。蕭槭無人踪，坐惜幽芳失。昔聞避世亂，犬雞喧雲日。刼火燒咸秦，遥慨人代畢。遺竈尚可尋，終當置蓬室。」南峰云：

「侵晨望南峰，岧嶢更天半。仰凌變寒温，俯視殊昏旦。平岡始徐立，亭亭步鶴鸛。遊塵失秦隴，微縷求沔漢。亂山互糾結，豁然四奔竄。欹傾如海濤，泱漭天爲岸。驅馬過華陰，豈爲窮壯觀。徘徊俯清池，濯纓復三嘆。」東峰云：「東峰不可極，乃知造化尊。屹然鼎彝峙，勢如虎豹尊。松氣望蔚藍，無人踐霜根。巨靈拓太古，高掌誰能捫？晨光没河漢，似有雲車痕。陰風折秋花，吹落洗頭盆。蜷局念鄉國，久客傷精魂。且復望虞淵，散髮落朝暾。」遊伊闕二首云：「羣山走嵩陽，空翠疊遠天。西南斷峭壁，中見虹霓懸。高秋水痕落，沙石何清妍。遊魚粲可數，霞彩濯更鮮。側聞風雨交，奔淙瀉鳴泉。澄潭荇藻靜，涼月生娟娟。我欲乘輕舠，中夜淩紫煙。紫煙渺無際，悠然懷泗川。」「龍門已曛黑，蹋步淩幽峭。夕風散輕陰，飄忽見殘照。冉冉行旅絶，冥冥露鶴叫。巖谷互響答，似聽蘇門嘯。洛城與邙山，延望空窅窱。昔年盛歌鐘，達人久憑弔。金銀接梵宇，墟落存餘燒。有懷向誰論？長歌下雲嶠。」游燕子磯云：「漾舟下澄江，安穩廢輕楫。遥空指蒼翠，久行漸重疊。石蘚秋更荒，臯蘭露猶裛。孤亭四環望，風磴遂屢躡。盤渦梟雁驚，幽壑蛟龍貼。恐觸馮夷宫，俯聽常震懾。詰屈雙銀杏，天半垂黄葉。波濤撼危巖，栩栩亂風蝶。東西吴楚間，舳艫邈相接。鐵鎖沈千年，金陵氣久厭。蒼涼金粟堆，時時見樵獵。鳳凰無遺音，嶰竹誰更叶？浩歌懷美人，褰裳不可涉。傍徨江霧消，斜日照城堞。」次衛河云：「莽莽衛河濱，孤城對古津。風沙連塞地，鞍馬去鄉人。日落帆前樹，烟含廟口春。客心從此異，忍見柳條新。」送客云：「舊許同羈旅，胡爲此送君？望中三輔道，別後萬重雲。濁酒移燈勸，寒谿入夜聞。夢中驚塞雁，已似久離羣。」柴門云：「柴門無暑氣，清興發今朝。山雨乍連夜，谿流初斷橋。秫田爭孔雀，風柳厭鳴蜩。便擬褰裳去，輕泥漲未消。」過奎泉云：「芊綿春草色，寒食滿天涯。亂水鳴孤激，高城落片鴉。輝輝波動日，纂纂樹交花。幽意何時愜？前林暮景斜。」中秋云：「青天動緑雲，月出海門東。秋色晴摇樹，江聲夜起鴻。輪高看漸小，煙盡望逾空。故國愁千里，清光永夜同。」村居同家兄作云：「僻地慚高隱，多愁念歲時。秋容經雨盡，暝色到山遲。起舞憑誰促？狂吟且自怡。更餘同跨馬，莽莽向空陂。」郯城云：「去國今何許？鄉關淚眼中。水呑淮口北，天盡馬陵東。春米煩鄰老，縫衣試小童。相看饒笑樂，不敢怨途窮。」咏雪云：「四更雨聲絶，莽莽灑平湖。夜色去何早？朝山看漸無。村居圍戍火，浦溆守檣烏。不見戴安道，遥憐清思孤。」將歸云：「客睡醒何早？鄉心望轉迷。月高喧櫪馬，風遠應村雞。醉恐鄰人厭，詩從僕子題。高堂應少寐，敢謂久羈棲。」房氏馬云：「何處憐神駿？房家好弟兄。幸分天子廐，肯向衆人鳴。金埒遊塵遠，春郊細草平。玉鞭如可試，吾欲賦西征。」集張帶三齋得濃字云：「冒雨寧辭醉，當歌豈再逢。燭憐春夜短，酒愛異鄉濃。霽色明雙塔，離愁黯九峰。蓴鱸何足羨？知已在吳淞。」題趙雙白春耕圖云：「炎荒戈未息，詞客老江關。村徑連雲海，禽聲擬故山。野橋驅犢過，春雨荷鋤還。隴上遺經在，猶傳到百蠻。」春日山中云：「絶巘餘亭古，羣遊引興新。鐘聲山向午，日氣水浮春。坐愛薔薇發，行憐翡翠馴。淮南招隱未？芳草憶何人。」泊天妃閘作云：「稍擊淮南楫，連宵望大河。星高知夜氣，風轉得漁歌。問稼愁年祲，懷鄉厭夢多。燈前看旅燕，吾醉亦婆娑。」渡漳河云：「我昔夢遊漳水濱，桃花樹樹開城闉。今來此地尋芳草，無那輕舟送遠人。樓前煙暝銅臺路，天際沙明白馬津。長路關山歸未得，莫將客思惱陽春。」鄴城云：「鄴城風日暫徘徊，榆柳清陰夾道開。沃野北連天府闊，浮雲西擁太行來。韓陵勒石人何往？洹水懷瓊歌自哀。七郡分藩從此始，豈應彌望但蒿萊。」張茅云：「驛樹參差隴麥交，微茫一徑是張茅。河流繞地浮三晉，山勢連空結二崤。雲外旌旄開古戍，洞中煙火出危巢。崖花岸草空經眼，那得他鄉有樂郊。」登靈寶閣云：「荒城樓閣倚山村，近郭風沙入夜昏。關塞陰陰當萬嶺，星河袞袞下三門。遊梁已謝平臺宴，入趙空悲國士恩。日日東歸歸未得，孤城吹角易銷魂。」潼關云：「連山覓路縱横斷，粉堞當空結搆牢。萬里河流蒲坂動，九天秋色嶽蓮高。燕齊無計撓秦帝，關隴頻聞唱董逃。設險當年隸畿輔，廟謨親見紫宸勞。」望華山云：「潼關西上見嵯峨，路入雲臺佳氣多。萬壑青松寒白日，三峰積雪照黃河。天雞曉徹扶桑湧，石馬宵鳴翠輦過。擬向青冥銷永夏，蓮花玉井竟如何？」望汴城云：「馬渡關城拂早霜，戍樓吹角更悲涼。山開廣武存孤壘，天盡長河見大梁。夾岸黃蘆容對酒，連宵明月伴還鄉。狂歌擬上侯嬴塚，汴水桑田已渺茫。」京口云：「十里荒煙接岸青，金焦疑對兩浮萍。連山北斷江樓出，潮水東還海氣腥。機杼並愁蛟室盡，鼓鼙空向鷺門停。孤舟擬雪蒼生淚，聞説君王不忍聽。」將至揚州懷王阮亭云：「江船穩泛桃花水，運道新開瓠子河。瓜步潮生吞海岸，市橋風轉送漁歌。野殘禾稼愁年眚，路入鄉關厭夢多。最憶風流竹西在，北征無奈布帆何？」句如「無端芳草歇，總作故鄉愁」「亂後人煙多近郭，雨餘竹樹早驚秋」「鄉夢自縈河曲外，客愁更在灞陵西」，皆高壯可誦。

詠嚴子陵釣臺，詩多着跡，江南興化李鏡月孝廉瀅順治二年鄉榜。過釣臺詩有「一夜客星臨帝座，千秋明月照漁竿」之句，脱口渾成，異常新警。淮海英靈集載孝廉布衣蔬食，教兩子成立，乃縱遊燕、齊、魯、衛、吳、越諸郡，則亦奇士也。其望羅浮歌有云：「水簾千丈，海風倒吹。」粵東張南山太守謂此歌如見仙山飛瀑，信然。孝廉又有「遠火分帆影，疎鐘雜艣聲」之句，亦無俗響。

涇縣包慎伯大令世臣，嘉慶十三年鄉榜。著有倦游閣詩文集。大令詩廉質峻整，五言古直登鮑、謝堂廡。其月夜江行家君命和云：「流鏡落澄練，開帆入浩素。隔浦風悲笳，扣舷衣滋露。疏煙織平林，明沙數棲鷺。空翠没層瀾，遥蒼蕩寒霧。聞詩即孔庭，辨樹鄙謝句。奇懷撰良辰，慚誦東征賦。」遊鍾山二首云：「昔聞沈光禄，願從息心遊。今來北阜林，桂枝蕩揚秋。霧捲江樹薄，一覽青徐收。地脈結南戒，流英鍾七州。豈無草堂秀，雲窟緘名遒。赤巖綵蘿古，鳥跡飛真留。風泉瀉松澗，萬壑龍鳴收。耳塵滌仙樂，勝洗清潁流。何當遇青囊，紫金經可求。跪讀三千日，一雪山靈羞。石扇不我闢，空望鏤霞樓。眄彼樓中人，萬里霜煙愁。」「懸崖若飛觀，雲石斑蒼青。苔暈遊鹿跡，松濤鳴鶴聲。香霧薄亭午，隱隱見柴荆。長鬚一老者，侍童二娉婷。了知是金仙，再拜求丹經。借我一卷書，謂我骨寧馨。以正則治國，知奇乃用兵。展之皆赤文，駁犖不可明。跪請授真訣，輕雲促膝生。雲生忽天半，仙樂飄縱横。」雜詩云：「轉篷捲秋高，客心鬱不寫。躑躅青溪上，徙倚長松下。浮雲滋暮色，棲煙寒四野。衰枝歸鳥疾，薄浦去帆寡。搖搖倦遊人，誰與遣此者。」

九煙先生遺集六卷，舊有芻狗齋集，今未見。道州何子貞師庚戌夏扶櫬歸里，避暑杭州西湖時所贈本也。九煙姓周，舊姓黄。名星，字景虞，號九煙，湘潭人也。幼有神童之目。六歲能文，八歲刻周郎帖，十二入南監，弱冠雋北闈，崇禎庚辰成進士，授户部。嘗作芥庵詩序，有曰：「余本湘人，今寄跡白門，於湘不忍遽忘，猶復往來羈棲於湘者數四，不知者多以余爲非湘人，余亦不欲自明其爲湘人。」九煙以嶔崎澹蕩之性，處喧啾聲利之場，其勢不能相入，兼之少年磊砢，感憤易生，遇所觸，往往發爲聲歌；嘗自鐫一印，文曰「性剛骨傲腸熱心慈」，自詡與正人君子鬼神仙佛相和，而與衆人多不合。詩多風懷之作，嘗録其集中絶句云：「嘯傲江東二十年，不知憂世與愁天。一朝泛宅過湘浦，始信低眉是聖賢。」七律云：「此身何故落瀟湘？悶對長天淚幾行。山水無緣供酒椀，文章多病惱詩囊。人情只向黄金熱，世法難容白眼狂。明日泛舟吴越去，從渠自作夜郎王。」於五月五日投水死。靜志居詩話云：「九煙晚變名曰黄人，字曰略似，又號圃菴，又曰汰沃主人，又曰笑蒼道人。布衣素冠，寒暑不易，人有一言不合，輒嫚罵。嘗賦詩云：『高山流水詩千軸，明月清風酒一船。借問阿誰堪作伴？美人才子與神仙。』年七十，忽感憤於懷，仰天歎曰：『而今不可以死乎！』自撰墓志，作解脱吟十三章，與妻孥訣，取酒縱飲，盡一斗，大醉，自沈於水，時五月五日也。」又仁和陳叟繼新居於禾，晚節納石于懷中，赴龍淵寺門潭中死，均不失爲申徒狄、徐衍一流。

昆明黄椝卿侍郎琮，身材短小，弱不勝衣，而器量宏深，風骨嚴峻。嘗以樸訥受宣宗知遇，年未五十，以親老，引疾歸養。戴雲帆侍御炯孫於侍郎爲總角交，又於嘉慶己卯科與黄星海明府同出家文忠門下，故雲帆味雪齋詩稿多彼此唱和之作，而侍郎詩，則予未之見也。近黄肖農鹺尹爲誦其棧道雜詩五古數章，蓋其視學蜀中時所作，詩筆蒼深古秀，直迫少陵。入棧云：「朝陽射清渭，扁舟越滉瀁。飽聞棧道奇，陸行恣幽賞。陰壑鬱霧深，高秋碎葉響。連山如漆城，蕩蕩不可上。堆疊呈變怪，峻嶒露精爽。入天有巉巖，出地無餘壤。飛梁躡虚空，支撐腐木兩。我馬既虺隤，驚却肯前往。滑笏履巖霜，性命付邛杖。峯迴迷去蹤，霧淨獲前朗。兹游信奇絶，笑費屐幾緉。」沔縣道中云：「亂山行不盡，脈絡互聯屬。初遇喜奇削，稍習厭犖礐。淩晨問去程，西泝沔水曲。寒流淨匹練，洩泉鏗碎玉。獨鷺破煙青，孤帆飲川緑。蕭蕭栟櫚中，歴落幾家屋。半扉翳蘆花，破網挂疎木。時見溪邊人，添薪斧脩竹。不意險巇盡，清川此豁目。安得解征鞍，借我徑三宿。」閔家坡云：「蜀道如青天，斯語聞已熟。那知履秦棧，崎嶇勢相續。途窮竟欲返，奇險常在目。蠶叢闢已久，纖徑入犖确。行程衝曉寒，危坂射初旭。斷澗泉有聲，陰草猶緑。蜀樹亘山椒，秦雲度澗曲。駸駸恨馬蹄，過眼煙巒速。」

鑑湖祝秋齡少府大年，著有雪鴻游草。少府夙躭吟詠，弱冠足跡遍天下，胸次高曠，發之於詩，有海闊天空之象。登泰山詩云：「捧檄過青齊，泰山日初曉。岃崱鬱輪囷，羣峯天外矯。絶磴摸雲登，側身出塵表。振衣萬仞巔，俯瞰大千小。」偕同寅建郡貞元閣小飲云：「石闌一路列如屏，高閣重新景更婷。野水爭流千澗白，夕陽斜映萬峯青。閒雲舒卷隨飛鳥，脩竹灣環抱小亭。到此頓消名利念，黃粱熟未夢先醒。」九日偕友云：「客子天涯共感秋，欣逢佳節且登樓。雲山縹緲飛黃葉，海國浮沈等白鷗。一抹斜陽人影瘦，滿懷鄉思雁聲愁。未知孰是題糕手，撚斷吟鬚得句不？」

侯官蕭若雲山人夢德，著有若雲詩稿，若雲既殁，遺稿散落，王未蘭茂才得於市肆中。詩多豔情之作，今録其咏物、懷古諸句，如柳花云：「鋪成水面文章淡，吟入閨中格調工。」「飄泊有時黏釣艇，顛狂最慣點春衣。」「三月行人愁遠道，六橋晴雪壓雕鞍。」「千絲挽袖思前度，幾點浮萍認後身。」新筍句云：「冷雨壓時千个併，寒雲挑處一僧歸。」瘦蝶云：「園林冷落傷千古，金粉飄零換六朝。」弔漢宫云：「誰憐金碧如塵委，無復蘅蕪入夢來。」若雲故多佳什，此特存其梗概耳。瘦馬詩後四語云：「顧盼何心爭掣電，功名無相貌凌煙。怪來疲病西風裏，不遇孫陽總可憐。」慷慨激昂，具見生平抱負。

海昌鍾玉溪明經承業，浙西宿儒也。屢困場屋，著有學爲圃詩文稿，嘗記其觀潮詩，有「富春水落如浮地，龕赭山高欲撼空」之句；又詠桐縣云「有態石闌沾正細，無聲山館墮應遲」，賦物的切。其嗣君梅初諸生志棨亦能詩，多名句可採，如「亂峯青送客，深樹碧啼鶯」「流水落荒徑，清鐘出上方」「夕陽帆影亂，風色嶺雲忙」「鳥息江邊樹，人行郭外村」，置之賈長江集中，幾無以辨矣。

翁氏姐名雀錦，吾母吳太孺人養女也。性至孝，事吾母克盡子道。嫁故星士正芳爲簉室，星士物故，遺二孤，姐氏飲苦茹辛，貞潔自守，伯叔欲奪其志，姐氏不可，吾母迎之歸，俾得撫孤成立，遂以成其志。道光十六年，奉旨旌獎節孝，卒年六十有三。錢塘馮山公詩所謂「松柏久於冰雪耐，不隨弱草緑春風」，姐氏有焉。

侯官鄭生褒揚，篤内行，嘗從余習舉子業，工制藝，詩筆整秀。惜乎天不假年，所遺詩草有名句可採者，如「孤城明月照，荒店夜燈深」「畫闌看放鴨，深樹聽啼鶯」「草痕侵閣緑，山色入窗青」「孤帆當檻落，去鳥入雲高」「山容積雪澹，鳥影入煙無」「谷響樵戡木，市喧人賣魚」「閒雲自來往，去鳥獨高低」，皆可入主客圖。

「夕陽在水客歸渡，黄葉滿堦秋到門」，此侯官翁蕙卿茂才時穉句也。秀語天成，薛君采見之，定選入名句圖，李香苹爲余誦之。

一言足以解人積憤者，雖傭夫婦孺，亦芻蕘之可採。余於道光丁亥，遭家不造，有黄媪者，年六十餘，余外家之執爨婦也。來視余，嘗爲余誦「留得五湖明月在，不愁無處下金鈎」，余聞其言，爲之意釋，此一言解憤之明證也。

海珊詩鈔，烏程嚴崧瞻刺史遂成著。雍正二年進士。刺史詩結響沈雄，鍊格高壯，詠史諸作，尤爲擅場。其名句可誦者，如「池深魚氣静，樹密鳥聲歡」「艣聲離岸小，山氣壓城寒」「雨方得氣能醫草，風自生香不借花」「無數夕陽遮不住，好風吹出讀書聲」，皆警句也。

「隻字也須辛苦得，恆河沙裏覓鈎金」，此錢塘金壽門布衣農句也。布衣著有冬心集，詩格高簡，不落時下纖佻率易之習。其詠苔云：「多雨偏三月，無人又一年。」亦超脱無痕。句如「他鄉樂亦苦，淚滴酒杯間」，亦入情之語。

「明知愛惜終須改，但得流傳不在多」，此會稽商寶意太守盤句也。雍正八年進士。太守著有質園詩集。春融堂集謂太守詩上追四傑，下仿元白。余謂太守詩有極似太白者，其五古友人索觀近詠、七古八蠻進貢圖，尤稱奇作，爲集中之冠云。

武進劉文定公綸，字眘涵，廪生。乾隆元年召試博學鴻詞第一。著有繩庵内外集。文定謙和恭謹，以清修自厲，詩格亦沖和清穩。其五古碑洞詩、七古謁華陰廟，爲集中大篇。句如「陣圖聚米三邊地，賦版流沙半壁天」「十里好花收客店，九秋真畫出田家」，亦娟秀可讀。松軒隨筆謂劉文定衡文，嘗言佳卷多至溢額，始難在取，繼難在去，較量進退，每至夜分，人勸節勞，公曰：「卷之佳，兄弟也，一去取間，於我甚易，獨不爲士子計乎？」嗚呼！公用心之勤如此，即被棄者可無恨。

元和惠松崖諸生棟，精於漢學。錢竹汀詹事云：「先生自幼篤志向學，家多藏書，日夜講誦，自經史諸子百家雜説，靡不津逮，中年課徒自給，陋巷屢空，處之坦如。乾隆十五年，詔舉經明行修之士，總督尹文端公、黄文襄公交章論薦，有博通經史，學有淵源之稱。惠氏世守古學，而先生所得尤深，擬諸漢儒，當在何邵公、服子慎之間。撰有周易述、易學、易例、古文尚書攷、左傳補注、九經古義、明堂大道録、禘祫説、精華録訓纂、後漢書補注、九曜齋筆記、松崖筆記、松崖文鈔、諸史會最。先生序吴企晉詩，謂詩之道有根柢，有興會，根柢原於學問，興會發於性情，二者兼之，始足稱一大家。先生不多作詩，而此論極精當。」

萊陽趙冬郎毓尹暄，乾隆甲子鄉榜。著有忘憂草、排悶詩草二卷。詩有磊落絶塵之概，佳處幾合浣花、水部爲一手。其甲戌秋末重過寶藏寺云：「望中認孤松，步去逾層峯。曲磴緑苔没，清泉落葉封。向僧索山意，繞石覓雲蹤。莫怪苦留戀，十年一過從。」和張水部聽夜泉云：「夢醒聲盈耳，寒泉隔澗流。心知無住處，想不到源頭。響激疑侵石，音清欲近秋。無人同夜起，涼月獨尋幽。」發淮揚舟中即事感懷云：「一天陰雨蕩輕橈，僵卧孤篷感寂寥。敗屋當風開户牖，荒林終日叫鵂鶹。空驚曠野多新鬼，誰慰殘魂賦大招。紫綬緋魚朝士志，臨江灑淚有漁樵。」

閩縣王朩蘭茂才道徵，著有石室詩存。詩多質樸，五言律尤爲集中之冠。嘗記其夢中作云：「日暮月初出，夜深雲未歸。清風常入抱，白露欲霑衣。三徑獨來往，一身無是非。長年足滋味，藜藿滿山肥。」

神仙者，出世之學，與入世異，余讀道德經、參同契諸書，知其説信有之。桐城姚姬傳先生云：「神仙不死，此達天之事。其人無功德於民，何以居不死之壽，故必兼功與行，而後可以成仙。行不足者，功雖專，天所不許。」真知言哉！閩縣王朩蘭茂才神仙詩云：「離合悲歡一戲場，幾人遺臭幾人芳？賢愚各抱有生累，得失終成無事忙。訪道願從赤松子，淩虚好入白雲鄉。吹笙飛舄傳家譜，未必神仙盡渺茫。」讀此詩，令人作吸露餐霞之想。

閩縣陳秋坪大令登龍，著有秋坪詩存。大令詩，其音温以平，其氣疏以直。其自入蜀後徙陽塞外諸什，原本山川，極命草木，黎風雅雨，雪帳冰燈，蠻歌梵筴，犛馬羌禽，憂愉喜愕之狀，靡不一託之於詩。蓋西荒窮徼之氣，沈閟數千載，一旦發瑰奇而被藻飾，乃自大令始。其聲耀豈特如靈運、子厚之於永嘉、柳、永已哉！至如撫馭夷酋、寬猛貪廉之道，集中三致意焉。信乎仁者之言，又次山春陵、昌黎瀧吏之匹也。詩如和門遺興云：「中土猶烽火，西邊息鼓鼙。春陵悲漫叟，沙磧靖安西。異代空懷古，殊方且寄棲。閉門聽風雨，隨意寫無題。」登中渡城樓云：「一上譙樓萬里情，蒼蒼關塞旅魂驚。江從青海流來急，人向白雲多處行。畫角西風吹古戍，亂山斜日近孤城。倚欄不盡傷零落，欲賦登高恐未成。」

福州長樂王成旟廣文溱，嘉慶己卯鄉榜。著有足雨宧詩藁。廣文精反切之學，詩亦清麗。嘗記其重陽渡河云：「金粉臙脂隔岸香，扁舟搖蕩水中央。鷩沙夕起迷天白，駭浪朝翻接地黃。風景百年如過客，江山萬里此重陽。諸囊菊佩渾忘却，惆悵登高在異鄉。」句如入都話別云「長橋三月雨，小舫半帆風」；張家灣舟中云「無山天更闊，近水月先來」；和岳祖謝先生養拙元韻云「百年清福裏，萬事靜觀中」；雙溪口夜泊云「五千里路雲橫嶺，三兩人家月在扉」；秋夜云「敗蕉喧徑秋無雨，落葉敲窗夜有風」。

閩縣龔海峯先生循化廳志藁一書，其論禦西夷之法，甚詳而密，可以見諸施行。先生爲吏，洞民情，諳軍事，膽大心小，今之循吏而兼名將者也。天下督撫藩臬府州縣皆如先生其人，則天下何患乎不治！薩檀河大令哭先生詩，有「漢朝良吏即功臣」之句，誠非過譽。

仁義之性，出於不讀書之人，尤爲可敬。山東汊河亦作坌河。董翁名藻華，業飯舖。余同年邵武元君長模從京都回，病卒其家。元君病亟時，翁爲之醫藥，卒後爲之殯殮，共費二百餘金，並寓書閩中與其嗣君，令扶柩歸。其嗣君至，哭謝之，還其金，翁笑而藏之。余述其事於朱伯韓侍御，侍御記以詩云：「千古幾人真好義，叔牙身後有逢時。」余曰：「董翁更難於叔牙，叔牙與仲父爲平昔之交；董翁與元君特萍水相逢耳。求之士林，尚難其人，況市儈乎！」藻華字逢時。

寧化張孟詞進士騰蛟，乾隆癸卯解元，癸丑進士。遺草零落，僅存數首。進士古文詞源出秦、漢，駢體文迫近燕、許。大興朱文正公督學吾閩，重其品學，愛之如子，贈詩云：「八千閩士較雄雌，第一應推張孟詞。萬錦雲霞天上筆，雙清梅雪歲寒姿。」其推許至矣。進士乙卯赴闕補殿，卒於都下。著有山海精良二十餘卷，未成書。詩不多作，然作者格律謹嚴，直入唐人之室。其楊二樵昆仲邀飲探梅即席留别云：「園囿環扃靜下帷，美人林澹隔溪湄。相攜翠袖天寒日，無奈清樽月落時。縑素有情勞躑躅，山川何事怨倭遲。殷勤挽駕前綏在，風雪猶期贈一枝。」

科舉之法，以八股制藝取士，實不足據；況有司故事奉行，士子以腐爛時文，互相弋取科名而去，此人才所以日下也。錢塘馮山公八月十五夜場屋聞雁作云：「對策五千言，主司例不看。野夫必盡誠，正書至達旦。」讀之可爲寒心。錢辛楣先生欲改次場經文作首場，以絶勦襲之弊；余謂以次場作首場善矣，其不愧爲司文命者，曾有幾人乎！

馮山公解春集，如疎月照水，澹煙出林；又如遠寺寒鐘，空山清磬，唐之王輞川、宋之陸渭南、元之虞文靖、明之薛君采，幾於合爲一手。集中七言律，尤超脱絶塵，非鈍漢方夫所能躡步。閏三月三日云：「三旬兩見永和春，重過江頭逢麗人。修竹更抽十尺長，幽蘭又采一番新。飛飛黄蝶覓殘蕊，閣閣青蛙泗白蘋。不獨流觴感陳迹，落花前日已成塵。」春盡喜晴夕登水閣送孫大東歸云：「九十春光無半晴，晚憑水檻綺霞明。疎籬漸壯薔薇色，芳草竟吞鶗鴂聲。穀雨陰來蜂蜜濕，楝花風起燕巢成。枕流仰視金波滿，漱石愁無孫子荆。」歎劍云：「嘗思天外倚昆吾，偶説人情吼湛盧。頭白似霜終破晉，脊文如水不思吴。風胡論後龍精顯，蓋聶嗔時虎氣孤。有一蒯緱彈不得，大魚入海小魚孤。」

番禺張南山云：詠雲如王荆公句云「誰似浮雲知進退，纔成霖雨便歸山」，美之也；又宋人句云「無限旱苗枯欲盡，悠悠閒處作奇峰」，責之也；汪東山句云「閒雲莫戀山頭住，四海蒼生正望恩」，勉之也；陳狷亭句云「却怪紛紛頻出岫，不曾行雨竟空還」，諷之也。用意不同，各有其妙。按陳狷亭，吴江人，名沂震，康熙三十九年進士，有微塵、漱帚二集。

侯官吴瑞人鹺尹聯穗，嘉慶丙子鄉榜。詩多慷慨之音，嘗記其名句如「沙鳥白映水，簷花翠入樓」「雞豚春社酒，桑柘夕陽錫」「殘雲收極浦，明月照孤閩」「落日羣山見，殘煙遠浦沈」，皆可入摘句圖。

餘姚鄭黛參孝廉世元，康熙五十九年鄉榜。幼穎異，博綜羣籍，一發之於詩。感懷雜詩及捉船行諸詩，皆傳作也。其名句之膾炙人口者，如「人皆欲殺今之白，我醉須埋昔者伶」，可謂奇警。番禺張南山則賞其「客中寒食最銷魂」之句，謂旅人不堪誦，亦名句也。

「世無名與宦，人心皆太古。世無輪與蹄，人皆守鄉土。」此襄城萬西城孝廉邦榮句也。康熙五十九年鄉榜。警世之句，即昔人所謂「不婚宦情欲減半」之意。

仁和孫質爲先生義，道光九年進士。道光乙未余鄉試薦卷座主也。詩有唐音，嘗記其客中感懷有「乾坤高下鳥，身世去來雲」之句，詩境可謂高曠。其贈昌彝句云：「冠場策本羅星宿，下第文猶泣鬼神。」先生愛才之心，於茲可見矣。

余讀錢氏家變録，竊歎虞山妾柳如是之忠於錢氏焉，故凡忠孝節烈之事，不必盡出於讀書之人、大家之女。余友高安朱芷汀孝廉有詩云「家變獨能持大義，虞山身後有家姬」，正言其能知大體也。

楚南曾滌生侍郎國藩，深於詩，余嘗於朱伯韓侍御宅見之，又從王子壽比部箑上讀其五言古詩，風骨入古。今上登極，侍郎正色立朝，閉邪陳善，不愧古之遺直焉。

雲臺先生入滇，詩境視平日又開境界，蓋以神似輞川也。其湘江村舍云：「湘山如翠黛，湘水如碧玉。巖下有居人，林深不見屋。落落百尺松，陰陰萬竿竹。竹密一徑空，照見人皆緑。況有流泉聲，清泠比琴筑。如此山居幽，其人定無俗。笑我坐篷窗，秋陽正相曝。」可渡橋夜月云：「橋東峻坡石突兀，橋西行人鐙出没。一樓窗外萬山深，風弄溪聲洗春月。春月竟是山中多，百夷安樂春氣和。蠻花飛落山村坡，兒女吹笙跳月歌。」橋在威寧、宣威二州，滇黔分界處。健忘云：「健忘有病藥休嘗，老去中懷難自强。公案煩勞心少力，早年記誦學全荒。本無蕉夢鹿何夢，不但筌忘魚亦忘。誦帚誦苕何所昉？可知此意出蒙莊。」

畏壘山人詩集，長洲徐大臨太史昂發著。康熙三十九年進士。太史宫詞百首，遍播旗亭，古詩如雁門關、彭蠡湖、漱玉亭，皆入唐賢之室。名句之最者，如「草木尚生無患子，男兒那作可憐蟲」，可謂新穎。

「雪峰藏白日，雲谷束青天」，此新安呂天益光禄謙恆句也。康熙四十八年進士。雅近警鍊，其全集純學宋派，疎爽有餘，頗嫌質直無味。

「千古江山風月我，百年身世去來今」，此山陰王弇山孝廉霖句也。康熙四十四年進士。語意超脱，髣髴陸放翁。

朱竹垞先生玉帶生歌，非胸羅萬卷者不能辨，可稱千古奇作。

歷城王秋史廣文苹，康熙四十五年進士。著有二十四泉草堂集。秋史嗜古好奇，閉門苦吟，詩骯髒有奇氣，嘗以「黄葉下時牛背晚，青山缺處酒人行」得名者。

太倉王若干太史時憲，康熙四十八年進士。著有性影集。其名句爲時傳誦者，如「青山兩岸尋詩路，黄葉孤村賣酒家」，可謂詩中有畫。

長洲顧俠君庶常嗣立，著有秀埜、閭丘二集。庶常精於元人掌故，其讀元史五言古一詩，可稱包括無遺。粤東温伊初嘗誦其「積雨濕江雲，林深白一片。春風急吹開，青峰遞隱見」之句，謂爲孟山人之亞。

宜黄符雪樵明府兆綸，著有夢梨雲館詩鈔。詩筆清拔，亦多激切之音。其南臺雨望云：「獨酌不成醉，寒光生佩刀。登臺攬横海，終古鬱奔濤。黯黯歌樓換，蕭蕭戰艦高。尋思塵世事，天地一何勞。」城樓晚眺云：「短堞夕陽明，高秋邊角聲。海雲紅不定，關樹碧無情。天蟄魚龍氣，人思草木兵。枕戈劉越石，慷慨本生平。」漫興云：「戚將軍死無良將，越國山川酒一樽。從古華夷資重鎮，多時旗鼓掩中原。蒼凉落照啣烏石，浩蕩長風撼虎門。腰下陸離三尺劍，會須踏浪斬蛟鼉。」句如「山雲動高興，野鳥慣低飛」

「石縱出天勢，松沈藏澗聲」「梨花山館雪，榕葉水樓煙」「鳥聲孤館静，苔意半庭閒」；七言如「出天孤塔倚雲白，奔海長江摇樹青」「風生絶壑松濤壯，雲護層巒石氣沈」「蒼雲大野高鷹健，白浪荒江怒馬來」「江山浩浩初迴棹，風雨沈沈正閉門」「酒情慷慨逢人易，劍氣縱横入世難」「不磨肝膽狂何惜，已老頭顱事可知」「雁外關山游子恨，蛩邊燈火古人愁」「萬家砧杵懸秋月，千里關河動客星」，皆清挺可誦。

卷十三

潘四農云：「人與詩有宜分別觀者，人品小小繆戾，詩固不妨節取耳。若其人犯天下之大惡，則并其詩不得而恕之。故以詩而論，則阮籍之詠懷，未離於古；陳子昂之感遇，且居然能復古也。以人而論，則籍之黨司馬昭而作勸晉王牋，子昂之諂武曌而上書請立武氏九廟，皆小人也。既爲小人，則皆宜斥之爲不足道，而後世猶贊之誦之者，不以人廢言也。夫不以人廢言者，謂操治世之權，廣聽言之路，非謂學其言語也。籍與子昂誠工於言語者，學之則亦過矣！況吾嘗取籍詠懷八十二首、子昂感遇三十八首反覆求之，終歸於黃、老無爲而已。其言廓而無稽，其意奥而不明，蓋本非中正之旨，故不能自達也。論其詩之體，則高拔於俗流；論其詩之義，則浸淫於隱怪，聽其存亡於天地之間可矣。贊之誦之，毋乃崇奉儉人而獎飾詖辭乎！宋人論詩，每以陶、阮並稱。不知陶之天機自運，其言平易而昭明，君子之詩也；阮之荒唐隱譎，純爲避禍起見，小人之詩也。尚不逮嵇中散之樸直，何論陶彭澤哉！元人云『論功若取平吳例，合把黄金鑄子昂』者，亦誤也。唐之復古者，始於張曲江，大於李太白，子昂與曲江先後不遠。子昂感遇之詩，按之無實理；曲江感遇之詩，皆性情之中也。安得以復古之功歸子昂哉！或謂昌黎稱唐之文章，子昂、李、杜並列，而杜公於子昂尤三致意。送梓州李使君云：『遇害陳公殞，于今蜀道憐。君行射洪縣，爲我一潸然。』冬到金華山觀云：『陳公讀書堂，石柱仄青苔。悲風爲我起，激烈傷雄才。』陳拾遺故宅云：『位下曷足傷？所貴者聖賢。有才繼騷雅，哲匠不並肩。公生揚馬後，名與日月懸。終古立忠義，感遇有遺篇。』杜公尊子昂詩，至騷雅忠義目之，子烏得異議？曰：子昂之忠義，忠義於武氏者也，其爲唐之小人無疑也。其詩雖能掃江左之遺習，而諷諫施諸篡逆，烏得與曲江例觀之？杜、韓之推許，許其才耳。吾不謂其才之劣也，若爲千秋詩教定衡，吾不妨與杜、韓異。王元美云：『孔雀雖有毒，終難掩文章。』謂嚴嵩也。究竟今人誰肯讀嚴分宜詩者？於嚴嵩則嚴之，而寬黨逆之阮籍、陳子昂，此人之顛也。不明明辨，則教在聖教之外，而才士一門，遂爲小人之逋逃藪，害豈小哉！」

四農又云：「余因論阮籍、陳子昂而有觸於宋之王安石，安石詩亦北宋名家也。然安石有六大罪，而崇信釋氏猶不與焉。欺君，一也；蠹國，二也；病民，三也；用小人，四也；逐君子，五也；侮聖經，六也。蓋合唐、虞之共、驩，春秋之少正卯而一之，此舜、孔之所必誅，而宋人以之配享孔子，不獨欺當時，并能欺後世，信乎小人之傑魁，百代所罕見也。愛其文詞而學之，則不惡不仁者矣，亦人之顛也。」昌彝謂安石更有一大罪，子雱死，立其墓碣曰「亞聖王雱之墓」，是安石以聖人自居矣。合四農所數，共七罪。

道光壬辰仲秋，同里李蘭卿觀察彦章觴余於石畫園。即席拈「石畫園」三字分咏，觀察拈「畫」字，成七言長篇詩，排奡可以繼響坡公。其詩云：「蒹葭秋水清涼界，園名蒹葭草堂。勾留一半緣詩債。招隱終難守澗阿，讀書恆欲交并介。眼前忽遇素心人，恰有幽花兆蘭話。園中有小蘭話齋，是日庭前素心蘭初開一枝，若爲之兆。客來不速會不期，空谷訢然聞謦欬。林生仰屋好著書，恬懷博涉今王勱。近來釁序乍飛騰，世俗驚傳有良鞲。儲才有用交有神，科第非徒誇拾艾。我將六月帆南風，巖桂留人秋已屆。誰知還得一樽同，舊雨流連無此快。」中叙閩中風雅一段，以文繁未録，結云：「小園地僻雜賓稀，一飯粗能煮瓜薤。青苔及榻未嘗掃，奇石成山皆可拜。清幽坐愛薜蘿深，談笑頓忘魚鳥怪。坐中正有石林生，表弟葉蓮塘喜畫，時亦在座。主客圖成須早畫。」按：石畫園爲宋郡西園地，蔡忠惠、曾南豐皆有詩；明曹石倉、薛夢雷諸公嘗遊讌其地；國初歸林同人、吉人兄弟，爲荔水莊，後歸李氏，乃割西園一隅，其地爲曹石倉所建雲月莽，梁間題字猶存。

宋儒龍谿陳安卿淳北谿字義云：「大抵妖由人興，凡諸般鬼神之怪，都是由人心興之。人以爲靈則靈，不以爲靈則不靈；人以爲怪則怪，不以爲怪則不怪。伊川尊人官廨多妖，或報曰：『鬼擊鼓。』其母曰：『把椎與之。』或報曰：『鬼摇扇。』其母曰：『他熱故耳。』後遂無抵。只自主者不爲之動，便是無了。細觀左氏所謂『妖由人興』一語，極説得出。明道石佛放光之事亦然。」近嘉興袁漫恬棟鬼神詩云：「鬼神事幽遠，世人多惑之。趨避或紛紜，禍福相參差。淫祀希邀澤，祝史勤禱祈。避忌乃多端，甚至蠱巫師。舉世紛狂騖，誰能正其非？」讀此詩可以卓然不惑矣。

北谿字義又云：「昔有僧入房將睡，暗中誤踏破一生茄，心疑以爲蟾蜍之屬，卧中甚悔其枉害性命。到中宵，忽有叩門覓命者，僧約明日爲薦拔，及天明見之，乃茄也。」花間笑語襲此事而不言所出。「此只是自家心疑，便感召得遊魂滯魄附會而來。又如遺書載一宦於金山寺薦拔亡妻之溺水者，忽婢妾作亡魂胡語，言死之甚寃。數日後有漁者救得妻送還之。此類甚多，皆是妖由人興，無釁焉妖不自作。」袁漫恬鬼神詩云：「淫祀非我分，隔膜情相睽。强焉附知己，不歆空謁祠。」又云：「神靈或來去，冥漠乃易欺。衣冠昧幽明，庸愚驚福威。」世之惑於鬼神之説者，可以返矣。

道光元年秋，余病幾殆，惝恍間夢到一地，似三十六間者。入門則有粉白黛緑數千人列左右，皆前代宫妝者。余遂登堂，畫屏忽開，中立一女，貌豐而美，旁列侍女數十人，持一紙示余，中有詩二句云：「一枝繡枕倚郎君，情重巫山一片雲。」時余所倚者乃繡枕也。女給筆硯，命余續後二句，余援筆書云：「莫是花妖來入夢，山人好道薄紅裙。」女閲之大怒，擲紙於地，命侍女推余出，門閉，砉然有聲。余驚醒，吾母哭於枕旁，方知死而復活，而最異者，女詩二句竟大書被上，字蹟如烟，經時始滅，吾父吾母皆見之。可知人心一念之正，諸邪皆不能入，程子所謂「一敬足以懾百邪」是也。

居官者有一二善政可傳，便成佳話，況功德在民乎。吴江吴松巖大令𦗟。順治乙未進士。官漢川知縣，著有梅花草堂詩集，性鯁直，負經濟才。令澄邁時，值黎人作亂，斬其魁玉德等，餘皆就撫，又以計降叛賊孫賢，又擊走鄭成功餘孽楊二等。書生而多武功，豈尋常循吏比耶？論功當遷擢，總戎忌其功，格不得上，後調漢川，以失上官意落職。詩皆有爲而作，無裁雲鏤月之辭。班史稱「循吏以文章飾吏治」，作者以吏治爲文章，集中長篇古詩如石城婦、登擔山諸詩，不減元次山。公官漢川時，邏者夜獲一人吴姓而應童子試者，袖有絶婚詞，家貧爲婦翁所拒，憤而作此。公試以桃之夭夭題，文立就，公贈以詩有「請君賦就桃夭什，好向藍橋覓路行」句，其婦翁聞之，即招贅其家，至今荆南傳爲美談。亡友漢陽劉茱雲傳瑩嘗以其集惠余云。

漁洋山人萬首絶句選凡例云：「七言，初唐風調未諧。開元、天寶諸名家無美不備，李白、王昌齡尤爲擅場。昔李滄溟推『秦時明月漢時關』一首壓卷，余以爲未允。必求壓卷，則王維之『渭城』、李白之『白帝』、王昌齡之『奉帚平明』、王之渙之『黄河遠上』其庶幾乎！終唐之世，絶句亦無出四章之右者矣。中唐之李益、劉禹錫，晚唐之杜牧、李商隱四家亦不減盛唐作者云。」山陽潘彦輔詩話云：「唐人萬首絶句，其原本不爲不富，漁洋選之，每遺佳作。隨意簡出，如右丞『相送臨高臺』『吹簫凌極浦』，太白『天下傷心處』『剗却君山好』『淥水明秋月』，少陵『萬國尚防寇』『春來萬里客』，襄陽『移舟泊烟渚』，蘇州『獨鳥下高樹』，隨州『日暮蒼山遠』，劉方平『夢裏君王近』，耿湋『返照入閭巷』，金昌緒『打起黄鶯兒』，柳州『九扈鳴已晚』，香山『珠箔籠寒月』，義山『向晚意不適』，致光『羅幕生春寒』，以及劉采春囉嗊曲等，皆天下之奇作，而悉屏而不登，何也？至七絶中遺漏尤多，如賀監之『少小離家』，太白之『舊苑荒臺』『李白乘舟』『楊花落盡』，龍標采蓮曲，少陵贈花卿等，指不勝屈。且既譏唐人絶句『人主人臣是親家』『今朝有酒今朝醉』詩，當日如何下筆，後人如何競傳，而又選『近來時世輕先輩，好染髭鬚事後生』『三十年前此院遊』『妃子偷尋阿㒟湯』等作，何也？清平調原非太白佳處，然神氣飄逸自如，迥非中、晚人所能摹襲。漁洋選中、晚宫詞，纍纍盈幅，而削此三章，舍天姿而取脂粉，又何也？王建宫詞百首，雅正而有餘地者甚希，選至二十四首，猶嫌其濫，然建之宫詞，意境不高，尚非苟作，至羅虬比紅兒詩，王涣惆悵詞，複意礙詞，冗沓甚矣，重疊載入，又何也？」

粤東温伊初孝廉自嶺南寄來番禺張南山太守松心詩略，其詩有關時務者，余已採於前。其詠懷雜詩真樸而有道氣，尤爲集中之冠，詩云：「地以外皆天，天外究何物？若云大氣舉，氣又出何穴？何物能載氣，操縱誰蓄洩？海深不可測，深極終有訖。不能出天外，仍以地爲窟。何以衆水歸，萬古長不溢？元化既渺茫，真宰亦恍惚。問天天不言，氣至自寒熱。」「論語讀終身，時時念三畏。人惟無所畏，遂至無所忌。小人知畏威，貴以刑佐治。君子首畏天，大人在其次。至於聖人言，垂訓示萬世。理本如日星，切實贊天地。古來大奸雄，亦知畏清議。三綱與五常，賴以弗失墜。言敬尚和平，言畏乃惕厲。人惟有所畏，庶幾不敢肆。」「道經五千言，心折惟一語。曰道法自然，此語實宗主。試觀人未生，胎中血爲糈。及其纔出腹，忽忽變爲乳。丈夫美鬚髯，婦人好眉嫵。假使亦有鬚，世上無美女。物理之自然，不可以悉數。偶舉一兩端，類推試覼縷。」「釋典千萬部，心折惟兩言。兩言曰因緣，先聖所未宣。苟無因與緣，至親亦等閒。果有因與緣，雖疎如弟昆。每有深相知，宛若舊好敦。更有未識面，愛慕縈心魂。不解何以然，此中有因緣。倫類多如斯，不獨夫婦然。」「忽生而爲人，聚若草間露。忽化爲異物，散若空中霧。輪迴固無稽，星隕亦鮮據。既生必有死，如旦必有暮。貪癡若齊景，欲戀不得住。曠達如劉伶，未埋已先慮。秦皇與漢武，均被方士誤。請看陳人陳，孰保故我故。桑榆猶可收，心精亟陶鑄。」「顏子三十二，壽同天地長。彭祖八百歲，此言殊荒唐。命長無可稱，雖彭亦如殤。昔者里有翁，耄耋猶康强。有口能飲食，有體能冠裳。當其居華屋，已似歸山岡。吁嗟人間世，大夢同一場！夢同中有異，各各留心光。心光死不滅，心血於此藏。大者爲道德，小者爲文章。」

「心之精神謂之聖」，此見於大戴記者也。古聖賢無不愛惜精神，豈獨仙佛之書諄諄告戒乎！近讀番禺張南山太守詠懷雜詩及燭花詩，真釋氏所謂當頭棒喝者也。詩云：「天心最好生，與以生生理。陰陽兩相媾，人世大歡喜。奈何圖歡娛，不顧耗骨髓。甚者如畋漁，縱恣不知止。傾國與亡身，大半因女子。天公本好生，世人乃好死。何如玩名花，以花當彼美。香國即柔鄉，吾將老於此。」燭花云：「燭花頻翦又宵分，得句何妨寫練裙。傳語少年須自醒，莫將真髓換巫雲。」

聊以補拙齋詩文集，閩縣鄭松谷太守鵬程著。嘉慶丙辰恩科進士。太守幼得母教，制行端方，及通籍後，出守袁州、常德，强教悦安，人心愛戴。治民之暇，尤好振拔單寒，誘掖後進。性剛方，不喜迎合，曰：「阿附大吏、要結縉紳以求名者，巧宦之所爲，吾弗屑也。」山陽汪瑟菴先生常稱曰：「鄭公渾樸端厚，愛民以誠，今之醇吏也。」詩亦真樸有味，無時下囂淩、率易、纖佻三種習氣，其青花硯行爲裴淡如孝廉作詩，如殘霞倒景，餌玉玄都。詩云：「媧皇補天東南竭，雨洗霞蒸崩一石。神膠未泯斧鑿痕，泉液灌之還生根。胚胎靈氣蘊精粹，濛濛肌理含青翠。星精拂鬱不上天，來爲人世吐雲烟。石上見之不敢取，磨刀睥睨面溪漵。伺蛟龍睡劃中堅，花紋細碎金線連。密排星斗光轉粟，微帶氤氳潤如玉。菁華消歇慶曆年，君今得此翰墨緣。墨池夜夜發光怪，恐攝神丁歸天界。」

順德黎二樵明經簡，乾隆己酉拔貢。詩書畫各臻其妙，其於詩天姿既超，又益以孤往之力，成其獨造之能。玉壺山房詩話謂其詩「窈峭深警，新響軋軋，見者咸嘆爲苦吟，而不知其詩才絶敏，縋幽鑿險之語，援筆立成，蓋神乎技矣」。其入羚羊峽寄閩人云：「清江連白沙，秋晝如月色。蒼然暮帆影，涼風轉秋碧。舟行入青山，山青立天石。峽雨去却來，山飈順還逆。哀狖遞雲屏，清切不可極。違峽已十里，隱耳淒不息。端州萬家夢，上有孤月白。是時水月夜，知復當窗織。星露江上草，草根蟲唧唧。唧唧復唧唧，吾聞汝歎息。歎息不能夢，有身無羽翼。」寄黃藥樵云：「牆頭暮鴉飛不起，鴉背松聲冷於水。如山北風壓破屋，拍枕大江浮兩耳。窗竹偃蹇欲折檽，急雨落瓦寒有稜。饑鶻嗃嗃狀嘯鬼，紙窗琅琅如裂冰。風頭愈大雨點重，松子踰時尚跳動。燈危在壁寒不明，心戰如波靜還湧。我憶滇山西遠征，冰天苦月寒崢嶸。兩奴爭被靜一鬨，獨馬戀人悲自鳴。身勞歸惜妻孥苦，裘敝倏驚年歲更。煌煌肥馬從朋友，跕跕飛鳶閱死生。生還喜爾情過絕，以病示人無病骨。明日梳頭視青鏡，今夕苦吟生白髮。莫思廣厦庇衆寒，少陵詩翁古迂拙。」曉出村舟中作云：「懸山覆水不到水，水雲似海不似雲。一身自作海上客，此山離立雲中君。江雲漸高山漸小，初日平鋪萬波曉。須臾山在金碧中，全見山腰失山杪。八風忽展東南溟，天水光白山光青。張帆看山勢爭轉，瘦約一束室亭亭。烟螺似我病婦態，相送遠近同含情。我於山水矜畫手，如此深陏畫未成。山阿片雲釀水氣，欲出未出遲不輕。祇因風夜客獨宿，始肯入城爲雨聲。」北風篇云：「北風欲使南海翻，萬怒一洩雙洞門。客居近雙門樓。簷端木葉鳥鼠走，巷口朔漠雲沙昏。樵夫客帳夢水村，水面一點浮人烟。海勢吞沙浩無地，風力揭波聲塞天。萬物簸揚一室靜，古佛跏趺居士病。龕火不搖凍似冰，霜筠自戛清於磬。夜來知爾夢亦勞，魂弱不競江波高。嬌雛惡睡自呼被，遊子病軀誰贈袍？故人別盡滄江晚，但坐不歸傷別遠。南飛一聽鴻雁啼，北寒闊與江湖滿。明日空天秋照水，八尺蒲帆盡情展。尚有寒花村屋深，未覺疎籬酒杯淺。」邕州云：「屼屼荒城畫角哀，滔滔急水白沙頹。不勝今昔親垂老，如此風烟我再來。幾個遊人非斷梗，是何名岳入邊垓。故鄉尚有羅浮月，可許幽輝滿鏡臺。」春寒云：「盲風伏雨罨邊城，城下波濤氣不平。一枕春寒閤鄉夢，千家人語入江聲。沾衾摇落闗楊柳，破被尋常得弟兄。仰愧營巢老烏鵲，拮据身爲護雛輕。」

番禺張南山太守古歌謡，辭旨簡質，意味深長，真能神與古會。塵海謡云：「魚不離水，龍不離雲，人不離塵。」生生引云：「兩精遇，百骸具。兩精凝，百骸成。欲生人，施爾精。欲長生，保爾精。」太平歌云：「人皆有情，天下太平。」醒世歌云：「爾勿恃强，轉眼夕陽。北邙荒郊，上有牛羊。」長短歌云：「我手十指，有長有短。如何使人，要我意滿。」衆寡歌云：「兵不在衆，在乎用命。共膽同心，寡可制勝。」去日行云：「百年三萬六千日，今日忽忽又去一。」鶼鶼言云：「能甜要能辣，能收乃能發。能巧要能拙，能死乃能活。有鳥鶼鶼代人説。」愼醫行云：「命不可知，可知者醫。醫不可知，以人命爲兒嬉。吁嗟乎愼之！」

張南山太守咏物詩，風韻婉麗，渾脱無痕，如白雲初晴，幽鳥相逐，真有繪影繪聲之妙。秋海棠云：「前身應是斷腸人，楚楚嬌紅似帶顰。修到名花仍薄命，飛來寒蝶共傷神。雨中有恨含清淚，風裏無香悟淨因。一樣傾城分冷暖，豔妝西府正濃春。」綠陰云：「喧時燕雀靜時蟬，涼透槐邊與竹邊。萬樹團雲天似海，一亭臨水日如年。鞭絲裊裊人初去，琴榻愔愔我欲眠。自愛吾廬堪小隱，不須惆悵杜樊川。」柳色云：「飛絮飛花一萬枝，白門紅板總相思。夕陽掩映秋千院，殘月蒼涼柳七祠。近水易迷漁子櫂，隔林遥認酒家旗。風前且自開眉黛，莫向離亭管別離。」

小羅浮草堂詩集，欽州馮魚山比部敏昌著。嶺南羣雅載：「比部性篤孝友，學務力行，道德粹然，爲人倫模範，非特以詩傳者。而詩筆雄深雅健，實足籠罩一切，巍然爲嶺南一大宗。蓋天姿既超，又沈酣古籍，穿穴百家，由昌黎、蘇、黄上窺李、杜堂奥，乃自具鑪冶，獨開生面。其才富，其氣盛，其聲正以大，其骨蒼以勁。中年徧遊五嶽，足跡直抵長城，凡夫名山大川，雲烟變滅，波濤起伏之狀，盤礴胸次而注於筆端，益渾渾浩浩，包孕萬象。諸體靡弗擅勝，而七言古陽闢陰闔，海涵地負，嘆觀止矣！粵詩自曲江後，一振於南園，再振於海雪、藥亭、獨漉、湟溱諸公，以迄於今。其力追正始，淩轢前喆，以弁冕百餘年來風雅羣英者，非先生其誰與歸？」余謂：嶺南自三家而後，黎二樵之奇鬱，馮魚山之渾浩，足以雄視萬古。魚山七古多長篇鉅製，美不勝收。其唐子畏摹趙文敏馬九十三疋，極縱横變化之奇，大禹廟六十韻，雄深博麗，可覘梗概。唐子畏摹趙文敏馬九十三疋爲徐明府仰之題云：「子昂畫馬真權奇，文人妙筆非畫師。三百年後江南客，復有子畏工文詞。文詞繪事俱第一，信是風流才子筆。平生趙馬幾追蹤，最有斯圖稱入室。九十三疋如雲烟，踈踈密密相後先。驊騮騄耳不復辨，令人想見分屯年。一人前進牽二疋，二疋肩隨五疋立。中間五疋來堂堂，更有黄馬當中出。此馬顧步何安舒，不落羣後不爭驅。奚官給頭初試步，似待使君留駕車。復有四疋行小後，更有廿疋馳且驟。一疋滚塵五共槽，一疋聲鳴鵝鸛高。四疋回顧一疋望，未免心留芻豆上。怒者三疋蹄齧驚，喜者四疋交嘶鳴。九疋不喜亦不怒，行眠坐起循其故。向後相隨十四馬，八駿之儔六駿亞。最後五疋來何遲，五花一疋雄殿之。就中駒兒數有七，毛骨成立定逐日。可憐諸馬應天精，行地真看萬里程。千金欲購嗟無益，百疋何妨尚未成。獨惜斯人貌斯本，材具雖奇身坎壈。可中亭上舞天魔，何似玉堂承旨近。使君牧民求牧理，害馬皆除爲政美。黄堂五馬看一驄，白面專成佇千騎。憐才惜畫匪無因，坐客題詩共有神。慚無杜老丹青筆，但非尋常行路人。」夏縣謁大禹廟敬賦六十韻云：「天地初誰儆？憂勤在至人。祗台還陟后，丕績信由神。尚想懷山日，難將息壤陻。魚頭看鬗鬗，鳥足但踆踆。荒度知承帝，焦思本嗣親。元祇方感格，蒼昊轉彌綸。遂有隨刊蹟，真勞律度身。娶纔過癸甲，佐乃併庚辰。萬古龍門矗，千尋砥柱湮。經營煩尾畫，憑怒更雷震。九曲遥流海，三峯遂擘秦。轘轅奚越板，坭土自乘輴。宛委藏寧閟，支祁鏁竟馴。陣雲衡岳望，玉牒水宮陳。加璧祠教瘗，燔柴禮用禋。厓看摩岣嶁，篆并泐峋嶙。體勢迴鸞鳳，光芒耀火鶉。華衮彰天繪，玄圭錫帝珍。平成功永賴，弼直契誰鄰。神佑焉枚卜，人謀早博詢。一中仍得統，二聖遂傳薪。政以時爲大，民將物共新。山連爰首艮，斗建正逢寅。寶鼎愁螭魅，神龜敵鳳麟。圖成協休德，疇衍叙彝倫。拜億昌言喜，甘因旨酒嗔。裔延過四百，苗固祇三旬。汲汲寧湯導，巍巍且舜均。非常人所異，無間道斯純。兹土原安邑，維初立帝閶。中條開奥室，鹽海注藏緡。想像梯航入，從容道路遵。卑宫崇儉後，服秸効忠晨。信矣爲民極，於焉盛國賓。一從徵夏諺，遥爲舉南巡。玉帛塗山會，封壇霍鎮臻。車專曾異骨，舟負任黄鱗。馭辨登仙域，驂螭上紫辰。穴奇留窆石，陵古斥金銀。松磴重巒表，梅梁舊水濱。慕思餘詰嗣，瞻仰遍羣臣。更有青臺築，從知望女辛。攀應愁翠柏，淚或灑叢筠。風雨來於越，波濤上鬲津。飄飄歸故國，睠顧撫遺民。祠廟今彌焕，笳簫日更振。餘風猶渾樸，習俗尚忠淳。自我遊并冀，遐觀歷道榛。河奔過洛汭，山斷引梁岷。劉子言良信，商高術待伸。馨香隆俎豆，瞻拜肅冠紳。祇願分陰惜，誰當亥步因。皋繇疑擁篲，柏翳況扶輪。側想培元化，端居峻玉真。安瀾還有慶，沛澤總無垠。厚土誠同載，高穹自比仁。茫茫彌九域，長此荷陶甄。」

嶺南羣雅載番禺張南山句警鍊異常，如「白草雙鵰下，黄塵萬馬穿」「河聲驅落日，山勢壓全徐」「馬頭明曉月，人面凍春霜」「哀樂中年味，關河獨客心」「天生我輩書爲命，身在人間骨欲仙」「江聲欲訴南朝事，雨勢全沈北固山」「泰山霞氣天雞曙，易水風聲塞馬寒」「暮禽有意欲留我，老樹無言多閱人」「雨深草與人爭地，風急雲如水潑天」「心依骨肉常多夢，身急功名易損才」「肝膽只宜明月照，性情先被古人知」。

香山黄子實副貢培芳嶺海樓詩鈔，詩境沖曠，與陽春譚康侯孝廉敬昭、番禺張南山太守稱粤東三子。嶺南羣雅謂貢士性恬静，然聞登臨攬勝，輒神動色飛。嘗三遊羅浮，於絶頂築粤嶽祠以觀日出，自號粤嶽山人。又以前人志羅浮者多詳於羅而略於浮，乃作浮山小志以補其闕。於攀崖躡磴時用心縝密如是，其詩亦緣是益進，蓋山水清音，兼有琴筑鐘鏞之奏，沖和駘宕，旨趣遥深矣。望羅浮飛雲頂云：「飛盡千峯雲，突兀矗天外。浩浩元氣通，上與真宰會。作鎮雄百蠻，翕闢仙境大。偉哉盪吾胸，騁眺入青靄。」戊辰歲暮重遊羅浮之四云：「我欲飽看雲，天公催作雨。蓊鬱彌萬壑，變態紛可數。如翻渤海濤，忽曳長天組。一峯作霾頭，一峯倏露股。雲生旋雲滅，峯峯互吞吐。雲中誰往還？隱隱聞天語。願隨雲中君，飄然事高舉。」賸人行云：「海上盜船動盈百，東西南北候過客。相逢礮火聲轟天，萬衆齊呼飛過船。人人土色心膽裂，短刀交下白如雪。盡掠財物兼捉人，捉人上船佯怒嗔。奴顔囚首見板主，賊首稱號。板主頭裹紅羅巾。貧富詰罷各乞命，千金百金贖一身。大呼紙筆作細字，索取百物限浹旬。逾時不贖剖腸腹，速寄家書歸至親。典衣貨産并哀貸，拮据措置潛悲辛。遣人入海與交易，但得再活寧論貧。更有細民居海畔，日日驚惶四逋竄。夜匿荒山洞裏眠，晨歸破屋茅中爨。盜船惟向炊煙來，奔逃不及遭羈絆。老父留贖兒放回，速賣耕牛數虧半。含啼鬻子僅取盈，老父歸來苦家散。人亡財盡四壁空，不死兇殘死困窮。君不見兵船西，盜船東。兵船候潮，盜船乘風。兵懦或退避，盜衆還相攻。不恨兵船不得利，但恨不見黄總戎。」謂黄公標。

題酥醪觀小樓仙人好樓居，而羅浮頗尠精構，道人江瀛濤築小樓於酥醪觀之陽，擅一洞之勝，余顔曰「浮山第一樓」。酥醪，故葛洪北菴，昔安期生與神女觴此。云：「羅山踏遍少樓臺，洞入酥醪傑構開。萬壑雲煙浮檻出，半天松竹拂窗來。稚川此地曾高卧，神女何年更舉杯？我且置身高百尺，憑欄清嘯動林隈。」自酥醪觀出山是晚至增城云：「壺天小住雨絲絲，候得新晴出洞時。流水亦知遥送客，名山難定再遊期。千峯高處行偏健，百里歸程去獨遲。晚抵增城殘照紫，瓣香還展菊坡祠。」倚山樓夜起云：「樓倚雲根結構牢，秋林夢醒夜蕭騷。百蟲漸響萬峯寂，自起開窗山月高。」贈徐又白青云：「看山曾共宿雲扃，吟向山樓爾獨醒。筆似韓公貌東野，近來詩客愛徐青。」

詩有篇法極佳，當删累句者。删之則爲完篇，不删則成蛇足。建寧張亨甫江山船曲末十二句必删之方成完璧，今録其全詩云：「煙波日悠悠，悠悠見衢州。儂家江山船，灣在西門頭。船頭紫檀香，船尾白沙棠。紅艙捲翠幙，白晝多輝光。衣裳照江水，誰家好郎子？莫欲去蘇杭，儂船好無比。郎來且安息，爲郎悦顔色。儂家同年妹，同年者，桐嚴之謌耳。世上難再得。江上好花開，鴛鴦成雙來。阿姊彈錦瑟，阿嫂勸金罍。錦瑟一聲聲，江風都有情。鴛鴦不肯去，飛上船頭行。」至此作結，較見有餘不盡之意，篇法亦自渾成。乃末復接以「五日蘭谿口，十日桐廬首。七里灘中魚，更貴紹興酒。布帆緩緩去，姊妹如泥絮。半月到杭州，纏綿留不住。江邊風飄飄，江上花摇摇。妹爲八月節，郎作錢塘潮」。此十二句豈非蛇足乎！

金匱徐朗齋孝廉嵩，著有玉山閣詩稿四卷。其詩逸藻古豔，擅青蓮、昌谷之長。孝廉少歲即遊秦隴，兼涉伊涼，故作者清激中時露奇響。其五言古即事云：「把卷卧疎雨，雨斷夢亦斷。不知簾外風，吹我卷帙亂。濕雲互明滅，庭柯夕陽半。屋角一帶山，晴翠落几案。忽聽幽鳥啼，餘花捲書幔。」霽云：「微雨明殘虹，涼飇先秋樹。修廊耿清影，月在樹深處。織女蓬萊車，迢遥緑雲路。慇懃舊錦機，因風馳煙霧。」塞上云：「龍荒雲陣黑，大漠平沙白。羌管一聲高，天山初落月。」七古憶海棠云：「海棠花發春方酣，海棠花裏思江南。好花如畫復如夢，五千里外春風動。高高樓子上碧天，樓中人與花同年。紫綿紅錦翠屏小，不解相愛知相憐。春風冷翦春雲燕，粉鏡粧成折枝血。夜長燭短睡無聊，月澹露濃嬌没骨。懊花却鎖樓上頭，東風怨入西風愁。愁魂怨魄春如線，雨脚絲絲煙片片。好花可惜誓不攀，萬度相思一回見。恨殺無香勝有香，見時苦短别時長。怕他化作傷心草，秋海棠花更斷腸。」膠雀行云：「中林蒙茸萬雀來，呼羣飲啄飛低徊。一人垂頭疑佝僂，手出長竿穿樹後。十指不動如枯枝，舉竿就鳥鳥不知。魚膠百鍊鑾絲毒，一點竿頭毛翼觸。層層緑葉花亂飛，那識美蔭成危機。寄聲黄口慎出入，不獨野田羅網密。」宿江上云：「朝行空江中，暮宿空江裏。江頭一痕山，日入化煙水。波心月出天蕩摇，欲上不上知天高。大魚噴沙作飛雨，白鳥上樹如驚濤。櫓聲呀啞雜鳴雁，人語衝寒不能辨。穿蘆燈影明萬條，接舵水紋明一線。漁歌入[illegible]四飛，忽復夢斷歌仍微。舟人摇客夢中去，魂在横江醉吟處。」五言律九龍山晚歸云：「一[illegible]出翠微，一徑入斜暉。黄葉有時落，白雲何處飛？溪長虹暈斷，稻熟蟹匡肥。欲采芙蓉晚[illegible]隱釣磯。」崆峒道中云：「崆峒太古色，犖确斷人行。野水背城走，寒橋帶雪明。陰陽催短[illegible]車馬畏長征。擾攘風塵苦，何年問廣成？」夜云：「夜色澹無寐，小窗松鶴羣。彈琴滿牀[illegible]

滌硯一池雲。蕉葉亂書影，桐華灑簟紋。恐成幽獨恨，深坐水沉熏。」采蓮曲云：「江頭采蓮子，心苦見蓮稀。攀花恨刺手，摇花亂濕衣。回船菱藻滑，打槳鴛鴦飛。日落江雲起，能乘逆浪歸。」回次金山云：「淹迹三年久，鄉關望轉迷。江還京口闊，天入海門低。身世孤舟裏，漁樵落照西。凄涼六代恨，水寺聽潮雞。」黄浦云：「出郭日沉景，歸鴉飛繞城。驛樓連海氣，神廟走江聲。舸艦衝飈集，黿鼉負浪行。波濤難逕渡，世路客心驚。」渡江同從兄云：「江上雁飛月，北風行未休。窮陰連去馬，積雪擁征裘。古木森當路，寒山亂入樓。辛勤殘歲事，衣食苦淹留。」山夕云：「草蟲門徑遠，一路入谿煙。月滿無人地，鐘殘有雁天。心孤聞動竹，衣冷近流泉。欲覓鄉關夢，樓空獨上眠。」七言律清明偕方子雲汪劍潭沈春林畢靜山登吹臺云：「清汳東流牧澤開，踏青草草上繁臺。梁王簫管平蕪靜，魏國雲山返照來。四海飄零懷李杜，千秋賓客有鄒枚。未妨舒嘯成高詠，書劍中原到幾回？」落葉云：「一夜微霜凋碧林，年華歲晚暗相侵。幽衾酒醒重簾遠，孤館鐙昏細雨深。身世飄零遷客路，江關摇落故園心。何須更製哀蟬曲，祇恐天涯想不禁。」上元夜云：「銀鑪香燼月輪移，蓮箭金壺滴漏遲。別院笙歌懷舊事，上元燈火憶兒時。故園梅柳疎書札，歸夢江湖入鬢絲。記得紫簫雙鳳曲，幾回殘醉隔花枝。」七絶渡太湖云：「載酒吹簫汎畫艭，垂虹西角是吴江。坐收三萬六千頃，七十二峯青一窗。」白門絶句云：「白下風流梁四家，閉門春女老琵琶。子絃彈破紅窗月，簾外新開穀雨花。」冶春云：「水漲桃花小鴨嬌，波光人影上平橋。橋頭一片春山色，楊柳青於昨夜條。」「製就玲瓏紅繭絲，東風花落翦刀遲。芙蓉衫子裁新樣，多恐腰肢減舊時。」邢臺題壁云：「書劍飄零酒一杯，西風斜照古邢臺。不須慷慨題殘醉，恐有人從燕趙來。」題張憶孃簪花圖：「豔絶簪花賦窈孃，春風零落粉痕香。是誰描取輕鸞影？一幅丹青一斷腸。」「警鶴輕蟬謝綺羅，遏雲無復舊時歌。祇應畫裏横波目，曾見江南老輩多。」五言句如「孤花含暮雨，殘笛隱秋潮」「鄉樹横雲外，春江細雨中」「關河風雨夜，燈火弟兄心」「帶水分秦晉，斜陽澹古今」「人遊青嶂外，我愛白雲深」「劍明疑有月，香細欲生雲」。七言句如「醉來舊事關心事，人入中年憶少年」「千載銷魂惟有别，十分愁豔不成詩」「好襯晚霞烘落日，欲拚沉醉笑春風」「却嫌春恨銷難盡，欲問天台路未通」「華嶽雲煙朝暮改，崑崙河水古今流」「瀑過佛頂驚僧夢，葉落花臺醒鶴眠」「嶺樹雲移青到地，松巒石破碧摩天」「數竿修竹紅藏寺，幾樹垂楊緑到門」「蟲沙變幻成今古，鋒鏑消沉起物華」「水面風來寒欲雨，巖腰雲歛晚初晴」「浮名也抵腰懸綬，壓卷新排手訂書」「五更霜月欺燈影，一樹風鴉續雁聲」「寒浦帶星垂似露，夜風吹月動如波」「愁年不共生年短，死日方知别日佳」「煙中紫燕相離語，霜裏紅蕖獨自花」「住久小樓因對嶺，斷來清夢又無家」「寒天細竹人孤倚，斜日空檐燕對飛」。

卷十四

濟陽張稷若爾岐蒿菴閒話云：蘇東坡與范子豐書云：「今日李委秀才來相别，因以小舟載酒飲赤壁下。李善吹笛，酒酣作數弄，風起水湧，大魚皆出，上有棲鶻，坐念孟德、公瑾如昨日耳。」據此書，則赤壁賦所云「客有吹洞簫者」，即李委也。乃云是楊繼昌，得之石刻，則何説？

閩縣陳恭甫先生絳跗草堂詩集口占詩云：「不讀楞嚴禮玉晨，縹緗充陳可安身。買來萬本皆清俸，不許兒孫更借人。」長樂梁茝隣中丞退菴隨筆譏之。按清波雜志載唐杜暹家書末自題云：「清俸買來手自校，子孫讀之知聖道，鬻及借人爲不孝。」鬻爲不孝可也，借爲不孝過矣。北史：「裴漢借異書，躬自録本。」南史：「劉峻苦所見不博，聞有異書，必往祈借。」蘇東坡在黃州，有岐亭監酒胡定之載書萬卷隨行，喜借人看，見與秦太虛書。王伯厚困學紀聞卷十四引李泌父承休聚書二萬餘卷，誡子孫不許出門，有求讀者，別院供饌。鄴侯家多書，有自來矣，見鄴侯家傳。歙程瑶田云：「杜預文集與子既書云：『車到副書，可按録受之，當別置一宅中，勿復以借人。』」余謂書借與人必致散失，然非聚書本指。承休別院供饌以應求讀者，此意甚好。嘉定錢辛楣十駕齋養新録卷十九借書云：「世固有三等人不可借：不還，一也；污損，二也；妄改，三也。守先人之手澤，擇其人而借之，則賢子孫之事也。」梁中丞所譏尚未切的。

明季馬士英、阮大鋮奸讒誤國，事敗俱不得其死，此天理之昭彰。錢秉鐙所知録云：「馬士英斬於延平。」萬言編云：「阮大鋮傳爲雷演祚冤報，過五顯嶺墜崖碎首而死。」閩薩檀河先生玉衡自延平至五顯嶺，感馬、阮事，成二絶句云：「北苑宗風説貴陽，猶勝賀誕錯題齏。如何不作哥奴死，血污三溪水亦狂。」「西湖蟋蟀美人憨，何似春燈夜半酣。度嶺南來無鄭尉，誰知別有木棉庵！」

閩縣唐嶼諸生林君國奎妻鄭氏，夫死守節，有郎叔文芳以言挑之，氏怒，割左耳。告於宗老，杖之。又爲譖言，投其子書簏中，氏見之大怒，又割右耳。氏父焲訟於官，卞中丞親鞫於轅門，觀者數千人，杖文芳血臀，荷校示衆，氏大悦。時夏旱，是日大雨。氏俄而雙耳復生，完好如初，蓋天顯奇節，古今所罕有也。此乾隆間事也。錢塘馮山公景作詩以表之，詩云：「五事配五行，禮聽尤所重。世人亶不聰，於卦坎。爲耳痛。古有洗流人，恥受莠言貢。何況冰雪姿，無端集囂訟。謾書千餘言，鴞音豺聲閧。白刃夜飛霜，浩氣塞天空。一割復再割，雙耳棄如葑。鬼神鑒精誠，江河助悲慟。刻肌俄復息，今古誰伯仲？桓嫠王凝妻，亦爲姦所中。賴此百鍊剛，生氣肅羣動。奄奄蜍志輩，百骸備無用。」

作七言律詩，如開强弓勁弩，唐自少陵而外，作者寥寥；宋、元後體格又變，金元遺山金詩選載平原李長源講議汾七言律詩，沈雄高壯，直接少陵。非前明前後七子所能及，識者辨之。汴梁雜詩云：「樓外風烟隔紫垣，樓頭客子動歸魂。飄蕭蓬鬢驚秋色，狼藉麻衣涴酒痕。天塹波光摇落日，太行山色照中原。誰知滄海横流意，獨倚牛車哭孝孫！」「寥落關山對月明，客窗遥夜夢魂驚。二年岐下音書絶，八月河南風露清。冉冉暮愁生草色，迢迢秋思入蟲聲。誰知廣武英雄嘆，老却窮途阮步兵！」避亂陳倉南山回望三秦追懷淮陰侯信漫賦長句云：「憑高四顧戰塵昏，鶉野山川自吐吞。渭水波濤喧隴阪，散關形勢軋興元。旌旗日落黄雲戍，弓劍霜寒白草原。一飯悠悠從漂母，誰憐國士未酬恩。」雪中過虎牢云：「蕭蕭行李戛弓刀，踏雪行人過虎牢。廣武山川哀阮籍，黄河襟帶控成皋。身經戎馬心逾壯，天入風霜氣更豪。橫槊賦詩男子事，征西誰爲謝諸曹？」柳塘云：「長安西望少城隈，楊柳陂塘手自栽。渭水波光摇草樹，終南山色入樓臺。平生事業書千卷，浮世功名酒一盃。我亦陸渾山下去，擬尋佳處劚莓苔。」

樊榭山房集載周少穆藏馬和之小景，上有楊妹子題云：「雨洗東坡月色清，市人行罷野人行。莫嫌犖确坡頭路，自愛鏗然曳杖聲。」此東坡黄州作也。樊榭題詩云：「六飛當日駐錢塘，曾畫毛詩馬侍郎。五百年來遺墨盡，秋林曳杖見吳裝。」「便娟小楷媚多姿，似見楊家弄筆時。南渡已無文字禁，宫闈也愛寫蘇詩。」二詩有北宋人風味。

明天啓中，朝鮮使臣金叔度尚憲，詩多佳句，如「三秋海岸初賓雁，五夜天文一客星」，爲王阮亭所賞，載入漁洋詩話。余尤愛其登州夜坐聞擊柝，出於至性，詩云：「擊柝復擊柝，夜長不得息。何人寒無衣，何卒飢不食？豈是親與愛，亦非相知識。自然同胞義，使我心肝惻。」此詩載感舊集，可謂漢、魏之遺。

番禺陳蘭浦孝廉澧精許、鄭之學，壬辰鄉榜，現官廣文。文詞古雅，近世罕有其匹。余之交蘭浦也，由於温伊初孝廉。蘭浦所著東塾類稿，説經之文博而且精，多糾江脊齋、阮芸臺、段茂堂諸家之失，妙詞奥義，發前人所未發。近代經學昌明，精於漢易者，胡朏明渭、惠松崖棟、江鄭堂藩、張皋文惠言、曾勉士釗也。精於宋易者，胡曉村煦、徐易甫子陵也。能辨二十九篇今文尚書者，閻百詩若璩、宋半塘鑒、段若膺玉裁也。精於詩毛傳鄭箋者，臧玉琳琳、陳見桃長源、戴東原震也。精於春秋三傳者，萬充宗斯大、惠半農士奇、洪君直亮吉、汪容甫中、焦理堂循也。精於三禮者，張蒿菴爾岐、盛百二龍里、萬季野斯同、江慎修永、沈冠文彤、程瑶田易疇、蔡敬齋德晉、金蘂中榜、凌仲子廷堪、褚搢升寅亮、任子田大椿、許周生宗彦、林鈍村一桂、萬虞臣世美、謝甸男震、陳恭甫壽祺先生也。精於爾雅者，余古農蕭客、郝蘭臯懿行也。精於訓詁之學者，王懷祖念孫、子伯申引之、桂未谷馥、阮芸臺元、江秋史德量、劉端臨台拱、王菉友筠、何子貞師紹基也。精於律呂之義者，錢學淵塘也。精於天文曆算者，梅定九文鼎、陳泗源厚耀、李成裕惇、李尚之鋭、孔顨軒廣森、李申耆兆洛也。精於輿地之學者，顧景范祖禹、胡胐明渭、黄子鴻儀也。精於史學者，全紹衣祖望、邵二雲晉涵、錢竹汀大昕也。精於校讐者，顧千里廣圻、金璞園日追、盧抱經文弨、孫淵如星衍也。而蘭浦折衷衆説，解經精確，極爲持平，淹中棘下，誠當世之所稀也。詩亦渾樸無俗調，如雲广云：「屋以山爲壁，人如鳥入巢。峰巒排枕畔，燈火出林梢。室小雲常滿，欄迴樹欲交。巖棲真得地，何日共誅茅？」又白雲洞句云：「清流漱石齒，寒翠逼人衣。」翠巖句云：「捫苔通石徑，穿樹得村家。」讀其詩，知其有得於山水之趣者深矣。

王伯厚困學紀聞卷十八云：「少陵善房次律，而悲陳陶一詩不爲之隱；昌黎善柳子厚，而永貞行一詩不爲之諱。公議之不可掩也如是。」按唐書肅宗紀及本傳：至德元年房琯自請討賊，敗於陳陶斜。故詩云：「孟冬十郡良家子，血作陳陶澤中水。」昌黎永貞行詩云：「君不見太皇諒陰未出令，小人乘時偷國柄。」蓋指王叔文輩也。

文選張平子四愁詩：「路遠莫致倚逍遥。」五臣云：「倚立而逍遥，不得志也。」曲阜桂未谷札樸云：「案下文『倚惆悵』『倚踟躕』『倚增嘆』，皆語詞，與『猗』通。詩魏風：『河水清且漣猗。』書秦誓：『斷斷猗無他技。』疏云：『猗者，足句之詞，不爲義也。』莊子：『爾已反其真，而我猶爲人猗。』漢書孔光傳：『猗違者連歲。』詩衛風：『猗重較兮。』釋文云：『猗，依也。』小雅：『兩驂不猗。』疏云：『不相依倚。』此皆『倚』『猗』相通之證，知五臣爲臆説也。」

同里林崑石廣文熯詩學二陸、二謝，著有崑石詩文稿及蚓吹集填詞，嘗手選明詩綜一部，及靜志居詩話。其安貧詩云：「遊心觀物理，無礙貧次骨。世人知樂天，不如長看月。」自注云：「今人於處境一道，動曰『樂天』，僕以爲不如看月，何言之？貧與富是人中之境，厭貧喜富，是境中之情，既貧而諂，既富而驕，是情中之病。吾試與之論月，今夫月之缺也，猶境之處乎貧也，然缺者逐日漸漸必復至於圓，是其缺也，正所以爲圓之地。

知月之缺不常缺，則知境之貧不常貧，而此情可以自寬，不至有諂之一病。月之圓也，猶境之處乎富也，然圓者又逐日漸漸復至於缺，是其圓也，正所以爲缺之媒。知月之圓不常圓，則知境之富不常富，而此情可以自惕，不至有驕之一病。故惟能看月者然後能樂天也。」廣文此節，可謂妙喻。

諸體詩以七律爲最難，次則爲七古。七古句過長不可，句過排亦不可；句過長則驅邁不疾，句過排則筋脉不遒。近楚南張陶園九鉞、湯海秋鵬二君爲七古，好爲馳驟，陶園七古病在句過於長，海秋七古病在句過於排。二君均能去其詩病，則可以上接王、李、高、岑而不可一世矣。

排句最爲歌行所忌，爲此體者，當於騰驤變化求之，不可以舉鼎絶臏爲勇也。

後人爲七古詩，動學太白長短句，此何異刻雲端之木雁，琢箭上之銅仙耶？試看東坡畢生何嘗不私淑太白，所爲七古，爲長短句者有幾首耶！此東坡詩所以獨步北宋爲一大家也。

儀徵阮文達公元揅經室詩題嚴厚民杰書福樓圖云：「嚴子精校讎，館我日最長。校經校文選，十目始一行。」自注云：「世人每矜一目十行之才，余哂之，夫必十目一行，始是真能讀書也。」味文達此語，知讀書在精而不在快也。元遺山論文詩云：「工文與工詩，大似國手棋。國手雖漫應，一著存一機。文須字字作，亦要字字讀。咀嚼有餘味，百過良未足。今人誦文字，十行誇一目。毫釐不相照，覿面楚與蜀。」此真能道出讀書作文之利病者。

勵志詩最難下筆，作者宜古、宜沖、宜懇，忌腐、忌露、忌色莊，覺張茂先詩風骨尚未能遒上。

俗謂楚人多詐，余考之經史子集，並無是説，大抵爲齊東野語，不足爲據。余生平師友道德相勗、肝膽相照者，實楚士居多。亡友同里陳秩庭山人德茂雜感云：「我具觀書如月眼，莫將野語信齊東。」斯言得之。秩庭重交情，尚氣節，道光丁亥冬，余遭家不造，病幾殆，適秩庭亦病篤，外間有譌傳余死者，秩庭哭失聲，跌地幾斃，既而余病愈而秩庭逝矣。誦此詩，不勝有山陽聞笛之感。

道光庚戌，余公車南旋，與粵東長樂温伊初及文昌葉鏡洲棲鸞二孝廉同行，鏡洲嘗誦其山東道上口占句云：「火明人面雪，風暗馬頭塵。」二語却能寫出道中風景，可與山陽潘四農「風霜此客枕，天地又雞聲」句並傳。鏡洲又誦其舊句云：「月明漁子舫，春到美人樓。」「歸雲棲港浦，夕照上樓臺。」鏡洲胸次開爽，無近日公車靡靡之習。

嶺南三家，梁藥亭佩蘭不及陳、屈二家，然觀其六瑩堂詩，亦不無佳句可採。如「江聲喧日夜，秋色上衣巾」「亂篠穿細竹，高樹出疎花」「石屏横水立，野菊對山開」「浮雲森碣石，白日蕩幽州」「孤雁聲何切，閒雲去不知」「白鳥盤空過，青蕪隔影微」「幽徑通孤寺，梅花隔一林」「野燒殘山外，寒星遠水中」「衣冠生亂賊，草莽起孤臣」。

余以道光丁亥完娶，友人撰鴛鴦曲七律三十章相贈，佳篇琳瑯，艷妝紫簫乘鸞之曲。作者凡七人，吴蔚林解元景禧句云：「到老合稱名字好，此生不數别離愁。」二語不即不離，勝於崔鴛鴦遠矣。蔚林辛丑公車，與余同行，嘗於江南舟次誦其舊作「晴霓掛秋嶺，黄犢出荒邨」，及「鐮聲黄葉坂，燕語夕陽樓」之句。

偶體轉韻之詩，近人多茫然不曉。隋孫萬壽贈京邑知友詩，本比偶體，惟轉韻處皆散起，初轉云：「飄飄如木偶，棄置同芻狗。」轉云：「牛斗盛妖氛，梟獍已成羣。」又轉云：「羈游歲月久，歸思嘗搔首。」又轉云：「心絮亂如絲，空懷疇昔時。」又轉云：「昔時游帝里，弱歲逢知己。」又轉云：「勝地盛賓僚，麗景相攜招。」又轉云：「登高視矜帶，鄉關白雲外。」又轉云：「回首望孤城，愁人益不平。」按偶體轉韻舊格，近代忽忽不講矣。

梁書徐摛傳：「摛屬文好爲新變，不拘舊體。爲太子家令，文體既别，春坊盡學之，『宫體』之號自斯而起。」陳書徐陵傳：「其文頗變舊體，緝裁巧密，多有新意。」周書庾信傳：「父肩吾爲梁太子中庶子，東海徐摛爲左衛率，摛子陵及信並爲鈔撰學士，既有盛才，文並綺豔，故世號爲『徐庾體』焉。」曲阜桂未谷云：「『徐庾體』即『宮體』，徐、庾父子並在東宮，故稱『宮體』。武帝聞『宮體』之名，召摛加讓。蓋自摛始。」

道州何子貞師荆州渡江晚泊云：「西山日落散輕烟，風暖波平人悄然。淺淺蒲颿宜晚渡，蕭蕭漁火是荒年。一行雁叫有霜夜，萬里星明無月天。瞥眼江南過江北，新寒忽到短檠前。」讀此詩可想其胸次之曠，視高青丘「函關日落聽雞度，華岳雲開立馬看」之作，無多讓也。

作詩須有命意，而後講性情、風格，不可隨手成章，空空寫去，則於詩便不是可作可不作者矣。

繆天自云：「詩有俚語，經顧寧人筆輒典；詩有庸語，入屈翁山手便超。」斯言實獲我心。

福建、廣東、湖北均有長樂縣，明初洪武、永樂間陳景明亮、高彦恢棅，皆福建長樂詩人，與福清林子羽鴻等同時，稱「閩中十子」。阮文達公元修廣東通志，竟以二人入廣東長樂縣文苑傳，殊爲失檢。閩縣葉旬卿孝廉修昌有感云：「寄語錢塘袁大令，莫將蘇小認鄉親。」即此意也。按蘇小爲嘉興人，後代多譌爲錢塘，見朱竹垞鴛鴦湖櫂歌。旬卿已亥解元，能詩善畫，工文章，兼長書法。

亡友家松門茂才振濤，嘗持東鄉吳蘭雪舍人憶新田二律問余曰：「此體本於何人？」余曰：「此體本於白樂天，然作者亦須渾成，不善學之，則虎賁類蔡耳。」蘭雪詩云：「村前村背雪連屋，谿北谿南雨浸沙。春竹笋邊秋竹笋，絳桃花外碧桃花。老翁栽菜復栽稻，鄰女采桑兼采茶。閒煞香蘇山下客，讀書讀到日西斜。」「柘溪石溪同一溪，半坳烟隴溪東西。落花落葉沿流下，漁綱漁罾夾岸低。梅樹緑連松樹緑，山禽啼應水禽啼。聲聲遠笛在何處？橋外有橋隄外隄。」白樂天題天竺寺云：「一山門作兩山門，兩寺元從一寺分。東澗水流西澗水，南山雲起北山雲。前臺花發後臺見，上界鐘清下界聞。遥想吾師行道處，天香桂子落紛紛。」按此詩乃樂天題虔州城外天竺寺，今杭州府志收入錢塘天竺寺，誤矣。見東坡詩集第二卷。

昔王元美論詩謂「華容孫宜得杜肉，臨清謝榛得杜貌，華州王維楨得杜一支，閩中鄭善夫得杜骨」。余謂陳少香先生豫材弟初至夜談有感四首及温伊初閩中紀行並感事詩，字字沈著，可謂得杜之骨。少香先生夜談詩云：「驅人是何物？使爾遠能來。見面似曾識，問年猶暗猜。半肩薄行李，雙鬢亂塵埃。瘴雨蠻煙裏，天高一雁哀。」「各有萬千緒，欲言無緒端。別來幾遷變，羣季尚平安。我獨伊何罪，汝猶至此寒。話闌悲往事，蠟淚滿銅盤。」「讁況兼羈況，貧魔復病魔。萬難千苦後，一別十年多。人事已如此，天心知若何。江鄉風景舊，我欲辨漁簑。」「世路艱難甚，鹹酸味外嘗。親朋半零落，慰藉愈蒼涼。有子乳猶臭，無官天許狂。海邊今夜月，難得是連牀。」伊初閩中紀行云：「龍首天邊矯，行人蟻磨旋。崖窪吞佛閣，雲氣攫炊煙。瑟瑟流泉迴，疎疎苦竹連。閩山稱險峻，登陟信迍邅。」「燕子塘前路，鴛鴦共接鄰。滿天風雪候，七載別離人。草草憐生計，依依慰老親。暫將書劍卸，又復動征塵。」「東指清流道，崎嶇不易由。山泉寒到骨，石路曲成鉤。却倚千尋壁，前臨百尺楸。九龍灘險絶，棧閣信堪憂。」「老虎窠仍在，焚巢火夜明。賊巢在永安老虎窩。山川莽修阻，盜賊爾縱横。行客得無懼？居人猶自驚。將軍射生手，親見挾弓行。道逢延平協捕賊。」「黄石灘何惡？沈舟幾喪余。倉皇登古岸，狼藉檢圖書。差喜蘭亭在，危將故劍徂。一劍沈水而復取之。閩谿如此險，悔不坐籃輿。紀沙縣覆舟事。」感事云：「聞道天山北，兇回敢陸梁。三千馳鐵騎，詔派索倫兵三千往勦。八百遞銀章。揚威將軍及參贊印，皆由京領發。天子方宵旰，羣公各奮揚。明河期早挽，洗甲靖邊防。」「黑水重洋外，居人半粤閩。爭桑由小忿，投骨遂交狺。此輩魚遊釜，横場血化燐。不勞飛將度，便爾翦荆榛。上命武公隆阿往定而制軍孫爾準已平復之矣。」「漭漭維揚地，洪波接大荒。黿鼉爭出没，鴻雁各飄颺。賑粟虛廒廩，横流費捍防。昨從淮浦過，萬鍤在楊莊。揚州大水，高寶一帶田廬淹没，時方築楊家莊。」「慷慨金陵守，飛書達上台。救災循古法，濟難賴良才。風急蟬嘶苦，霜寒雁唳哀。傳言諸牧令，早爲築春臺。江寧守陳公鑾請效富清州救災法，安插流民於蘇、常各屬。」

平定張石洲明經穆，著有㐆齋詩集。明經學問淹洽，於漢學源流能窺其奥，精輿地之學，嘗與道州何子貞師相切劘，交最深。所著顧亭林年譜、閻百詩年譜已刊刻行世，其未刻者尚有水經注疏證、延昌地理考、㐆齋文集。詩不多作，然作者規矩典重，往往入格。其題楊忠愍墨蹟云：「數過容城縣，裴回諫草亭。斜行爭座稿，細字度人經。筆挾風霜氣，人瞻河嶽靈。緣知忠正士，八法定然精。」此詩具見風骨。

戊申孟冬，余之晉江訪摯友陳頌南給諫慶鏞，留連數十日。余出先母吳太孺人一燈課讀圖屬題，給諫成七言長古一篇，中一段叙太孺人教誨之嚴，及昌彝讀書之苦，語極沈摯。給諫家晉江城外七里，傍山爲屋，門前有緑水環之。給諫嘗述其十二歲時，一日天大雨，其家下紫雨，凡十三簷，他簷無之，此亦異事。至道光壬寅，給諫由部曹補御史，是歲其家又下紫雨十三簷。給諫嘗有詩以記之，余撰句贈之云：「胸貫赤文四萬卷，家飛紫雨十三簷。」所以紀其實也。給諫批鱗敢諫，直聲震天下。紫雨之奇，殆如韓魏公五色雲之兆云。

同里沈幼丹太史葆楨，家太傅少穆先生婿也。年十七，從余習舉子業，余授以朱文公小學，使熟讀之，俾知持躬涉世之道。幼丹弱冠即知立品，暇則課以古近體詩，及漢、魏、六朝賦。其擬歐陽公鵯鵊詞七言古一篇，視原作幾欲亂真。幼丹己亥舉於鄉，與余爲同年，此事之前定也，余早以夢告之矣。道光丁未翰林。幼丹尚氣節，重廉恥，讀書具有特識，書法整秀，師友之誼諄諄懇摯，詩筆恬雅明秀，都無俗響。句如「鄉思當斜照，詩情入暮秋」「長空雙鳥度，邊塞一鞭遥」「白雲三里磴，黄葉幾家邨」「酸風來古塞，匹馬向中原」「數點鳥歸樹，一燈船過橋」「墟里孤烟上，秋江獨雁過」「煙籠漁父屋，花發酒人家」，皆清婉可誦。

大興朱雲門司馬啓仁，文正公之五代從孫也，嘗從温伊初孝廉學詩。庚戌夏，余至揚州，司馬來訪余於舟次，出其所著燕蹄集及綠槐小閣草見示，詩多雅澹。其泛舟螺墩詩有「山色漾疏櫺，煙光護矮屋。仙人去杳冥，舊館倚空曲。寥亮聽鐘聲，亭臺迥絶俗」之句。又如「遠浦夕陽暝，空山流水閒」「高樹鳥爭息，孤亭花亂開」「遠燒紅疑火，秋山碧有烟」，可謂風雅宜人。

近日師徒道薄，如江河日下，此則八股制藝誤之也。今之弟子求師者，徒以求工八股爲事，而於德行道義久不復講。余謂世道人心之壞，自薄於師及薄於朋友始。薄於朋友者，薄於親戚之漸也；薄於親戚者，薄於兄弟以及父母之漸也。東吳惠定宇先生棟云：「師無當於五服，然左右就養，有父道焉；服勤至死，有君道焉。故欒共子曰『民生於三，事之如一』也。漢重經師，其上章也，必稱聞諸師曰，以明所受。戰國策曰：『談語而不稱師，是倍也。』荀子曰：『言而不稱師謂之倍，教而不稱師謂之畔。』于其死也，則必自表師喪，棄官行服。具兩漢書。故經義莫明於漢，人材亦莫盛于漢。自經師亡，經師亡于東晉，而古學亦亡，唐、宋、元以後，至不能識古文。而仲山之古訓不存，詩『古訓是式』，亦作『詁訓』，見說文。夫子之雅言亦絶。雅，正也。康成註論語曰：『讀先王典法，必正言其音，然後義全。』家君謂學者不識字，不能通經也。于是有施悖求佛而疾其師者矣，有燕朋燕辟而逆其師者矣。唐石經禮記義，見鄭氏註。荀卿言：『倍師之人，明君不納諸朝，士大夫不與之言。』蓋師道不立，則經義不明；經義不明，人材所以日下也。」朱竹垞雜詩云：「嗚呼在三義，有若日在中。六經各有師，不及斲梡工。昔賢服心喪，期與生我同。薄者無不薄，奚事鳴鼓攻。」

先母吳太孺人一燈課讀圖，題者甚衆，同里家太傅少穆先生題五言長排二十韻，中叙母教，語意該括，詩律謹嚴，序云：「林母吳太孺人，吾家薌谿孝廉生母也。年二十一，歸太翁卿雲先生，先生以家計故，航海遠遊。孝廉方髫齔，端重不苟言笑，太孺人教之嚴。七歲從學宫觀釋菜歸，太孺人問之曰：『兒見殿上高座之聖人乎？見若四配兩廡之賢人乎？是皆古之讀書窮理、仁義道德中人，兒當學之，科名身外事耳。』以故孝廉即能知立志。稍長，出就外傅，有族人謀使孝廉行賈者，太孺人爭之力，不得，則自擲於井，援而甦，議亦寢。孝廉既得卒業，益自奮，邃經學，博極羣書，尤精三禮，年甫冠，聲譽大起。道光二年三月之朔，太孺人年五十三，以疾卒。彌留語不及其他，惟切切以立身行己詔孝廉，於是孝廉益潔修克勵，品學日優。道光己亥，以副貢生舉於鄉，六上公車未售。庚戌秋，從京師歸，出其所繪太孺人一燈課讀圖屬題。余固重母之賢，又深羨孝廉之種學積文，有以成母志也。謹題五言二十韻於後。」詩云：「九死爭儒業，三生衍寶爻。春暉懷績室，夜課記書巢。母範垂彤管，兒身識紫胞。縱遭懸磬窶，肯使納楹抛。倚市謀交狃，牽車議欲淆。窗虚書似葉，井哭絰成茅。激切中閨志，研摩大雅交。宫牆瞻俎豆，儀器訪陶匏。孟晉須爲力，詅癡那許嘲。范滂佳傳讀，表聖妙詞教。『阿母親教學步虚』，司空表聖句也。偶倦蓤先折，將明柝正敲。蟲吟催唧唧，雞喔雜膠膠。舌本蓮翻朵，心葩竹解苞。遂盈九經庫，盡飫百家肴。樸學羣賢讓，名篇衆腕鈔。方鳴文囿鳳，待起墨池蛟。歎息摇風木，淒涼付電泡。機絲虚月下，燈焰闇林梢。經幔留韋逞，身衣感孟郊。行看花誥錫，親捧出螭蚴。」

長源集八卷，長樂陳長源圳著。長源詩稿已佚，陳梅修先生家藏長源題畫七律一首，詞旨清婉，朱竹垞明詩綜遺之。更有輯唐句宮閨組韻一百二十首，其師徐興公嘗序之，本藏劉炯甫孝廉家，梅修先生向余借鈔，嗣炯甫所藏原稿被其師某大令付之火，噫，過矣！今從梅修先生所藏本録出，喜其綴對天成，論詩者亦不可偏廢也。夫采蘭贈芍之詩，爲聖人所不棄，況輯句乎？宮詞句如：「蟾蜍夜豔秋河月，李商隱。乳燕涼飛玉宇風。胡宿。」「椒房窈窕連金屋，駱賓王。珠箔輕明拂玉墀。李商隱。」「風傳刻漏星河曙，皇甫曾。寒入罘罳殿影昏。李賀。」「藍絲重勒金條脱，曹唐。紺髮初簪玉葉冠。李羣玉。」「鏡奩塵暗同心結，劉禹錫。金粟粧成扼臂環。羅虬。」「龍銜寶蓋承朝日，盧照隣。獸坐金牀吐碧烟。薛逢。」「前檻蘭苕依玉樹，胡宿。捲簾羅綺豔仙桃。薛逢。」「流鶯百囀和殘漏，鄭谷。海燕雙飛坐禁林。曹唐。」「銅壺滿水何時歇，劉禹錫。御苑砧聲向晚多。李頎。」「千乘寶車珠箔捲，袁不約。一叢高髻緑雲光。王涯。」「總把玉鞭騎御馬，王建。新裁霧縠鬬神雞。史鳳。」「蛾眉不入秦臺鏡，錢起。樂府皆傳漢國詞。儲光羲。」「翠袖自隨迴雪轉，李商隱。紅顔無奈落花多。吳融。」「玉樹九重常在夢，耿湋。宮花一落旋成塵。李益。」「御氣馨香蘇合啓，陳標。日華浮動翠光生。杜牧。」「林間彩殿籠佳氣，張説。雲際金人捧露盤。薛逢。」「楊柳亭臺凝晚翠，劉得仁。芙蓉簾幙扇秋紅。譚用之。」

「丁東細漏侵瓊瑟，温庭筠。凌亂楊花撲繡簾。張泌。」「葱蘢樹色分仙閣，楊巨源。斷續歌聲接太微。宋邕。」「綵仗紅旌繞香閣，宋之問。鸞歌鳳吹動祥雲。顧況。」「瑶氣迴浮青玉案，耿湋。宫門青鎖緑楊天。譚用之。」「扇裁月魄羞難掩，李商隱。燈澀秋光静不眠。薛能。」「露氣暗通青桂苑，李商隱。日華摇動鬱金袍。許渾。」「纔歸龍尾銜雞舌，許渾。頻倚銀屏理鳳笙。卓英。」「梅粧向日霏霏暖，吴融。紅臉啼珠旋旋收。李山甫。」「銀盃乍滅中心火，耿湋。絳縷猶封繫臂紗。杜牧。」「爐煙乍起開天仗，皇甫曾。魂夢先飛近御香。李中。」「内人唱好龜兹曲，王建。中使頻傾赤玉盤。王維。」「後宫得寵人爭附，秦韜玉。廣宴當歌曲易終。許敬宗。」「自憐碧玉親教舞，王維。嚬看青蛾作小詩。薛能。」「飛羅半捲銀題影，盧藏用。芳草長含玉輦塵。羅鄴。」「雲渡瑣窗金牘濕，李建勳。月當銀漢玉繩低。李紳。」「棠梨宫裏瞻龍衮，崔峒。簫管筵開列翠蛾。許渾。」「一聯佳氣隨流水，韓夫人。萬樹垂楊拂御溝。張祜。」「青鎖銀簧雲母扇，王翰。羅幃翠被鬱金香。盧照鄰。」「玉柱影摇烏鵲動，李山甫。笙簫聲逐鳳凰沉。盧照鄰。」閨詞句如：「心寄碧流空婉孌，劉滄。語來青鳥許從容。曹唐。」「單影可堪明月照，吴融。貞心獨有老松知。戎昱。」「香迷蛺蝶投紅燭，張蠙。塵壓鴛鴦廢錦機。鄭谷。」「蛩辭敗草鳴香閣，李咸用。燕蹴飛花落舞筵。杜甫。」「蠟燭半籠金翡翠，李商隱。緑楊高映畫鞦韆。韋莊。」「自傳芳酒翻紅袖，楊巨源。似有微詞動絳唇。唐彦謙。」「扶起緑荷承早露，司空曙。欲書花葉寄朝雲。李商隱。」「彩鴛靜占銀塘水，胡宿。絡緯愁啼金井闌。李白。」「妝樓翠幌教春住，沈佺期。高調鳴箏緩夜潮。王昌齡。」「微收皓腕纏紅袖，盧綸。却把金釵打緑荷。李咸用。」「鶯傳舊語嬌春日，章孝標。鳳吐流蘇帶晚霞。盧照鄰。」「白苧不堪論古意，李咸用。丁香空解結同心。韋莊。」「赤水夢沉迷象罔，曹鄴。金鍼寄罷拜嬋娟。羅隱。」「鴻雁不堪愁裏聽，李頎。鷓鴣休傍耳邊啼。韓愈。」「蘭麝飄香初解佩，毛文錫。水仙移鏡懶梳頭。項斯。」「孔雀鈿開窺沼見，皮日休。隴禽山曉隔簾呼。羅鄴。」「井邊桐葉鳴秋雨，魚玄機。海上青山隔暮雲。李白。」「鵶鬟巧梳金翡翠，章孝標。麝薰微度繡芙蓉。李商隱。」「常遣傍人收墜珥，張籍。時窺雲影學裁衣。僧皎然。」「堦蟻相逢如偶語，劉長卿。蠶蛾對影恨離居。李白。」「自把玉簪敲砌竹，高適。暗垂珠淚滴蠶筐。李山甫。」「莫度秋風吟蟋蟀，杜甫。更聞寒雨濕芭蕉。徐凝。」「春蠶到死絲方盡，李商隱。芳草何年恨始休。杜牧。」「寒角莫吹殘月夜，韋莊。好花爭奈夕陽天。張泌。」「千年別恨調琴懶，譚用之。七字文頭豔錦迴。楊巨源。」「琪花玉蔓應相笑，羅鄴。紫蝶黄蜂俱有情。李商隱。」「碧山終日思無盡，杜牧。巫峽歸雲夢又闌。李建勳。」「終日相思却相怨，李商隱。一盃成喜又成悲。劉長卿。」「山牽別恨和愁斷，羅隱。寒忍重衾覺夢多。温庭筠。」「香燭有光妨宿燕，温庭筠。碧池新漲浴嬌鴉。杜牧。」「疎簾看織蟏蛸網，盧弼。遠信開封荳蔻花。皮日休。」「不知紅豔臨歌扇，陸龜蒙。但惜流塵暗洞房。李商隱。」「空翠入簾窺素貌，李珣。殘紅滿地碎香鈿。毛熙震。」「愁黛不開山淺淺，吴融。星河無夢夜悠悠。宋邕。」「怨入清虚愁錦瑟，宋邕。淚沿紅粉濕羅巾。許渾。」「金縷機中抛錦字，劉禹錫。紫煙衣上繡春雲。鮑溶。」「簾外落花閒不掃，温庭筠。爐中香氣盡成灰。孟浩然。」「燈歛短焰燒離鬢，羅隱。妝發秋霞戰翠翹。李洞。」「長疑好事皆虚事，李山甫。莫遣佳期更後期。李商隱。」「樹影悠悠花悄悄，曹唐。愁雲漠漠草離離。竇庠。」「愁憐粉艷飄歌席，羅隱。回看羅衣積淚痕。戴叔倫。」「驚風亂颭芙蓉水，柳宗元。秋月空懸翡翠簾。權德輿。」「金盆已覆難收水，劉禹錫。明月無情却上天。薛逢。」「楊花撲帳春雲熱，李賀。秋日當階柿葉陰。李商隱。」

余喜閱吴江吴漢槎先生兆騫秋笳集，漢槎，順治丁酉舉人。音節蒼涼，氣體高妙，近代詩家可稱傑出。漢槎胸次英朗，忠孝激發，凡感時恨别、弔古懷人、留連物色，莫不寄趣哀涼，遺音婉麗。宋君既庭謂其詩「以盧、駱、王、楊之藻采，合李、杜、高、岑之風格，使與北地、信陽並驅中原，尚當退避三舍，矧歷下、長興諸公哉！」漢槎嘗與汪鈍翁同出吴江東門，意氣岸然，不屑中路。忽率爾顧鈍翁述袁淑語曰：「江東無我，卿當獨秀。」旁人爲之側目。徐君虹亭云：漢槎驚才絶豔，數奇淪落，萬里投荒，驅車北上，時嘗託名金陵女子王倩孃題詩驛壁，以自寫哀怨，情詞淒斷，三輔間多有和者，其同邑計甫草詩云：「最是倩孃題壁句，吳郎絶塞不勝情。」漢槎徙塞外，朝鮮使臣李節度雲龍以兵事至寧古，屬製高麗王京賦，遂草數千言以應，其國重之。又自云彷彿班、揚，其狂態如故。無錫顧貞觀梁汾寄漢槎詩云：「萬里誰能憶？三都只自傷。聲名箕子國，詞賦夜郎王。淚盡臨關月，心催拂鏡霜。李家兄妹好，倘復惜班揚。」沈歸愚先生云：「漢槎無辜被累，戍寧古塔，比于蘇武窮荒十九年矣。然緣此詩歌悲壯，令讀者如相遇於丁零絶塞之間。」漢槎將赴遼左留別故人詩，先叙少歲才華，故鄉遊讌，以次入蛾眉謡諑，萬里投荒，有不堪南望者矣，與楊升菴宿金沙江、錦津舟中別友諸作同一悽惋。漢槎雖遭放廢，而嗜古不倦，出關時以牛車載書萬卷，在塞外日與羈臣逐客飲酒賦詩，曾結七子詩會，分題角韻，月凡三集。困阨中有此韻事，能窮其境，不能奪其才。彼工上官術者，究何益哉！後邑侍中爲漢槎獻長白山賦，聖祖覽而稱善，其友人宋相國、徐尚書捐金贖之，始放歸。

卷十五

萬里遊草二卷，慈谿張雪君大令廣埏著。大令嘉慶己丑應禮部試不捷，將南歸，適長白玉研農大司馬德持節伊犁，邀同行，由山、陝、甘肅出關，越五閱月，始抵伊犁。往還二十八箇月，行程二萬里有奇，雄邊要塞，得之聞見，類多奇偉怪特，故發之於詩，悉雄傑之氣。次烏魯木齊云：「紅廟峯巔雪意收，城外山上有紅庙，故俗呼烏桓爲『紅庙子』。隻身萬里寄荒郵。山川舊是車師國，勳業空懷定遠侯。雕影翻雲寒大漠，笳聲吹月落危樓。窮邊不盡登臨感，白草黃沙自古愁。」伊江竹枝詞云：「瑶街冰骨峙嵯峨，燈夕聲鏗紅繡韡。好趁一輪明月色，鼓樓西畔聽農歌。」自注：「屯地兵民於元宵扮漢諸戲，唱秧馬，與內地相似。」「天光黯淡淨無塵，凝睇荒郊草不春。上巳清明都過了，雪花猶撲倚樓人。」「戍裝半卸聚閒庭，快飲葡萄酒未停。直把端陽作寒食，門前都插柳條青。」「三庚曉起總如秋，亭午何曾薄汗流。翻是炎威斜日裏，涼風不到望河樓。」自注：「伏日午後酷熱，不減內地，二更以後可襲綿衣。」「北關門外駐香車，舊曲伊涼譜琵琶。昌彝按：琵字，唐人皆作仄音讀，近代朱竹翁鴛鴦湖櫂歌云：『龍香小柄琵琶灣，切玉玲瓏約指環。』琵字亦作仄讀。不是窺從紈扇底，誰知塞女貌如花！」「幾樹垂楊宿暮鴉，中庭無露洒秋花。一彎畫出蛾眉月，不待初三始見芽。自來伊江無露，每月初二即覩新月。」入嘉峪關云：「亂山萬疊莽蹐攀，策馬勞勞此入關。關吏迎門應笑我，滿身帶得塞雲還。」名句五言如「嶽色曉逾碧，河流秋更清」「雲隨鄉夢遠，詩雜塞聲多」「日光垂野白，河勢抱城圓」「歸鴻催曉角，征馬感秋鼙」「崑嶺暮雲合，玉門秋思多」「山川周洛邑，殿閣漢東京」；七言如「弓影孤懸邊塞月，角聲寒迸薊門秋」「西域投鞭青海闊，南天回首白雲飛」「晚風黃葉邨邊酒，細雨紅城驛路詩」「帳前月落寒刁斗，海上塵消息鼓鼙」「空階得月真如水，老樹非梅盡著花」。

作仙霞關詩，須雄偉稱題。周櫟園亮工仙霞關詩，雖膾炙人口，尚非其至也。閩縣陳恭甫先生過仙霞關四律，氣魄沉雄，詩與題稱，高於周作遠矣。其詩云：「萬馬奔雲截翠屏，東南一柱此亭亭。十洲地入無邊碧，百粵天低未了青。絕磴捫梯爭鸛鵲，虛崖裂磵走風霆。淮南抗疏千年後，信有王公設險靈。」「越王臺上海雲馳，曾憶將軍下瀨師。空詫九龍搴寶帳，頓看萬騎拜珠旗。一門箭筈通天迥，半壁山河落日遲。回首高峯橫槊地，猶疑深翠宿熊羆。李文襄扼耿賊之處。及康良親王率大兵至，賊將獻關降，遂平之。」「上方鐘磬入雲迢，積翠中天鏁寂寥。蘭橑宫壇羣帝近，桂旗風雨百靈朝。融城白雪迷春戍，傍户紅泉飲暮樵。獨倚藤蘿乘縹緲，寒花酹酒亂山椒。」「城上雲隨石扇開，黄蒿猶罥女牆隈。三更鼓角催星落，萬谷笙鐘挾雨來。楓嶺北行邊地斷，漁梁南去惡灘迴。一夫荷戟尋常事，莫遣啼猿日夜哀。」

古今咏夕陽詩皆未得其神，陸龜蒙夕陽云：「渡口和帆落，城邊帶角收。如何茂陵客，江上倚危樓。」前人咏夕陽似矣，而非其至也。明人多咏夕陽，佳者絶鮮。嶺南梁藥亭夕陽詩，亦未能超脱。錢塘袁簡齋詩云：「松根明細草，天外表孤村。」亦近泥。阮芸臺相國詁經精舍集所登夕陽詩，多著迹前明。湘潭周九煙星有夕陽五言古四十韻，中有警句云：「吁嗟一夕陽，宇宙相終始。」又：「河山送興亡，城郭古今異。」錢塘梁君紹壬秋雨盦引仁和女士孫秀芬咏夕陽云：「流水杳然去，亂山相向愁。」以爲絶唱。余謂寫夕陽最爲渾脱者，無過於嶺南温伊初及建寧張亨甫，亨甫句有：「遠浦栖鴉秋有迹，空山流水古無人。」温伊初詩云：「萬峯青未了，天半入斜陽。閃爍金銀氣，玲瓏水草光。山河行渺渺，今古去茫茫。無限升沈感，登高煩八荒。」此與亨甫詩，皆能繪出夕陽之神，可稱高手。

余年來舟車南北，登山臨水，風雨懷人，嘗於旅次誦雄雉之詩云：「瞻彼日月，悠悠我思。道之云遠，曷云能來。」其纏綿愷摯之音，讀之令人神往。舟中誦梧溪翁遠遊吟云：「弱水西北流，滔滔去不息。人生莫遠遊，征途蒼莽何終極！西莫上隴頭山，隴頭流水聲淒寒。南莫下瞿唐峽，瞿唐峽上舟如葉。更聞邛崍坂九折，縱有騏驥行不得。雪山嵯峨高插天，行人見此凋朱顏。遠遊吟，苦悲心。君不見，田舍翁，守空谷，足局促。一生裹頭不出門，室有兒孫倉有粟。」

詩賦男女之情，爲三百篇所不廢，感春傷別，有託而言，亦宜發乎情，止乎禮義耳。前明王次回，近代袁香亭，皆好色而淫者也，其詩吾無取焉。梧溪翁塗中有懷云：「采采紅榴花，南登龍首山。榴花何灼灼，恍惚見朱顏。朱顏不可見，相隔萬重關。願爲西馳日，流光照君鬟。」戴蓉洲別詞云：「簾鉤當門繫，不挽行人騎。柳絲繞户斜，不絆行人車。惟妾一寸心，隨郎到天涯。郎去歸應早，妾心似秋草。莫待嚴霜飛，空悲顏色槁。」其詞旨婉約，不失爲風人之趣。

臨桂朱蘊山司馬鳳森，嘉慶辛酉進士，濬縣知縣，以軍功加同知銜，道光二十三年入祀名宦祠。著有藴山詩稿四卷。司馬以名進士出宰濬縣，有政聲，遺愛在人。嘉慶十八年，滑匪滋事，縣爲滑邑之肘腋，賊衆蜂屯，圍益急，司馬捍衛全境，堅守月餘，城賴以安。其爲詩精熟選理，而取法唐人之氣體聲調，故詞理兼茂，音壯而氣益清，昔人所謂身履戎行之地，發於篇什，往往有金戈鐵馬之音，司馬有焉。樂府諸篇，風骨直逼青蓮，亦近世所稀也。余交其子伯韓侍御，伯韓出司馬所著藴山詩草示余曰：「昔先司馬好詩，家居、出遊、從宦，寢處飲食，未嘗去詩，與子弟言學，未嘗不及詩。」則司馬可謂性於詩矣。其秋日詠懷云：「我有焦尾琴，千載聆妙音。一彈流水曲，水清如我心。秋入浮丘山，秋雲夕以陰。於我奚不足？而況居深林。沿澗搴貞松，山谷鳴幽禽。再彈猗蘭操，幽芳襲衣衿。」「昔余好五嶽，名山思遍遊。載見松有喬，相與登仙舟。釣竿雖自理，於此悟臨流。小魚易爲餌，大魚或沉浮。遠彼北山岑，濯足東海洲。珍重古人心，無與亦無求。」「廬山何岧嶢，上有香爐峯。翠落碧天外，一朵青芙蓉。仙人讀書處，杳杳思仙蹤。尚有太古石，苔花紫丰茸。雲林飛絳雪，碧水沉蛟龍。何如訪蘇耽，鶴巢千歲松。」採蓮曲云：「荷花生極浦，荷葉發田田。下有同心藕，上有並蒂蓮。中有採蓮女，貌美如韓嫣。搖蕩採蓮艇，攪亂鴛鴦眠。鴛鴦三十六，一一飛上天。」新鄭摩旗山貞石歌云：「貞石屹立摩旗山，擎天拔地撐人間。匠氏椎鑿出深谷，石兮嶽嶽排權奸。奈何明社紀綱紊，陰霾錮蔽天難問。青廠貂璫氣燄粗，百官跪拜忙如奴。縣令以此作拜石，兼車運載犇長途。千人力竭萬牛喘，石兮石兮不可轉。」豫讓橋云：「豫讓橋頭日正午，世人那知吞炭苦，迴身西望淚如雨。豫讓橋西流水寒，報讐未得無面顏，哀哉國士立人間。」廉頗墓云：「將軍如髮氣如虎，下箸能餐十人脯。將軍才雄心轉謙，負荆長跪書生前。荒烟蔓草歸何處？趙國白雲猶在天。」銅雀臺云：「漳河畔，草青青。生不必周文王，死不必漢將軍。臨漳霸業有時盡，銅雀臺荒何處尋？」歲暮遠爲客己丑臘月十二日，新鎮題壁。云：「歲暮遠爲客，天寒空自傷。一年無暇日，百里宿舂糧。鹽埠梅花白，淇門麥子黄。抱琴何處去？烟月晚蒼蒼。」「歲暮遠爲客，籃輿見大星。月銜新鎮白，雲斷太行青。冰結魚蝦貴，山空鳥鼠腥。僕夫盡沉瘁，道口往來經。」項王祠云：「揖讓征誅後，民心屬漢劉。江山歸鹿畤，天地割鴻溝。蕩掃秦王業，空沉義帝舟。重瞳方虎視，萬帳楚歌留。」角射云：「分弓人射鹵，玉帳重英豪。夜月嘶邊馬，秋風吹戰袍。草枯鵰性急，霜勁雁翎高。指顧搜狐兔，中營莫憚勞。」秦淮三首云：「誰斷金陵鑿此湖，秦淮風月有詩無？迷樓天暝雲如幕，燕子春深酒漫沽。碧樹紅橋藏翡翠，青簾白舫冷雕菰。我來爲訪雲間陸，虎踞龍蟠壯此都。」「隋楊如薺隔江齊，遊徧前谿復後谿。明月艇摇青雀遠，紅樓聲逐玉簫低。湖間怪石狂遮面，席上香橙緑到臍。金粉相隨鍾阜晚，誰從雲竇覓丹梯？」「往歲瓜州入蔣州，曾懷邀笛步風流。人間已失烏衣巷，江上猶存白鷺洲。煙月無情君去後，湖山有待我重遊。鳳凰臺畔蘭陵酒，不到秦淮又五秋。」與内弟話舊第三首云：「漫道天涯若比隣，打包僧且走風塵。雲烟過去皆陳迹，海岳歸來不救貧。婚嫁勞勞先累我，綈袍戀戀有誰人？一官匏繫今如此，擊劍長歌氣益振。」自嘲云：「學書學劍憶丁年，一事無成竟惘然。剩有傳家詩一卷，悠悠四十七年前。」「達夫五十始能詩，此後能詩未可知。歲月消磨人自老，空山春雨月明時。」其守城詩句之可録者，如「滑國已愁花片掃，浚郊驚見蠟丸來」「隔縣方騰梟賊燄，截江猶恐餓民譁」「北門鎖鑰浮丘壯，東枕雲濤衛水深」「四野黄霾走砂石，三秋碧血瑩刀鋋」「千村狼狽愁雲慘，幾處鯨鯢孽海填」「百道愁添心上壘，孤城危似刧間棋」「嬰城漫説書生勇，振廩惟求百姓安」。又譏集守城紳士句云：「背城一戰甘同死，守士重來喜再生。」「莫言李愬平淮易，誰識張巡守濬難。」

櫻桃軒詩集二卷，同里謝甸男廣文震著。廣文詩氣魄沈雄，格調高壯，音節嘹喨，神韻鏗鏘。初讀之，音若變宫變徵，而實律中黄鐘之宫；又如曉角秋笳，淒清入聽。七律高者直入浣花之室，次亦不落開、寶而下，吳中錢牧齋論詩，往往輕薄吾閩詩派，惜不能起牧齋而一讀之。廣文篤學嗜古，熟三禮，性亢直，交友有緩急，死生以之。讀史傳百家之言，必實事而求可用，旁逮篆隸、金石、星卜、刑法、醫術，靡不通曉。舉乾隆己酉科鄉試，試禮部，屢黜。廣文久羈旅，數往來河雒、關隴、荆益之間，匹馬踟蹰，周覽古來用兵形勢，成敗得失，輒喟然悲吒，酒酣縱談，覶舉天下山川阨塞，畫地成圖，口若波濤，衮衮可聽。乾隆末，自四川歸，過漢中，謂人曰：「終南亘七百餘里，連跨數郡，秦蜀門户也，守險安可忽。鄖庸以西，夔巫以東，巴閬之北，武都之南，大山老林，蝗蝝其間，今將吏狃承平而弛控馭，不數稔，難其作乎？」及嘉慶初，邪教起襄陽，蔓延秦、蜀，果以南山爲巢窟。朝廷於是即山内置大帥，宿重兵，改五郎營爲寧陜鎮，廣文言皆卒驗。廣文壯時，踔厲激蕩，志氣若不可一世，然每風雨淒晦，烟月靚深，徘徊景光，欷歔欲絶，不知哀樂之何從也。其夏夜同陳三國華陳六晶鑑郭十周藩登淩霄臺詩云：「中夜清興發，探幽散塵悃。本與青山鄰，況兹良朋綣。褰裳躡危梯，側身陟層巘。苔滑露下深，天高雲去遠。俯首眺南溟，浪闊魚龍偃。萬古長鴻濛，憑誰問混沌？松風颯然至，衆竅相往返。平野驅波濤，羣山奔蜒蜿。震眩不可留，爽籟吹下坂。攜手歌歸來，柴門月已晚。」核桃店早行云：「秋風客子忙何太，孤館殘更悄無賴。疲驢齕草吻有聲，饑鼠拱鐙眼全眯。京華年少多冠蓋，中原匏落空塵壒。寒霜照影束衣帶，殘星墜水踏清瀨。月黑深林鬼語悲，泥蟠石磴虎跡大。時驚短褐樹椏挂，偏留餘寐馬頭磕。運舛惟愁塵世隘，途窮早視生死泰。茅柴邨店試澆春，初陽一線寒山外。」草涼亭云：「草涼亭子山之丫，兩三破屋疎復斜。溪雲作雨欲騰絮，嶺霧漏日看籠紗。一雙粉蝶暖成趣，幾樹老梅寒未花。臨厓弔古者誰子，道旁躑躅生咨嗟。」寒夜懷李六閬栖云：「鼓角喧寒夜，星霜落海隅。天風吹水立，官燭照人孤。思我同袍友，羈栖笠澤湖。不知今夕夢，飛渡越江無？」留壩早行云：「馬首接殘月，雞聲催曉天。虎驚當路石，猿聽隔溪烟。遺蹟空青裹，雄心大白前。何人傳辟穀？勛業即神仙。」漢中云：「彌望碧萋萋，平蕪草樹齊。山從斜口斷，天向漢中低。戰伐餘蓬顆，英雄孰枳栖？炎靈終始祚，嶓漾至今西。」殘陽云：「輕塵漠漠雨淒淒，鴉背殘陽一道低。笑折楊枝天外指，斷虹秋影落關西。」南星云：「秋山鬱鬱水泠泠，閣道風清響馱鈴。衡雁一聲孤霧起，行人和雨宿南星。」

諸體詩以七言律爲最難。國初顧亭林、朱竹垞、吳梅村、宋玉叔而後，作者實無幾人。吾閩近今能爲七言律詩者，首推謝甸男先生震，蓋其氣魄沈雄，風格高壯，足以雄視一代，今專録其七言律若干首，俾讀者知甸男七律，視前明前後七子，有仙凡之別耳。其贈汪十舜安詩云：「傾蓋江城縞紵投，十年同調歎沈浮。句傳潭水桃花渡，家說仙人黄鶴樓。君歙人，移居楚。去國虞翻還入海，時赴崇沙幕。傷春王粲尚依劉。憑君莫唱鄉關曲，芳草晴川無限愁。時襄鄖遺孽猶在。」秋海棠云：「玉碎香銷往事空，更將遺恨託芳叢。碧蓮拗寸絲仍繫，絳蠟成灰淚尚紅。千載癡情鍾我輩，一生顏色借秋風。劇憐同調歸花譜，但嫁春皇便不同。」其二云：「幾年蜀國對離尊，又伴萍蹤到海門。名士傾城同薄命，淡烟殘月與招魂。長廊人靜寒蛩咽，曲院鐙繁暮雨昏。我亦西風腸斷客，欲擕茵俎夜深論。」聽鸝曲云：「邂逅盧家白玉堂，娉婷未嫁惜年芳。湖中蓮子堪求藕，天上弧星只對狼。自有珠囊承絳露，不勞玉杵擣玄霜。鏡波一曲横斜水，珍重三生問阮郎。」其二云：「瘦盡文園馬長卿，秋風秋雨不勝情。車輪腹内應常轉，棋局心中總不平。都尉鴛鴦驚絶豔，盧江孔翠惜分明。定知兩美須并合，底事香車滯六萌。」書樊川集後云：「千秋悵望杜司勳，使酒談兵迥絶羣。河北猶留天子使，淮南空老殿前軍。涼風斜日悲張好，細袖清尊索紫雲。誰識揚州十年夢，一般寥落信陵君。」燕云：「纔是春醪賽社醽，新來語燕訂將雛。未妨公子歸天上，莫遣王孫泣路隅。珠滿金霞歌赤鳳，香濃錦帳隱雙芙。與君本是家禽好，肯惜南塘爲結蒲。」其二云：「左言嘖嘖杳難分，翠翦紅襟樂我員。莫學新交翻似雨，也知舊夢冷于雲。宿移銀燭緣妨爾，歸捲珠簾爲待君。今日畫堂誰是主？芹泥蟲吐忍紛紛。」其三云：「綺閣何人教玉簫？錦衾無那可憐宵。雕梁應亦聞長歎，珠館何勞問每朝。翠幕海棠原似睡，金籠鸚鵡久無憀。眼看春色歸南浦，珍重銜花過板橋。」其四云：「日長底事語丁寧，春草池塘攪夢醒。玉冢好留紅縷信，香泥休汙太玄經。窺人巧伺垂犀柙，拖翦頻搖罥索鈴。莫倚身輕太飄蕩，雕籠閒殺海東青。」秋燕云：「秦樓幾日下西風，故國烏衣夢想空。掠遍斜陽衰草外，語殘微雨畫簾中。連朝朔氣隨邊馬，昨夜秋聲有塞鴻。歸去海天雲水闊，杏梁儘好是飄蓬。」秋柳用漁洋先生韻云：「郵亭一望愴離魂，萬里西風接楚門。玉笛關山殘月影，金笳塞隴曉霜痕。軍容寂寞陶公壘，砧韻淒清浣女村。不獨長條消歇盡，漢家大樹更誰論？」其二云：「朝來猿鶴怨新霜，煙縷紛披落野塘。天上旗槍躔井絡，地中鼓角轉車箱。風條極目迷三楚，故國憑虛弔二王。蘇詩『二王臺閣已鹵莽』，自注：『湘東高氏二王。』借問踏歌花豔女，秋來誰上白隄坊？」其三云：「秣陵秋雨灑征衣，回首江城事總非。破額山頭人去盡，細腰宮裏夢來稀。燒殘官道蟬聲斷，照入清江燕子飛。多少征南揮袂客，大堤相送意相違。」其四云：「如此竛竮瘦可憐，朝陽一抹淡秋煙。傷心雁序空留影，著意閨情欲寄綿。壯士金城猶裹甲，將軍玉塞漫經年。莫教黃鶴樓頭笛，吹徹離聲到日邊。」寒食登高會閣云：「一百五日花亂飛，繁條下矚紅已稀。誰家澆飯哭青冢，有客登樓愁翠微。薄暮東風吹雨急，遠村流水送春歸。登臨無限傷遲暮，北望長吟淚滿衣。」邳州早行云：「聽罷荒雞束帶興，驟綱小隊出松堋。月沈苦霧渾無影，風射寒空覺有稜。遠岫紅翻千點火，高蹄白蹴一河冰。微吟擁鼻關山路，瑟縮真如被凍蠅。」清湖道中即事云：「雲陰容裔蕩晴虚，爽氣迎人入筍輿。平野風痕耞影亂，繚垣秋色豆花疎。琴如閣道裝猶薄，錦託江郎夢乞餘。二君皆江山人。一事稱懷差自慰，歸期猶未負鱸魚。」仙霞關用周櫟園先生韻云：「窄徑盤紆入亂峯，翠微深瑣碧芙蓉。松關東隘風爭捲，溪漲摧輪水廢舂。紅葉煎茶供客話，緑筠書字記遊蹤。年來倦甚東西路，惟有看山眼未慵。」其二云：「關門憑眺躡危途，懷古深嗟大厦扶。一旅親提空憶李，三藩潛搆實通吴。清江捲甲軍飛迅，步障徵歌事有無？世傳蕭贄菴先生至此，耿精忠使人遺以錦番步障，廣可數畝，蕭故豪侈，得障即大徵菊部，留連數日，逆謀成，遂被禽。欲問興亡舊時跡，夕陽惟對戍樓孤。」其三云：「參差旗勢萬峯長，擬似孤雲兩角張。山骨鎚幽窺石炭，瓜皮駛溜落松香。樹間人語傳空際，煙外鐘聲出上方。到此俗懷都滌盡，塵纓那用濯滄浪。」其四云：「南山雨氣北山通，薄靄孤邨霽色曨。甕霤窺天煙補隙，筧泉驀澗木刳中。雲根漏日前峰幻，磴脊緣霄左擔工。賸有琴書餘一束，年年泥爪認飛鴻。」訪官二崇不遇却寄云：「雁唳風高欲暝天，尋君無那又空還。夕陽門巷無行跡，秋水寒潮有暮煙。仲蔚蒿萊三徑合，孝先經術五車便。歸途獨詠憑誰和？悵望碧雲孤鳥邊。」舟中感事呈陳大同年恭甫云：「羈懷側側杳難分，鎮日圖編借解紛。江上愁心長爲月，醉中鄉夢總如雲。南荒未散樓船卒，北使仍屯博望軍。多少關山行路感，書生懷槧欲何云！」旅感和恭甫作兼懷李五同年秋潭云：「盛時無事賦離憂，投筆須爲萬里遊。獻策古來隨計吏，攬衣今始共仙舟。霜高海國魚龍夜，風勁雲霄鷹隼秋。莫向滄江驚歲晚，看花一路到瀛州。」其二云：「篷窗風日共清新，籤帙紛紜討論頻。石鼓岐陽搜戊午，銀編宛委讀庚辰。連朝縱酒寧無賴，五夜高歌自有神。但覺東南可乘興，不知西北幾風塵。」其三云：「聞道甘泉校射聲，雲麾大纛尚專征。井蛙竟欲封函谷，銅馬休教斷洛京。絶轡縱銘中冀野，飛軍應取下江兵。鬼親已是三年伐，諸帥何當答太平。」其四云：「絶學傳經憶李尋，天人消息悟精深。相思夢到青楓冷，寄遠詩成曉月沈。洛下書生慙謝石，黃初詞客見陳琳。關河聚散還多感，吟斷蘭成涕不禁。」蒙洲云：「倚棹滄波住小時，孤邨風物繫人思。日斜沙嶼雞豚散，水暖煙江雁鶩知。淳悶似聞廉讓里，風流欲訊女郎祠。清湘亦有琅玕寄，悵望雲軿青桂旗。」無題云：「萬里風雲接塞昏，儒生孤憤竟誰論？美人歌舞空南國，大將旌旗自北門。今日朝廷需上策，古來興廢寄中原。少年意氣吾何敢，短後征衫有淚痕。」不寐云：「喚醒驚魂子夜歌，故山一霎別巖阿。半天曉角星霜迴，五夜秋江風浪多。銀燭有光鄰鏡檻，錦衾無夢到金河。他時雨雪關山路，酒渴更殘可奈何！」送若簡叔父之蜀訪子疊前韻云：「老去翻披短後衣，舊遊回首悵雲飛。余前後三入蜀，時去蜀已六年。魚梟故國迷王會，蛇鳥高秋鏁姊歸。已分襴斑辭井絡，清弟佐幕圍城，先時已有還閩信。

更煩策杖訪支機。張儀樓下春江緑，早買輕帆返舊扉。」自題云：「一卷殘魂手自編，他時誰與弔樊川。桐經半死仍孤賞，蟲號相思亦可憐。未免冬郎慙少作，已多秋樹感長年。西風翦紙招何處？破楚門東急暮蟬。」富莊驛書蜀女鵑紅題壁詩後云：「一曲鵑啼不可聽，紅顔飄泊寄零丁。慈幃漫冀生無恙，破鏡終期合有靈。夜雨魂歸秦棧黑，春風恨入薊門青。金焦他日休西望，沱水南來尚血腥。」登通州城西樓云：「高臺天半鬱孤蹤，今古愁懷抉寸胸。碣石潮聲沈禹蹟，薊門煙靄鑠堯封。千秋北海孫賓石，獨立雲間陸士龍。通潞亭西一回首，怒濤風捲暮山重。」北行雜詩云：「殘更帶夢走天涯，霹靂鞭聲激電車。霧裏風鐙昏似漆，曉來霜草白于沙。荒祠鬼馬斷頭立，叢塚羣烏相命譁。亭午邯鄲才破凍，忍寒呵筆試尖叉。」其二云：「行馬門張保障功，狂生片刺未容通。敢將凡鳥題朱邸，竟有真龍走葉公。繡户空侯彈了鳥，瑣窗珠串按玲瓏。千金獨立空亭望，却羨王孫遇未窮。予以試燈時抵淮。」其三云：「通天臺迴接芒碭，欲喚高皇作武皇。寒日霜高横野白，驚沙風捲入雲黃。攀轅父老聞寬詔，擊筑英雄戀故鄉。千載山陵魂魄在，販繒屠狗幾侯王。」其四云：「東阿春霽似南陽，三十年前路未忘。紅杏人家山絡角，淥醽邨店旆悠揚。麴塵風漲青驢醉，菜甲晴薰粉蝶忙。策彗半拖衣半袒，馬頭聽唱小秦王。」其五云：「太行長劍溢懷襄，寬賑于今累廟廊。薺麥春深迷馬闇，楊稊風颭入車箱。二渠皆在河間，今廢。漢家都水徵劉向，秦帝稽圖按督亢。今藏家橋地。如此川原甘坐廢，羣公何以答宣房？」落花和吳三進士云：「登臨何限惜春歸，極目殘紅上下飛。三楚風煙迷遠道，六朝江水送斜暉。何曾中酒曹騰立，似有離魂婉娩依。一度芳菲一惆悵，相逢那得抵相違。」其二云：「斷雨零煙黯不收，五更春夢逐沈浮。難賒薄倖三生約，便作香魂一哭休。此去定翻前度樣，再來可是舊枝頭。兒家生小黄金屋，簫韙還應傍玉鉤。」其三云：「高臺莫自眺斜曛，杜宇聲聲不可聞。天下傷心還著我，人間恨事恰逢君。舟横野渡霞將暮，客上離亭酒半醺。擬託瑶華問消息，不知何處覓朝雲？」其四云：「盡日摩挲望欲淆，殘陽又送到衡茅。琴尊此後無良匹，蜂蝶從前有勢交。冷落何須參究竟，清凉也自費推敲。如今喚醒春婆夢，紙醉金迷盡幻泡。」其五云：「如此東風末念酸，回黄轉緑太無端。著衣猶惜經天女，落溷何緣到下官。正可垂簾清晝卧，更誰燒燭繞廊看。憐渠帶雨銜泥去，猶復淩風到地難。」其六云：「紫府雲回曲奏終，霞裳褪盡淺深紅。顛風作意催泥絮，逝水何心問雪鴻。賸有文章供懺悔，儘教色相悟玄空。清陰尚抵千間厦，莫笑飄零似斷蓬。」得恭甫杭州書云：「接來三月上旬書，讀罷新詩感有餘。鹽鐵漫聽桓氏論，治安羣笑賈生疏。參軍蠻府嘲鸜鵒，措大荆州賤鯽魚。壯志銷沉只如此，相看白髮已盈梳。」其二云：「熱腸信有陳恭甫，癡絶無如謝甸男。爲報花時歸陌上，已看梅雨落江南。曲中楊柳愁頻折，夢裏箜篌字久渰。結習未空從努力，欲將宗旨問瞿曇。」蹉跎云：「趙北燕南轍幾過，駒光馬跡老蹉跎。羈愁中酒綿三月，草色隨春入九河。階下播錢工奼女，堂前挾瑟豔秦娥。風情已作蕭郎減，目極寒空自浩歌。」維揚云：「花月維揚幾度思，江山憑弔不勝悲。翻城尚説高家令，拜表空瞻史相旗。淮上烽烟連鐵脛，宫中菊部奏瓊枝。南朝多少傷心事，又到春鐙影謎時。」琅玉軒分詠秋蘭得姜字云：「誰傳帝子降瀟湘，沅芷江楓枉斷腸。思未敢言誰遺此，芳寧自賞詎能忘。楚天雨過琴心古，澧浦魂歸月色蒼。脈脈靈修還獨證，霜華幽怨寫香姜。」背人戲仿秋江集體擁髻悲啼庶勝唾壺擊碎也：「廵簷棖觸遶廊思，十二闌干十二時。新月那堪寒夜雨，好花空戀夕陽枝。窗前瘦影朦朧得，帳角餘香夢寐知。莫怪近時心事懶，向人懽笑背人悲。」失題云：「又作春明一度遊，蘇卿敝盡黑貂裘。泥他紅袖翻金縷，顧我青衫欲白頭。小閣共誰聽暮雨，凝粧莫自上高樓。婿鄉妾水原相望，爲緩眉尖一縷愁。」

王阮亭所選古詩箋善矣，少陵北征及自京赴奉先諸作，爲杜集五言第一大篇，阮亭何以不選耶？

閩縣家梅心布衣萬春精於反切之學，著有十四經集韻，嘗問序於予，詩亦質樸無庸俗氣。妙峯寺云：「振衣直上白雲間，俯視洪塘水幾灣。轉入深山最深處，深山深處一禪關。」「松間出揖兩三僧，指點禪門在此登。待到上方延客坐，蒲團煑茗話傳燈。」此詩大有禪悟。梅心與其弟菊潭友愛，世謂之「二難」云。

杭州錢塘臬司前岳忠武王廟，兩旁從祀者六人焉，曰烈文侯張憲、昌文侯徐慶、煥文侯董先、輔文侯牛臯、崇文侯李寶、尚文侯王貴，皆忠武部將也。按六人中功勳最懋，而與同時被禍者爲張憲；與忠武同心戮力，戰功著於史册，卒爲權奸所害者爲牛臯；姓名見於忠武傳中，有功績可稽者爲董先、徐慶；其初隨忠武立功，後入秦檜、張俊之黨者爲王貴；若李寶，則曾冒風濤，率兵渡海，敗金人於渤海廟，解海州之圍，高宗手書「忠勇李寶」四字於旗以賜之，今墓在蘇隄定香橋西里許，神道碑記尚存，未知即是其人，抑或姓名相似，莫可考也。按張、牛、徐、董四人與忠武矢志恢復，不附和議，從祀固宜。李則姓名雖在疑似，然昔人既列之於數公之内，大抵皆忠烈之士，與祀宜也。惟王貴初爲權奸所脅而執張憲，繼與秦檜、張俊共成忠武之獄，其爲奸黨無疑，今廁於座末，張、牛諸公有知，必當唾而擯之，安可覥然同坐乎？宋史載忠武部將楊再興者，紹興六年同忠武、牛臯克復蔡州、鎮汝、長水諸處。十年臨潁之戰，再興以三百騎偵敵，殺金兵二千餘，馬陷小商橋淖泥中，爲敵人叢射死。張憲、岳雲繼至，大敗金兵，收其屍，得箭鏃二升餘。今西湖上忠武廟門之内有塑像，向殿拱手而立，神牌稱「忠烈楊將軍」者是也，其忠勇與張、牛諸公相等，而祀典缺焉，亦一憾事。鄙意岳廟從祀，當進楊而黜王，庶足以慰忠魂而奪奸魄。昌彝六世祖又章公後學何廣憙填諱。著有種德堂遺草，詩多咏史及咏物之作，其咏岳家軍云：「岳家部下多名將，死戰應推楊再興。」二語未經人道，不愧詩史。按：諸將追封皆在宋理宗景定二年，所稱焕、輔、尚諸字，既非謚法，亦非郡邑，又無取義，且武臣而以文字加之，更不可解，安得當時太常所上謚議、中書所頒制詞而考之！

閩縣家世臣國子生萬忠號菊潭，著有菊潭詩鈔四卷。菊潭詩筆似歐陽子，幼穎悟，即卓犖不諧俗，吾鄉何岐海孝廉，國士也，一見奇其人，以女弟妻焉。岐海家藏書幾至三萬卷，菊潭寢饋其中，學益進，尤肆力於全史，志在用世，而屢困場屋。與伯兄梅心友愛，以行誼學問相切劘，古之元方、季方，今之斯大、斯同也。邇者簞瓢屢空，幾無以自存，意者天將老其材以用之耶，抑將使之徒悲嘆於窮廬而已耶？詩筆渾樸，無前明七子摹唐習氣。其愛菊一詩，出於天籟，其詩云：「我非愛女容，愛女有貞操。朔風吹大野，百卉皆顛倒。女當之泰然，諤諤獨長傲。嗟哉霜下傑，愧我學不到。」望恒云：「迤邐從西來，一色混天碧。近繞滹沱河，遠接太行阸。北道枕畫障，九州稱隩宅。何時攜短笻，踏遍嶔崎迹。」京師恭紀云：「翹首皇居壯，葵忱向往中。星連天極北，日射海門東。棗栗三秋景，書車一統風。燕山王氣在，萬古鬱葱葱。」謁岳王墓云：「荒墳倒拜上錢塘，誰識當年事可傷？宰相若逢于少保，功名豈讓郭汾陽。獄中縛虎悲三字，湖上騎驢痛一場。怪殺南枝吹不轉，將軍千載有靈光。」世臣過栢鄉馮唐墓有感詩，深於寄慨，讀者悲之。詩云：「征塵滾滾路茫茫，瞥見殘碑欲斷腸。千古奇才半淪落，白頭豈獨一馮唐。」

同里王偉甫孝廉廷俊，著有樵隱山房詩鈔，詩品秀雅，如名花奇石，可供清賞；又如遠烟出林，情致淡遠。樵隱詩於田家情景，實能達其所見，樵家詩云：「樵者家何處？結茅依澗谷。烟火無四鄰，溪流抱一曲。晨鷄號在樹，積薪高於屋。空山峭無人，門前卧閒犢。」淮陰馹懷古云：「剩水殘山落日昏，淮陰尚有釣臺存。滕公一語翻多事，漂母千金獨感恩。到死不慚真國士，可哀原是舊王孫。報韓佐漢功誰匹？史筆求全總讆言。」建溪舟中雜吟云：「水外皆山山夾水，山中盡水水吞山。舟行七百有餘里，十日不出山水間。」樵隱兼工賦物，往往有繪影繪聲之妙，句如秋濤云：「波兼木葉翻天下，潮湧蘆花捲雪高。」秋蟲云：「關河孤枕客無夢，閨閣一燈心不平。」白菊云：「一洗豔情花盡後，十分秋色月明中。」「兩晉衣冠于古近，六朝金粉到君無。」「滿庭涼露秋無迹，半壁斜陽繪有神。」「句吟羅隱心如水，譜入劉蒙字有霜。」「映他栗里人如玉，悟到梨花夢是雲。」秋海棠云：「有恨況當明月夜，可憐生是此花身。」

仁和超蓮峯道者源，自號紫衣道人，著有未篩集，讀之悠然如雲之出岫，朗然如月之印潭，舉釋典玄妙之旨，擺脱而融化之，一若王、孟、陶、謝，亦復去禪不遠。其香嵓雜詩云：「我愛香嵓居，不出香嵓道。香嵓松檜多，歲寒可長保。上巢千歲禽，下庇不凡草。所嗟浮雲徒，歸來苦不早。」「宿雨洗煩暑，烟消日初上。林薄翠猶濕，披襟納閑敞。花落苔砌斑，雲歸石樓響。水南吾故人，安得共吟賞。」句如「碧巖晴似沐，孤磬靜邊鳴」「故山何處是？孤雁帶霜來」「每得神來句，多於月上時」「鐘向亂雲深處聽，山從涼月出時看」，皆有空山冰雪氣象。

釣臺詩，以唐權文公作得温柔敦厚之旨，爲此題絶唱，他作俱不能及也。詩云：「心靈棲灝元，纓冕猶緇塵。不樂禁中卧，卻歸江上村。潛驅東漢風，日使薄者淳。焉用佐天下，持此報故人。則知大賢心，不獨私其身。奈何清風後，擾擾論屈伸。交情同世道，利欲相紛綸。人世自古今，清輝照無垠。」此爲范文正嚴先生祠堂記所本，潘彦輔謂此爲釣臺詩壓卷，信然。

「學者知縱酒、宿娼、賭博之當戒，不知説閑話、看閑書、管閑事之尤當戒。前三事固下流之歸，稍知自愛，皆能決去不爲；後三事初若無害，其廢業、敗德、生禍，究竟不異，然其毒伏藏甚深，人多不覺，及其既覺，已難追悔。」張稷若蒿菴閑話。布衣陳君鳳翔有句云：「人生不少當勤業，莫學閑人度日來。」同此意也。布衣精星卜之學，余既冠，家人有欲余棄舉子業而行賈，使布衣卜之，得火天大有之卦，布衣乃投龜囅然喜曰：「火天之象，無所不照；大有之義，無所不包，其德剛健而文明，他日殆以德義文章名天下乎？行賈者無此兆也。」憶其言，至今感之。

遂寧張船山先生懷買餅詩有「此日摸心猶有淚，當年乞食竟無門」，味二語，勝讀屯庀歌二十四首也。

栢鄉魏文毅裔介，順治三年進士。著有兼濟堂集。文毅立朝頗見風節，詩文醇雅，集中名句可傳者，如「道以遲能重，書因悟轉疑」二語可謂粹然有道之言。

長汀黎媿曾參政士宏，順治十年鄉榜，官至布政司參政。著有托素齋詩文集。參政少嗜聲詩，師事寧化李元仲先生世熊，以文章名天下。詩筆力去陳言，清真樸老，與周櫟園、汪次舟諸公後先競爽。嘗記其舟過建武夜行云：「不住因風好，能爭半日程。船燈敲石火，人語渡河聲。月上千峰立，霜深一雁鳴。經年南北路，多半是宵征。」

侯官林于宣太史澍蕃，乾隆二十三年進士。著有南陔詩集。太史詩芊綿蕩逸，根柢於六朝、三唐，而自以靈氣馭之。其九日登烏石山二首云：「險窄城南路，攀躋驚客心。眼中空夕照，衣上帶秋陰。烏道松杉迫，人烟橘柚深。凌霄臺最古，振策一披尋。」「九點知何處？蒼茫俯六區。石崩雲勢急，山斷樹陰孤。野色高秋盡，涼風病骨蘇。興酣長嘯咏，不爲避催租。」登鎮海樓云：「振衣千仞上，眼界絶塵囂。日落孤雲起，天寒一鳥高。風聲摇耳目，酒氣洒江濤。獨立蒼茫處，應思跨海鰲。」

吴縣吴崧甫先生鍾駿，先生道光壬辰第一甲第一名進士，今官禮部侍郎。讀書過目成誦，九經皆用楷書鈔録，尤精通小學，又嘗手鈔全唐文數十册，純以端楷書之。昌彝嘗見先生手鈔宋楊誠齋、陸渭南二家詩集，全册不脱一字，不破一畫，可謂難矣。所爲詩亦近陸、楊二家。先生愛才如命，爲余甲午鄉試座主。昌彝次場經文五篇，極爲先生所贊賞，以第三場謄録錯亂七行，置副榜，至今對人言及，猶贊賞不去口云。

餘姚黄梨洲先生宗羲，著有南雷詩曆。詩境超曠，讀者可以想其胸次。先生孝義著於前朝，經史冠乎昭代，詩爲餘事。不寐作云：「年少雞鳴方就枕，老人枕上待雞鳴。轉頭三十餘年事，不道消磨只數聲。」語極曠達。又畫壁絶句：「倦鈎簾幙畫沉沉，難向庸醫話病深。不信詩人容易瘦，一春花鳥總關心。」詩情婉麗。句如「絶壁飛泉多奪路，好山明月亦尋人」，亦復不俗。先生所著書有南雷文定、南雷文約、宋元儒學案、明儒學案、明夷待訪録、明文海，共四十八種，詳國朝漢學師承記。其宋元儒學案一百五十卷，道州何子貞師於道光乙巳丙午間刊於京師，其書萃宋、元二朝諸儒精華，其有功於士林者不淺也。

嘉興王邁人方伯庭，居官以清惠稱；及歸田，足迹不入城市，常衣布袍行田間，人不知其爲故方伯也。阮芸臺先生兩浙輶軒録云：「嘉、秀、善三邑田賦舊有互嵌，數百載聚訟莫能定讞，先生爲著嵌田論，設有十二問答，剖析詳盡，邑士庶咸折服，讞始定。」方伯於詩不易下筆，然作者秀語天成，欲奪山緑。句如「過雨洗山緑，落花燃澗紅」「一艇獨歸雨，千山相對雲」「茅屋人家千畝雪，板橋行迹一溪冰」。

楊慎名畫神品目云：「趙子玉有野莊圖，子玉嘗云：『人物者，天地之幻化；圖繪者，又人物之幻化。彼富貴薰天，功名烜赫，倏忽之頃，已爲磨滅，況韋布之士，欲取聲華於虛幻之際，不幾於惑乎！所以孜孜於此，特遣興適吾胸中之丘壑耳。』」亡友陳秩庭德懋有句云：「功名潭裏月，身世水中漚。」讀此詩，爲之慨然。

閑止書堂集二卷，閩縣陳省齋太史夢雷著。太史未冠即入史館，康熙九年進士。請假歸，會逆藩耿精忠叛，徧羅名士，幽縶夢雷及其父於僧寺，脅受僞官。夢雷不得已，尫瘠託疾以稽之。賊平議罪，有陳昉者汚賊，京師譌傳夢雷也，復爲逆黨徐宏弼誣告，徵下詔獄，幾不測。朝旨減等，謫戍尚陽堡。初，夢雷與安溪李光地爲同年，生相善，及難，光地亦在，假用蠟丸密疏致通顯，而夢雷方干嚴讞，無以自明，引光地爲助，光地密疏救之，語在國史本傳。夢雷不知，故怨懟憤懣，牢愁哽咽，往往詭激於文詞，雖過其實，然志足悲也。東越文苑傳。及蒙恩召還，奉命編輯圖書集成三千餘卷，御書「松高枝葉茂，鶴老羽毛新」聯句賜之。雍正後緣事謫戍，卒於戍所，子孫遂家遼陽。所著書詳東越文苑傳。詩多高壯之音，如雨夜泊桐廬云：「烟雨冥濛合，輕舟入畫中。星光連水白，漁火照江紅。古寺疏林繞，前村小渡通。投竿堪寄興，何事嘆飄蓬。」秋興云：「風高氣肅火西流，極目河山一望收。四野旌旗戎壘靜，千家砧杵海天秋。降王繫組新投款，大將橐弓好運籌。共唱鐃歌歸北闕，凌烟次第論勳酬。」「七閩財賦甲南天，萬井桑麻異昔年。驛路秋殘飛羽騎，荒城日落起寒烟。閨人漫唱悲秋曲，征帥休歌采芑篇。欲使海濱銷戰氣，伏波何日駕樓船！」

侯官陳士亮太守天澤，道光丙戌進士。著有士亮遺稿。詩多咏史寫懷之作，盧生祠題壁一首，洒然出塵。其詩云：「度君未到大羅天，一枕華胥四十年。好事先生都占盡，夢來富貴醒來仙。」

吾家和靖先生梅花三十絶句墨稿，字跡如龍飛蛇舞，詩亦妙悟，藏羅六湖比部家。何子貞師題詩云：「詩如東野書西臺，雪堂雙井交尊推。豈意停雲兩札外，遺墨零落湖山隈。山人愛梅本天性，爲兩三朶百千回。酒痕茶角盡閑事，日問梅花開未開？何來詩草三十首，妙語繹繹春風催。客路飄蓬果何事？想當游櫓沿江淮。是時孤山未結屋，已覺塵世空胸懷。廣平或可語心事，彭澤相與忘形骸。書律跌宕亦無偶，居然梅幹虬龍走。紙光想見槐木椎，筆精當出葛生手。六湖愛賢非好奇，寳此集外冰雪詞。山雪夜明鶴無影，更有山人詩外詩。」

自來咏素心蘭，心字皆寫不出，道州何子貞師素心蘭七律頸聯云：「香逾淡處偏成蜜，色到真時欲化雲。」寫素字可謂渾脱。師更有五言古一首，專寫心字，尤見神妙：「國香異凡品，獨汝尤矜重。素素亦何深，心心看欲動。露鬟曉黏蟬，冰蠶春化蛹。胸前白似雪，想見西子捧。報君以赤心，厥語樸可悚，何如守芳潔，淡極不知寵。」

鉅鹿楊猶龍方伯思聖，順治三年進士。著有且亭集。方伯入蜀諸詩，刻意摹杜，尚有斧鑿痕。其名句可採者，如「好友難爲別，名山只借看」「居今方信天難恃，弔古常疑史未明」，覺語有諳練。

嫂氏鄭淑娟孺人，侯官鄭昌英茂才杰孫女也，爲三先兄香遠繼室，儉約營家，躬執婦道，幼嫻書籍，女紅之外，兼學韻語，有淑娟存稿。嘗記其哭次女采榴云：「一朝哀怨竟忘身，痛煞阿娘獨苦辛。今日泉臺逢汝父，道余强作未亡人。」夜坐云：「蕭疏庭館夜涼天，剔盡殘燈夜不眠。半是多愁半多病，鏡中形影異當年。」二詩情韻俱摯，迥異凡響。句如「落葉秋千點，歸鴉月一邨」「流水數家屋，荒邨幾簇煙」「燕歸斜照裏，鐘出亂雲中」「家和貧亦樂，心靜夢能安」「人情窮裏見，世態靜中看」，皆清婉可誦。

番禺張南山珠江雜詠十九首，有南宋人風味。今録其三首。風月云：「神光離合語通神，妙手陳王善寫真。月有姮娥風少女，可知風月要佳人。」鵝潭云：「聞道鵝潭有白鵝，白鵝不見見清波。花叢飛出雙蝴蝶，隨着賣花人過河。」半塘云：「半塘雨過水風涼，荷葉荷花併送香。郎自愛花儂愛葉，葉能遮雨護鴛鴦。」

潘四農云：「詩最爭意、格，詞意富健矣，格不清高，可作而不可示人；格調清高矣，意不精深，可示人而不可傳遠。」有以論意格腐談者，中有所短故耶！

「横漲橋東宿雨殘，盡驅鴨鴨出紅闌。蘆花兩岸冷如雪，十里秋容倚槳看。」「鴨頭老緑鴨脚黄，十十五五沿斜塘。不勞蜀郡滕昌祐，勾染一枝紅拒霜。」此朱竹翁題查夏重蘆塘放鴨圖二絶句也。倪居士題畫詩，不得專美於前矣。

洛神賦乃子建託言以自比，非思慕甄后而作也。試思子建何人，肯爲此污穢之行乎？子桓何人，子建敢作賦自取罪戾乎？文選注殊爲荒唐臆説，實不足據。邵武吴厚園淳有咏子建詩結句云：「千秋洛神賦，誰爲解寃人？」則所論可謂眼高於頂矣。養一齋詩話云：「魏文性殘刻而薄宗支，子建遭殘謗而多哀懼，形於詩者非一，而洛神賦亦其類也。」近人張君若需題陳思王墓詩云：「白馬詩篇悲逐客，驚鴻詞賦比湘君。」卓識鴻議，瞽論一空，極快事也。

人不能無偏見，潘四農惡陳子昂之品，因指摘其詩歸於禪學，可謂嚴矣。然養一齋詩話於其同鄉虞山錢牧齋詩，極力贊揚，重疊載之，何耶？

咏物詩須不著色相，近見浙人張亦箎炳白荷花詩云：「紵羅浣盡舊時衣，回首繁華景物非。窺水自憐真色在，出塵何惜賞音稀？照來浦月空無影，綰定湖雲冷不飛。洗伐終期丹九轉，前生太乙豈相違。」可謂得神。又浙人李節貽念孫咏新柳句云：「二月風尖裁葉易，六橋雲嫩漏春多。」又「眉細已能臨水繪，眼嬌未解逐波橫。」皆刻劃盡致。浙人陳訊湖幹咏菊影句云：「繞徑有人迷舊夢，隔屏無語倚黄昏。」朱敏生智句云：「半榻疎燈秋暮後，一籬明月夜深時。」皆神韻兼到。

「但有詩名尚千古，可知人不在官尊。」此武進趙味辛司馬懷玉句也，乾隆四十五年召試舉人，官同知，著有亦有生齋詩文集。語意高妙。司馬胸次曠達，生平不惑於貴勢，不牽於朋友，硜硜自立，不厭不倦。嘗爲七夕詩，下筆雋妙，爲時髦傳誦，詩云：「蜘蛛結網鵲成橋，河漢無聲夜寂寥。不是病餘貪久坐，秋來第一可憐宵。」末句爲入情語。更有句云：「春光先在水，暝色欲歸樓。」「百年誰白首？七夕易黄昏。」皆名句也。

卷十六

錢虞山箋杜詩，多附會失實，如箋洗兵馬云：「上皇至自蜀，即日幸興慶宮，肅宗請歸東宮，不許。此詩援據寢門之詔，引太子東朝之禮以諷諭也。『鶴駕』『龍樓』，不欲其成乎爲君也。」按：靈武即位，唐人雖有遺議，子美既奔謁行宮，備官禁近，寧有矢口刺譏！「鶴駕」「龍樓」，無過敘述奉養之事，乃云援初詔以諷諭，且「不欲其成乎爲君」，則必欲歸帝位於上皇耶？杜詩後出塞次首云：「借問大將誰？恐是霍嫖姚。」指張守珪也。錢箋謂安禄山，只緣不看第五章「二十年」事耳，況禄山豈可以霍比乎？

東薌吴蘭雪刺史七言律，氣韻高華，情懷旖旎，余尤喜其舟中自訂癸丑甲寅詩卷感懷，擇其五首，詩云：「燕市蹉跎百感侵，歡場未散已沾襟。吹笙易醒游仙夢，擊筑難銷壯士心。海氣青蒼連碣石，岱雲浩蕩接淮陰。支離病鶴籠初放，隻影江湖瘦不禁。」「平生襟抱托青霞，鳳泊鸞飄亦可嗟。十載論文交海内，羣公傾蓋慰天涯。放翁團扇摹詩社，賀監金龜擲酒家。曾許俊遊陪杖履，山陰夜雪鏡湖花。」「石溪春暖燕南飛，誰誦新篇入翠幃？五色繡絲傳唱滿，千金賦價倦遊歸。盧儲知己憐紅袖，羅隱逢人問白衣。孤負瘦吟樓上句，才兼仙佛古來稀。閨秀金纖纖贈句如此。」「建業姑蘇又廣陵，當筵綵筆最飛騰。樓臺春晚頻移棹，絲管宵闌獨翦燈。年少風懷花正綺，天寒離緒酒初冰。誰知縱飲酣歌地，中有唐衢淚數升。」「寶幄鈿車白玉驄，瓊花璧月錦帆風。山横北固斜陽裏，寺在南朝細雨中。越水浣紗誰絶豔？吳門乞食有英雄。登臨莫抱千秋感，身世茫茫亦斷蓬。」

周櫟園先生亮工仙霞關七律四首，久膾炙人口，百年來海内談詩者，皆未敢議其後，余謂周詩次首領聯「萬馬入關悲九塞，一絲過嶺重三吳」，頸聯接云「層披小月看同異，薄著輕煙幻有無」，下一聯與上聯神既不接，律亦不清，觀者别之，不得以傳誦人口之詩，不敢輕下雌黄也。然周作四律風味頗佳，今附録於此，詩云：「略盡冬春高下峯，離離霞映玉芙蓉。竹埋广下泉歸竈，輪舞灘邊石自舂。四面水聲閒客袂，無多日色印游蹤。自慚襆被塵沙滿，賴有看山致未慵。」「松根竹杪盡窮途，逼仄籃輿石亂扶。萬馬入關悲九塞，一絲過嶺重三吳。層披小月看同異，薄著輕煙幻有無。酒伴奚囊能漸滿，應知噩夢未全孤。」「漁梁北接大竿長，亂水懷煙峽勢張。竹杖扶人清玉戛，蒲囊裹飯緑雲香。溪聲日夜迷千仞，雨氣經時幻一方。巖裏如聞三澗雪，不妨草止夢滄浪。」「高矚應知與帝通，雲流一綫日曈曨。荒亭坐佛空泉裏，薄板肩人細雨中。巖下茶紅燒竹賤，峒邊屋漏補茅工。蠻鄉但有猿啼苦，莫向秋風更認鴻。」

亡友建寧張亨甫七言律詩，激壯傲詭，豪宕感切，足以繼響盛、中。集中諸體，七古而外，以此體爲最。客樓秋感九月邵武作。云：「目斷家山正感秋，西風殘照又回頭。烏鴉亂落天邊影，黄葉寒生水上樓。送別遠經南浦路，思歸難買一扁舟。不知誰按紅牙拍？無數蘆花攪暮流。」江樓云：「越王臺畔水清華，獨立江樓數暮鴉。落日帆檣千估舶，東風絃管幾人家。客中春盡方思酒，城外天寒不見花。積悶裁詩排未得，濁醪真謁比鄰賒。」南臺秋望云：「落日迴風鼓角鳴，黄雲白浪勢飛横。歌樓黯黯臨寒浦，戰艦蕭蕭轉大旌。苦逐驊騮羣雁鶩，翻愁鷹隼擊鯢鯨。百蠻天地開滄海，素節憑危萬里情。」呈別退谷先生云：「十月江頭風浪多，錦帆西上狎蛟鼉。天心正到清寒候，人事難爲慷慨歌。南浦煙花催畫槳，東山絲管隔長波。王郎流落中郎老，回首千秋可奈何！先生贈予詩有『素心幸猶在，千秋以爲期』句，故云。」碧湖驛中小酌云：「翠裘青鬢北風吹，越女勸人酣玉卮。作客多於霜落後，思鄉最是日斜時。花邊鳥語開鈴閣，煙外山光到酒旗。拚醉他年好留憶，前頭烏桕十三枝。」書吳梅村詩後云：「遺老才情首駿公，飛騰健筆欲摩空。興亡過眼聲華薄，出處傷心著述工。名士宦官東漢紀，美人狎客六朝風。陸沈莫弔王夷甫，十廟園陵夕照中。」秋風云：「天高日落亂猿哀，短劍悲歌沛上臺。萬里關河吹木落，千家砧杵送秋來。洞庭波蕩湘君怨，汾水簫横漢武才。一別松江鱸鱠晚，季鷹懷抱向誰開？」秋月云：「金風吹徧玉簫聲，萬户樓臺一夜明。蟾湧海潮奔蜃市，馬嘶霜雪蹴龍城。荒關秦漢迷年代，故壘孫曹感戰爭。少婦高樓應未識，廣寒涼露不勝情。」秋水云：「淼淼澄波動漢皋，蘆花楓葉暎週遭。黄河天影三秋小，滄海潮聲八月高。正詫谿涯難辨馬，漸憐蟹簖欲肥螯。西風落日中原望，滿地驚沙輓漕勞。」秋雁云：「江頭日暮有風沙，旅雁南飛片影斜。衡嶽七十峯夜月，洞庭八百里蘆花。稻粱謀急飢啼曉，關塞歸遲信憶家。書徧碧空應莫恨，飄零何限客天涯。」秋蟲云：「桂樹連蜷怨八公，蟪蛄幽咽泣山空。深閨刀尺孤燈下，獨枕關河落月中。邊塞即今驚白露，天涯到處起秋風。不平歲歲鳴何事？感入鄉心似北鴻。」蓮花生日六月二十四日也。云：「我亦生當廿四辰，幾生修到此花身？千秋可壽人間世，六月能爲天下春。湘浦荃蘭懷彼美，華峯煙雨祝棲真。藕船十丈今無恙，玉井思驂跨鶴賓。」酬林七秀才國士梅友云：「宦學今年亦浪遊，幾人知我似君侯？無書可作藏山業，有母同殷失路憂。猿鳥故園煙雨晚，魚龍落日海天秋。七閩莽莽西風裏，相對悲歌一酒樓。」「牢落乾坤感數奇，飛騰骨相苦吟詩。當年李廣真飛將，幾輩楊修是小兒。霜露人間寒已甚，風雲天上夢何遲。江南知己餘姚合，萬里滄溟共此悲。」君與桐城姚石甫明府善，明府在臺灣。「袞袞諸公自省臺，洛陽年少久蒿萊。東南歌舞民方用，西北征輪歲屢災。麴蘖尚耽名士習，文章何與濟時才。登高共望窮秋色，老雁寒雲慘地來。」諸友餞予於烏石山文昌閣即席賦別云：「晚照蒼然萬嶂開，虎門天遠暮雲迴。江山如此宜高會，主客何人不異才！華燭暫爲虛閣月，寒香遥話故園梅。一年聚散看樽酒，莫遣城頭鼓角催。」湖口守風云：「吳頭楚尾望如何，九派江聲起白波。彭澤天低惟鳥度，潯陽風斷少人過。蕭蕭向暝斜陽遠，渺渺生寒積水多。今夜不眠愁暮角，故山回首隔煙蘿。」清明日宋埠驛中作屬麻城。云：「倦遊何處不思家？況復清明感歲華。楚水東流人北去，越天南望日西斜。棲烏隔院初藏柳，語燕臨風正落花。惆悵招魂猶舊俗，荒原兒女自喧嘩。」登東昌光嶽樓云：「長雲落日盤燕趙，曠野驚沙蕩魯齊。混混河流衝地闊，蒼蒼岱色匝天低。目窮千里鄉心遠，樓倚層霄暮景淒。自古嚴城經戰伐，析骸殘戟長蒿藜。」再過京口云：「十年更飲中泠水，戊寅冬過此。一帆遥思枯木堂。江海波濤空日夜，楚吳天地自青蒼。城臨鐵甕餘荒壘，山望金陵向夕陽。愁絶不須頻擊楫，歲華難問況興亡。」二十九日得四兒初六日自蘇州寄書泫然感賦云：「緘題六日蘇州寄，到及燕京月盡時。貧賤干人原失計，飄零作客幸生離。蛩鳴北地秋來早，雁嚮南天水宿遲。苦惱百年吾易過，憐君排遣更無詩。」「祈死徒勞效叔孫，皈依猶傍梵王門。時寓大隱禪院。身當多難皆成錯，事到傷心未可言。哀鳳清秋梧子月，亂蛙涼雨稻花邨。欲留未易歸難決，尺素摩挲總淚痕。」癸巳秋七月將客大梁之粵東諸同年連日置酒慨然留別云：「孝王賓客浮雲散，梁苑山河落照深。我輩招尋重弔古，少年飄泊到如今。還馳匹馬秋風外，却望孤鴻瘴海陰。猶是鄒枚游燕地，酒闌那得不霑襟。」奉酬子壽丈贈別云：「東南耆舊凋零盡，玉局猶看似醉翁。丈人爲姚惜翁高弟子。名輩山陽悲落日，暮年河嶽獨秋風。相逢莫惜連朝醉，異地安知再見同。萬里炎荒窮海路，即時去馬已匆匆。」奉酬郭羽可儀霄孝廉贈別云：「無端垂柳又秋風，送遠年年是客中。幕府馳書約東野，吹臺射獵弔空同。天涯貧賤存知己，人世艱難厭寓公。幸有愛才賢學使，肯教遲暮嘆飄蓬。」「此去真爲萬里行，蒼茫人事不勝情。三江民困新多盜，五嶺烽傳昨苦兵。楓落夜潮詩思冷，月懸海鏡客愁明。蒼茫誰與論身世？回首停雲憶汴京。」徐州云：「芒碭浮雲曉夜秋，誰憐劉項盡荒丘。徒聞大澤靈蛇死，不見高臺駿馬游。河氣抱城寒白日，角聲吹月落黃樓。哀鴻偏野無因問，俯仰猶懷萬古愁。」

蕭然居集二卷，建安黄孺人護花曇生著。孺人爲鄭蕉谿先生室，幼沈酣經史及詩文畫，詩多綱常名教之語，不屑屑傅粉調鉛，爭鬬香豔者。蕉谿先生計偕京兆試，孺人課三子句讀解義，且教以義方，長方城、季方坤皆成通儒。長孫天錦，方城子，能文章，尤秀出，皆孺人教訓之力也。孺人性至孝，先意承志，事翁如父，卒年七十九。詩出至性，無脂粉氣。寄衣云：「颯颯寒衣一夜深，孤衾遥想擁霜林。揣摩蘇季衣裘敝，高卧袁安風雪侵。敢謝殘燈催玉尺，每勞明月照秋碪。猶驚客裏腰圍減，寬窄裁量費寸心。」懷夫子云：「隻影黯殘釭，愁心未易降。無情中夜月，故故冷窺窗。」「芳草傍人青，柴門鎮日扃。信音頻問雀，稺子也能聽。」「梅子值春肥，寒風正入幃。此時千里客，所恐未添衣。」題漁婦圖云：「微揎窄袖曳輕裾，人似芙蕖出水初。未許漁郎問消息，只愁對面欲沉魚。」又題云：「舉網得雙魚，傾筐行復置。告君莫浪烹，中有相思字。」

潘四農論詩專取「質實」二字，亦有偏見。蓋詩之品格多門，如雄渾、古逸、悲壯、幽雅、沖淡、清折、生辣、沈著、古樸、典雅、婉麗、清新、豪放、俊逸、清奇、妙悟諸品，皆各有所主，豈得以「質實」二字遂足以概乎詩，而其餘可不必問耶？不知質實易流於枯，質實易流於腐，質實易流於拙。蓋質實爲諸品之一品則可，謂質實用以概諸品則不可。蓋質實爲諸品中之一品，則無流弊，若專言質實，流於枯，流於腐，流於拙，則其弊有不可勝言者！

朱弁風月堂詩話：「東坡詩文，落筆輒爲人所傳，每一篇到歐公處，公終日喜。一日與棐論文及坡，歎曰：『汝記吾言，三十年後，世人更不道著我也。』崇寧、大觀間，海外詩盛行，後生不復有言歐公者。是時朝廷雖嘗禁止，賞錢贈至八十萬，往往以多相夸，士大夫不相誦坡詩者，自覺氣索。」

唐人詩「如何百年内，不見一人閒」，可謂閱歷有得之言；福山鹿木公先生林松有感云：「直欲天無夜，何時世暫閒？」誦此詩，爲之掩卷三歎。若宋人詩：「百年奇特幾張紙，千古英雄一窖塵。」意是而措語則粗矣。白公詠秋蟲云：「猶恐愁人暫得睡，聲聲移近卧床前。」已爲客邸名句；鹿木公客夜書懷云：「燈孤蟲近人。」五字寫秋宵孤客之況如在目前，真傳神之筆也。

「荒墳月小妖狐拜，破寺風多老佛愁。」此番禺張南山維屏句也。寫荒寒之境，令讀者如見，以視福山鹿木公「徑荒狐拜月，窗暗鬼吹燈」之句，尤覺警切。

詩有理趣而無理障者，如鹿木公自題草堂云：「靜看擇枝鳥，閒放上竿魚。」上句可以觀智，下句可以觀仁。

唐詩紀事云：「胡令能，莆田隱者，少爲負局鏤釘之業，以所居列子之里，家貧，遇茶果必祭列子，以求聰明。或夢人剖其腹，以一卷書内之，遂能吟詠，世謂胡釘鉸者，貞元、元和間人。」

嘉定錢辛楣先生大昕云：「唐末詩人多以綺麗纖巧爲工，所謂桑間濮上，亡國之音也，而昧者轉以爲唐人正聲，謬矣。若司空圖之「解吟僧亦俗，愛舞鶴終卑」，曹松之「憑君莫話封侯事，一將功成萬骨枯」，聶夷中之「二月賣新絲，五月糶新穀。醫得眼前瘡，剜却心頭肉」，曹鄴之「難將一人手，掩得天下目」，趙牧之「菖蒲花開魚尾定，金丹始可延君命」，語近情深，有三百篇之遺意。計敏夫云：「唐詩自咸通而下，不足觀矣。氣喪而語偷，聲煩而調急，甚者忿目褊吻，如戟手交罵，大抵王化習俗，上下俱喪，而心聲隨之，不獨士子之罪也，其來有源矣。」

李石桐曰：「余讀貞元以後近體詩，稱量其體格，得兩派焉。一派張水部，天然明麗，不事雕鏤，而氣味近道，學之可以除躁妄，袪矯飾；一派賈長江，力求險奥，不吝心思，而氣骨凌霄，學之可以屏浮靡，却凡俗。予每欲聚集諸家分承兩派，訂成一書，嫌於創始，或驚俗目。喜得張爲主客圖，本鍾氏孔門用詩之意而推廣之，謹依其制，尊水部、長江爲主，而入室、升堂、及門以次及焉。」重訂主客圖。

福山王子符大令祐慶，著有述德堂詩藁。大令居官，布衣脱粟如居家，然令吾閩，有强項之目。詩質實出於性情，視世之篇繪句飾者，不拾一唾。其由鄂城赴襄陽阻滯風雪舟中作云：「桑下憐三宿，天風未肯晴。真成無事擾，總作不平鳴。身世漂摇意，川原震盪聲。何時得開霽？可許速行旌。」去任古田舟次寫懷寄友云：「檢點行裝似遠遊，一官初蒞想歸休。天如有意開晴霽，陰雨經月，臨行特晴。雲本無心任去留。半秩從今輕敝屣，古田民欠庥係挪解，所挪之項，去任官歸補，無力歸補，即干嚴參。全家未易寄扁舟。以路費無湊，遂駐眷口於水口。亦知强項增多口，祇是真鋼鍊不柔。」「一江新漲送輕舠，回首西山爽氣高。西山積雪爲古田八景之一。勝地不留人眺賞，浮名何益我分毫。空嗟日暮鄉關遠，暫息年來案牘勞。寄語篙師莫輕進，防他深夜作風濤。」

蕭山何六皆茂才道謙，著有六皆詩草，詩多清麗，詠物尤爲擅場，其詠菊花爲時所誦。西湖采蓮詞云：「紅顔已悔十年遲，修到名花須及時。蓮子嫩時荷葉老，多情惟有藕中絲。」此絶句頗有神韻者。

山陰王鶴峯二尹紹勳，風流弘奬，振拔單寒，著有綺霞軒詩鈔，其門下士余友俞夢池出其遺草見示，多質懋之氣。其感遇雜詩云：「荆山有美玉，抱璞人不知。未遇卞和子，終朝長棄之。時事催人老，懷璧心如擣。繄彼楚厲王，豈識連城寶。」讀其詩，可以覘其蘊抱矣。

近代七言律詩最爲沈雄者，首推吴梅村，蓋能以西崑面子運老杜骨頭者，自義山、遺山而後，殆無其匹。吾鄉陳恭甫先生七律詩，隸事典切，結響沈雄，可與梅村抗衡，其海外紀事八首，尤足雄視一代。詩云：「萬里曾勞太乙幡，百年荒徼幾鲞屯。蒼垠作霧鼉鯤島，碧海迴潮撼鷺門。四野儲胥防日蹙，千夫韃弭想星奔。巖疆卧閤承恩久，文武何當答至尊。」「狼煙吹上海雲間，一夜欃槍照鳳山。頗慮馬銜邀徑路，豈聞龍碽倚神姦。龍碽，見臺灣縣志。庚辰天將來三殿，戊己軍裝震百蠻。寄語伏波南討日，遠收銅鼓捲旗還。」「絡繹黄封降玉京，戈船下瀨有軍聲。狼弦已發長楊館，鷺堠宜屯細柳營。杜憶賈琮能散賊，翻愁宋義久停兵。長風濁浪重溟外，少小何人議請纓？」「南屏鼓角三更月，北衛風沙萬里雲。從昔草雞飛海水，至今母鴨煽妖氛。赤嵌城迥殘虹斷，白玉山危苦霧紛。差喜重圍馬汧督，横戈猶肯守孤軍。福建通志：琅嶠南屏，雞籠北衛。」「元戎千騎静和鑾，刁斗無聲晝鼓乾。玉帳日高鈴閣暖，琱弓風勁戟衣寒。孫恩絶島終沈水，馬援衰年尚據鞍。涼月蒼蒼傳箭夜，戍樓太白幾回看。」「鳴笳吹角玉屏山，幕府旌旗閃日殷。漢使珊瑚勞驛騎，越裳翡翠轉津關。樓船楊僕誰能抗？海島朱寬且未還。見説春風荆杞長，長鑱有客泣田間。」「蕭蕭落葉朔鴻停，手槊腰弓帶鶩翎。瘦馬寒星嘶古戍，饑烏瘴雨過郵亭。天吴吹浪黄雲暗，水客啼煙碧草腥。多少秋閨砧杵急，還憐明月照東寧。」

「春來犀兕下滄波，虛斿瀛東鼓吹歌。謝艾豈聞推決勝，陽城何意罷催科。青江水落叉魚急，緑野秋荒穴貉多。海徼藩籬逋惡藪，歸耕早晚釋兵戈。」

山陰高省堂大令其垣，著有試行蠶桑説，有裨民生，法至良也。大令初爲石碼關批驗，以勞績洊升四品銜，優於吏事，大府咸倚重之。常念吾閩地瘠民貧，薄於生計，思爲閭閻開無窮之利，嘗以其説上之大府，復捐貲購地於井樓門外，蒔桑六千餘株，日久蕃衍，任民間採取，其桑秧悉由浙省運至。道光二十六年，陳慈圃中丞慶階開藩吾閩，與之同心，爲頒其説於郡縣，飭令省垣設局飼蠶，協紳士向民間勸導，大令又遣人之浙買運桑秧三千餘萬株，分給民間布種，且募浙之善飼蠶者來閩傳授，前後捐重貲力任其事，不爲浮議所動。大令不以詩名，見其附刻勸蠶歌如家常語，其詩云：「我本浙中人，曾作閩中吏。身自田間來，且説田間事。江南二三月，牀頭蠶種發。家家皆飼蠶，正值清明節。節當春風香，女兒爭採桑。青青柔桑葉，恰恰連宵忙。全家夜來苦，但願蠶絲吐。二眠至大眠，上山猶閉户。作繭方告成，堂前繅車鳴。繅車聲轆轆，賣絲錢滿橐。不畏吏催租，沽酒街頭酌。女兒藏餘絲，留作嫁時衣。一月雖辛苦，一歲休愁饑。浙中利若此，閩中風土似。城外半膏腴，種桑可千株。我今買桑樹，復購繅絲具。蠶師愁無人，家鄉急覓去。轉瞬春風市上譁，徧栽桑樹如栽花。秋燈門巷鳴機杼，富擬湖州百萬家。」讀此詩，可以備知蠶桑之利，而民間當無不樂從矣。夫古今之善政，莫難於創始，大令捐重貲試行之，其用心之厚，有古循吏風。邇者都人士建蠶神廟於東郭外，名曰「元姬宫」，知其效已洊著，倘盡人皆能以大令之心爲心，互相勸勉，並按大令諸説悉力行之，十年而後，自可家給人足，而吾閩之富庶，當不讓於浙省耳。近黄肖農鹺尹爲補其未盡之説凡三事：一、閩省舊無機坊，民間屯積蠶絲難於售賣，必有力者爲之設局收買，議以定價，庶使民知所趨向，而無畏難之心。一、飼蠶本婦女之職，前由浙省募來飼蠶者係是男人，雖設局傳法，多屬游民往觀，而民間婦女則未能詳悉，若能再至浙募飼蠶老婦數人來閩傳授，庶於女工易於信從。一、讀授時通考全書，飼蠶器具皆有圖形，吾閩婦女未嘗目覩，以爲製器煩重，不免沮其垂成，宜於説中再將蠶具詳繪刊圖，並注明某器需費若干，使知工省價廉，自能樂於從事矣。以事關民生大計，録其詩並附存其説。

浙人以松花和米麥諸麪作粿餌，色香俱勝，炊煑咸宜，遠人市之，往往不曉其名，而要無不嗜食者。吾閩郡縣半在山中，松樹百倍於浙，而採食松花之法則未知之，自高省堂大令傳授採取之訣，邇來延建一帶洊以充食，然猶未遍也。誠得留心民瘼如大令者，普諭鄉民，如法採食，勿令散落，約計一春所獲，可支一季之糧，其有裨民生，惠而不費，較之空譚荒政而無實用者，相去遠矣。黄肖農鹺尹有咏本事絶句二首云：「曾聞竹米堪充饌，不道松花可療飢。早使夷齊知此法，何愁採盡首陽薇。」「恥隨凡卉笑春風，落地松花雨粟同。樑棟他年知不忝，在山早解濟民窮。」二詩用意超妙，寄托不凡，讀者不得以聲調求之。

侯官余上通布衣瑞蘭，余舊相識也。家貧無以爲生，屢停炊，吟詩自若，善戲謔，旁若無人，竟窮餓以死。李薌苹嘗誦其詩數聯，感懷云：「未曾身死心先死，不獨人欺我亦欺。」二語雖非有道之言，然寫窮困之境亦入情之語。錢塘張研孫觀劇教歌云：「拋得黃金路便窮，歌樓好夢醒匆匆。天門風雪蓮花落，儘有才人墮此中。」讀之可爲太息。不知其人視其友，讀義山哭劉蕡詩，知非僅工詞賦者，詩云：「上帝深宮閉九閽，巫咸不下問銜冤。廣陵別後春濤隔，湓浦書來秋雨翻。只有安仁能作誄，何曾宋玉解招魂？平生風義兼師友，不敢同君哭寢門。」

歐陽修六一詩話云：「蘇子瞻學士，蜀人也。嘗於淯井監得西南夷人所賣蠻布弓衣，其文織成梅聖俞春雪詩。此詩在聖俞集中未爲絕唱。蓋其名重天下，一篇一詠，傳落夷狄，而異域之人貴重之如此耳。子瞻以余尤知聖俞者，得之，因以見遺。余家舊蓄琴一張，乃寶曆三年雷會所斲，距今二百五十年矣。其聲清越如擊金石，遂以此布更爲琴囊，二物真余家之寶玩也。」

周密浩然齋雅談云：「東坡詩喜用『朅來』字，『朅來東觀棄丹墨』『長陵朅來見大姊』『朅來城下作飛石』『朅來畦東走畦西』『朅來從我游』『朅來齊安野』『朅來清潁上』『朅來廉泉上』，其用字蓋出於顏延年秋胡詩『朅來空復辭』。」

朱弁風月堂詩話云：「參寥嘗與客評詩，客曰：『世間故實小説有可以入詩者，有不可以入詩者。惟東坡全不揀擇，入手便用，如街談巷説，鄙里之言，一經其手，似神仙點瓦礫爲黃金，自有妙處。』參寥曰：『老坡牙頰間別有一副爐鞴也，他人豈可學耶！』」

王直方詩話云：「東坡平日最愛樂天之爲人，故其詩云：『我甚似樂天，但無素與蠻。』又云：『吾似樂天君記取，華顛賞徧洛陽春。』又云：『他時要指集賢人，知是香山老居士。』又云：『定是香山老居士，世緣終淺道根深。』而坡在錢塘與樂天所留歲月略相似，其句云：『在郡依前六百日，山中不記幾回來。』蓋用樂天詩『在郡六百日，入山十二回』語意也。」

許彥周詩話云：「古人文章，不可輕易，反覆熟讀，庶幾見之。東坡送安惇詩云：『故書不厭百回讀，熟讀深思子自知。』僕嘗以此語銘座右。東坡在海外，盛稱柳柳州詩。黎子雲家有柳文，東坡日久玩味。雖東坡觀書，亦須着意研窮，方見用心處。」

建寧吳厚園茂才題陳章侯畫屈子圖云：「傳神妙入章侯筆，能把離騷畫屈原。」有不知章侯爲何時人，余按：章侯姓陳，名洪綬，章侯其字也。明季浙江諸暨人，年四歲就塾婦翁家，翁方治室，以粉堊壁，既出，誡童子曰：「毋汚我壁。」洪綬入視良久，紿童子曰：「若不往晨食乎？」童子去，累案登其上，畫漢前將軍關侯像，長十尺餘，拱而立。童子至，惶懼號哭，聞於翁，翁見侯像，驚下拜，遂以室奉侯。既冠，師事劉公宗周，講性命之學。已而縱酒狎妓自放，頭面或經月不沐。客有求畫者，雖磬折至恭，勿與；至酒間召妓，輒自索筆墨，小夫穉子無勿應也。見曝書亭文集卷六十四。

閩縣陳梅修先生七言古，魄力沈雄，雄視一代，可與國初宋荔裳、朱竹垞及近日粤東馮魚山敏昌、蒙古夢文子麟相伯仲，今録先生詩若干首以見梗概。其青山靈安王廟在惠安縣城外五十里。按：何喬遠閩書：王，三國吴將張椢。惠安縣志舊以爲五代閩時人，嘗禦賊青山，歿而鄉人祀之。宋紹興辛巳，虞允文破金兵於采石，神揚旗助戰，旗書其姓名。允文詢之閩人從軍者，因請旌。建炎中海寇作，有陰助功，封靈惠侯。端宗奔閩幸泉州，以庇護功晉封靈安王。墓初在惠安縣堂左，太平興國中建縣，掘地得銅牌，識云：「開我墓者立惠安，葬我身者祀青山。」乃遷廟於此云。云：「海潮夜撼青山宫，古苔叢木吹樵風。天荒雲雨假神柄，義配精魂爲鬼雄。我來訪古增歎吒，事往英靈未淪謝。孫吴昔日據江東，命將屯邊何整暇。洸洸勇氣張將軍，盪寇横江此其亞。箬笠誰干吕子明，錦帆早服甘興霸。遂令鄉社報枌榆，每走邨翁觀伏蜡。古廟松杉鸛鶴秋，深山燈火笙簫夜。又傳五季逢瓜分，三郎白馬天下聞。將軍此時當一面，長劍亦與開風雲。勳名異世安足惑，身後忠魂猶扞國。紹興破敵采石磯，陰風慘淡揚靈旂。靈旂旖旎一摇眩，晴空萬里來酣戰。誰授姚萇鐵如意，坐麾顧榮白羽扇。中興養士士氣孱，此役奇功神所援。偏安但恨無良圖，山河破碎魚龍枯。渡江泥馬汗流濕，惜哉神力徒馳驅。將軍廟食東南地，金牓雲書至今貴。由來猿鳥畏威神，豈有魍魎不潛避。聞説太平興國間，佳城字露銅牌班。玉魚金盌歸何處？寶刀駿馬陰來去。一酹瓊漿歌大招，神今肯縱鼉鼉驕。」昌彝按：梁時蔣廟人馬盡泥；潼關之戰，太宗昭陵石馬皆汗；靈安王能助戰，不能延宋祚，豈非天哉！讀此詩「偏安」四語，曷勝浩歎。全使君木蘭扈蹕圖：「黑風夜捲醫無閭，黄雲吹斷狼居胥。齊侍郎召南寶綸堂文鈔：『狼居胥山當在大同直北度漠，爲今喀爾喀東路之大山。霍去病出代二千餘里，與左賢王戰，封此山而還，是匈奴東界山也。今地圖謂賀蘭山之北，河套白塔之西，爲古狼居胥山，誤矣。』木蘭之山開虎落，旃裘百國如鳧趨。前期校射出熊館，霹靂應手天顏愉。灤陽啓蹕千騎扈，青鳶揭幟前吹觚。是時霜楓塞上赭，畫眉嶺名。秋染青模糊。萬帳星低大漠闊，三關月抱高城孤。黄榆葉落白草枯，海東青起千人呼。看公騎出紫騮馬，短後之衣纓曼胡。摇鞭渡河五花散，飛電入水風蹄虚。我朝地絡亘無外，烏兔出入江河陆。林深霧黑虎跡大，射生已轉阿圭圖。平沙不飛海水立，白雨一洗青林蕪。至阿圭圖遇霖雨，山水暴漲。歸來割鮮各命醽，碧盌醉倒紅氍毹。豪情感此摹絹素，青宴四顧何躊躇。陸隨無武肝膽弱，安能汗血馳天衢。公今海嶠專城居，出擁熊軾張隼旟。草間狐兔復何有？輕裘緩帶來于于。倚天長劍且挂壁，鈴齋多暇拈吟鬚。揚雲更有長楊賦，何當共獻承明廬！」此詩排奡之極，加以音節尤覺激昂，「黄榆」二句，健筆横空，精神坌涌，「飛電入水風蹄虚」，「虚」字一字千金。文信國琴歌琴鐫五十六字云：「松風一榻雨瀟瀟，萬里封疆不寂寥。獨坐瑶琴遺世慮，君恩猶恐壯懷消。時景炎元年，蒙恩遣問召入，夜宿青原寺感懷之作，譜於琴中識之。文山。」舊藏何上舍述善家，今爲李秀才紹鄴所得。青原寺在吉州。云：「文山紫雲不可留，文山古琴尚如昨。三宫頗憶汪水雲，汪元量以善琴事謝后。七客誰論賈秋壑。楊維楨七客寮，秋壑琴，其一也。細看二十八驪珠，景炎赴召感懷作。公初志欲扶昆侖，見文山詩。臨安事業風波惡。恨少尚方寶劍斬佞臣，又無博浪神椎殲寇虐。獨膺雲和空桑危苦霜月之孤柯，觸撥哀音沉寂寞。夜雨青原一榻涼，風煙萬里鳴秋柝。君恩世慮兩沈吟，浮雲柳絮無住著。羽换宫移反掌間，南冠楚奏心回薄。一十八拍胡笳聲，愁對寒雲連朔漠。見指南録胡笳曲。但惜廣陵一散絶人間，不遺嵇生顧影揮絃索。六陵淚洒冬青花，穿雲秘玩俱零落。李材解酲語：『西僧楊璉真伽啓掘宋諸陵寢，理宗陵得穿雲琴，金貓睛爲徽，龍肝石爲軫。』無乃天荒地老朱鳥歸，猶似華陽之鬼悲漂泊。本靈異志。前何後李皆好事，向來摩挲收錦囊。宜召端州玉帶生，二妙並入芙蓉幕。請觀翠緑籍長筵，龜紋蛇腹梅花錯。絃以園客之冰絲，徽以鍾山之碧玉。玉讀如侖，焦氏易林：『桑葉螟蠹，衣敝如絡。女工不成，絲布爲玉。』會須敲碎西臺如意爲君歌，歌成萬古傷哀樂。」按：竹垞玉帶生歌一片神理，此其具體。「夜雨青原」四句，空中著想，咏嘆有神。暮秋出廣渠門送同年謝甸男震南歸云：「薊門木落秋風急，雞鳴送客衣霜濕。蕭蕭燕市絶酒徒，瘦馬悲嘶作人泣。下馬攬君袪，踟躕道傍立。爲君寬離愁，欲語轉嗚咽。半生漂泊風中蓬，千里萬里行塍空。十年計車五挾筴，三試不得趨南宮。君乾隆庚戌、癸丑試禮部，報罷，乙卯自蜀入都後期，嘉慶丙辰滯吳門，己未奔父兵曹喪於京師，皆不與試。去冬同舟來，迢迢建溪渡。篷窗擁帙恣討論，南過杉青渺煙樹。何意枯魚蠹索哀，白衣徒跣關山暮。戊午冬，君至杉青閘，聞訃，先入都。雪後春明重握手，坐我蕭齋翦春韭。我旋射策謁金閨，君乃移家居甕牖。魚相呴沫蛇憐風，致我雲中使飛走。君身處困能扶人，此義高於華嵩阜。梁侍御、汪儀曹，謂九山、鋭齋兩前輩。造門往往披青袍。歎君鷹隼伏奇毛，決雲何日辭蓬蒿。君今扶櫬歸閭里，素旐飄零白河水。有弟茁穉蘭，有妹芳弱芷。單船九月低裯寒，任昉諸孤竟如此。我從前月聞戎裝，連旬忽忽如有亡。故人一别成參商，中年哀樂何其傷。使我淚亦不能墮，歌亦不能長，長天魂逐南鴻翔，化作萬片雲茫茫。請君行矣復邦族，人生何須詹尹卜。風雨窮廬保骨肉，一瓢樂饑亦清福。」作者惆悵切情，意已盡於一起，竟體遒鬱頓挫。身宮磨礪之士，讀此益增感慨，高誦數遍，真氣淋漓，淚墨交集，此謂情生於文。大興朱尚書南崖夫子梅石觀生圖云：「空山煙暝摇飛蘿，玉泉吹雪風中過。一花一石悉空色，但覺山水同楞伽。梵天迢迢乾闥婆，中有壽者玉顔酡。坐觀無始淨五眼，寶界徑欲登兜羅。支提生在玻瓈柯，夢中明月尋磐陀。夫子自號磐陀居士。直疑化身百千億，天花萬片圍維摩。梅耶石耶兩不語，寂照已入奢摩陀。生非實生滅非滅，豈有我相參禪那。嘗聞淨土澡六和，大地遍覆華雲多。耆闍崛上畫五指，貝多樹下摧羣魔。願師更運龍象力，衆生度脱超恒河。」此詩色色皆精，門門入勝，如聽如來説法，花雨繽紛。

荆谿周介存教授保緒，精小學，工書畫，兼善騎射，尤長史筆，著有晉略十卷，史繹二卷，雜文二卷。介存於晉代掌故用力最深，詩亦頗無俗調。余尤喜其論詩一節云：「嘗學書，知用筆内外、使轉、方圓、垂縮，無不以騰擲出之，因用爲詩筆。嘗學詞，比興互用，内心外體，棄單取複，排陰比陽，沈激要眇，因用爲詩聲。拙於論議，以戆見尤，及其持久，咸謂樸誠，因用爲詩心。詼諧微辭，每出風致，謔而不虐，聞者頤解，因用爲詩趣。貧女辭室，悍夫詈街，名士放浪於杯盤，軒冕促刺於遷擢，醜伎炫服而臨鏡，枯僧垂眉而哮經，每見之必嘘之，因用爲詩戒。」其題晴川閣詩云：「傑閣依山敞畫圖，北襟南帶好規模。諸姬不盡難成楚，西蜀如亡莫問吳。估客帆檣平亂薺，佳人才調没寒蕪。隔江我欲招黄鶴，玉笛無聲落日孤。」咏雁句云：「風急行斜多薄暮，霜寒天遠易邊城。」咏柳云：「十里晚煙漁笛外，幾人高枕畫樓中。」寄書云：「兒爭秉穗喧鄰陌，犬吠衣冠出古村。」

海昌鍾仲山徵瑞，著有敬誠堂詩稿偶存。仲翁抱長沙濟世之才，爲仲宣依人之計，當世公卿皆折節慕交，爭先恐後。生平勇於爲善，客閩時其鄉祠之衈嫠、清葬、惜字諸局皆仲翁首倡之。仲翁詩清清泠泠，自然成音，不必鈎章棘句，掐擢胃腎，而後可以爲詩也。西山云：「出門何處去？流水小橋西。野燒連山合，秋雲出郭低。樹深樵響答，風冷水禽啼。牛背誰家子？無腔笛自攜。」歲暮感懷寄季弟品山云：「送窮窮不去，似愛我知音。愁裏醉鄉大，貧中世味深。慨慷悲壯志，書劍失初心。聞道詩能累，無端又苦吟。」「二十三年客，曾無一日閒。長貧羞緑鬢，結屋負青山。名豈千秋在，詩應一例删。春暉忘不得，役役住人間。」讀史閣部傳云：「籌糧不了又兵訌，慟哭中原勢已窮。天意未容留半壁，鐘聲先自亂深宫。九州竟鑄千秋錯，四鎮誰收一戰功。惆悵揚州好明月，至今長與照孤忠。」三月二十九日雨中感賦云：「昨日看花花可憐，今宵聽雨雨蕭然。

客中陡覺春如夢，醉後真教睡有緣。舊事十年驚磨礪，鄉心三月感啼鵑。近來爛熟遊人語，出得仙霞便是仙。」臘月三日集百花傳舍看梅即席述懷云：「坐對南山醉未沈，尊前今日又開衿。千秋事豈知成敗，一擔愁誰問古今。檻外夕陽寒欲雨，嶺頭煙樹重如陰。巡檐合索君同笑，數點曾留天地心。」納涼云：「輕紈摇捲漏聲稀，半醉含吟詩思微。涼露一階秋暑退，月華如水夜烏飛。」春行云：「東風歷亂不勝情，葉葉花花亦有名。燕子不來蝴蝶瘦，碧桃紅處可憐生。」

七言古最忌長短句，太白以氣運之，後人實難於學步，以其易於空滑也。若竟篇以七言行之，入末間以長短句結之，較爲生動。番禺張南山太守庚寅夏日重遊西湖作歌云：「名山五嶽何時遊？復來西湖弄扁舟。舊雨今雨座中集，南峰北峰雲外浮。畫船移向孤山泊，提壺直上巢居閣。地勝能栽異代梅，許玉年諸君補種梅花。亭空不返當時鶴。白公去後蘇公來，雙堤六橋花爛開。金牛之湖尚無恙，銷金之鍋安在哉！中州不住西泠住，南來忘却燕雲路。夜榻人篝蟋蟀燈，秋墳鬼嘯冬青樹。鐵弩三千空爾爲，金牌十二尤堪悲。墓前頑鐵擊不碎，雨打風號無了期。世間何物無成敗，何佛年深亦更改。重修靈隱寺，新造佛像。湖上煙雲變態多，舊時顔色青山在。浮生何苦多煩憂，亦勿弔古生羈愁。此湖此酒可一醉，對酒却復思前遊。辛未同林月亭、汪益齋、金體香來遊。前遊念我同袍客，兩在天南一天北。欲話夢人方寸心，恨無健鳥雙飛翮。吁嗟乎！百歲幾人能得閒？待閒未閒雙鬢斑。西湖雖好不足舒遠抱，竟思青鞋布襪五嶽窮躋攀。願隨鴻鵠翱翔寥廓一快意，安能如轅駒櫪馬，使我跼蹐不得開心顏！」

前明衡陽徐青鸞女史，年十三，遭亂兵，掠至漢江，赴水死。其屍逆流千里，越洞庭湖而南，爲漁人所獲。玉貌如生，年可十四五，以素帨繫左臂甚固，發視，得詩十首，人爭傳舍，遂達金陵。周九煙先生遺集。詩云：「家鄉一别已春更，此日含羞到漢城。忽下將軍搜括令，教人怎敢惜餘生。」「征帆又説遇雙姑，掩淚聲聲聽夜烏。葬入江魚波底没，不留青塚在單于。」「骨肉輕離弟與兄，孤身千里夢常驚。歸魂願返家園路，爲報雙親早不生。」「遮身猶是舊羅衣，夢到瀟湘何日歸？遠涉風濤誰作伴？深深遥祝兩靈妃。」「厭聽孤兒帶笑歌，幾回腸斷嶺猿多。青鸞有意隨王母，空使人間結網羅。」「生小伶仃畫閣時，詩書曾把母兄師。濤聲夜夜悲何極，猶記挑燈讀楚辭。」「當時閨閣惜如珍，何事流離逐水濱。寄語雙親休眷戀，入江猶是女兒身。」「照影江干不盡悲，永辭鸞鏡斂雙眉。朱門空説諧秦晉，死後相逢未可知。」十首録八。九煙先生云：乙未之春，聞安陸林生言，咸以楚女爲黄青蓮矣。越三載，戊戌冬，偶晤衡陽徐生於鳩兹，復談及此，徐生慘然曰：「此吾妹也。以甲午春在衡州被掠至漢江，赴水死，死時留十詩於紙，迴見擔水童子，乃抽銀釵並詩授之，屬云：『煩寄與讀書相公。』童子以呈其主人瞿生，遂盛傳於武昌。藩臬聞之，遣人順流收其屍，不獲，因礱碑鑱十詩其上，植之漢陽門外。」余問：「女年幾何？」曰：「十三。」「曾許字否？」曰：「許字王氏。」女何名？曰：「青鸞。」即詩中所謂『青鸞有意隨王母』者也。」余聞之亦慘然，蓋徐生之父立階爲楚丙子孝廉第六人，曾與余有舊，以女故，亦憤鬱而死云。

吴興俞霽寰大令開甲，乾隆丙子舉人，庚辰進士。官山左臨朐時，有善政，所屬及鄰邑有寃獄，大令密訪之，多平反，及去官日，朐民哭送於道，里巷填塞，民皆裹糧徒行，送至清江舟次，有留别朐邑士民詩云：「裾綬相親氣誼長，多情四載藉包荒。嫌疑不用妨桃李，契合非徒接詠觴。雉堞峨峨資擘畫，城工將竣。遺編邈邈待相量。擬修邑志未成。澮交一似瀰河水，可漾清波入去裝。」「晨簽訟牘久排衙，萬事關心兩鬢華。抵任以後，鬚髮皆白。雀角鼠牙歸約束，年來訟牘漸少。雞鳴狗盗革奸邪。四鄉居民近俱夜户不閉。叮嚀訓俗條中語，訓俗恒言十二條，刊發各鄉。煩殆勤民里下車。四載以來半因委辨外出。父老途逢都慣識，只今别袂似離家。」讀二詩，可想其遺愛在民矣。余座主長興張小軒先生鱗嘗從受業焉。

海昌鍾寶田啟元，仲翁嗣君也。年十四即能詩，其和業師又喬先生揚州弔史閣部七律，老氣横秋，詩云：「勝朝殘刼剩揚州，痛哭孤臣局又收。宿飽未聞騰士馬，深宮先自索俳優。一分明月千秋恨，半嶺梅花萬樹愁。憑弔興亡一長嘯，大江滾滾正東流。」出諸髫齡，不易多得。翁猶子靜菴堃元詩亦風雅，潯陽阻風云：「客孤心似繭，江闊水疑煙。」雨後登天遊峯云：「濕雲飛不盡，新水亂爭流。」南湖觀荷云：「滿地月明流水活，一天秋早舞臺荒。」江行偶成云：「濛濛煙景迷村樹，渺渺江波鎖雁行。」皆秀語天成，清婉可誦。又橋茂才錫淳，仲翁從曾孫也，亦能詩，其和仲山曾叔祖百花傳舍看梅述懷之作有「客中花事催殘臘，酒畔詩情惜寸陰」，語淡而永。又咏水仙云：「淡到無言非傲世，生原本色不驚人。」亦不落詠物窠臼。蘧菴泰階，亦仲翁從曾孫，詩亦一洗鉛華之習，韓蘄王云：「汗馬齊三將，騎驢老一鞭。」則巧不傷雅。春寒云：「半塢緑煙垂柳重，一簾紅雨落花深。」君家伯敬見之，定以五色花牋録吟百遍。

侯官家子魚直，著有壯志堂詩藁。子魚詩濫觴於三唐樂府，浸淫於七子歌行。天骨開張，詞旨宏亮，尤與空同爲近。正定道中云：「落日孤城已半扃，風沙北上晝冥冥。百年形勢雄河朔，三鎮烽煙接井陘。雁去遥連關塞黑，鶴飛不斷海天青。時清無事勞征戍，爛醉題詩上驛亭。」衛輝懷古云：「雄關百堞峙嵯峨，寶殿瓊樓近若何。西向雲山趨上黨，南來天地倒黄河。蘇門夜月孫登嘯，瓠子西風漢武歌。嘆息殷都留古郡，五陵沙草雁聲多。」

臨江張少伯大令培仁，丁未進士。著有金粟山房詩草。大令詩才飄逸，摛華掞藻，倜儻不羣，又如春日夭桃，臨風綽約，若加以沈鬱之氣，則足以遠樹青丘之幟，近奪仲則之席矣。其元祐黨籍碑云：「一碑姓氏峙巍峨，又有安民涕泗多。早識天心憐玉馬，遂令坤軸陷銅駝。前車北寺悲鈎黨，後轍東林密網羅。翻使玄黃天下苦，何曾黑白鏡中訛。」虎丘白公祠云：「拾遺召拜到神京，元白聯吟負盛名。畫舸遊蹤千日醉，石函水利一渠清。恩牛怨李終成黨，駱馬楊枝倍有情。絶代才華歸諷諫，憂時樂府見忠誠。」落葉云：「樹底初添一片紅，板橋斜繫酒旗風。染來秋色淺深處，飛入白雲濃淡中。野樹桄榔藤絡結，夕陽橘柚影玲瓏。零星何處尋蹤跡，目斷歸鴉望碧空。」「賦到哀蟬不可聽，垂楊灞岸客橈停。一輪明月生牛渚，千頃蒼波接洞庭。古道日斜隨短騎，空林風急上孤亭。誰憐萬木徒蕭瑟？獨有松筠似舊青。」諸詩風格不落大曆十子以下。

侯官李香苹家瑞，嘗從宜黃陳少香師及余友王偉甫孝廉學詩，少香先生嘗以其詩集見示。香苹詩多綺懷之作，迹遍青樓，詩題碧玉，其十二金釵詩，則韓偓替人也。又句如「漏盡聲誰續？燈寒影可憐」，可以想其風趣。又句如「斷雲穿石罅，清磬出林梢」「夜火隔江寺，疎鐘何處樓」「小院有秋意，疎林來雨聲」「竹深山瓦碎，花落石枰欹」「斷壁埋幽草，荒亭礙短籬」「樓臺猶舊地，門巷半飛蓬」「徑靜吠寒犬，苔深鳴亂蛩」「寒花三徑雨，殘月一池秋」「山光濃入畫，風色冷於秋」「去鳥天邊落，殘霞樹外蒸」「世事紛如弈，人情薄似雲」「曲徑盤危石，空山起怒濤」「雷湫千丈吼，佛火一龕圓」「八郡河山殘照外，萬家城廓暮煙中」「市橋燈火樽前影，水閣笙歌夢裏身」「到門山色含晴霧，隔岸溪聲送夕陽」，迥殊凡響。

卷十七

吾閩前明詩家，自林子羽以下十子總持詩教，及鄭少谷出，乃大振騷壇，雄視一代。繼之者曹石倉、黄石齋、徐幔亭、徐興公、謝在杭諸君，可稱一時風雅。錢虞山論詩每鄙薄閩中詩派，豈非坐井觀天，蜉蝣撼樹乎！虞山目閩人詩爲林派，謂林之羽也。

國朝松陵詩徵載沈漁莊永禋選夢亭集詩尚韻致，亦具性情。月夜有懷云：「長嘯復長吟，離懷不自禁。一天涼夜月，兩地故人心。蟲響秋高下，鳥飛樹淺深。遥憐萬里客，有夢落秋砧。」句如偶成云：「百年歲月空流水，故國山川一釣磯。」讀其詩，可想其風度瀟灑，情致纏綿。

閩縣家石甫茂才夢郊，著此中軒詩稿，謂此中之味難爲外人言也。詩瓣香陳元孝、屈翁山二家，音調宏亮，筆力廉悍。家子萊孝廉贈詩云：「險巇爭一字，廉悍辟千夫。」非溢語也。石甫家故貧，無以爲生，每爲人作捉刀兒，得錢以養母。近世一二士大夫，詩文皁然成集，多出其手。石甫志在命世，而潦倒一衿，拂鬱牢愁，齎志以没，惜哉！石甫嘗作文章九命示余云：「他日留記詩話可耳，不必示人也。」其詞云：「生居富貴之家，佚慾喪其美質；身處貧賤之境，衣食分其用心；因循過日，不覺老之將至；聰明誤人，遂致終於無聞；不時病苦，性情漸嬾；少年科第，志氣太高；名來嬲我，盜虛聲久假不歸；天不與年，露一斑莫窺全豹；尚有以有用之精神，代他人談經濟，饑驅幕府，得不償失也。」自注云：「以上九事，皆有文章之才，無文章之命。」石甫天才俊逸，而窮愁困頓，抑塞無聊，嘗擬古哀王孫云：「落日空四山，王孫去何所？躑躅哀道旁，路人不可語。夙昔金石交，一旦棄如土。茫茫湖海心，滿地愁風雨。」石甫讀書眼光如炬，其讀漢書云：「黄憲伊何人？方之以顔子。尼山萬世師，比諸楊伯起。儗人不於倫，荒謬乃至此。靡靡東漢風，標梅士所喜。愛之斯阿之，虛聲不爲恥。其禍遂蔓延，黨錮從此始。」江城如畫樓和亨甫題壁韻云：「山水因緣文字豪，旗亭回首首重搔。名能籠壁人爭識，眼到層樓我自高。四面無聲聞落木，一天遥思渺含毫。十年好景都虛負，又向風前感二毛。」讀明史莊烈帝紀感云：「憂饑憂旱復憂貧，十七年來太楚辛。四海更無無賊地，一朝寧有有才臣？天如積怒亡人國，事不能爲苦我民。已分捐軀殉社稷，南遷何用尚條陳！」「自成三楚獻三巴，處處彌縫處處瑕。白骨原頭撐草莽，黃金江底錮泥沙。一杯痛飲親藩血，百萬先傾大帥家。福藩被自成害，取其血和鹿血飲之，名『福祿酒』。李建泰請以家財百萬佐軍，帝喜，命爲督師大學士，賜上方劍，親餞推轂，加殊禮，師甫出，而泰家已破於賊。最恨朝廊官盡散，漫天烽火獨咨嗟。」書韓偓傳後云：「腕可斷詔不可草，一朝人物獨先生。清流幾輩能謀國？香草如君總寄情。時事直須長醉夢，苦心誰與共功名？干戈滿地詩才老，曾向閩州萬里行。」浦城中秋對月有感云：「平生愛與月勾留，轉爲他鄉怯上樓。百感驚心憐此夜，一年好景又中秋。最難作客西風裏，況復懷人南浦頭。恰有相思訴誰共？去年今夕在蘇州。」石工安民詩云：「人以得名榮，汝謂得名恥。汝又不讀書，讀書人愧死。」擬古子夜歌云：「郎在湘江頭，儂在湘江腳。郎去趁潮生，儂去潮初落。」「紅豆摘來紅，戲把嵌骰子。遠道寄所歡，相思入骨裏。」江南柳枝詞云：「江南江水水淙淙，兒家相送郎過江。呼郎船頭共搖櫓，些時並立也成雙。」句如過延津云「溪分山後轉，城向水邊高」；摘花圖云「一掬豔在手，三春香到家」；題夢遊蓮花洞云「花發人天豔，風生衣露香」；夜入貴溪云「江平沙岸直，天闊月輪低」；晨起觀舟人盪槳云「微露不到地，殘星猶在天」；與山僧夜話云「曙色忽然動，鐘聲何處來」；出寺見塔頂日影云

「高塔日一尺，缺牆山四來」；再過富陽云「寒風欺獨枕，晴雪壓孤篷」。

九芝草堂詩存，臨桂朱小岑布衣依真著。布衣之學自六經子史，下及百工技藝，無不精研殫慮。其爲詩以微渺夐邃、沈鷙鑱刻之思，以寄其沖夷高曠、嚴冷峭潔之概，幽而不思，澀而不僻。尤精詞曲，其所著人間世院本，幾於唱遍旗亭。性狷介，視人世烜耀赫奕脂韋腆涊之習，去之若浼。與臨川李松圃秉禮友善，四方名宿，如楊石墟祖桂、李洞岡常吉、許密齋巽行、王若農尚玨、浦柳愚銑、朱心池錦、劉松嵐閳濤諸君子，觴咏贈答，極一時文讌之盛。錢塘袁簡齋至臨桂，亟稱其詩，至比之趙文子垂隴之會云。小岑兩客吾閩，嘗與閩縣陳恭甫先生唱和，長篇押險韻，疊至數十首，三鼓不竭，恭甫先生稱爲壇坫之雄，當三舍避之。余從其族孫伯韓侍御録存其詩若干首，信飲谷棲丘、含貞養素者之多風雅士也。其讀嚴子陵傳云：「咄咄吾子陵，羊裘無冬夏。廣張三百鈞，不鈞王與霸。孰謂巢許事，近出秦漢下。人希龍潛舊，我厭腐鼠嚇。豈無南陽顯，風雲任馮藉？帝腹一加足，故人長揖謝。奈何商山翁，乃畏劉季罵？」寒月云：「寒月如昧爽，啓户仰虚白。風柝靜可數，濕瓦濃欲滴。空階無落葉，小竚生霜迹。舊時梅影深，彷彿卧苔石。」泊昭平云：「獨縣阻荒服，嚴城列山囿。聯巒厭輪囷，危峯失硬瘦。四面蒼煙堆，一線光天漏。峯頭見亭午，側影疑夜戍。鹿徑荒荆榛，漁村寒橘柚。尚獠多巢居，山田皆火耨。

前明失控制，百里恣戎覆。閒道達修茘，兩江趨左右。鴟張亦太甚，鴉攫不遑救。行估泣險艱，土附苦躪蹂。緬維奠縣猷，倬矣敷功懋。奮臂扼其吭，揮刀解其腠。始欽伐謀上，詎在稱戈鬬。千家生聚繁，滿地桑麻茂。依微墟里煙，冷落路旁堠。紛吾行旅目，敢誚規模陋。文成烈已遐，遲迴一瞻覯。」望嶽云：「熊熊朱陵天，秩秩奠南服。灊霍充其副，瀟湘濱其足。九疑爲宗子，五嶺實疎族。遠脈通羅浮，近支窮嶽麓。炎靈赫以治，熱屬蠢而育。厥上擢天柱，厥下連地軸。傳聞九向背，亡慮千起伏。神明既昭著，變化亦忽倏。飛揚陣雲來，宛轉蒼眉蹙。洶湧金在鎔，林立矢插箙。曳尾狐渡冰，攢頭蠶起簇。横觀去堂堂，旁睨仍矗矗。萬壑紛散漫，祝融秉鈐束。杜韓昔遊歷，刻畫難罄竹。聞諸山中人，靈境恍即目。宮觀凡百區，緇黄繁牒籙。白雲可手掇，危磴觀日浴。濟勝惜無具，瞻拜空僕僕。嚄唶荆蠻民，早晏荷神福。爾來恣驕佚，災沴亦云酷。女魃煽兇焰，飛蝗肆流毒。百粵已薦饑，荆楚靡旨蓄。米價三倍增，乞丐沿門哭。維嶽帝股肱，司守等伯牧。睠兹民殿屎，寧不救匍匐。恐是方隅神，讕謾廢辰告。載下臣同拜，竊比昌黎祝。似叨岳靈鑒，行見魑魅戮。和風捲霓旌，霑雨隨霞轂。遠解粵民慍，更慶湖田熟。稽首答神貺，張翼重起肅。」瀟湘道中雨云：「十年畫禪室，不悟米三昧。卻上洞庭船，飽看煙雨態。昨宵聽瀽盆，驚起見潑黛。羣峰春欲汚，萬景繁不碎。嬌雲易成族，密樹略分隊。檀欒倚風篠，微露白屋背。淨碧上鬟眉，欲唾難廣欬。須臾一綫霽，刻意寫明晦。粲然外史真，非復彦敬輩。復古詡能事，倚素敗牆對。窮年畫瀟湘，不得瀟湘概。請看解脱手，放筆吞大塊。久擬托浮家，書畫一舫載。他時虹貫月，鷗鷺汝好在。」登獨秀山呈同游諸子云：「大鵬搏扶摇，上同羊角轉。兹游豈不然，浮雲宜可攓。惜哉虧一簣，天咫弗容踐。常恐罡風振，身比落葉卷。假無伯昏術，寧免韓子泫。下窺九陌塵，萬室盡融匾。飛鳥瞰其背，游人磨蟻蟆。郊原覽無遺，而況城郭淺。無怪煙霄人，蘇塊視紅軟。願言謝禽向，毋笑吾地褊。」堰云：「放舟宜春日，堰築壘糕樣。銜尾集千艘，亘天牽百丈。人力與水爭，水勢與舟抗。二者相格拒，鴻溝鬭劉項。水一有不勝，舟乃得寸上。出險實僥倖，失據易成喪。篙師尚倚息，一堰已在望。揆之築堰者，豈欲生礙障。水利歸三農，食爲民所尚。譬如春雨集，農歡行旅悵。天地豈有私，擇術慎所向。不見田間叟，聽水植其杖。吾將從其後，爾堰焉能妨。」冬日遊聖母池在城西伏牛山清聖寺，明孝穆紀太后從賀經桂，盥濯於此池，故名。云：「城西爽氣來無端，引我步屧尋烟巒。天高木落林莽細，中有梵宇纔苟完。先朝聖母過臨處，苔花繡覆古井幹。迎恩里近臨賀嶺，錦襠金屐如雛鴛。俘中洗面祇涕淚，盥濯不盡何闌干？豈知寶藏恩波遽，已有雲物蛟龍盤。戎衣昭德擅主歡，蛾眉讓人古所難。前星誕靈尚閟秘，至尊攬鏡空嘶酸。牽衣入懷認龍種，兒出母亡摧肺肝。不爲人彘且僥倖，頗化貍鼠懲兇殘。異時拂子斃倉卒，肥婢漏網爲長嘆。宋仁令主惑讒口，幾到劉氏危不安。魚臺丞疏吁可畏，帝度卻略如天寬。可憐報德復何所，元舅左證無絲鞶。更誰紀李辨蠻語，至今亥豕碑難刓。此是有娀發祥地，想像環佩來珊珊。荒基薺合那足憾，當年九廟無祠官。羸瓶聲歇牧兒散，青泥獨漉行將乾。低徊瞻眺不能去，時聞木葉彫琅玕。」南溪病酒云：「三日不見黄叔度，皺面籠東巽平素。弱鬢新添陸展絲，漫膚頓減張蒼瓠。聲低氣澀秋後蟬，翼戢頭垂雨中鷺。燥金當令暑未退，裏幘披綿汗沾污。自言中酒胸膈寒，況爾淫蒸腰脚注。搔背何從乞仙爪，折枝宛轉須童孺。漫誇醴肉夕不敗，到此空嗟覆瓿布。每嫌户減羞對人，擁鼻但吟止酒句。我非和緩解此意，未可詆諆麯蘗誤。壯夫一飽愧侏儒，哀哀功名付纖豎。大材濩落無所施，如驥縶足鳥投筊。致令憂氣損天和，拂鬱輪囷欲誰訴？金飆薦爽報秋信，恰好尋幽曳輕屧。托足雖無避債臺，質錢賴有長生庫。便當治具約歡朋，桑落新篘盍謀婦。相羊何處畔牢愁，十里城西紅葉路。」花園鎮阻風因謁方公祠公諱白，桐城人，方正學門下士，官四川斷事都司。永樂初，不肯署降表，被逮，自沈於此。云：「逐燕逐燕燕高飛，劉氏未安晁氏危。金川門開夜流血，湖海飄零半邊月。處人家國良不易，豎子竟敗乃公事。成仁敢辭十族累，南董春秋嚴一字。都司忠義出師門，臨危授命古所敦。可憐爪髮葬何處，祇今潮打胥江魂。我來泊舟風雨急，河豚初上蔞蒿碧。槿籬茅屋對荒祠，萬樹垂楊烟縷直。臨風憑弔重咨嗟，野鶯啼落棠梨花。獻門靖難功何偉，不見長陵春草委。何如名字照汗青，行人墮淚豐碑底。」一靈丘城李存孝故里云：「道出靈丘城，城郭半荆杞。豐碑道旁矗，云是義兒里。唐家日月幽不明，節鎮留後外重成。親軍養子示恩信，武夫悍卒傾朝廷。朱邪板蕩驕莫制，獨眼龍飛雄蓋世。生兒亞子良可已，蜾蠃之祝毋乃贅。安家牧兒好身子，俊鶻脱絛鷹在肘。一朝走檄愈頭風，轘裂何人惜功狗。立苗非種胡可留，後來吞噬無時休。管絃丘壑李天下，藐吉烈來良有由。四君三姓絶天紀，宗廟雖存享非祀。遂令馬陸尊南唐，正統遥遥猶繼李。盧陵特傳亦儆愚，不然此輩祇常奴。可憐委鬼當權日，藍本流傳到士夫。明史有閹黨義兒傳也。」一代州弔周將軍歌云：「雁門城摧陣雲黑，欃槍掃地傾西北。天亡已見滹池渡，巷戰俄聞太原赤。繡幡銅馬何紛紛，燎原弗戢崑岡焚。男兒死耳南霽雲，撫膝不作降將軍。轉呼轉戰弓矢盡，槍急身輕猶陷陣。脱帽爭知右袒多，免胄何辭一身殉。將軍戰死明社傾，眇逆長驅薄帝京。柳溝不閉北門鑰，守將誰爲萬里城？揭來策馬窮趙代，斜陽直下孤城背。舊壘曾傳娘子軍，前鋒想像孩兒隊。更憶尚書白谷孫，同是血污萬里魂。焉能比屋同祠廟，歲時伏臘供雞豚。邊隅偉節殊不少，牛盛諸人皆表表。殺青自可垂竹帛，埋碧甘心委秋草。沙蟲猿鶴今成塵，嚄唶猶悲行路人。是誰卻賣盧龍塞，汗簡新添負貳臣。」鸚鵡洲懷古云：「岑牟單絞踏地高，爽如石馬大討曹。阿瞞頭風愈錐刀，大兒小兒挽不牢。何爲卻與屠沽遨。漢江高宴艨艟韜，虎士列戟交其鏊。雁行賓客蜀纈袍，千斛美酒留犂撓。狂藥入口膽氣豪，手搏臞黍目不逃。車前馬糟空騰尻，死鍛錫公詈且號。隴禽能言繡羽毛，漫比黃雀多脂膏，時危士命菅與蒿。至今芳洲沙颭濤，彷彿醉語聞訾謷。草痕凝碧荒迴遭，鵁鶄斥鷃翔且翱。英魄可招白鷺翿，楚南何事悲離騷，恨入萬古生花毫。人生焉得同桔槔，喙生三尺閟不囂。君不見魯國巢覆黃口嗸，又不見海隅屯骨蒼蠅饕。何如白帽辭旌旄，矯矯不下鶴鳴皋，牽絲刻艾徒爾勞。」

本朝父子同典京外試者凡三見，劉文正也，劉文定也，何文安也。己亥秋典試吾閩者爲子貞師，而大夫子文安公亦主北闈鄉試，子貞師有詩云：「是秋司農公，京兆職書賢。並典中外試，三見二百年。」士林佳話可備掌故。

長興侍郎張小軒師鱗，余壬辰歲試遊庠座主也。立身純潔，嚴於制行，主敬之功，未嘗一日忘，十三經疏皆能默誦。詩不多作，余於嘉興書肆中得蕭尺木秋山行旅圖畫幅，題者數人，上有長興師五絕詩云：「落葉滿空山，秋巒晚煙冷。長亭復短亭，斜陽澹人影。」此詩淡遠有神，惜不令倪高士見之。師與歸安姚鏡塘職方學爽友善，會稽潘少白布衣諮嘗與職方論人性剛柔偏毗之病，職方曰：「宋人稱蔡文忠臨事無所牽畏，而恭敬謙退，未嘗自伐，今吾見其人。」少白叩其人，則曰：「待君自識，勿失也。」後日客數輩至，無甚異，越四日，小軒師至，既去，少白先生曰：「得之矣，必是客也。」是學在敬，其精神常充固筋骸間，譬如良玉縝密故堅栗，其外之温澤者，亦堅緻爲之也。」職方曰：「敬則内實無浮慕，惟事所當事，則所畏不避，而美名不居，君得之也。」師所至無赫赫名，亦不以豐功謨略自任。己未成進士，自翰林歷國子祭酒轉卿寺閣學，晉歷禮、兵、工、户、吏五部侍郎，典試江西，又視學安徽、福建，乙巳會試副總裁官，大約處常事極詳慎，處疑事極嚴毅，處成事極謙遜，此師生平褆躬之大要也。乙未會試，榜未發，已病，猶力支日夜，門啓之日卒。斂之日，家無餘貲，士大夫奔集其喪，湯敦甫冢宰金釗哭之曰：「人誰不死，是人難得，吾爲天下惜也。」道光壬寅入祀閩中名宦祠，有誠敬堂詩文集若干卷藏於家。

司空表聖詩「緑樹連村暗，黄花入麥稀」，得意句也，上句之佳，夫人而知之，下句則多不解，爲别有黄落麥田耶？抑即麥花耶？杜子美詩「圓荷浮小葉，細麥落輕花」，是麥有花明矣。而讀書者多未見麥花何狀。金壇段茂堂大令云：「自幼聞先君子言，江以北麥以晝花，陽物也，故食之體健；江以南麥夜作花，陰物也，故多食損人。」昌彝公車北上，喜食麥，以其壯脾，蓋大江以北之麥，勝於江以南之麥遠矣。今年向業農者叩之，彼云其花夜開朝閉，花兩瓣，色黃，開而仍含，中挺一鬚，鬚兩頭黃蘂出瓣外，分傅於瓣，曉則蘂收入瓣內。瓣閉而爲麥皮，所謂稃也，鬚蘂爲麥人，所謂實也。因知「細麥落輕花」，杜之句法，謂「麥落輕花細」，上句謂「荷浮小葉圓」，皆不得於「圓荷」「細麥」作逗。「圓荷」作逗，則荷未有不圓者，且「浮小葉」爲贅複；「細麥」作逗，則麥何分大與細？杜云「佳句法如何」，知其變化，人不能讀者多矣。但曰「落輕花」，體物尚有未到，麥花不落，落瓣斯失其稃而不能成麥。司空云「黄花」，即謂麥也，云「入麥稀」，殆謂風吹偶有落入麥葉中，其體物精細，故與上句相敵，且皆狀幽深閒靜之致，與杜皆四月詩而勝於杜遠矣。杜、司空皆北人，皆見麥晝花者，今南人即麥晝花尚不能見，況南麥不晝花耶！稻花之狀略與麥同，而晾於風日和好時，南北所同，較爲易見。

陶淵明歸去來辭「或命巾車，或棹孤舟。既窈窕以尋壑，亦崎嶇而經丘」。每疑「巾車」，天子諸侯官也。「命巾車」，天子諸侯事，山野人乘下澤車，何「命巾車」之有？豈非不辭乎。既讀江文通雜體詩，擬淵明者曰：「日暮巾柴車，路闇光已夕。」李注引爲歸去來辭「或巾柴車」，然後知江詩祇用陶辭，而今本陶辭譌謬，本集及文選皆然，不知始何人也。周禮「巾車」，鄭注曰：「巾，猶衣也。」疏云：「謂玉金象革等以衣飾其車，故訓巾猶衣也。」按：此謂未用之先，以衣籠之，如今轎罩然。鄭注似未盡。巾，飾也，飾即拂拭字，以巾拂拭而用之也，故劉昌宗音「居覲反」；左思吴都賦「吴王乃巾玉輅」，正謂巾之而出獵也；左傳「巾車脂轄」，脂轄正與拭車一類事。淵明巾柴車而出，崎嶇經丘，皆拂拭而用之也。如今本作「命巾車」，淵明見之，當爲噴飯矣。經韻樓集與張涵齋書。

粵東温伊初云曾見江右人選唐、宋文，於蘇明允辨姦論後記云：「明允飲王半山席間，半山即席限押險卅韻，明允搜索枯腸，只得數韻，不成篇，半山笑之，明允銜之次骨，歸作辨姦論。」昌彝按：江右人所記爲無稽之談，似不足據。明允雖不以詩名，而其爲詩往往非時手所能及，況明允素有知人之明。何以知之？於其名二子説知之也。其説云：「輪輻蓋軫，皆有職乎車，而軾獨若無所爲者，雖然，去軾則吾未見其爲完車也，軾乎，吾懼汝之不外飾也。天下之車莫不由轍，而言車之功者，轍不與焉，雖然，車仆馬斃，而患亦不及轍，是轍者善處乎禍福之間也，轍乎，吾知免矣。」讀此文，愈知辨姦論驗於十載之前，不是偶然之事，豈席間賦詩啟怨之由乎！較之天津橋聞杜鵑，語出於南宋邵氏聞見録者爲不同。又按：葉夢得避暑録云：「蘇明允既爲歐陽文忠公所知，其名翕然，韓忠獻諸公皆待以上客。嘗遇忠獻置酒私第，惟文忠與一二執政，而明允乃以布衣參其間，都人以爲異禮，明允席間賦詩，有『佳節屢從愁裏過，壯心時傍醉中來』之句，其意氣尤不少衰。明允詩不徒發，然精深有味，正類其文，如讀易詩云：『誰焉善相應嫌瘦，後有知音可廢彈。』婉而不迫，哀而不傷，所作自不必多也。」據此則江右人所記席間賦詩之事，明係虚妄無疑。按：夢得此條有誤，仁和王君文誥蘇文忠公詩編注集成嘗辨之，以嘉祐爲至和，已删去。又謂忠獻爲忠憲，考宋史：韓億同知樞密院，在仁宗景祐四年，乃二十年前事。忠憲，億謚也，夢得以作琦謚，今已改正，其所記二詩，老泉全集俱無原作。

前明于忠肅公於國家有再造之功，後世之伊、吕也，閩縣薩檀河先生謁于忠肅祠云：「三台山畔弔忠魂，宣府傷心土木屯。塞遠黄龍同抱痛，江寒白馬更沈冤。局郎已死猶褒廟，丞相論功在奪門。兩帝早時歌載路，鸕鷀冰走泣荒原。」儀徵阮文達揅經室二集卷七于忠肅公廟題壁記云：「于忠肅公於明室有再造功，以徐、石奸誣故遇害，元在京師，聞餘姚邵學士晉涵云：『嘗見明景泰間通政司舊册，内署某月日于某本爲太子事，惜其年月未能記憶。』元以此語仁和孫御史志祖，御史云：『英宗不當復辟，則景帝之易儲亦未爲過，惟景帝疾篤時，公若上疏請復沂王爲太子，而景帝從之，則仁至義盡，何致有徐、石之事，豈學如忠肅，見不及此。然則邵學士所見通政司舊册有于某一本爲太子事者，當不在易儲之日，而在請復沂王之時，斷斷然矣。文氏漫鈔謂憲宗於忠肅褒卹之典有加，憲宗曾見公手疏之故，斯言更可證矣。』此前賢未彰之事，特爲揭之。」

朱伯韓侍御題秦澹如藕湖漁隱圖五律四十字作一筆賦就詩云：「錫山開別業，小峴抱遺編。展卷懷佳節，逢君自去年。相招燕市酒，遠憶藕湖天。我亦愁羈旅，披圖爲惘然。」昔王獻之能爲一筆書，陸探微能爲一筆畫，吾伯韓可謂能爲一筆詩矣。

「無求偏覺人情厚，有命方知我志差。」此袁簡齋詩也。二語雖淺，似有意理。次句言「命」即是安命。劉恂明本釋云：「東坡曰：『人不知命者，常求其所不可得，避其所不可免。』公謫嶺外曰：『譬如元是惠州秀才，累舉不第，有何不可。』伊川曰：『賢不肖之在人，治亂之在國，不可歸之命。』須知此義。」

昆明戴襲孟侍御炯孫深於詩，爲滇南風雅之冠，詩境蒼深雄健，如老將臨敵，縱横揮霍而紀律森然。其與楊毅山歐陽米樓比部及諸人復理吟秋詩社云：「風雅久陵替，古義如綴旒。因緣文字交，乃爲聲利尤。戴贄此羔雁，投卷皆公侯。恃以饜多取，肯復思千秋。詩教一已衰，漸恐人心偷。我欲雪斯語，願言箴同儔。」楊忠愍公祠即松筠菴。云：「一菴壽松筠，柯葉勁秋爽。此是忠愍宅，靈風肅來往。勝國昔中葉，奸人惡方黨。權歸鼠旋變，患貽虎誰養？省郎亦微官，公乃疏重上。仗馬瘖不鳴，梧岡瑞高響。當其伏蒲奏，鬼神鑒忠讜。再拜謝蚺蛇，椒山膽無兩。狄道甫歸來，錦衣一再杖。毅魄生斧鑕，浩氣薄穹壤。分宜爾何人，青詞覬上賞。祇今鈐山堂，月黑嘯夔魍。」谿中火舖抵館城驛云：「斷厓立四壁，洞壑蹶千尺。巔層下盤坳，細路疊行跡。風力健飆舉，泉聲碎崩豁。人鳥爭一門，呀然石口坼。日低嵐氣陰，天入亂峯窄。敢舒鸞鳳嘯，恐驚虎豹宅。駴愕況閉輿，嗟爾衆行役。悤卒失奇景，出險心轉惜。前途遞平岡，夾道樹深碧。」龍門澗云：「林風號林聲，巖日下孤影。幽澗鬱深黑，雲乾古泉冷。我欲發清嘯，喚此蟄龍醒。遐睇凌大荒，憑高肆高騁。」茆口渡云：「一綫懸天塹，千峰鬧水門。濤聲流不盡，山勢欲平吞。岫複團雲氣，洲寒漬雪痕。扁舟時問渡，兩岸叫愁猿。」

德州盧抱孫都轉見曾雅雨堂詩及出塞集多風雅。康熙六十年進士。七律及絶句尤有神韻，絶似漁洋山人。其和田硯思同學見懷原韻云：「離筵尊盡朔風吹，雲棧天高雁信遲。杜宇久醒遊子夢，黃花況感故人詩。天涯小草憐今日，蜀道當歸定幾時？無限心情愁寄遠，滿山紅豆寫相思。」將赴吴門口占棹歌奉别揚州諸故人云：「三冬風雪阻歸期，春漲長淮路又歧。别意生憎河畔柳，新條偏緑向南枝。」「花朝送客愛新晴，夜雨春流畫槳輕。雨不作愁晴又好，淮南天氣似人情。」「舊寺名園春正饒，大江獨下月迢迢。回潮倘送還鄉夢，多恐勾留廿四橋。」

古今作桃源洞詩如牛毛，而佳篇則如麟角。余友葉潤臣内翰桃源洞行詩，可稱高簡，爲此題絶唱。其詩云：「停舟桃花源，洞閉已千載。桃花落盡雞犬稀，翠壑丹巖長不改。天風蒼蒼蘿薜深，飛泉淅瀝如幽琴。漁舟欸乃不知數，沅水東流自古今。」

我輩不必成仙作佛，一絲不掛，方作達人想，即躬修儒業，其胸次容有不達者？陶淵明爲無懷、葛天之民，周濂溪有光風霽月之度，果何等高爽乎！番禺張子樹太守維屏聽松廬詩稿達人詩云：「百年三萬日，一日十二時。達人有活法，分算乃得之。譬如昨日憂，今日我弗思。譬如來日難，今日我弗知。君看今日花，前日猶空枝。君看昨宵月，今夕雲四垂。宇宙大傳舍，去住無定期。人生貴適意，浮榮如電馳。曷爲擲心腎，易彼毛與皮？」此詩品格高妙，勝於唐人「今朝有酒今朝醉」遠矣。

近代山左詩家，以高密單芥舟明經可惠爲最。明經號白羊山人，有白羊山房詩鈔。明經學問淵雅，志行醇篤，以名諸生貢成均，甫壯，肆力於詩古文詞。詩以盛唐爲宗，偶出入中唐，駸駸乎入古人之室而嚌其胾。人所欲言而不能達者，則皆一一奔赴腕下。古體風骨峻深，蹊徑獨闢，如石棧天梯，縈紆晦窅。七言長古取法長慶，參以少陵，謂：「梅村長篇學長慶，隸事太繁，風格少減，惟參以少陵之骨，則得之。」此明經自道得力也。明經屢困場屋，窮巷蕭然，環堵不蔽風雨，故其抑鬱磊落之氣，悉發之於詩，使讀者恍遇伊人於清泉白石間也。其題阿戩詩卷云：「古之豪傑不可作，文章代卑才力薄。有作難掃元與明，況乃意與唐宋爭。造物生才亦無盡，要以真雅作根本。學識能入第一流，深情奇氣騷相近。相率爲謌俗不醫，賢者不免爲惡詩。此語敢爲外人道？我有學作吟詩兒。」題王逢原詩後云：「古之作者惟天真，降而不能求生新。鑿幽縋險疑鬼神，文章怪絶天所嗔。報以凶短憂與貧，氣感類應非無因。是有大力起羣倫，不隨身作狐兔塵。千秋意氣高嶙峋，流傳片羽兼半鱗。光怪驚走千萬人，嗜奇好異唯葆珍。尤而效之兒童鄰，比於一髮懸千鈞，徒令其言不雅馴。」題大兄傖山詩集云：「先生三十初作詩，翩翩已是神仙姿。舟過屈宋傷心地，江山入眼詩日奇。白頭歸來十五載，筆墨闌珊甚矣憊。囊無錢買青山居，門有客索白酒債。我輩豈是詩能窮，所恨有詩窮不工。先生從今更須作，五十有七非老翁，錘鑪與古時人同。」明經論詩最精確，其題國朝六家詩鈔後宋玉叔云：「篇章好處半商聲，張北軍應擅大名。憂患中年連晚節，略於筆墨見平生。」施尚白云：「詞客詩人例不同，温然時有古人風。縱教逮意才差少，已得今詩五字工。」王貽上云：「領袖羣公一代奇，生前身後九重知。却因去未陳言盡，也似韓翃號惡詩。」趙伸符云：「傲物振奇未免狂，罷官不獨爲歌場。談龍録又無端作，輕薄爲文與道妨。」朱錫鬯云：「由來風骨貴蕭疏，未到紅爐點雪初。不分滄浪談藝語，知君無奈腹中書。」查夏重云：「學參白陸未超然，簪筆西清入暮年。剩與隨園高月旦，白描畫筆奪龍眠。」

單芥舟論六家詩切矣，惟謂朱竹垞詩「未到紅爐點雪」，則竊以爲不然。竹垞詩淵雅雄秀，獨往獨來，奄有漢、魏、唐、宋之長，溯源討流，舍筏登岸，務尋古人不傳之意於文字之外，六十以前詩境似無可議，六十以後隸事太繁，然名篇佳什，非胸羅數萬卷者不能辦。其七言古、七言律，應是宋玉叔敵手，至題畫諸作，尤渾成入妙，芥舟之論尚未的切。

或問：竹垞詩視阮亭如何？趙秋谷談龍録謂「朱愛多，王愛好」，是否？余曰：朱、王二家於詩用力極深，似未可厚非，朱以雄秀勝，王以神韻勝，皆大家也。第王詩不及朱詩之雄。光澤何金門茂才長詔嘗論之，詩云：「新城秀水舊齊驅，供奉聲名稍不如。若但論詩休序爵，雄才似勝老尚書。」此論極好。

廣西平南彭子穆孝廉昱堯從朱伯韓座上識之，道光庚子以副貢生貢於鄉，著有蘭畹詩草。詩筆爽朗，如秋水半塘，疎煙一畝。其秋懷五言古四首，最爲人所誦，今録其秋燕七言詩云：「江山如此不如歸，隴首金風木葉飛。莽莽關河秋色暮，蕭蕭門巷故人稀。玉鈎銀蒜簾無恙，社鼓春旗事已非。爾羽差池試回首，天涯何處不斜暉！」諸暨余小頗農部坤，道光己酉進士。著有寓庸堂詩草。農部深於史學，其論史諸作，雄偉高壯，嚴海珊之亞也。感興詩云：「聞道邊人畏長官，馬前迎拜漢衣冠。誰令鋌鹿呼羣起，終信貪狼長獸難。使酒辛湯煎鞏怨，歛財孫儁隴西殘。陸梁鼎沸身駢死，猶與忠魂一例看。」「招摇鄰境勢蒼黄，雜虜横戈一旅當。本僦却秦麾鉅鹿，翻因援許困睢陽。殘軍夜帳聽遺令，戰鬼秋原聚國殤。長使單于嬰大罪，覆師差足重邊疆。」「白頭楊業在行間，諜報名王盡改顔。肯放横行出葱嶺，早聞殘虜哭陰山。北平虛請居前死，段熲仍傳得代還。寄語陳湯休按劍，恐驚都護病軀孱。」「從古奇兵走迅雷，漢家飛將自天來。威驚鐵勒三遺矢，智取崑崙一舉杯。汗馬已驅驍騎入，飛章應報捷書回。金城充國難持重，莫待中朝羽檄催。」書感云：「中年幽好轉蕭騷，嘲難都從坐客囂。賣論枉煩謀范縝，絶交差悔報山濤。敢辭東郭吹竽濫，爲謝西江決水勞。閒憶詩流苦堪恨，主家深夜鬱輪袍。」「白衣蒼狗看雲生，未許閒眸測世情。近鼠孤鵷應被嚇，依人鳴雁亦同烹。崔瞻别室呼名士，謝奕移樽得老兵。臣朔侏儒同索米，偶殊修短敢相輕。」

瑞安孫琴西庶常衣言，道光庚戌進士。著有鴻雪詩鈔，音節鏗鏘，情韻婉摯。余從朱伯韓處讀其詩稿，亟録數首，遊頤園云：「曲折陂塘路，徘徊步屧留。荻蘆青隔水，楊柳靜當樓。犬吠迎生客，蟬鳴入早秋。煙波殊不減，相憶五湖舟。」「物外情無限，蒼茫感若何。林泉如此少，車馬畏人多。是日遇達官數人。獨客思叢桂，清樽動緑蘿。滄洲歸未得，重許此經過。主人出家釀，剥蓮實，以款客。」揚州云：「形勝南朝有舊州，從來詞客漫新愁。三秋海氣連窮島，百折黄河急上流。瓜步樓臺空有影，蕪城草木不勝秋。長江自古稱天塹，未是東海第一籌。」「錦帆宮女到天涯，千古風流説帝家。民力誰憐江上柳？君王猶問後庭花。雷塘落日明孤冢，螢苑秋風冷屬車。一掬霖鈴西蜀淚，唐家還築玉鈎斜。」

僧能持，余同年石拱堂族子也，喜爲詩，不肯示人，愛余詩，嘗默誦余遊山詩數十首，皆余與張亨甫唱和者。能持句如「柝敲城市月，犬吠寺樓鐘」「心逐孤雲遠，夢隨流水行」「句忘如失物，夢覺爲聽經」「雲影穿松去，鐘聲渡水來」「道從聞磬悟，句自倚闌成」，皆清婉可咏。

漁洋少時最愛吴淵穎詩，淵穎名萊，元人。生平自有得力之處，觀此足悟爲學之訣，不必專鶩高論。明李空同自謂唐以後書不必讀，唐以後事不必使，朱竹翁摘其詩用唐以後數事，載入靜志居詩話，如「江湖陸務觀」「司馬今年相宋朝」「秦相何緣怨岳飛」等句，非唐以後事乎？豈非言大而誇、名不副實乎？

拜岳忠武王墓詩，朱竹垞長排外，以閩縣薩檀河大令七律四詩爲最高，青丘忠武王墓詩雖膾炙人口，不逮也。薩詩佳在氣格沈雄，用事典切，故能獨出冠時。其詩云：「賀酒黃龍事竟空，凄涼一闋滿江紅。十年戰伐歸三字，五國覊魂泣兩宮。水咽西陵虛夜月，枝生南向怨秋風。將軍不受金牌詔，解甲丹庭死更忠。」「舊井銀瓶事何傷，金陀血淚洒家王。一門忠節淩秋日，半壁江山付夕陽。從此朝周無白馬，幾經換刼又紅羊。英魂來往匡廬下，不負前言到五郎。」「朔風吹雪暗沙塵，廳事親題百戰身。史入北朝書戊戌，天教南宋屬庚申。議和已久愁諸將，誤國當時豈一秦。更恨埋冤不埋骨，荒墳還説賈宜人。」「佃客居然又一韓，長城萬里北風寒。生逢知浹明冤獄，死遇周仙肯掛冠。霜戟沈埋湖水冷，雲旗飄泊野燐殘。翠微亭畔劍門道，居士清涼淚暗彈。」

卷十八

江左三家詩，以吳梅村爲最，錢虞山、龔芝麓不逮也。嶺南三家詩，以屈翁山、陳元孝爲最，梁藥亭不逮也。藥亭樂府，字摹句倣，更不足取。

余性不能飲酒，亦不喜飲酒，然人之有酒德者亦未嘗厭之。若側弁屢舞之態，拇戰罵座之習，則爲可厭。甚或托他人之酒杯，以銷我胸中礨塊，更爲惡習。梧溪翁頗善飲，微醉時未嘗作大言驚世，嘗聞鳩鳴，作詩云：「朝聽提壺盧，暮聽提壺盧，提壺勸我酒，不飲胡爲乎？古來善飲者，淵明與堯夫。醉醒餘真樂，斯人聖者徒。吁嗟阮劉輩，禮法亦何疎。覆舟非水罪，荒惑非酒辜。」讀其詩，可以知其有酒德矣。

作詩貴情摯，情摯則可以感人，桐城戴蓉初孝廉鈞衡遊子吟云：「遊子拜庭幃，策馬就長路。馬行不肯留，遊子屢回顧。回顧淚沾衣，但見白雲飛。白雲飛滿樹，是親望兒處。」天下遊子但有遠志，無有當歸者，讀此詩不當淚下耶！

桐城戴存莊孝廉，著蓉洲初稿，格調高逸，音節宏亮。余從梧溪翁處讀其詩，其詩瓣香太白，跌宕縱横，有昂頭天外之概，其詩五古勝於七古，五絶勝於七絶。蓉洲嘗論詩云：「古大家作詩，章法句法，斷續離合，變幻莫測，而意緒歸宿確有據依。又處處有作詩之人在，而初非牽强貼切，粘皮帶骨之謂，要神味氣脈有獨得耳。」余謂存莊於詩，每下筆，往往皆有作詩之人在，故佳。五言如秋望云：「天空雲氣合，山斷夕陽開。」送人之楚云：「風霜凋客鬢，天地有孤舟。」春詞云：「紫燕忽依水，白雲長在天。」登鎮皖樓云：「東南雙眼盡，吳楚一樓高。」登月輪峯云：「崖崩欹怪石，峽斷出飛泉。」訪石農云：「野草碧連水，溪雲白滿衣。」對月懷友云：「借君銀漢影，照我白雲扉。」晚泊梁山云：「魚龍吞水氣，星月漾潮痕。」又：「帆利失歸鳥，山青連遠村。」晚春即事寄友云：「鳩啼一村雨，人釣半溪煙。」湘州夜泊訪友云：「風聲常在水，雲影不離山。」秋夕懷友云：「斷雲依北斗，殘月下西樓。」舟夜云：「江潮低樹影，海月小漁燈。」寄小亭云：「緑楊一夜雨，紅豆兩人心。」過白沙嶺云：「嶺灣斜抱日，樹古卧生枝。」山中云：「雲深春樹暗，路曲夕陽稀。」晚步山中喜文一至云：「一樹落紅葉，千峯生白雲。」訪隱者不遇云：「松風醒鶴夢，山雪冷梅花。」深山云：「山雄蹲似虎，石瘦立如人。」秋夜得童問琴書云：「月出乍疑水，松高如挂帆。」擬古塞上曲云：「沙氣迷紅日，風聲捲黑雲。」送别張廣文云：「城空秋氣早，鴉散夕陽多。」寄内云：「殘煙迷古寺，秋色上高梧。」登和州鎮淮樓云：「吴楚一江劃，乾坤千里分。」七言如春興云：「山因向日消寒早，春爲懷人覺夜長。」奉懷朱芥生金壇云：「江濤滚雪連天白，沙氣乘雲壓地黄。」野望云：「日落萬山凝紫氣，風平千里定黄沙。」登吕祖閣懷友云：「大野陰濃雲氣合，高天風急海潮秋。」秋夕懷吴吉士云：「萬里月明秋似水，一樓風定露成霜。」金陵咏古云：「地劃長江南北限，山連鐵鎖古今横。」舟發白下云：「雲吐青山城上出，雁扶明月海邊來。」張昺園云：「四海論交天下士，百年如夢醉中過。」寄劉艾堂云：「一樽風雨吟黄葉，百里關山憶白頭。」白鶴峯云：「古洞雲深藏怪石，寒林木落見孤松。」又：「煙火萬家盤古渡，雲梯百折到危樓。」春夜云：「吹殘畫角更初轉，夢到梅花月正圓。」登秣陵城寄鍾甫云：「帆影夕陽紅樹外，雁聲殘月白門秋。」春日晚成云：「煙扶嵐氣青連屋，雨長溪痕緑到門。」訪客館書懷云：「野雲出岫不成雨，明月窺人徑上樓。」山行云：「飛瀑疑從天上落，亂雲爭向馬頭來。」書感云：「明月到門渾似水，斷雲爲樹欲生風。」寄董思陶云：「萬里黄塵曾倚劍，一林紅葉憶銜杯。」乘石云：「吳楚雲山開萬里，東南天地入孤舟。」三元洞云：「鑿穴蒼崖棲佛鬼，推窗白日走蛟鼉。」和人登岱云：「雲開梁父千峯列，天入中原一掌收。」又：「雲挾風霆驚地出，天低星斗逼人寒。」

盛唐七古，高者莫過於李、杜兩家，然太白妙處在舉重若輕，子美妙處在潛氣内轉，此兩家不傳之秘。慶忌之勇，而要離刺之，豈在力乎？滄海之深，而尾閭納之，豈在多乎？察斯二者，可以知李、杜二家制勝之所在矣。

「奇外無奇更有奇，一波纔動萬波隨。只知詩到蘇黄盡，滄海横流却是誰？」此元遺山論詩句也。遺山意以蘇、黄詩稍直，少曲折，故不及李、杜，故曰：「滄海横流却是誰？」李、杜詩汪洋澎湃，而沈鬱頓挫，赴題曲折，故如滄海横流，蘇、黄之不及李、杜者以此，遺山之所不足蘇、黄者以此。此中神妙，難與外人言也。故遺山論詩又曰：「鴛鴦繡出從君看，不把金針度與人。」

元遺山五七古詩，有得漢、魏、盛唐人三昧者，學詩者不可不參觀其集也。

唐人王、孟、韋、柳，皆陶之一體而不能具體，亦係其心體工夫未從六經來耳。即王、孟、韋、柳四家言之，王第一，韋次之，柳又次之，孟爲下。蓋王實兼賅羣妙，韋之温厚，柳之雅淡，皆能胚胎古人，孟詩特是清舉而已，以其人品尚潔，故能與右丞齊名，其詩究不免於窄狹，非王、韋、柳之敵也。今人視四家爲平等，焉得稱物之平乎？

崑山顧先生亭林古近體詩，沈着雄厚，深得杜骨，其詩可爲前明詩家之後勁，本朝詩家之開山。余最喜其海上七律四詩，云：「日入空山海氣侵，秋光千里自登臨。十年天地干戈老，四海蒼生痛哭深。水湧神山來白馬，雲浮仙闕見黄金。此中何處無人世，祇恐難酬烈士心。」「滿地關河一望哀，江天烽火照胥臺。名王白馬江東去，故國降旛海上來。秦望雲空陽鳥散，冶山天遠朔風迴。樓船見説軍容盛，左次猶虚授鉞才。」「南營乍浦北南沙，終古提封屬漢家。萬里風煙通日本，一軍旗鼓向天涯。謂去夏誠國公劉孔昭也。樓船已奉征蠻勅，博望空乘泛海槎。愁絶王師看不到，寒濤東起日西斜。」「長看白日下蕪城，又見孤雲海上生。感慨河山追失計，艱難戎馬發深情。埋輪拗鏃周千畝，蔓草枯楊漢二京。今日大梁非舊國，夷門愁殺老侯嬴。」四詩無限悲渾，故獨超千古，直接老杜。

即菴詩藁四卷、遊草二卷，侯官曾惟闇先生燦垣著。先生爲明南京御史諱熙丙孫，蚤失怙恃，長有書癖，鍵户獨坐，左右圖史，焚香一爐，供時花數種，讀書其中，謂人生行樂莫大乎是。性狷介，於人不甚交接，一時知名士多從之遊，聞節義事，無論識與不識樂助成之。唐王聿鍵開藩七閩，以丙戌六月行選舉典，先生及弟祖訓同膺上薦，會仙霞師入，海宇蕩平。朝廷定鼎之初，仁廟求賢孔亟，閩中大吏知先生學可用，將徵之，先生以體質羸弱絶意仕進，乃偕弟遯迹浙水，遊大江南北諸勝，自署曰江湖散民，遇佳山水，裹糧獨遊，經日忘返，暮或徑宿林谷下，見者駭爲異人。所爲詩古文詞，操筆立就，不求工而無不工，晚年著述若干種，惜都散佚，僅存詩草及遊草十卷，同里黄小石比部紹芳題詩云：「風雅三百年，君詩逼少谷。忠愛抒性情，憂傷寓篇牘。」可謂切論。五言古取源騷、選及古樂府，如豪竹哀絲，聞聲泣下；五言律取法少陵，骨力蒼勁。其五言古惜日云：「天地亦大哉，古今相追趣。如生世若微塵，不勝一敝帚。人欲於此中，相命曰不朽。豈非危且誣，而事乃常有。如我識古人，在數千年後。此數千年中，以爲古人壽。安知後千年，乃有爲我友。肯爲一世人，烏兔隨飛走。不爲一世人，死生莫能受。大笑付蠅聲，悲喜勞蟲口。日月亦厭人，心身不相守。」霜月云：「空館月流霜，夜色生微茫。暗蛩潛入室，衆鳥苦林光。一雁隨孤雲，聲聲寒路長。客意在高樓，幽心獨南望。千山静無影，天水盤空蒼。河漢不可測，冷光浸衣裳。」卜居云：「野老蝸牛舍，漁翁梭子船。各自不相換，同寄一山川。鰷魚喜浮陽，往往爲餌牽。當其胠泥沙，豈不願深淵。人生各有營，閲途紛萬千。苟欲宅其身，豈不在聖賢。世人尚眉睫，小喜快當前。朝菌與蟪蛄，分爭大小年。因爲曠士憂，辛苦恐難傳。多謝繁華子，厚意似微憐。鳧鶴不相續，賤性靡所遷。不疑又何卜？中情良謂然。」農歌云：「旱亦傷人心，雨亦傷人心。饑亦傷人心，飽亦傷人心。前年荷戈走，餘糧盡栖畝。半載空泥首，一粒未入口。舊歲歸故園，故園但空村。膏田獲草根，一旬了三餐。今年病不死，强力聊舉趾。賣衣理耒耜，枵腹事耘耔。薄刈足饘鍵，我已無兒孫。舉匕未及吞，官吏行在門。讓食受誶詈，盡穫爲饋遺。痛哭謂官吏，民今往死地。」登鼓山絶頂云：「策杖出雲背，翹首天如戴。突兀一峯高，峨然無後輩。眉睫過山川，羅列拱相待。百里延清秋，洗刷斂異態。澄江雙練明，嶺表千峯黛。城闉塏垤連，此中藏世界。風海蕩心胸，蒼白浮空碎。平地齊飛鳥，縱横咫尺内。吾生憶所歷，一一支掌在。歎息謂此身，稊米滄洲載。」得李山顔燕書云：「閉户方兩月，君行已萬里。春雪夢雒陽，秋書寄梅水。甲午冬，山顔别余云：『明春當遊雒陽，歸期指秋，又明年當復圖南也。』忽落天外鴻，乃在長安市。今秋及今春，遠書三見抵。素心歷山川，清淚溢寸紙。亂離增遠聽，憂余及生死。時危慎風波，爲余貧病喜。前書及余季，朱陳結曾李。雖屬戲笑言，亦足見知己。日月易云邁，别君兩年矣。尺劍行中原，所交幾人士。顧念窮海濱，敝廬一曾子。燕市屠狗散，薊北秋風起。屈指勞前期，知厭長安米。中夜夢車聲，杯酒明燈裏。」懷武原董紫帽云：「側足登高臺，日落笳聲起。悲風從北來，寒柯鳴不已。其時鴻雁驚，羣呼如避矢。傷我望遠心，念我同門士。委命任衆非，斯人提一是。昔日哀江南，血淚空盈紙。麻鞋入閩關，單衣宿蘆葦。八表一時昏，天風飛海水。孤身三尺劍，重繭六千里。許國止此身，父母不得子。十載已無家，生人作鬼視。萬里招魂葬，墓田生棘枳。猶冀萬一存，恐復無生理。霾風飛刼灰，百城無堅壘。君志在枕戈，或碎睢陽齒。不然守西山，抑或蹈東海。存亡不足論，贏得頭顱在。因惜苟余生，寧忍謂君死。」贈謝利鳴移居云：「破舟亦可居，露車亦可賃。丈夫不得意，天地爲衾枕。慷慨吾謝子，貧惟四壁僅。馬通塞窮巷，談笑移破甑。廡下寄妻孥，横經就樹蔭。有時沽斗酒，且招主人飲。狂歌成五噫，微霜點雙鬢。穿壁夜讀書，隔鄰煙火屏。蛟漏聽秋雨，牛衣卧餘病。客來語牀頭，恢恢若游刃。曠眼寬宇宙，一室懸孤磬。」五言律哀流民八首云：「春風忽蕭瑟，四野結愁煙。幾郡連兵火，無家任播遷。離鄉迷鬼路，計日當生年。滿目悲難盡，何人不可憐。」「忍言非赤子，父母竟無依。隊逐朝煙起，魂隨夜月歸。草根充果腹，木葉裹鶉衣。縱有監衣畫，封書何處飛？」

「能來猶壯者，菜色已如斯。聲出氣纔屬，肌消骨不支。遺殞誰有母，易爨已無兒。對此餘黎痛，尚堪念老羸。」「千里傷心目，煙銷薄暮天。饑魂驚甲馬，弱肉怯烏鳶。妻子眼中盡，家山夢裏遷。顛連重繭地，猶阻渡江錢。」「扶杖寧觀化，纍纍載骨行。吞聲悲野老，蒙袂説書生。露宿鄰荒塚，蓬飄逐亂萍。更憐霑體苦，風雨泣殘更。」「次第終溝壑，哀哉匪孑遺。按圖如索驥，延命似懸絲。淚盡枯魚泣，聲傳鴻雁悲。儒生空有恨，天道忍無知。」「吾郡頻憂旱，春飢麥未成。何方堪逐厲，無地不輸兵。户滅追逋税，農亡廢近耕。顧兹流散者，憔悴念餘生。」「飢饉干戈裏，因之疾疫成。空村聞鬼哭，通巷斷人行。民已經三死，天猶靳一生。驚心中夜起，坐看積尸明。」七言律同吴友聖葉思菴先生蔣馭六克平子子宏鄭子正諸子讌集湖上分得徊字云：「東風吹浪錦帆開，湖上賓朋盛賦才。碧岸倒飛天際鳥，晴山低拂掌中杯。魚翻細荇牽衣動，柳暗行雲度曲回。醉眼峯頭懸落日，六橋煙景且徘徊。」即菴先生爲亦廬孝廉元澄之六世祖，孝廉出其遺稿屬題，余賦七言古一篇歸之，並採其集中之尤者若干首入詩話，俾世知空谷足音，伊人宛在也。

惟闇先生詩得漢、魏樂府之遺，近體深得杜骨，更有名句可採者，如「斜月竹窺户，微燈風在窗」「解纜寒沙上，行歌明月歸」「野色來青嶂，秋聲上緑蕪」「巖竹天然笑，園禽自在啼」「獨立天無際，懷人秋自哀」「香乳分茶臼，新蒿覆石囷」「鳥語間青草，鐘聲定白雲」「夜蟲知客病，怪鳥學人言」「一葉動微雨，數花聚小寒」「片雲藏古洞，萬木洗秋山」「猿臂巖衣挂，藤梢石角穿」「泉聲高野碓，雲氣没葑田」「半江呑落日，四野繪新禾」「農語期中飯，村歌識採茶」「閒情增賦體，多病禮醫王」「雪湧千峯白，村炊數點青」「樵喧千澗雪，漁卧一船鷗」「水拍柴門動，雲流石屋沈」「風霜棲短髮，煙雨落長鑱」「樓當山缺處，客到酒香時」「詩積愁中債，花經雨後貧」「衆鳥語三月，孤煙寒四鄰」「人煙寒略彴，溪雨長雲根」「暮雨臨江市，春風小麥村」「曉露啼衰柳，寒林語落花」秋日聞鶯。「牆缺依山補，畦踈帶月鋤」「星稀明野曠，夜久看天高」「水靜通花氣，蟲言愬夜心」「燈影勞蟲弔，秋心到夢間」「遠鐘楓葉下，孤雁漏聲還」「千峯一室内，獨客小樓前」「飲露資微月，分蛩答暮愁」「山風吹野火，石鼠亂枯藤」「新衣憐白苧，驟雨落黄梅」「天近星辰冷，山多河漢偏」「城頭過野色，枕外接禽言」「閉户修寒衲，空山禮夜鐘」「水氣昏於霧，濤聲半在樓」「簷影樹開合，牆陰山有無」「山小依城迫，人頑倚佛慈」「蟲聲一夜雨，燈影半牀書」「短劍關山滯，孤城風雨愁」「茗火生微雨，琴聲響衆山」「案巡飢鼠跡，門掩讀書聲」「小廊偏受月，古瓦澹生煙」「小屋流雲影，空梁聚鳥聲」「雁聲醒酒夢，楓葉足詩囊」「險句分山鬼，騷魂采菊英」「鳥聲生暖臘，春色入寒山」「野雀依朝磬，山雲宿晚籬」「溼薪噓冷竈，寒木出疎煙」「待閏題新曆，編詩入舊年」「鳥醒語深樹，雲閒連斷煙」「白髮驚天地，青山倦姓名」「月明千里客，砧冷萬家衣」「意亂言無次，愁多天易陰」「山川雲外影，詩句槖中裝」「僻徑藏山路，秋風掃石苔」「有恨花能老，無心秋自閒」「岸淨蘆煙薄，洲明鷺影翻」「亂雲眠石壁，疎漏隱谿城」「山氣昏微雨，波光點夕陽」「冷猿啼暗壁，寒雁落清霜」「谿楓飄赤葉，灘棹倚黄花」「曲岸回深竹，懸崖出數家」「石擣千層浪，天低一片雲」「竹葦叢雲密，人煙背岸疎」「潛魚窺鷺過，細石落沙虛」「霜葉迎寒櫂，青林出午雞」「飢鴉啼向客，寒犬吠迎人」「炊煙銜過鳥，賽肉下飛鴉」「寒色帶洲緑，斷煙生崦微」「野水鳴寒碓，虛舟聚暝煙」「畫舫煙中出，笙歌雲外聽」；七言如「山空鳥語傳清吹，寺靜溪聲咽亂松」「路鷩積雪從天落，人傍疎鐘度嶺西」「仙窟雨珠雲際落，龍湫瀑布雪中飛」「絶頂風煙愁立馬，百年邂逅幾登臺」，皆好句如仙。

惟闇先生詩有極沖澹者，如江村晚行、送真乘上人入粵、小泊黄花灘、高桐晚泊諸作，司空圖所謂「幽人空山，過雨采蘋」，可以儗其詩境。其源實出浣花也。江村晚行云：「人稀雞犬靜，雲暗下魚喧。暮雨臨江市，春風小麥村。石田香菜甲，梭屐滑泥痕。數里鳴春急，蕭蕭客到門。」送真乘上人入粤詩云：「以我不能往，送君生別愁。劫來諸相現，人去數峯留。貝葉流江水，霜花點石頭。應憐多難客，春雨夢羅浮。」小泊黄花灘詩云：「半日朔風厲，舟行逆亂沙。溪楓飄赤葉，灘棹倚黄花。曲岸回深竹，懸崖出數家。徘徊過客地，不礙夕陽斜。」高桐晚泊詩云：「平溪行數里，水緩覺山舒。竹葦叢雲密，人煙背岸疎。潛魚窺鷺過，細石落沙虚。向夕聞寒柝，扁舟傍草廬。」

吾輩不可結交官長，蓋官場中所重者聲氣，所尚者勢利，真能愛才好士者，實少其人，不如得一二直諒多聞之友，可以進德脩業，日常聞過，以樂吾天，俯仰無所愧怍。陶淵明詩：「結廬近人境，而無塵世喧。」朱晦翁詩：「人自鬧時吾自静。」非有道者不能言，亦非有道者不能行耳。友人中有好結當途聲氣者，余不能學管寧華歆之割席，爰書此以箴之。

武進黄仲則綺懷詩「玉鈎初放釵初墜，第一銷魂是此聲」，傳神之筆，可爲綺懷詩絶唱。前明王次回、近代袁香亭喜作香奩詩，皆不能有此神妙。然仲則天生情種，以此促其天年。杜樊川薄倖之名，亦才人之一病也。

儀祖茂才讀書有識，胸無宿物，每下筆，能達其衷之所藴，悲天憫人，情詞婉摯。其五言古曉行書所見云：「殘雨曉猶滴，朝陽半吞吐。四山春霧生，一白更無路。恰有趁墟人，隔水跨牛渡。」夜寒甚不能成寐枕上自嘅云：「屋漏晴不知，夢醒雪在面。風燈無定光，揺壁若閃電。瑟縮擁敝裘，粉蝶舞成片。黠鼠欺我眠，放膽牀頭旋。雙眼支五更，一心歷萬變。多故睽素歡，無能坐少賤。童牛去莫追，姜被彌可戀。」五言律聞逆回已竄入卡倫感賦云：「豺虎縱橫極，將軍自建旄。馬嘶金塞遠，鳥避玉門高。白日揮戈急，青天轉饟勞。書生能殺賊，誰贈呂虔刀。」閉户云：「閒過清明節，遨頭約懶尋。夢多通夜惡，貧竟逐年深。獨樹無春色，歸雲有倦心。鬢青還幾日，攬鏡自沉吟。」琴河舟次云：「一曲琴河水，扁舟此暫停。亂鴉寒選樹，獨客夜觀星。酒奪風威峭，潮噴海氣腥。不勞雞唱曉，雙眼自常醒。」送郟三秄蓀之楚南云：「執手難爲别，孤篷正夕陽。君行方澣墅，我夢已瀟湘。秋入庭闈早，貧嫌道路長。依人良不易，願早束歸裝。」侍家大人之練瀆歸舟得岸容蘇野燒五字命足之云：「落日蒼然下，孤城早閉關。岸容蘇野燒，雲氣養春山。雙槳一何急，疎梅遠未攀。卻教吟鬢上，帶得暗香還。」題盧忠烈書七夕歌後時在軍中。云：「一任饞蠅集，萇弘血自新。死寃沈毅魄，生祭有降臣。七夕軍中讌，千秋傳裏身。竟恢靈武業，羨爾得梭人。」七律詠明史云：「淮西王氣鬱嵯峨，腰劍横看十萬磨。三代興王韋布少，一時名將故鄉多。姑蘇賦重民何罪？建業城高燕自過。堪笑六朝殘局短，有人釃酒看山河。」「一朝恩遇讓開平，竟脱胡藍黨裏名。好句花陰吟學士，内宫蔬食説先生。陰謀不問元臣藥，積慮難消孽子兵。誰道興王多忌刻，漢家祇是戮韓彭。」「黑風驚起浴龍池，無恙南巡鐵騎馳。一代君臣眈酒色，十年鷹犬沐恩私。揚州好女搜應盡，地下高皇悔已遲。開國規模深誤汝，浣衣局與教坊司。」「煌煌禪詔説皇兄，論禮如何舍本生。千古歐陽留至論，一堂洛蜀太紛爭。立藩漫援青宮例，傳弟如尋金牘盟。不是宋人持議謬，獻夫此語最分明。」「湖山氣數已難支，天語微聞禮醮時。連歲楚秦崩似瓦，一朝宰相亂如棋。閣臣但主遷都議，戚里猶營殖貨私。犞首煤山烽火急，傷心獨有侍臣知。」「彰義門高礮似雷，鳴鐘無復百官來。愛民敢説非英主，亡國何須定不才。四海毒由征歛積，累朝禍自黨人開。此行殊被黄巾笑，血戰連營祇幾回。」「一曲春鐙半壁留，衰朝殘局恃揚州。内廷筆札才人敕，復社文章狎客仇。嗣統偏逢陳後主，論兵敢薄武鄉侯。普天爭灑龍髯淚，豪鎮空聞擁戟矛。」「擁戴何關馬阮勳？恩牛怨李太紛紜。御廚狗熟君含笑，天塹兵來相不聞。江上風濤黄闖子，傳中功過左將軍。孝陵王氣匆匆盡，一舸蕪湖載舞裙。」岳忠武云：「獄起風波敵亦驚，中原甘自壞長城。固知南渡難爲國，肯戀西湖竟罷兵。天道終嫌金匱約，相公早應玉芝生。忠魂轉眼悲陵谷，一樹冬青杜宇聲。」韓蘄王云：「天風高颭賜旂明，桴鼓金山幾戮鯨。豪傑志灰三字獄，朝廷心厭兩河兵。胡塵不見鑾輿返，相業方從歲幣爭。尚有趙家乾淨土，西湖白髮寄餘生。」子文以松雪翁所寫信國公遺像見示感賦云：「如意西臺一哭休，横江白雁不成秋。披圖奕奕神猶王，曠世茫茫我獨愁。丞相出師空爲漢，王孫抱器竟歸周。蓮花莊上鷗波好，風雨匡山痛覆舟。」錢武肅云：「終古江聲滚夕陽，表忠有觀已繁霜。百年版籍徒輸宋，一代英雄不伐梁。圓木枕欹金彈落，淩煙閣起畫衣凉。他生終爲靈潮賣，半壁湖山了靖康。」韓侂胄云：「臏有頭顱退敵烽，平生相業太庸庸。諸軍北伐愁鋒鏑，大禁中朝論鼓鐘。别墅晝閒聞吠犬，永州人遠夢乘龍。揲蓍門下誰占遯，枉草除奸疏一封。」鼂錯云：「七國兵來失智囊，朝衣東市太倉黄。集蠅口利讒終入，投鼠心雄器易妨。政體每傷持太急，宗支誰信弱非祥。後來更有傷心事，燕啄皇孫入建康。」有以金谷園詩見示者次韻和之云：「茫茫梓澤弔遺丘，訪豔難尋舊畫樓。亂世有財原不幸，故交無賴忽相仇。美人絶命啼紅淚，名士同歸慰白頭。輸與范丹貧自樂，象焚麝敗到今愁。」文信國云：「削藩弱盡中原勢，積弊誰能抗疏攻？冠代狀元留末運，捲堂聲伎出英雄。三年土室孤臣淚，一嶺梅花異代忠。史閣部爲公後身，見明史稿。痛惜王孫偏愛死，朝周玉馬去匆匆。」湯太夫人斷釵圖爲雨生都督題云：「重繙遺句暗吞聲，精衛難填恨海平。一物流連天地老，全家轉徙死生輕。將軍海上曾傳箭，名父滇南舊結營。三十九年成短鬢，勞他釵股記分明。」「白首相依患難偕，一朝玉折憤填懷。兩家勳烈磨崖記，百戰聲名斷鏃埋。投筆兒誇班定遠，靴刀人哭李臨淮。可堪久抱摩笄痛，重爲思親賦斷釵。」吕城舟次病體稍舒慨然有作云：「百年多病況秋風，三疊霓裳涕淚中。江左任誇名士鯽，天南猶亘美人虹。攻心此日無諸葛，刮目當時有阿蒙。不信荒城還姓吕，夕陽雙槳過匆匆。」漫興云：「一領青衫不救貧，寂寥天地況風塵。拊牀偏有聞雞客，陟坂曾無叱馭人。蕉夢迷離防是幻，梅花消息怕全真。防秋誰撤重洋戍？曲突空聞議徙薪。」韋蘇州祠下作祠在郡學中。云：「荒林鴉點夕陽遲，手整殘衫拜左司。占夢有人聊説禮，相傳公歿爲夢神，此殆因周禮有夢人之設，遂附會之也。登堂非我莫言詩。此間俎豆譚何易，當日流亡政可知。『邑有流亡愧俸錢』，公在任時所作也。一樣好官香火在，畫船只訪白公祠。」近況云：「病榻支離匝月寬，玉梅窗外正奇寒。夢回殘句呼兒記，別後新書當友看。昨得籽孫楚南信。營炭無貲閒午竈，『力營新炭備春寒』，本放翁句也。看花有約負辛盤。辛田丈相約看梅。入春祇是多風雨，難得巡檐鵲語乾。」

濟陽張稷若爾岐蒿菴閒話引邢延慶云：「居官者每留心事上而不知恤下，居家者多留心恤下而不知事上，真顛倒相。」可謂至言。亡友林松門振濤詩云：「事親能如事長官，不愧人間真孝子。」與邢君所論，同一見地。

婁縣姚春木布衣椿著通藝閣詩録八卷，魏默深司馬出其集示余。布衣博聞廣志，思將大有用於世，遊京都，不遇，退而著書以自娱。其詩出入唐、宋諸大家，而律詩取法在杜子美，蓋其近體勝於古體也。布衣負必欲行之學，久藏於心志，發而爲詩，其情正，其植厚，故怨而彌婉，質而彌華。五言古鳳嶺苦寒云：「誰云青天高，氣與厚地結。嚴威厲終古，慘象迫短節。入三五里雲，踏千萬峯雪。人兼歸馬噤，路共飛鳥絶。孤光導眸明，羣凍入足裂。顒頊久專柄，羲和若迴轍。秦關此尤險，簫鳳去已瞥。因思燕山寒，愈念蜀都切。剥兔焬莫温，呼酒暖不熱。俯規殘澌皎，仰見衆星列。獨眠宵未闌，浩歌興彌烈。」訪方響洞云：「氿泉自穴出，仄勢碎珠迸。謀耳水樂諧，徹底乳泓淨。微風動深巷，急雨驟寒徑。夜來環佩摇，秋冷松竹暝。何年蕤賓鐵，妙與宫商應。小樓夢未殘，孤館酒初醒。霜淒四圍逼，月出一方定。戛戛想悲吟，泠泠發幽聽。琅然出梵放，亂以一聲磬。慨彼題詩人，虚泉入清興。」牛口云：「潛淵拔深蛟，起挾亂石走。疾風掉尾去，留此與水鬭。巉巖憑餘威，奪路絶奔湊。舟行緣而升，若以口承霤。濤頭倏噴涌，漩極不敢逗。一朝後出灘，名出泉險右。眼困用耳濟，足踣手將救。縱有萬夫力，不敵一放溜。夜聽洶波聲，雷霆出衣袖。」滴水巖云：「行人樹頭出，潛水地下經。既分西南流，遂别沮沔形。夜靜發虚籟，曉窺浴明星。喧寂各有會，遠近皆可聽。未能卧洗耳，劣可淺没脛。乳竇合晴雨，綫徑滙杳冥。忽聽飛瀑響，劃破層厓青。」寬川鋪云：「遥遥炊煙高，歷歷樹影亂。湯湯清流激，浩浩白石粲。天開晴光多，馬喜足力健。人於登頓久，軒豁得平衍。沃野成都饒，山郵漢中半。兩峯各千里，中置此驛便。幾載蜀師屯，行行前指沔。」雞頭關云：「曉行不知遥，暝色壓諸嶺。如聞流水中，忽已升絶頂。心知險峻絶，强睡項伏領。輿夫勉其勞，反以昏黑幸。閉置誠何堪，乘危意自省。七盤復七盤，遠見東旭影。」送客云：「離筵不能别，宛轉江頭送。燈動暗潮來，帆低寒雨重。何時一尊酒，復此千里共。臨水詠將歸，空教隔秋夢。」鸚鵡洲弔禰處士云：「鳳鳴必方壺，鸞栖必樊桐。才人處亂世，兀臬難爲容。漢末有禰生，提絜修與融。生平抑憤氣，淵淵鼓聲中。時雖忌其狂，後亦欽其風。東京諸名士，幾困奸人雄。鸚鵡一能言，明哲累爾躬。所以郭有道，首尾如潛龍。」七言古極樂寺看荷云：「疎疎紅紅靜白白，世界清涼藏古色。夜深風露送香來，秋夢江南歸不得。波明更弄空外影，雨過方知定中力。古來何語品花工，文殊不語維摩默。」三峽歌云：「峽中之水發岷山，西荒冥冥冰石間。雪山一夜春化水，排突萬丈成驚弦。成都千里古天府，縱横下貫東西川。亂流合巨重迴漩，束以高峽參穹天。夷陵西，夔州東，浩浩萬里來長風。峯彎路曲蓄水勢，不爾一瀉天無功。羲娥高輪疾驅過，終古不許開陰濛。猿啼虎嘯杜鵑泣，惆悵楚女愁巴童。逐臣遷客過此而悵望，冤語夜半浮波中。三峽歌，歌正悲，蛟鼉翱翔伺游子，夜卧白盡千莖髭。」五言律歲暮雜詠十首云：「盛世崇寬大，哀黎望拊循。戈鋋消四海，租税算千緡。渤海徵龔遂，河東借寇恂。西山羣盜賊，當日本王民。」「談笑思安石，何人鎮上游？野屯增竈急，屋卧徙薪憂。鵑語三巴夜，猿啼八陣秋。漏天連日雨，淚灑古梁州。」「百戰能談虎，三邊舊射雕。漢廷知李廣，絶域附班超。雲氣連天暗，星芒徹夜銷。將軍一去後，大樹日蕭蕭。」「久設三秋戍，長屯萬馬營。偏裨皆坐甲，大將不聞聲。超距軍中戲，投壺閫外情。虚聞伏波語，裹革是平生。」「此豈從容日，羞言一將才。披圖朝點筆，得句夜銜杯。列障傳烽遠，寒江走馬哀。書生籌國恨，青鬢欲成灰。」「亦有盧從史，專張大帥威。材官皆欲殺，幕客總思歸。膏刃嗟黄籍，投戈爲白衣。坑降千古戒，何況此曹非。」「國有三年蓄，兵皆六郡豪。微聞諸郡邑，不守舊城壕。節度馳輕騎，將軍顧寶刀。縱遨寬大詔，莫更挺身逃。」「隴頭悲壯士，慷慨誓捐軀。家散千金盡，身提一劍孤。報讎紛涕淚，祭墓擲頭顱。兵氣揚如此，艱難媿作儒。」「一隊桃花馬，翻身袴褶紅。聖姑神吐火，小妹健彎弓。金帛歸諸將，鬚眉負乃公。秦家無白梃，誰與鬬英雄？」「聖朝願教孝，臣子意如何。事爲從金革，詩皆廢蓼莪。衣留慈母線，身荷候人戈。太息邛崍阪，揚揚叱馭過。」不寐云：「不寐支殘枕，涼風水自波。夜蛩碪語急，秋雁艣聲多。逐客材樗櫟，騷人詠薜蘿。古來寥落意，容易託勞歌。」曲突云：「曲突今嗟晚，推枰故未遲。但能堅壁壘，不在變旌旗。列刼銷兵氣，台垣拱鼎司。捷書清晝報，望斷暮秋時。」雨中過張丈寶鎔寓齋出示雨夜獨酌見懷作次韻云：「天壓濕雲沈，蟲聲忽到林。催詩銅鉢擊，聚墨玉壺斟。今雨扁舟約，秋風萬馬心。南音操自慣，越客尚吴吟。」七言律秋雁云：「誰信桑乾水驛賖？蒼茫澤國渺蒹葭。衡陽南去渾無路，碣石東歸尚有家。二月濃陰留燕子，一生短夢託蘆花。晴灘穩臥閒鷗鷺，何處天隅萬里沙？」夏内史玉樊堂集云：「垂絶孤兒尚枕戈，尺書千里走鯨波。國殤義早辭薇蕨，家祭詩真廢蓼莪。終賈年華心事冷，機雲詞賦淚痕多。梁朝開府頭垂白，纔向江南弔綺羅。」全吉士鮚埼亭集云：「甬東亭址久摧殘，誰問歸田七品官？門户盛時儒行貴，是非真後史才難。南雷學在留心續，東館人多袖手看。自是此身文獻寄，不將名位救饑寒。」衛藏書事二首云：「鳩摩名字卜金甌，天雨刀兵刼未休。太古有冰山不化，飛沙成海水西流。箭從漢代埋應久，柳比唐年舞更愁。青海將軍傳令速，與君談笑説封侯。」「經馱白馬昔來東，絶徼氂牛遠更通。頻見使星占李郃，又看枸醬走唐蒙。藏江一夜皮船渡，雪嶺千年鳥道空。可惜文園封禪筆，西南邊事太忽忽。」于忠肅公墓云：「重臣談笑靖湖沙，籌筆中書鬢未華。南内星明龍復闕，西湖月冷鶴歸家。後人發册心尤苦，盛世藏弓事可嗟。太息兩峯相對立，三台秋色映棲霞。」重過靈隱天竺道中云：「笑整先生烏角巾，相逢來往誤仙真。峯藏曲影渾無路，泉滴殘聲若有人。芳草緑回前日徑，桃花紅到別家春。須知雞犬移家易，便擬相從作比鄰。」悲唱云：「鰐驍鯨奔轉餉難，輕齎容易出驚湍。已聞海上誅楊僕，浪説軍中比曲端。盜賊由來勤買犢，偏裨何日望登壇？吴兒悲唱誰能聽？風雨蕭颼月色寒。」登潮音閣用宋張子野泛松江韻云：「可緣游倦始思鱸，直爲風光憶故吴。身似晚雲歸洞壑，夢和秋雁落菰蘆。翻思江水來巴蜀，直走金焦望小孤。無限天涯奇景在，眼前髣髴是斯湖。」鸚鵡洲晚眺云：「東漢風流剩酒狂，平川無限恨茫茫。客中倦眼憐芳草，江上愁心易夕陽。已笑曹劉虚戰伐，久嗟屈賈誤文章。何人會得悲歌意，吹笛空江爾許長。」客中除夕云：「僕夫解轡馬停騑，我亦征塵倦拂衣。萬事無成閒處老，一年將盡夢中歸。成都春酒愁添暈，劍外江山舊合圍。猶勝曩時戎馬客，滿天風雪望庭闈。」七截題甘亭詩後云：「詩參感旗亭事題壁云：「蘆花如雪舞空遲，畫壁旗亭又一時。太息龍標王少尉，夜郎西去更吟詩。」五言句如「河冰能躍馬，風石欲飛人」「馬蹄驕日影，人語答谿聲」「鳥掠行人過，猿欺獨客還」「今雨扁舟約，秋風萬馬心」「客去門常冷，人非佛亦孤」；七言句如「十載交情惟爾獨，萬山春色共人歸」「萬馬曉驅漳水渡，亂山橫截太行來」。

唐宋諸家體，文是孫洪一輩賢。眼送此才憔悴老，秋衫顔色冷於煙。」

卷十九

澹静齋詩鈔六卷，閩縣龔海峯先生景瀚著。先生全集爲昌彝校定，文集八卷，邶風説三卷，祭儀考四卷，説裸二卷，離騷箋四卷，循化廳志稿八卷，悉先生所手定，其屬稿而未成書者，孔志禘祫考、讀書録共若干卷，皆説經之圭臬也。先生幼讀書，日誦數千言，乾隆三十六年成進士，罷歸，教授閭里十有四年。研究經史時務，凡古今因革必窮源竟委，求所以通變宜民之道。及捧檄三秦，百廢具舉，政聲洋溢，民愛之如父母，論者以爲尹翁歸之治東海，黄霸之治潁川，當不是過。嘉慶元年，楚匪蠢動，總戎命先生參軍事，時督府兼四川軍事，復奉命總統三省，幕府文書及四省軍情皆屬先生，擢蘭州知府。先生晝省戎機，夕治軍書，夜綴奏草，幾於百函並發。從軍五載，馬首東西，而未嘗一安寢，雖足瘍頂踵，猶力疾據案治事。文集多軍旅之作，撫議、平賊議、堅壁清野議諸篇，率皆洞達治體，曉暢方略。堅壁清野議大旨云：「爲今之計，必行堅壁清野之法。責成地方官巡行鄉邑，曉諭居民，團練壯丁，建立堡砦，使百姓自相保聚，併小村入大村，移平處就險處，深溝高壘，積穀繕兵，移百姓所有積聚，實於其中。賊未至則力農貿易，各安其生，賊既至則閉栅登陴，相與爲守，民有所恃而無恐，自不至於逃亡。別選精鋭之兵二三千以牽制賊勢，不與爭鋒，但尾其後，賊攻則救，賊退則追，使之進不得戰，退無所食，不過旬餘，非潰則死，此不戰而屈人，策之上者也。」既而大府以其法行於蜀及漢中，卒用平。論者以先生經世之學，先幾之明，老謀壯志，上與廟算符契，非凡賢能所及也。嘉慶七年冬入覲，仁廟温諭垂詢軍事甚悉。未幾，疾終京邸，悲哉！閩縣薩檀河玉衡輓先生詩云：「漢朝良吏即功臣，幕府徵書仗一身。博得千金爭寫范，恨無七寶例平陳。今之管樂誰流亞，事到艱難惜此人。洒向西風數行淚，可憐父老望三秦。」讀此詩，可以知先生之所藴抱矣。先生負命世才，經濟似謝幼度，而卓識勝之；文章似杜樊川，而實用過之；其器量宏遠，則又卓茂、劉寬之儔也。而卒未大用，此非吾道不章，乃閩人之不幸也。先生既受仁廟之知，若天假以年，則其豐功偉業，何必不在韓、范、富、歐之間哉！先生論詩以性情、意味爲本，有體格而無性情，有韻致而無意味者，先生所不取也。先生詩以陸渭南之性情，具蘇長公之風力，其爲詩不事矯揉雕飾，性真激發，衝口成章，諸體畢備。蓋其敦行好修，學純守正，故發之於詩者，靄乎孝子、悌弟、義夫、順婦之容，倜倜乎忠臣信友之概，此其深於性情之事，而非徒以素絲黄絹較其工拙者也。先生嘗有詩曰：「天下文章在五倫。」夫五倫之事何一不由性情，然則欲求先生之爲人，而得先生之所學爲何事，則可以言詩矣。其秋日録近作自題其後云：「少薄詩人近學吟，言中懊惱意中深。長篇短律都無賴，萬轉千回只此心。霜葉何曾怨秋氣，寒蟲不覺有哀音。幾時待得東風至，花滿春山鶯滿林。」元人虞、楊、范、揭四家詩，皆有唐音，虞詩深得山水之趣，意境幽渺，尤爲四家之最。

漳浦黄忠端公父青原公祖墳被土人侵佔，一夕雷電大作，墳前後左右苔字大書「黄界」二字，遍墳皆是，此石齋先生忠孝之英靈所感也。余與亡友子萊黄石齋先生祖墳苔字歌聯句云：「荒煙蔓草天霦霦，薌谿。銅山萬古存孤岑。子萊。先賢忠孝死不朽，英光長照閩江潯。漳浦黄家舊名胄，薌谿。勝朝累葉垂纓簪。石齋尚書負神異，子萊。挺生夢感龍精妊。饜心文字搜丘索，洞機名理尤浸淫。先生嘗著三易洞機。登高四望暝雲合，先人墳墓當嶇嶔。君子之澤已五世，何物狐鼠生氛祲。鋤强太守不復出，拔薤安得來龐參。帝遣元精作飛檄，羣靈千隊行駸駸。薌谿。墓旁居人盡鏈户，謁言毅魄從天臨。子萊。荒塋一夕長苔蘚，黃山黃界鋒芒森。天然意造豈人力，薌谿。横掃墓側連碑陰。前朝陵寢亦榛莽，杜鵑啼血悲秋霖。子萊。鄰山北面望宮闕，遥遥不見松楸林。孤忠萬刼念君父，上天久鑒公之心。黃泥宜有鬼神護，流示奕禩光來今。閔鄉風雨出堆塚，六安陂岸留公琴。薌谿。古來哲人存聖蹟，我時憑弔還霑襟。矧此海濱毓賢地，白楊不翦今蕭槮。子萊。秋聲颯颯吹片紙，墳樹爲我俱悲吟。薌谿。」

閩縣薩檀河先生宰洵陽時，劇賊方薄城大攻，放火凡七晝夜，符節相望，咫尺不一矢援。先生誓守城卒詩云：「黑雲壓城黑風吼，疾雷破山墮天狗。金烏日光翻火雞，火城墨拒愁雲梯。諸侯咫尺不遺矢，白羽一麾創者起。嚼弩眢鎧休問糧，城存與存亡與亡。」

高要蘇德輔侍御廷魁著守柔齋詩鈔三卷，粤東羅茮生通政惇衍以示余。侍御詩如幽葩奇石，移情動魄，名章迥句，處處間起，麗典新聲，絡繹腕下。五言古如八里排遇風云：「頑雲亙南北，寒吹失昏曉。大聲江上來，投林落飛鳥。羣山莽摇動，萬象入喧擾。人憐凍蠅癡，舟似春楊梟。遠遊險已習，虚警心轉小。燠室猶履冰，深居亦集蓼。各有徇務苦，自嫌達生矯。安得乘日車，縱觀楚天杳。」瀧中作云：「九瀧界楚粤，歷險駭初見。舟徑山腹行，水引坤軸轉。亂石聚魚鼈，奔湍挾雷電。景幽魍魎窺，光驟神靈旋。懍然動毛髮，恍閲西方變。崖壁少歧途，來往爭一線。不容千斤載，遽苦十夫牽。失勢鷩跕鳶，翻身掠輕燕。三朝三暮上，一上一回戰。伏波念少游，昌黎懷廣殿。浮名累壯志，鉅觀失遐眷。腸回路復紆，叢箐雜飛霰。」七言古如主人爲作西洋筵即席有贈云：「珠毬紛挂星垂芒，百花環坐條風香。玻璃盛酒琥珀光，銀叉銅鼎燒羝羊。麪龜雞糕破塊嘗，妖童妙舞氍毹張。畫鼓一聲進一觴，主人稱壽樂未央。嗚鐘番奴奏宫商，應時拍翅金雀翔。杯停點茗分旗槍，此間賺得春宵長。東鄰翁媪饜糟糠，白首不識膏與粱。壯士擊案歌慨慷，盛年沈醉留他鄉。」觀湘閣聽曲和蔡孝廉顯原云：「錦灣漁火青濛濛，市聲卷夜烏啼風。臨江高閣奏弦管，清音飛入琵琶峯。桂郎嬌小倚明燭，丰姿秀奪瀟湘緑。騷魂蘭佩夢留香，仙隊霓裳親授曲。野蠶作繭絲纏綿，未即登場已可憐。春情消得寒天雪，旅思深添遠浦煙。煙雪霏微度鴻影，參旗光射星沙境。長笛初停漏鼓催，孤舟此別征途永。識曲中郎意奈何，他鄉萍水漫高歌。十年重問金門柳，南國佳人感慨多。」五言律如岳陽樓用杜韻云：「子美題詩後，東南重此樓。我來春雪霽，身與碧雲浮。湖勢無全楚，帆聲有萬舟。憑欄一長嘯，今古接風流。」七言律如六月十五夜翫月云：「江月無端墮客前，葛衫蒲扇與周旋。摇摇樓觀潮來處，澹澹星辰雨後天。照向中閨先夢到，看從今夜待秋圓。梧桐百尺棲孤鶴，遮莫吟聲攪爾眠。」旅懷寄區靜齋慕濂云：「采菊紉蘭節暗過，客懷爭得不蹉跎。牀頭金與秋花盡，囊裏詩同落葉多。勤苦易成思稼穡，登臨無和憶羊何。江城小閣經年別，誰泝瀰川聽棹歌？」題黎二樵集後云：「賸有才名海内傳，清時窮老赤明天。嘔心恐落三唐後，放手能爭五子先。兒女悲歡成絶調，丹青丘壑送殘年。於今市井爭珍璧，在日尋常負酒錢。」答友人云：「閶闔秋聲入短吟，儒冠憔悴歲華侵。重泉兒女他鄉夢，一往風霜寸草心。天地自閑人事迫，文章誰健我憂深。古來王謝知哀樂，絲竹平生不解音。」題吴梅邨詩集云：「復社名高海内歸，一錢不直素心非。生憐令伯陳烏鳥，老羨維楨得白衣。法曲淒涼遺史在，制詞推激昔人稀。江東獨步才原少，肯放西山詠采薇。」長沙旅懷云：「枯樹霜明點點鴉，楚天寥碧望長沙。南船風掠昭潭出，西郭雲開嶽麓斜。太傅文章憂漢室，藩王池苑問誰家？熊湘閣上登臨客，今古蒼茫入鬢華。」楊校録維屏同寓玉極庵出燕臺鴻爪集索題云：「南風手妙響朱絃，目送飛鴻興渺然。燕市交遊論古調，秋心摇落待誰傳？旗亭小史霏霏玉，佛院昏鴉點點煙。一樣閒愁人海闊，無端拚集鬢絲邊。」登黃鶴樓云：「一聲長笛倚斜暉，樓上江風振客衣。多少神仙名不著，白雲黃鶴任天飛。」趙北口云：「趙北燕南畫本開，平沙細草水雲堆。十三橋柳藏春色，青向行人馬首來。」

絳跗草堂詩鈔六卷，閩縣陳恭甫先生著。先生經學精博，有左海經辨、五經異義疏證、尚書大傳定本、洪範五行傳定本、三家詩考證、東越儒林文苑傳、左海文集、左海乙集駢體文行世，先生詩蒼雄逸秀，溯源浣花。五古雅近建安，七古合高、岑、王、李爲一手，横厲處復近韓、蘇，近體則淹有明空同、弇州及國朝梅邨、竹垞之勝。建寧張亨甫評先生詩云：「五古溯源浣花，委注梅邨；七古杜、岑氣骨，韓、蘇才情，遠揖北地，近俯秀水；五七言近體則李、何、王、李、王、施、朱、宋，無不掇其精華，尤於弇州、梅邨爲近；七絶亦風調清遠，在國初諸老之間。」先生五言古如過楓嶺、漂母祠、美人、題王上泰荷薪圖、讀樊川文集、又讀樊川集、遊子吟、題鄭六亭解元南歸舊圖、觀音巖、騶虞篇爲從外祖姑王郭氏作、小西湖泛舟、自警、廬陵王孝子詩等篇；七言古如放歌行、雁門行、萬安橋、青山靈王廟、全使君木蘭扈蹕圖、王明府海運圖、南靖寓齋啖荔疊韻、海天風雪圖、文信國琴歌、何編修觀海日圖、容成丹井嶺行、憶梅、蕭山汪氏雙節母詩、暮秋出廣渠門送同年謝甸男南歸、禮烈親王克勤馬歌、讀黃石齋先生自書謁周中丞祠詩、仙掌石歌、贈梅用東坡先生松風亭韻、白雲謠、扁舟黃葉圖、卿雲萬態石歌、李陽冰般若臺篆歌、翰墨香、秋山行旅圖、竹莊歸釣圖等篇，皆傳作也。五七言律迫近盛唐，春雨云：「簾外鶴梳翎，絲絲春雨冥。濕煙低水白，疎葉滴檐青。風色侵虛幌，山光罨畫屏。數聲歌嘯合，遥答護花鈴。」冬日云：「朔氣深山郭，霜晨霽色殊。滄波翻白日，野燒蕩青蕪。海闊魚龍暝，天寒雁鶩孤。可憐窮島外，飢卒荷戈殳。」黃田早行云：「羈枕何曾睡，灘聲一夜流。霜消茅店曙，雨洗桂巖秋。驛樹明津岸，沙禽下柁樓。平生惜風景，未倦長卿遊。」延平旅宿云：「明翠樓頭月，高城伏枕初。社燈春鼓急，邨火夜春疎。風物連千里，鄉心繫尺書。誰能倚長劍，更宿斗牛墟？」沈秀才看雲圖云：「之子雪灘客，門前湖水流。濤聲不受雨，雲氣半崩樓。深谷起何處，碧空無盡秋。捲簾閒對酒，明月又滄洲。」出塞曲云：「草淺月蕭蕭，行沙萬馬驕。劍冰青海裂，旌雪白山搖。征戍愁驅雁，兒童慣射鵰。莫令麟閣畫，祗數漢嫖姚。」河間道中大風雨云：「狂飇蕩平野，燕趙失青蒼。雲壞壓天黑，沙驚驅雨黃。神靈定何意，咫尺此相羊。萬里王程急，昏鴉又一鄉。」夜赴彭城云：「馬首接明月，蒼茫何處邨？荒山爭亂石，微徑走中原。天劃青徐小，雲歸梁楚昏。時平桴鼓急，煙火見彭門。」東林寺云：

「下馬緑楊外，鐘聲落野亭。雲來九江白，山入六朝青。蓮界誰開社，松枝罷講經。唯留虎溪水，攬夢到禪扃。」衛輝簡王儕嶠太守云：「古柳朝歌道，高城落日斜。秋禾紅上犢，野菜緑翻鴉。淳俗安同井，仙才簡放衙。向來經國事，未肯付詩家。」平定臺灣恭紀六首云：「紫宸前殿下霓旌，横海戈船破浪輕。窮島盧循虚盜弄，中朝韓説遠專征。欲除害馬安司牧，豈爲封鯢樂用兵。聖主軒弧原在握，坐看萬里陣雲平。」「貔貅十萬競摇鞭，飲馬鯤身七島前。金鼓已聞扶杖拜，鐵衣何待枕戈眠？石門削翠驅妖鳥，玉案摩青墮跕鳶。壯士不愁銀漢挽，天教飛雨洗兵還。」「捷報甘泉堠火微，三軍歌舞捲紅旂。桐城夜静潮雞合，竹塹春遲戰鷁歸。笳鼓中流隨使節，風霜絶徼憶征衣。金閶昨夕刀環月，草緑西園蝶未飛。」「門通羅漢碧天高，夾道飛花拂綵旄。驃騎歸來珠勒馬，龍驤浮渡玉環刀。榕陰極戍嚴鐘鼓，梅雨芳田静桔槔。震疊懷柔兼遠略，萬方親見聖躬勞。」「聞道婆洋萬里途，鯷人鮫妾百蠻趨。大荒枕海迴天地，絶域占星控越吴。日月高擎三島樹，風雷長護六壬符。神京聲教無遐邇，寧數蕭家職貢圖。」「風帶春濤入短簫，衣冠飲至未央朝。裴公勳伐穹碑壯，鄂國丹青羽箭驕。貔虎禁中皆脱劍，黿鼉海外已成橋。漢廷空下珠厓議，誰見榑桑銅柱標？」浦城道上云：「寒城花霧曉冥冥，十里晴郊倚短亭。南浦波如前度緑，東風草已夜來青。天邊鳥影看無盡，客底詩魂覺有靈。獨憶船場門上月，家山回望白雲停。」宿漁梁山次前韻云：「巖壑清暉變晦冥，郵墟茅店尚亭亭。寒煙幾樹無情碧，背日千峰不斷青。驛堠往時思將帥，洞天何路訪仙靈。行歌卻上高臺望，樵徑蕭蕭獨鳥停。宋韓世忠擒苗劉於漁梁驛。漁梁山，三十六洞天之一也。」和謝甸男無題二首依韻云：「劍外塵沙落日昏，珠鈴幃幄莫輕論。彝陵羣盜窺秦塞，夔府孤城阻益門。豈少蜺旌專外閫，仍煩虎旅出中原。可憐一片關山月，夜夜霜刀照血痕。」「廿載飄零劍氣昏，青尊細雨夜深論。詞人自撰元和頌。兵法誰通太乙門。阨塞山川問尸佼，激昂肝膽託平原。麤才媿擲封侯筆，潦倒青衫有酒痕。」宿正定隆興寺云：「傍城古柳澹無煙，紺宇飛樓俯大千。秋色來青滿恒岱，河流捲雪走幽燕。劫餘文字供過客，有隋開皇六年碑記。夢裏莊嚴詑宿緣。余少時夢空中現兩巨佛，露半身，寶相莊嚴，如大士像，瓔珞動搖，望之心竊惕惕，今見此寺大佛，高七十三尺，恍如所夢，異哉！笑我本無桑下戀，花宮風月住何天。『松風蘿月』亭四大字，明呂一奏草書勒石壁。」

坡翁赤壁賦「西望夏口，東望武昌」，昔人已辨其誤，曹孟德鏖兵之地，非坡翁賦所謂赤壁也。然坡翁文集書與范子豐云：「黄州少西，山麓斗入江中，石室如舟，傳云曹公敗，所謂赤壁。或曰非也，時曹公敗歸華容，路多泥濘，使老弱先行，踐之而過，曰：『劉備智過人，而見事遲，容夾道皆葭葦，使縱火，則吾無遺類矣。』使赤壁少西，對岸即華容鎮，庶幾是也。然岳州復有華容縣，竟不知孰是。」據此書，是坡翁明不知赤壁所在也。濟陽張稷若引張公如命云：「東坡文字亦有信筆亂寫處，如前赤壁賦『壬戌之秋，七月既望』，下云『少焉，月出於東山之上，徘徊斗牛之間』。七月日在鶉尾，望時日月相對，月當在陬訾。斗牛二宿在星紀相去甚遠，何緣徘徊其間，坡公于象緯未嘗留心，臨文乘快，不復深考耳。」侯官吳少山茂才文海詩云：「壯色江山蘇子賦，只嫌赤壁考非真。」斯言得之。

養一齋詩話云：「丁儉卿考證宏富，偶以秋谷聲調譜平仄之一定者爲疑。作書以答之曰：按譜中所注古詩字音平仄一定者，如于鵠『年年山下人』句，趙氏注曰：『下句是律，上句第五字必平。』愚按不獨平韻五古，即仄韻五古亦然。如襄陽『天邊樹若薺，江畔洲如月』，『薺』字必用仄聲者，以下句是律也。蓋不如此，恐與律詩混耳。此無可疑者也。『靜聞水淙淙』句，趙氏注『聞』字曰：『此字不平則爲律。』蓋亦恐與律詩混耳，亦無可疑者也。東坡『扁舟渡江適吳越』句，趙氏注『越』字曰：『此字不可輕用平聲。』蓋仄韻七古上句尾可仄，平韻七古上句尾若用平聲則不諧，杜公『昔隨劉氏定長安』，『問之不肯道姓名』，究竟變格非法，亦無可疑者也。

李賀『衰蕙愁空園』句，趙氏注曰：『第三字不平，則律句矣。』蓋李賀此詩參用齊梁，不盡合調，唯此句得法，故趙氏特注此句以明之，亦無可疑者也。太白『怳驚起而長嗟』『失向來之煙霞』句，趙氏注曰：『此四句皆六言，若非下句用三平則失調。』蓋不惟恐與賦類，仍爲音節較響耳，亦無可疑者也。杜詩『屢貌尋常行路人』，趙氏注『行』字云：『平最要緊。』蓋七言第七字平，第五字必平，乃爲正調，而『屢貌』句又必得『行』字平聲，乃非律句，故云『最要緊』也，亦無可疑者也。李義山『相與烜赫流淳熙』句，趙氏注『赫』字曰：『此字必仄。』蓋下面三平，此處亦平，則音不諧。如『封狼生貙貙生羆』七字平聲，轉覺其諧，而一『赫』字易平聲則不諧者，以字之平仄相雜故也。韓詩『快劍斫斷生蛟鼉』『杲杲寒日生於東』，皆用此義，不可枚舉。獨陸渾山火詩『風怒不休何軒軒』『命黑螭偵焚其元』『溺厥邑囚之崐崘』不然，故趙氏謂止可用於柏梁體，尋常七古斷不可用。蓋柏梁句句用韻，自相諧應，他詩不爾，慮不諧矣，亦無可疑者也。趙氏謂『平平平平仄平平句，於轉韻中不宜』。蓋轉韻最喜流美，此等非古非律之句，殊覺聱牙，故不合用，亦無可疑者也。以上八則，趙氏所謂古詩一定之平仄，義例皆確不可易。僭疏其意如此，亦未知當否也。若其不必一定者，趙氏既未特下重筆，此在後人之變通，以合天然之節奏爾。然趙氏亦有可疑者，如東坡『四方水陸無不便』句，趙氏注云：『第五字平，第六字仄，便非律句。』按此句『不』字，必易平聲方諧，若『不』字不改，則『陸』字必易平聲方諧。趙氏止以非律句注之，未盡音節之妙也。『紫金百餅費萬錢』，按此句誠非律矣，究不如『水脚一線爭誰先』『一半已入薑鹽煎』爲不轉韻七古之正調也。趙注云：『即六字仄，獨令末一字平亦可。』是其啞更盛於坡句，彌不入調也。若謂七古專用正調，恐不能變化參錯，相生相應，得『四方水陸』『紫金百餅』等一二句間之，更見挺動。即如此說，趙氏亦當注明，不得如所注云云也。右丞『我心素已閒』，襄陽『北山白雲裏』，趙氏注云：『皆天然古句。』按『北山白雲裏』，誠天然入古，『我心素已閒』，不律則有之，若謂其爲天然之古，則必『我素心已閒』而後可也。此皆僕之所疑於趙氏者也。近歙人吳蘇泉紹澯聲調譜，較趙氏爲益詳，其言一定之平仄，亦均不誤。惟注老杜『征衣颯飄飖』『颯』字下云：『此字用仄妙。』愚按上句『連笮動嫋娜』已四仄矣，此處即易『颯』字爲平聲，亦未見其不妙也。又注『高通荆門路』『荆』字云：『必平。』愚按『荆』字即易仄聲，亦是古句，今云『必平』，是必宜用四平聲也。五古得四平三平句誠佳，然亦何其滯也！總之此事不可不嚴，不可太滯。吳氏謂『不屑章句者，奸聲詖律，盡裂閑檢，墨守者又形模肖而生氣少』，真篤論也。僕嘗謂漁洋不肯以此譜示人，不如秋谷之有遠見。秋谷云：『不知此者，固未爲能詩，僅無失調而已，謂之能詩可乎？故輒以語人無隱。』此三四語，較之吳氏尤曲而盡也。然漁洋答劉大勤云：『無論古律正體拗體，皆有天然音節。唐、宋、元諸大家，無字不諧，明何、李、邊、徐、王、李亦然，袁中郎之流，便不了了矣。』又云：『七言古凡一韻到底者，其法度悉同。惟仄韻詩單句末一字，可平仄相間用，平韻詩單句末一字，忌用平聲，若換韻者則當別論。』是漁洋亦未嘗不以聲調示人也，特不如趙氏之備耳。凡趙氏所致譏於漁洋者甚多，其詞氣憤懣，非盡由論詩之相失，恐自以蹉跌不振，由漁洋門下所擠故耶？抑以婦舅之親，不能出氣力相拔故耶？要之聲調一譜，趙氏之功爲大。」

近見某先輩有云：「余少喜爲詩，近見某氏詩佳，不復爲矣。」此某先輩好勝之過也，詩發乎情，婦人孺子皆可爲之，亦皆有天籟，何必因見某氏之詩而遽不復爲乎！余謂先輩於詩雖極力爲之，決不能遽臻絶頂，以平日有好勝之心在也。晉、宋時競尚詩歌，當其時，耳目漸染，雖不學者亦能出口成章，如沈慶之手不知書，眼不識字，及逼令作詩，衆坐稱其辭意之美。今讀其詩，有先民之質表，無後來之華藻，然則學詩者貴通其大意，聞其風指，至於妃配對偶，表飾典實，抑末矣。慶之詩云：

「微命實多幸，得逢時運昌。朽老筋力盡，徒步還南岡。辭榮此聖世，何媿張子房。」

外舅閩縣周蒼士先生嘉璧晉和山行雜詩云：「轎中竟日渾無事，閒揭疎簾看遠山。」按：「轎」字入詩始於宋時，而詩家罕用此字。楊誠齋獨喜用之，如「行到深郫麥更深，放低小轎過桑陰」「詩卷且留燈下看，轎中只好看春光」「總將枝上雨，灑入轎間衣」「曉過新橋啓轎窗，要看春水弄春光」「行到笪橋中半處，鍾山飛入轎窗羅」「暖轎行春底見春，遮欄春色不教親」「急呼青織小涼轎，又被春光著莫人。」

建寧張亨甫詩，五言古如畢節高氏篇、三里灘、雨中游天平山、張家渡、贛州西母、大庾嶺、過清遠峽、羚羊峽、羚山寺、浴日亭、遊頂湖山、七星巖等篇，七言古如讀古山先生詩感賦、燕文貴溪山雪霽圖、平遠臺、風雪入關圖等篇，篇法渾成，字字沈著，幾於樹高、岑、王、李之幟，奪虞、楊、范、揭之席矣。亨甫未刊詩更有京伶某郎曲，語語寫入自己身分，詩情縹緲，直欲化筆墨爲煙雲矣。其雨中游天平山絨庭偕其從兄順之招遊。云：「天平對支硎，嶕嶢立萬石。秋氣養孤清，雨聲在寒碧。登高見吳甸，渺然太湖夕。天長獨鳥盡，野曠歸雲隔。山河杳無人，下有太古迹。風泉結幽籟，淒清滿空隙。目齊遠近理，興與丘壑適。不如葉落多，哀蛩響如惜。寺僧正閉門，瀹茗訝來客。荒厓霧露深，何以迴行策。」張家渡文信國故里。云：「煌煌歐陽文，磊磊信國節。山川鬱神秀，並代兩人傑。我來訪故里，落日莽嵽嵲。煙巒遠際天，水波浩流雪。悲風起曠野，慷慨思遺烈。在昔南宋衰，俄頃半壁裂。四鎮謀不庸，孤忠力徒竭。艱難奮義旅，崎嶇出閩粤。天亡事已非，人存國未絶。哀歌凛正氣，獄中肝肺熱。荒臺痛朱鳥，胡沙照碧血。陵谷有湮頹，斯人豈磨滅。轉憶年少時，曲謹非所屑。至今論已定，何媿平津列。嗟茲當世賢，相士毋乃劣。承平奬庸鄙，倉卒誰奮發。古來英雄姿，豪宕自天骨。未遇或脱略，致身必勇决。司勳紬大用，迺以傷春卒。始思牛奇章，泣下揚州月。」十九日游頂湖山得詩四首云：「谿迴萬石深，蕭蕭蔭喬木。幽亭隱谷口，下見澄潭曲。夕陽古不到，千年閟寒緑。獨坐聽山風，棲禽語相續。半山亭。」「入山不見山，絶壑奔流響。萬木氣成雲，葉落無人往。鐘聲墮上方，天光見一掌。坐憩石華秋，高深寄俯仰。補山亭。」「蒼蒼轉陰崖，寂寂閟嘉樹。客行入梅花，白雲共來去。山風弄幽泉，落日不知處。但聞經聲希，蕭寥巖壑暮。慶雲寺。」「沿澗尋靈源，孤亭企飛雪。蒼茫萬古氣，一洗空山骨。寒碧滙潭光，餘青滿林樾。石壁多悲風，夕陽浩明滅。飛水巖。」讀古山先生詩感賦云：「祝融抱日升扶桑，虛堂爽氣來八荒。風吹萬竅互鏜鞳，七絃一撫天蒼涼。先生少年自學道，自謂於詩非所長。勸人學詩學子美，墨汁欲洗民痍瘡。靜觀造化得深悟，往往韋杜森相當。岱宗秋色冠東海，岷峨屈注開滄江。空山野水忽暮雲，桃花乳燕交春塘。先生老懷最寬厚，每聞大政意慨慷。忠肝義膽無所放，精誠著紙如星光。開陳大易孔孟訓，勖我不僅爲詞章。先生深於易，著讀易慎疑。安得赤手翻銀潢，招先生魂騎鳳凰，歸來歸來洋溪先生居里。陽。」風雪入關圖爲吴石華教諭題君言由大同入居庸。云：「太行萬峯莽向北，雲中列塞慘無極。驚風驅雪雁不飛，匹馬西來走邊邑。居庸遠接長城昏，金元故壘徒紛紛。及關回首望代朔，武靈骨朽燕荒墳。此皆英雄百戰地，戍樓捲蓬煙倒翳。北平不見飛將材，廣武悲來阮籍涕。層崖岌嶪錯九陘，草木凍割太古青。勢馳浩洶石陡裂，寒出黯淡雲先冥。輪摧蹄折過者幾，候騎無聲鼓角死。蒼黄大野晝飛沙，浩白長空氣懸水。燕臺酒徒慷慨歌，貴家羊羔驕翠蛾。豈知書生一雄劍，仰天欲鏟山嵯峨。棄繻不滿豪奴笑，路入中原且孤嘯。迴看遼海塞層冰，誰拓幽州且斜照？當時磊砢英多人，乃使飄泊關山塵。即今嶺外坐愁歎，何止旱潦千家貧。著書漫與消寂寞，歲晚天寒風雨作。我方獨過横浦關，相思如雪梅花落。」

蔚州魏環谿先生云：「古人有一二小節，傳爲美談者，如濂溪之蓮，淵明之菊，太白之月，浩然之梅，元章之石，叔子之碑，伯牙之琴，子陵之裘，孟嘉之帽，林宗之巾，以及諸葛之菜之類，非物重人，人重物耳。」閩縣葉旬卿解元修昌云：「我愛頭銜名士習，元章袖石浩然梅。」即此意也。

先大人名高漢，字卿雲，晚生陳慶鏞填諱。以家計故棄舉子業，援例入成均，浮海遠遊，海南、江北、河東、淮西，皆其往來熟習之地。生平遇怪者三，遇鬼者四，遇虎遇蛇者各兩，皆不能犯。有不測事，鬼神每先來告。性至孝，大父老病困床席間，先大人往禱浙之南海觀音巖，往返三千餘里，及到南海，先大父即於是日夢觀世音以柳枝水灑其面，病垂愈。又與兩叔父友愛。生平深慕趙清獻，於每日所爲之事，必晨夕焚香告天，彌留之日，有異香繞室，俄而去世。時年七十三。老人李晴川先生作霖爲先大人之故交，嘗謂昌彝曰：「爾尊大人有三難，孝友著於家，一難也；生平不履邪徑，二難也；五十年晨夕焚香告天，家居旅次無間寒暑，三難也。」同里丁啫庭副郎桐贈詩云：「孝心今見蕭希逸，厚德人懷陳太丘。」副郎父慕九先生，古君子也，與先大人爲摯交云。

益陽湯海秋先生鵬著有海秋詩集二十四卷，先生詩筆豪放，氣欲籠罩宇宙。其於詩，凡三百篇、離騷、漢、魏、六朝、三唐無不形規而神契之。先生年二十，登道光三年進士，始官禮部主事，既兼軍機章京，遂補户部主事，轉貴州員外郎，擢山東道監察御史。年始三十餘，意氣益蹈厲，謂天下事無不可爲者。其議論所許可，惟李文饒、張江陵輩。徒爲詞章，無當也。既得御史，則勇言事，未踰月三上章，最後以宗室尚書斥辱滿司官事，非政體，言過當，且在奉旨處分後，罷御史，回户部員外郎，轉四川郎中。是時𠸄夷擾海疆，求通市，君已黜，不得言事，猶條上尚書轉奏夷務善後者三十事，雖報聞，而後彌利堅求改關市約，有奏中不可許者數事，人以是服其精，非疏闊大略者也。詩五七古多長篇鉅製，或一百八十首，或數千言。偶見佳篇，輒思並之。先生才足以横掃一世，而詩格亦因此漸減。五言佳句如「菰蘆一片月，江海百年心」「天涯萬里眼，人事九迴腸」「秋色横詩舫，蘆花隱釣磯」「山勢盤天地，河聲送古今」「白雲依水盡，黄葉補林虚」「河漢澄如許，梧桐微有聲」「乾坤萬里客，風雨九秋臺」「雨生空際緑，雲向斷中黄」「風吹殘夢去，鳥唤好雲生」「虹蜺生澗紫，鸛鶴下天青」「亂雲欹幔黑，急雪落簷高」「地僻客難到，雲深門自關」「柳縈彭澤夢，桃醉武陵霞」「天遠江湖白，人奇幕府疏」「户斜蟲搗月，天闊雁横秋」「苔深無鳥過，僧老有雲知」「橋危依老樹，亭古受輕風」「風霜蓬鬢短，楊柳薊門愁」「蓴鱸隨野艇，雞犬滿巖扉」「杜陵詩是史，王績醉爲鄉」「劍吹關塞霧，衣雜海山雲」「衣上風霜白，愁邊天地青」「新情閒處活，舊事醉中深」「地偏花徑合，天闊寺門低」「暮雨梧桐老，秋聲蟋蟀多」「才名雙鬢雪，杯酒百年春」；七言佳句如「才能受謗有餘福，詩不閉門無苦心」「月色古今如此白，秋聲天地不禁寒」「天地無言自風雨，古今未了此文章」「月缺月圓此河漢，花開花落自塵埃」「空隨明月一時到，不識白雲何處尋」「西山如幕邊雲紫，古刹無人木葉黄」「一代衣冠先士氣，百年天地入詩騷」「樓臺缺處數峯見，霜雪封時一徑微」「天地有情還故我，秋冬無事足新詩」「才名未老乾坤大，詩句非狂風雨疑」「十年涕淚頻佳節，萬里江湖有故鄉」「四塞河山千鳥外，萬家風雨一秋聲」「三年詩社交天下，一夜鄉心過嶺南」「濤飛瀚海旌旗濕，日落天山兵甲黄」「盛世文章此春氣，少年天地獨秋風」「歲暮風霜雙鬢禿，天涯兄弟百杯深」「屋曲幔藏新雪色，墨寒詩帶晚風聲」「碧鳩暮雨呼朝雨，黄犢前岡趁後岡」「欲醒欲眠春鳥過，忽晴忽雨桃花開」「花枝照眼能娱我，世路憐才卻畏人」「風如有意低楊柳，水不能波長芰荷」「數聲幽鳥是非外，一片涼風醉醒間」「百年來往漁樵夢，一劍浮沈歲月秋」「波承枯藻魚皆立，露點衰楊鴉未黄」「本以春風爲杖履，未妨秋色滿衣裳」「歷歷凫鷖秋影活，深深臺榭夕陽留」「千柄萬柄白菡萏，一聲兩聲黄栗留」「風飄雨點攙花點，春在山頭更水頭」「巖壑有無餘落日，陰陽闔闢在蒼煙」登岱。「桃花峪邃紅侵屐，莎草泉幽緑滿襟」「山雜古今千點石，海浮天地一痕煙」「雲泉供養何曾老，釣弋交游不用媒」「山中種樹能調性，野外論詩不費錢」

「秋雨娟娟蘇病骨，春風浩浩寄愁心」「我卜黄花饒晚節，人方薏苡謗明珠」「眼看天下無窮事，口誦人間未見書」「詩名未足匡天下，野性何知傍斗魁」「天上風霜吹汲黯，人間鐘鼎薄匡衡」「曲沼芙蓉千點露，小樓楊柳萬枝霜」「秋風萬里羅浮夢，暮雨千尋滄海波」「白酒似狂還似聖，黄花非色亦非空」「陶潛醒醉非關酒，杜甫行藏只倚樓」「百年生計杯中物，萬里離情野外樓」「雨含碧澗波千點，風送黄昏花一樓」「杖底雲霞扶野客，杯中天地寄茅樓」「山中那見東西虎，溪上閑眠子母牛」「白石長撑橋下水，青天自傍竹間樓」「乾坤歌哭雙鳴鳥，身世浮沈一葉舟」「滄海潮聲爲汝大，太行山色替人愁」答葉松厓孝廉。「九月天風吹木葉，百年人事餞秋光」。海秋平日待友以誠，與余友善，披肝瀝膽，出於至性，讀其詩，不勝有今昔之感。

閩縣何道甫孝廉則賢著有藍水書塾詩草四卷，詩格瓣香楊誠齋，樸質無蔬筍氣，其佳篇如擬白樂天新製布裘、謁梨嶺唐建州廟、四月十二夜枕上口占、田家雜詩、讀唐陸宣公奏議諸篇，皆合律，其擬白樂天新製布裘云：「惡寒而輟冬，造化無是理。朔風一怒號，萬物爲披靡。挾纊廣厦間，縈懷幽谷裏。嗟彼伶俜人，短褐至骭耳。冰雪蘊重陰，瑟縮復誰似？布濩大地春，道從務本始。奢麗戒必嚴，蠶績無時已。吉貝與桑麻，種植徧遠邇。斯事力以行，獲益應倍蓰。何若萬里裘，虚願徒爾爾。」和元許文正偶成詩韻云：「屈指年華四十三，鄉人未免笑何堪。迂拘自忖機心少，樸拙還教世味諳。無可締歡唯卷軸，時縈夢想有煙嵐。一編習靜頻遮眼，侵曉簷聲覺雨甘。」書徐虹亭詞苑叢譚後括道園仲舉詞意偶作云：「簾幕重重怯晚寒，憶傳宮燭直金鑾。夕陽西下嚴城月，欲喚繁華夢起難。」書佺兒所記功過格云：「曾三顏四我師資，能否清宵念百非。莫易言功嚴記過，芸窗下筆有天知。」道甫博涉羣籍，藏書幾二萬卷，其於史學用力尤深，其文集八卷，嘗問序于余，所著書如讀經札記、晉史補略、球使禮服答問、涉史漫筆、史通何氏偶箋、昭代碑傳表誌文輯、名人軼事隨録、東越著述所見録、東越歷朝文輯、皇朝東越文輯、藍水書塾叢筆各若干卷。

卷二十

明詩綜引江進之云：「空同、于鱗，世謂其有復古之力，然二公固有復古之力，亦有泥古之病，彼謂文非秦、漢不讀，詩非漢、魏、六朝、盛唐不看，故事凡出漢以下者皆不宜引用。噫，何其所見之隘也！夫詩人所引之物，皆在目前，各因其時，不相假借。如雎鳩、螽斯、桑扈、蟋蟀、樛木、夭桃、芣苢、葛藟，是三百篇所用之物也。降而爲離騷，則用芷蕙、荃茝、木蘭、菊英、蛟龍、鳳凰、文虯、赤螭，曾有一物假借於毛詩乎？又降而爲唐人之詩，則用江梅、岸柳、澗草、林花、乳燕、鳴鳩、羣鴉、獨鶴，曾有一物假借於離騷乎？非不欲假，目到意隨，意到筆隨，自不暇舍見在者而他求耳。至於引用故事，則凡已往之事，與我意互相發明者，皆可引用，不分今古，不論久近，乃曰『漢以上故事方用』，此特有見於漢家故事字眼古雅，遂爲此言，其實繫用之善不善，非繫於古不古也。」

作柳花詩須切花字，否則是賦柳，非柳花矣。屈翁山柳花詩云：「一夕垂楊樹，花飛入杳冥。無風已如雪，有雨即爲萍。未忍吹長笛，生憎種短亭。鶯銜餘幾片，掩映數枝青。」此詩真切有味。建寧張亨甫柳花四律云：「何人留恨晚春天，手種長條作絮顛。攀折曾經怨離别，抛殘猶自愛纏綿。因風吹散終何許，隔水相看只渺然。多少征夫嘆飄泊，不堪臨去點佗鞭。」「馬首輕埃辨未真，晴絲更卷夾堤勾。留他媚嫵無多日，送我萍蹤又一春。忽忽紛飛還作態，濛濛空墮不成塵。天涯莫悵啼鶯晚，芳草芊綿久似茵。」「横笛離亭起暮愁，一時亂落不能休。可憐官渡煙俱碎，更共隋堤水漫流。樹老無情半摇蕩，春歸有迹小淹留。殿前誰憶當年客，張緒如今也白頭。」「幾番眠起眼長青，況是今朝撲面迎。雪際相思猶旖旎，雨中如夢不分明。乍歸燕子看交舞，垂暮楊枝欲遣行。惆悵紅橋三百外，江南處處糝波平。」閩縣家柯亭廣文筠英柳花詩云：「一抹斜陽杜宇啼，飄零無復辨東西。章臺買笑驄蹄亂，隋苑徵歌舞袖迷。幾度翻天飛作雪，莫教墜地躪成泥。風流張緒而今老，羞把靈和舊事題。」句如「殘夢燕鶯春緒懶，斜陽煙景雨絲漫」「蕩子天涯嗟白首，美人樓上蹙青眉」「轉眼繁華隨逝水，後身惆悵寄浮萍」，皆切柳花，非泛泛賦柳。柯亭戊子鄉榜。

「酒庫」二字用以入詩，便覺典雅。朱竹垞題洪生對酒圖云：「酒庫京坊六度開。」薩檀河先生閩宮詞云：「酒庫新收醡袋殘。」此皆「酒庫」始見於詩者也。或以「酒庫」二字見帝京景物略，今檢景物略，無之。楊謙曝書亭詩注、孫銀槎曝書亭詩箋皆不能詳其所在，未知出何典記。

錢塘沈竹虛璜汪水雲碎琴歌，蒼涼沈著，其聲錚然，愁思轉深，硬語獨折，詩云：「念家山破宫苔秋，六宫掩泣臙脂愁。故國茫茫天水碧，鍾儀甘作南冠囚。當年供奉入天府，自製新聲爲君譜。琴師豈少太古絃，趙家已無乾淨土。江邊忽報白雁來，何止金甌缺難補。負囊不辭萬里行，燕山雪滿邊歌苦。離騷一曲天爲愁，彈不成聲淚如雨。南歸催餞梁園春，陽關別調悲宫嬪。忽然變徵裂金石，一聲擲地揚飛塵。桐枯玉折紫鸞泣，孤臣碎琴如碎身。舊物惟留賜硯在，斧柯片石隨遺民。君不見思陵琴士號黄震，日給黄金被親信。同是宫庭待詔人，惟君蕉萃凋雙鬢。吁嗟乎！文山琴，絃絃迸露正氣吟，疊山琴，聲聲訴出卻聘心。文山疊山埋碧血，水雲之琴從此絶。」

河間紀文達公著灤陽銷夏録、槐西雜記、如是我聞、姑妄聽之四種，總名曰閱微草堂集。其託狐鬼以勸世，可也；而託狐鬼以譏刺宋儒，則不可。宋儒雖不無可議，不妨直言其弊，託狐鬼以譏刺之，近於狎侮前人，豈君子所出此乎。建寧吳厚園茂才詩云：「莫易雌黄前輩錯，寸心也自細評量。」真和易之言。

初唐四傑七言古與長慶體不同，二者均是麗體，四傑以穠麗勝，長慶以清麗勝，須分別觀之。譬之女郎之詞，一則爲青樓之絲竹，一則爲繡閣之笙簧，讀者不可不辨也。

庚戌公車南旋，與粵東温伊初同舟，伊初論朱竹垞七言律似前明李空同。余不謂然，空同詩雖學開、寶及大曆十子，氣骨宏敞，然未免有襲取之迹，不如竹垞出以婷雅，登開、寶之室，而無襲取之弊。伊初乃於舟中復檢竹垞七律細讀數過，深以余言爲然。

東薌吳蘭雪刺史自題詩集七言古長篇近二千言，多敷衍鋪張，冗長傷氣。閩縣某先輩稱其詩爲近代七古鉅篇，未免推許失實。

朱竹垞風懷二百韻，特游戲三昧耳，豈得以此貶賢。其不删風懷詩也，曰：「吾不願爲兩廡特豚。」乃有慨於元、明祀典之濫，故有激而言也。崑山顧亭林廣師説云：「文詞古雅，宅心純厚，吾不如竹垞。」蓋推服至矣。吾謂國初諸老能兼經學詞章之長者，竹垞一人而已，況人品之純，非西河、鈍翁輩之所能及也。

閩中泉山有四，福建雍正通志、乾隆續志皆相沿而誤，不能實指其地。道光壬辰，陳恭甫先生命予協修福建通志，予嘗辨之。辛丑，予由温州公車入都，舟中與吳蔚林孝廉談及舊志泉山之誤，孝廉成五古二十韻，起四語云：「泉山峙東甌，一人可守險。席捲指南行，買臣言終驗。」按：泉山在浦城縣東北六十里者，太平寰宇記引建安記云：「山頂有泉，分爲兩派，一入處州，一入建溪。」在泉州城北五里者，亦曰清源山，周環四十里，方輿勝覽云：「山有石乳泉，澄潔而甘，其源流衍，下達於江。以『泉』名山及州，以『清源』名郡，皆本於此。」在福州之城東北隅者，一名冶山，三山志云：「宋治平圖曰『泉山』，熙寧圖曰『將軍山』，唐開元置福建折衝，號泉山，府兵皆即冶山爲名。唐裴次元作天泉池，題其山亭，今山下猶有泉一泓。紹興間，薛殿撰弼創泉山堂其側，蓋識古也，後人或以泉山在蓮花山下，有指鼓山爲説，皆失之。」在温州城東南四十里者，亦曰大羅山，廣袤三十餘里，寰宇記云「東北枕海」，引永嘉記「山北有泉，天旱不涸」，故以名山，山東有瀑布長數十丈，頂有大湖。之四者，樂子正、梁文靖、祝和父各指爲東粵王居保之泉山。以余考之，惟温州之泉山是，其餘皆非也。漢史朱買臣傳所謂「故東粵王」謂東甌王也，所謂今東粵王謂餘善也。惠帝三年立閩君摇爲東海王，都東甌，世號曰東甌王」。閩粵列傳：「東粵請舉國徙中國，廼悉與衆處江、淮之間。」謂東甌爲東粵，此其證也。建元三年，閩粵圍東甌，東甌不能離其都，而走保海瀕之泉山，漢兵未至，閩粵引兵去，閩粵亦未嘗與漢交鋒也。買臣言「一人守險，千人不得上」，非謂居保爲距閩粵，特謂摇以下數世都東甌而明其有險可據耳。東粵既徙江、淮，閩粵王郢亦被殺，漢立無諸孫繇君丑爲粵繇王，奉閩粵祭祀。又立餘善爲東粵王，當處東甌故地，而與繇王並處國中。是其後東粵居在冶，而不在東甌矣。至元鼎五年，漢破番禺，樓船將軍楊僕請引兵擊東粵，上令諸校留屯豫章梅嶺，樓船待命。明年秋，餘善遂發兵距漢道，號將軍騶力等爲「吞漢將軍」，入白沙、武林、梅嶺，殺漢三校尉，上遣横海將軍韓説出勾章浮海，自東方往，樓船將軍僕出武林，中尉王温舒出梅嶺，粵侯爲戈船、下瀨將軍，出若邪、白沙。元封元年，咸入東粵。是時東粵三道發兵，而漢四道發兵。出武林者由浦城入，出梅嶺者自贛汀入，此陸道也。出若邪、白沙者由會稽入回浦抵東甌。若邪者，會稽山；白沙者，永嘉嶺也。此水道也。而韓説一軍出勾章，以舟師從東方往，乃由東海道而南也。買臣言：「今發兵浮海，直指泉山，陳舟列兵，席卷南行，可破滅也。」此欲以舟師由東甌海道抵冶也。及買臣拜會稽太守，歲餘受詔，與横海將軍韓説等俱擊破東粵，卒用其策成功，即元鼎六年事也。蓋自勾章趨永嘉，自永嘉趨冶，揚颿鼓柁，建瓴而下，拊東粵之背而扼其吭，故可由海師破滅，連於諸道而海師先至，故粵建成侯敖與繇王居股等謀俱殺餘善，亦以其衆獨降横海軍也。東粵王更徙處，南去泉山五百里，居大澤中，其福州之南臺白龍江乎？淮南王言粵習於水鬭，便於用舟，其居大澤，蓋以練水軍耳，猶之閩粵王治兵於冶南也。且一以拒漢，一以控繇王，殆當日謀國之本計與？五代漢初，南唐圍李仁達於福州，吳越將余安自海道赴救，至白蝦浦，海岸泥淖，布竹箐而前，既登岸，奮擊南唐兵，大破之。顧祖禹方輿紀要以爲白蝦浦即白龍江也。然則白龍江固自昔用兵之地，漢於東粤，亦猶是爾。今一統志永嘉東南至霞浦二百七十里，霞浦至福州二百八十里，除泉山三十餘里，故約之曰「南去泉山五百里」也。以買臣之言印之漢年時地勢事蹟，無不吻合。泉山之屬永嘉，確然無疑。若以爲浦城之泉山，既非浮海所能到，福州、泉州之泉山，又非故東粤王所居，且安得有千人不得上之嶮。顔師古注漢史謂「泉山即今泉州之山」。師古時泉州則福州也。明郭子長郡城水道書謂「無諸都冶，冶山之前皆池，周可數里，據高岡，臨巨壑，江流繞之，是稱險隘」。陳汝翔閩中考以爲買臣所謂嶮，則指崇安、浦城、邵武三關，不可泥守險之説，而亦主冶山爲泉山。不知即移屬故東粤事於閩粤，然粤方距漢，不守險於遠，而區區保其國都，愚豈至是哉！而就清源言之，餘善更南徙五百里，則在漳、潮之境，雖東粤從擊吕嘉兵嘗至揭陽，然豈捨國都不處而自遁於邊陲以取窮蹙耶？衆論紛然，惟温州之泉山爲確而可據。

聽濤書屋詩集六卷、續集二卷，宛平温松雲布衣著。布衣大父遊幕吾閩，貧不克返故里，至布衣而貧益甚。布衣既術醫以業家，多活人。詩筆超解，而輪囷奇傑之氣不可掩抑，當其興之所會，有「披髮騎麒麟，翩然下大荒」之慨。光澤高雨農先生以詩豪目之。其雜感諸詩爲襄陽遺響，又若繁音促節，如笛入破，詩云：「一日復一日，夕陽在山谷。山中高塚下，狐狸常棲伏。雲樹渾蒼莽，牧童叱黄犢。相别村社人，歸來行速速。人無雙翼飛，安得思清福。有田不能耕，安知生百穀。有圃不能種，安知生蔬蔌。取資全待人，不覺流光逐。有酒供我飲，有詩供我讀。水源木本心，言之淚盈掬。鐙下起長歌，一歌當一哭。」其咏屈原詩，蒼直之氣可埒崆峒，詩云：「江魚莫敢吞忠骨，雪浪銀濤啟墓門。今古有人推賦手，江山無地哭忠魂。心因大苦難諧俗，才不留餘屬感恩。澤畔行吟猶未忍，可憐誰與楚王言。」白桃詩七律，寄託深遠，不減袁凱白燕詩，詩云：「縞衣僊子下瑶池，化作花身玉一枝。自有素心盟白水，生無媚骨豔芳時。笑他輕薄紅塵慣，認我精神粉蝶知。不向門中供物色，淡無言處且棲遲。」

牡蠣瓶齋蔓草六卷，侯官張篪仙明經人和著。明經詩深於性情，有宋楊誠齋風味，天趣閒放夷懌，意念間有淵然之思，泊然之度。性好客，嘗招余飲吾好樓。其詩意詩可稱天籟，詩云：「欲覓詩中意，不知在何處？有時招不來，有時麾不去。欲覓詩中意，去來無定處。有時還自來，有時還自去。」其春暮郊行即事，詩中有畫，清麗逸宕，似許丁卯，詩云：「深林錯落兩三家，散步重來路不賒。糁徑白氊鋪柳絮，漫溪紅雨落桃花。斷橋芳草三叉路，古木斜陽數點鴉。行倦敢嫌村老俗，周旋聊與話桑麻。」

瓶菴居士詩鈔四卷，閩縣孟瓶菴先生超然著。先生乾隆己卯解元，庚辰進士，事迹詳東越儒林傳。先生天性純篤，庭闈之際，未嘗一日忘，服官以清節自勵，年四十二，告歸侍養，主鼇峯講席，誘掖生徒，亹亹不倦。田産僅足自給，所入館穀，大半以周族戚之貧者，族人坐食先生家凡數輩，有徑持先生衣物以去，先生不問，或以告，頷之而已。臺灣某生徒豐於貲，其父被同里誣械鬬殺人，獄成，生徒以十萬金餂先生，請言於大府白其寃，先生義形於色曰：「孟超然豈要錢者乎！」既乃密告大府，遂釋其獄，生徒德之。凡此皆人之所難也。詩亦沖和恬澹，不失温柔敦厚之旨。其五言古馬鞍嶺云：「策馬亂雲中，巉巖不知數。二十四馬鞍，馬蹄此焉度？怪石即顛墜，于中得道路。攫如蛟龍騰，猛若虎豹怒。下臨無際淵，惴惴看行步。古云行路難，既行那得住。却於過身時，不堪一迴顧。」扁鵲墓云：「君能活死人，不免爲人害。死人能活人，猶有墓前艾。相傳湯陰艾以扁鵲墓爲上。」七言古天王山劉將軍碑萬曆間總兵劉綎征王大咱，戮首三千，葬此，題曰「鯨鯢封處」。云：「天王山前山鬼泣，殘碑風雨蒼苔濕。鯨鯢封處成丘陵，血汚遊魂悔何及。爾曹椎髻皆王民，須識天王長養恩。傖儜笑語蒼巖下，膽裂一憶劉將軍。」五言律明長沙府推官蔡忠烈公道憲云：「湘水藤花落，淒涼更不春。健兒林國俊，降鹵尹先民。悔後留吟草，生前矢致身。醴陵坡月上，猶照故鄉人。公吾鄉晉江人。獻賊陷長沙，總兵尹先民降，公被執不屈，磔之，氣垂絶，作忿恨聲，賊問何恨，曰：『恨不殺先民爾。』健卒林國俊等皆從公不屈死。公詩名悔後集，『湘水清紫藤，花落魚子生』，公詩句也，祠在南郊醴陵坡上。」曉行云：「驛路記曾經，長亭復短亭。板橋斜帶月，野水遠涵星。竹密朝煙暗，霜濃宿酒醒。何人芒履出，踏破曉山青？」七言律湯陰岳忠武王祠云：「十二金牌解戰袍，愁雲直逼陣雲高。朝廷敢恃刑牲信，將帥難爲汗馬勞。功在十年天地鑒，獄成三字鬼神號。旌旗一去朱仙鎮，安得黄龍醉濁醪。」「年少登壇百戰多，精忠涅背總難磨。復仇慷慨頻觀史，下令分明數雅歌。叩馬書生言竟驗，壺漿老父痛如何。淒涼轉憶宗留守，屬纊聲聲喚渡河。」「禾黍離離滿汴梁，湖山豈合戀錢唐。北轅有恨同懷愍，南渡何心憶靖康。過嶺他時悲趙相，騎驢無分比蘄王。從兹馬角無生日，雪窖冰天永斷腸。」「駐馬斜陽過蕩陰，摳衣祠下淚盈襟。邙山洛水傷興廢，麥飯冬青自古今。衛士銜冠摻白刃，太師長脚鑄烏金。祠門外塑施全持刀，下鑄鐵像五，皆反接跪北向。棲霞嶺下傷懷地，曾見南枝滿墓林。」渡河云：「金堤千里靜波濤，解纜平陰日色高。古驛紆迴臨廣武，雄關蒼莽入成皋。山川自帶英雄氣，楚漢曾聞戰伐勞。極目中原懷往事，河流終古自滔滔。」七絶云：「新聲誰唱鶴南飛，與客西征度翠微。草草驛亭湯餅會，那知遊子淚沾衣。」「津頭白鷺任飛翻，盪槳遲遲出海門。不信此間成別島，小漁村隔大漁村。」「陷河水接瀘山寺，木托山迎望海樓。絶塞憑高更懷古，滇雲漠漠近新秋。」讀唐詩云：「自笑生平不好奇，病中聊復試爲之。北窗急雨驚風會，卧讀盧仝馬異詩。」

伴香閣詩鈔八卷，歙方子雲布衣正澍著。布衣忘情仕進，嘯傲衡門，今之賈浪仙、羅昭諫也。詩造句新警，工於體物，一聯一語，唐人得之皆可名世。吴會英才集謂布衣賃屋長干，索居屏跡，袁簡齋論詩所謂「更有閉門工索句，無人解扣子雲居」是也。五言古武功寺云：「琳宫飛鳥外，昏曉落鐘鼓。歷盡千仞梯，寺破松門古，一磵雙派合，孤亭衆山聚。苔徑淡斜陽，竹窗滴殘雨。人靜聞幽香，茶花剛半吐。」七言律秋日山邨即事云：「野處何知行路難，重陽時節足盤桓。寒蕪背日猶能緑，秋葉無霜也自丹。負郭邨孤茅屋矮，傍田莊小稻場寬。慚予未是忘情者，暫住山林夢亦安。」臨江臺云：「手攜瓊簫上露臺，百年懷抱一時開。松根瘦石如人立，江外濃雲似馬來。花鳥春供行酒興，窮愁天與著書媒。茫茫極目斜陽裏，城堞連空畫角哀。」遊觀音門外諸勝處歸作四首云：「幽邨合沓亂峯圍，引我前行蛺蝶飛。緑水數灣千石筍，紅花一塢幾柴扉。松風吹壁送樵笛，梅雨過林涼客衣。小憩苔磯閒矯首，遥天鶴帶白雲歸。」「小綴青錢夾道榆，爲防苔滑倩藤扶。煙林藏屋深難見，野水侵堤細欲無。隱隱斜陽開野甸，離離春意滿菰蒲。偶然添得遊人興，古木叢祠喚鷓鴣。」「崖回路盡隔煙蘿，絶磴低頭看鳥窠。遠樹擁雲疑列嶂，怒流衝石起盤渦。鐘聲不受千花隔，天氣翻因一雨和。我欲此間營數畝，茅茨占斷好巖阿。」「苔封石徑色蒼蒼，閒步還憐屐齒妨。溪上花紅高閣燕，邨頭草緑一坡羊。那堪落日照人反，且喜攜壺引興長。自笑斯遊真不負，好詩收拾滿奚囊。」春日讀書小圃有作云：「短短柴門閉夕暉，閒來畫看陸探微。金爐烟盡香仍在，書院風停花自飛。松影涼侵棲鳥夢，池光青上酒人衣。園居似此真堪樂，家釀初成筍正肥。」過魏居士邨墅云：「空屋無鄰晝掩門，欄前高下疊雲根。濃薰花氣琴絲潤，久著茶煙畫軸昏。酒熟且成文字飲，詩工休與俗人論。流連相款情無厭，真覺山居道誼敦。」七絶爐香云：「爐香漠漠裊輕煙，碾得龍團手自煎。不下湘簾待歸燕，風吹花片打琴絃。」江樓云：「手搦仙人碧玉簫，高樓獨上思無聊。欄干影落春江底，萬里桃花一夜潮。」觀閨秀王采薇手刻遺印爲淵如作云：「石豈能言讖有靈，招來兩字本金經。可憐一睡瑶臺夜，花霧冥冥喚不醒。」一印刻「如夢」二字。宴客揖山樓云：「葡萄美酒緑盈甌，正捲湘簾客正酣。十二紅闌樓四面，斜陽西北月東南。」五言句如「石勢劃天破，江形接地開」「雲過月西向，潮來江倒流」「水天遥浦合，日月斷崖生」「火雲蒸雨出，潭水帶龍腥」「暗水不知處，幽禽時自鳴」「城高雲不度，磧迴日難低」「山勢盤元氣，河聲折大荒」「雲深崖樹短，水落石橋高」「雲白遥疑水，風寒欲亂晴」「江聲流客夢，帆影挂春寒」「嵐煙衝過鳥，秋色淡行人」「春煙和野色，夜雨變溪聲」「石氣青樓閣，湖光白古今」「江迥日無色，潮迴岸有痕」「河冰堪躍馬，風力欲飛人」「日寒過午淡，江遠與林齊」「千嶂一亭得，孤花羣蜨分」「萬古不知地，全山如在舟」「海近夏猶冷，山空雲有香」「江遠帆如定，風狂石欲飛」；七言句如「煙蘿挂壁疑無路，日月行空似有聲」「酒幔隔花人問路，漁莊臨水鴨知門」「亂雲影逐飛鷹擊，萬馬聲隨返照來」「青塚埋香留片土，黄河流夢入中原」「撥雲人上鳥邊路，落日船盤天際江」「貼雲孤雁飛無影，帶雨寒楓落有聲」「高閣紅扶臨磵樹，小亭青受隔江山」「大江水闊征帆小，曠野沙平去鳥低」「斷坂夕陽聞牧笛，小溪秋水響魚叉」「花事雨多俱寫意，俗人交淺易忘名」「花路緣溪三里曲，水雲上樹一邨明」「沙邨苦竹梢無葉，月夜征鴻背有霜」「山驛罡風吹地白，江邨新月到門黄」「晴江遠樹梢頭水，夕照平蕪盡處山」「雙峽束江吞楚蜀，萬峯送雨落淮徐」「人鋤北府新春草，江走南陽舊夕陽」「眠逢獨夜難成夢，人爲多情易感秋」「風急忽疑星欲墮，舟移如與月同行」「古磵一條千石筍，青山十里幾茶亭」「林疏偶見樵人屋，郭近時聞驛使鈴」「野田寒水秋猶大，是夏大水。邨徑濃霜人未行」「人來背樹亭中坐，山在隔溪原上青」「柴門遮竹不知屋，溪水通江自抱邨」「事皆如願愁何有，天遣多情死亦甘」「飛電忽明雲外樹，斜陽偏戀雨中山」「春雨過時千嶂緑，薺花破處一人耕」「月色送潮來晚浦，艣聲摇夢入春城」「江從紅樹盡邊轉，月自青山缺處生」「空山雲與人爭路，破寺風隨虎打門」「苔上閒行嫌屐重，花間久坐覺衣香」「平野山容吞落日，孤村雨色入昏鴉」「長林鳴鵲有聲畫，亂石流泉無譜琴」「秋樹塢藏清磬寺，夕陽溪抱亂蟬村」「高月鴻飛遺小影，深堂人語聚餘聲」「紅樹斷邊秋澗出，碧山亂處夕陽多」「原上兩山俱抱寺，塢中獨姓自成村」「林鳥忽隨霜葉下，江潮自背夕陽還」「春信煖調時鳥舌，雨絲香入百花心」「一院緑天栽竹地，滿身紅雨折花人」「紅日落時雲疊起，青山斷處水分流」「閒看富貴翻多累，病憶家園亦至情」「儉可救貧新得策，藥能除癖古無方」「急水與天爭入海，亂雲隨日共沈山」「鳥銜濃霧歸林緩，雪舞迴風到地遲」「年荒行店收燈早，村小居人葺屋低」「雲垂極浦帆來重，風急長空鳥去遲」「潮初出海如雪白，月乍離山似日紅」「雨色無邊樓易暝，風聲不定海初潮」「雪始辭雲猶是雨，山遥隔浦總如煙」「竹葉聲疑三徑雪，梅花香聚一窗雲」「獨雁叫雲江郭靜，一燈隔雨竹痕深」「雲與亂鴉分樹宿，螢隨清磬出樓飛」「水從斷嶺腰間出，日向濃雲脚裏行」「雲到空山攙馬過，月當平野趁人行」「每聞好鳥常思友，偶見名山即憶家」。

北湖小志載既上人詩草一卷，江都僧姜雪蒼著。雪蒼詩才清越，筆致隱秀，如兩岸壁立，蒼翠欲滴。五言如「斜風雙鳥白，細雨一花紅」「板橋支卧柳，水鳥近香臺」「低昂惟有影，來去各無言」「風多家未定，雨暗夢何存」；七言如「風便乍聞荒寺鼓，溪回斜見遠村燈」「烟市夜闌燈易散，竹堦人靜月孤明」「風吹鳴鳥春何遠，月落空梁夢已非」「天下士如君尚隱，山中雲笑我歸遲」。

對嶽樓詩録二卷，曲阜孔繡山舍人憲彝著。道光丁酉鄉榜，今官内閣中書。舍人嘗謂：「詩有真性情，則體例俱在，才與氣輔之而已。」此舍人自道得力也。舍人弱冠即能詩，津門梅樹君學博建梅花詩社，名流畢集，互角旗鼓，舍人以弱齡獨整一隊。既遊江、淮，交遊益廣，同時詩人如潘四農之嚴謹，龔定菴之高曠，張亨甫之豪雄，莫不推襟送抱，相見恨晚。舍人詩才華駿越，韻致纏綿，龔定菴謂其詩位置在隨州、樊川之間，非溢語也。道光甲辰，余獲交舍人於京邸，見舍人所爲詩文，援筆立就，余勸其學司馬相如之遲，毋學枚臯之捷。其五言古如雜詩云：「我方論古人，世復議我後。千秋爭是非，誰敢執其咎。著論准平情，慎勿輕可否。太上貴立德，是謂真不朽。青眼問阿誰？酣歌飲美酒。世無謝宣城，青蓮肯低首？我聞蕭千巖，論交白石久。自謂四十年，作詩得此友。」七言律讀明張忠節公家傳公名秉文，桐城人，官山東左布政使。崇禎戊寅殉節濟南，妻方、妾陳並投水死，一妾陳有身，祝髮尼舍，得免，事平，求公、夫人屍歸葬桐城。公子克倬、克仔以赴試未與難，聞於朝，旌如被例。云：「血書愁寄老親看，慷慨臨陴扞敵難。移鎮早知疎重地，擁兵何止罪中官。孤臣力盡城同陷，烈婦魂歸水亦寒。典重兩朝新廟貌，明湖蘋藻薦杯盤。」七絶許季眉乃常茂才招同祝鞠門葉素盦黄韻珊徐梅橋諸孝廉許少珊同年飲尺五莊云：「柳花如雪草萋萋，淺水微波罨畫谿。檻外好風吹酒盞，一亭秋雪古藤低。」

韓詩外傳爲詩話之權輿，亦可當先正格言讀。

江都汪孟慈太守喜孫，容甫先生中之冢嗣也，精於考證，傳其家學，不愧名父之子。道光辛丑觴余於京師龍樹寺，余嘗見其五言古數篇，酷似二謝云。

附鮚軒詩鈔，陽湖洪稚存太史亮吉著。太史至性過人，發爲忠孝，故其詩奇思獨造，遠出常情。五古歌行，傑立一世。早歲與黄仲則齊名，江左時號洪、黄，後沈研經術，著書盈篋，與孫季逑同客最久，論學相長，人又稱洪、孫云。夙嗜山水，所遊嵩、華、黄山，皆升絶壁，題字乃反。篤于友誼，黄客死，素車千里，奔赴其喪，世有巨卿之目。故其贈友諸什，情溢於文，讀者淚下。五言古自嵊縣至天台山行雜詩云：「楓生北山上，葉落入西嶺。傷此東南風，愁看去來影。蕭條暮天氣，淒瑟斷人境。露草黄一壇，土花紅半井。傷禽既相戒，廐馬行復警。寥寥天地心，窮秋一深省。鐘沉遂無聲，燭滅忽有影。還登落月峯，眺此犇雲境。荒荒北來水，阻此西去嶺。客久亦撫心，童勞屢延頸。來蹤匪無戀，去志忽不猛。寒月無裳衣，徒憂涉波冷。」「山禽呼水禽，棲息多在户。夏蟲語秋蟲，寒久何忽暑。川原既相間，涼燠各有主。車馬喧寂中，勞勞自爾汝。征衣冒荆棘，客飯雜塵土。曉發斑竹山，言尋白蘋浦。」由淨慈寺至龍井道中作云：「離湖始入山，一徑青裊裊。土風殊清淳，花比桑麻少。人家嵐氣重，屋角出青草。馬上人影高，窺林撫巢鳥。空外山雨來，方嫌出門早。」薄暮至湖上小飲云：「行人乍離山，山色已如夢。回聽南屏鐘，薄暝數聲送。衣單思中酒，春醁喜盈甕。漁人蓄魚處，引水漸成衖。雙鯉欲飛時，全湖綠俱動。」七言古夜泊金山寺云：「柳絲垂黄不垂碧，雨脚飄青復飄白。風輪吹散一萬株，隨我東來蔽江黑。前舟只聞柔櫓聲，風水不定愁宵程。後舟微茫接沙尾，稍辨人聲出篷底。一更初明山寺鐙，二更雨止歸寺僧。三更棲烏避光景，塔漾空明七層影。」青門送别圖送史上舍歸吴江云：「渭城西去青門東，古今送客愁不同。咸陽原邊馬行少，只覺客從東去好。去年别青門，今年客梁園。爲客忽不樂，放眼歷歷思秦川。幾年君向何方住？君久客甘肅。却望秦川作歸路。貪看削雪萬重山，行到斜陽最西處。東西歷盡詩一囊，已抵陸賈千金裝。吴江楓落句雖好，何似變體吟伊涼。讀君詩完飲君酒，七尺憐君好身手。塵衣浣向海東頭，飽看日上滄溟流。」五言律芳茂山省從母因留夜宿云：「小築谿深處，都憐補薜蘿。亂山開户遠，秋月閉門多。衣冷親添繭，鐙昏乍拂蛾。遲眠貪久語，不覺夜全過。」四鼓行嶧縣道中云：「高原墳樹古，人鬼或同經。夜氣沉殘月，天風動大星。未愁前路暗，不斷此山青。向曉寒尤勁，車前雨脚腥。」七言律自儀真放舟至維揚憶汪大端云：「不及虹橋修禊辰，布帆東去剩殘春。囂嫌里俗非吾土，窮憶交遊有此人。日晚細尋花下路，風喧時避竹間塵。重來屈指無流輩，董相祠前駐短輪。」陽湖孫淵如觀察星衍，著有雨粟樓詩鈔。觀察俶儻通才，不拘禮俗，少時溷跡閭里，恆有文長、夢晉之遊。既壯，折節讀書，習篆籀古文、音聲訓故之學，棄其詩什，百不存一，自云「文不逮意」。然才思敏捷，下筆千言，嘗客長安節署，與友人一夕賭作銷寒各體詩四十首，踰時而成，文不點綴，誠異才也。始以伉儷能詩，嘗摹宮體，有婦病句云：「眉痕偏覺瘦來濃，指爪都從病裏長。」爲時傳誦云。詩筆瀟爽拔俗，飄然有凌雲之氣，此經師兼擅韻語之證也。其七言古宿江上云：「朝行空江中，暮宿空江裏。江頭一痕山，日入化烟水。波心月出天蕩摇，欲上不上知天高。大魚噴沙作飛雨，白鳥上樹如驚濤。櫓聲伊啞雜鳴雁，人語銜寒不能辨。穿蘆燈影集萬條，接舵水紋明一線。漁歌入夢心四飛，忽復夢斷歌仍微。舟人摇客夢中去，魂在横江醉吟處。」彈琴作云：「秋河下映秋池清，中間月出隨波盈。煙中影結多時緑，風裏輝流不定明。秋堂主人有仙骨，授簡賓僚待秋月。珠履宵沾白露移，碧紗暮對青山揭。此時分照入千門，十二閒街靜碾塵。斷續城中傳柝響，依稀樓畔擣衣人。銀屏夜落横琴影，月底弄琴琴素冷。指上清光凌亂生，弦中商意分明緊。一彈秋月生波瀾，再彈秋老欲語言。流螢乍落看還住，斷雁將飛似更還。石欄前頭百重樹，葉葉枝枝化烟霧。樓閣疑浮海上來，風泉忽到山深處。曲終月淡天爲高，何處仍吹宛轉簫。一聲約住流雲影，萬里魚鱗黯不銷。主人尋幽足幽思，何必東山挾聲伎。君不見終南仙館夜深琴，門外終南碧無際。」入茅山作云：「松梢浮烟暮霞薄，槲葉無人自相逐。山根草死聞枯香，碎石馬蹄聲促促。連岡千迴失徒旅，日入林空響樵斧。雙溪石髮合暗泉，十月山禽作春語。」

長離閣詩藁，武進王玉瑛安人采薇著。安人爲孫季逑觀察星衍妻，才慧早世，其詩哀感頑豔，丁當清逸，閨秀中所罕覯也。七言古昆靈曲云：「宮槐曨曨向青曙，蠹粉梁空燕無主。玉筱不動踏堂塵，簾底菱花學眉語。蟬絲細帳蟲織成，秋簟夜碧啼潛英。翻翻小蜨隨裙幅，跡跡哀桐作屐聲。」秋夜答季逑云：「金爐無香道書朽，隔枕秋聲下殘柳。瑣窗眉斂愁寄牋，懸夢已入浮雲邊。蕉廊風多獨吟處，落葉幽魂各來去。寒蟲一夜啼漸低，露白星黄共爭曙。」五言律山石云：「草蟲門徑遠，一路入谿煙。月滿無人地，鐘殘有雁天。心孤聞動竹，衣冷近流泉。欲覓鄉關夢，棲空獨上眠。」次韻答季逑云：「香霧斜横帳，衣緜重壓衾。夢聽啼鳥亂，愁與落花深。易盡千行札，難分一縷心。相如情若固，何用白頭吟？」七言律夜坐云：「坐久幽窗卧未成，羅幃如水夜寒生。五更霜月欺燈影，一樹風鴉續雁聲。短草積烟歸夢怯，疏林落葉曉魂驚。紅闌幾曲還扶病，水玉簾間看啓明。」春夕檢季逑詩云：「百首新詩慰寂寥，微微燈坐夜迢迢。玲瓏鳥語驚簾押，寂寞香絲黯畫綃。一院露光團作雨，四山花影下如潮。憑欄罷檢緘愁句，恐損東陽病裏腰。」蔣墅舟次和季逑下第有作云：「一夕霜花濕鬢青，湍聲出渚棹初停。病中龍具和衣泣，愁裏魚簫帶夢聽。隔浦葉多飛似鳥，入林鐙小遠于星。從君湖海幽尋至，何日浮家去杳冥？」得季逑書云：「尺幅吟牋照淚眸，半窗斜日夢孤舟。愁如天遠還窺帳，病與雲親不下樓。濕翠雨收侵硯匣，落紅風颭上簾鈎。青山到處應相憶，除是征人醉裏游。」晚立云：「涼影蕭然襲薄紗，月痕寒極卷輕霞。烟中紫燕相離語，霜裏紅蕖獨自花。住久小樓因對嶺，斷來清夢又無家。垂楊萬縷知鄉思，只趁西風一向斜。」五絕無題云：「欲暝疑當曙，涼春似早秋。青山獨歸處，花暗一層樓。」五言句如「劍明疑有月，香細欲生雲」；七言句如「寒天細竹人孤倚，斜日空檐燕對飛」「愁年不共生年短，死日方知別日佳」「寒浦帶星垂似露，夜風吹月動如波」。

自來咏岳忠武詩者極多，惟粤東温伊初孝廉「兵法無前古」五字，精切無比，不愧長城。

侯官陳蘭臣翊勳著有大夢山房詩鈔。蘭臣詩瓣香阮亭及永福十硯翁，情韻纏綿，詞旨婉麗，佳處爲唐人高湘、盧溵、孟遲、崔櫓之流亞也。布衣善鼓琴，家陸莊，門前緑水環流，往來漁火孤篷，歷歷在目。宅近西湖，故其詩寫西湖勝景，一一如繪。詩云：「十里晴波護水田，經營猶記太康年。分明千載笙歌地，蘆葉蘆花傍釣船。西湖水利灌民田不下萬餘頃，明馬森有記。」「野樹迷離霧未銷，女牆殘月景寥寥。孤山寺裏鐘聲落，漁火星星出板橋。孤山寺即今開化寺，湖邊窰角多以打魚爲業，每夜於漏四下，漁火錯落湖心。女牆殘月，荷氣清幽，當六七月間，此景倍沁人心目。」又讀長生殿傳奇題後云：「果然開國貴良規，祖父原爲孫子師。不是玉環能誤主，先聲早兆刺巢妃。」「沉香亭北倚欄時，内使傳宣進樂詞。若使青蓮能婉諫，彤墀合進葛覃詩。」「六宮前此駐征鞍，宛轉娥眉掩面難。太息昭陽宫裏月，梅花猶得耐春寒。」「靈武當年靖逆塵，誰能宗社復更新？汾陽懋績睢陽烈，更賴調停南内臣。」蘭臣久困場屋，抑鬱牢愁，作落花詞云：「蕭齋獨坐發高歌，銷盡芳魂奈若何。枝底難禁風力勁，枕邊常雜雨聲多。逢場簫鼓春陰暮，入夢樓臺幻影過。一自金樊輕別後，馬蹄屐齒儘由他。」「休論前此托根深，幾度巡籬思不禁。波面迴文春着水，天涯歸客緑成陰。夾從瑶簡香生字，拾向紗囊潤人琴。難得風騷虞學士，酒旂歌板鎮相尋。」「山邊亭館水邊籬，解作迴風小舞時。到此知難爭命薄，於今悔作繫鈴遲。楊枝去後春誰主，桃葉歸來鬢有絲。賺得伊人三五夜，幾番辛苦費陳詞。」「萬點殘雲下上飛，無端拂帽又侵衣。夢迴紙帳人無賴，月落前溪燕未歸。愛護徒勞故主力，飄零爭訝此身非。輸他岸畔王孫草，尚自緜芊綴緑肥。」

憶園詩鈔六卷，泰州陳理堂學博燮著。學博少負儁才，綜覽典籍，嘉禾謝東墅少宰視學江淮，有郭景純、木玄虚之目，尤爲王述菴、朱笥河兩先生所激賞。詩隸事生新，詞成七襄，筆揮千錦，余尤愛其濠梁秋興四首，氣格出於性情，尤爲高壯。其詩云：「桐帽棕鞋汗漫遊，風煙蕭颯古濠秋。荒城畫角千山曉，孤館青綾一榻秋。照影我曾逢止水，無心人亦恕虚舟。稻粱生計謀常拙，白雁聲聲何處洲？」「鏌鋣雲氣接晴嵐，獨客登臺酒半酣。遠水生波連郭北，好山如畫隔江南。魚忘惠子年時樂，書冷洪喬别後函。稍喜夢魂能識路，殘荷孤蓼徑三三。懷潘沙堤、朱南塘、葛漁邨。」「荆卿雄骨已爲塵，擊筑中宵驗苦辛。萬古悲歌餘此日，三生知己更何人。玉樓自擅無雙品，蠹粉空存未了因。酒冷燈昏思往事，寒蛩如雨逼蕭辰。傷顧文子。」「敗葉零星繞玉除，元喻蹤跡渺愁予。海陵夜雨春紅粟，淮涘秋風上白魚。朱履三千絲易繡，蒲葵五萬扇終虚。到來一事差强意，日日鈔詩聽小胥。」

嘉慶元年，川楚兩地賊匪紛熾，總戎宜綿以吾閩龔海峯先生參軍事，先生與參府韓公加業親帶鄉勇追殺紫陽、安康境内大小米豁賊匪。及賊逼沔縣，調至陽平，以新募兵無律紀，韓公獨戰無援，遂死於難，然實忠勇良將也。海峯先生哭副總戎韓公二詩云：「仁嚴勇智世無倫，倉卒行師志未伸。賊逼沔縣，調至陽平關，防兵五百名皆新募，無紀律，倉卒將之禦敵。一死自當酬聖主，九原應不愧嚴親。公尊人以把總出征金川，陣亡。定軍山上雲常冷，諸葛祠前草不春。公死處距武侯墳僅數里。坐地彎弓猶殺賊，紛紛鼠竄彼何人。賊匪突至，公馬蹶墜地，其僕急易一馬進，公揮之去，曰：『此吾死所也，去何之？』盤膝坐地上，拈弓出矢，殪其執旗頭目一人，同公去者皆先逃。」「十載交情骨肉親，余令平涼，公署平涼遊擊事，遂定交。年年戎馬共艱辛。嘉慶元年，余隨宜制府，公爲翼長，歷恆將軍、松制府幕府。傷心伯子方分袂，公兄自昌自四川甫至漢中一宿，遂有西寧之役，去三日，公遂遘難。回首高堂更愴神；太夫人年八十尚在堂。漢上列屯悲大樹，漢中兵民商旅聞公訃，無不泣下者。涇陽舊部泣遺民。公任靜寧都司，及署平涼，皆有惠政。裹屍馬革君何恨，我爲朝廷惜此人。」

長樂梁聿堃孝廉齊辰，余己亥同年也。著有在軒詩藁。余嘗記其過富陽感舊詩，卓然風雅。詩云：「一歲兩經過，驚心景色非。酸風欺瘦骨，激水鬬危磯。恍惚日下地，蒼茫塵在衣。寒鴉吾愧汝，猶得向巢飛。」

作菊影詩須切影字，方不負題。此題近日佳篇不少，侯官馮笏軿舍人縉著有甌甎稊米集，其菊影四首之四云：「不喜濃妝契古懽，白衣隊裏閒黄冠。胚胎未脫仍籬下，骨格重描出筆端。對月倘摹遺照易，聞香要采此花難。與君一樣稱消瘦，捲上疏簾着意看。」此詩詠物，可謂無跡可尋矣。

唐人王仲初鏡聽詞，字字迫肖女兒情緒，後之擬者多不能及。閩縣王子希孝廉景賢，余己亥同年也，著有義停山館詩藁。有擬本事詩用元韻，其「西風夜半」二句，直入仲初之室。全詩云：「當心捧住菱花鏡，私語喁喁不可聽。心似懸旌難自持，望壻情深竈亦聖。西風夜半吹裙帶，小犬眠花莫驚怪。開門生怕聞悲歌，神賜佳音妾再拜。天涯離别空自哀，妾夫計日江南回。窮巷宵深得好語，分明神示行人來。響屧巡廊行不定，安置鏡臺鏡端正。今夜與郎夢相見，郎心可似去年面。」

古詩有數十韻俱用五言，末以七言四語作結。此體唐人李東川常爲之，而高達夫、岑嘉州亦偶有之。李東川送郝判官云：「楚城木葉落，夏口青山轉。鴻雁向南時，君乘使者傳。楓林帶水驛，夜火明山縣。千里送行人，蔡州如眼見。江連清漢東逶迤，遥望荆陽相蔽虧。應問襄陽舊風俗，爲予騎馬習家池。」余選詩話，適登此格，友人有力辨古來詩斷無此格者，故録以示之。

侯官倪粹卿明經珙，己酉副榜。有粹卿詩藁。粹卿詩筆秀健，其泊舟黯澹灘下云：「黯澹灘頭地，銀濤萬馬奔。山家藏緑樹，人語近黄昏。行篋穿雲過，蒲篷帶雨喧。俊游看壯志，那便愴離魂。」

長樂梁蓉函孺人韻書，侯官許蓮叔明經濂室也。著有影香窗詩草，其詩之名篇可詠者，如孝子烈婦歌、齊烈女歌、題顏魯公多寶塔碑文搨本後、黄石齋先生斷碑硯題詞、石榴花歌、荔支香歌諸作，皆風雅宜人。秋望一詩，極見秀健，詩云：「四望茫然詎有涯，征鴻向處是鄉家。故園幽徑荒松菊，客子邊城惜歲華。萬里寒雲盤野鶻，一天殘照送歸鴉。夜來倚枕秋宵永，皓月通宵照碧紗。」吾鄉閨秀，可與黄姒洲紉蘭、許素心、何梅隣諸女士比肩接武。

閩縣陳耀卿孝廉和鏘，余兄之子壻也。辛丑與余計偕北行，路中嘗得句云「竹深不受暑，巖密易生雲」「斜橋愁過馬，淺水易叉魚」「煙深興廢寺，雲掩有無山」，皆可入摘句圖。

侯官陳古龍鵬飛，著有唾餘集。詩小有風致，其問花四絶頗覺清脆，詩云：「錦作香塵玉作葩，卿身合是住仙家。人間若有桃源路，早渡漁郎一葉槎。」「玉人望斷户微扃，越自思眠越自醒。夢裏尋卿猶未得，銅荷漏箭響丁丁。」「忽地鮮魚一縷通，春風吹汝近簾櫳。含情如解儂憔悴，故故當窗露片紅。」「負儂不結同心蕊，對汝空添鎖骨香。淚比露珠紅更甚，多因濕到汝衣裳。」

長樂女史梁梅居秀芸，九山先生之女，國子生陳君兆驤妻也。著有梅居遺藁。詩近雄秀，出於閨中，尤不易得。其出山海關云：「天險關雄關，幽燕判此間。海光時動壁，城勢欲爭山。拔地重樓聳，排空萬堞環。征途凝眺處，紫氣繞烟鬟。」此詩有銅絃鐵板之聲，無傅粉含香之氣。出於女士，宜乎不永其年耳。

東鄉吳蘭雪先生絶句，神韻不減漁洋山人，近有傖父痛斥其詩，並其絶句亦不齒數，可謂「庸妄巨子」。今專録其絶句若干首，以覘梗概，輕薄爲文者可以返矣。其題謝筠岩明府滇行詩草云：「嚴裝萬里候人催，新向雲州督餉回。馬背尋詩秋色早，碧天如水雁聲來。」湖上夜歸呈夢樓丈兼柬都轉云：「鏡光十頃浸樓臺，垂柳陰中畫槳回。湖上二更涼月滿，芙蓉齊化美人來。」「戟門深夜不曾關，待我狂歌擁楫還。說與使君應妬煞，萬花管領又湖山。」溪上云：「柴扉臨水是誰家，便擬傾壺坐淺沙。畫出晚晴天氣好，緑芭蕉葉白荷花。」題繆善夫臨水妝樓上晚潮圖云：「白髮蕭蕭繆善夫，風懷老去未全無。晚妝樓上秋如水，第一銷魂唱鷓鴣。」蘭谿櫂歌云：「蘭谿谿水膩於羅，夾岸花開照緑波。蘭槳一摇風十里，鴛鴦多處美人多。」郵居雜詩云：「畫橋連日漲溪波，天氣陰晴苦未和。一綱斜陽疏雨後，落花紅較白魚多。」「意行十里未嫌遲，又是村煙向暝時。歸路却隨黄犢返，無人知道爲尋詩。」九峯雜詩云：「田塍溪路亂流通，瀑布迢迢自九峯。十里菜花黄盡處，人家都在水雲中。」「溪水奔流似海潮，叢篁古樹自蕭蕭。昨來烟雨空濛裏，曾挂紅籐過石橋。」登舟留別廬山云：「縞衣吹笛月明中，曾住天遊第一峯。武夷第六曲，舊與姬人同遊於此。悔不重攜雙髻女，仙山來訪李騰空。」題吳可之種梅圖云：「一鋤明月破蒼苔，幾日香風爛漫開。惆悵無人畫疏影，禁寒我亦種花來。」歸舟雜詩云：「楓葉鮮紅柿葉殷，疏林掩映夕陽間。一痕眉黛青於染，畫出江鄉雨後山。」「柔櫓動摇空水光，平沙遠溆青茫茫。浪花一擲如崩石，知有鱸魚幾尺長。」次韻爲海居題雙浦別館圖云：「渺渺平沙淡淡山，斜陽細雨杳冥間。白鷗飛去無尋處，惟有漁竿下釣還。」嘉慶六年富莊驛有蜀中女史鵑紅題壁詩六首趙君野航見而和之且爲譜鵑紅記院本八齣屬題其後云：「故鄉遥隔馬嵬坡，兵火飄零奈汝何。題到小名知是讖，萬行紅淚子規多」。「杜宇聲中夜月高，十分哀怨寄檀槽。倚聲曾似西泠女，白晝青衫誦楚騷。」清江浦聽箏云：「一曲離歌聽漸酣，拋殘紅豆滿江南。春風忽憶纖纖手，雁柱華年正十三。」謝文節公琴爲素江明經作琴名「號鍾」，其陰有銘曰：「東山之桐，西山之梓，合而爲一，垂千萬古。」下署「疊山」，凡隸書二十八字。云：「一硯曾隨賣卜還，金徽零落又人間。銘詞幸不污文海，字字遺民古淚班。橋亭卜卦硯有程文海銘。」「兵氣横江白雁來，廟堂彝器總成灰。傷心似聽桐君語，可惜江南少異材。語見本傳。」「身世蒼涼幾伯牙，伯牙有琴，亦號曰『鍾』。團湖戰潰已無家。履霜一操天俱凍，開徧冬青樹樹花。」「故宮花石海天潮，迸入哀絃此七條。同調只應文信國，松風夜雨共瀟瀟。信公自題琴陰詩，有『松陰一榻雨瀟瀟』句。」余有山水癖念昔賢多同調者輒紀以詩云：「采石危磯捲怒濤，詩樓只合畫離騷。青山明月今猶豔，曾見先生宫錦袍。李太白。」「巨斧摩天孰敢勝，峨眉天半雪嶒崚。後來蘇陸探奇徧，第一開山讓少陵。杜子美。」「五字超然思不羣，襄陽絶唱更誰聞。幽尋偏愛王摩詰，行盡青溪看白雲。王摩詰、孟浩然。」「萬壑千巖各異姿，蘇州澄澹柳州奇。江山妙處憑誰領？都似幽人卷裏詩。韋應物、柳子厚。」「山水文章似性情，詩篇藴藉入琴聲。醉翁一操堪千古，夜夜風泉瀉月明。歐陽永叔。」「嶺雲江月句誰能，一代雄才管廢興。健筆鬱蟠龍虎氣，看山只合住金陵。王半山。」「樊口西湖最有情，嶺南游興冠平生。海天空闊同胸次，萬里仙槎泛月行。蘇東坡。」「生平涉世似虚舟，醉眼公然概九州。閲盡人間奇險處，月明原不涴黄流。黄山谷。」「巫峽雲深神女祠，成都錦瑟萬花圍。夢中偏渡桑乾磧，戈馬如雲破賊歸。陸放翁。」「講學游山妙悟參，武夷九曲恣幽探。采芝恐受神仙謗，知己平生陸渭南。朱子。」「酷愛蓮花又愛山，羅浮廬阜浩歌還。欲知道妙無窮處，只在光風霽月間。周子。」「歸卧高齋德未孤，温山就養老堪娱。天台雁宕游蹤偏，一鶴隨身似舊無。趙閲道。」「戎裝駿馬載雙鬟，洞府春風幾日閒。學道龍丘偏跌宕，偏攜紅袖看青山。陳季常。」

桐城姚姬傳正郎鼐，乾隆二十八年進士。著有惜抱軒集。詩多清雋，五古如送演綸歸里、子潁禹卿同游累日，七古如宿田家作、舟中望板子磯等篇，皆名作也。句如「閉門生遥草，空砌墜隣花」；七言如「河流晝地分中夏，雲氣隨風出大荒」「三月晚春悲老物，百年後死待奇才」「亂世烏飛難擇木，男兒豹死自留皮」，弔王彦章。皆健秀可讀。

海寧祝止堂侍御德麟，乾隆二十八年進士。著有悅親樓詩鈔。嘗詠醉蝦詩云：「有生難得惟中酒，到死何曾肯著緋。」可稱新穎。侍御有論醫詩云：「庸醫難與謀，以藥試人疾。欲生是其心，欲死是其術。」此詩可爲天下庸醫當頭一棒。長樂陳君賓有，修園先生族弟也，精於醫，多活人，嘗有句云：「但覺此心如父母，莫教下藥誤君臣。」讀其詩，可以知其精於岐黄之術矣。

平湖沈文恪公初，乾隆二十八年進士。著有蘭韻堂集。詩多入情之句，如「靜中求我方知樂，局外看人未覺難」「詩情添似桃花水，春夢輕於柳絮風」，皆婉秀可誦。

近日崇祀鄉賢，頗多濫廁，而孝友祠尤甚，此前明某孝廉所以深夜負其父栗主以逃也。侯官陳蘭臣山人詩云：「人生不朽三，立德爲之本。立言與立功，有本末斯顯。所以古之人，貴乎敦實踐。孝友里閭稱，謨烈明廷展。奈何小有才，便入鄉賢選。宜乎王半山，亦配西廡享。」此詩可謂切中時弊。

卷二十一

劉海峯曰：「舉天下之無味而辛苦螫其口，未有如煙草者也。自萬曆之季，閩人一食之，至於今而天下之人無貴賤賢愚，鮮不甘而嗜之。」見海峯集慎始論。夫煙草無甚害於人，而海峯已怪夫嗜者之衆，詎知淡巴菰之後，又有所謂阿芙蓉者，能使人食而嗜之，既嗜之，雖欲不食而有所不能，且一日不食，而其人已如疾病在身，而形神爲之不安，較之饑渴而有甚。是物之害人如此，而數十年來，天下之嗜之者日以衆，雖才智之士或不免焉。有司屢奉旨嚴禁其來，而仍未能絶。且聞内地禁之嚴，其夷船以此物來者，輒於海上交易，而漁利之徒，亦濳於海上購之而轉販於四處。夫以養人之財，易此害人之物，而流毒未知所底止，此亦有心者所爲扼腕太息者也。聽松廬文鈔。洋煙流毒中國，入人已深，甚於滔天洪水，驟治之不能，須緩治之。然緩治之，當先禁吸食洋煙之人，然後驅各海口之夷人，使之歸粤東虎門通商，此中治法須在得人。建寧張亭甫孝廉目擊時事，感念故人，其故人七言律，字字沈著，可稱詩史。詩云：「故人草疏直承明，門客當時獨竊名。危論自關天下計，僉謀翻啟海西兵。千秋難信真功罪，五嶺堪悲半死生。欲嘆唐參饒智術，蕭規隨守苟殊榮。黄樹齋侍郎。」「偃武何曾廢視師，古來聖世半憂危。度支此日煩諸吏，戰伐經年厭遠夷。蝴蝶化雲迷畫舫，鷓鴣啼雨濕旌旗。珠歌翠舞銷沈地，望斷樓船又一時。廣東諸縣令。」「陶侃當年鎮武昌，幾曾清嘯據胡牀。坐憂江漢心如日，趣諭蠻夷鬢有霜。歲月空勞持戰守，身名何意歷滄桑。四明且與蘇凋敝，回首烽煙涕淚長。林少穆尚書。」讀數詩，爲之擊節鼓舞。

侯官黄則仙先生其棻嘉慶丙子鄉榜。著有薈蕞草。先生詩清新俊穎，咳唾隨風，皆成珠玉，工楷法，世比之褚河南云。其五人墓七律，則陳元孝之亞也。詩云：「權璫植黨褐衣冠，奮袂鋤奸世所難。已斂男錢封義骨，誰鎔盜鐵鑄閹官。魂依薜荔山阿古，門掩松楸暮雨寒。知與要離荒塚近，至今過客奠椒蘭。」句如九日登道山亭云：「眼看雙塔小，身比衆峯高。」新竹云：「綺梅花外誰同調，玉筍班頭問出身。」又云：「豫卜老成饒勁節，早從少小解虚心。」菊影云：「舉酒客邀明月賞，隔籬人背夕陽看。」皆語有寄托。

作春草詩，以渾然無跡爲上。桂未谷云：「銷盡刼痕過野燒，春風吹上舞裙腰。蕪城暮雨連三月，南浦新煙失六朝。燕子飛來江水緑，鷓鴣啼處馬蹄遥。王孫一向無消息，花落前年舊板橋。」極爲葉潤臣所賞。

曲阜孔荃溪方伯昭虔，嘉慶辛酉進士。著有鏡虹吟室集。方伯平生游踪幾遍寰宇，故紀游之詩尤多奇警。素不喜應酬之作，每爲一詩，必數易稿而後成，故所作皆可傳。吴蘭雪刺史稱先生「才大法細，力追古大家」，可爲確論。其江行雜詩云：「高吟興不極，暮色又蒼然。落日孤懸水，遥山淡入天。暝烟依樹盡，江氣得秋先。爲愛宣城句，滄洲夜未眠。」「風景還如昨，三年别大孤。分風出彭蠡，插日上香爐。山色遥吟楚，江聲自入吴。白公亭下過，回首愧銅符。」讀北齊書云：「業定芒山一戰旋，九龍風雨出潛淵。鳳凰山下空封石，羖攊河邊竟上天。萬帳秋風歌勑勒，三臺夜火獵祁連。佛貍黑獺都輕量，狗脚安辭殿上拳。」「築罷重關又軹關，晉陽城郭已摧殘。河橋烽火傳宵警，鏡殿琵琶唱夜闌。一自黄花開鄴下，更無明月照長安。不堪懷朔重回首，地下英雄骨未寒。」謁史閣部祠云：「碧血埋煙廢壘平，哀濤猶傍舊祠鳴。天留一木支中外，身與孤城共死生。燕子新聲春度曲，梅花荒嶺夜團兵。褒忠曠典昭千古，月自高懸江自清。」潯陽江夜聞角聲云：「太白初低夢未闌，畫螺忽送思無端。月浮夜氣千峯動，秋入邊聲九派寒。

蕭瑟江湖村戍古，蒼茫身世楚天寬。孤舟此夕悲淪落，何必琵琶淚始彈。」登黄鶴樓云：「極目斜陽楚望開，蒼茫今古此徘徊。卷簾漢逐長江去，隔檻雲從大别來。百戰山川銷霸氣，二南士女擅詩才。梅花落盡仙人老，鸚鵡空洲自緑苔。」春日雜句云：「楊柳絲長草色肥，春寒料峭著羅衣。辛夷花下簾初卷，細雨人家燕子飛。」

秀水王秋塍大令復，著有樹蘐堂詩集。大令詩篇風流藴藉，爲其鄉竹坨、樊榭嗣音。月暗云：「月暗新涼夜，風簾不上鈎。竟難窺半面，空憶照當頭。螢影舊時苑，簫聲何處樓？離人情脈脈，無緒理熏篝。」送褚靄巖之淮陰云：「斷雲細雨散如絲，别袂依依柳下持。草色青迷沽酒處，杏花紅點渡江時。相逢定下南州榻，謂李公。懷古閒尋漂母祠。我亦天涯潦倒客，河干待拄一帆遲。」懊儂曲云：「沈沈院落夢因依，瞥遇花間影便違。百丈游絲牽不住，伯勞東向燕西飛。」青門柳枝詞云：「麴塵繚繞水凝藍，灞岸休聽玉笛三。最愛曉風殘月句，朝來傳唱渭城南。」「旗亭折贈别情難，鵓鳩聲聲唤未殘。正是漫天飛絮起，畫樓吟罷捲簾看。」「征人遠道未成歸，夢裏應憐汁染衣。遥憶蘇臺千萬縷，碧陰時襯落花飛。」

德州田山薑侍郎雯康熙三年進士。著有古懽堂集。侍郎天姿高邁，記誦賅博，詩亦跌蕩排奡。聽松廬詩話云：「殷彦來於除日餽詩，田山薑先生謂其意良厚，報以詩云：『玉版熟參嫌味澀，木奴冷擘帶酸嘗。都下餽歲，索以筍橘。何如殷子新詩美，餽歲敲門十五章。』此可爲門生餽歲添一韻事。」侍郎詩名句如「雨過庭翠滋，一鳥發清籟」「萬頃藕花風，收之襟帶間」「驛路秦川雨，春風蜀道花」「青山遮馬首，紅葉壓行裝」「門人爭送酒，小吏解吟詩」「醉仍留客坐，老畏送春歸」「病深思入道，交久漸知人」「平野千村連廣武，長隄一綫束黄河」「亭邊小沼春泉響，衣上新泥燕子來」，皆有唐人風味。「富貴每因驕佚敗，貧窮半是惰游多」，此安谿李文貞公句也。入情之語，可作座右銘。松心日録云：「李文貞公扶持善類，培植文人，如白陳北溟之寃，救方望溪之死，直張孝先之獄，皆公之力也。他如楊名時、蔡世遠、惠士奇、王蘭生、何焯諸人，均被公薦拔，以經術文章顯名于時。書曰：『人之有技，若己有之；人之彦聖，其心好之。』文貞有焉。」

泰州黄仙裳諸生雲，著有悠然堂集。詩出性情，不假雕飾，句如「性迂求世少，親健得天多」「雪疑深夜重，衾念老親寒」「自愧饑寒驅愛子，誰能羈旅重王孫」。今世説云：「仙裳長身玉立，能詩文，善談論，負氣慷慨，逢俗人不合，輒嫚駡之，人多目爲狂士。」

陽湖楊西禾進士倫，著有九栢山房詩集。進士博及羣書，與孫淵如、洪稚存、徐尚之輩唱酬最富，注有杜詩鏡銓一書，頗稱善本。詩境如柳陌春晴，曉鶯百囀；又如簫聲夜月，吹落飛花。其煙雨樓詩云：「輕煙漠漠雨濛濛，曲檻朱欄四面通。山色半浮津柳外，人家都在水雲中。珠簾捲處聞歌板，漁笛吹來櫂短篷。消暑無如水閒好，鴛鴦湖上白蘋風。」和朱漁邨秋柳云：「參差幾樹拂遥天，長板紅橋驛路邊。雨色連江迷去住，萬條煙裏一聲蟬。」「金絲曾種近楓宸，摇落江潭淺露顰。短笛斜陽吹遠岸，就中多少倚樓人？」

曲阜孔石村學博衍栻，著有題畫詩一卷、畫訣一卷。學博敦行孝友，舉孝廉方正，辭；舉鄉飲大賓，又辭。以畫得名，所著畫訣，深得宋、元人不傳之秘，其題畫詩澹遠有神，輞川之「詩中畫，畫中詩」也。題畫五絶如：「殘雲歇秋雨，斜陽明急湍。魚迎新水出，趁此理綸竿。」「秋夜月當午，霜色凝滿地。四壁絶蟲聲，孤情何所寄？」「澗道深十丈，下有寒泉流。岸上飛紅葉，行人落滿頭。」「浩渺長江波，波心印月影。萬轉流不去，西墜秋煙冷。」「逍遥愛探奇，行行未覺遠。晚宿古禪林，月出竟不返。」「積雪迷山徑，盡日少人蹤。天寒僧亦懶，不聞寺上鐘。」題畫七絶云：「杳然高寺入雲間，客走紅塵僧住山。黄葉丹楓難繫馬，名心輸與道心閒。」「緑樹陰濃覆短亭，苔封曲徑草青青。詩人抱膝吟窗裏，透紙山光映幾櫺。」「笑我忘情不與歡，都言避客諉年殘。誰知有意懷雲水？手寫秋山獨自看。」「密樹濃陰六月寒，巖邊亂石水漫漫。高僧不至山煙冷，惟有秋雲挂雨巒。」「寒來嶺上望寒汀，水際雲飛不暫停。待看秋風催夜雨，煙巒更帶十分青。」

曲阜孔節倩吏部傳鉞，著有錯餘詩文集。闕里孔氏詩鈔小傳云：「吏部家貧，爲學以孝行稱。」今按：吏部詩多寫懷之作，本於性情，各體俱合律，其柳花絶句一首，尤爲情韻淒絶，讀之餘音繞梁，詩云：「無端喚作銷魂樹，縱不飛花魂亦銷。何事年年三月暮，流鶯啼斷赤闌橋？」

江都汪容甫明經中，乾隆二十二年拔貢生。著有述學内外篇。明經七歲而孤，母鄒太宜人緝屨以食，更百苦以羸，其後稍長，游書肆，偏閲經史百家，過目成誦。年二十，補附學生，賣文爲養，左右服勞，心貫九流，口敝萬卷，鍼砭俗學，疏瀹古義，推六經之指，以合於世用，凡古今制度沿革、民生利病，皆博問而切究之。其治尚書，撰尚書考異；治禮，溯源於荀卿、賈傅，綱提條析，得其會通，於喪服用力最深，惜未成書，撰儀禮經注正譌、大戴禮記補注；治小學，撰爾雅補注，又撰小學説文求端，羽翼蒼雅，深探乎聲音訓詁之原；治春秋，撰春秋述義，識議超卓，論者謂唐以下所未有也；國初二顧輿地之學，歷二百年江左莫能繼，先生於諸史輿地山川扼要，講畫瞭然，口若懸河，論關内、東吴、江北、淮南之形勝，則有秦蠶食六國表、金陵地圖考、廣陵通典。博稽三代典禮，至於文字訓詁，名物象數，益以金石之文，成一家言，爲述學内外篇。依據經證，實事求是，爲知新記。又撰春秋後傳、國語正譌、舊學蓄疑、彌識録藏於家。詩不多作，故無專集，其見於諸家選本及流傳名句者，如太白樓云：「青天明月不改色，今日登樓無此人。」又「畏譏多禮數，居賤習憂勞」「素心忘世味，黄綬屈詩人」「驚心歲月中年速，過眼雲煙舊恨多」，皆出於性情而無俗響。

蒙古正白旗夢午塘侍郎麟，字文子，乾隆十年進士。著有大谷山堂集。聽松廬詩話云：「午塘先生未弱冠而入詞垣，未三十而躋八座，且屢掌文衡，進參樞務，而其爲詩，五言則蕭寥澄曠，七言多激楚蒼涼，方處春華之時，已造秋實之境，蓋得於天分，非人力所能與也。」又云：「夢文子樂府詩有云：『遠憶送者，此時到家。』凡行人初别家時，胸中皆有此意，却被道出。」今按：侍郎詩五古如朝往香山、雞鳴寺、將赴梁谿道間作，七古如今年别、蘇武牧羝圖、中元舊縣驛夜歌三首、輿人哭、河決行、晾甲石歌多蕭疎逸邁，悽越悲壯，其名篇之膾炙人口者，如：「澹靄蒙青岑，孤篷冒疎雨。層波生淺涼，獨坐聞柔艣。」句如「林隙辨歸人，時見一回顧」「荷動觸虚籟，竹深流暗螢」「帳鈎花影外，人夢月明中」「山連熊耳關雲白，天入鴻溝朔氣黄。」

侯官家介巖孝廉藩，余甲午同年也，著有學喫虧齋詩草。詩多新穎拔俗，細意熨貼，兼工駢四麗六文，其乙未寓都門詠八月十四夜月云：「今夕長安月，流光已滿天。空教千里共，尚未十分圓。風露寒如此，關河思渺然。明宵是佳節，相待酒杯前。」超脱切題，雅無俗響。鮞魚云：「省筆韻書鮞別創，牋名爾雅鮨曾諳。江東四月閩三月，食味隨時妙義參。」此詩博雅之氣似金風亭長。

吴江袁樸村景輅松陵詩徵例言云：「詩要先辨雅俗，黄魯直曰：『凡病可醫，惟俗不可醫。』予謂醫俗有良藥，人特不肯服耳。良藥者何？書是也。苟能多讀書，則身心間皆古氣盤結，一切塵氛俗念那有位置處。杜老云：『讀書破萬卷，下筆如有神。』此千古作詩之秘，即千古論詩之秘。」然則據樸村之論，是嚴滄浪「詩有别才，非關學」之説不足信矣。

歙吴蘇泉紹澯蠡説云：「言者，心之聲也，其人君子，言必爾雅。但詩之爲道，不忌説理，而不可迂腐；不嫌言情，而不可淫褻；不廢議論，而要有涵蘊；不禁生新，而不可纖俗怪僻；不妨用事，而不可雜拉填砌。此中具有别裁，解者解之。」

永北黄星海明府耀樞，原名初，家文忠公己卯典試雲南所得士也。以少年名進士出宰西川，爲酆都令最久，多善政，酆人至今歌去思。初任郫縣，暗以平反冤獄拂大府意，世以强項目之，爲吾鄉陳望坡先生所激賞，而終身之坎壈亦基於是矣。嗣揀發來閩，權福清二載，因案被劾，改官廣文。嘗於少香師案頭見其延暉閣詩藁，感懷詩語語沈摯，詩云：「骨肉無百年，聚首未及半。可憐參與商，出没望辰换。樹高分四歧，千柯共一幹。去條春復生，去本枝必斷。物理愴吾懷，搥胸發長嘆。」孤枕云：「孤枕當遥夜，中腸鬱亂絲。夢回燈息久，愁絶月明知。化蝶飛何處？懷人繫所思。年長休比漏，漏轉較年遲。」四十字無限感慨。又題同舟圖云：「江波無際夕陽晴，畫出扁舟送遠行。一路青山吟不盡，蕭蕭黄葉入詩情。」二十八字有南宋人風味。又改官後嘗有句云：「壯心到此真灰盡，媚骨生時未帶來。」亦可想其所遇之不偶矣。山行句云：「山水有幽響，野花無定名。」詠老奴云：「傷心知已盡，回首閲人多。」亦蒼秀可誦。其嗣君肖農鹺尹伯穎，道光乙酉拔貢。以儁才官鹽場大使，著有海粟山房吟餘草。詩出性情，無優孟衣冠習氣，讀范文正傳云：「經濟文章此大賢，千秋已定秀才年。甲兵滿腹資雄鎮，風教關心廣義田。父子功名三世共，黎民憂樂一人肩。先生節尚高山水，百拜嚴陵記一篇。」鹺尹所作詩多隨手棄去，其讀少香師續集詩，亦風格老蒼，非深於詩律者不能道，詩云：「老去文心未肯平，依然下筆雨風驚。才華久已空餘子，著述真堪副盛名。杜甫無家歸計左，梁鴻有偶世緣輕。祇今詩卷留天地，好向煙波理舊盟。」繪有鷗汀漁隱圖。鹺尹更有佳篇可咏者，另見别卷。

杜詩公孫大娘舞劍器，按「劍器」未知何物，自來注杜者皆未得其解。近讀曲阜桂未谷馥札樸述姜君元吉言：「在甘肅見女子以丈餘彩帛結兩頭，雙手持之而舞，有如流星，問何名，曰：『劍器也。』乃知公孫大娘所舞即此。」按：姜君説可廣見聞，後之注杜詩者可以補入。

七絶詩喜深而不宜淺，喜婉曲而不宜平直。白樂天浦中夜泊云：「偶上江隄還獨立，水風霜氣夜稜稜。回看深浦停舟處，蘆荻花中一點燈。」自家泊舟之景，卻是自家從隄上回看得之，船中人不知也，此意最婉曲。李義山夜雨寄北云：「君問歸期未有期，巴山夜雨漲秋池。何時共翦西窗燭，却話巴山夜雨時？」眼前景却作後日懷想，此意更深。

作詩貴有身分，貴有抱負，方爲大家。杜少陵詩「許身一何愚，竊比稷與契」，其胸次可想。陸放翁詩「譬如凡材遇事見，平日乃與常人同」，大有身分。余友臨桂朱伯韓每作詩，處處皆有作詩之人在，處處皆有身分。近讀梧溪翁詩「宇宙皆吾事，慷慨希昔賢」，此何等懷抱，宜汀州伊墨卿先生之低頭拜東野也。

山陽龔君聖予，七言絶句，風味極似倪高士，余最愛其題山水詩云：「谷口長松澗底藤，石橋山路遠登登。囊琴斗酒攜何暮，空負寒齋昨夜燈。」見養一齋詩話。余一讀爲之一擊節。古夫于亭雜録載朱竹垞、吴天章題倪雲林畫絶句各一首，神韻極佳，不減倪高士。朱詩云：「房山潑墨太模糊，那似倪迂意匠殊。一片湖光幾株樹，分明秋色小長蘆。」吴詩云：「經營慘淡意如何，渺渺秋山遠遠波。豈但穠華謝桃李，空林黄葉亦無多。」按檇李舊名小長蘆，周必大吴郡諸山録：「早行至本覺寺，登岸，即古檇李也，舊名小長蘆。」天章名雯，嘗以「千點桃花半尺魚」之句得名者。夫于亭者，新城王阮亭尚書晚年題其集名也。按：山東長山爲漢之於陵，其地有夫村，即齊之夫于邑，漢于其地立于亭，杜氏左傳注及郡國志皆云「於陵西北有于亭」是也。阮亭題其晚年之詩曰古夫于亭藳，並其雜著亦取「夫于」爲名，不知古有夫于邑，無夫于亭，漢亭名「于」，不名「夫于」，阮亭似失考。

國朝六家詩以查初白、趙秋谷配朱、王、施、宋，甚爲不倫，吾無取焉。

作詩貴有天才、天趣，二者皆非人力所能及。近代詩極有天趣者，首推道州何子貞師。其玉筍堂詩純是天趣，直欲合東坡、山谷、渭南爲一手，序云：「道光甲辰七月，余與萬藕舲學士使黔，行至沅州，阻雨，大令謝篠莊同年來晤於行館。適後院有隙地，頗就蕪，余曰：『何不及此雨候，盡與種竹乎？』篠莊欣然，即令人於城外移來數百竿，不半日間，風梢露葉，修篁成林。余聞篠莊爲令，敦俗重儒，士氣興起，因題一額曰『玉筍堂』，蓋非徒記一時會合游憩之樂，亦冀此邦人士抱節浮筠，干霄直上，有如此竹也。既別後，復作詩紀事，而以張佳話、寫餘興焉。」詩云：「沅州一夜浪浪雨，路滑雲深滯行旅。奇想忽從荒處生，人功正及天膏聚。此君排闥至何速，官符促調誰能拒。昨夜吟酣野外秋，今宵醉裏城中土。揮訶木魅越牆走，驅使山靈荷鋤舞。雨聲方戰竹聲來，狂風下瓦雷伐鼓。泥中淈淈百夫忙，煙外蕭蕭萬葉語。主客相視竹大笑，我有贈言煩記取。深冬大雪要培壅，來歲雛萌戒偷煮。頑鞭易長佳篠難，屈節須芟稀處補。豈惟要術仿齊民，頗謂用心通治譜。長官愛客兼愛竹，因客得竹固其所。長官愛竹尤愛士，護竹如士培植苦。我家瀟湘初發源，沅澧通波連五渚。從來桑梓有恭敬，忝賦皇華漫矜詡。學士先題珠玉詞，吉語定符鸞鳳羽。我書玉筍榜虛堂，愛士如竹客即主。雙星使者宰官身，韻事忽逢萍聚新。深談商許到身世，明日別離多苦辛。驛館華鐙今夕酒，渡頭荒樹古來春。他年鴻爪如重印，佳士修篁是主人。」

大興方彦聞大令履籛，著有萬善花室詩藁及萬善花室駢體文。大令駢體文騷心選理，具體徐、庾，詩亦取法六朝，風骨少減。余嘗喜其屈大夫祠七言律，語頗悲壯，酷似陳元孝。詩云：「湘天生別誤騷人，天問何如問水濱。七國論才須帝楚，三閭積怨竟亡秦。薜蘿山鬼依名士，杜若雲旗享逐臣。來謁清祠逢競渡，野風吹散一江蘋。」

桐城姚石甫觀察瑩，近刻詩藁，未見，嘗見其後湘集，詩筆縱放，七言律爲前明七子之遺。其五古晚眺一詩，則澹宕有神，蘇州、柳州之流亞也。詩云：「落日天氣清，登樓眺芳甸。遥岑聳孤青，飛鷺時一見。微雨村中來，水雲白如練。嘉禾受遠風，芳樹落餘片。牧子催牛歸，野人荷簑徧。何處樵歌起？前山忽暝變。」

固始趙小檁刺史彩麟，嘉慶甲子鄉榜。著有琴鶴軒詩草。刺史詩秀麗綽約，時出新意，如杏花一林，柳絲千縷，其殘菊詩云：「依舊孤芳在，憑誰共晚餐？殿秋知事少，索句解人難。真意從今得，天心特地寒。捲簾人應瘦，莫漫倚闌干。」步子怡春柳原韻云：「隱隱樓臺淺淺灣，隋隄十里緑迴環。未經走馬煙如鎖，慣綰流鶯語作蠻。嬌眼青青憐我顧，纖腰楚楚待誰攀？風流莫漫推張緒，可愛王恭總一般。」刺史題問渠圖七絶二詩，神韻極似漁洋山人，詩云：「三篙春漲緑平隄，百囀流鶯喚欲迷。隔岸小桃紅不斷，故人多住板橋西。」「偷閒還挈舊詩瓢，琴劍生涯伴寂寥。觸熱憐他襏襫子，相逢何處話漁樵？」刺史工書法，嗣君善谿大令人同官吾閩，出其稿見示，因得讀其詩。善谿大令亦工書，詩亦氣度和婉。

「氣吞高力士，眼識郭汾陽。」此元人詠太白句也。近代仁和王百朋諸生錫襲之，改其句曰：「目無高力士，心識郭汾陽。」則率然無味矣。

休寧汪子芸國子生惠生，著有尺園詩存。子芸負不世才，足跡半天下，工詩善畫，好鼓琴圍棋。黄肖農鹺尉得其殘稿，出以示余，詩筆幽澹，多託興之作。其齋樹鷗啼夜起見月云：「海鷗棲高樹，愁人眠屋底。鷗啼人臥聽，人咳鷗驚起。視鷗何爲啼，月出澹波裏。見鷗復見月，低頭念鄉里。」羅星閣登高云：「三摺迴波百尺樓，置身天際竟誰儔？眼前幻化驚蒼狗，江上沈淪笑白鷗。一郡河山開勝概，萬家砧杵鬱離愁。人生是夢休疑夢，爪雪分明記浪遊。」寫梅云：「撥墨横撑礙落霞，逋仙老去此爲家。一枝寒瘦初疑鐵，看到春風也着花。」

寶坻王鷺汀巡尉保叉，著有借緑軒詩存。巡尉善於言情，亦多韻致。昔人評薛君采詩：「泓峥蕭瑟，如鼓丘中之琴。」巡尉有焉。巡尉初仕刑部司獄，外補山東安東衛巡檢，毛義捧檄，因親而仕，非其志也。嗣長兄孟平官蓮河鹽尹，遂引疾奉母，就養來閩，爲大府記室。喜涉獵羣書而不求甚解，發爲詩歌，率多自寫胸臆，不傍他人門户。其邯鄲道中懷古一詩，激昂慷慨，如聽劉越石之笳。詩云：「我來邯鄲道，不見邯鄲倡。郊原徧禾黍，舊夢多荒唐。鬬雞走狗彼誰子，利屣修袖空相望。常山硉兀接華嵩，主父開國奄河宗。胡服騎射矜武功，戎貉不足攖其鋒。駃騠西下窺秦中。秦人側視心膽怯，偉貌豈與常人同。奈何熒熒惑妖夢，終竟探鷇沙丘宫。吁嗟平原不聽趙豹語，一旦秦軍東至此。長平鬼哭至今愁，四十萬人同日死。趙括小兒安足論，千秋獨惜佳公子。君不見漢文指謂慎夫人，迢迢遠道迷輕塵。美人抱瑟泣未已，北山石槨悲逡巡。千古風流盡渺茫，漫將往事感興亡。但斟魯酒莫嫌薄，醉倒仙人枕簞傍。」荆鐵農歸自烏壘同居三月行將赴粤迎母詩以贈之云：「終古黄塵飛絶漠，幾人生入玉門關。濁醪欲盡千年醉，老驥初投一日閒。三月鶯花江上楫，五溪煙雨夢中山。從今人世多行樂，莫惜離愁更淚潸。」西征將士云：「戰勝歸來暫解鞍，前軍會食令旋頒。衝車夜奪胡羌砦，突騎朝馳大夏山。地下已多新鬼哭，人間未許寶刀閒。穹廬落日寒鳴角，吹人秋風改故顔。」

蒲州吴天章諸生雯，著有蓮洋集。集中短篇詩出入騷、雅，句如「潮來全楚白，雲上半江陰」，則入盛唐之室。他如「千點桃花」「空林黄葉」諸句，久已膾炙人口，余已鈔於別卷。漁洋山人云：「天章至京師，未知名，余賞其詩，一日待漏朝房，誦其句於葉訒菴，葉下直即命駕訪之。」漁洋詩話。此可見前賢愛才之篤，今之讀佳篇而即命駕者，則實少其人也。

侯官陳自周松慶，有次樵藏稾。自周詩不規橅古人，而自饒天趣，有如白雲初晴，幽鳥相逐，又如曲渚芳塘，閒花滿徑。古詩多幽澹之作，野望云：「步出城南隅，嵐光青射目。風迴田草欹，雨餘溝水復。農人集三四，耕牛驅五六。放歌獨扶犂，擊壤鼙鼓腹。

家門隱蔗林，村落深茅屋。少女挈壺觴，大婦致饘粥。雲鬟緑垂肩，山花紅映肉。席地羅杯盤，菜羹雜魚菽。日斜急風雲，煙横散人畜。此樂人不知，而我感潛伏。身非富且貴，又異樵與牧。作嫁代人忙，枝棲同鳥宿。桃源隨處有，囊金幾時蓄。立錐無受田，居行長碌碌。」客中登高云：「再上惟餘尺五天，舉頭星斗挂窗前。雲中鸞鳳窺人下，檻外簾櫳待客懸。落帽風狂催送酒，題糕詩就又飛牋。登臨已悵家何處，不見黄花更可憐。」讀此詩可想其胸次高曠。舟夜絶句云：「十里谿邊此俊遊，琴聲婉轉和漁謳。江山閒甚人忙甚，萬感紛紛入客舟。」此詩風骨不落開、寶以下。句如「石瘦山横木，秋高菊放花」「山間谿徑村田少，城上人家水榭多」，皆清婉可誦。

吾閩近代詩以雄特見者，如謝甸男廣文、薩檀河大令、陳葦仁先生。檀河詩已録别卷，其絶句尤隸事生新，鮮若霞綺，如題陳秋坪畫洛神云：「不畫針神畫洛神，芝田館外采旄新。三臺笑煞張燈火，君豈黄初作賦人？」題鄭嵎津陽門詩注云：「三藏袈裟絲縷紛，羅公幻術果希聞。如何環上逢山鬼，不爲官家發六軍。」「承平故實出村翁，樂史陳鴻二傳同。獨愛行宫小詩句，白頭閒坐説玄宗。」閩宫詞云：「騶家建國舊山河，島嶼樓臺浸碧波。軍府新開大都督，兩朝天子錫琱戈。」審知。「登庸樓上鼓鐘催，鳳詔重重闕下來。今日旌旗聞出餞，拾遺又賜錦衣回。」「招賢院立四門開，八族衣冠一代才。自是君王能養士，肯教狎客孔江來。」「擲碎玻璃忍不看，國家經費念艱難。軍中敗袴無由補，酒庫新收醉袋殘。」「雲開寶相夢諸天，知爲君王廣福田。衆願合成新法界，十三鑪冶鑄金仙。」「料得夷蠻估客來，貢船針指出登萊。海師一夜因風雨，報道黄崎新港開。」「張燈大餔宴輝煌，夜半君王到暖房。不費黄金買詞賦，買絲也合繡冬郎。」延鈞。「祓禊流觴又永和，龍啓三年改元永和。蘸波香影簇宫娥。桑溪不少穠桃李，今日春風屬綺羅。」「擎來筐幣自金陵，千鑷吴蠶一片冰。曉事内人語花絹，就中知誤不云綾。」「百道階通蕭寺街，涅槃佛子最銜悽。中元歲歲盂蘭會，薛老峯前更近西。」「黄金布地白龍祥，曉事人嗤蔡侍郎。堂牒除官真利市，齋壇先祀水西王。」繼鵬。「睡眼麻茶對鏡臺，玉階履迹掩春苔。君王紙尾批何語？參政今朝疏不來。」「角瓜片飲不須觥，長夜君王未解酲。聞道相公卧街市，口中不住唤春鶯。」延羲。「重霄影落見層層，布地黄金惜未曾。每夜樓頭沈月色，一城七塔萬枝燈。」「石根如穗裊祥煙，土貢宫中亦萬千。寶局呈來新鑄樣，一時傳看永隆錢。」寓吴門偶成四絶句云：「紅燭笙歌笑點蟬，洞庭風月太湖煙。别來猶著蘇州夢，茂苑鶯花過五年。白樂天。」「明月清風四萬錢，老梅有伴卜居聯。黄柑紫蟹秋攜酒，瓢笠狂歌慶曆年。蘇子美。」「吴臺越戍久荒煙，説虎盟鷗鏡裏天。聞道鴟夷扁舟去，被人妬煞石湖仙。范石湖。」「一自春風到茜涇，玉山簫管集羣英。儒衣僧帽行天下，金粟道人顧阿瑛。顧玉山。」真娘墓云：「生公石畔劍池邊，買笑猶飛榆莢錢。莫訝慈門留冶葉，桃花生世解參禪。」「雪到江南怨易消，吴宫草緑鬬裙腰。春風一鎖芳華住，閒煞姑蘇四百橋。」睦州云：「蒼茫雲樹數歸鴉，丹嶂臨江落晚霞。記得來時春水碧，亂山殘雪映梅花。」蒙陰道中云：「斜風細雨弄陰晴，麥飯相逢花滿城。今日行人最惆悵，蒙山山下看清明。」揚州雜詩云：「歌館弋林邗水湄，珠簾十里映金芝。春風吹偏江頭緑，不似參軍作賦時。」「飲馬長江萬匹煙，佛貍宫帳暗淮天。可憐瓜步山連戍，落日寒潮唱卯年。」「景華燈幌不曾收，丹鳥籠山照夜幽。東郡可能明月盧明月。冷，火旗都在殿西頭。」「花底流杯老一身，玉梅不見武功春。琵琶何處空明月？給諫山前絃管新。」「淮南定策倐蟲沙，燕子春燈入内家。最是銷魂石城曲，二分明月冷梅花。」「兩行小吏豔神仙，陳迦陵句。修禊紅橋碧漲天。多少十三橋下過，風流不説杜樊川。」易水絶句四首云：「鞠武謀迂劊馬肝，馬頭生角誤燕丹。自從督亢孟作「康」，讀亢，苦浪切。全圖去，風始蕭蕭水始寒。」「豎子難圖彼武陽，薄游榆次早知亡。千金匕首誇濡縷，不及秦醫有藥囊。」「誰云生刼比盟柯？羅縠單衣尚鼓歌。畢竟秦妃精劍術，華陽空使泣宫娥。」「衍水安能保一家，金臺士去最堪嗟。君看他日韓仇復，豈是收功博浪沙。」揚州絶句云：「朱鳥千帆鬬綵舟，衣香不散大隄遊。征遼只夢江都好，禪智山光博一丘。」「三十六封一笑休，迷藏何處問隋樓？開皇不少平陳業，只當雞臺夢裏遊。」「竹西歌吹最繁華，燈火分明十萬家。獨有廣陵城上月，夜來孤照玉鈎斜。」答鄭涵山借雁蕩山志涵山有雁蕩紀遊詩，在志中。云：「溧陽贊府永嘉客，遺我圖經日討幽。漫説温台落吾手，東坡次周邠寄雁蕩山圖韻：『此生的有尋山分，已覺温台落掌中。』不隨春雁住山頭。」「羨君濯足大龍湫，潑眼飛崖瀉瀑流。七十七峯高唱入，白雲驚起一天秋。」惠山訪卞玉京錦樹林云：「鏡臺鈿扇訴飄零，翦就黄絁抱素琴。南渡倉皇餘此恨，江山蕭瑟寫雲林。」吴門夏口云：「行春橋外風花盡，銷夏灣頭沙柳摇。已是晚秋愁絶處，吴門暮雨又瀟瀟。」京口絶句云：「寄奴小草自春風，猶傍丹徒舊日宫。五色雲章何處寺？南徐明月大江東。」金源絶句云：「遊田刺鉢草風腥，羽衛弓刀集會寧。今日圍場先告廟，大遼不索海東青。」「橘袍金甲想南征，立馬吴山按萬兵。誰信軍中占太乙？誤人一曲柳耆卿。」「三千女孽沼吴媒，何獨宸妃兆禍胎？君看明昌全盛日，愛王先自紹興來。」「臨淄公子老如庵，門禁新開集雅談。煮茗焚香翰墨貴，北兵不見下河南。」「長白山高建寶幢，遷俘二帝淚雙雙。南師豈意南坤下，眼見青城又受降。」「一代南冠野史亭，白頭無淚哭秦庭。翻城國賊同聲頌，甘露磨碑辨郝經。」

卷二十二

宋襄邑許彦周顗著彦周詩話，其論詩話大旨云：「詩話者，辨句法，備古今，紀盛德，録異事，正訛誤也。若含譏諷，著過惡，誚紕繆，皆所不取。」余謂凡著書須有關繫，詩話亦其一也。余所爲詩話，意專主於射鷹，及有關風化者次録焉，其備古今，紀盛德，及辨句法，正訛誤，又次焉，體段與彦周同，而大旨又與彦周異。

宣城施尚白侍講閏章，著有學餘堂詩文。侍講詩多温柔忠厚，諸體中五言爲勝，五古勝於七古，五律勝於七律。王阮亭先生最愛其「秋風一夕起，庭樹葉皆飛。孤宦百憂集，故人千里歸。嶽雲寒不散，江雁去還稀。遲暮兼離別，愁君雪滿衣」之作，謂：「此雖近體，豈愧十九首耶？」侍講五言古詩如臨江憫旱、登太室中峯、漢柏、先祖母生辰追悼成篇、黄俞邰聞母喪南歸，七古如龍衣船、蓬萊海市歌諸篇，皆入唐賢之室。句如「結怨不在深，片語傷人心」；又云「作吏如浮雲，風吹不得住。浮雲去無心，作吏行多懼」；又「村徑半牛跡，山田皆水聲」「六朝流水急，終古白鷗閒」「路長催老易，家近恨歸難」「微雨洗山月，白雲生客衣」「風雨殘春路，關河獨去人」，恃源敦厚。阮亭感舊、山木二集，録詩極多，又取其五言近體八十二聯爲摘句圖，見所撰池北偶談中。

永北黄肖農鹺尹詩，發於性情，而風骨亦見雄健，其舟經建溪灘上作云：「建溪怪石若蹲虎，日挾灘聲作虎怒。上灘之難難於天，蜀道崎嶇安足數。嵯岈大石列江滸，小石兒孫拱父祖。波渦惡詭翻白花，如入陣圖魚復浦。揭來擊楫月在午，榜人苦熱汗揮雨。長絙牽船船不行，急浪打頭高尺五。此時水勢不可侮，執篙左右跽且俯。竹竿戰水爭逆流，方瞳赤項力各努。眼前有路總難沮，性命拚與洪濤賭。我憑忠信尚驚心，幾人到此不慄股。排風願得叩天府，載拜巨靈借巨斧。剗除七十二危灘，與人利涉都無苦。王道蕩平一萬古。」其雜感詩云：「酒負詩逋積又盈，小窗聽雨亂愁生。幾人妙解琴中趣，舉世惟談紙上兵。宦拙自憐閒亦苦，病多翻覺症無名。緘書遠慰高堂望，怕憶滇雲萬里程。」詩能移情，吾於鹺尹見之。

侯官節婦盧倩雲藴真，余友家菊潭甥女也，著有紫霞軒詩鈔。詩多有關風化之作，非如裁雲鏤月者比。其程濟祠云：「金川門破九江奔，燕子高飛入帝閽。複道幸通神樂觀，袈裟遂駐白龍村。淒涼乞塊黔川黑，倉卒嗚雞蜀塞昏。老佛既歸南内後，翔鴻一去爪無痕。」秋色云：「晴空淨處片雲收，畫裏樓臺鏡裏舟。世界描成濃淡景，河山寫出淺深秋。霜楓歷亂紅迷岸，露草參差白滿洲。萬里蒼蒼渾莫辨，凭欄聊爲展雙眸。」對鏡云：「曉向妝臺理鬢絲，停梳猶自幾遲疑。年來世事添心事，憂喜分毫汝最知。」數詩不失二南婦人女子之旨。

物之奇者，每不可解，如金陽曲劉氏家大寶鏡，能照天地四方，以前知休咎，此物之最奇者也。元遺山詩集卷十六姨母隴西君諱日作第三首云：「寶鏡煌煌照九州，埋藏曾及見諸劉。豐城今日無雷煥，紫氣誰當辨斗牛。」自注云：「陽曲劉氏家大寶鏡，能照天地四方，以前知休咎，其家埋地中，人不得見也。明昌、泰和中，北方兵動，渠父子欲卜之，一日先以旃幕障中庭，乃扃閉門户甚嚴，及掘鏡出，光耀爛然，一室盡明，如初日之照，鏡中見北來兵騎穰穰無數，餘三方都無所覩，因大駭曰：『不可！不可！』即埋之。姨母時伏牀下，得竊窺焉。兵火後，此家惟一兒子在，姨母能指鏡處，存否則不知也。故予詩及之。」

「客況總輸遊屐健，詩名翻覺布衣尊」，此華亭沈近岑諸生道映句也。入情之語，沁人心脾，布衣著有鴻跡軒稿。五言句如「獨客難爲夜，孤心易感秋」，爲番禺張南山太守所賞。

前明吴縣袁孟逸布衣景休，遺詩數首，朱竹垞從繡谷蔣氏搜出。其入慧慶寺詩云：「新秋入古寺，涼氣何清越。樹杪夕陽微，山蟬鳴不歇。」春日過南城云：「黄鳥當三月，城南景正繁。桃花千萬樹，不異武陵源。」自江村望虎丘云：「兹山奇且麗，迴與江村合。幽人去復來，斜陽在孤塔。」靜志居詩話云：「孟逸隱於卜肆，後閩人林古度寓法水寺，見孟逸夫婦停棺於寺，傷其無子，取摺疊扇畫兩棺貯破屋中，上雨旁風，極悽楚之狀，題詩其上。有新安客見而憫之，出私錢庀窀穸，古度又口授遺詩，刻之成集，余購之不得。繡谷蔣氏藏孟逸墨跡五翻，凡十絶句，亟録三首。孟逸夙見知於沈嘉則，其送嘉則詩云『道上霜寒連白雁，馬頭木落見黄河』，殊有爽氣，宜其訕笑詆諆及劉子威侍御也。」

「茶竈聲清響竹廊，小亭新構面横塘。漁夫晚唱煙生浦，桑婦遲歸月滿筐。一嶺山花燒杜宇，滿池春雨浴鴛鴦。籬邊犬吠何人過，不是詩僧是酒狂。」此江都宗梅岑布衣元鼎句也。張南山謂其詩寫郊居風景，殊有野趣。布衣著有芙蓉詩稿，漁洋山人稱其風調酷似才調集。

北踰朔漠，東眺滄溟。蒲圻張白蒓布衣開東，天才敏贍，詩逾萬首，考田詩話謂白蒓坐隻輪車，遍游五嶽，季孫易，承歡後母難」，爲喻石農所激賞。畢秋帆中丞題「海嶽遊人」四字贈之。余愛其閔子祠詩「不仕渡日，五嶽一歸人」「華蓋垂天張北斗，黄河劃地鎖中原」「但聞衆鳥春相語，不辨何花風自香」：皆新穎可誦。又句如「日色三關遠，風聲萬里來」「九河重

侯官家崇達孝廉茂春，著有暢園詩稿。孝廉邃於經學，讀書淵博，所著書皆散失，余嘗見其文選補注手稿，旁行斜上，近其書已被人所竊，郭象、何法盛之流，可深浩嘆。詩稿舊存陳恭甫先生家，今向其嗣君索之，未見。同里吴少阮茂才种，家藏孝廉遺藁數首，亟録之以覘梗概。其記事四詩，渾雄悲壯，刁斗森嚴，國初可合梅村、亭林而一之，吾閩可與甸男、檀河而三之。其詩云：「參弧南畔直天狼，聖主殷憂切叛亡。鑾觸風煙迷六詔，荆吴戈甲下三湘。中原馬援新籌策，海上盧循枉陸梁。看取漢家平徼日，重標銅柱紀殊方。」「邊疆烽火逼心驚，太乙蒼蒼照内營。蒙氏閉關爭僰道，漢家習戰駐昆明。百盤束嶺炎風迫，五月踰瀘瘴雨迎。誰逞材官身手健，辛勤翻憶朔方兵。」「星輿九域奠洪安，莊蹻何因據百盤。象齒雕題初自帝，龍韜虎衛盡登壇。贊皇忽值降番變，横海新嗟破虜難。爲語尉佗休崛强，函關終用一泥丸。」「欃槍一夜見南荒，漢將新秋下朔方。旅

衛軍裝朱屬鎧，羽林行隊緑沈鎗。千年銅馬功名遠，萬里金沙道路長。最是至尊憂六宇，不令芽蘖啓邊疆。」

平陽鮑石芝明經臺，著有一粟軒吟草。明經詩涉筆成趣，跌宕風流，余喜其集中卮言葆真、哀樂二詩，爲有道之言，不易多得。其詩云：「虚室乃生白，明鏡不受塵。立身生之初，瑩然葆我真。一物爲掩蔽，方寸生荆榛。痛癢不自覺，感物無由因。所以岐黄書，麻木爲不仁。」哀樂云：「日出東方紅，日入四山黄。日出氣和悦，日落氣悽愴。乃知哀樂端，倡之自穹蒼。萬古一歌哭，範圍陰與陽。達者爲之節，反者爲淫傷。吾讀二南詩，睪然思文王。」

羅源黄南村孝廉銓，著有南村詩存。詩品澹静，能寫野外之景，其春湖觀漁和胡香海先生原韻云：「漁家連小艇，春漲出湖西。舉網尺鱗躍，維舟雙樹齊。生涯同此水，門户即前溪，豈識從軍者，沙場卧鼓鼙。」江上云：「短棹隨明月，飄飄未有涯。人如秋後燕，心似雨中花。杜若香爲國，輕鷗水是家。將船沽美酒，莫自歎年華。」野店云：「野店蕭疎傍竹根，偶然投足具盤飧。他鄉兒女來看客，到處人家不閉門。雲起纔遮山半面，鳥啼又近日初昏。桃花似索行人笑，一樹新紅映酒樽。」

水墨廬詩，常熟陸秋玉布衣元浤著。柳南隨筆云：「秋玉晚成，無家，圖己像於水墨中，自號水墨中人。」秋玉詩名句如「細雨天如夢，孤禽聲帶秋」「石級扶猿臂，雲峯壓佛頭」「瘦燈淹雨色，寒夢入江流」「人間歲月仍從甲，物外漁樵不算丁」「鷗邊客到雙笻水，鐘外僧歸一笠雲」「酒於愁處終難醉，詩到窮時亦不工」，皆風雅拔俗。

武進徐尚之州倅書受，著有教經堂詩稿。詩多悱惻，意由心發，吳會英才集稱州倅「性情純摯，内行端方」。州倅詩雅健雄深，善繪山水，其宿績溪山店寄訊縣尉弟佑之云：「泉聲奇以驟，嶺勢險在曲。令我心孔開，映我眉髮緑。煙林乍回合，澗壑時斷續。仰愁危石壓，下有白鳥浴。徑折蛇透迤，餘隙漏殘旭。頗聞新縣尉，既至問土俗。山田碎分纑，高下真五沃。作吏毋患貧，看山一生足。」新嶺云：「振衣忽霄漢，巉絶已平視。一線上天奥，萬笏出地底。斜日在半崖，高鳥飛不起。豁然倚層空，盤旋徑邐迤。雲生乍籠袖，澗響復盈耳。何處煙林鐘，天風吹十里。躡景有羽翰，蒼蒼暮凝紫。」

武康高東井孝廉文照，著有闃清山房詩稿。吳會英才集謂孝廉「縱情山水，倜儻不羈，與大興朱笥河學士登臨嘯咏，幾無虚日」。孝廉詩如明月上樓，簷花欲墜。其側搶篇七古，足以雄視古今；七言絶句，情韻獨絶。其廣濟寺七律可謂中晚名作，詩云：「閱盡繁華小刧空，赤烏遺構冠江東。雙扉晝闔蒼煙外，一磬秋寒黄葉中。花不知名偏爛漫，月如有意故冥濛。我來但結名山契，願乞尤家十日風。」夏五集九峰園送蔣香雪秋竹兄弟歸里云：「十弓缺地占城隈，多貯煙波畫檻開。才有柳陰涼便到，一鶯流出隔牆來。」「蘆芽短短釣船低，向晚濃煙失水西。半晌風漪亭上立，無情聽殺郭公啼。」

「秭歸城下秭歸啼，江出夔巫水漸低。莫上柁樓高處望，鄉山都在夕陽西。」此遂寧張船山太守問陶句也，絶似北宋人風味。句如「黄金堆几案，不如花數枝」「美人實無罪，溺者自忘身」「眼前真實語，入手見奇創」「道心一明月，人境幾浮雲」「才退安微命，心平悔大言」，皆閲歷有得之語。

嘉善沈瘦客諸生大成，詩多入情之作，靈芬館詩話云：「瘦客深於情，一往三復，詩如其人。」記其看燈詞云：「華燈萬户影交枝，月上黄昏也不知。郎愛看燈儂愛月，到無燈處立多時。」句云「未見書當從客借，無名花入動人憐」「一伎不工惟善病，三生有福得長閒」「牆裏小桃花一樹，只分一半與人看」「楊花莫辨多於雪，都恐鴛鴦易白頭」「妾家花與郎家柳，不隔春風只隔城」，皆情韻獨絶。

懷寧徐伯符孝廉鵬年，著有枳六齋詩稿。懷舊集云：「孝廉嶔崎歷落，意氣自豪。西踰秦隴，南絶江漢，壯遊所至，發爲詩歌，莽莽蒼蒼，筆力雄偉。」句如「一水與人爭大地，兩山作鎮鎖斜陽」「海内浮雲看倦眼，山中叢桂識初心」「爲客歲時貧病裏，寄人兒女死生餘」「臘雪幾曾尋水去，唐花從未見春來」。

宣城高阮懷太史詠，康熙十八年博學鴻詞，官翰林院檢討。著有遺山堂、若巖堂等集。國朝名家小傳云：「阮懷爲諸生，數奇，十五試不售，年近六旬，以明經貢太學，崑山徐相國奇其才，延致家塾。」曠園雜志云：「阮懷入雲中，見樓閣壯麗，有導行者引至文昌宮，驚而寤，作飛龍引紀之，後以薦舉授史官，數年復夢前境，心惡之，引疾歸里，每語人曰：『當以二十八日辭世。』而究不言其故。次年二月卒，果二十八日也。」阮懷詩長於寫景，句如「雨餘千澗急，雲合萬山沈」「白蘋風裏暮愁重，紅藕香中秋夢多」「草衣過雨懸瓜架，水鳥無人上釣舟」，皆明秀可誦。

懷寧陳雪樓字大治。大令世鎔，道光乙未進士。著有求志居集。大令幼負神童之目，九歲賦雁字詩，爲熊藕頤先生所激賞，其詩風華綽約，姿態横生，諸體俱工，近體尤勝於古體。螢火詩「不欺容處暗，自照即爲明」，可謂語有寄託。古豔曲云：「落月簾鈎影，春風步屧聲。」「日高環珮細，風暖翦刀柔。」皆情致獨絶。次韻題包山聽雨圖二絶句，亦瀟灑出塵，詩云：「白練横江樹影遮，板橋風過葦蕭斜。洞庭一片鈞天奏，吹落煙波釣客家。」「江湖舊夢久飄零，憶别家山幾歲星。爲報柴扉勤整理，他年好向此中聽。」

閩縣劉炯甫孝廉存仁，道光己酉鄉榜。幼負雋才，詩閒淡雋永，如見性真，不假雕飾，自然合格，説者謂孝廉詩學香山，以其淡處似白也。偶然作一詩，風格名雋，無規橅前人痕跡，詩云：「委懷見古人，息機在安命。滔滔末俗衰，恥與衆流競。春生秋則斂，四時以爲柄。物理互乘除，造化忌豐盛。端居叢百憂，堅忍動心性。妍媸辨分明，我靜亦如鏡。」其辛卯病愈寄温松雲醫士二詩，能以長慶之性情，運大曆之風骨者。詩云：「莫向尊前喚奈何，菊花時節且酣歌。燕聲慷慨彈同調，楚些淒涼夢入魔。余病中夢作奠方邑侯彦聞文。一病始諳觀化樂，此身但覺感恩多。還丹願得容成術，鷗鳥忘機養太和。」「馳逐名場事若煙，十年回首幾先鞭。情空泡影真如寄，悟後文章半入禪。下酒有書隨日讀，坦懷無事抱雲眠。起看秋色蓬門冷，雁影西風九月天。時病不克與秋試。」二詩情韻纏綿，令人一讀一擊節。

閩縣薩珠士大令虎拜，著有珠光集。大令詩才敏捷，多對客揮毫之作。余喜其題鏡秋姪菜根圖一絶，語有寄託，詩云：「吾家小阮古風存，不畫繁花畫菜根。若使萬民無此色，何妨直咬到兒孫。」却有風趣。

嘉定王禮堂光禄鳴盛，乾隆十九年賜進士第二人。著有耕養齋集。光禄博學工詩，所撰尚書後案，以鄭、馬爲主；又撰十七史商榷一百卷，主於校勘本文，補正譌脱，最詳於輿地、職官、典章制度；又撰蛾術編一百卷，其目有十：説録、説字、説地、説制、説人、説物、説集、説刻、説通、説系。光禄詩綜三唐，旁涉宋人，句如「疎鐘煙外寺，遠火渡頭船」

「曉漲雲浮岸，春山翠壓城」「殘歲辭家隨斷雁，大江積雪上孤舟」「三户遺墟春草碧，六朝舊事暮江平」「蘆中問渡真窮士，漢上題襟少故人」，皆風雅可誦。

嘉定錢竹汀詹事大昕，乾隆十九年進士。著有潛研堂集。國朝漢學師承記云：「戴編修震昌彝按：戴東原係庶吉士，見經韻樓叢書段茂堂先生所撰戴君年譜。江鄭堂漢學師承記謂以戴君爲編修，非也。嘗謂人曰：『當代學者，吾以曉徵爲第二人。』蓋東原毅然以第一人自居。然東原之學，以肄經爲宗，不讀漢以後書。若先生，學究天人，博綜羣籍，蔚然一代儒宗也。」詹事田家雜詩及中河五古，不讓唐人，其名句可採者，如「成敗論人易，從容舍命難」「秋色江上來，吳楚千里碧」「著録晁公武，評詩敖器之」「安心真是藥，省事便成仙」「韓子文皆從道出，温公事可對人言」「著書已勝金樓子，汲古常攜玉帶生」「從古文章無定論，由來場屋困名流」。

粵嶽草堂詩話載番禺田西疇諸生上珍偶感詩，寄託遥深，今録於此：「屏跡雲山户懶開，芒鞋久不踏蒼苔。無端却被松間鶴，引向塵寰半日來。」諸生詩更有名句可誦者，如「青燈慈母夢，黄葉故人心」「風警鴉移樹，燈昏雁過樓」「落日明殘水，重煙失遠山」「如能聞道何妨老，若果工詩敢怨窮」，非性於詩者不能道。

嘉應宋芷灣觀察詩已録於前，又有過井陘及書平原公傳後，極爲沈雄跌蕩。過井陘云：「疊隘重關古澗鳴，長城一抹亂山青。漢唐戰鬬今陳跡，立馬秋風看井陘。」書平原公傳後云：「蕭同叔子事堪哀，動地干戈爲笑來。寄語美人歡喜口，春秋戰國莫輕開。」又詩云：「昏之以世情，失我獨也正。一日積一塵，一塵生一病。」句如「種樹五十本，讀書花鳥間」「四面青山三面水，兩湖明月一湖秋」「岳陽城郭中流見，黃帝笙鐘上界聞」「笑口人情花蔚響，酒盃天氣雁聲涼。」

武進張皋文太史惠言，嘉慶四年進士。著有茗柯文編。孿經室文集云：「張皋文編修以經術爲古文，於是求天地陰陽消息於易虞氏，求古先聖王禮樂制度於禮鄭氏。」按：太史平日論文，嘗謂「法有盡而意無窮」，此意足爲執死法以言文者進一解。太史詩不多作，句如「馬馳千里足，人看一城花」，亦婉麗可讀。

德清許周生戎部宗彥，嘉慶四年進士。著有鑑止水齋集。湖海詩傳云：「周生穎悟非常，讀書目數行下，稍長，博通墳典，自經史詩詞而外，如小學、算術、醫方、梵夾，靡不涉獵，尤深於古文，本於宋之南豐，明之遵巖，理實而氣空，學充而辭達。嘗從其嚴尊方伯君徧歷滇、黔、東粵山水之勝，故瀏覽之作，亦多超越。」按：兵部精於經學，詩亦多入情語，如：「有懷誰能已，發言乃爲詩。聲音本自然，悟者自得之。」句如「人間春短花偏怨，心上秋多月亦憐」「風擁亂雲歸遠嶂，虹收斷雨放斜陽」「水流花謝歸何有？愛海空添一滴波」「人間名滿不稱意，得失晚年心自知」。

歸安姚文僖公文田，嘉慶四年賜進士第一人。著有邃雅堂集。文僖生平持己端方，居官清慎。百數十年來，學人盛談考據，多尊漢儒，詆宋儒，公獨持議謂：「三代以上，其道皆本堯、舜，得孔、孟氏而明；三代以下，其道皆本孔、孟，得宋諸儒而傳；五代以後，人道不至陵夷者，宋諸儒之力。至其著述之書，豈得遂無一誤，然文字小差，漢、唐先儒亦多有之，未足以爲詬病。」詳見集中宋諸儒論。公詩筆清婉，句如「舊時燕子誰家屋？前度桃花載酒人」，非深於詩者不辦。

粤嶽草堂詩話云：「『窗宜話雨添疎竹，屋爲看雲築短牆』，繡山先生句也。先生純孝宿學，吟咏其餘事。」今按：番禺張繡山孝廉字虎臣，名文炳，嘉慶六年鄉榜。著有玉燕堂詩鈔。集中名篇如讀李鄴侯傳、菩提樹歌、藥州懷古、羊跳峽、北山寺諸篇，皆不朽之作。句如「放生但隨緣，雞豚戒持殺」「從來離別事，多在夕陽天」「月光分曙色，人語雜潮聲」「村深連樹暗，帆濕過江遲」「退步便爲進步法，濃時須作淡時思」「五夜梨雲招有蝶，一簾梅雨喚無人」睡燕。「千里雲山環獨客，九秋風雨逼重陽」，皆風雅可誦，不獨「窗宜話雨」一聯膾炙人口也。

閩縣家長川廣文開瓊，字曉樓，乾隆庚寅鄉榜。著有西癡居士集。廣文詩如純鈎初出，拂鐘無聲，切玉如泥；又如鐃吹平江，秋空清響。其趙子昂畫馬歌七言古一篇，嶔崎磊落，氣勢軒昂，亦得言外諷刺之旨，詩云：「龍媒萬里呼悲風，龍沙九月天濛濛。血駒自昔稱大宛，渥洼之産非神驄。趙家王孫元承旨，畫馬能得馬神似。披圖畫肉不畫骨，毛鬣豐隆紙上起。一十六轡金連錢，指點英雄竟誰是？王孫畫此胡爲哉？不見臨安宮殿生蒿萊，六龍西飛八駿死，摧殘上駟三千騋。又不聞青城城中狩二帝，追風逐電無由回。王孫下筆貌無已，何不貌取陳橋夜半火光裏，馬上黃袍作天子？又曷不圖匹馬渡江孟后喜，金山廟前走胡矢？王孫快意寧有此。六陵冬青魂魄飛，靈禽啄粟枝上稀。臨川貢士名家子，同騎駿馬長安畿。鳷鵲殿頭明月輝，驊騮仗下宮袍緋。歸來雪樓扃雙扉，兔毫落紙馳騤騑。排列監牧盡意氣，奕奕天駟騰朝暉。江南草短逢寒食，王孫不歸淚沾臆。試問何年馬角生，遺恨丹青人不識。王孫生世本龍種，龍種自與凡人殊。王孫奈何不保千金軀，嗚呼！王孫奈何不保千金軀！」

閩縣劉薇卿孝廉萃奎，道光甲午鄉榜。著有瓊臺吟史詩初編。孝廉詩清新典麗，可入長吉古錦囊中。采桑曲一詩，宛轉關生，情韻雙絶，詩云：「江南三月天氣新，欲雨不雨鳩啼頻。早起持筐出門去，路旁還恐逢行人。行人豈識妾心苦，昨夜蠶饑食無數。旁屋先愁嫩葉稀，何時得盼新絲吐？新絲如髮葉如錢，葉葉絲絲相糾纏。生怕枝頭喚葉貴，却羞陌上看絲牽。東鄰呼小姑，西鄰約阿妹。腕弱枝長可奈何，待儂歸喚郎相代。儂采桑，郎采枝，風枝露葉時相思。郎采枝，儂采葉，緑葉青枝日交接。願郎情比桑枝長，願儂容比桑葉芳。葉落莫嫌改顔色，枝枯尤易摧肝腸。」句如「涼生殘月上，秋在敗荷先」「水光吹慘緑，山色失遥青」「潮隨沙鳥落，灘作水龍吟」「故園在天末，秋思滿江南」「山近雲痕冷，堂深月影虚」「帆影孤雲外，鐘聲落照邊」「日痕雙塔上，雲影數峯開」「秋心吹落葉，霜信在疎鐘」「葉聲多似雨，人影瘦於花」「晚潮當檻上，燈火此橋多」「吟懷因酒健，塵夢入山稀」「昨夜過殘雨，隔籬開數花」「葉老低辭樹，雲孤懶出山」「雙澗泉流纔過雨，一溪峯轉有斜陽」「六代文章多設色，一生富貴不驕人」「春在重衾曾繞夢，秋來别館易爲聲」蘆花。「絮語最憐垂老别，萍踪又嘆幾時更」楊花。「書不耐人看易倦，字當無意寫偏工」「落花不礙客閒步，啼鳥似聽人讀書」「無累偏教行樂易，過時深愧讀書難」「偶成佳句人偏有，爲寫離情意轉無」「細草疎鐘林外寺，夕陽歸艇水邊人」「情近友朋貧亦負，謀關衣食禮難拘」「入畫江山秋後夢，添愁風雨病中詩」「書生氣骨無求貴，近世交情節取多」「休教落魄和殘雨，恰好傳神到夕陽」「村煙忽破夕陽出，野艇自横秋水生」「易水昔曾歌壯士，長安今更重英才」黄金臺。「江湖閲歷誰知己？文字流連倍入情」「花雖冷落香猶賸，月爲清高影自孤」「法界秋深霜葉冷，仙鑪丹熟雨花飛」九日登斗姥閣。「遠水有痕摇渭北，春風如夢到江南」「漁火半分青岸外，人家微辨白雲隈」「人隨萍葉散還聚，路入荷花高復低」「十年摇落同餐菊，一枕清華又感秋」「記來舊事如春夢，送盡殘年是雨聲」「殘夜月痕爭皎白，昨宵天色失黄昏」「水氣易摇江樹暝，雲容欲壓海天低」「何處海棠偏着色，幾家鶗鴂祇聞聲」「有時煙雨吹難斷，如畫亭臺認不真」春陰。「高卧最宜中酒客，遠行偏礙看花人」「沈沈香夢迷三月，黯黯愁痕隔一年」春陰。「何當别酒開今夕？難遣春愁是少年」聞笛。「胡騎從兹馳内地，宫鷹不管失中原」五代晉。「花月忍添名士淚，江山還讓美人才」「小曲南來燈有謎，大江東去鼓無聲」「淡雲過徑不成雨，涼月下簾疑已秋」「色豈易衰偏薄命，情如可種即名花」「六朝金粉銷魂地，十里煙波話别時」「十里桃花千點雨，半林黄葉一聲鐘」「老去未成三徑雨，開殘未冷一春心」落花。「買笑已成今歲夢，憐香誰感再生恩」落花。「南内梧桐初落葉，西風籬豆早開花」秋雨。「魚龍慘澹愁長夜，禾黍迷離泣故宫」秋日。「露洗色逾常夜皎，天高光帶幾分寒」秋月。「横江露影涵牛斗，滿棹風聲戰荻蘆」秋水。「和雨鎖將空際樹，隨風颺到水邊樓」秋煙。「書家筆法存筋骨，俠士雄心挾羽毛」秋鷹。「獨抱怨音追變雅，能歌秋思亦騷才」秋蟬。「裂石歌聲寒月度，倚樓人影夕陽銜」秋笛。「家山冷落三千里，雲雨蒼茫十二峯」秋夢。「三月鶯花隨水下，一天螢火作星飛」「拚錢但欲留春住，選色如將置妾看」「與我同時難一面，讀君遺集定千秋」「幾痕鴉點日將晚，一曲蟬聲秋更哀」「天爲此君開酒國，人於生日比花朝」竹醉日。「楊柳腰支愁二月，桃花淚點怨三年」楚宮。「世界有花開淨土，年華如水及芳時」，荷花生日。皆婉而多風，殊無凡響。

舊閱本事詩徐釚著。見閨秀輯唐七律八首中有「天若有情天亦老，月如無根月長圓」，歎爲奇對。後閱司馬温公續詩話云：「李長吉歌『天若有情天亦老』，人以爲奇絶無對，曼卿對『月如無根月長圓』，人爲勍敵。」方知本事詩閨秀輯句，本温公詩話也。

吴江計改亭字甫草。孝廉東，著有中州集及改亭集。孝廉負奇氣，嘗過鄴下，盡囊金修謝茂榛墓。沈歸愚有論詩絶句記之，見別裁集及松陵詩徵、國朝詩人徵略。沈歸愚謂其詩不苟作，時露胸中抱負。孝廉嘗論詩曰：「學詩必從古體入，若先學近體者，骨必單薄，氣必寒弱，材必儉陋，調必卑靡，其後必不能成家，縱成家亦灑削小家，如許渾、方干之類是也。」其論最中近日詞人隱病。孝廉諸體俱工，余尤喜其五七律氣體渾雄，不可多得。五律七夕云：「客中逢此日，未有不思家。況在邊城遠，兼悲秋氣賖。黄羊侑蘆酒，白鳥就燈花。爛漫求酣睡，何心聽暮笳。」七律贈其年云：「越嶠吴江極望中，十年湖海任飄蓬。布帆遥掛青山雨，横笛哀傳野戍風。河内琴樽佳客盡，平陵松栢霸圖空。

只今牢落江村裏，目斷南雲泣數公。」七月望後宣府偶成云：「又見天涯動客裝，相從上客發漁陽。嫣川城下河沙白，鎮朔樓前木葉黄。七月風聲驕蟋蟀，九邊雲物暗牛羊。不知飄泊何時了，歲歲秋來憶故鄉。」馬上吟云：「捲地黄沙撲面來，酸風眸子不曾開。深閨若憶征人苦，好向高堂數舉盃。」「永夜閒聽蕭寺鐘，繩牀輾轉意無窮。五更牽馬出門去，身在霜華月影中。」同李武曾遊金陵雨花臺木末亭云：「方景祠前煙樹平，摳衣登謁淚縱横。傳聞三十年前語，此地春風草不生。」

寧都魏勺庭諸生禧，著有魏叔子集。聽松廬文鈔云：「冰叔先生尤深於史，舉數千年治亂興衰得失消長之故，窮究而貫通之，而又驗之人情，參之物理，本胸中所積而發之於文，故其勢一往而不可禦，其行文之妙，蓋得力於史記、老蘇者居多。」聽松廬詩話云：「魏叔子詩蒼古質樸，然亦有風致絶佳者，春日絶句云：『棕鞋藤杖笋皮冠，落日春風生暮寒。竹外桃花花外柳，一池新水浸闌干。』」按：諸生詩更有名句可採者，如「九曲山藏寺，萬株松到門」「一燈影落庭如水，四壁蟲鳴夏欲霜」「兩岸蓼花紅有淚，一江秋水澹無聲」。

蒙古法時帆侍讀式善，著有存素堂稿。楊甫未定藁云：「時帆用漁洋三昧之説言詩，主王、孟、韋、柳，又工爲五字，一篇之中，必有勝句，一句之勝，敵價萬言。嘗刻其詠物詩一種，予偶弗之善，遂止不行。」香石詩話云：「王鐵夫最賞法時帆祭酒『淡花開不濃』之句，余則喜誦『黄葉打門響，青山生暮寒』二語，因論詩清如先生，可謂清到骨矣。」句如「自古情至語，中必無色澤」「萬樹已秋色，一蟬猶苦吟」「掃地留殘月，推窗放懶雲」「鐘聲止羣籟，酒力入新詩」「貧賤交心易，文章造命難」「兩三竿竹自秋色，千萬疊山皆雨容」，俱渾脱可誦。

閩縣曾少坡太史元海著有不能詩齋遺草，有晚唐人風致。其視學黔中諸作，尤爲各集之冠，余尤愛其武陵過楊文弱閣部故里二詩，可稱詩史。詩云：「庸才鼎餗早堪憂，養虎終貽伏莽羞。知否楚宫兵火苦，有人灑酒借王頭。」「豎儒幾見樹奇勳，君誤蒼生國誤君。幕府未曾無頗牧，可憐孤負萬參軍。」蘭詩絶句云：「垂簾静對此花身，意趣翛然欲出塵。淡寫丰神高寫韻，天涯知有素心人。」亦語有寄託。

紫山看火，湖州多有之，嘉興譚舟石吉璁和朱竹垞鴛鴦湖櫂歌云：「楝子花疎過雨聲，紫山看火樹頭鳴。鄰船兩槳買桑葉，南抵餘城北渚城。」朱西畯采桑云：「紫山看火屋角呼。」按：湧幢小品：「湖地每蠶時，必有小鳥連叫，曰『紫山看火』，其聲清澈可聽，蠶畢則止。」

沔陽周鐵臣太守揆源，道光丙戌進士。以正郎守吾閩，深於詩，余嘗於倪粹卿明經珙箠上見其丙申入都過儀徵口號云：「建業揚帆望海州，金焦山勢聳雙眸。到來仍比神山遠，孤負山靈又一秋。」此詩却有四靈風味。

閩縣家穎尗水部壽圖，道光乙巳進士。負磊落才，通籍後益肆力於詩，余嘗見其挈眷入都留別諸友詩，詞旨慷慨，風骨而出於性情，詩云：「啼鳥落花春色闌，楝風吹酒別筵寒。江湖身世攜家易，菽水關河捧檄難。白日欲西愁遠道，浮雲直北望長安。別君此去中原地，一髮青山馬上看。」

元遺山中州集，不獨所選之詩極善，即所立小傳，筆力亦絕似龍門，可備一朝文獻，與朱竹垞明詩綜同爲天地間必不可無之書也。

吾閩曹石倉先生學佺十二代詩選，採擇極精，惜板已燬壞，而卷帙頗煩，余欲鳩資翻刻而未成也，有力者宜再襄盛舉。

漫叟詩話云：「東坡最善用事，既顯而易讀，又切當。若招持服人遊湖不赴云：『却憶呼盧袁彥道，難邀罵坐灌將軍。』柳氏甥求書答云：『君家自有元和脚，莫厭家雞更問人。』了然奇特。」

老學菴筆記云：「東坡絕句云：『梨花澹白柳深青，柳絮飛時花滿城。惆悵東闌一株雪，人生看得幾清明？』紹興中，予在福州，見何晉之大著，自言嘗從張文潛遊，每見文潛哦此詩，以爲不可及。余按：杜牧之有句云『砌下梨花一堆雪，明年誰此憑闌干？』東坡固非竊牧之詩者，然竟是前人已道之句，何文潛愛之深也，豈別有所謂乎？聊記之以俟識者。」

閩縣何希修先生青芝嘉慶甲子鄉榜。著有耘芳亭吟草。先生生平篤於朋友之誼，見義勇爲，能文章，藴抱經世之略，而未見於用。與外舅周蒼士先生爲摯友，家文忠公稱先生與蒼士先生爲閩海二賢，可爲至論。先生詩不多作，然出於性情，亦不失其風雅，其九日登高云：「好景看難盡，新詩且自吟。句將山並峭，雲與意俱深。高接遠天籟，清分流水音。陶然籬下叟，曾似此時心。」「倏忽暮雲起，四山峯影移。鹿歸紅葉響，鳥下夕陽遲。傍竹過禪寺，聽泉出古祠。收將好風景，譜入紀遊詩。」其出西郊見老丐詩，訓世之語，不失風人之旨，詩云：「半生辛苦逐風塵，老去墦間策救貧。閒看浮雲山作主，醉眠荒塚鬼爲鄰。白楊暮雨吹簫慣，寒食春風啜炙頻。寄語當途休冷眼，朱門多少折腰人。」

旌德吕鶴田鴻臚賢基道光乙未進士。熟精周官經，傳其家學。嚴尊諱鵬飛，著有周禮補義，辨論極精，鴻臚嘗爲箋注。庚戌獲交鴻臚於京邸，鴻臚直言敢諫，正色立朝，今之李懷讓、薛存度也。詩不多作，偶見一二題畫詩，亦復不俗云。

揅經室詩録五卷、續集十一卷，儀徵阮文達公元著。詩録分古今體，爲五卷，共二百七十餘首，皆從琅嬛詩略、文選樓詩存中擇録而出，及續集十二卷，皆公所手訂，昌彝乙巳公車謁公於揚州時所贈本也。公詩不拘一格，不事摹擬，抒其性情，惟意所適，嘗論詩曰：「惟期明其情與事而已，毋客氣也。」故其詩無橅倣之痕，而自然入古；無雕鐫之跡，而自然有味。五言古五更過蘇隄列炬中見桃李正妍云：「清鐘動疏樾，缺月猶在天。山光餘夜碧，湖水生春煙。春烟約微風，飛落蘇隄邊。我騎青驄來，暗柳拂絲鞭。竹燈一路明，照見桃花鮮。譬如蓬島夜，綽約棲羣仙。燭龍啓潛蟄，驚起仙人眠。尋常春夢濃，日影移花甎。今宵破春曉，醒在羣花先。東方雲漸白，六橋虹影圓。不惜沾衣露，溼紅殊可憐。」湖嚴瀨至蘭谿云：「春江三百里，一瀉衆山破。流雲如秋潮，始識風力大。連帆撲天去，其勢頗無懦。亂峯不知名，絡繹復坎坷。終日篷窗中，把卷向山坐。反如立灘頭，盡遺羣山過。晚來有明月，莫擁黃紬卧。」仲冬詣天竺復同友人過靈隱蔬飯冒雪登西湖第一樓云：「空山寂無人，同雲闇然合。微雲何荒寒，僧境頗宜臘。翩翩裙屐來，開堂見老衲。爐火爇松明，茶烟起禪榻。煑筍出山去，湖光更蕭颯。櫓聲動烟水，如與雁相答。山樓對南屏，萬樹擁一塔。窗虛衆影歸，懷中雅情洽。古人重清遊，良貴朋簪盍。寄言儒家子，禪悟不可雜。」鳳陽漲阻夜泊云：「洪流下商亳，浩瀚失平楚。野岸不知名，危檣泊何所？瑟瑟淮南秋，瀟瀟夜深雨。我亦感江湖，鐙前意千縷。那堪鴻雁聲，嗷嗷又遵渚。」粤西平樂峽中云：「雨餘秋乍新，灘江瀨鳴急。殘雲卧半山，松際一何溼。清猿弄飛泉，兩巖夾水立。襲人山氣涼，空翠入呼吸。」湘江村舍云：「湘山如翠朧，湘水如碧玉。巖下有居人，林深不見屋。落落百尺松，陰陰萬竿竹。竹密一徑空，照見人皆緑。況有流泉聲，清泠比琴筑。如此山居幽，其人定無俗。笑我坐蓬窗，秋陽正相曝。」七言古題陳曼生種榆仙館圖云：「白雲飛斷天空青，抽筒疊鏡窺窈冥。上有神仙之福庭，壽星躔次開畦町。白榆落莢如蕘蓂，呼龍耕烟種不停。仙人山館敞木扃，十行高樹圍虚亭。銀河珊珊聲可聽，河邊大石排蒼屏。石破漏雨驚秋霆，瑶枝玉葉敲瓏玲。仙人館中睡不醒，一夢下墮一百齡。精光在心耿耿靈，有時如珠復如熒。枌陰古社春風馨，館中書卷甘石經。夜半起看天南星，門前歷歷疏如櫺。」八日十五闈中作用坡公八月十五催試官詩韻云：「八月十五夜，月愛杭州好。西子湖邊似蟾窟，試官堂外如仙島。少年科第不覺難，爲歎白袍人易老。八月十五潮，其險天下無。海水驟來高一丈，長隄力護役萬夫。濤聲入院夜舂枕，驚夢常繞雙浮屠。鎮海、六和二塔。世間萬事難豫必，三更無雲月始得。我且向東看月背官燭，遠寄羽書招海鵠。時合三鎮兵船，破蔡牽、朱濆於舟山之北，二寇復遁入閩。」可渡橋夜月云：「橋東峻坂石突兀，橋西行人鐙出没。一樓窗外萬山深，風弄溪聲洗春月。春月竟是山中多，百夷安樂春氣和。蠻花飛落山村坡，兒女吹笙跳月歌。」可渡橋詩重見。

文達公五七律詩格韻深穩，和平感人，無鈍漢鈔胥之習，無詩家摹襲之痕，宛合風人宗旨。其曉雨後登吳山云：「足下峯齊列，雲中日未生。萬家殘夢歇，五月曉寒輕。草木宣山氣，江湖納雨聲。若非登眺遠，空自卧嚴城。」台州夜坐云：「雨後得秋意，草蟲聲漸多。樓陰流素月，山影接明河。坐覺風初定，遥知海不波。此時問韓説，何處夜横戈？」漪園晚眺云：「碧樹西風裏，闌干閒更長。萍開魚影亂，松靜鶴巢涼。遠水交平岸，秋山耐夕陽。不知惆悵久，歸棹入昏黄。」自乍浦彩旗門觀海至秦駐山云：「八月試新寒，蒼茫海岸間。天風吹大水，落日滿羣山。潮汐防衝突，艨艟計往還。勞勞千里事，行路反成閒。」古北口月夜云：「邊月照長城，蒼涼萬古情。西風入遥夜，秋色更分明。客路無多日，鄉心何易生。江南如有夢，香露桂花清。」夜泊云：「新秋沅水上，向晚泊輕航。岸草萬蟲響，山松纖月涼。心依清夜永，夢繞楚川長。北斗天邊近，遥遥思帝鄉。」上元登西臺望月云：「皓月照昆海，元宵登眺來。雲山繞城郭，鐙火上樓臺。年熟民皆樂，春晴漏勿催。遥知深夜裏，遊客踏歌回。滇俗，上元前後三日看鐙月人滿街，大府發令箭巡護，三更令箭始回，城閉鑰。今年年豐月朗，遊人更多。」七言律雨後過瀛臺云：「淡虹殘雨壓飛埃，清籞霏微霽色開。青鳥拂雲歸閬苑，白魚吹浪過蓬萊。神仙此日應同駐，車馬何人不暫回。半嚮金鼇橋上望，水南猶自轉輕雷。」月夜過趙北口云：「燕南殘暑淡星河，爲避秋炎月夜過。露草清香蟲語細，水楊疏影馬蹄多。三更蟹舍明簾火，十里虹橋壓鏡波。豈有公孫能避世，太行西去隔滹沱。」曲阜城東云：「庫門東去意蒼茫，泗水西流向夕陽。陵上白雲留少皞，地中黄土認空桑。策書字在郊麟死，鐘鼓聲銷海鳥藏。過客未談三古事，莫教先賦魯靈光。魯庫門以大庭氏庫得名，他國無之。」鄒縣謁孟廟晚宿孟博士第中云：「霸王代謝百年間，夫子風塵又轍環。若使靈臺開晉國，豈能秦石上鄒山？遺書賴有邠卿校，古廟惟餘博士閒。今夜斷機堂外住，主人鐙火照松關。」同人過西湖晚泊湖心亭看月云：「湖心有客夜停船，白露如烟月滿弦。風裏雲霞無定色，水中星斗落高天。直愁銀漢浮身去，惟見金波著地圓。亭是月中仙樹影，四圍虚湛玉輪全。」「座中仙侶認瀛洲，一片清光共舉頭。極浦荷花騰夜氣，出懷詞筆破涼秋。人因地勝方能聚，景是天開恐易收。來有浮雲歸遇雨，三更霽色爲君留。」温州江中孤嶼謁文丞相祠云：「獨向江心挽倒流，忠臣投死入東甌。側身天地成孤注，滿目河山寄一舟。朱鳥西臺人盡哭，紅羊南海劫初收。可憐此嶼無多土，曾抵杭州與汴州。」上虞道中云：「曹娥江外驛籤長，百曲清溪繞石梁。夏氣出山雲莽莽，晴烟歸壑水浪浪。風前高樹吟蟬早，橋外平田吠蛤涼。卻羨老農耘稻畢，一般閒意立斜陽。」出古北口云：「盧龍古塞曉霜飛，千里陰山鐵作圍。城窟水寒宜飲馬，關門風緊乍添衣。到來幾樹初黃葉，此去無山不翠微。爲語白檀沙上雁，江南依舊稻粱肥。」秋柳云：「盧龍塞内古漁陽，秋柳蕭蕭一萬行。邊馬歸來猶戀影，曉烏啼後漸飛霜。還思歷下西風裏，又過琅琊大路旁。況是淮南悲落葉，隋隄千樹接雷塘。」姚江舟中除夕云：「丈亭古堠接餘姚，除夕停舟待暮潮。迴憶家庭非往日，轉宜兒女避今宵。鏡中霜薄鬚初白，篷背春寒燭易銷。屈指四年同此夜，雷塘菴冷大梁遥。乙丑丙寅除夕，在雷塘；丁卯，在河南。」荆州懷古云：「紀南山外古荆州，一片江城渺渺愁。春夜梅花沙市月，西風荷葉渚宫秋。蕭梁書盡名猶在，巫峽雲來夢可留。豈有才人不惆悵，未應王粲獨登樓。」坡公謂嶺南涼天佳月即中秋不以日月爲斷癸未中秋天涼月佳續其句成一律云：「涼天佳月即中秋，況到中秋宿雨收。清露滿城涼滿樹，海光當面月當樓。得閒心氣如雲淡，向老年華似水流。風景安恬波浪靜，使君原是泛虚舟。」癸未秋閲兵粤西道出灕江云：「灕江爽氣照秋開，閒倚篷窗暮色催。日影倒騰峯頂去，晚涼平貼水邊來。野漁舟小藏巖洞，古堠烟清護石臺。且向萬山深處宿，夢隨殘月四更回。」暮登東臺云：「西臺遥對碧雞關，更看東臺金馬山。秋日有情此城郭，夕陽無恨好峯巒。未能酒飲須茶飲，縱不朝閒可暮閒。石上席狨清坐久，朱霞照我得酡顔。」

作七夕詩，專寫兒女離情，斯爲下矣，不知七夕之義，正爲世之兒女發也。儀徵阮文達公元七夕詩云：「碧霄雲淨露華清，靈匹迎涼渡已成。河絡漸從西角轉，月弓將近半弦明。農桑本是人間事，兒女猶關天上情。茅屋夜深珠户曉，一般秋影看縱橫。」蔚州魏敏果公象樞寒松堂集七夕解云：「世傳七夕鵲橋事，有信者，有疑者，有辨其非而嗤其誕者。以事論之，余亦曰非也，誕也；按其言之所由來，出於古人，夫豈無故。蓋古人之立言，所以垂教也，七夕鵲橋事，或借以教天下後世之爲女子者也。女子生長閨門，既不可不教以婦道，又不可遽教以婦道，故托物比興，取牽牛、織女二星，夫婦之義存焉耳。原其系曰天孫，不可謂不貴矣；正其名曰織女，不可謂不巧矣；乃下嫁於牽牛，以至貴而匹至賤，以至巧而配至拙，未嘗不兢兢然執婦道以相夫子也。且躬親紡績，終日不輟，言其勤也；支機僅一石，而金玉寶釧，舉非所尚，言其儉也；與郎君一年一會，有琴瑟之好，無衾枕之戀，言其靜也。勤儉且靜，庶乎賢哉！所更異者，相隔僅盈盈一河水，寧不可朝航而夕渡，必言七夕，何也？將謂秋風薦爽，萬寶告成，蠶事已完，農工漸畢，問織則天孫應，問耕則牽牛應，此其時矣。區區兒女情，暇蚤計乎？且牽牛之賢，亦不在織女下，闊别經年，豈無月孛諸妖越度而淫惑者，牽牛獨得性情之正，不爲動也。至於閣道諸星麗於天門者，不知凡幾，以上帝之命臨之，何求不偶，而獨牽牛耶？意天之上下，男耕女織，皆屬本務，若衣若食，事正相當，富貴炎炎，必有不足取者矣。不然，牽牛之嫁果何取也？彼世之傳其事而教其女者，每於七夕節穿針乞巧，共談銀河故事，俾曉然知夫婦之義，上應星辰，其貴如此，其巧如此，其勤如此，其儉如此，其靜如此，而相夫之賢，得婿之正又如此。即言在疑信間，亦當與家人之卦、關雎之詩並存千古，洵閨門一大懿範也，又烏得而非之、妄之哉？故曰古人立言，所以垂教也。」

順德張藥房太史錦芳，著有逃虚閣詩集。太史詩筆雅健，雖不能上擬魚山絶大之筆，亦樵絶奇之才，嶺南羣雅謂其「詩宗大蘇，上溯韓、杜，而亦不愧一時之秀」。余謂太史七言古喜作長短句，大蘇詩則無是也，集中佳者尤在五古，如觀音巖云：「絶壁蟠水府，青冥插垠堮。巨靈一掌慳，千仞忽中鑿。石勢儼趁人，虧蔽瞑晝錯。籠燭辨層梯，傴仄試腰脚。幽造逾窅窱，積鐵立如削。穹窿覆層顛，失勢駭一落。微泉逗石罅，清梵度虚閣。鍾乳檐際垂，秀若蓮發萼。憑欄一揮手，俯見千里壑。晴雲洞門去，伴我向寥廓。巖棲焉可常，風寒日光薄。」度庾嶺云：「悵離雨浹旬，衿瀧達重嶺。凌晨度嶺去，重似別鄉井。草木餘暄妍，雲霾變淒冷。兩岸穿一磴，谷午見光景。出關浩無依，俯視攢衆頂。緬懷開鑿日，兩騎不容並。至今羈旅人，南北互馳騁。長林本闃寂，絶磵自幽屏。應緣物不閒，巖壑亦難靜。颼飀孤松榦，遠配行客影。未用記往來，勞生道途永。」筒車云：「篷窗暄午枕，彷彿灘聲似。湍流激轟轟，石角聚齒齒。巨防快一決，樞軸空中起。寧知水轉輪，翻以輪役水。聯聯銜尾鴉，一一隨磨螘。岸南急雨灑，岸北長虹迆。地形限灌溉，人功相高庳。長資不盡源，注此無停軌。吾生慙俯仰，方抱桔槔恥。未敢薄機心，沿洄望沙觜。」諸詩置之昌黎、柳州集中，幾無以辨矣。

卷二十三

元遺山七言律詩，氣格高壯，結響沈雄，足合少陵、西崑爲一手。集中多拗體，余所不喜，今專録其尤純者若干首以覘梗概，其懷益之兄時在閿鄉。云：「牢落關河雁一聲，干戈滿眼若爲情。三年浪走空皮骨，四海相望只弟兄。黄耳定從秋後到，白頭新自夜來生。西樓日日西州道，欲賦窮愁竟不成。」昆陽云：「古木荒煙集暮鴉，高城落日隱悲笳。并州倦客初投迹，楚澤寒梅又過花。滿眼旌旗驚世路，閉門風雪羡山家。忘憂只有清樽在，暫爲紅塵拂鬢華。」潁亭云：「潁水風煙天地迴，潁亭孤賞亦悠哉。春風碧水雙鷗靜，落日青山萬馬來。勝概消沈幾今昔，中年登覽足悲哀。遠遊擬續騷人賦，所惜匆匆無酒杯。」山中寒夕云：「小雨班班浥曙煙，平林簇簇點晴川。清明寒食連三月，潁水崧山又一年。樂事漸隨花共減，歸心長與雁相先。平生最有登臨興，百感中來只慨然。」岐陽三首云：「突騎連營鳥不飛，北風浩浩發陰機。三秦形勝無今古，千里傳聞果是非。偃蹇鯨鯢人海涸，分明蛇犬鐵山圍。窮途老阮無人策，空負岐陽淚滿衣。」「百二關河草不横，十年戎馬暗秦京。岐陽西望無來信，隴水東流聞哭聲。野蔓有情縈戰骨，殘陽何意照孤城。誰從細向蒼蒼問，爭遣蚩尤作五兵。」「眈眈九尾護秦關，懦楚孱齊机上看。禹貢土田推陸海，漢家封徼盡天山。北風獵獵悲笳發，渭水蕭蕭戰骨寒。三十六峯長劍在，倚天仙掌借空閒。」讀靖康僉言云：「浚郊沙海浩茫茫，河廣纔堪一葦航。顛沛且當懲景德，規模何必罪朱梁。滄溟不掩蛟龍窟，大地同歸雀鼠鄉。三百年間幾降虜，長星無用出光芒。」壬辰十二月車駕東狩後即事云：「五雲宫闕露盤秋，銀漢無聲桂樹稠。複道漸看連上苑，戈船仍擬下揚州。曲中青塚傳新怨，夢裏華胥失舊游。去去江南庾開府，鳳凰樓畔莫迴頭。」秋夕云：「小簟涼多睡思清，一窗風雨送秋聲。頻年但覺貂裘敝，萬古何曾馬角生。寄食且依嚴尹幕，附書誰往鄧州城。澆愁欲問東家酒，恨殺寒雞不肯鳴。」淮右云：「淮右城池幾處存，宋州新事不堪論。輔車漫欲通吳會，突騎誰當擣薊門。細水浮花歸別澗，斷雲含雨入孤村。空餘韓偓傷時語，留與纍臣一斷魂。」羊腸坂云：「浩蕩雲山直北看，淩兢羸馬不勝鞍。老來行路先愁遠，貧裏辭家更覺難。衣上風沙歎憔悴，夢中燈火憶團圞。憑誰爲報東州信？今在羊腸百八盤。」華不注山濟南作。云：「元氣遺形老更頑，孤峯直上玉孱顏。龍頭突出海波沸，鼇足斷來天宇閒。齊國伯圖殘照裏，謫仙詩興冷雲間。乾坤一劍無人識，夜夜光芒北斗殷。」出都云：「歷歷興亡一局棋，登臨疑夢復疑非。斷霞落日天無盡，老樹遺臺秋更悲。滄海忽驚龍穴露，廣寒猶想鳳笙歸。從教盡刬瓊華了，留在西山儘淚垂。壽寧宫有瓊華島，絶頂廣寒殿，近爲黄冠輩所撤。」龍興寺閣云：「全趙堂堂入望寬，九層飛觀儘高寒。空聞赤幟疑軍壘，真是金人泣露盤。桑海幾經塵刧壞，江山獨恨酒腸乾。詩家總道登臨好，試就前臺老樹看。」追録舊詩云：「潦倒聊爲隴畝民，一犂分得雨聲春。功名何物堪人老，天地無心誰我貧。潁上雲煙隨處好，洛陽桃李幾番新。悠悠世事休相問，牟麥今年晚得辛。用崔懷祖韻。」贈同年歸洛西二首云：「千佛名經有幾人，棲遲零落轉情深。承平盛集今無復，哀樂中年語最真。衣上緇塵元自化，鏡中白髮爲誰新？水南水北相逢在，剩醉酴醿十日春。」「亡奈流光冉冉何，逢君聊得慰蹉跎。飛黄老去空奇骨，拙燕歸來只舊窠。舉世盡從愁裏過，一尊獨愛醉時歌。洛中定有人相問，休道今年白髮多。」存殁辛老敬之、劉兄景玄。云：「行問楊趙提衡早，老去辛劉入夢頻。案上酒杯聊自慰，袖中詩卷欲誰親？兩都秋色皆喬木，一代名家不數人。汲冢遺編要完補，可能虛負百年身。」鬱鬱云：「鬱鬱羈懷不易開，更堪寥落動凄哀。華胥夢破青山在，梁甫吟成白髮催。秋意漸隨林影薄，曉寒都逐雁聲來。并州舊日風聲惡，悵望鄉書早晚回。」秋日載酒光武廟云：「美酒良朋邂逅同，赤眉城北漢王宮。百年星斗歸天上，萬古旌旗在眼中。草木暗隨秋氣老，河山長爲昔人雄。一杯徑醉風雲地，莫放銀盤上海東。」

侯官陳退翁恭浦，著有唾餘集。退翁詩學長慶，自抒心中所言，不事設色。其三月朔日五更寓園夜二首用白香山體韻。云：「悄悄復悄悄，柴門横木杪。人深燈火微，巷僻行人少。事業東逝波，踪迹南飛鳥。輾轉不成眠，漏盡天難曉。」「脈脈復脈脈，老作無家客。才拙生計窮，氣大乾坤窄。此夜一長吁，何時雙屐翮？不覺天窗明，照我鬚眉白。」退翁精醫術，著有傷寒論章句，更有痘説一篇，爲有道之言，其大旨云：「吾聞孝子必善保身，保身必寡欲，寡欲則自能生子，生子必免痘厄。試觀畜類，一交即孕，人爲萬物之靈，可以人而不如物，必多交而後孕子？蓋始交不孕，中留敗精，再交而孕，則敗精混於胎元而爲毒；交而即孕，再交則淫精潰於胎元而爲毒；子宫未淨，交而有孕，則敗血雜於胎元亦爲毒；三者皆致痘之由也。吾願世人爲後嗣計者，必自寡欲始，欲其子之免遭痘厄者，亦惟寡欲爲良藥，此上士治未病之謂是也。」

作落葉詩與落花詩不同，東鄉吳蘭雪舍人落葉詩已録另卷，余友黄小石比部落葉詩，賦物瀏脱，離貌取神，視吴蘭雪作無多讓也，詩云：「早秋涼到越王城，望遠能傷楚客情。閃閃斜陽鴉背影，蕭蕭流水馬蹄聲。鶯花往事尋如夢，絲竹中年感漸平。逢著小園摇落候，江南愁殺庾蘭成。」「烏啼長記曉驂留，一夕西風滿酒樓。中婦流黄金縷曲，美人擣素玉關愁。楓林落月思遥夜，錦瑟華年怨暮秋。陌上花開歸緩緩，懷人同唱大刀頭。」

詩歌足以感激人心者，無過忠孝節烈之事。讀黄小石比部都門對月有懷詩，令人油然興孝，詩云：「慈烏巢庭樹，啞啞啼夜闌。中庭見明月，明月何團圞。流輝共千里，遊子憐獨看。清晨故人至，出見具衣冠。爲言二親健，持示雙琅玕。長跪開緘讀，語語摧心肝。不言親念苦，但道兒心寬。高堂未白髮，喜汝邀微官。非貪升斗禄，潔我苜蓿盤。芙蓉耐霜冷，松柏凌歲寒。所期報君國，勿作兒時觀。慈親示家事，宛轉含辛酸。兒勞親案牘，努力加飯餐。北方多風雪，憂兒衣裳單。語長讀未竟，涕泗何由乾。離家日已久，耿耿懸寸丹。嗟哉遠遊子，悲歌行路難。遠遊缺甘旨，此職誰能殫。蹉跎閲歲序，魂夢縈征鞍。不如菽水樂，貧賤無所干。微禽知反哺，出入翛羽翰。農家力田子，朝夕供瓢簞。鴻雁正南向，惻惻來雲端。懸知倚閭望，見月思長安。家園隔閩海，阻修道路漫。願言侍左右，采我陔下蘭。庶幾潔白養，藉以承笑歡。明發不能寐，惄焉起長歎。」比部通籍後，十餘年不忍出山，有膝下瞻依之樂也。讀此詩，覺小長蘆釣師郙舍詩不得專美於前矣。

金陵吴伯鈞鹺尹國俊，著有伯鈞詩藁，未嘗示人，余從黄肖農鹺尹處録其讀世説新語至高世遠與孫興公問答語慨然有感云：「松樹故楚楚，終不爲梁棟。楓柳雖合圍，又苦無所用。因悟世間人，學識須珍重。赤水騰珠光，丹山翔鳴鳳。寵辱何足驚，榮枯原似夢。但期質地佳，無因時遇痛。」此詩命意特高，語有寄託。其和友人招飲詩云：「遊來山水幾成癖，交到寒酸始見真。」亦見胸次。句如「薄寒添酒興，小雨動詩情」「離懷細慰千條柳，鄉夢濃堆一枕山」，皆佳句也。鹺尹應京兆試，五薦未售。其仲嗣師祁，登道光甲辰鄉榜，能繼其家學云。

曲阜桂未谷進士札樸云：「泰山高十四里，作四十者誤也。余登絶頂，覽其來脈之磊落，護衛之宏闊，可謂大矣，而不可謂之高。杜詩『岱宗夫如何』，『夫』，當爲『大』，下文『齊魯青未了』，又云『一覽衆山小』，皆言其大也。」按：桂氏所論似創而實確。

瑞安施廣恩星士爊，精七政之學，每爲人測休咎，多奇中。詩不多作，偶有吟咏，自能合格，余嘗見其癸卯重九日遊寧德蓬萊飛峯云：「雲際峯巒鬱不開，儼然天上小蓬萊。當年飛入孤雲裏，多少清風送得來。」語有風致。

青田端木鶴田内翰國瑚，著有太鶴山人集。内翰五言古詩源出鮑、謝，七言律氣格雄健，詠史、論詩諸作，尤爲傑出。其宿滸墅云：「山塘理征棹，波寒日已入。晚風吹蕭蕭，遠火生熠熠。蘆洲夜市明，荻岸春衣濕。下帆就宵枕，獨自念鄉邑。漸聞人語多，稍稍鄰舟集。雞聲落月遥，客心流水急。催租渡已喧，沽酒路還澀。陽山遠角青，煙曉成竚立。」河間道中大風云：「夜起瀛州道，涼月墮遥霧。刁刁隕葉秋，槭槭荒蘆曙。蕩蕩飄塞鴻，茫茫獵原兔。蓬蓬風穴昏，鬱鬱土囊怒。塵軼蔽窮霄，砂驚失交路。銜思征馬悲，戢影行人懼。野色捲如蓬，河聲流在樹。壞雲忘西馳，墜日驚東騖。晨驅目喪精，夕息面彫素。故園富清曠，良日豐暇豫。和吹流美襟，怡景招閒步。胡爲絶塵奔，長與終風遇。悵此心茫然，碌碌惟冥數。」東山草堂云：「别有飛霞館，清虚不可攀。月行花假道，雲至石當關。玉洞眠青麂，香池養白鷴。披襟時一到，松瀨響潺潺。」上戍口下温州云：「村航聞角起，（村人赴航船，吹角爲號。）野渡看帆開。山曉月遲落，江春鷗亂來。早載酒家榼，遠攜溪岸梅。煙清出孤嶼，雙槳興悠哉。」六和塔僧院云：「上方惟鸛雀，下界盡龍魚。中有浮圖起，長爲物外居。天青秋樹半，江白夜巖初。客昨釣臺至，石闌憑太虚。」石溪云：「細雨片帆低，清灘響石溪。花貪臨水放，鶯喜出村啼。沙市紅樓倚，山橋緑樹齊。春風人喚酒，一盞醉如泥。」萬象山謁秦淮海畫像並讀題碣云：「元祐詞臣鬢已絲，海棠一樹拜荒祠。文章有禍應關世，琴酒無緣不及時。殘月鶯花遷客夢，空山風雨黨人碑。瓣香留得雲仍在，翹首天南有所思。」謂秦小峴先生官湖南。中山亭論詩云：「詩家意象妙相忘，萬物歸根靜裏藏。有味銅缾泉澹泊，無聲瑶席月蒼茫。淤泥荷葉千人染，冰雪梅花一世香。姑射山頭斷煙火，人間何處著餱糧？」「紛紛龍虎撼珠盤，大象玄丘物外安。九地上窺仙日月，三山平視海波瀾。心如脱兔收踪易，目送飛鴻寫象難。五百年來論作手，伊誰端委古騷壇。」癸酉讀漢書作云：「崑崙天馬籥雲來，西狩單于海上臺。風雨蒼龍雙闕動，鐃歌朱鷺五原回。宫門長樂驚飛牡，池水昆明長刼灰。白日長安三日索，庫兵陳列九城開。」「倀鬼跳梁殿上趨，待薰社鼠與城狐。上陵磨劍聲何急，破壁牽衣事可虞。定變侯章原將種，衛空城朔總侏儒。九關虎豹何闌入？天起兵妖戒座隅。」「太乙靈夆一指旗，破軍流血滿黄池。夷城酸鼻驚神鬼，祭野招魂哭虎羆。繡虎相逢皆使者，羽林歸去有孤兒。煩寃日暮遺氓泣，京觀何從别爾知。」「赤制金刀總姓劉，五銖白腹説黄牛。甘泉烽火秋來近，原廟衣冠月出遊。兒戲將軍還坐甲，訛言王母復行籌。上林罷去尚方息，逐盜人間一督郵。」靜夜聞漁歌云：「滄浪漁子古玄真，燈下聞歌雪上春。漸近自然絲竹肉，全忘相釋影形神。江湖入夢追涼月，天地同遊撫舊塵。歸老易堂期不遠，樵山無力結溪鄰。」句如「雲氣流遠山，水光抱高閣」「琴靜月初落，塵疎風自生」「夕陽交馬足，殘照散羣鴉」「花驚張載醜，月照孟郊寒」「沙市燈臨水，江船犬吠人」「文章安命拙，貧賤識交難」「江山澄夜色，天地動秋聲」「鶯聲小雨留秦屐，鷗影微波記趙碑」「雙屐雨中深吠犬，一燈煙外冷窺人」「雞聲萬户連江市，馬色千槽擁驛樓」「少婦養蠶如養女，老農憐犢似憐孫」「我心匪石花當户，有酒如淮月近船」「松滴響多篷背雨，竹陰濃過屋頭山」「馬首梁山皆北向，客心汶水自東流」「牽心歲月驚雙鬢，滿目關山付一鞭」「儉歲妻孥能笑語，貧家雞犬慣安眠」「大江落葉帆難數，古郡斜陽塔易明」「揚州風月原如海，楚客衣裳不勝秋」「松青鶴夢無今古，月黑螢光有鬼神」「谷口藏村千樹碧，溪頭延客一峯青」「柳條塞上聞羗笛，楓葉江南雜楚砧」「詞賦江關悲庾信，圖書門户冀商瞿」「樹色千家浮郭靜，蟬聲六月帶江秋」「階無樹影誰憐夜，砌有泉聲便憶秋」「掛瓢自厭風前樹，荷鍤誰忙酒外人」「長尋歸路無芳草，老送征人是落暉」「不寐道人貪月色，無絃流水和松聲」「鴉碓無人滿黄葉，牛闌一路向青山」「沙地月明團雁户，湖天霜冷瘦魚罾」「詩人蓆帽輕飄路，酒客蘆簾重壓扉」「伎樓有夢難尋曲，僧寺無錢易看花」「睡起漁歌生枕上，詩成湖月到樓心」「東南樂國魚千里，今古才人貉一丘」「樓頭紅淚多倡婦，馬上青衫有恨人」「萬種東風勞客夢，一般芳草滯歸人」。驛柳。

政和宋栒侯孝廉人傑，戊子鄉榜。著有知不足齋遺草二卷。孝廉十一上公車，不售。古懷抗雲，書眼若月，粲花一樹，販錦千箱，早上孝廉之船，屢滯春官之榜，其發爲詩，多幽愁怫鬱之音。古意云：「鐵石莫能碎，珠玉不自賈。寶之中懷藏，露以肝膽語。肝膽難具陳，知言猶媚嫵。中懷苟暗投，傷以委塵土。去去無他求，行行慎所與。珍重珠玉貴，長爲鐵石伍。」讀其詩，可以覘其志矣。其題熊楊二公墨寶謹系二詩云：「昨夜巫陽下帝閽，大風雷電昭煩冤。天若祚宋無此事，人皆欲殺公何言。即手簡中語。不見月星不見日，一道神光出幽室。二百年來嘆長城，千萬軍中誰奪筆。」「夜氣清明朝九閽，古今不死今銜冤。猛風惡雨晝久暗，持此問天天無言。若使雲開出杲日，公亦青衣埽一室。東漢黨錮誤名賢，誰是掀天大手筆？書中首云：『猛風惡雨驟暗天。』又云：『夜氣清明，每一想及，不禁涕落。』又云：『出春明後，一路騎馬落店，仍只青衣小帽一尊。』」黃忠端公與喬柘田先生手簡黃忠端公與喬柘田先生手簡六通，共十四紙，有汪茗文、宋牧仲兩跋，今藏梁茝林中丞家，計二十四紙，何道州跋之甚詳。平仲出此見示，謹系以詩，即用前韻。云：「易象至艮占厲閽，天王明聖終無冤。不見白雲庫下字，請看大滌山中言。誠明格致講貫日，只許同道入堂室。滄桑百感松風生，四顧蒼茫敢放筆。此六書皆當在崇禎九年以前，梁平仲舍人曾持公楷書孝經本贊見示，則崇禎辛巳白雲庫下之筆，正氣浩然，滿堂滿室，真希世之寶。」黃忠端公孝經本贊書後再用前韻梁茝林中丞記孫退公云：石齋先生於崇禎辛巳自謂獄過刑部，初拜杖，血肉淋漓，乃據一敗几，日書孝經，凡百餘本，每本繫之以跋，無一語重複。當時人得一本，侈爲奇寶云云。此本其一也，而以讚代跋，尤可珍矣。云：「鼓吹休明開紫閣，卷端有分書『鼓吹休明』四字。鳴鵠不鳴投杼寃。一十九章自經緯，凡千三百卌三言。如水趨海星炙日，用三才章讚中語。有神降庭鬼避室。字字衮鉞嚴春秋，萬古獲麟嘆絶筆。」數詩深微玄穆，得騷之幽，非時流所能步趨也。其秋懷二首呈詩舲師，抒寫性情，獨見胸臆，詩云：「風雨空齋病葉鳴，蛩吟時復感秋聲。中年拙計餘疎髮，長夜離憂寄短檠。詩不窮人終有恨，酒能酌我亦多情。前途破甑看何益，無奈儒冠誤半生。」「流年荏苒入秋顔，壯士驚心短日閒。報國無才慙説劍，還家有夢但看山。未酬一飯身誰許？思覓雙魚路漸艱。留得青燈黄卷在，祇應知己意相關。」

臨桂朱小岑布衣依真，詩已録别卷。布衣精於倚聲，其論詞絶句二十二首，以視元遺山論詩，無多讓也，詩云：「南國君臣豔綺羅，夢回雞塞欲如何？不緣鄰國風雲得，璧月瓊枝未詎多。」「天風海雨駭心神，白室清空謁後塵。誰見東坡真面目？紛紛耳食説蘇辛。」「柳綿吹水我傷春，杜宇聲聲不忍聞。十八女郎紅拍板，解人應只有朝雲。」「詞場誰爲「貧家好女自嬌妍，彤管譏評豈漫然。欲向詞家角優劣，風流終勝柳屯田。」

斬荆榛？隻手難扶大雅輪。不獨俳諧纏令體，鋪張我亦厭清真。」「合是詩中杜少陵，詞場牛耳讓先登。暗香疎影精神在，夜月清寒照馬塍。白石墓在馬塍。」「香泥壘燕盧申之，淡月疎簾綺語詞。何似山陰高竹屋，獨標新意寫烏絲。」「質實何須誚夢窗，自來才士慣雌黄。幾人真悟清空旨，錯采填金也不妨。」「雕梁軟語足形容，柳暝花香意態中。項羽不知兵法誚，也應還箸賀黄公。賀裳字黄公，著皺水軒詞筌，謂史邦卿咏燕詞，白石不取其『軟語商量』，而取其『柳昏花暝』，不免項羽不知兵法之譏。」「半湖春色少人記，夜月蕢洲漁笛吹。深悔鈍根聞道晚，廿年始讀草窗詞。」「蓮子結成花自落，清虚從此悟宗門。西湖山水生清響，鼓吹堯章豈妄言。」「兒女癡情迴不侔，風雲氣概屬辛劉。遺山合有出藍譽，寂寞横汾賦雁丘。」「蜕巖樂府脱浮囂，又見梅溪譜六幺。莫笑凋零草窗後，宋人風格未全消。」「已是金元曲子遺，風流全失草堂詞。端須忘盡崑崙手，更向樓前拜段師。詞論明代。」「燕語新詞舊所推，中興能挽古風頹。如何拈出清空語，强半漁郎七寶臺。詞至前明，音響殆絶，竹垞始復古焉，第嫌其體物雜，不免叠垛耳。」「陳髯懷抱亦堪悲，寫入青衫悵悵詞。記得中州樂府體，豈知肖子屬吴兒。」「樊榭仙音未易參，追踪姜史復誰堪。一時甘下先生拜，合與詞家作指南。」「侯鯖都不解療饑，癖嗜瘡痂笑亦宜。一夜梨花驚夢破，何如春草謝家詩。吾鄉謝良琦醉白堂詞一卷，首二句括其自序語。『昨夜梨花驚夢破，而今芳草傷心碧』，其詞中佳句也。」「十載無能讀父書，摩挲遺譜每唏噓。詞人競美遺山好，蘊藉風流那不如。先大夫有補閒詞二卷。」「嶺西宗派頗紛拏，誰倚新聲仿竹垞？獨有春山冷居士，閉門窗下詠枇杷。吾友冷春山昭有詞一卷，詠枇杷詞最工。」「紅杏梢頭宋尚書，較量閨閣韻全輸。無端葉打風窗響，腸斷人間秀閣夫。閨秀唐氏，吾友黃南溪元配也，自號月中逋客，早卒，有詩詞集若干卷，其杏花天詞爲時所稱，予最喜其『試聽其飄墜聲聲，風際吹來打窗葉』，颯然有鬼氣。」「零膏賸粉可能多，嘖嘖才名染月波。叵測斷腸天不管，香銷簾影捲銀河。梁月波，宦門女，有才思，早卒。『香燼，香燼，簾捲銀河波影。』其如夢令中語也。」

小岑布衣十宮十曲詩，風神超逸，傳遍歌喉。其九芝堂稿，海内難於遍購，今録於此。十宮詩云：「館娃宮裏豔歌停，響屧廊迴宿酒醒。兩點顰娥吹不散，吳山青入越山青。」吳宮。「漢芷湘蘭思不窮，曼姬樊女笑春風。豈知歌舞章華宴，盡在荒唐雲雨中。」楚宮。「宮砂擣就認依稀，皓腕紅侵玉一圍。華嶽峯尖毛女在，笑看銀雁隴頭飛。」秦宮。「窺浴屏遮費裹蹏，温柔鄉老儘雙棲。舊人零落樊通德，燭影汍瀾擁髻啼。」漢宮。「巾角彈棊巧絶倫，重幃複帳瑣鍼神。鄴中破賊猶遺恨，洛上何人賦感甄。」魏宮。「新選吳娃溢後庭，夜明苔映夜珠明。華林園冷官蟆噪，司馬家兒費品評。」晉宮。「臍香塗壁鬱温馨，市令居然仗至尊。賴有芳魂傳豔語，玉兒終不負東昏。」齊宮。「蟾兔淒涼桂影俄，月宫無地著山河。庭花落盡黄奴醉，鳥語分明帝奈何。」陳宫。「腰肢裊裊晚風酣，迎輦花開妙手探。寧伴無愁天子死，貴兒更比寶兒憨。」隋宫。「剉角媒人未足憑，香雲一縷寵偏增。祇緣小試風流陣，引得漁陽鼙鼓興。」唐宫。十曲云：「八琅璈奏粲成行，一曲雲和妙擅場。鶤管更翻銀字譜，瑶池連日宴周王。」董雙成吹笙曲。「鳳翼參差月下吹，無因夫婦鎮相隨。簫聲不作人間弄，幻夢何來沈亞之。」秦弄玉鳳臺曲。「若耶溪水碧無塵，弄水纖纖玉不皴。七寶黄金裝得未，論功合勝澼絖人。」吴西施浣紗曲。「紫臺人去隔燕然，邏沙邊聲繞四絃。莫悵恩光不相及，漢家日月本長懸。」王昭君出塞曲。「曉珠不定掌中擎，反貼彎環百媚生。一捻留香裙上皺，君王恩似妾身輕。」趙飛燕舞掌曲。「剪刀聲動曲房幽，明月團圞袖裹收。未必君情中道絶，自憐紈扇不宜秋。」班婕妤裁扇曲。「雙角井邊多麗容，移來金谷鬬芳穠。宋禕老去無人繼，誰倚新聲唱懊儂？」梁緑珠教笛曲。「紅綃紫穎散春心，桃葉山前事已沈。璧月新詞書未竟，都無去就怨韓擒。」張麗華臨書曲。「錦纜牙檣入畫圖，邗溝楊柳弱難扶。都來五斛青螺黛，描得愁眉一寸無？」吴絳仙龍舟曲。「霓裳舞倦嚲鬟鴉，玉臂支欹暈臉霞。懊恨春風太輕薄，故將清夢入梨花。」楊玉環春睡曲。

侯官許不棄大令遇，著有紫藤花菴詩鈔。父友子鼎，皆能詩。大令嘗受詩於新城王貽上，貽上題其畫竹有「許侯磊落負奇氣，平生節目堅蒼筤」之句。大令七絶，情韻纏綿，丰神婉約，爲其專長，莘田學焉。大令家山雜憶一百三十五首，余精選其四首，以覘梗概，詩云：「軒迴澗曲水泠泠，浮翠烏山遠近青。燈火未來蛩語寂，高梧疎雨一人聽。即陶鉼前軒名見山。浮翠岡，園内小山也。」「半壑煙霞未寂寥，轉坡側徑望中遥。客來要採梅花信，小立東風第四橋。」「淵明塚遂生前達，孟德墳疑死後空。許子也曾題片石，月溪之墓亂花中。余喜園中梅花之勝，先立片碣於浮翠岡前，曰『月溪之墓』，花時以酒澆之。」「螺女江空一派秋，白沙如雪合江流。旗山更在沙痕外，一葉漁舟幾點鷗。」

晉江丁雁水廉訪煒，著有問山集。朱竹垞云：「雁水詩直者不伉，綺者不靡，約言之而可思，長言之而可歌，可謂善學唐人者矣。」漁洋詩話云：「閩詩派自林子羽、高廷禮後三百年間，前惟鄭繼之，後惟曹能始能自見本色耳。丁雁水煒亦林派之錚錚者，其五言佳句頗多，如『青山秋後夢，黄葉雨中詩』『鶯啼殘夢後，花發獨吟時』『花柳看憔悴，江山待祓除』，皆可吟。」全閩詩録云：「廉訪詩頗多，其風骨足以繼響開、寶諸公。」其與吴園次話别七古一篇，葉井叔稱爲「詩人多情」，蓋謂其詩之慷摯也。春事云：「春事真無賴，偷閒懶最宜。鶯啼殘夢後，花發獨吟時。茗椀微風度，琴牀曉日移。悠然身世外，匡坐自支頤。」王貽上云：「第四句尤妙，通首全别。」送唐習之遊金陵云：「都亭春霽後，送子復南遊。篋裏仲宣賦，樽前元禮舟。啼鶯移苑樹，乳燕入江樓。故國今如許，清吟且莫愁。」施尚白云：「頗近高岑。」晚出東便門返潞河云：「出郭消塵慮，聯鑣信晚歸。黄雲回獵騎，白雁下漁磯。冰合河流細，天寒野渡稀。頓忘行役倦，新月上人衣。」留别伊陽孫丹扶明府云：「冰霜先後共，别意竟何云。匹馬嘶殘日，千峯走暮雲。抱琴憐古調，沽酒醉離羣。從此伊川水，潺湲夢裏聞。」王貽上云：「三四聳拔，通首俱警，走字尤奇。」舟泊天津云：「風沙津市暝，晚泊倚城陰。芳草縈歸夢，孤舟繫客心。冷潮官渡漲，漁火海門深。屈指金臺近，遲回思不禁。」王貽上云：「宛然大曆十才子。」曉渡揚子江云：「孤帆涵日照，曉色一江深。潮入海門白，雲來瓜步沈。微茫輕世慮，浩蕩見天心。古寺中流出，如聞鐘磬音。」葉井叔云：「全首高渾。」遊虎丘寺和楊淡公韻云：「屐響千人石，生公舊講臺。寺從山頂出，雲帶水聲來。夕磬煙中鳥，春泉雨後苔。待將庭際月，清影共徘徊。」舟過石人壩云：「怪石迎舟出，紆迴十里看。嵐光團野濕，樹影入江寒。過雨開斜照，驚淙落急灘。鷓鴣聲不斷，客思亂春殘。」送洪學士過湖口鱘魚嘴話别云：「殘春催遠客，芳草滿平湖。地限東西楚，帆分大小孤。煙浮江蜃立，沙暝水禽呼。揮手增離恨，觀風舊姓吳。」雨霽望泰嶽云：「岱宗高峙鬱嶒岏，此日東遊矯首看。三觀雲霞晴後色，五松風雨夜來寒。銘功異代遺秦碣，禪草何年奏漢官？會駕蒼虬凌絶頂，一杯滄海恣觀瀾。」施尚白云：「風格似空同。」別琴臺云：「長嘯登高不厭頻，孤琴離曲恨方新。村煙冉冉迷紅樹，塞雁蕭蕭下白蘋。六載名山成好友，一天暮雨剩歸人。卧遊應有他年約，未許宗生獨問津。」王貽上云：「似劉隨州。」南康阻淺用許丁卯韻：「曲折灘迴擁淺沙，舟牽百丈水程賒。啼殘苦竹鈎輈鳥，落盡空山枳殼花。返照城邊來候騎，斷雲谷口見人家。南征自古多詞客，莫悵倦飛天一涯。」王貽上云：「宛然丁卯風調。」新淦舟行云：「城下空江向北流，虔州西上正悠悠。柳邊過雨鷺窺網，花外夕陽人倚樓。漁笛數聲愁欲劇，篷窗孤枕夢偏幽。一川煙景頻來往，每對青山憶舊遊。」王貽上云：「似李嘉祐。」望遠曲云：「別時花未發，別後見花飛。明歲花開落，行人歸不歸？」葉井叔云：「唐音。」

漳浦趙蕁客上舍潛，著有冷鷗堂集。上舍詩力追盛唐，董蒼水贈蕁客詩有「古劍半蝕土花紫，鐵笛横叫秋雲穿。孟郊賈島今不死，風流吐納千餘年」之句。吳星若謂上舍詩「字字警拔，句句蒼秀，造中唐人妙境」。鄭昌英詩話謂：「上舍詩力追少陵，神似非貌似。董蒼水擬以孟、賈，吳星若目以中唐，均未盡其妙也。」昌彝謂：上舍七言律風骨雄深，唐音未墜，其同峩士暘谷登一覽樓云：「古木招提路，人來暑氣清。不知殘夢裏，猶帶亂篁聲。壓海樓陰直，銜秋樹影横。故交有支許，微論愜幽情。」寄酬錢仲芳先生二首云：「數畝傍西郭，深雲護小廬。桑麻兼魏晉，煙火半樵漁。頭白仍躭酒，江寒獨擁書。向來叩皇甫，親見帶經鉏。」「大滌惟君在，悲歌不自休。先生及門漳浦從遊大滌。中原哀二表，九辯動千秋。魚鳥存遐思，江山倚小樓。懸知開徑日，許我作羊求。」己酉人日同天玉雨酌云：「蹉跎千里日，浩蕩五湖身。陰壑猶藏臘，寒城不受春。煙殘何處雁，雨醉未歸人。一水柴門路，重重屐齒新。」許九日以詩見訪次酬來韻二首云：「才獨崎嶔氣混茫，喜君同調即同鄉。荔支家國煙蕪在，鼙鼓乾坤道路荒。江上偶然逢月旦，笛中容易慟山陽。爲石齋先生。何時欲發婁東櫂，千樹梅花寄八行？問訊梅村先生。」「柴門但有雀聲過，半畝芙蓉傍一簑。蹤跡關山天寶末，詩篇松菊義熙多。九日著述甚富。每驚落日搖孤幌，誰遣秋風助七歌。是日大風凄瑟。小騎花村知路熟，江星歸照酒顏酡。」呈梅村先生云：「婁水龍門未易親，休官無過隱之貧。蒼梧往事餘雙淚，白首名山只一人。鷗鳥欲分高士席，梅花能伴苦吟身。投閒自是千秋計，落日寒江理釣緡。」

閩縣曾霽峯先生暉春，著有自怡軒詩存四卷。先生詩自抒性情，不事雕繪，其登望湖亭七律爲王輞川之遺，詩云：「危欄百尺俯清流，彭蠡湖光一望收。波氣鬱雲晴作雨，風聲吹浪夏疑秋。千山日暮來沙鳥，極浦煙空去客舟。如此畫圖描不得，登高且自豁凝眸。」絶句如黃詩題後及艾城官舍皆真樸有味，其黃詩題後云：「千古才名並大蘇，西江宗派衍成圖。可知瘦硬詩中味，雙井清泉苦茗俱。」艾城官舍公餘課竹處手植梧竹松梅自題一絶云：「梅花高潔竹檀欒，松子桐孫次第安。莫道衙齋如傳舍，清陰留與後人看。」先生生有異質，一出母懷，眉髮皆白。弱冠與同胞兄禹門先生奮春齊名，兼工制藝，以甲科令江西，有善政，五子及孫曹俱登科甲。年八十二，課諸孫輩，每拈一題，猶能日成數藝；詩不多作，嘗言南豐不能詩，吾家法耳。然先生諸體詩皆出自然，無時下叫囂之習，豈非如蘇明允詩傳誦萬口，作者不喜以詩見者耶？先生嘉慶戊午鄉榜，辛酉進士，令江西，洊升義寧州知州，歸田後，晉四品銜。子五人，元基，乙未舉人，安溪縣學訓導；元炳，己丑進士，安徽亳州知州；元海，壬午進士，翰林院編修；元燮，戊戌進士，工部營繕司主事；元澄，辛卯舉人，浙江大挑知縣；孫兆鰲，甲辰進士，刑部浙江司主事；兆霖，己酉舉人；兆鍠，福州府學增生；兆楨，福州府學增生。

七古詩縱横馳驟中，貴有沈鬱之氣；磊落軒昂中，貴有頓挫之筆，方爲大家。曾亦廬大令所著養拙齋未定草，已録别卷，其七古詩，有絶似吳淵穎者，其過清流關及謁岳墳二作，爲期門羽林之師，非隴上行間之卒也。過清流關云：「青蒼萬嶂環滁皆，清流山勢層雲排。一關屹峙石駝山名。北，屏藩江介羅全淮。憶昔周師責淮甸，南唐鼾睡猶乘便。正陽橋縱拔彦貞，壽春圍尚窮仁贍。趙家檢點真英豪，孤軍徑扼關山高。已分重垓困楚項，何來學究如蕭曹。韓王趙普時爲村學究。山間谿徑無人識，一線蠶叢背水直。木罌巧渡西澗流，十五萬軍失顔色。桓桓皇甫人中梟，誰與佐者監軍姚。士爲其主各有志，此敗豈盡由軍驕。是知天心相天水，汗馬功勞顯於此。異時起事憶沛豐，一代君臣自滁始。我行快覩淮南山，懸絙直上萬仞關。石磴盤空飛鳥絶，斷鎗出土鐵花殷。歐公昔日登高望，戰場寂寂開青嶂。至今山寺午鐘鳴，想見南征破敵壯。」謁岳墳云：「參天宰木森南枝，伏階醜檜無完屍。石麟出土鐵像仆，精忠萬古懸靈旗。憶昔建炎南渡日，偏安不乏諸將裨。就中一軍山莫撼，岳家將令如風馳。朱仙鎮上激忠義，燕雲唾手歸操持。黄龍痛飲酒未進，金牌十二催班師。太息夫差忘越恥，燕山臂絹空寄貽。二勝環懸腦背後，一佳士忍朝廷欺。自古忠奸不兩立，風波北寺冤誰治？出家無補韋后怒，騎驢徑去韓王悲。獄卒隗順瘞袍笏，叢祠九曲無人知。當時僞託賈氏塚，墓門羅拜私涕洟。獄卒隗順痛王冤死，私瘞九曲叢祠側，當時私號『賈宜人墳』。嗣皇悔禍錫車器，忠魂招上棲霞嵋。岳家長子祔墓側，一門忠孝光華夷。君不見東山衖口張侯墓，劍門關右牛侯碑。九原身後相左右，湖山風雨來神祇。又不見五國城空鬼餒而，六陵風起冬青移。萇弘碧血照今古，又是湖隄草緑時。」

福州楊雪茱光禄慶琛，著有絳雪山房詩鈔二十卷，光禄詩如初日芙蓉，晚風楊柳，風格神韻，迫近晚唐人。集中如偶詠諸葛武侯一詩，格律整秀，語意包括。其詩云：「氣吞曹魏智和吴，管樂何曾足並驅？丞相如龍蜀如虎，江山成鼎石成圖。蠻方有鼓臣躬瘁，將壘無星漢業孤。讀到出師前後表，西風五丈可勝吁！」句如「林滿外無路，風來時有鐘」「天遠布帆小，煙低巖户扃」「榕影碧横澗，稻花黄過橋」「燈影穿簾碎，書聲隔巷多」「暝色歸青嶂，秋聲起翠濤」「古棧極天隨度鳥，亂山如劍倚斜陽」「雲霞嶺嶠添詩料，吴越江山入酒杯」「茶聲隔竹香先沸，草色侵簾淡欲無」「青山有恨凝愁黛，緑水無情咽逝波」「松翠當門山覺瘦，秋聲如雨夜遲眠」，皆秀色可餐，迥非俗調。

博羅殷耕野諸生師尹，詩多沈鷙之語，其寧武哀及阜城門二作，風骨棱棱，卓然名作，寧武哀弔周將軍遇吉云：「砲車衝山山爲開，千騎萬騎如奔雷。斷頭將軍裹血出，十八孩兒鋒倒摧。孤城一破將軍死，流賊聞之淚流眦。攖城盡似周將軍，我輩焉能飛至此？」阜城門弔明御史王公名章云：「阜城門，門下蟻賊如雲屯。緣堞而上矯若猿，從騎駭走何紛紛。鐵面御史起叱賊，身寧負賊肯負國？以刀斫膝膝仆地，頭顱一碎血花墜。後來又有抗節人，八閩風雨還酸辛。公子之拭死節於閩，甚烈。」

海鹽董曉滄庶常潮，乾隆二十八年進士。著有東亭詩草。兩浙輶軒録云：「東亭性至孝，讀書慷慨負志節，工詩文，兼善六法，嘗賦紅豆樹歌，傳誦遍都下，時稱爲『紅豆詩人』。」今讀集中唐花詞七古一首，不愧作手。句如「已悲閲世同劉峻，莫更逢人説項斯」「半春孤客忘寒食，一夜東風又杏花」「斷雲將雁隨煙没，野水如天帶月流」「由來恩怨終亡國，未有英雄肯忌才」廉藺祠。「郡控三關雄巨鹿，峯連千里走飛狐」。中山。

儀徵施鐵如府丞朝幹，乾隆二十八年進士。著有正聲集。詩樸質清真，生澀刻峭，生平不與熱官往來。句如「春星兼鳥落，山雨接潮來」「中原秋色高嵩嶽，孤劍寒雲落大河」，皆高壯可誦。

番禺漆東樵孝廉璘，嘉慶戊午鄉榜。著有思古堂詩草。其同里劉藻林詩話云：「沈歸愚論詩貴含蓄，袁簡齋頗不然其説，余謂和風之藴藉，流雲之駘宕，迴波之沖瀜，其妙在含蓄不盡。驚飈淜滂，駴浪潰瀑，震動心目，其妙又在無含蓄而盡；管絃奕煜，金石鏗鍧，戛然忽止，又妙於盡而不盡；岡巒縈紆，澗谷幽邃，豁然忽開，又妙於不盡而盡。詩人之言似之，非可以一端竟也。東樵詩直攄胸臆，踔厲無前，實妙於盡，而懷舊思古，真摯沈著，其筆則快，其情自深，亦復不名一格。」昌彝極喜其烏雛啼一篇，合乎蓼莪之旨，讀之令人興孝。詩云：「吁嗟哀鳴之烏雛，欲飛不飛啄大屋，欲集不集趨城隅。王孫挾彈城臺上，手挽雕弓彈將放。彈將放兮烏雛啼，爲報王孫心悽悽。我之初生殺毛羽，哺我者父翼我母。毛羽已成能高翔，譙譙翛翛父母傷。母之傷兮尚我畜，父云亡兮不我復。飛來飛去復週遭，思深恩兮痛劬勞。昊天罔極不得報，春寒日暮空悲噪。王孫聽兮弛雕弓，淚盈盈兮哀其衷。烏雛苦啼血在地，老烏拮据憂目悸。吁嗟乎！烏雛欲集不集，欲飛不飛，如窮人，無所歸。」建文帝一詩可稱詩史，詩云：「不將大義破仁柔，一領袈裟換冕旒。憤死淮南雖薄漢，誅稽管叔未安周。幸看迎佛歸金闕，已厭騎龍遍十洲。讓帝可憐鐘磬在，拈花空有故宮愁。」

和平徐曉初農部旭曾，嘉慶己未進士。著有梅花閣吟。農部詩風韻蕭疎，尤工五言短什，宿山家云：「石泉激清響，泠泠聞玉琴。獨宿荒山中，松月照我衾。起視夜何其，天高星斗沈。歲華去飄忽，似馬驅駸駸。懷人在空谷，何以寫遠心？山鳥亦驚起，如助幽人吟。悄然誰與語，萬籟同蕭森。」句如「虹懸秋磵斷，雲閃亂山多」「野水浮孤棹，春潭浴亂星」「懸崖雲遏馬，斷澗雪扶橋」「流泉爭赴壑，野碓驟聞雷」「天遠雲歸疾，沙寒馬去遲」，皆清警可誦。

南海謝澧浦太史蘭生，著有常惺惺齋詩集。太史少負文名，兼工書法，既入詞館，假歸，流連山水，揮毫灑翰，風致清豪，冷泉亭七律，超然拔俗。詩云：「天外孤峯飛著地，空中諸竇不曾關。漱將靈液爲鳴玉，流到紅塵未出山。倚檻堅陪諸佛坐，斷雲時帶一僧還。玄津幽棲何須問，入德真源在此間。」

緜州李雨村觀察調元，著有童山詩集。觀察襟懷瀟灑，跌宕不羈，家藏書萬卷，嘗輯函海一書，頗稱繁富，然其書博收繁雜，校對亦多不精，叢書中似非善本。觀察愛才若渴，其雨村詩話，搜羅頗多，未免有濫收之弊。其集中句如「帆迴山背風無力，觵翦江心月有聲」，可爲佳句。

「木落屋依平地出，霜空人坐一天寬」，此順德梁弼亭解元泉句也，寫景能見其真。「得句從來勝得官」，此秀水汪康古銓部孟鋗句也，乾隆三十一年進士。入情之語，卓然可傳。

昌樂閻伊蒿水部循觀，著有西澗草堂集。其寫山居情景，能得其似，如「茅茨意自足，小隱情何深。童稚知禮數，雞犬含淳心」，可與唐人儲太祝相伯仲。又句「濕煙斷樵徑，滃雲出林屋」，則又王摩詰之替人矣。

「高閣夕陽殘醉後，板橋流水獨吟時」，此海鹽朱笠亭大令炎句也，乾隆三十一年進士。晚唐人有此神韻婉秀否？

「半簾疎雨客何處？滿地落花春欲歸」，此全椒金棕亭學正兆燕句也，乾隆三十一年進士。風雅可誦，著有棕亭詩鈔，集中遊黃山諸作多奇崛。生平不耐靜坐，愛跳躍，多言笑，時人目爲喜鵲。

順德張玉洲孝廉錦麟，乾隆三十年鄉榜。著有少游草。孝廉詩以「野岸無人潮欲上，碧天如水雁初飛」，及「三面青山四圍水，藕花香處笛船多」之句得名，故人呼爲張碧天，又呼爲張藕花，見國朝詩人徵略。孝廉幼與兄錦芳齊名，北平翁覃溪先生目爲雙丁兩到。孝廉有七夕絶句，爲詩壇傳誦，詩云：「雨餘閒聽葉辭條，久客羈心不自憀。獨倚檐前望牛斗，秋風秋月可憐宵。」讀之覺神韻悽惋。

詩有極平澹而寫景入畫者，余友黄肖農鹺尹小雨過常思嶺云：「常思嶺上雲，下作溟濛雨。邀雲度前山，溼氣潤衣履。雲飛我亦行，我去雲無語。默默兩相關，出岫情何許。」如讀王輞川、孟山人集。

侯官林喬雲茂才禧臻，詩多散失，有遺草一卷，嘗記其和月隣妹詠影原韻云：「與君蹤跡最相親，一笑方知是化身。難得生平無別恨，燈前月下總隨人。」語亦親真。

秋雨夢松舫詩藁，華亭陳雲門襲子述祖著。由世襲子爵，官福建建寧鎮總兵官。襲子先世以平吴逆得爵，襲子本將門子，風度温厚，喜讀書，曉韜略，工書善畫，有輕裘緩帶之風焉。詩筆雄偉壯麗，余友俞夢池先生出其藁見示，爰録數作於此，留別王井叔陳裴之云：「嶽色高樓墜，開樽召酒兵。人來皆舊雨，詩好半秋聲。歲暮愁爲客，中年愛近名。千篇竟何益，兀兀感吾生。」「修竹緑過屋，尋君此小樓。豈知今日酒，重爲故人留。風雨連宵夢，關河獨客舟。吴趨吟不得，落日黯離愁。」雞籠寺遠眺云：「古寺雞籠偶過臨，憑高曠覽一開襟。石城浪捲六朝迹，白下峯連三楚陰。斷塔風翻鈴語細，萬家晴散爨煙深。龍蟠虎踞當年事，芳草迷離舊夢沈。」曉江視師云：「郭繞長江幕府開，陳師講武一麾來。千屯日麗排雲陣，萬騎風馳上將臺。射罷軍中爭獻雉，詩成帳底快擎杯。清時較練還休養，地險終須控制才。」夜過吴江云：「重來煙水幾鷗盟，東塔灣邊雨欲晴。楚國霸圖雙鳥去，雲間殘照一舟横。暮潮只覺此時急，野火不知何處生。指點斜塘蘆荻外，當年跋浪有奔鯨。」吴門舟中云：「孤城隱隱隔漁燈，篷背凉生露氣凝。斜月半船人擁被，寒潮流夢下松陵。」嗣君紫篔鹺尹汝枚，著有蒓香詩草。鹺尹詩超詣豪宕，擺脱近世尋常語，其題外舅易堂先生啖蕉圖有「生死若相忘，性命與之友」之句，直得詩家三昧。江行夜泊云：「黄蘆兩岸高如人，一燈紅出蘆花根。雲際四圍天潑墨，卧聽水聲風聲喧。水聲風聲聽不清，船頭兩脚跳波鳴。手攜鐵笛不敢弄，夜深妨有魚龍驚。邨荒無雞堠無柝，坐久不知宵幾更。微聞老漁逆浪響，夢回枕上濤頭生。」建陽驛云：「無數煙雲送我行，籃輿坐擁一身輕。野花著雨紅當路，芳草隨人緑到城。作客常懷情似醉，在山泉水本來清。拊牀忽記劉琨語，莫道荒雞是惡聲。」舟次毘陵云：「艤舟亭下草萋萋，一翦垂楊緑未齊。我與閒鷗如有約，相逢只在板橋西。」「竟日扁舟畫裏過，流觴人去奈愁何。一隄春草緑初上，已有牧兒牛背歌。」

膠州柯心蘭孺人爲陳紫篔醝尹室，易堂大令女也，詩筆沖容明秀，灑然出塵。其重九前一日云：「刀尺深宵事漸忙，催人霜信又重陽。烹茶晚試銅瓶雨，枕菊寒生紙帳香。鈎起簾櫳因放燕，吟來詩句類啼螿。故園明日登高會，可惜今無縮地方。」惜花謡云：「惜花心切駐花難，又欲花開又恐殘。時向東皇爲花祝，三分晴煖一分寒。」清明日題柳云：「折枝常是繫離愁，忽向風前笑不休。莫道柔條惟綰别，今朝也上美人頭。」花生日云：「相邀乘興祝芳辰，穠李夭桃色倍新。今日一杯花裏設，百花爲主我爲賓。」

蒙化彭竹林司馬翥，乾隆三十五年鄉榜。著有海天吟。詩多繪景入神之句，如「溪山本目前，煙雲使之遠」「天垂無際水，月戀欲歸舟」「江楓冷雨啼山鬼，浦月芳蘭夢水仙」，皆是也。司馬居官有政績，羣雅集載司馬南池捕盜事甚悉，周導之比之終軍、虞詡一流。乾隆五十三年福敬齋公相總督兩廣，調水師出海捕盜，時君爲香山令，乞公召精兵二百往捕，許之。君捐俸支帑造戰船，簡鎗炮火藥，賫糗糧，徑出海。揚帆行百餘里，遇盜船，發砲擊之，賊驚遁；數日，賊船八九隻來，官兵復發砲，砲閉，君知賊以穢物厭勝也，殺黑犬取血釁砲，砲果發，適大軍繼至，擊破賊船，賊落水號呼乞命，君命以鐵鈎拉起之，縛七百餘人。

錢塘朱青湖諸生彭，著有抱山堂集。青湖承其鄉詩人金江聲、厲樊榭、杭堇浦、汪槐塘諸公後，一變明季浙人瓣香鍾、譚之習。王蘭泉先生謂其詩「古體矩矱從容，今體聲情高遠」，非溢語也。集中名句如「江流經割據，山色閱興亡」「歸鳥有寒色，晚山無定容」「霜摧羣木瘦，秋放一峯高」「雲淨江天遥辨塔，潮迴沙渚忽無田」「春當三月原如客，人過中年欲近僧」「病餘人比寒山瘦，秋晚詩如落葉多」「人當晚歲多憐菊，天爲重陽特放晴」，皆不愧騷壇風雅。

桐鄉陸費玉泉中丞瑔，榜名恩洪，又號春帆。詩筆雄深，五古及五律尤爲雅健，其大沽觀日出一詩，不愧盛唐之遺，其詩云：「孤城倚海上，天水相混融。迴瀾蕩百里，磅礴生長風。直下大沽口，仰見臺宇崇。峩峩竦千尺，杳與雲氣通。登臺一俯瞰，萬古常鴻濛。俄聞天雞鳴，皎日升曈曨。幽陰倏開闢，下燭玄冥宫。百靈互跳踔，萬象爭激衝。驚波忽震盪，鱗甲騰蛟龍。精采遠相射，島樹何玲瓏。逼視不能仰，光焰奪雙瞳。須臾上遼廓，樹色收溟濛。一覽曠九州，足滌平生胸。南崖望閩嶠，估舶來遥空。三山渺何處，樓觀不可逢。吾將騎赤鯉，遠躡琴高蹤。」秋影云：「寂寥人境遠，但覺暮煙沈。斜漢移雲緩，孤城帶月深。溪山涼蔌蔌，亭榭碧陰陰。待訪羅含宅，蒿萊何處尋？」中丞由牧令而至封圻，公餘之暇，不廢吟詠，近有真息齋詩稿，尤爲士大夫傳誦，惜未得窺全豹爲恨云。

南匯吴白華都諫省欽，乾隆二十八年進士。著有白華詩鈔。王蘭泉謂白華散體文於唐似孫樵、劉蜕，於宋似穆修、柳開，亦戛然自異。張南山謂白華集陝蜀道中諸作，頗有深思厚力。今按：集中佳篇如五子峽、慰忠祠、彌牟鎮、觀八陣圖、平羌渡、望鐵索橋等篇，卓然鉅製，句如「祠廟籠秦樹，人家抱嶽蓮」「水依天到岸，人與月同船」；咏馬嵬云「豈有牽牛聽夜語，竟無飛燕鬬春妝」，皆新警可誦。

香山劉禹甸學正鶴鳴，乾隆庚午鄉榜。著有松崖詩鈔。詩多沈鬱之氣，望衡嶽云：「掛蓆溯湘川，潆洄似衣帶。百里見青蒼，陰巖屯霆霹。晻靄蹴重雲，千盤插天外。風雷走山腰，昏旦殊變態。霞島仙靈出，炎天冰雪在。五嶺爲外藩，嶽麓等邾鄫。朱鳥配南方，巍峩侣嵩岱。曩讀岣嶁碑，慨想禹功大。何當淩絶頂，一目盡楚塞。振衣望日臺，濯足洞庭匯。」刈麥行云：「黄鶯語，日初旭。腰我鐮，果我腹。百頃黄雲蔽川陸。千夫一掃野煙空，餅餌香生滿茅屋。炊煙生，里正來。新舊租，一時催。少壯倉皇老弱哀。」遊中武當云：「繫纜緣崖入，禪宫瞰碧流。水光摇佛足，山果落人頭。津市千帆上，蘭江一望收。杉松陰四合，風過送漁謳。」湘南懷古云：「祝融山色照湘濱，九轉孤帆溯去津。地與芬芳憐帝子，天留窟宅住騷人。風高野鵬啼荒戍，日暮江漁散緑蘋。更讀少陵詩百遍，千秋流寓總傷神。」送春云：「細雨層陰日日眠，離懷忽感夕陽邊。三春花事抛流水，千里家書動隔年。久客已迷芳草路，長貧空羨緑榆錢。天涯浪迹人將老，一度分攜一惘然。」曉渡云：「落月浮波半映川，漫摇殘夢到蘆邊。忽聞叱叱煙中語，已有人耕嶺上田。」諸詩入開、寶諸公之室。

嘉應葉貽孫刺史鈞，乾隆甲寅省元。著有石亭詩文集。石亭留心經學，詩筆雅健，生平詩囊之外，蕭然長物。余讀其集，極喜其筠門嶺一詩，可稱奇警，詩云：「越門盤萬嶺，一徑此中分。虎跡留殘雪，猿聲出亂雲。人煙初上市，行旅漸成羣。出險欣相賀，遥山日已曛。」

嘉應李秋田諸生詩，已録别卷，更有名篇不忍割愛。秋田詩真意沈鬱，雅健峻嶒，卓然獨樹一幟，謝澧浦謂其詩佳處沁人骨髓，故隨所見聞，横竪説來，無不入妙。合見亭云：「高崖壓空際，一亭獨支撑。下視萬林木，時爲摇蕩聲。其旁石礪角，勢欲摧欄楹。風來我來甫延佇，已使遊魂驚。魂驚倏以寧，亭静覺不動。萬木團緑雲，冷光射虹棟。鳥語輕，露滴松花重。仙人恍見招，雲裏騎青鳳。」静夜吟云：「蕭蕭瑟瑟打窗户，是落葉耶是夜雨？開門微月隱花圃，樹影如人向風語。壁燈半含還半吐，玉漏沈沈報三鼓。」題畫水仙云：「自憐生小即離塵，肯向東風桃李春？獨有心香凝一點，酒闌燈盡付詩人。」

「文章不如仲氏好，叔氏最少今亦老。五郎十歲未知學，嗟我何爲長遠道。諸兒讀書俱不多，又不力耕知奈何！」此等筆力，元一代惟道園能之，大家本色，本領在此。吴淵穎研鍊老重，而能密不能疏，能華不能樸，以此遜道園矣。

「明詩不可以輕心抑之也，明開基詩，吾深畏一人焉，曰劉誠意；明遺民詩，吾深畏一人焉，曰顧亭林。誠意之詩蒼深，亭林之詩堅實，皆非以詩爲詩者，而其詩境直太華黄河之高闊也，首尾兩家，誰與抗手？」四農詩話。

卷二十四

附：朱伯韓侍御琦新鐃歌四十九章

臣聞天下雖安，忘戰必危；進不忘規，臣子之義。伏思我朝開國以來，八校分屯，兵力最强。太祖受命，奄有蒙古諸部。太宗、世祖繼之，招徠屬國，東自朝鮮，訖西北海，莫不懷服，遂定中原，爲民除殘。聖祖重光，功德巍巍，三藩以次削平。訖於高宗，蕩夷回疆，拓地二萬餘里。仁宗受其成，天下艾安，列聖偉烈神算，俱在實録。臣琦竊不自揆，稽首謹述其略，被之聲詩，以爲後世用兵者鑒，命曰新鐃歌，時在道光二十有三年癸卯秋九月。

戰圖倫

戰圖倫，圖倫汝安逃，大旗晝捲秋雲高。南關北關相繼破，完顔羅拜收五豪。五豪部，隸建州，美珠紫貂炙肥牛。九國不逞方協謀，列陣三萬横長矛。太祖曰咨汝參佐，授計榻前但酣卧。九國之衆心不一，挫其前鋒果大捷。或謂我軍分八校，行圍射獵無紀律。胡爲威棱燀海表？臣請稽首究其説，我邦肇造遼金末，留都土厚民質實。兵不在衆用以奇，萬人一心力則齊，請看太祖龍興時。

戰嘉鄂

大冰如橋横斷矼，匹馬化龍飛渡江。江水深，不可測，兄弟五人敵八百。前棟鄂，到嘉鄂。

戰烏拉

烏拉水，松之濱。爾扈倫諸部，頫首悉來臣。秋高馬肥百千羣，烏拉恃强敢不賓。

烏拉主，爾何爲？曰來置質且請昏，我國賜爾以勑書，如天恢且仁。狡爾烏拉，乃敢擾我邊，乃敢寒其盟。太祖曰嘻，我將親征。召我諸名王，督我子弟兵。嘬鋒罕山踣五城，自寨大纛斫其營。諸王貝勒，奮呼格鬭，抉革拔芮，一一皆驍騰。烏拉既伏誅，葉赫以次平。我太祖，百戰艱且勤，命將尤慎擇其人，用能所至成大勳。敢書此語告子孫。

戰界藩

界藩築城多勁兵，鐵騎二萬東西行。告天七大憾，率師往攻明。惟時明經略楊鎬，集兵瀋陽，分路深入，鋭不可當。一爲杜松出中路，斷冰瀌瀌渾河渡。一爲馬林會葉赫，一由清河入鴉鶻。別軍劉綎出其南，會朝鮮兵萬有三。蚩尤東指陰芒寒，我軍各路屯寨方戒嚴，使邏者密覘。松出撫順，日馳百餘里，渡河馬多死，車營三百阻於水。南北兩道多亂山，輕兵乃敢圍界藩。太祖命貝勒，以二旗往援。親統六旗擣其堅。戰方合，大霾晦。明兵列炬戰且退，萬矢雨集射其背。可憐渾河多橫尸，綎軍深入猶不知。乃令降卒往紿之。綎行二十里，礟聲大起。我軍冒漢幟，入其營大呼，綎奮巨刀格戰捐其軀。是役僅五日，破明廿四萬。我朝東興始此戰，諒哉廟謨在能斷。

虎爾哈

虎爾哈，今來朝，近砦五百紛相招。收其羽翼以自豪，健兒入侍帶寶刀。洽以威德宅我郊，田廬器賄何衍饒。肘腋内清絶鳴骹，以夷攻夷遼歸遼。上兵伐謀離其交，我能致人師不勞。

平哈達

我師逾混同，敵人有矢不敢攻。我師平哈達，敵人有矢不敢發。問胡不敢發？使鹿使犬歸我家，龍虎將軍多爪牙。

戍吉林

設駐防，分遠近，納巖嚴斥堠，吉林畫疆畛。自古防邊須邊氓，愛護鄉里人之情。山川險阸度地形，兵能識將將習兵，何事紛紛遠調徵。

朝打牲

朝打牲，夕游牧，養兵不費國乃足。上馬而侯王，下馬而僕隸，主臣脱略無拘忌。約法不繁民易知，對簿愈多事不治。進戰者賞，退後者誅，何疑爲！

費英東

費英東，儒將何雍容。額亦都，殺敵心膽麤。順科洛，沈勇多智略。三子信神駿，直義尤桀卓。飲至歡然篤勳舊，銀黄兔鶻看轠轔。問誰虎視立殿前，老臣謇謇建正言，我尤愛公能好賢。

右太祖樂歌九章

瀋之陽

瀋之陽，惟滿之疆。瀋之北，惟滿之宅。始時滿人，但務遊牧。今宅其郊，築城峙轂。始時滿人，尚未備官。今設六部，績靡弗宣。始時滿人，騎射是藝。今創國書，秉聖之制。始時滿人，未有學宫。今日莘莘，姬孔是崇。皇曰懷哉，凡此大政，烈祖之謀。惟新滿洲，是輯是鳩。惟舊滿洲，其聽無譁。爾父爾兄，毘予有家。就荒其邇，而威於遐。

林丹汗

林丹汗，爾書極誕謾。爾國有衆四十萬，我國之衆不及爾之半。爾恃其强，諸部皆叛。叛者多，莫敢何。駝馬彌山翻倒戈，興安亂石青莪莪。

陰山塞

陰山塞，花馬池，池上煮鹽多健兒。西北面面皆距河，柳可爲笴地宜駝。麥垛有鐵可鑄戈，年年巴噶來議和。

温多嶺

青海叢叢温多嶺，樹緑如海秋無影。中有三雁繞樹飛，一雁向人鳴尤悲。將軍仰天馳射雁，白草漫天雁不見。雁不見，從天落，背負一矢入敵幕。我軍從之大噪呼，山中草木紛駭呼，怪魅攫人據朽株。君不見聖人有道百靈扶，雪山獅子雄牙須。又不見葉雷注矢心膽粗，奪弓復有千年狐。

降額哲

額哲既破，莫我遏兮。王師所至，如火烈兮。夫惟神武，不嗜殺兮。紅旗日日，來奏捷兮。横海大草，滌戰血兮。從從六盟，多降卒兮。地廣民衆，乃終滅兮。聖人修德，天下悦兮。

大小白

一馬名大白，紫繮玉絛黄金勒。一馬名小白，負重疾行日五百。吾聞一馬自天來，卓錐骨相多權奇。髯奴奚官不敢鞚，意在萬里誰知之。天弧天角亦神物，誰假長楸縱馳突。百蹔一豆要堅忍，在坰安閑有風骨。我皇神武定海東，戰場騰踔看真龍。論勳何當畫麟閣，鐵蹄一蹴遼河空。遼河風寒黯無色，馬兮馬兮誰與敵。於今豈無苑門三萬匹，安得拳毛神騧爲時出。

遼以西

遼以西，漢制之。遼以東，我制之。兩國修好，視此册書詞。能議勦，始議撫。不戰而媾，難與久處。前年受款袁經略，陽爲甘言陰敗約。今年投書沈督軍，烏牛白馬徒紛紛。乃知和好不可信，不如及時講軍政。

扼石門

扼石門，攻吳襄，烈烈萬葦燒大荒。我馬西來聲騰驤，長山反風火助狂。火助狂，多神奇。頗疑天助人不知，臣敢再拜獻一詞：文皇馭軍嚴且慈，法行自近不敢私。錦州偶緩攻，親如睿王且召歸。永平少失利，貴如阿敏付獄吏。乃知天命在人事，古來創守理無異。明政何以失？事權不專令不一。我國何以勝？功罪不乖天子聖。

涓之水

涓之水沄沄，其州曰營。嗟爾小邦，其敢不庭。明之覆爾，爾戴若父；我之隣爾，爾乃以爲兄。爾父告饑，具餔與粢。爾兄請糴，曾莫恤其私。爾豈遠我，爾則畏明。爾無昵爾父而陵爾兄。不戰而款，爾將渝盟。朕今諭爾，其無懵於行。我不爾讎，爾自召兵。

長白山

長白山，雲氣白且長。上有聖女驂鸞翔，丹霞夾月佩明璫。天賜朱果發其祥，逮我四祖國寖强。太祖太宗日重光，攀龍翼運篤天潢。頗聞教練嚴有方，僕奴跪拜濟以蹌。或腰羽箭插大黄，或擁陛盾侍兩廂。或縱左盂屠豕狼，或號駢脅勇莫當。或攝大政朝明堂，嶄嶄龍種美且臧。圖形衮鄂鬚眉蒼，配之太廟薦馨香。豫鄭肅勤凡十王，黑龍江水流央央。麟角鳳嘴殊煒煌，請歌壽考千萬霜。

天祐兵

天祐兵，紛來降，鴨緑以西爭率從，天聰聖人多大功。於時羣部咁咁，韜甲興文。諸王貝勒，再拜獻萬壽。恭上皇帝尊號，曰仁聖寬温。建國號清，以崇德紀元。追王四世以上，隆禮備樂，懋建懿親。班爵異姓王，暨蒙古外藩，所任必賢。太宗曰吁，思子良臣。良臣誠可思，尚德任功天下治。

右太宗樂歌十一章

山海關

世祖皇帝初紀元，命睿親王略中原。傳聞逆闖已陷燕，三桂請救山海關。我師整隊次連山，猛士十萬皆控弦。虎鈐握符啓關門，兩軍犄角鋒陵屯。立馬而觀纛旛旛，是時賊勢方鴟蹲。亘山搥鼓咽耳喧，前驅搏戰衝中堅。怒霆擺磨顛坤乾，我軍大呼爭欲前。直貫其陣矢洞穿，俄爾塵開耀戈鋋。賊睹辮髮豹兩鞬，驚曰滿兵劇潰奔。別將西馳阨崖垠，漏網難脱剸蛟鼉。羽檄夜飛奏於閽，車馬騑騑來窺巡。披豁蒙霧光復暾，遂統華夷定一尊。燔柴祭告廟與天，赦書日馳海四鐏。於閩於蜀於粤滇，或禽或殪或柔馴。皇帝大聖武且仁，迺顧赤縣哀墊昏。包戈虎皮陳皇墳，爰建藩輔崇元臣。始終信任加愛恩，章京髦髦時咨詢。盡除苛政與更新，萬年溥暨融大鈞。

老秘書謂文學士范文程。

老秘書，無與匹。獨請入關申紀律，大河以南可傳檄。一言先救民，天道不嗜殺。赤手挽刼運，元氣迴萌芽。早暮何咨咨，臣不知有家。咄哉老秘書，爾救時何急。屢奏減賦寬民力，咄哉秘書無與匹。

出虎牢

出虎牢，肅幡幢。白頭老監來約降，投鞭徑渡揚子江。高驤大祖踏鍾阜，四鎮分裂不能守。烏啄通濟門夜開，江左誤國多庸材。樓空燕子竟何往？錢塘三日潮不來。

十三營

十三營，熸於川。四大隊，燼於滇。蘭鳩江上多啼鵑。盜賊本王人，撫綏要好官，莫誤三患與二難。

右世祖樂歌四章

削逆藩

在昔聖祖嘗有言，剿平漢亂須漢人。但推誠心任將帥，用人滿漢原無分。之芳奮於浙，施琅鬭於閩。良棟奪橋戰尤力，徑入滇水翦大鯨。國家征討豈得已，巨費百萬煩經營。若使羈縻惑羣議，軍或内外分重輕。禍蓄方鎮恐未艾，老奸得志終背盟。天縱英智洞萬里，屢下詔書議親征。盡縛儒帥置之獄，掩耳不測駭雷霆。江北諸軍氣先奮，險隘已阨襄陽城。幃幄自持賞罰柄，指畫關陝窺荆衡。八年奏功何神速，坐使三鎮皆削平。益信廟謨要堅定，無縱外藩劇罷兵。

屯荆州

一軍屯荆州，聲罪往擊賊。一軍駐西安，就近調兵食。一軍控巴蜀，鼠壤防進逼。兇鋒孰敢攖，孫耿紛煽惑。親王往督戰，三年猶未克。天下半騷動，征輸困邊邑。皇穹照幽隱，挾纊有温色。迺詔師久勞，弓折馬亦踣。償補最爲苦，發帑示軫惻。無論數百萬，凱旋盡予直。巨憝果就殲，烽燜汔少熄。朝廷不惜財，戰士得死力。又聞事平下恩詔，盡捐逋賦與休息。

噶爾丹

噶爾丹，峙駝城，萬駝如山縱復横。駝陣堅，不可撼，風急草枯秋黯黮。背江一火截其腰，駝起嚙人尻益高。須臾火猛風怒號，大磧中斷山爲焦。可憐番兒半燒死，駝僵滿地鞭不起。但聞圜聲嗚何悲，瀚海路絶來窮追，棄人用駝爾何爲？

昭莫多

前年飲馬臚朐河，決策再征昭莫多。臘土往逭無舛譌，兩軍西出逾忽阿。帝親告廟陳鎛犧，黃纛翠蓋鞭龍鼉。千乘萬騎排楯輠，礮載子母兩象馱。決拾佽飛劍相磨，謀臣猛士皆駢羅。用材無遺軸與薖，北孟納蘭涉逶迤。環以幔城高峨峨，鉤陳白虎來撝呵。嗟爾準部至幺麿，窺邊迺敢縱牧牠。大軍距河伏叢柯，奪山徑上千丈坡，忽然下馬吹紅螺。箭鏃如雨攢飛梭，勢逾拉朽戟倒拖。阿奴可敦金盤佗，珠鈿委地蹙嬌蛾。斡難漬血流回渦，彼虜夜遁涕滂沱。武不可究思止戈，爰詔還蹕駐鑾和。迴視大嶺青可摩，千官整隊肅鸛鵝。獻俘頒賞珪瑁瑳，蒲桃滿盞酌碧醝。老胡踏筵促使歌：「雪花如掌紛鬖髿，北斗以南奈若何，我欲走兮無橐駝。」帝大歡喜天顏酡，迺親勒銘篆蝌蝌。插漢七老鐫巉嵯，大書趯憲字擘窠。薦之太學備切劘，西海至今清不波。

收澎湖

五馬奔江鄭氏昌，一婢生兒鄭氏亡。梟雄割據亦有數，鐵人三萬空撞搪。湖邊飛舸弄寒日，白土山前鋒盡折。永明年號那可支，奪取澎湖作巢穴。潮頭十丈忽驟高，揚旗打鼓亦自豪。貙狼短祚付孽子，吼門喧呼潮又起。五百戰艦來如飛，報道官軍入鹿耳。海外納降誰草檄，姚侯深算老無敵。生番雜處思善後，淡水何時洗鋒鏑。我聞三十六島形勢相鉤連，全閩屏蔽不可捐。雞籠易守亦易失，後來牧民當擇賢。

歌七詢

女謁其昌乎，匪朕志所存。冒猷於原乎，匪朕躬所親。玄牝有門乎，匪朕德所聞。體元主人歌七詢，六十餘年衍厖淳。耄而嗜易以修身，退朝日日親儒臣。武其可黷乎，抑何不仁。藝其可翫乎，是不解爲君。宫室臺榭其侈乎，紛不知有民。

右仁廟樂歌六章

輪班對

元年求直言，輪班常召對。踰年禱旱災，大恩復下逮。藩邸有舊人，朕心不敢私。任官當以能，李衛得展施。詔紙嚴切千百言，批根循實不憚煩。自謂寬猛各以時，頹綱力挽堅以持。皇考篤仁朕不及，獨於人情能深識，貪吏必懲不爲刻。

平青海

平青海，青海功最奇，潛兵直擣桑駱西。或謂大將軍，帳下多異人，遁甲豫決勝，蓄奴駭如神。或謂大將軍，撫降跨赤騧，飛行渡弱水，異域紛矜誇。或謂大將軍，誅殺頗有權，令行矗如山，恩行流如泉。以臣所聞殊未然，當時聖人威如天。詔任岳侯使居前，軍行不孤利有援，將佐調和出萬全。異時策淩亦如此，賊幾大獲惜中止。擁師不救將誰責？將帥纍纍竟誅死。

狩木蘭

狩木蘭，木蘭圍場三百里。四十八王來稽首，萬馬如雲護天子。紅川草枯獸正肥，厓口出哨初合圍。貙羆咆呼不得走，毛血雜沓窮煙霏。更有神鎗發何速，隔林哮虎倒崖谷。帝親彎弓響霹靂，一矢横穿兩白鹿。從臣觀者咸歡呼，日暮罷獵還穹廬。横腰什榜起獻壽，頒賜侯王同大酺。此誠藝武不憚勤，翠華年年望時巡。世宗手詔忽太息，舊制當循此非亟。朕自宫中求治理，今歲木蘭且姑已。

制府來謂鄂爾泰。

制府來，能撫苗，改土歸流苗不驕。疏陳治本毋治標，三邊門户嚴周遭。餉事甫定關鎖牢，僰道雲黑秋騷騷。阿盧土司地不毛，鵰鴞小管驚鳴鞉。烏雄咎責將誰逃，願假一軍往置槖。誓雪大恥搜呰猺，計禽爲上要領操，疆臣任事敢告勞。

右世宗樂歌四章

大金川

莽莽金沙兮瀘水阻絶，冉駹外徼兮萬山嵲。洵繞洶澗兮多雨雪，九司逼處兮叫冤跣。黠虜違傲兮亟命誅拔，莎羅奔遁兮横以滑。剽若妖貗兮跳蒼豽，恃碉爲固兮據穴窫。投奓莫碎兮斫莫圻，時出剽兮噉何嚙嗗。澤旺栢兮莫敢相軋，士驕而懟兮困傛傦。頓兵三月兮而未捷，帝怒莫逭兮摐斧質。廼詔元弼兮汝其往撻，鍾琪貰罪兮藉以湔祓。一碉猝破兮數碉前揠，餘碉三百兮動淹旬日，不如棄而直進兮潰其窟。帝仁忽休士兮將止殺，臣義不俱生兮弗殄弗歇。遂犂其庭兮兇部盡碎，惠焘下濡兮均草薙族。撫旋叛兮盡翦其孽，地廣難周兮帑亦内竭，其爲國長計兮贊成勳劼。

達瓦齊

達瓦齊，不可許。瑪木特，歸我主。諸台吉，無首鼠。議明秋，當大舉。擣伊犁，其可取。

和卓木

兆惠敢深入，黑水屢潰圍。直從大戈壁，飛渡白龍堆。騰格十萬棄不用，兩和卓木皆遁歸。

歲屢豐

憶昔乾隆全盛日，邊民垂白老耕耔。太倉陳粟支十年，水衡緡錢半業委。外户不閉歲屢豐，四海晏然無鋒壘。自從兵興定回疆，西南半壁拓萬里。盡出内府往供軍，巨費百萬雜繒綺。金貂有幸封萬户，馴象無聲帖兩耳。天子春秋方鼎盛，英略壯猷古無比。江南耆老望臨幸，芝蓋春風動淮水。侍臣獻詩頌功烈，日日天顔瞻有喜。卷阿勝景尤難繪，鶴嶼鸞樓開麗崎。盛秋大閱盛兵衛，詐馬教駣看角牴。百餘年來未災變，内禪煌煌告郊時。堂懸天章寶五福，眼見嗣皇立斧扆。山川重秀日再中，異端殊祥紛未已。堯年耄勤聽亦倦，川陝時憂盜鼃起。三年訓政何辛勤，日夜軍符杜骳骫。吁嗟乎，請歌昔年歲屢豐，歲歲年年長如此。

右純廟樂歌四章

靖川楚

曩歲賊起長陽逼襄鄖，煽動巴東楚豫何紛紛。其時分路進剿專責勒保惠齡暨宜綿，先後調直省兵及禁旅索倫，糜帑三千餘萬曾未奏厥勳。一睿皇帝四年始親政，逮大學士珅，責以欺罔專擅，籍其門。自今將佐敢有玩兵養寇復通賄賂者，其視珅。二迺詔百姓，生長太平，豈知有兵，半緣胥吏煎追，四散而忿爭。朕日夜思之恒痛心，讞囚姑緩刑，特獎良吏趙華與劉清。三新兵毋再增，客兵毋輕調。官兵屢決戰，士兵爲嚮導。凡爾鄉勇，其有挺身殺賊及陷賊死者，大吏悉以告。四皇帝曰，功之不蔵，由任將非人。爾參贊德楞泰，累戰常冠軍。爾都統明亮，持重能拊循。爾額勒保登，鯁亮忠勤爲諸將先。賊憚其威，其授爲經略大臣。五於時麾下之士曰羅士舉。曰楊遇春。若羆之蹲，若龍之驤。幕府之傑，曰龔景瀚。曰嚴。熤如。一佐蜀帥，一控崤函。六爰議川以東，參贊扼之。

川以西，將軍遏之。餘匪入老林，卒禽獮而薙滅之。七七年十二月，飛章告捷。皇帝迺下明詔，宣布中外頒爵。元功曁諸將士，以次各晉秩。普免天下租賦，民大悦。八

青龍港

青龍港，戰青龍。不怕千萬兵，只畏李總戎。霆船如山怖殺儂。

摧滑臺

妖星落，滑臺摧，欃槍迅掃聞轟雷。那侯楊侯操勝算，白蓮小醜徒爾爲。記從牛李煽邪説，變生幾輔亦已危。青宮膽力最英勇，親持銃矢殲厥魁。飛報行在俱變色，廟庭蹀血驚鐏罍。詔書罪己何哀痛，方略日夜籌機幃。國家牧民乃根本，心腹有患非邊陲。亟須注意將與相，餘事何足煩天扉。黄村兇逆行就縛，河北屢捷方窮追。虎牙彈丸最密邇，先臣捍禦完城陴。兒時烽燧眼親見，旗厭苦，烟塵飛。邇來邊圻又不靖，草竊往往聞埋椎。欲言無補慚諫職，回首黎陽涕淚晞。

戰爲款

以守爲攻，以戰爲款。用夷制夷，疇司厥楗。吕宋爪哇，勢埒日本。或噬或駾，前鑒不遠。惟晳與黔，地遼疆閡。借箸而籌，爰諏海客。尾東首西，北盡冰溟。近交遠攻，陸戰之鄰。人各本天，教各本聖。中曆異西，制不可紊。萬里一朔，莫如中華。不聯之聯，大食歐巴。任法者敝，得士者彊。先收人心，戰勝廟堂。班班聖謨，炳烈千鸔。單閼之秋，南吕之次。小臣朱琦，請歌其事。邵陽魏源，更爲之紀。

右仁宗樂歌十一章

昌彝按：凡詩可以被之管絃者，名曰「樂府」。自漢以後，其法已忘，後人率多擬作，以爲詩家門面，不知漢人樂府皆襲秦舊，又雜以曼聲，麗而不經，靡而非典，去古樂府之法律音節遠矣。少陵無擬古之什，而前後出塞、三别、三吏等篇，得風人之旨。香山新樂府亦稱是，蓋其識卓越千古矣。余友臨桂朱伯韓侍御，深於詩，謹於行，忠孝之氣鬱於至性，其新鐃歌四十九章，篇什之短長，音節之高下，各自成調，不必貌似古人，而可與少陵、香山比肩接踵。其平日立朝之節，忠愛之忱，亦於兹可見，然則四十九章作「車攻馬同」之詩讀焉可也。輯詩話既成，因附録於後，其所用之書曰一統志，曰盛京志，曰熱河志，曰列祖實録，曰開國方略，曰回疆紀略，曰三藩紀事，曰平定教匪紀略，曰川陝紀略，曰聖祖至仁宗詩文集，曰武功紀盛，曰聖武記。昌彝令兒子慶焞注之，别著於篇。咸豐元年四月之吉，福建侯官林昌彝記於射鷹樓之東北其户。